Arthur Conan Doyle

Sherlock Holmes

Die besten Geschichten

Aus dem Englischen von Adolf Gleiner,
Margarete Jacobi, Louis Ottmann
und Rudolf Lautenbach

Anaconda

Die Deutsche Nationalbibliothek verzeichnet diese Publikation
in der Deutschen Nationalbibliografie; detaillierte bibliografische Daten
sind im Internet unter http://dnb.d-nb.de abrufbar.

Umschlagmotiv: Jonathan Barry, »Holmes Explains the Facts« (2010),
Private Collection / bridgemanart.com
Umschlaggestaltung: www.katjaholst.de
Satz und Layout: paquémedia, www.paque.de
Printed in Czech Republic 2019
ISBN 978-3-7306-0807-4
www.anacondaverlag.de
info@anacondaverlag.de

Inhalt

Der Bund der Rothaarigen

Als ich im vorigen Herbst eines Tages meinen Freund Sherlock Holmes aufsuchte, traf ich ihn in eifrigem Gespräch mit einem dicken, blühend aussehenden, älteren Herrn, der feuerrotes Haar hatte. Schon wollte ich mich mit einer Entschuldigung wieder entfernen, als mich Holmes rasch in das Zimmer zog und die Tür hinter mir schloss.

»Gelegener konnten Sie nicht kommen, lieber Watson«, sagte er herzlich.

»Ich fürchtete, Sie seien beschäftigt«, entgegnete ich.

»Das bin ich – und zwar sehr.«

»So will ich im Nebenzimmer warten.«

»Nein, nein, bleiben Sie nur hier – Doktor Watson«, sagte er, mich dem Fremden vorstellend, »hat mir vielfach in meinen wichtigsten Fällen mit Rat und Tat zur Seite gestanden, und ich bezweifle nicht, dass er mir auch in Ihrer Angelegenheit, Mr Wilson, von großem Nutzen sein wird.«

Der dicke Herr erhob sich halb von seinem Sitz und nickte grüßend, indem er aus seinen kleinen, von Fettpolstern umgebenen Augen schnell einen forschenden Blick auf mich warf.

»Nehmen Sie Platz«, bat Holmes, in seinen Lehnstuhl zurücksinkend, und legte die Fingerspitzen aneinander, wie er es in kritischer Stimmung zu tun pflegte. »Ich weiß, lieber Watson, dass Sie meine Vorliebe für alles Absonderliche teilen, für alles, was nicht zum ledernen Einerlei des Alltagslebens gehört. Sie haben das durch die Wärme bewiesen, mit welcher Sie einige meiner eigenen, unbedeutenden Erlebnisse wiedergegeben, ja – entschuldigen Sie – gewissermaßen ausgeschmückt haben.«

»Allerdings interessierten mich Ihre Fälle stets ganz besonders«, erwiderte ich.

»Sie werden sich erinnern, dass ich neulich, als wir es mit Miss Mary Sutherlands einfacher Angelegenheit zu tun hatten, die Bemerkung machte, wie die sonderbarsten Vorfälle und die merkwürdigsten Verwicklungen im Leben selbst zu finden sind. Die Wirklichkeit bringt weit Überraschenderes hervor als die lebhafteste Einbildungskraft.«

»Eine Behauptung, die ich mir anzuzweifeln getraute.«

»Das taten Sie, und dennoch werden Sie sich zu meiner Ansicht bekehren müssen, sonst häufe ich Beweise auf Beweise, bis Sie überführt sind und mir Recht geben. Mr Jabez Wilson hier war so freundlich, mich heute Morgen aufzusuchen, um mir etwas zu erzählen, was man nicht alle Tage zu hören bekommt. Ich sagte schon früher, dass ungewöhnliche Dinge häufiger bei kleinen als bei großen Verbrechen vorkommen, ja in Fällen, bei denen es zuweilen sogar zweifelhaft ist, ob überhaupt ein Verbrechen vorliegt. Vielleicht handelt es sich auch im vorliegenden Fall um kein Verbrechen – so viel ist aber gewiss, dass er höchst merkwürdig ist. Hätten Sie wohl die große Gefälligkeit, noch einmal von vorn anzufangen, Mr Wilson? Ich bitte nicht allein darum, weil mein Freund den ersten Teil nicht gehört hat, sondern weil mir daran liegt, jede in Betracht kommende Einzelheit möglichst genau zu vernehmen. Gewöhnlich vermag ich mir schon bei oberflächlicher Angabe der Begebenheiten ein Bild vom Ganzen zu machen durch den Vergleich mit den zahllosen ähnlichen Fällen, deren ich mich entsinne. Hier aber lässt mich jegliche Mutmaßung im Stich.«

Mit einem gewissen Stolz warf sich der behäbige Klient in die Brust und zog ein schmutziges, zerknittertes Zeitungsblatt aus der Rocktasche. Während er vorgebeugt den Anzeigenteil des Blattes durchsah, das er auf seinen Knien ausbreitete, hatte ich Zeit, den Mann ruhig zu betrachten und nach Art meines Freundes zu versuchen, ob ich aus seinem Äußeren gewisse Anhaltspunkte gewinnen könnte, um mir ein Urteil über ihn zu bilden. Viel kam dabei jedoch nicht heraus.

Unserem Besucher war der Stempel eines ganz gewöhnlichen Durchschnittsmenschen aufgeprägt; sein wohlgenährtes, schwerfälliges und bedächtiges Aussehen bestätigte das – vermutlich gehörte er dem Kaufmannsstand an. Er trug sehr weite graukarierte Beinkleider, einen nicht allzu sauberen schwarzen Rock, der nicht zugeknöpft war, eine hellgraue Tuchweste und eine schwere vernickelte Uhrkette, an deren Ende ein viereckiges Metallstück als Verzierung baumelte. Ein abgeschabter Zylinder und ein ebensolcher Überzieher mit runzeligem Samtkragen lagen auf dem Stuhl neben ihm. So gespannt ich den Mann auch betrachtete, fand ich an ihm weiter nichts Bemerkenswertes als sein feuerrotes Haar und einen Ausdruck von Verdruss und Missmut in seinen Zügen.

Sherlock Holmes' geübtem Auge entging mein Versuch nicht, und lächelnd schüttelte er den Kopf über meine forschenden Blicke. Dann sagte er: »Dass Mr Wilson eine Zeit lang Handwerker war, dass er schnupft, dass er Freimaurer ist, dass er in China war und kürzlich sehr viel geschrieben hat, sind Dinge, die klar auf der Hand liegen – weiter kann ich ihm aber nichts ansehen.«

Jabez Wilson schrak auf seinem Stuhl zusammen; den Zeigefinger auf der Zeitung, starrte er zu meinem Freund hin.

»Woher in aller Welt wissen Sie das alles, Mr Holmes?«, fragte er. »Woher wissen Sie zum Beispiel, dass ich Handwerker war? Richtig ist's, weiß Gott! Ich fing als Schiffszimmermann an.«

»Das sehe ich Ihren Händen an, mein werter Herr; die rechte Hand ist weit größer als die linke. Da Sie mit jener arbeiteten, hat sich deren Muskulatur viel kräftiger entwickelt.«

»Gut – aber das Schnupfen und die Freimaurerei?«

»Ich traue Ihnen so viel Scharfsinn zu, Mr Wilson, dass Sie erraten, woraus ich das entnehme – besonders, weil Sie, wohl etwas gegen die strengen Statuten Ihres Ordens, Bogen und Kompass als Busennadel tragen.«

»Ja, allerdings, das hatte ich vergessen. Und die Schreiberei?«

»Auf was lässt sonst hier rechts diese fünf Zoll lange, durchgeriebene Falte schließen und der glänzende Fleck am Ellenbogen – da wo der Arm auf dem Pult ruht?«

»Auch gut – aber China?«

»Nur in China konnte der Fisch dort über Ihrem rechten Handgelenk eingeätzt werden. Ich beschäftigte mich etwas mit tätowierten Zeichen, bereicherte sogar die Literatur hierüber; weiß also, dass die Kunst, die Fischschuppen so zart rötlich zu färben, speziell chinesisch ist. Sehe ich obendrein eine chinesische Münze an Ihrer Uhrkette, so ist die Sache noch einfacher.«

Jabez Wilson lachte laut: »Alle Wetter!«, rief er aus. »Erst glaubte ich, Sie verstünden Wunder was – jetzt sehe ich, dass schließlich blutwenig daran ist.«

»Allmählich komme ich dahinter, Watson, dass ich ein Tor bin mit meinen Erklärungen. Du weißt: ›Omne ignotum pro magnifico‹ und mein bisschen Ruf geht in die Brüche, wenn ich zu aufrichtig bin. – Sie können wohl die Anzeige nicht finden, Mr Wilson?«

»Ja, jetzt habe ich sie«, erwiderte der Gefragte und legte seinen dicken, roten Finger mitten auf die Spalte. »Da steht's – damit fing die ganze Geschichte an. Lesen Sie bitte selbst, Herr Doktor.«

Ich nahm das Blatt und las folgendes:

»An den Bund der Rothaarigen. Zufolge des Vermächtnisses des verstorbenen Ezekiah Hopkins von Libanon, Pennsylvania, ist wieder eine Stelle zu besetzen, die ein Mitglied des Bundes zu einer Einnahme von vier Pfund wöchentlich berechtigt gegen rein nominelle Leistungen. Alle an Leib und Seele gesunden Rothaarigen, die das einundzwanzigste Jahr zurückgelegt haben, können sich bewerben – Persönliche Anmeldung Montag um 11 Uhr bei Duncan Ross, im Bundeslokal, Popes Court, 7 Fleet Street.«

»Was in aller Welt soll das heißen?«, rief ich aus, nachdem ich die sonderbare Anzeige zweimal durchgelesen hatte.

Holmes wälzte sich förmlich vor Lachen auf seinem Stuhl, wie er es immer tat, wenn er guter Laune war.

»Nicht wahr, das ist absonderlich?«, rief er. »Und nun, Mr Wilson, legen Sie los und erzählen Sie uns von sich, Ihrem Haushalt und von der Wirkung dieser Zeilen auf Ihr Lebensglück – Sie, Doktor, notieren bitte Namen und Nummer der Zeitung.«

»Es ist der ›Morning Chronicle‹ vom 27. April 1890. Das Blatt erschien genau vor zwei Monaten.«

»Gut. Bitte, fangen Sie an, Mr Wilson.«

»Also«, sprach Jabez Wilson, sich die Stirn trocknend, »wie ich Ihnen schon sagte, Mr Holmes – ich bin Inhaber einer kleinen Trödelbude am Coburg Square, unweit der City. Ein sehr bedeutendes Geschäft ist's nicht, und in den letzten Jahren warf es nur so viel ab wie ich zum Leben brauchte. Früher konnte ich zwei Gehilfen halten, jetzt aber habe ich nur einen, und es würde mir sauer werden, den zu bezahlen, wenn er nicht freiwillig für halben Lohn arbeitete, weil er das Geschäft erlernen will.«

»Wie heißt dieser gefällige Jüngling?«, fragte Holmes.

»Er heißt Vincent Spaulding und ist gerade kein Jüngling mehr. Sein Alter lässt sich schwer bestimmen. Einen gewandteren Gehilfen kann ich mir gar nicht wünschen, Mr Holmes. Ich weiß wohl, dass er leicht eine bessere Stellung finden und doppelt so viel verdienen könnte als ich ihm gebe. Da er aber zufrieden ist, weshalb sollte ich ihm einen Floh ins Ohr setzen?«

»Ja, allerdings weshalb? Sie können sich glücklich schätzen, einen Angestellten mit geringen Ansprüchen zu haben. Heutzutage kommt das im Geschäftsleben nicht oft vor. Mir scheint Ihr Gehilfe kaum weniger absonderlich zu sein als Ihre Anzeige.«

»Nun, er hat auch seine Fehler«, meinte Wilson. »Er ist ganz versessen auf das Fotografieren. Auf einmal geht er mit seinem Apparat davon, lässt die Arbeit im Stich und verkriecht sich im Keller wie ein Karnickel in seinem Loch, um die Aufnahmen zu entwickeln. Das ist sein Hauptfehler, sonst ist er ein tüchtiger Arbeiter; ich kann nicht über ihn klagen.«

»Ich setze voraus, dass er noch bei Ihnen ist?«

»Ja, Mr Holmes. Er und ein vierzehnjähriges Mädchen, das etwas kochen kann und das Reinmachen besorgt – ist mein ganzes Personal im Haus. Wissen Sie, ich bin kinderloser Witwer. Wir drei leben ruhig beieinander, und wenn wir es auch nicht weit bringen, so haben wir doch unser Auskommen und machen keine Schulden. – Alles ging glatt, bis die Anzeige erschien. Gerade heute vor acht Wochen tritt Spaulding mit diesem Blatt in der Hand ins Geschäft und spricht:

›Wollte Gott, Mr Wilson, ich hätte rote Haare!‹

›Weshalb?‹, frage ich.

›Weshalb?‹, gibt er zurück. ›Weil hier wieder eine Freistelle im Bund der Rothaarigen ausgeschrieben ist. Für den, der sie kriegt, ist's wirklich ein kleines Vermögen, und wie ich sehe, gibt es mehr freie Stellen als Bewerber, sodass die Verwaltung nicht mehr weiß, wohin mit dem Geld. Ließe sich doch mein Haar umfärben – in dies behagliche Nestchen setzte ich mich gern.‹

›Nanu, wie verhält sich denn die Sache?‹, fragte ich. Sehen Sie, Mr Holmes, ich bin eine richtige Hausunke, und da ich des Geschäfts wegen nicht auszugehen brauche, setze ich den Fuß oft wochenlang nicht über die Schwelle. Auf diese Weise erfahre ich wenig von dem, was draußen vor sich geht, und freue mich daher immer, etwas Neues zu hören.

›Wissen Sie gar nichts vom Bund der Rothaarigen?‹, fragte er und riss die Augen auf.

›Gar nichts.‹

›Wirklich nicht? Das nimmt mich wunder, denn Sie selbst könnten Ansprüche auf eine Stelle erheben.‹

›Und was wirft sie denn ab?‹, fragte ich.

›Mehr nicht als ein paar hundert im Jahr, doch ist die Arbeit gering, und man kann dabei auch seinen sonstigen Beschäftigungen nachgehen.‹

Da können Sie sich wohl denken, Mr Holmes, dass ich die Ohren spitzte, denn in den letzten Jahren ging das Geschäft nicht brillant, und so ein paar hundert nebenbei wären mir gerade gelegen gekommen.

›Erzählen Sie mir Näheres davon‹, bat ich.

›Sie sehen ja selbst‹, sagte Spaulding und wies auf die Anzeige, ›dass eine Vakanz des Bundes ausgeschrieben ist, und hier ist die Adresse, an die man sich zu wenden hat. Soviel ich in Erfahrung bringen konnte, wurde der Verein durch einen amerikanischen Millionär, Ezekiah Hopkins, gegründet, der ein rechter Sonderling gewesen sein muss. Bei seinem Tod fand sich ein Testament, in welchem er sein enormes Vermögen zur Errichtung einer Stiftung für Rothaarige bestimmte. Die Zinsen des Kapitals sollten dazu verwendet werden, solchen Leuten eine bequeme und auskömmliche Existenz zu verschaffen.‹

›Da werden sich wohl Millionen Rothaarige melden?‹, warf ich ein.

›Keineswegs‹, erwiderte er. ›Die Stiftung beschränkt sich auf die Londoner und auf erwachsene Männer. Der Amerikaner hatte seine Jugend in London verlebt und wollte der alten Heimat eine Wohltat erweisen. Ferner hörte ich, es sei ganz nutzlos sich zu melden, wenn das Haar nur rotblond oder rotbraun ist; auf ein grelles, brennendes Rot kommt es an. Sollten Sie Lust haben, sich zu melden, ist Ihnen die Stelle sicher; vielleicht aber lohnt es sich kaum für Sie, sich wegen ein paar hundert Pfund zu bemühen.‹ –

Wie Sie sich selbst überzeugen können, meine Herren, ist meine Haarfarbe wirklich so feurig und lebhaft, dass ich mir als Bewerber Erfolg versprechen konnte, so gut wie jeder andere. Spaulding schien von der Sache so viel zu wissen, dass ich dachte, er könne mir behilflich sein; ich hieß ihn daher den Laden schließen und gleich mit mir gehen. Der freie Tag kam ihm gerade recht, wir machten die Bude zu und begaben uns zu der im Blatt angegebenen Adresse.

Das war ein Anblick, Mr Holmes! Von Nord und Süd, von Ost und West war alles herbeigelaufen, was nur einen rötlichen Schimmer auf dem Kopf aufzuweisen hatte! In Fleet Street wimmelte es von Rothaarigen. Ich hätte nicht für möglich gehalten, dass es so viele rote Köpfe in London gebe, wie sie allein diese Anzeige zusammenführte. Jede Schattierung war vertreten – stroh-, zitronen-, orangegelb, ziegel-, leber-, lehmrot, doch hatten, wie Spaulding erklärte, nur wenige leuchtendes, flammendes Rot aufzuweisen. Als ich die Zahl der Bewerber sah, wäre ich am liebsten gleich wieder umgekehrt, davon aber wollte Spaulding nichts hören. Wie er es fertig brachte, begreife ich jetzt noch nicht, aber er stieß, puffte und knuffte nach allen Seiten, bis er mich durch die Menge hatte. Auf der Treppe flutete es hin und her, hoffnungsvoll stiegen die einen empor, enttäuscht kamen die anderen herab; wir schlugen uns durch, so gut es ging, und kamen glücklich ins Büro.«

»Das ist ja eine recht heitere Geschichte«, bemerkte Holmes, als der Klient sich unterbrach, um sein Gedächtnis durch eine gewaltige Prise zu stärken. »Bitte, fahren Sie fort.«

»Im Büro standen nur ein paar hölzerne Stühle und ein Tisch aus Tannenholz, an dem ein kleiner Mann saß, dessen Haar noch roter war als das meinige. An jeden Kandidaten, der hereintrat, richtete er ein paar Fragen, und fand dann an jedem etwas auszusetzen, das ihn für die Anwartschaft ungeeignet erwies. Die Freistelle zu erlangen, schien schließlich nicht so ganz leicht zu sein. Als aber endlich die Reihe an uns kam, zeigte sich der kleine Mann mir gewogener als allen übrigen; er schloss die Tür, um mit uns ein Wort allein zu reden.

›Das ist Mr Jabez Wilson‹, sagte mein Gehilfe, ›er ist geneigt, die freie Stelle zu übernehmen.‹

›Er scheint sich trefflich dazu zu eignen‹, erwiderte der kleine Mann, ›und erfüllt alle Bedingungen. Ich erinnere mich nicht, je so feines Haar gesehen zu haben.‹ Er trat einen Schritt zurück, legte den Kopf auf die Seite und starrte mein Haar an, bis ich selbst rot wurde. Dann neigte er sich plötzlich vorwärts, schüttelte mir die Hand und gratulierte mir warm zu meinem Erfolg.

›Jedes Bedenken wäre eine Ungerechtigkeit‹, sagte er. ›Doch werden Sie gewiss eine nötige Vorsichtsmaßregel entschuldigen.‹ Hierbei griff er mit beiden Händen in mein Haar und zauste es, bis ich vor Schmerzen aufschrie. ›Ihre Augen tränen‹, sagte er, mich loslassend, ›dieser Beweis genügt. Wir müssen vorsichtig sein, denn zweimal wurden wir hintergangen, einmal durch eine Perücke, ein andermal durch künstliche Färbung. Von Mixturen könnte ich Ihnen Geschichten erzählen, bei denen einem die Menschheit zum Ekel wird.‹ Er trat ans

Fenster und schrie aus Leibeskräften hinaus, dass die ausgeschriebene Stelle besetzt sei. Ein Stöhnen der Enttäuschung drang herauf, die Menge verlief sich in die verschiedensten Richtungen, und bald war bis auf meinen Rotschopf und den des Beamten kein anderer mehr zu sehen.

›Ich heiße Duncan Ross‹, sagte er, ›und bin selbst ein Pfründner des Kapitals, das uns unser edler Wohltäter hinterließ. Sind Sie verehelicht, Mr Wilson? Haben Sie Familie?‹

Ich erwiderte, dass ich keine besitze.

Er nahm eine bedenkliche Miene an.

›Oh je!‹, sprach er bedauernd. ›Das ist freilich sehr misslich! Schade, schade! Wissen Sie, das Kapital sollte nämlich ebenso sehr zur Vermehrung und Verbreitung der Rothaarigen als zu ihrer Erhaltung dienen. Es trifft sich sehr unglücklich, dass Sie Junggeselle sind.‹

Bei seinen Worten machte ich ein langes Gesicht, Mr Holmes, denn ich fürchtete, schließlich die Stelle doch nicht zu erhalten; er überlegte noch eine Weile und meinte dann, es werde sich schon machen.

›Handelte es sich um einen anderen‹, sagte er, so würde dieser Umstand ein entschiedenes Hindernis sein, aber wer einen Kopf voll solcher Haare aufzuweisen hat wie Sie, bei dem darf man es nicht so genau nehmen. Wann würden Sie Ihren neuen Posten antreten können?‹

›Nun, so einfach ist die Sache nicht, denn ich habe schon ein Geschäft.‹

›Da machen Sie sich keine Sorgen, Mr Wilson!‹, sagte Spaulding. ›Das kann ich statt Ihrer schon besorgen.‹

›Welche Stunden wären einzuhalten?‹, fragte ich.

›Von zehn bis zwei.‹

Das Pfandleihgeschäft geht abends am flottesten, Mr Holmes, besonders Donnerstag- und Freitagabend, vor dem Zahltag; es war mir also ganz angenehm, in den Vormittagsstunden etwas zu verdienen. Auch konnte ich mich auf meinen Gehilfen verlassen. Ich sagte daher: ›Das passt mir sehr gut! Und wie ist die Bezahlung?‹

›Vier Pfund wöchentlich.‹

›Und die Arbeit?‹

›Ist kaum der Rede wert.‹

›Was nennen Sie ‚kaum der Rede wert'?‹

›Sie müssen die ganze Zeit über im Kontor oder wenigstens hier im Haus sein. Verlassen Sie es, setzen Sie Ihre ganze Stellung aufs Spiel. Über diesen Punkt ist die letztwillige Verfügung sehr bestimmt.‹

›Es sind ja nur vier Stunden am Tag, und es fiele mir gar nicht ein, wegzugehen.‹

›Entschuldigungen würden auch absolut nicht angenommen‹, versicherte Mr Ross, ›mag nun die Ursache Krankheit, ein Geschäft, oder sonst etwas sein. Sie müssen an Ort und Stelle bleiben – oder Sie verlieren Ihr Anrecht.‹

›Und die Arbeit?‹

›Besteht im Abschreiben der Encyclopaedia Britannica. Hier in diesem Schrank liegt der erste Band. Für Tinte, Federn und Papier haben Sie zu sorgen, wir liefern nur Tisch und Stuhl. Können Sie morgen anfangen?‹

›Gewiss‹, antwortete ich.

›So leben Sie wohl, Mr Wilson, und erlauben Sie mir, Ihnen nochmals zu der Stellung zu gratulieren, die Sie, vom Glück begünstigt, gewonnen haben.‹ Grüßend begleitete er mich bis an die Tür; ich ging heim mit meinem Gehilfen und wusste kaum, was ich denken oder sagen sollte, so vergnügt war ich über die glückliche Wendung meines Geschicks.

Den ganzen Tag überlegte ich die Geschichte hin und her, und als der Abend kam, war ich wieder kleinlaut geworden, denn am Ende lief die ganze Sache vielleicht nur auf einen schlechten Spaß oder einen Betrug hinaus, obwohl ich mir den Zweck desselben nicht zu erklären vermochte. Es schien fast unglaublich, dass jemand solche letztwillige Verfügung treffen könne oder dass eine derartige Rente für eine so einfache Sache gezahlt werde wie die Abschrift der Encyclopaedia Britannica. Spaulding tat zwar, was er vermochte, um meinen Mut zu heben, als ich aber zu Bett ging, hatte ich in Gedanken die ganze Geschichte an den Nagel gehängt. Indessen am anderen Morgen beschloss ich, dennoch einen Blick in das

Kontor zu werfen. Ich kaufte ein Fläschchen Tinte und begab mich mit einer Gänsefeder und sieben Bogen Konzeptpapier zu Popes Court.

Zu meinem Staunen und zu meiner Freude fand ich alles ganz in Ordnung. Der Tisch stand bereit, und Duncan Ross war da, um mich in die Arbeit einzuführen. Er ließ mich beim Buchstaben A anfangen und entfernte sich mit dem Versprechen, dann und wann nach mir zu sehen. Um zwei Uhr verabschiedete er mich, lobte meinen Fleiß und schloss die Kontortür hinter mir ab.

So ging es Tag für Tag weiter, Mr Holmes, und am Sonnabend erschien der Beamte und legte mir vier Goldstücke als Wochenlohn hin. Acht Tage später war es wieder so und auch die Woche darauf. Jeden Morgen erschien ich um zehn auf meinem Posten und verließ ihn um zwei. Allmählich kam Mr Ross nur einmal täglich, und später kam er gar nicht mehr. Dennoch wagte ich es selbstverständlich nicht, die Stube auch nur für Augenblicke zu verlassen, war ich doch nie sicher, ob er kommen würde oder nicht. Die Anstellung war so günstig und passte mir so gut, dass ich sie nicht aufs Spiel setzen wollte. So verstrichen acht Wochen, ich hatte von A … bis Attika geschrieben und hoffte, durch Fleiß bald an das B zu gelangen. Es kostete mich viel Konzeptpapier, und meine Schreiberei füllte beinahe ein Fach aus. Da plötzlich nahm das ganze Geschäft ein Ende.«

»Ein Ende?«

»Ja, Mr Holmes. Und zwar heute Morgen. Wie sonst erscheine ich um zehn Uhr zur Arbeit, aber die Tür ist verschlossen, und mitten darauf ist mit einem Stift eine Karte angeheftet. Da ist sie, lesen Sie selbst.«

Er zog eine Karte in der Größe eines kleinen Briefbogens hervor; darauf stand geschrieben:

»Der Bund der Rothaarigen ist aufgelöst. 9. Oktober 1890.«

Sherlock Holmes und ich betrachteten diese kurze Ankündigung und dazu das klägliche Gesicht des Pfandverleihers, bis die Sache uns so komisch vorkam, dass wir, jede andere Rücksicht außer acht lassend, in lautes Gelächter ausbrachen.

»Ich kann gar nichts so Lächerliches dabei finden«, rief unser Klient, und das Blut stieg ihm zu Kopf bis in die Wurzeln seines brandroten Haares. »Wenn Sie nichts Besseres wissen als mich auszulachen, kann ich woanders hingehen!«

»Nein, nein«, rief Holmes und drückte ihn wieder auf den Stuhl zurück, aus dem er sich halb erhoben hatte. »Um keinen Preis möchte ich Ihren Fall aufgeben. So etwas ganz Ungewöhnliches tut ja Leib und Seele wohl; aber, verzeihen Sie, die Sache hat etwas sehr Komisches. Bitte, welche Schritte taten Sie, als Sie die Notiz an der Tür fanden?«

»Ich war verblüfft, Mr Holmes. Ich wusste nicht, was ich tun sollte. In den Geschäften der Nachbarschaft, wo ich anfragte, schien niemand etwas zu wissen. Endlich ging ich zum Hauswirt, einem Buchhalter, der im Parterre wohnt, und erkundigte mich bei ihm, was aus dem Bund der Rothaarigen geworden sei. Er erklärte mir, von einer solchen Körperschaft nie etwas gehört zu haben. Dann fragte ich ihn, wer Mr Duncan Ross sei. Aber der Name war ihm fremd.

›Ich meine den Herrn auf Nr. 4.‹

›Was, den rothaarigen Mann?‹

›Ja.‹

›Der heißt William Morris. Er ist Anwalt und benutzte mein Zimmer nur vorübergehend, bis sein neues Lokal fertig wurde. Er ist gestern umgezogen.‹

›Wo kann ich ihn finden?‹

›In seinem neuen Büro.‹ – Er gab mir die Adresse: King Edward Street 17, bei St. Paul.

Ich machte mich rasch auf den Weg, Mr Holmes; als ich dort ankam, fand ich eine Fabrik von Gummistrümpfen, und kein Mensch hatte je etwas von William Morris oder von Duncan Ross gehört.«

»Was taten Sie dann?«, fragte Holmes.

»Ich ging nach Hause und fragte meinen Gehilfen um Rat. Doch vermochte der mir in keiner Weise zu helfen. Er meinte nur, wenn ich wartete, würde ich gewiss brieflich etwas erfahren. Das genügte mir aber nicht, Mr Holmes. Solch eine Stelle wollte ich nicht so ohne Weiteres verlieren, und da ich erfuhr, dass Sie so freundlich sind, armen Leuten in der Not Rat zu erteilen, kam ich geradewegs zu Ihnen.«

»Daran taten Sie recht. Ihre Geschichte ist ganz merkwürdig, und ich will sie mit dem größten Vergnügen zu enträtseln suchen. Ihren Mitteilungen entnehme ich, dass die Sache ernstere Folgen haben kann als auf den ersten Blick erscheinen mag.«

»Ernst genug!«, sagte Wilson. »Ich habe ja vier Pfund wöchentlich verloren.«

»Was Sie persönlich betrifft«, bemerkte Holmes, »so haben Sie nicht gerade viel Grund zur Unzufriedenheit mit diesem seltsamen Bund. Irre ich nicht, sind Sie um etwa dreißig Pfund reicher geworden, ganz abgesehen von der eingehenden Kenntnis, die Sie von allem, was mit dem Buchstaben A beginnt, erlangten. Verloren haben Sie also nichts durch die Leute.«

»Nein, Mr Holmes. Aber ich will dahinterkommen, will wissen, wer die Leute sind und weshalb sie mir diese Posse gespielt haben – wenn es eine Posse ist. Ihnen kam der Spaß ziemlich teuer zu stehen, zweiunddreißig bare Pfund hat er sie gekostet.«

»Wir werden uns Mühe geben, diese Punkte für Sie aufzuklären. Vorerst einige Fragen, Mr Wilson: Wie lange war der Gehilfe, der zuerst Ihre Aufmerksamkeit auf die Anzeige lenkte, damals schon bei Ihnen?«

»Damals ungefähr einen Monat.«

»Wie kam er zu Ihnen?«

»Durch ein Inserat in der Zeitung.«

»War er der einzige, der sich meldete?«

»Nein, ich hatte ein Dutzend Anmeldungen.«

»Warum wählten Sie gerade ihn?«

»Weil er geschickt war und billige Anforderungen stellte.«

»Für halben Lohn – nicht wahr?«

»Ja.«

»Wie sieht er aus, dieser Vincent Spaulding?«

»Er ist klein, untersetzt, sehr gelenkig und trägt keinen Bart, obwohl er vielleicht nahe an dreißig ist. Auf der Stirn hat er eine weiße Narbe.«

Ganz aufgeregt fuhr Holmes in die Höhe. »Dacht ich's doch«, sagte er. »Haben Sie je bemerkt, dass seine Ohren durchstochen sind zum Einhängen von Ohrringen?«

»Ja. Er sagte mir, eine Zigeunerin habe ihm die Ohrlöcher gestochen, als er ein Knabe war.«

»Hm«, meinte Holmes und versank in tiefes Nachdenken. »Ist er noch bei Ihnen?«

»Jawohl; eben erst verließ ich ihn.«

»Wurden Ihre Geschäfte während Ihrer Abwesenheit ordentlich besorgt?«

»Darüber lässt sich nicht klagen, am Morgen ist nie sehr viel zu tun.«

»Das genügt, Mr Wilson. Hoffentlich vermag ich Ihnen schon in den allernächsten Tagen meine Ansicht über die Sache mitzuteilen. Heute ist Sonnabend, vielleicht können wir am Montag zu einem Ergebnis gelangen.«

»Nun, Watson, was denken Sie von der Geschichte?«, fragte Holmes, als uns der Mann verlassen hatte.

»Ich denke gar nichts«, erwiderte ich offen. »Das ist eine ganz dunkle Geschichte.«

»Je wunderlicher die Fälle, umso weniger dunkel sind sie meist«, versetzte Holmes. »Die ganz alltäglichen Verbrechen ohne besondere Merkmale lassen sich am schwersten durchschauen, genau wie sich ein alltägliches Gesicht am schwersten wiedererkennen lässt. In dieser Angelegenheit tut aber Eile not.«

»Was wollen Sie denn anfangen?«, fragte ich.

»Rauchen«, gab er zurück. »Der Fall verlangt drei volle Pfeifen, und ich bitte Sie, fünfzig Minuten lang nicht mit mir zu sprechen.« Er kauerte sich in dem Lehnstuhl zusammen, zog die Knie fast herauf bis an seine Habichtsnase und schloss die Augen, während seine schwarze Tonpfeife wie der Schnabel eines seltsamen Vogels in die Luft ragte. Ich glaubte, er sei eingeschlafen, und nickte selbst ein bisschen, da sprang er plötzlich auf, wie jemand, der zu einem Entschluss gekommen ist, und legte seine Pfeife auf den Kaminsims. »Heute Nachmittag spielt Sarasate in der St. James Hall«, bemerkte er. »Was meinen Sie, Watson? Lassen Ihnen Ihre Patienten einige freie Stunden?«

»Ich habe heute nichts zu tun. Meine Praxis nimmt mich selten viel in Anspruch.«

»So setzen Sie Ihren Hut auf und kommen mit. Wir gehen erst durch die City und frühstücken. Wie ich sehe, verspricht der Zettel viel deutsche Musik, die ist mir lieber als die französische und italienische; sie ist tiefer und Vertiefung, das brauche ich gerade. Kommen Sie, Freund!«

Wir benutzten die unterirdische Bahn bis Aldersgate, von wo uns ein kurzer Gang zum Saxe Coburg Square führte, dem Schauplatz der merkwürdigen Begebenheit, die wir am Morgen vernommen hatten. Es war ein kleiner, düsterer Platz, der einst bessere Tage gesehen haben mochte; auf allen vier Seiten umgaben ihn dunkle zweistöckige Häuser, und in der Mitte lag ein eingezäunter Grasplatz, auf dem mehrere Lorbeerbüsche im Kampf mit der rauchgeschwängerten, nebligen Luft ein kümmerliches Dasein führten. Drei vergoldete Kugeln und ein braunes Schild mit ›Jabez Wilson‹ in weißen Buchstaben an einem Eckhaus wiesen uns die Stelle, wo unser rothaariger Klient sein Geschäft betrieb. Sherlock Holmes blieb vor dem Haus stehen, neigte den Kopf zur Seite und betrachtete es von oben bis unten mit lebhaft zwinkernden Augen. Dann ging er langsam die Straße hinauf und wieder herab bis an die Ecke, immer forschend auf die Häuser blickend. Endlich kehrte er zum Pfandverleiher zurück, stieß seinen Stock mehrmals fest auf das Pflaster und klopfte dann an die Tür. Sie wurde von einem glatt rasierten jungen Mann mit aufgeweckten Zügen geöffnet, der ihn bat einzutreten.

»Danke«, sagte Holmes, »ich wollte nur bitten, mir zu sagen, wie man von hier zum Strand gelangt.«

»Dritte Straße rechts, vierte links«, antwortete der Gehilfe schnell und schloss die Tür.

»Schneidiger Kerl«, bemerkte Holmes, als wir weiter schritten. »Ich kenne in London wenig durchtriebenere Kerle als ihn, und was Keckheit betrifft, so steht er obenan. Von dem habe ich schon früher gehört.«

»Offenbar«, meinte ich, »spielt dieser Gehilfe des Mr Wilson keine geringe Rolle im Geheimnis des Bundes der Rothaarigen. Sie haben wohl lediglich nach dem Weg gefragt, um ihn zu sehen.«

»Nicht ihn!«

»Was sonst?«

»Seine Hosenknie.«

»Und was haben Sie gesehen?«

»Was ich erwartete.«

»Weshalb schlugen Sie auf das Pflaster?«

»Mein lieber Doktor, jetzt gilt es zu beobachten, nicht zu schwatzen. Wir sind Spione im feindlichen Lager. Wir kennen nun einigermaßen Saxe Coburg Square. Nun gilt es, die dahinterliegenden Teile zu ergründen.« Als wir um die Ecke des stillen Platzes bogen, bot sich uns ein völlig anderer Anblick dar. Wir befanden uns in einer der Hauptadern des geschäftlichen Lebens. Auf dem Fahrweg flutete der Verkehr in einer doppelten Strömung hin und her, und auf den Seitenwegen wimmelte das eilige Heer der Fußgänger wie die Ameisen.

»Warten Sie ein wenig«, sagte Holmes, an der Ecke stehen bleibend, und sah an den Häusern entlang, »ich möchte mir die Reihenfolge der Häuser hier einprägen. Ist's doch mein Steckenpferd, London durch und durch zu kennen. Also: Mortimer, Tabakhändler, der kleine Zeitungsladen, die Filiale der City- und Vorstadtbank, das vegetarische Gasthaus und McFarlanes Wagenbau-Geschäft. Von da beginnt ein anderes Häuserviertel. Und nun sind wir fertig, Watson, nun kommt die Zeit der Erholung. Ein belegtes Brot und eine Tasse Kaffee und dann – fort ins Land der Saiten und Klänge, wo alles sanft, zart und harmonisch ist, wo es keine rothaarigen Klienten gibt, die uns mit ihren Rätselfragen den Kopf toll machen.«

Mein Freund war ein Musik-Enthusiast, der ausgezeichnet spielte und dessen Kompositionen sich weit über das Gewöhnliche erhoben. In völliger Glückseligkeit saß er den ganzen Nachmittag auf seinem Sperrsitz und bewegte die langen, schmalen Finger im Takt. Niemand hätte glauben können, dass dies sanft lächelnde Gesicht, diese schmachtend träumerischen

Augen Sherlock Holmes gehörten, dem rastlosen, spitzfindigen, stets bereiten Kriminalagenten. In seinem sonderbaren Charakter machte sich die Doppelnatur abwechselnd geltend. Häufig fragte ich mich, ob nicht sein Scharfblick, seine außerordentliche Treffsicherheit ihre naturgemäße Ausgleichung in den beschaulichen und poetischen Stimmungen fänden, die von Zeit zu Zeit bei ihm die Oberhand hatten. Seine elastische Natur befähigte ihn, sich schnell wieder aus der äußersten Schlaffheit zur äußersten Energie emporzuschwingen, und ich wusste wohl, dass er sich nie gewaltiger zeigte, als wenn er tagelang in seinem Lehnstuhl gelegen und sich ganz seinen Improvisationen hingegeben oder in seine alten Druckwerke vertieft hatte. Dann kam plötzlich der Jagdtrieb über ihn, und seine glänzenden Vernunftschlüsse wurden zu förmlichen Eingebungen. Wer sein Wesen, seine Art und Weise nicht kannte, musste ihn dann fast mit scheuem Staunen anblicken, wie einen Menschen, der mehr weiß als die übrigen Sterblichen.

Als ich Holmes an dem Nachmittag in St. James so völlig in die Musik versunken sah, da dachte ich, es komme eine schlimme Zeit für diejenigen, auf die er es abgesehen hatte.

»Sie möchten gewiss nach Hause, Doktor«, meinte er, als wir hinausgingen.

»Ja, es wäre mir recht.«

»Und ich habe ein Geschäft vor, das mich einige Stunden in Anspruch nehmen wird. Die Geschichte in Coburg Square ist ernst.«

»Warum ernst?«

»Ein schweres Verbrechen ist dort im Gang. Ich habe jedoch guten Grund zu der Annahme, dass wir es noch rechtzeitig verhindern können. Dass heute Sonnabend ist, macht die Sache schwieriger. Heute Abend bedarf ich Ihrer Hilfe.«

»Um wie viel Uhr?«

»Um zehn ist's früh genug.«

»Um zehn bin ich in der Baker Street.«

»Gut. Und bitte stecken Sie Ihren Revolver ein, vielleicht ist die Sache nicht ganz ohne Gefahr.« Er winkte mir zu, wandte sich um und verschwand sofort in der Menge.

Ich glaube nicht, dass ich mehr auf den Kopf gefallen bin als ein anderer, aber Sherlock Holmes gegenüber drückt mich stets das Bewusstsein meiner eigenen Dummheit. Auch diesmal hatte ich genau dasselbe gehört und gesehen wie er, und seine Worte bewiesen klar, dass er nicht nur alles, was geschehen war, deutlich durchschaute, sondern auch was kommen würde, während mir die Sachlage immer noch verworren und abenteuerlich erschien. Auf der Heimfahrt nach Kensington überlegte ich noch einmal alles, von der sonderbaren Geschichte des rothaarigen Kopisten an bis zu unserem Besuch am Saxe Coburg Square und bis auf die bedeutungsvollen Worte, mit denen Holmes von mir gegangen war. Wozu diese nächtliche Expedition? Weshalb sollte ich bewaffnet sein? Wohin würden wir gehen, und was hatten wir vor? Holmes hatte mir einen Wink gegeben, dieser glattrasierte Gehilfe sei ein furchtbarer Mensch – ein Mensch, der vielleicht einen verwegenen Streich plante. Ich sann hin und her, verzweifelte aber daran und ließ die Sache endlich ruhen, bis die Nacht mir Klarheit bringen würde.

Es war Viertel nach neun, als ich zu Hause aufbrach und mich durch den Park und die Oxford Street zur Baker Street begab. Zwei Droschken standen vor der Tür, und als ich in den Flur trat, hörte ich Stimmen oben. Ich fand Holmes in lebhaftem Gespräch mit zwei Männern; in dem einen erkannte ich Peter Jones, den Polizeibeamten, der andere war ein langer, magerer, trübselig blickender Herr in schwarzem Rock und Hut von tadelloser Beschaffenheit.

»Ha! Nun sind wir vollzählig!«, sagte Holmes, knöpfte seine bequeme Jacke zu und nahm seinen Hirschfänger vom Nagel. »Ich denke, Watson, Mr Jones von Scotland Yard ist Ihnen bekannt. Erlauben Sie mir, Sie Mr Merryweather vorzustellen, der an unserem nächtlichen Vorhaben teilnehmen wird.«

»Wir jagen wieder paarweise, Doktor«, meinte Jones in seiner praktischen Art. »Unser Freund hier, der versteht's, das Wild aufzuspüren. Er braucht weiter nichts als einen alten Hund, der ihm beim Hetzen hilft.«

»Hoffentlich jagen wir etwas anderes auf als eine ›Ente‹«, bemerkte Mr Merryweather mürrisch.

»Vertrauen Sie nur ruhig Mr Holmes«, erwiderte der Polizeiagent überlegen. »Er hat seine eigenen kleinen Griffe und Kniffe, die, wenn er es mir nicht übel nimmt, vielleicht etwas zu theoretisch und fantastisch sind, aber in ihm steckt ein wahrer Detektiv. Es lässt sich nicht leugnen, dass er ein- oder zweimal der Wahrheit näher gekommen ist als die Polizei, zum Beispiel in Sachen des Scholtomordes und des Agraschatzes.«

»Nun, wenn Sie mir diese Versicherung geben, Mr Jones, dann bin ich beruhigt«, sagte Merryweather. »Ich gestehe indessen, dass mir meine Partie Sechsundsechzig schon lieber wäre. Es ist seit siebenundzwanzig Jahren der erste Samstagabend, wo ich mein Spielchen nicht mache.«

»Mich dünkt«, sprach Sherlock Holmes, »Sie werden selbst bald erkennen, dass Sie heute um höheren Einsatz spielen als je bisher, auch wird das Spiel aufregender sein. Für Sie, Mr Merryweather, handelt es sich um etliche dreißigtausend Pfund, und für Sie, Jones, um den Mann, den Sie gern beim Kragen kriegen möchten.«

»Ja, ja, dieser John Clay«, fiel ihm der Polizeiagent ins Wort, »ein Mörder, Dieb, Falschmünzer, Schriftfälscher und dabei noch ein junger Mann, versteht sein Geschäft gründlich. Keinem Spitzbuben Londons legte ich die Handschellen lieber an als ihm. Ein merkwürdiger Mensch ist dieser junge John Clay. Sein Großvater war ein Herzog, und er selbst studierte in Eton und Oxford. Er hat einen klugen Kopf und geschickte Hände; alle Augenblicke begegnen wir seinen Spuren, dem Mann selbst aber niemals. Seit Jahren bin ich ihm auf der Fährte, habe ihn aber noch nie zu sehen bekommen.«

»Ich hoffe, das Vergnügen zu haben, Ihnen den Schurken heute Nacht vorzustellen«, versicherte jetzt Holmes. »Auch ich habe bereits mit John Clay ein Hühnchen gerupft und stimme mit Ihnen überein: Der Mann versteht sein Geschäft. Doch es ist zehn vorüber und die höchste Zeit aufzubrechen. Wollen Sie beide den ersten Wagen benutzen, so folgen Watson und ich im zweiten.«

Mein Freund zeigte sich nicht sehr mitteilsam während der langen Fahrt; er lag zurückgelehnt im Wagen und summte die Melodien, die er am Nachmittag gehört hatte. Wir rasselten durch ein endloses Labyrinth hell erleuchteter Straßen, bis wir zur Farringdon Street gelangten.

»Jetzt sind wir ganz in der Nähe«, bemerkte mein Freund. »Merryweather ist Bankdirektor und hat ein persönliches Interesse an der Sache. Ich hielt es für gut, auch Jones dabei zu haben. Er ist ein ordentlicher Mensch, in seinem Beruf aber ein richtiger Dummkopf. Eine entschiedene Tugend besitzt er: Der Kerl ist mutig wie ein Bullenbeißer und hält fest wie ein Hummer, wenn er einen zwischen die Scheren kriegt. Wir sind jetzt da, und sie erwarten uns bereits.«

Wir befanden uns jetzt in derselben belebten Querstraße, wo wir am Morgen gewesen waren. Unsere Wagen wurden fortgeschickt; Merryweathers Führung folgend, gingen wir einen schmalen Gang hinab und durch eine Seitentür, die er uns öffnete. Hinter derselben lag ein kleiner Korridor, der auf ein schweres, eisernes Tor mündete. Auch dieses wurde geöffnet, und man gelangte von da über eine steinerne Wendeltreppe abermals vor ein starkes Tor. Merryweather blieb stehen, um seine Laterne anzustecken; dann führte er uns hinab durch einen dunklen, mit Erdgeruch erfüllten Gang, öffnete eine dritte Tür, durch welche wir in ein weites Gewölbe, eine Art Keller, eintraten. Ringsumher waren hier große Körbe und schwere Kisten aufgetürmt.

»Von oben her sind sie ja ziemlich geschützt«, bemerkte Holmes, als er die Laterne aufhob und um sich blickte.

»Von unten nicht weniger«, versetzte Merryweather und schlug mit dem Stock auf die Fliesen am Boden. »Ei was! Das klingt ja ganz hohl!«, bemerkte er, erstaunt aufblickend.

»Ich muss Sie ernstlich bitten, sich etwas ruhiger zu verhalten«, sagte Holmes streng. »Sie haben bereits den ganzen Erfolg unserer Expedition gefährdet. Darf ich Sie bitten, sich gefälligst auf eine dieser Kisten zu setzen und sich nicht weiter zu mucksen.«

Mit sehr gekränktem Ausdruck schwang sich der stattliche Mr Merryweather auf einen Korb, während Holmes am Boden niederkniete und anfing, mit der Laterne und einem Vergrößerungsglas die Sprünge zwischen den Steinen zu untersuchen. Wenige Sekunden genügten ihm, dann sprang er auf und steckte sein Glas in die Tasche.

»Wir haben wenigstens eine Stunde vor uns«, bemerkte er, »denn sie können doch kaum irgendetwas unternehmen, ehe der gute Trödler glücklich im Bett liegt. Dann werden sie keine Minute verlieren, denn je früher sie die Arbeit beginnen, umso mehr Zeit bleibt ihnen zum Entkommen. Wir befinden uns jetzt, wie Sie wohl längst erraten haben, Watson, im Keller des City-Zweiggeschäftes einer Hauptbank Londons. Mr Merryweather ist Vorsitzender des Direktoriums und wird Ihnen gern erklären, aus welchen Gründen die kecksten Einbrecher von London eben jetzt ein bedeutendes Interesse an diesem Keller haben.«

»Wegen unseres französischen Goldes«, flüsterte der Direktor. »Wir wurden mehrfach gewarnt, es sei ein Anschlag darauf im Gang.«

»Ihr französisches Gold?«

»Ja. Wir hatten vor einigen Monaten Veranlassung, unseren Barvorrat zu erhöhen, und liehen zu diesem Zweck dreißigtausend Napoleons von der Bank von Frankreich. Es ist bekannt geworden, dass wir nachher nicht nötig hatten, das Geld auszupacken, und dass es noch immer in unserem Keller ruht. Der Korb, auf dem ich sitze, enthält zweitausend Napoleons, die zwischen Stanniolpapier liegen. Unser Vorrat an ungemünztem Geld ist augenblicklich weit größer als er sonst auf einer einzelnen Filiale aufbewahrt wird, und den Direktoren war nicht mehr recht wohl bei der Sache.«

»Was freilich sehr begreiflich ist«, bemerkte Holmes. »Doch nun ist's Zeit, unsere kleinen Rollen zu verteilen. Ich erwarte, dass sich die Dinge innerhalb der nächsten Stunde abspielen. Inzwischen, Mr Merryweather, müssen wir den Verschluss über die Blendlaterne ziehen.«

»Und im Dunkeln sitzen?«

»Ich fürchte ja. Ich habe ein Spiel Karten in die Tasche gesteckt, weil ich dachte, da wir zu viert sind, könnten Sie schließlich doch zu Ihrem Spielchen kommen. Aber ich sehe leider, dass die Vorbereitungen des Feindes bereits so weit gediehen sind, dass wir nicht wagen dürfen, Licht zu zeigen. Vor allem gilt es, unsere Stellungen zu wählen. Wir haben es mit waghalsigen Leuten zu tun, und packen wir sie auch in einer für sie nachteiligen Lage, könnten sie uns doch gefährlich werden, wenn wir nicht vorsichtig sind. Ich stelle mich hinter diesen Korb, verbergen Sie sich hinter jenem. Wenn ich dann den Lichtstrahl auf den Feind werfe, greifen Sie schnell ein; geben Sie Feuer, und auch Sie, Watson, machen Sie sich kein Gewissen daraus, sie niederzuschießen.«

Ich legte meinen Revolver mit gezogenem Hahn oben auf die Holzkiste, hinter die ich kroch. Holmes zog den Schieber der Laterne herunter, und es wurde stockfinster – eine so totale Finsternis habe ich nie zuvor erlebt. Der Geruch des heißen Metalls allein überzeugte uns, dass noch Licht da sei und im rechten Augenblick erscheinen konnte. Meine Nerven waren durch die Erwartung so aufgeregt, dass mich das plötzliche Dunkel und die kalte, feuchte Kellerluft förmlich niederdrückten und beängstigten.

»Es bleibt den Gaunern nur ein Ausweg«, flüsterte Holmes; »nämlich zurück durch das Haus im Saxe Coburg Square. Hoffentlich haben Sie getan, um was ich Sie bat, Jones.«

»Ich habe einen Inspektor und zwei Offiziere an die Haupttür postiert.«

»So sind denn alle Löcher verstopft. Und nun gilt es zu schweigen und zu warten.«

Welche Ewigkeit! Nachher zeigte es sich, dass wir nur fünf viertel Stunden gewartet hatten, und doch schien es mir, die Nacht müsse ziemlich vorüber sein und die Dämmerung über uns anbrechen. Meine Glieder waren steif und müde: Ich wagte es nicht, mich zu rühren, meine Nerven spannten sich mehr und mehr an, mein Gehör schärfte sich so, dass ich nicht allein das ruhige Atmen meiner Gefährten vernahm, sondern sogar die tieferen, schweren Atemzüge des dicken Jones von dem leisen Gestöhn des Bankdirektors zu unterscheiden vermochte. Von meinem Platz aus konnte ich über die Kiste hinweg auf die Steine am Boden sehen. Plötzlich gewahrte ich einen winzigen Lichtstreifen.

Erst zeigte sich nur ein fahler Schein auf den Steinfliesen; bald verlängerte sich dieser zu einem gelben Streifen, und ohne jeglichen Laut oder sonstiges Vorzeichen öffnete sich ein Spalt. Eine Hand erschien – eine zarte, weiße Hand, fast eine Frauenhand, die im Zentrum des kleinen Lichtkreises umhertastete. Etwa eine Minute lang ragte die Hand mit den suchenden Fingern aus dem Boden hervor. Dann verschwand sie plötzlich, wie sie erschienen, und es wurde wieder finster bis auf den einzigen fahlen Streifen, der die Spalte zwischen den Steinen verriet. Einen Moment war alles still. Jetzt erfolgte ein harter Stoß, eine Steinplatte hob sich und kippte um, und aus dem gähnenden Loch im Boden strömte das Licht einer Laterne. Ein scharfgeschnittenes, knabenhaftes Gesicht erschien in der Öffnung und blickte spähend umher; dann fassten zwei Hände an den Rand der Öffnung, herauf schwang sich ein Oberkörper, und im Nu kniete eine Gestalt am Boden. Rasch richtete sich der Mann auf und zog einen Gefährten nach – schmal und schmächtig wie er selber, mit einem blassen Gesicht und einer Fülle roten Haares.

»Alles klar«, flüsterte der erste. »Hast du den Meißel und die Säcke? – Himmel und Hölle! Lauf Archi, lauf – ich lass mich an deiner Stelle hängen!«

Sherlock Holmes war hervorgesprungen und hatte den Einbrecher am Kragen gepackt. Der andere verschwand im Loch; Jones erwischte gerade noch seinen Rockschoß, von dem ihm ein Fetzen in der Hand blieb. Das Licht schien in diesem Augenblick auf den Lauf eines Revolvers, aber Holmes' Hirschfänger traf des Mannes Handgelenk, sodass die Waffe klirrend auf den Steinboden fiel.

»Es hilft alles nichts, John Clay«, sagte Holmes schmeichelnd, »Sie kommen nicht durch.«

»Das merke ich«, erwiderte der andere mit völliger Gelassenheit. »Aber wie mir scheint, kommt mein Gefährte glücklich davon, obwohl Sie, wie ich sehe, seinen Rockschoß haben.«

»Drei Männer erwarten ihn an der Tür.«

»Ah, wirklich! Sie scheinen die Sache recht gründlich gemacht zu haben. Ich muss Ihnen gratulieren.«

»Und ich Ihnen«, erwiderte Holmes. »Ihr Einfall war neu und sehr wirksam.«

»Sie werden Ihren Helfershelfer sogleich wiedersehen«, meinte Jones. »Der kriecht schneller durch die Löcher als ich es vermag. Warten Sie, ich lege Ihnen gleich die Fesseln an.«

»Ich bitte, mich nicht mit Ihren schmutzigen Händen zu berühren«, bemerkte unser Gefangener, als die Handschellen an seinen Gelenken rasselten. »Vielleicht wissen Sie nicht, dass fürstliches Blut in meinen Adern fließt. Haben Sie die Güte, mich ›Herr‹ zu nennen und ›bitte‹ zu sagen, wenn Sie mit mir reden.«

»Ganz recht«, versetzte Jones und kicherte verdutzt. »So bitte ich den Herrn, sich gefälligst hinaufzubegeben, wo wir einen Wagen nehmen können, um Eure Hoheit nach der Polizei zu geleiten.«

»Das klingt besser«, meinte John Clay zufrieden. Er verneigte sich höflich vor uns dreien und schritt gelassen unter der Führung des Polizeibeamten davon.

»Mr Holmes«, rief Merryweather, als wir den beiden aus dem Keller folgten, »ich weiß wirklich nicht, wie Ihnen die Bank das danken und vergelten soll. Sie haben ohne Zweifel den frechsten Bankeinbruch, der je geplant wurde, auf wunderbare Weise entdeckt und vereitelt.«

»Ich hatte noch von früher her einiges mit John Clay abzurechnen«, erwiderte Holmes. »Mehrere kleine Ausgaben, die mir durch diese Angelegenheit erwachsen sind, wird die Bank wohl tragen, sonst aber finde ich reichliche Entschädigung in der gemachten Erfahrung, die in vieler Hinsicht einzig dasteht, sowie in meinem Vergnügen an der ergötzlichen Erzählung vom Bund der Rothaarigen.«

»Sehen Sie, Watson«, erklärte er mir, als wir in früher Morgenstunde in seiner Wohnung bei einem Glas Whisky und Sodawasser saßen, »es war vom ersten Moment an vollkommen klar, dass diese etwas tolle Geschichte mit der Anzeige des Bundes und dem Abschreiben der Enzyklopädie keinen anderen Zweck haben konnte, als den nicht sehr hellen Trödler täglich für einige Stunden aus dem Weg zu schaffen. Das Mittel, dies zu erreichen, war sonderbar, aber ein besseres ließe sich schwerlich ersinnen. Ohne Zweifel kam John Clays erfinderischer Geist durch die Haarfarbe seines Mitschuldigen auf den Einfall. Die vier Pfund wöchentlich waren der Köder, und was lag an diesem Betrag, wo es sich um Tausende handelte. Sie rücken die Anzeige ein; der eine Taugenichts führt das zeitweilige Geschäft, der andere Taugenichts veranlasst den Mann, sich um die Stelle zu bewerben, und zusammen sorgen sie dafür, dass er jeden Morgen in der Woche abwesend ist. Sobald ich erfuhr, der Gehilfe arbeite für halben Lohn, war es mir zweifellos, dass für ihn ernste Gründe vorlagen, sich die Stellung zu wahren.«

»Aber wie konnten Sie seine Beweggründe erraten?«

»Wären Frauen im Haus gewesen, hätte ich einfach eine alltägliche Intrige vermutet. Doch stand eine solche außer Frage. Das Geschäft des Mannes war bescheiden, und nichts im Haus vermochte solche abgefeimten Vorbereitungen und Auslagen zu rechtfertigen. Also musste es sich um etwas außerhalb des Hauses handeln. Aber um was? Ich dachte an des Gehilfen Liebhaberei für das Fotografieren, an seine Vorliebe, im Keller zu verschwinden. Der Keller! Da lag die Lösung des Rätsels. – Ich zog Erkundigungen ein über diesen geheimnisvollen Gehilfen, und bald war mir klar, dass ich es mit einem der kecksten und verschmitztesten Verbrecher Londons zu tun hatte. Er machte sich im Keller zu schaffen – und zwar mit etwas, das für Monate täglich viele Stunden erforderte. Was mochte das nur sein? Ich konnte mir nichts anderes denken, als dass er einen Gang zu einem anderen Gebäude grub.

So weit war ich gekommen, als wir die Örtlichkeiten besuchten. Sie staunten, als ich mit dem Stock auf das Pflaster schlug; ich wollte dadurch herausfinden, ob sich der Keller nach vorn oder nach hinten erstreckte. Nach vorn war es nicht. Dann klingelte ich, und wie ich gehofft, erschien der Gehilfe. Obwohl sich unsere Wege schon einige Male gekreuzt, hatten wir einander doch noch nie gesehen. Ich blickte kaum auf sein Gesicht. Nur seine Knie interessierten mich. Sie sprachen deutlich von jenem stundenlangen Graben. Nun fragte es sich nur noch, wonach gegraben wurde. Ich ging um die Ecke, fand, dass die City- und Vorstadtbank an das Grundstück unseres Freundes stieß, und wusste, dass ich des Pudels Kern gefunden hatte. Als Sie nach dem Konzert heimfuhren, begab ich mich nach Scotland Yard und suchte dann die Direktoren der Bank auf – mit welchem Erfolg haben Sie gesehen.«

»Wie konnten Sie voraussetzen, dass sie heute Nacht ihren Anschlag ausführen würden?«, fragte ich.

»Nun, dass sie das Kontor ihres Bundes schlossen, bewies, dass sie Mr Wilsons Gegenwart nicht mehr fürchteten; mit anderen Worten: Ihr Tunnel war vollendet. Sie hatten allen Grund, denselben schnell zu benutzen, da er entdeckt oder der Schatz fortgeschafft werden konnte. Der Sonnabend musste ihnen günstiger sein als jeder andere Tag, weil er ihnen zwei Tage zur Flucht gewährte. Aus all diesen Gründen erwartete ich sie heute Nacht.«

»Das haben Sie prachtvoll ausgetüftelt«, rief ich, voll aufrichtiger Bewunderung. »Die Kette ist lang, und doch schließt jedes Glied.«

»Mich rettet dieser Zeitvertreib vor Langeweile«, erwiderte er gähnend. »Ach! Ich fühle schon, wie sie mich beschleicht. Mein Leben ist eine fortdauernde Anstrengung, mich dem Alltäglichen zu entziehen. Diese kleinen Probleme verhelfen mir dazu.«

»Und Sie werden damit zum Wohltäter der Menschheit«, sagte ich.

Er zuckte die Achseln. »Nun ja, vielleicht ist's schließlich doch ein klein wenig nützlich«, bemerkte er. »›L'homme, ce n'est rien – l'œuvre c'est tout‹, wie Gustave Flaubert an George Sand schrieb.«

Der geheimnisvolle Mord im Tal von Boscombe

Wir saßen eines Morgens beim Frühstück, meine Frau und ich, als uns das Dienstmädchen eine Depesche hereinbrachte. Sherlock Holmes telegrafierte folgendes:

»Haben Sie zwei Tage frei? Werde soeben telegrafisch nach Westengland gerufen wegen des Mordes im Tal von Boscombe. Freute mich, wenn Sie mitkämen. Luft und Gegend köstlich. Ab Paddington 11 Uhr 15.«

»Was meinst du, lieber Mann, fährst du mit?«, fragte meine Frau, zu mir herüberblickend.

»Ich weiß wirklich nicht, was ich sagen soll; meine Krankenliste ist eben jetzt ziemlich lang.«

»Ach was, Anstruther wird dich vertreten. Du siehst in letzter Zeit etwas angegriffen aus, und ein Ausspannen tut dir gut; überdies interessieren dich ja Sherlock Holmes' Fälle stets ganz besonders.«

»Wie sollten sie auch nicht, da ich ja einem derselben deine Bekanntschaft verdanke. Soll ich aber wirklich mit, muss ich mich beeilen, es bleibt mir ja nur eine halbe Stunde.«

Das Lagerleben in Afghanistan hatte wenigstens den Vorteil gehabt, aus mir einen jederzeit fix und fertigen Reisenden zu machen. Ich brauchte nicht viel unterwegs, saß deshalb bald mit meiner Reisetasche im Wagen und rollte dem Bahnhof von Paddington zu. Sherlock Holmes schritt bereits dort auf und ab; seine hohe, hagere Gestalt erschien im langen, grauen Reisemantel und in der knappen Tuchmütze noch größer und abgemagerter als sonst.

»Das ist wirklich hübsch von Ihnen, dass Sie kommen, Watson«, sagte er. »Für mich ist's ein großer Vorteil, einen ganz zuverlässigen Begleiter bei mir zu haben. Hilfe am Ort ist stets entweder wertlos oder parteiisch. Wollen Sie zwei Eckplätze belegen, dann hole ich die Fahrkarten.«

Wir blieben allein im Wagen mit einem ganzen Stoß Zeitungen und Papieren, die Holmes mitgebracht hatte.

Bis zur Station Reading blätterte er hin und her, las, schrieb Notizen auf und dachte dazwischen nach. Dann raffte er plötzlich alles zusammen und warf es oben in das Gepäcknetz.

»Haben Sie schon von dem Fall gehört?«, fragte er.

»Kein Wort; ich las in den letzten Tagen keine Zeitung.«

»Die Londoner Presse brachte wenig ausführliche Berichte. Ich sah soeben die neuesten Zeitungen durch, um die Einzelheiten zu überblicken. Wie mir scheint, ist es einer jener ganz einfachen Fälle, die so außerordentlich schwierig sind.«

»Das lautet etwas widersprüchlich.«

»Und doch liegt tiefe Wahrheit darin. Je weniger absonderlich, je gewöhnlicher ein Verbrechen ist, desto schwieriger lässt es sich entdecken. In diesem Fall liegt eine schwere Anklage gegen den Sohn des Ermordeten vor.«

»Also handelt es sich um einen Mord?«

»Wenigstens nimmt man einen solchen an. Ich aber nehme nichts an, ehe ich nicht die Sache persönlich geprüft habe. Ich will Ihnen in aller Kürze den Tatbestand mitteilen, soweit ich ihn selbst zu erkennen vermag.

Das Tal von Boscombe ist ein Landbezirk, nicht gar weit von Ross in Herefordshire gelegen. Der größte Landbesitzer dort ist ein Mr John Turner, der in Australien reich wurde und vor Jahren in die alte Heimat zurückkehrte. Eines seiner Güter, es heißt Hatherley, war an Mr Charles McCarthy verpachtet – gleichfalls ein ehemaliger Australier. Die beiden Männer hatten sich in den Kolonien kennengelernt, und so war es begreiflich, dass sie sich möglichst nahe beisammen niederließen. Turner war offenbar der reichere von beiden, deshalb wurde McCarthy sein Pächter, was ihn jedoch nicht abgehalten zu haben scheint, auf völlig gleichem Fuß mit jenem zu verkehren. McCarthy hatte einen Sohn von achtzehn Jahren, Turner eine Tochter in gleichem Alter, und beide waren Witwer. Sie scheinen jeden Verkehr mit den englischen Familien der Umgegend gemieden zu haben und lebten sehr zurückgezogen, obwohl Vater und Sohn McCarthy den Sport liebten und sich oft bei den Pferderennen der Nachbarschaft einfanden. McCarthy hielt zwei Dienstboten, einen Diener und eine Köchin, während Turner deren weit mehr, wenigstens ein halbes Dutzend, im Haus hatte. Das ist so ziemlich alles, was ich über die Familien zu erfahren vermochte. Und nun zu den Tatsachen, die mit dem Verbrechen selbst zusammenhängen.

Am 3. Juni – also vorigen Montag – verließ McCarthy sein Haus in Hatherley, ungefähr um 3 Uhr nachmittags, und ging hinab zum Boscombe-Teich, einem kleinen See, der durch die plötzliche Verbreiterung des Flusses unten im Tal entsteht. Am Morgen war er mit seinem Diener in Ross gewesen und hatte sich diesem gegenüber geäußert, er müsse sich beeilen, weil er um 3 Uhr eine wichtige Besprechung verabredet habe; von dieser kehrte er nicht mehr lebendig zurück.

Das Pachthaus Hatherley liegt eine Viertelmeile vom Teich entfernt, und auf dem Weg dahin wurde McCarthy von zwei Personen gesehen: von einer alten Frau, deren Name nicht genannt wird, und von William Crowder, einem Wildhüter im Dienst Mr Turners. Beide Zeugen sagen aus, dass McCarthy allein ging. Der Wildhüter fügt hinzu, er sei, wenige Minuten nachdem McCarthy vorübergegangen, auch dessen Sohn, John McCarthy, mit einer Flinte unterm Arm, auf demselben Weg begegnet, und er glaubt gewiss, der Vater müsse noch in Sicht gewesen sein, als ihm der Sohn folgte. Er habe nicht weiter an die Sache gedacht, bis er abends von dem schrecklichen Ereignis hörte.

Auch noch später wurden die beiden McCarthys gesehen, nachdem sie der Wildhüter aus den Augen verloren hatte. Der Boscombe-Teich ist rings von dichtem Wald umgeben, nur hart am Ufer wächst ein Streifen Gras und Rohr. Patience Moran, die Tochter des Gutsaufsehers von Boscombe, war gerade im Wald, um Blumen zu pflücken. Sie sagt aus, dass sie von dort Mr McCarthy und seinen Sohn dicht am Teich in augenscheinlich heftigem Streit gesehen habe; sie hörte, wie der Vater dem Sohn sehr harte Worte zurief, und sah auch, dass letzterer die Hand erhob, als wolle er den Vater schlagen. Über die Heftigkeit der beiden Männer erschrocken, rannte das junge Mädchen nach Hause, erzählte der Mutter, was sie bei dem Boscombe-Teich gesehen, und äußerte ihre Befürchtung, die beiden könnten zu Tätlichkeiten übergehen. Kaum hatte sie dies gesprochen, stürzte auch schon der junge McCarthy herbei. Er rief, er habe seinen Vater tot im Wald gefunden, und bat den Aufseher um Hilfe. Er war sehr aufgeregt, trug weder Hut noch Gewehr, und an seiner rechten Hand und am rechten Ärmel waren Blutspuren sichtbar. Die Leute folgten dem jungen Mann und fanden die Leiche des Vaters im Gras neben dem Teich ausgestreckt. Der Schädel war durch wiederholte Schläge mit einer stumpfen Waffe eingeschlagen worden. Die Verletzungen konnten sehr wohl vom Flintenkolben des Sohnes herrühren; die Flinte lag nur wenige Schritte von der Leiche entfernt im Gras. Unter diesen Umständen wurde der junge Mann sofort verhaftet, und da nach der Voruntersuchung am Dienstag die Anklage auf ›vorsätzliche Tötung‹ lautete, wurde er am Mittwoch der Staatsanwaltschaft von Ross zugeführt, die den Fall vor die nächste Schwurgerichtssession bringen wird. Das ist der einfache Hergang, wie er sich vor dem Untersuchungsrichter und auf dem Polizeiamt herausgestellt hat.«

»Ich kann mir kaum einen Fall denken«, bemerkte ich, »wo alle Umstände so bestimmt auf den Täter hinweisen wie hier.«

»Mit diesen Indizienbeweisen steht es oft misslich«, meinte Holmes nachdenklich. »Oft weisen sie sehr deutlich auf einen bestimmten Punkt hin, verändert man aber den eigenen Standpunkt nur ein klein wenig, ergibt sich leicht, dass sie in ebenso unzweideutiger Weise ganz woanders hinzielen. Hier freilich treten die Tatsachen sehr ernst gegen den jungen Mann auf, und es ist wohl möglich, dass er der Schuldige ist. Jedoch glauben einige in der Nachbarschaft – unter diesen auch Miss Turner, die Tochter des benachbarten Gutsherrn – an seine Unschuld; sie hat Lestrade, den Sie aus einer anderen Geschichte kennen, gebeten, den jungen Mann zu verteidigen. Lestrade, dem die Sache etwas rätselhaft erschien, übertrug sie mir, und darum fahren wir zwei gesetzte Herren jetzt eben mit dem Schnellzug nach Westen statt behaglich daheim unser Frühstück zu verdauen.«

»Ich fürchte, die Tatsachen sprechen hier so unverkennbar, dass für Sie bei dieser Geschichte wenig Ruhm zu holen ist.«

»Nichts täuscht leichter als eine ›unverkennbare Tatsache‹«, erwiderte Holmes lachend. »Außerdem haben wir vielleicht Glück und stoßen auf eine andere ›unverkennbare Tatsache‹, die Mr Lestrade trotzdem verkannte. Nun – ohne ruhmredig sein zu wollen, was ich nicht bin, wie Sie wissen – möchte ich doch behaupten, dass ich seine Theorie entweder bestätigen oder zunichte machen werde durch Mittel, zu deren Anwendung er nicht fähig ist und die er vielleicht nicht einmal begreift. Nehmen wir einmal das erste beste Beispiel: Ich weiß genau, wenn ich Sie ansehe, dass das Fenster in Ihrem Schlafzimmer auf der rechten Seite liegt, und doch bezweifle ich, ob Mr Lestrade selbst etwas so Unverkennbares bemerken würde.«

»Wie in aller Welt …?«

»Mein lieber Freund, ich kenne Sie genau, kenne Ihre ganz militärische Pünktlichkeit. Sie rasieren sich jeden Morgen, und zu dieser Jahreszeit rasieren Sie sich bei Tageslicht; da aber Ihre Rasur immer mangelhafter wird, je weiter es nach links kommt, ja an der Rundung der Kinnlade geradezu nachlässig ist, muss offenbar die linke Seite nicht so hell beleuchtet sein wie die rechte. Ich könnte mir nicht vorstellen, dass ein Mann wie Sie mit einem solchen Ergebnis zufrieden wäre, wenn er sich in gleichmäßigem Licht rasierte. Ich erwähne dies nur als ein geringfügiges Beispiel von Beobachtung und Folgerung. Darin eben liegt mein Handwerk, und möglicherweise wird es in der uns bevorstehenden Untersuchung von einigem Nutzen sein. Es sind einige nebensächliche Punkte in der Voruntersuchung zur Sprache gekommen, die der Betrachtung wert sind.«

»Und diese wären?«

»Wie es scheint, wurde der junge Mann nicht sofort verhaftet, sondern erst nach seiner Rückkehr im Pachthof von Hatherley. Als ihm seine Verhaftung angezeigt wurde, meinte er, das überrasche ihn nicht, er habe nichts anderes erwartet. Diese Bemerkung aus seinem Munde musste selbstverständlich jeden Zweifel, den die Gerichtsleute noch hegen konnten, beseitigen.«

»Es war ein Geständnis«, rief ich aus.

»Nein, denn es folgten ihm Unschuldsbeteuerungen.«

»Zum Schluss einer solchen Reihe belastender Umstände war es wenigstens eine höchst verdächtige Bemerkung.«

»Im Gegenteil, Watson; für den Augenblick sehe ich es als den hellsten Lichtpunkt an, der die finsteren Wolken durchbricht. Wenn er noch so unschuldig ist, müsste er doch ein arger Dummkopf sein, um nicht einzusehen, wie schwer alles gegen ihn zeugt. Hätte er bei der Verhaftung Überraschung gezeigt oder Entrüstung geheuchelt, wäre mir das höchst verdächtig erschienen, denn diese Empfindungen wären nach Lage der Sache unnatürlich gewesen, konnten aber doch dem Verbrecher als das Klügste erscheinen. Das offene Auftreten des Sohnes kennzeichnet entweder seine Unschuld oder seine große Festigkeit und Selbstbeherrschung. Was nun jene Äußerung betrifft, er habe nichts anderes erwartet, so war auch sie nicht unnatürlich, wenn Sie bedenken, dass er vor dem entseelten Körper seines Vaters stand und dass er zweifellos an jenem Tag seine kindliche Pflicht so weit vergessen hatte, um mit seinem Vater in Streit zu geraten, ja sogar – nach der so wichtigen Aussage des jungen Mädchens – die Hand wie zum Schlag wider ihn zu erheben. Der Selbstvorwurf und die Reue, die in seiner Bemerkung liegen, scheinen mir eher auf eine reine als auf eine schuldige Seele zu deuten.«

Ich schüttelte den Kopf. »Gar mancher wurde auf schwächere Beweisgründe hin gehenkt.«

»So ist's – und gar mancher wurde unschuldig gehenkt.«

»Was sagt der junge Mann selbst über die Sache aus?«

»Ich fürchte, was er sagt, ist für seine Verteidiger wenig ermutigend; dennoch sind einige Punkte wohl zu beachten. Hier steht es. Lesen Sie selbst.«

Holmes suchte in seinem Aktenbündel eine Nummer des Lokalblattes von Herefordshire, und nachdem er die Seite überflogen, deutete er auf den Abschnitt, in dem über die Aussage des unseligen jungen Mannes selbst berichtet wurde. Ich setzte mich bequem in die Ecke und las den Verhandlungsbericht mit Aufmerksamkeit:

»Nunmehr wurde Mr James McCarthy, der einzige Sohn des Verewigten, vorgeführt; er sagte folgendes aus: ›Ich war drei Tage vom Haus abwesend und kehrte erst am Montagmorgen, am 3., von Bristol zurück. Bei meiner Ankunft traf ich meinen Vater nicht daheim, und das Dienstmädchen sagte mir, er sei mit dem Diener, John Cobb, nach Ross hinübergefahren. Kurz nach meiner Rückkehr hörte ich seinen Wagen im Hof einfahren. Ich trat an das Fenster, sah ihn aussteigen und sich rasch vom Hof entfernen – in welche Richtung, wusste ich selbst nicht. Da nahm ich mein Gewehr und schlenderte zum Teich von Boscombe mit der Absicht, auf der anderen Seite desselben den Kaninchenbau zu durchsuchen. Unterwegs sah ich William Crowder, den Wildhüter, was derselbe bereits bestätigte; nur irrt er in seiner Annahme, dass ich dem Vater folgte. Ich hatte keine Ahnung, dass er vor mir ging. Etwa hundert Schritt vom Teich entfernt vernahm ich den Ruf »Cooee«, das gewöhnliche Zeichen zwischen meinem Vater und mir. Ich eilte der Stimme nach und fand meinen Vater am Wasser. Mein Erscheinen schien ihn etwas zu überraschen, und er fragte ziemlich barsch, was ich da wolle. Es entspann sich ein Gespräch, das bald zum Wortwechsel, ja fast zu Tätlichkeiten führte, denn mein Vater war ein sehr jähzorniger Mann. Als ich sah, dass sein Zorn keine Grenzen mehr kannte, verließ ich ihn und ging nach dem Pachthof von Hatherley zurück. Kaum war ich etwa 150 Schritte weit fort, so hörte ich hinter mir einen furchtbaren Schrei, der mich veranlasste zurückzulaufen. Ich fand meinen Vater sterbend am Boden mit einer schweren Verletzung am Kopf. Ich warf mein Gewehr weg und hielt ihn in den Armen, doch starb er unmittelbar darauf. Ein Weilchen kniete ich neben ihm, dann eilte ich zum Gutswächter des Mr Turner, dessen Haus zunächst lag, und bat um Hilfe. Als ich zurückkehrte, sah ich niemand in der Nähe meines Vaters, habe auch keine Ahnung, wie er zu seinen Verletzungen gekommen ist. Er war nicht eben beliebt, da in seinem

Benehmen etwas Kaltes und Abweisendes lag; doch soviel mir bekannt ist, hatte er keine wirklichen Feinde. Weiter weiß ich nichts zu sagen.‹

Untersuchungsrichter: ›Hat Ihnen Ihr Vater vor seinem Tod irgendwelche Mitteilung gemacht?‹

Zeuge: ›Er murmelte einige Worte, doch konnte ich nur etwas wie »a rat« (eine Ratte) verstehen.‹

Untersuchungsrichter: ›Um was handelte es sich bei Ihrem letzten Streit mit Ihrem Vater?‹

Zeuge: ›Ich bitte, mir die Antwort auf diese Frage zu erlassen.‹

Untersuchungsrichter: ›Ich bedaure, darauf dringen zu müssen.‹

Zeuge: ›Ich kann es Ihnen wirklich nicht sagen. Doch vermag ich Ihnen die Versicherung zu geben, dass es durchaus in keiner Beziehung zu dem stand, was nachher geschah.‹

Untersuchungsrichter: ›Darüber hat der Gerichtshof zu entscheiden. Ich brauche Sie nicht erst darauf aufmerksam zu machen, dass Ihre Weigerung zu antworten Ihrer Sache im bevorstehenden Verfahren nur Nachteil bringen kann.‹

Zeuge: ›Und dennoch muss ich es ablehnen.‹

Untersuchungsrichter: ›Verstehe ich Sie recht, so war der Ruf »Cooee« das gewöhnliche Zeichen zwischen Ihnen und dem Vater?‹

Zeuge: ›Ja.‹

Untersuchungsrichter: ›Wie kam es wohl, dass er den Ruf ausstieß, ehe er Sie gesehen, ja ehe er überhaupt wusste, dass Sie aus Bristol zurückgekehrt waren?‹

Zeuge – in sichtlicher Verlegenheit: ›Das weiß ich nicht.‹

Ein Beisitzer: ›Haben Sie in dem Augenblick, wo Sie auf den Ruf Ihres Vaters zurückeilten und Ihren Vater schwer verletzt auffanden, nichts wahrgenommen, das Ihren Argwohn erregt hätte?‹

Zeuge: ›Nichts Bestimmtes.‹

Untersuchungsrichter: ›Was meinen Sie damit?‹

Zeuge: ›Ich war so ergriffen und aufgeregt, als ich aus dem Wald ins Freie lief, dass ich an nichts anderes denken konnte als an meinen Vater. Doch habe ich eine dunkle Vorstellung, als hätte ich beim Vorwärtsstürzen einen Gegenstand zu meiner Linken liegen sehen. Es schien mir etwas Graufarbiges – irgendein Rock oder vielleicht ein Plaid. Als ich mich wieder von meinem Vater aufrichtete, sah ich danach; doch es war fort.‹

Untersuchungsrichter: ›Meinen Sie, dass der Gegenstand verschwand, ehe Sie Hilfe holten?‹

Zeuge: ›Ja, er war fort.‹

Untersuchungsrichter: ›Sie können nicht sagen, was es war?‹

Zeuge: ›Nein, mir war nur, als läge dort etwas.‹

Untersuchungsrichter: ›Wie weit weg von der Leiche?‹

Zeuge: ›Etwa zwölf Schritt.‹

Untersuchungsrichter: ›Und wie weit vom Saum des Waldes?‹

Zeuge: ›Ungefähr ebenso weit.‹

Untersuchungsrichter: ›Mithin wäre der Gegenstand entfernt worden, während Sie nur zwölf Schritt davon standen?‹

Zeuge: ›Ja, während ich demselben den Rücken zukehrte.‹

Hiermit schloss das Verhör.«

»Wie ich sehe«, sagte ich, indem ich den Bericht vollends überflog, »lautet die Schlussfolgerung des Untersuchungsrichters ernst für den jungen McCarthy. Er weist – und das mit Recht – auf den Widerspruch hin, wonach der Vater den Sohn gerufen, bevor er ihn gesehen habe, sowie auf die Weigerung des Verhafteten, Näheres über sein Gespräch mit dem Vater mitzuteilen, und auf die sonderbaren Angaben über die letzten Worte des Sterbenden. Das alles spricht, wie er bemerkt, sehr gegen den Sohn.«

Holmes lachte leise in sich hinein und streckte sich auf dem Polster aus. »Sie und der Untersuchungsrichter, Sie haben sich beide alle Mühe gegeben«, sagte er, »die allerstärksten Punkte zu Gunsten des jungen Mannes herauszusuchen. Sehen Sie denn nicht, dass Sie ihm einerseits zu viel, andererseits zu wenig Erfindungsgabe zutrauen? Zu wenig, wenn er nicht einmal imstande sein soll, einen Anlass des Streites zu erfinden, wodurch er sich die Teilnahme des Gerichtshofes sichern könnte; zu viel, wenn er aus freien Stücken etwas so Überspanntes erfände, wie die Erwähnung einer Ratte vonseiten eines Sterbenden und den Vorfall mit dem verschwundenen Kleidungsstück. Nein, Watson, ich betrachte diese Angelegenheit von dem Standpunkt aus, dass das, was der junge Mann sagt, wahr ist; wir wollen sehen, wohin uns diese Annahme führt. Und nun hole ich mir meinen Plutarch aus der Tasche und sage kein Wort mehr über die ganze Sache, ehe wir an Ort und Stelle sind. – Wir frühstücken in Swindon, in zwanzig Minuten sind wir dort, wie ich eben sehe.«

Erst kurz vor vier Uhr erreichten wir das hübsche Landstädtchen Ross, nachdem wir durch das schöne Tal von Stroud und über den breiten, glitzernden Severn gefahren waren. Ein hagerer Mann mit schlauem, verschmitztem Blick erwartete uns auf dem Bahnsteig. Trotz des hellbraunen Staubmantels und der Ledergamaschen, die er wohl der ländlichen Umgebung zu Ehren trug, erkannte ich auf den ersten Blick Lestrade, den bekannten Londoner Detektiv. Mit ihm fuhren wir zum ›Hereford Arms‹, wo bereits ein Zimmer für uns bestellt war.

»Unten steht ein Wagen für uns«, sagte Lestrade, als wir bei einer Tasse Tee saßen; »ich kenne Ihre Energie und weiß, dass Sie nicht rasten werden, ehe Sie den Schauplatz des Verbrechens aufgesucht haben.«

»Das war von Ihnen ebenso lobenswert wie liebenswürdig. Unsere Fahrt hängt gänzlich vom Barometer ab.«

Lestrade schien überrascht.

»Ich begreife nicht recht«, sagte er.

»Wie steht das Wetterglas? Gut – auf neunundzwanzig. Kein Wind, keine Wolke am Himmel. Ich habe hier ein Kästchen Zigaretten, die geraucht sein wollen, und das Sofa scheint mir besser als die sonst im Gasthof üblichen Martersitze. Also werde ich heute sehr wahrscheinlich den Wagen nicht brauchen.«

Lestrade lächelte fast nachsichtig. »Zweifellos haben Sie sich bereits Ihre Ansicht über den Tatbestand aus den Zeitungsberichten gebildet. Die Sache ist so klar wie Wasser, und je länger man sich damit beschäftigt, desto klarer wird sie. Doch darf man einer Dame – obendrein einer, die so bestimmt auftritt – nicht widersprechen, obwohl ich ihr wiederholt versicherte, dass Sie, Mr Holmes, auch nichts anderes tun können, als was ich bereits getan habe. Wahrlich! Da hält ihr Wagen an der Tür!«

Lestrade hatte kaum ausgesprochen, da stürzte auch schon eine der lieblichsten Jungfrauen herein, die ich je gesehen. Ihre Veilchenaugen leuchteten, ihre Lippen waren halb geöffnet, ihre Wangen glühten, und bei ihrer überwältigenden Aufregung und Sorge war jeglicher Gedanke an Zurückhaltung gegenüber einem Fremden von ihr gewichen.

»Ach, Mr Holmes!«, rief sie, während ihr Blick zwischen ihm und mir hin- und herschweifte, bis er mit dem sicheren Gefühl des Weibes auf meinem Gefährten haften blieb, »Mr Holmes, ich bin so froh, dass Sie gekommen sind. Ich fuhr rasch her, um Ihnen das zu sagen. Ich weiß bestimmt, dass James unschuldig ist, und Sie sollen es auch wissen, ehe Sie Ihre Tätigkeit beginnen – Sie dürfen keinen Augenblick daran zweifeln. Wir sind von Kindheit an zusammen gewesen, und ich kenne seine Fehler wie sonst niemand; er ist zu herzensgut, um nur einer Fliege weh zu tun. Wer ihn kennt, muss eine solche Anklage für die größte Torheit halten.«

»Ich hoffe, es gelingt uns, ihn zu rechtfertigen, Miss Turner«, sagte Sherlock Holmes. »Verlassen Sie sich auf mich – was in meinen Kräften steht, das soll geschehen.«

»Sie haben doch die Anklage gelesen? Sie haben Schlüsse daraus gezogen – sehen Sie keinen Ausweg, keine Rettung? Halten Sie ihn nicht selbst für unschuldig?«

»Mir erscheint seine Unschuld sehr wahrscheinlich.«

»Sehen Sie wohl!«, rief das junge Mädchen aus und warf einen triumphierenden Blick auf Lestrade. »Da hören Sie's! Er gibt mir Hoffnung.«

Lestrade zuckte die Achseln: »Ich fürchte, mein Kollege ist etwas voreilig in seinen Schlüssen.«

»Aber er hat recht – ich weiß, dass er recht hat. Nie und nimmer hat James das getan. Und was den Streit mit seinem Vater betrifft, so bin ich überzeugt, dass er nur deshalb im Verhör nicht darüber berichten wollte, weil es sich um mich handelte.«

»Inwiefern?«, fragte Holmes.

»Es wäre unrecht, jetzt noch etwas verbergen zu wollen. James hatte oft Meinungsverschiedenheiten mit seinem Vater wegen mir. Mr McCarthy wünschte dringend, dass wir uns heiraten sollten. James und ich liebten einander von jeher wie Geschwister, aber er ist jung, hat noch wenig vom Leben gesehen und – und – daher mochte er sich noch nicht binden. So gab es denn oft Streit, und gewiss handelte es sich auch dieses Mal darum.«

»Und war Ihr Vater solcher Verbindung zugeneigt?«, fragte Holmes.

»Nein. Er war ganz dagegen. Nur Mr McCarthy war dafür.« Das frische, junge Gesicht erglühte, als Holmes seinen fragenden, durchdringenden Blick auf sie heftete.

»Ich danke Ihnen für diese Mitteilung«, sagte er. »Werde ich Ihren Herrn Vater treffen, wenn ich morgen vorspreche?«

»Ich fürchte, der Arzt wird es nicht erlauben.«

»Der Arzt?«

»Mein armer Vater kränkelt schon seit Jahren, und der schreckliche Vorfall hat ihn vollends niedergeworfen. Er liegt zu Bett, und Dr. Willows erklärt, seine Nerven seien ganz zerrüttet. Mr McCarthys Tod ging Vater umso näher, als derselbe sein einziger Bekannter aus der Zeit war, die er in Viktoria zugebracht hat.«

»So – in Viktoria! Das ist wichtig.«

»Ja, er war in den Minen.«

»Richtig – in den Goldminen, wo Mr Turner – soviel ich gehört habe – sein Vermögen erworben hat.«

»Jawohl.«

»Ich danke Ihnen, Miss Turner. Sie sind mir wesentlich von Nutzen gewesen.«

»Nicht wahr, Mr Holmes, Sie lassen es mich wissen, wenn Sie morgen Neues erfahren haben sollten. Gewiss werden Sie James im Gefängnis aufsuchen; ach, bitte, dann sagen Sie ihm, dass ich von seiner Unschuld überzeugt bin.«

»Das will ich tun, Miss Turner.«

»Jetzt muss ich heimeilen, denn Papa ist schwer krank, und er vermisst mich sehr, wenn ich nicht bei ihm bin. Leben Sie wohl, und Gott helfe Ihnen gnädig weiter.«

Rasch, wie das junge Mädchen gekommen, eilte sie jetzt davon, und wir vernahmen von der Straße her das Rollen ihrer Wagenräder.

»Fast sollte ich mich Ihrer schämen, Holmes«, sprach Lestrade würdevoll nach kurzem Schweigen.

»Warum Hoffnungen erwecken, denen Enttäuschung folgen muss? Ich bin nicht sonderlich weichherzig – das nenne ich aber grausam.«

»Ich glaube eben bestimmt, James McCarthys Freisprechung erlangen zu können«, sagte Holmes. »Haben Sie einen Erlaubnisschein, ihn im Gefängnis aufzusuchen?«

»Ja, aber nur für Sie und mich.«

»Da will ich meinen Entschluss, heute nicht mehr fortzugehen, doch noch einmal überlegen. Haben wir noch Zeit, um den Zug nach Hereford zu benutzen und den Angeklagten zu sehen?«

»Reichlich genug.«

»So wollen wir hin. Watson, lassen Sie sich die Zeit nicht lang werden, ich bleibe nur wenige Stunden fort.«

Ich begleitete die beiden an den Bahnhof, schlenderte dann durch die Straßen der kleinen Stadt und kehrte schließlich in meinen Gasthof zurück; dort streckte ich mich aus und versuchte, mich in einen Roman zu vertiefen. Die Geschichte war jedoch so flach und unbedeutend im Vergleich zu dem düsteren Geheimnis, das uns beschäftigte, dass meine Gedanken fortwährend von der Dichtung in die Wirklichkeit schweiften, bis ich schließlich das Buch beiseitewarf und mich ganz meinen Betrachtungen über die Ereignisse des heutigen Tages hingab. Angenommen, der unglückliche Jüngling hätte die Wahrheit gesprochen, welches völlig unerwartete, unselige Ereignis, welcher teuflische Umstand konnte eingetreten sein in der kurzen Zeit zwischen seinem Weggehen vom Vater und dem Augenblick, da er durch den Angstschrei zu ihm zurückgerufen wurde? Es musste etwas Schreckliches sein. Aber was? Könnte vielleicht die Art der Verletzung meinem ärztlichen Blick Näheres verraten? Ich klingelte und verlangte das Wochenblatt, welches einen wörtlichen Bericht über das Verhör enthielt. Nach Aussage des Wundarztes war am Kopf das hintere Drittel des linken Scheitelbeins und die linke Hälfte des Hinterhauptbeins durch einen heftigen Schlag mit einer stumpfen Waffe zerschmettert worden. Ich bezeichnete die Stelle an meinem eigenen Kopf. Offenbar musste ein solcher Schlag von rückwärts geführt worden sein. Gewissermaßen war das für den Angeklagten ein entlastender Umstand, denn als man ihn mit dem Vater streiten sah, stand er diesem gegenüber. Ganz stichhaltig war es freilich nicht, denn der Alte konnte sich auch umgedreht haben, ehe der Hieb fiel. Dennoch lohnte es sich vielleicht, Holmes darauf aufmerksam zu machen. Dazu kam die sonderbare Hinweisung des Sterbenden auf eine Ratte. Was mochte das bedeuten? Delirium war es nicht. Ein Mann, der einen plötzlichen Tod erleidet, spricht nicht leicht irre. Nein – wahrscheinlicher ist's, dass er damit angeben wollte, wie ihn das Schicksal ereilt habe. Aber worauf konnte es sich beziehen? Ich zerbrach mir den Kopf hierüber; – und nun noch das graue Tuch, das der junge McCarthy gesehen haben wollte. Beruhte das nicht auf Täuschung, so musste der Mörder auf der Flucht ein Kleidungsstück, wahrscheinlich den Überzieher, verloren und die Frechheit gehabt haben, umzukehren, um das Vermisste zu holen, in dem Augenblick, wo der Sohn kaum zwölf Schritte entfernt am Boden kniete und ihm den Rücken zuwandte. Welch ein geheimnisvolles Gewebe von Unwahrscheinlichkeiten bot die ganze Geschichte! Lestrades Auffassung wunderte mich nicht, und doch traute ich so fest auf meines Freundes Einsicht, dass ich die Hoffnung nicht aufgab; schien doch jeder neue Nebenumstand ihn in seiner Überzeugung von der Unschuld des jungen Mannes zu bestärken.

Sherlock Holmes kehrte erst spät zurück; er kam allein, denn Lestrade hatte sein Quartier in der Stadt genommen.

»Der Barometer steht noch sehr hoch«, bemerkte er, sich niederlassend. »Es ist wichtig, dass wir den Schauplatz besuchen, ehe es regnet; andererseits ist es aber auch vonnöten, dass sich der Mensch frisch und gestärkt an eine so peinliche Arbeit macht. Von langer Fahrt ermüdet, möchte ich sie nicht unternehmen. Ich habe indessen den jungen McCarthy gesehen.«

»Und was erfuhren Sie von ihm?«

»Nichts.«

»Vermochte er nichts aufzuklären?«

»Gar nichts. Erst neigte ich zu der Annahme, er kenne den Täter und wolle ihn oder sie nur schonen, jetzt aber bin ich überzeugt, er weiß so wenig davon wie die anderen. Er scheint nicht gerade aufgeweckt zu sein, macht aber einen angenehmen und gutherzigen Eindruck.«

»Sein Geschmack aber imponiert mir wenig«, warf ich ein, »wenn er wirklich nicht geneigt sein sollte, ein so reizendes Geschöpf wie Miss Turner zu heiraten.«

»Das hängt freilich mit einer misslichen Geschichte zusammen. Der junge Mensch ist bis über die Ohren in sie verliebt, aber vor zwei Jahren, noch ehe er das junge Mädchen recht kannte, welches fünf Jahre in der Pension war, fiel das Bürschchen (das damals kaum die Kinderschuhe ausgetreten hatte) in die Netze einer Kellnerin in Bristol und heiratete diese vor dem Standesamt. Kein Mensch weiß davon, und nun begreifen Sie, in welcher heillosen Lage der junge Mann steckte. Es geschah aus reiner Verzweiflung, dass er seine Hände gen Himmel erhob, als ihn sein Vater bei ihrer letzten Begegnung drängte, um Miss Turner anzuhalten. Sein Vater – wie ich allgemein hörte, ein harter Mann – würde ihn einfach verstoßen haben, hätte er die Wahrheit erfahren. Der Junge hatte sich die letzten drei Tage bei seiner Frau Kellnerin in Bristol aufgehalten, und sein Vater wusste nicht, wo er war. Beachte diesen Umstand wohl; er ist wichtig. Die Sache nahm jedoch für den jungen McCarthy einen glücklichen Verlauf; denn kaum hatte die Kellnerin aus der Zeitung vernommen, in welcher misslichen Lage sich ihr Gatte befand und dass er möglicherweise gehenkt würde, so gestand sie ihm, dass sie bereits einen Ehemann in den Bermuda Dockyards habe, ihre Ehe also ungültig sei. Ich glaube, diese angenehme Nachricht hat den jungen Mann für alles Erlittene getröstet.«

»Aber wenn er unschuldig ist, wer hat es dann getan?«

»Ja, wer? Ich möchte Sie nur auf zwei Punkte aufmerksam machen. Erstens hatte der Ermordete eine Verabredung mit jemand unten am Teich, sein Sohn konnte dieser Jemand nicht sein, denn er war abwesend, und der Vater wusste nicht, wann er zurückkehren würde. Zweitens wurde der Ruf ›Cooee‹ aus dem Mund des Ermordeten vernommen, ehe er von der Rückkehr des Sohnes wusste. Das sind die beiden Angelpunkte, um die sich der Fall bewegt. Und nun lassen Sie uns, bitte, von anderen Dingen reden und alles übrige auf morgen verschieben.«

Wie es Holmes vorausgesehen, regnete es nicht, und der Morgen brach klar und wolkenlos an. Lestrade holte uns um neun Uhr mit dem Wagen ab, und wir fuhren zum Pachthof von Hatherley und dem Boscombe-Teich.

»Heute Morgen ist eine ernste Nachricht eingetroffen«, sprach Lestrade, »es heißt, Mr Turner sei so krank, dass man an seinem Durchkommen zweifelt.«

»Wohl ein älterer Mann?«, fragte Holmes.

»Vielleicht ein Sechziger. Der überseeische Aufenthalt hat seine Konstitution zerrüttet, und er kränkelt seit geraumer Zeit. Dieser Unglücksfall hat ihn übel mitgenommen. Er war ein alter Freund McCarthys und, wie mir scheint, sein Wohltäter, denn, wie ich hörte, überließ er ihm Hatherley pachtfrei.«

»Wirklich! Das ist recht interessant!«, sagte Holmes.

»Ja, er hat McCarthy auch sonst in jeder Weise geholfen. In der Umgegend rühmt jeder, was er alles für ihn tat.«

»Wirklich? Kommt es Ihnen nicht etwas sonderbar vor, dass dieser McCarthy, der doch sehr unvermögend war und Turner so viel verdankte, in so zuversichtlicher und bestimmter Weise von einer Verbindung seines Sohnes mit Turners Tochter – der künftigen Gutsherrin – gesprochen hat, als ob dies die einfachste Sache von der Welt wäre. Und dies wird umso befremdlicher, als bekanntlich Turner der Heirat abgeneigt war.

Die Tochter gab uns das deutlich zu verstehen. Lässt Sie das nicht auf etwas schließen?«

»Da wären wir also schon glücklich bei den Schlüssen und Folgerungen angelangt«, sagte Lestrade und zwinkerte mir zu. »Ich finde es schon schwer genug, Mr Holmes, die bloßen Tatsachen festzuhalten, ohne ausgedachten Theorien nachzujagen.«

»Sie haben recht«, sagte Holmes spöttisch, »es fällt Ihnen sehr schwer, die Tatsachen zu fassen.«

»Und doch ist mir eine Tatsache klar, die Sie nur schwer festzuhalten vermögen, wie mir scheint«, meinte Lestrade etwas erregt.

»Und das wäre?«

»Dass McCarthy senior seinen Tod von der Hand McCarthy juniors erlitt und dass alle gegenteiligen Annahmen eitel Mondschein sind.«

»Zum Glück ist Mondschein heller als Nebel«, versetzte Holmes lachend, »doch irre ich nicht, so ist hier zur Linken der Pachthof von Hatherley.«

»Ja, allerdings.« – Vor uns lag ein geräumiges hübsch ausgestattetes Wohnhaus, zwei Stockwerke hoch und mit Schiefer gedeckt. Indessen verliehen die herabgelassenen Jalousien und die rauchlosen Kamine dem Gebäude ein totes Aussehen, es war, als laste die begangene Freveltat darauf. Wir klopften an, und auf Holmes' Nachfrage zeigte uns die Magd die Stiefel, welche ihr Herr am Todestag getragen, sowie ein Paar des Sohnes, wenn auch nicht diejenigen, die er damals angehabt hatte. Nachdem Holmes diese sehr genau nach sieben bis acht Richtungen gemessen hatte, ließ er sich in den Hof führen, von wo aus wir dem gewundenen Pfad zum Teich von Boscombe folgten.

Sherlock Holmes war geradezu verwandelt, wenn er sich, wie eben jetzt, auf frischer Fährte befand. Wer nur den ruhigen Denker und Logiker aus der Baker Street kannte, hätte ihn hier für einen anderen Menschen gehalten. Sein Gesicht war gerötet und schien dunkler. Seine Augenbrauen liefen in zwei scharfe, schwarze Linien zusammen, unter welchen die Augen mit stählernem Glanz hervorleuchteten. Sein Blick war zur Erde gerichtet, seine Schultern nach vorn gebeugt, die Lippen zusammengepresst, und an seinem langen, sehnigen Hals traten die Adern wie gespannte Saiten hervor. Seine Nasenflügel schienen vor wilder Jagdlust zu beben, und er war so voll und ganz bei der Sache, dass er eine an ihn gerichtete Frage oder Bemerkung kaum vernahm und höchstens mit einem raschen, ungeduldigen Knurren erwiderte. Schnell und schweigsam schritt er auf dem Pfad durch die Wiesen und dann durch den Wald zum Teich. Der Boden war, wie in der ganzen Umgegend, feuchter Moorboden, und es fanden sich auf dem Pfad selbst wie auf dem schmalen Grasstreifen daneben viele Fußspuren. Bald eilte Holmes voran, bald stand er regungslos da, und einmal ging er eine kurze Strecke auf die Wiese. Lestrade und ich schritten hinter ihm drein; der Detektiv gleichgültig und würdevoll, während ich jeder Bewegung meines Freundes gespannt folgte, denn ich wusste genau, dass alles, was er tat, einen bestimmten Zweck hatte.

Der Boscombe-Teich, eine kleine, mit Schilf umsäumte Wasserfläche von etwa fünfzig Metern, liegt an der Grenze zwischen dem Pachtgut von Hatherley und dem Park des Mr Turner.

Drüben, über den Wäldern des jenseitigen Ufers, konnten wir die roten Türme sehen, die zu der Besitzung des reichen Eigentümers gehörten. Auf der in Richtung Hatherley gelegenen Seite des Teiches stand der Wald sehr dicht; nur ein schmaler Rand frischen Grases zog sich zwischen den Bäumen und dem Rohr hin, das den Teich begrenzte. Lestrade wies uns die genaue Stelle, wo die Leiche aufgefunden worden war; der Boden war so feucht, dass ich deutlich die Spuren sehen konnte, die der Fall des Körpers verursacht hatte. Holmes – das las man auf seinen gespannten Zügen und in seinem forschenden Blick – entnahm dem zertretenen Grasplatz noch viele anderen Dinge. Wie ein Jagdhund, der Beute wittert, lief er umher und wandte sich dann an meinen Gefährten.

»Warum sind Sie denn ins Wasser gegangen?«, fragte er.

»Ich fischte mit einem Rechen umher. Ich hoffte, irgendeine Waffe oder sonst eine Spur zu entdecken. Aber wie in aller Welt wissen Sie …?«

»Ach, papperlapapp! Jetzt habe ich keine Zeit! Ihr linker Fuß, mit seiner Drehung nach innen, ist ja allenthalben sichtbar. Dem vermöchte sogar ein Maulwurf zu folgen! Und hier verschwinden Ihre Schritte im Rohr. Ach! Wie einfach wäre vieles gewesen, hätte ich hier sein können, ehe alles wie von einer Büffelherde niedergestampft wurde. Hier kam die Gesellschaft mit dem Aufseher her, und sie hat wahrhaftig sieben bis acht Fuß um die Leiche herum alle Spuren zertrampelt. Aber hier – hier sind drei abgesonderte Abdrücke ein und desselben Fußes.« Holmes zog ein Vergrößerungsglas hervor und legte sich auf seinen Regenmantel nieder, um genauer sehen zu können, wobei er mehr mit sich selbst als mit uns sprach: »Das sind des jungen McCarthys Spuren. Zweimal ging er ruhig, und einmal lief er so geschwind, dass die Sohlen sehr kräftig, die Absätze nur ganz flüchtig eingedrückt sind. Darin liegt seine ganze Geschichte. Er lief, als er seinen Vater am Boden sah. Ferner sind hier die Fußstapfen des Vaters, als er auf- und abging – was ist aber das? Das Kolbenende des Gewehrs an der Stelle, wo der Sohn stand und aufhorchte. – Und dies? – Ha! Ha! Was haben wir hier? Fußspitzen! Fußspitzen! Und das sind breite – ganz ungewöhnliche Stiefel! Sie kommen – gehen – kommen wieder – natürlich wegen des Mantels, wo aber kamen sie her?« Holmes lief auf und ab, bald fand er die Spur, bald verlor er sie, bis wir an der Waldecke zu einer Buche, dem größten Baum der Umgegend, gelangten. Holmes ging weiter im Schatten des Baumes, legte wieder das Gesicht an den Boden und stieß einen leisen Ruf der Befriedigung aus. Lange Zeit blieb er in dieser Lage, durchsuchte Blätter und trockene Zweige, nahm, wie mich dünkte, etwas Staub in einen Briefumschlag und untersuchte mit seinem Glas nicht allein den Boden, sondern sogar die Rinde des Baumes, so hoch er reichen konnte. Ein spitzer Stein lag im Moos, auch den betrachtete er genau und nahm ihn zu sich. Dann folgte er einem Fußweg durch den Wald bis zur Landstraße, wo jede Spur verschwand.

»Das war ein höchst merkwürdiger Fall«, bemerkte er und nahm wieder sein gewohntes Wesen an. »Ich denke, das graue

Haus dort muss die Wohnung des Aufsehers sein. Ich werde wohl hineingehen, ein paar Worte mit Moran reden und vielleicht einige Zeilen schreiben. Nachher können wir zum Frühstück zurückfahren. Gehen Sie bitte voraus zum Wagen, ich folge sogleich.«

Ungefähr zehn Minuten später waren wir auf dem Weg nach Ross; Holmes hielt noch immer den Stein, den er im Wald aufgelesen hatte.

»Das könnte Sie interessieren, Lestrade«, bemerkte er und wies auf den Stein, »der Mord wurde damit ausgeführt.«

»Ich sehe keinerlei Anzeichen an dem Stein.«

»Es sind auch keine daran.«

»Wie wollen Sie es dann wissen?«

»Das Gras wuchs darunter, also lag der Stein erst seit wenigen Tagen dort. Die Stelle, wo er weggenommen worden war, ließ sich nicht finden. Er passt genau zu den Verletzungen. Von einer anderen Waffe ist keine Spur vorhanden.«

»Und der Mörder?«

»Ist ein großer Mann, der linkshändig ist, mit dem rechten Fuß hinkt, starksohlige Jagdstiefel und einen grauen Mantel trägt, indische Zigarren raucht, eine Zigarrenspitze benutzt und ein stumpfes Federmesser in der Tasche hat. Noch einige andere Indizien sind vorhanden, doch mögen diese genügen, um uns auf die rechte Fährte zu bringen.«

Lestrade lachte. »Ich gehöre leider noch immer zu den Ungläubigen«, sagte er. »Theorien sind schön und gut, aber, wie Sie wissen, haben wir's mit einem hartschlägigen englischen Schwurgericht zu tun.«

»›Nous verrons‹«, meinte Holmes gelassen. »Sie arbeiten nach Ihrer Methode – ich nach meiner. Heute Nachmittag habe ich zu tun und werde wahrscheinlich mit dem Abendzug nach London zurückkehren.«

»Und die Sache hier im Stich lassen?«

»Nein – beendigt.«

»Aber das Geheimnis?«

»Ist gelöst.«

»Wer war denn also der Mörder?«

»Der Herr, den ich beschrieb.«

»Aber wer ist er?«

»Das herauszufinden, wird gewiss nicht schwer sein. Allzu bevölkert ist ja die Umgegend nicht.«

Lestrade zuckte mit den Achseln. »Ich bin ein Praktiker«, sagte er, »und kann wirklich nicht im Land umherlaufen, um einen lahmen Herrn, der Linkshänder ist, zu suchen. Ich würde ja damit bei der ganzen Polizei zur Zielscheibe des Spottes.«

»Schon gut«, meinte Holmes gelassen. »Meine Schuld ist's nicht, wenn Sie sich blamieren. – Hier ist Ihre Wohnung. Leben Sie wohl. Vor meiner Abreise schreibe ich Ihnen noch ein Wort.«

Nachdem wir Lestrade abgesetzt hatten, fuhren wir zu unserem Hotel, wo das Frühstück bereits auf dem Tisch stand. Holmes schwieg und saß in Gedanken versunken mit schmerzlichem Ausdruck da, wie jemand, der sich in einer verwickelten Lage befindet.

»Kommen Sie her, Watson«, sagte er, als der Tisch abgeräumt war, »setzen Sie sich bequem in diesen Stuhl, und lassen Sie mich Ihnen ein Weilchen vorpredigen. Ich weiß nicht recht, was ich tun soll. Raten Sie mir. Stecken Sie Ihre Zigarre an und hören Sie.«

»Bitte, sprechen Sie.«

»Bei näherer Betrachtung fielen Ihnen und mir in der Erzählung des jungen McCarthy sofort zwei Umstände auf; mich nahmen sie zu seinen Gunsten, Sie aber gegen ihn ein. Der erste ist, dass, wie er sagt, sein Vater ›Cooee!‹ rief, ehe er ihn gesehen, der andere ist die wunderliche Erwähnung der Silben ›a rat‹ aus dem Mund des Sterbenden. Er murmelte noch mehr, aber dies war bekanntlich das einzige, was der Sohn verstand. Von diesen zwei Momenten müssen nunmehr unsere Nachforschungen ausgehen, und wir wollen sie mit der Voraussetzung beginnen, dass der junge Mann die reine Wahrheit sprach.«

»Wie erklären Sie sich denn dieses ›Cooee‹?«

»Augenscheinlich galt es nicht dem Sohn. Seines Wissens war ja der Sohn in Bristol, und es war bloßer Zufall, dass er sich in Hörweite befand. Das ›Cooee‹ sollte die Aufmerksamkeit dessen erwecken, mit dem er sich zu einer Begegnung verabredet hatte. ›Cooee!‹ ist ein entschieden australischer Ruf, der unter Australiern gebräuchlich ist. Die Vermutung liegt nahe, dass die Person, die McCarthy am Teich von Boscombe treffen sollte, in Australien gewesen war.«

»Was wollte er aber mit dem Wort ›a rat‹?«

Holmes zog ein zusammengefaltetes Blatt aus der Tasche und glättete es auf dem Tisch. »Hier ist eine Karte der Kolonie Viktoria«, sagte er. »Ich bestellte sie gestern Abend telegrafisch in Bristol.« Er bedeckte nun mit der Hand einen Teil der Karte. »Was steht hier?«, fragte er mich.

Ich las ›arat‹.

»Und hier?« Er hob die Hand auf.

»Ballarat.«

»Richtig. Das war offenbar das Wort, das der Sterbende stammelte, und von dem der Sohn nur die letzte Silbe vernahm. Er versuchte, den Namen seines Mörders zu nennen: der Soundso aus Ballarat.«

»Ganz wunderbar!«, rief ich aus.

»In der Tat! Und nun, sehen Sie, ist der Kreis schon bedeutend enger gezogen. Der Besitz eines grauen Kleidungsstückes ist ein dritter Punkt, der in Übereinstimmung mit der Aussage des Sohnes konstatiert wurde. So gelangen wir jetzt aus düsterer Unklarheit zu dem sehr bestimmten Begriff eines Australiers aus Ballarat mit einem grauen Mantel.«

»Gewiss.«

»Und zwar muss es ein Mensch sein, der in der Umgegend wohnt, denn der Teich kann nur vom Pachthof oder vom Park aus erreicht werden, wohin Fremde schwerlich kommen.«

»Ganz recht.«

»Nun folgt unsere heutige Expedition. Der Untersuchung an Ort und Stelle entnahm ich die Einzelheiten über die Persönlichkeit des Verbrechers, die ich dem Dummkopf, dem Lestrade, mitteilte.«

»Aber wie sind Sie darauf gekommen?«

»Sie kennen meine Methode. Sie beruht auf der Beobachtung von Kleinigkeiten.«

»Ich weiß, dass Sie aus der Länge der Schritte auf die Körpergröße zu schließen verstehen. Auch die Art der Stiefel verraten die Fußstapfen.«

»Ja, es waren absonderliche Stiefel.«

»Aber das Hinken?«

»Der Abdruck des rechten Fußes trat stets schwächer hervor als der des linken. Der Mann drückte weniger damit auf. Warum? Weil er hinkte – er war lahm.«

»Warum soll er linkshändig sein?«

»Sie selbst befremdete die Art der Verletzungen, wie sie der Arzt bei der Untersuchung feststellte. Der Schlag kam unmittelbar von rückwärts und traf dennoch die linke Seite. Wie könnte das sein, wäre nicht der Mörder links? Während der Unterredung zwischen Vater und Sohn muss er hinter dem Baum gestanden haben. Ja, er hat sogar dort geraucht. Ich fand Zigarrenasche, und bei meiner genauen Kenntnis der Tabakasche konnte ich zweifellos feststellen, dass sie von einer indischen Zigarre herrührte. Wie Sie wissen, habe ich mich eingehend damit beschäftigt und eine kleine Abhandlung über 140 verschiedene Arten von Pfeifen-, Zigarren- und Zigarettentabak geschrieben. Nachdem ich die Asche entdeckt, suchte und fand ich richtig den Stummel im Moos, wohin er ihn geschleudert hatte. Es war der Rest einer indischen Zigarre, wie man sie in Rotterdam rollt.«

»Und die Zigarrenspitze?«

»Ich sah, dass die Zigarre nicht im Mund gewesen war. Also bediente er sich einer Spitze. Das Ende war abgeschnitten, aber nicht glatt, woraus ich auf ein stumpfes Federmesser schloss.«

»Holmes, Sie haben diesen Menschen so fest umsponnen, dass er nicht mehr entkommen kann und einen Unschuldigen so sicher vom Tod gerettet, als hätten Sie den Strick durchgeschnitten, mit dem er bereits am Galgen hing. Ich sehe, wohin dies alles zielt. Der Schuldige ist …«

»Mr John Turner«, meldete der Kellner mit lauter Stimme, indem er unsere Zimmertür öffnete, um den Fremden hereinzulassen.

Der Eintretende war eine fremdartige, auffallende Erscheinung. Sein langsamer, hinkender Gang und die vorgebeugten Schultern ließen ihn hinfällig erscheinen; doch verrieten seine harten, rauen Züge sowie sein hünenhafter Körperbau eine ungewöhnliche Geistes- und Leibeskraft. Der starke Bart, das ergraute Haar, die buschigen, vorstehenden Augenbrauen verliehen seinem Äußeren Würde und Ansehen, aber sein Gesicht war von aschgrauer Färbung, und ein fast bläulicher Schein lag um die Lippen und die Nasenflügel. Auf den ersten Blick sah ich, dass der Mann einem chronischen, tödlichen Leiden verfallen war.

»Nehmen Sie bitte auf dem Sofa Platz«, bat Holmes freundlich. »Sie erhielten mein Briefchen?«

»Ja, der Aufseher hat es mir gebracht. Sie wünschten mich hier zu sprechen, um jedes Aufsehen zu vermeiden.«

»Ich fürchtete das Gerede der Leute, wenn ich zu Ihnen käme.«

»Und warum wünschten Sie mich zu sehen?« Er blickte mit seinen müden Augen so verzweifelt auf meinen Gefährten, als sei die Frage bereits beantwortet.

»Ja«, sagte Holmes, mehr Turners Blick als seine Worte erwidernd, »es ist so. Ich weiß alles über McCarthy.«

Der alte Mann verbarg sein Gesicht in den Händen.

»Gott stehe mir bei!«, rief er aus. »Den jungen Menschen hätte ich aber nicht ins Elend kommen lassen. Ich gebe Ihnen mein Wort darauf – wäre er vom Gericht für schuldig erklärt worden, dann hätte ich alles gestanden.«

»Ich freue mich, das von Ihnen zu hören«, versetzte Holmes sehr ernst.

»Schon jetzt würde ich gesprochen haben, wäre es mir nicht um mein geliebtes Kind zu tun. Es hätte ihr das Herz gebrochen – es wird ihr das Herz brechen, erfährt sie meine Verhaftung.«

»Vielleicht kommt es nicht dazu«, sagte Holmes.

»Was!«

»Ich bin kein Gerichtsbeamter. Soviel ich weiß, war es Ihre Tochter, die mich hierherkommen ließ, und so vertrete ich

Miss Turners Interessen. Der junge McCarthy muss natürlich freikommen.«

»Ich bin ein aufgegebener Mann«, sagte der alte Turner. »Seit Jahren leide ich an Zuckerkrankheit, mein Arzt hält es für fraglich, ob ich in vier Wochen noch lebe. Nur stürbe ich gern unter dem eigenen Dach – nicht im Zuchthaus.«

Holmes stand auf und setzte sich an den Tisch; er ergriff die Feder und legte einige Bogen Papier vor sich.

»Sagen Sie uns einfach die Wahrheit«, bat er. »Ich schreibe die Tatsachen auf; Sie setzen Ihren Namen darunter, und Watson hier dient uns als Zeuge. So kann ich Ihr Bekenntnis, sobald es unumgänglich nötig ist, um den jungen McCarthy zu retten, vorlegen; ich gelobe Ihnen jedoch, nur im äußersten Notfall davon Gebrauch zu machen.«

»Das geht«, meinte der alte Herr, »ob ich bis zu der Schwurgerichtssitzung noch lebe, ist fraglich, also kommt für mich wenig darauf an; nur meine Alice möchte ich vor der Schande bewahren. Und nun will ich Ihnen alles erklären.

Sie haben den Toten – diesen McCarthy – nicht gekannt! Es war der leibhaftige Teufel, das kann ich Ihnen wohl sagen. Gott bewahre Sie vor den Klauen eines solchen Menschen! – Seit zwanzig Jahren hielt er mich mit eisernem Griff fest und hat mir das Dasein vergällt. Erst sollen Sie erfahren, wie ich in seine Gewalt kam.

Es war Anfang der sechziger Jahre, als ich in Australien unter die Goldgräber ging. Ich war noch ein junger Kerl, heißblütig, tollkühn, zu allem bereit; ich geriet in schlechte Gesellschaft, gewöhnte mich an das Trinken, hatte Pech mit meiner Grube, schlug mich in die Wälder und wurde, um es kurz zu sagen, was man hier einen Straßenräuber nennt. Wir waren unser sechs beisammen; lebten frei und wild – bald überfielen wir ein Lager, bald die Wagen, die nach den Minen fuhren. Mich kannte man als Black Jack of Ballarat, und unser Ballaratbund ist in der Kolonie noch heute nicht vergessen.

Eines Tages lauerten wir einem Zug mit Gold auf, der von Ballarat nach Melbourne ging, und griffen ihn an. Sechs Führer waren dabei und auch wir unser sechs – also stand die Sache fraglich. Beim ersten Anprall hoben wir vier Mann aus den Sätteln. Von den unsrigen fielen drei, ehe wir den Schatz erlangten. Ich hielt dem Führer des Zuges – eben diesem McCarthy – meine Pistole an den Kopf. Wollte Gott, ich hätte damals losgedrückt!

Doch ich verschonte ihn, obwohl ich seine kleinen, boshaften Augen auf mich gerichtet sah, als wollten sie sich jeden meiner Züge einprägen. Es gelang uns, mit dem Geld zu entkommen; wir waren nun reich und kehrten nach England zurück, ohne dass ein Verdacht auf uns fiel. Hier trennte ich mich von den bisherigen Gefährten und beschloss, von nun an ein ruhiges, ehrbares Leben zu führen. Ich kaufte dieses Landgut, das eben angeboten wurde, und war bemüht, das schlecht erworbene Geld aufs Beste zu verwenden. Damals heiratete ich, doch starb meine Frau frühzeitig und hinterließ mir meine geliebte Alice. Schon als kleines Kind verstand sie es, mich auf den rechten Pfad zu leiten, wie das niemand außer ihr vermocht hatte. Kurz, ich begann ein neues Leben und tat, was ich konnte, um mein vergangenes Unrecht wieder gutzumachen. Das schien mir auch zu gelingen, bis ich McCarthy in die Klauen geriet.

Um Kapital anzulegen, war ich zur Stadt gefahren, da traf ich ihn in der Regent Street in dürftiger, zerlumpter Kleidung. ›Da sind wir, Jack‹, sagte er und fasste meinen Arm, ›du darfst uns künftig als deine Angehörigen betrachten. Wir sind zwei – ich und mein Sohn – und du wirst für unseren Unterhalt sorgen. Tust du's nicht – nun so herrscht in England Gesetz und Recht, und die Polizei ist stets zur Hand.‹

Die beiden kamen denn auch hierher; ich wurde sie nicht wieder los, und sie lebten von der Zeit an pachtfrei auf meinem besten Grund und Boden. Meine Ruhe war dahin, ich fand keinen Frieden mehr, kein Vergessen; wohin ich auch ging, so grinste sein schlaues Gesicht dicht neben mir. Je älter Alice wurde, umso schlimmer wurde es, denn er merkte sehr wohl, dass ich meine Vergangenheit noch ängstlicher vor ihr als vor den Gerichten verbarg. Alles, was er brauchte, forderte er, und er mochte fordern, was er wollte, ich gab es ihm willig:

Land, Geld, Häuser; schließlich aber forderte er, was ich ihm nicht zu geben vermochte – meine Alice.

Sein Sohn war herangewachsen und meine Tochter auch. Er wusste, dass meine Gesundheit untergraben war, und so dünkte es ihm ein guter Fang, wenn sein Junge zu meinem ganzen Besitz käme. Hierin aber blieb ich fest. McCarthy drohte. Ich war zum äußersten Widerstand entschlossen. Wir verabredeten uns zu einer Besprechung unten am Teich, der in gleicher Entfernung von meiner wie von seiner Wohnung liegt.

Als ich dort hinkam, fand ich ihn im Gespräch mit seinem Sohn; ich steckte mir eine Zigarre an und wartete hinter einem Baum, bis er allein sein würde. Als ich hörte, wovon zwischen ihnen die Rede war, stiegen Gift und Galle in mir auf; der Vater drang darauf, dass der Sohn meine Tochter heiraten solle, ohne im geringsten nach ihrem Willen zu fragen, gerade als wäre sie eine hergelaufene Dirne. Der Gedanke, dass alles, was mir lieb und teuer war, in den Händen eines solchen Mannes sei, trieb mich zum Wahnsinn. Vermochte ich denn nicht diese Fesseln zu sprengen? Ich war ein dem Tode Verfallener, ein Verzweifelter. Wenn auch klaren Geistes und noch ziemlich kräftig, wusste ich doch, dass mein Schicksal besiegelt war. Ach, aber mein Andenken! Meine Tochter! Beide waren gesichert, wenn es mir gelang, diese Lästerzunge zum Schweigen zu bringen. Ich tat es, Mr Holmes. Ich täte es wieder. Mein Unrecht war groß gewesen, aber ich hatte durch ein wahres Marterleben dafür gebüßt. Dass aber mein Kind in dieselben Fesseln geraten sollte, in denen ich geschmachtet, das war mehr als ich zu ertragen vermochte. Ich schlug ihn nieder, und es reute mich nicht mehr, als sei er ein garstiges, giftiges Tier gewesen. Auf sein Schreien kehrte sein Sohn zurück; schon hatte ich den Schatten des Waldes erreicht, als ich umkehren musste, um meinen Mantel zu holen, den ich bei der Flucht verloren hatte. So und nicht anders hat sich alles zugetragen.«

»Mir kommt es nicht zu, Sie zu verurteilen«, sprach Holmes, als der alte Mann den niedergeschriebenen Bericht unterzeichnete. »Möge uns Gott vor einer ähnlichen Versuchung bewahren.«

»Und was beabsichtigen Sie nun zu tun?«

»Im Hinblick auf Ihren Gesundheitszustand – nichts. Sie wissen ja selbst, dass Sie sich in kurzer Frist vor einem höheren Richter zu verantworten haben. Ich nehme Ihr Bekenntnis an mich; wird McCarthy verurteilt, so bin ich gezwungen, damit hervorzutreten – wenn nicht, so wird es kein Menschenauge je erblicken, und mögen Sie tot oder lebendig sein, Ihr Geheimnis ist bei uns sicher aufgehoben.«

»So leben Sie denn wohl«, sprach der alte Mann feierlich. »Sie werden beide dereinst sanfter auf dem Sterbelager ruhen im Bewusstsein, dass Sie mich haben im Frieden scheiden lassen.« Zitternd und gebrochen wankte die Hünengestalt langsam hinaus.

»Gott steh uns bei!«, sagte Holmes nach langem Schweigen. »Warum spielt das Schicksal so tückisch mit den armen, hilflosen Erdenwürmern?«

James McCarthy wurde aufgrund zahlreicher Einwände freigesprochen, welche Holmes erhoben und dem Verteidiger zur Verfügung gestellt hatte. Der alte Turner lebte noch sieben Monate nach unserer Unterredung. Jetzt ruht er im Grab, und aller Voraussicht nach werden Sohn und Tochter der feindlichen Väter ein glückliches Paar werden, ohne je zu ahnen, welche dunkle Wolke auf ihrer Vergangenheit lastet.

Fünf Apfelsinenkerne

Überblicke ich meine Berichte und Notizen über die von Sherlock Holmes behandelten Fälle aus den Jahren 1882–90, so treten mir so viele absonderliche, interessante Züge entgegen, dass es mir schwer wird, die besten auszusuchen. Indessen sind einige bereits durch die Zeitungen bekannt geworden, während andere zur Entfaltung gerade derjenigen Eigenschaften, welche meinen Freund in so hohem Grad auszeichneten, keine rechte Gelegenheit darboten. In einigen Fällen scheiterte sogar seine Kunst, und die Erzählung derselben würde sich nicht lohnen, während andere nur teilweise aufgeklärt worden sind, sodass ihre Lösung mehr auf Vermutung und Wahrscheinlichkeit beruht als auf jenem absolut logischen Beweis, an dem Sherlock Holmes seine ganz besondere Freude hatte. Einer dieser letzteren Kriminalfälle war jedoch in seinen Einzelheiten so merkwürdig, so schrecklich in seinen Folgen, dass ich davon berichten möchte, obwohl mancher Punkt darin nicht aufgeklärt wurde und sich wohl nie völlig aufklären wird.

Das Jahr 1887 war besonders reich an interessanten Fällen, über welche ich mir Aufzeichnungen gemacht habe. Ich finde darunter Berichte über die schwindelhafte Bettler-Gesellschaft, die einen luxuriösen Klub in den Kellerräumen eines Lagerhauses hatte, über die Tatsachen, die sich auf den Untergang des britischen Seglers ›Sophie Anderson‹ beziehen, über die merkwürdigen Erlebnisse der Patersons auf der Insel Uffa und schließlich über den Camberwellschen Giftmord. Bekanntlich hat Sherlock Holmes in dem letztgenannten Fall durch das Aufziehen der Uhr des Verstorbenen festzustellen vermocht, dass diese zwei Stunden vorher aufgezogen und jener demnach um diese Zeit zu Bett gegangen war – ein Beweismittel, das sich zur Aufklärung des Tatbestandes von großer Wichtigkeit erwies. Auf alle diese Fälle komme ich vielleicht ein andermal ausführlicher zurück, aber kein einziger ist in seinem Verlauf so eigentümlich wie der, den ich mir für diesmal zur Wiedergabe ausgewählt habe.

Es war in den letzten Septembertagen, und die Herbststürme tobten mit ungewöhnlicher Macht. Vom Morgen an heulte der Wind, der Regen schlug dermaßen an die Fenster, dass wir auf Augenblicke von unserem gewohnten Tun und Treiben abgezogen wurden und uns selbst hier, inmitten des großen von Menschenhand erbauten London, gezwungen sahen, die Gewalt jener Naturkräfte anzuerkennen, welche durch die künstlichen Schranken der Zivilisation hindurch die Menschheit antoben und anbrüllen wie ungebändigte Tiere im Käfig.

Immer heftiger wurde der Sturm, als der Abend hereinbrach, und im Kamin seufzte und stöhnte es wie ein klagendes Kind. Verdrießlich saß Sherlock Holmes am Feuer und beschrieb die Rückenschilder seiner Kriminalakten, während ich mich ihm gegenüber in einen der trefflichen Seeromane Clark Russells vertiefte. Das Toben draußen stimmte völlig mit dem Text überein, und im Prasseln des Regens wähnte ich das lang hingezogene Rollen der Meereswogen zu vernehmen. Meine Frau war bei ihrer Tante auf Besuch, und so hatte ich wieder einmal mein früheres Heim in der Baker Street bezogen.

»Was?«, sagte ich, auf meinen Freund blickend. »Es hat wirklich geklingelt. Wer mag das sein heute Abend? Vielleicht einer Ihrer Freunde?«

»Außer Ihnen, Watson, habe ich keinen; ich lade niemand ein«, gab er zurück.

»So ist's ein Klient.«

»Ist's einer, so ist die Sache wichtig. Geringes führt keinen Menschen bei solchem Wetter und zu solcher Stunde her. Aber wahrscheinlich ist's eine alte Base der Wirtin.«

Sherlock Holmes hatte sich geirrt. Draußen ließen sich Schritte vernehmen, und es klopfte an die Tür. Er streckte den langen Arm aus, um das Lampenlicht von sich hinweg nach dem leeren Stuhl zu richten, auf den sich der Ankömmling setzen musste.

»Herein«, rief er dann.

Der Eintretende, ein junger Mann von ungefähr 22 Jahren, war wohl gebaut, gut gekleidet, ja seine Erscheinung zeigte eine gewisse Gewandtheit und Eleganz. Der triefende Schirm in seiner Hand und der lange, glänzende Gummimantel legten vom Wetter draußen, das er nicht gescheut, beredtes Zeugnis ab. Er blickte, vom Lampenlicht geblendet, unruhig umher; seine Wangen waren blass, und es lag ein Druck auf seinen Augen, wie das bei Menschen vorkommt, auf denen schwere Besorgnis lastet.

»Ich muss um Entschuldigung bitten«, sagte er und setzte seinen goldenen Klemmer auf. »Hoffentlich störe ich nicht. Ich bedaure, die Spuren des Wetters in Ihr behagliches Zimmer gebracht zu haben.«

»Geben Sie mir Schirm und Mantel«, bat Holmes. »Hier am Kamin trocknet beides schnell. Sie kommen von Süd-West, wie ich sehe.«

»Ja, von Horsham.«

»Die Mischung von Ton und Kalk an Ihren Stiefelspitzen lässt daran nicht zweifeln.«

»Ich kam, mir Rat zu holen.«

»Den sollen Sie gern haben.«

»Auch Hilfe!«

»Die lässt sich nicht immer so leicht gewähren.«

»Ich hörte von Ihnen, Mr Holmes. Major Prendergast erzählte mir, wie Sie ihn aus dem Tankervilleklub-Skandal retteten.«

»Allerdings. Irrtümlich wurde er falschen Kartenspiels beschuldigt.«

»Er sagt, Sie bekämen alles heraus.«

»Da sagt er zu viel.«

»Sie ließen sich nie hinters Licht führen.«

»Vier Mal ist mir das passiert – dreimal von Männern, einmal von einer Frau.«

»Was ist das im Vergleich zu Ihren Erfolgen?«

»Allerdings hatte ich meist Erfolg.«

»Hoffentlich werden Sie den auch in meinem Fall haben.«

»Bitte, rücken Sie Ihren Stuhl näher an das Feuer und teilen Sie mir mit, um was es sich handelt.«

»Es ist nichts Alltägliches, was mich herführt.«

»In gewöhnlichen Fallen wendet man sich auch nicht an mich. Ich bin die letzte Instanz.«

»Und dennoch zweifle ich, ob Sie bei all Ihrer Berufserfahrung je einer dunkleren und unerklärlicheren Verkettung von Umständen begegneten als die sind, welche ich aus meiner Familie zu berichten habe.«

»Sie wecken mein Interesse«, versetzte Holmes; »bitte, nennen Sie uns die Hauptpunkte von Anfang an, dann kann ich Sie über die Einzelheiten befragen, die mir am wichtigsten erscheinen.«

Der junge Mann rückte seinen Stuhl näher und streckte die nassen Füße nach dem Feuer aus.

»Mein Name«, hob er an, »ist John Openshaw, doch haben meine eigenen Verhältnisse mit der entsetzlichen Geschichte, soviel ich sehe, wenig zu tun. Es handelt sich um eine Erbschaftsangelegenheit, und so muss ich etwas zurückgreifen, um Ihnen die Sachlage zu erklären: Mein Großvater hatte zwei Söhne – meinen Oheim Elias und meinen Vater Joseph. Mein Vater besaß eine kleine Fabrik in Coventry, die er zur Zeit, wo das Radfahren aufkam, vergrößerte. Er war der Inhaber des Patents für die Openshawschen Sicherheits-Räder, was ihm großen Gewinn brachte, sodass er sein Geschäft verkaufen und von seinen Renten leben konnte.

Mein Oheim Elias wanderte in jungen Jahren nach Amerika aus und wurde in Florida Pflanzer. Es soll ihm sehr gut gegangen sein. Während des Krieges kämpfte er in Jacksons Armee, dann unter Hood, wobei er zum Obersten avancierte. Als Lee die Waffen streckte, kehrte mein Oheim auf seine Plantagen zurück, wo er drei bis vier Jahre blieb. 1869 oder 70 kam er wieder nach Europa und kaufte ein kleines Anwesen in Sussex, in der Nähe von Horsham. Er hatte drüben in den

Staaten ein sehr bedeutendes Vermögen erworben, verließ jedoch Amerika, weil er die Neger verabscheute und sich mit der republikanischen Politik, die ihnen die Freiheit gab, nicht anfreunden konnte. Er war ein Sonderling, von heftigem und leidenschaftlichem Wesen und auffallend menschenscheu. Ich glaube kaum, dass er während der vielen Jahre, die er in Horsham lebte, je einen Fuß in die Stadt setzte. Er hatte einen Garten und einige Felder am Haus; dort machte er sich die nötige Bewegung, verließ aber oft wochenlang nicht sein Zimmer. Er trank viel Branntwein, rauchte tüchtig, wollte keinen Menschen sehen, bedurfte keiner Freunde, ja, auch nicht seines eigenen Bruders. Gegen mich hatte er nichts, ja, er fand Gefallen an mir, als er mich als ungefähr zwölfjährigen Jungen zum ersten Mal sah. Es mag dies wohl im Jahre 1878 gewesen sein, und er lebte damals schon seit 8–9 Jahren in England. Er bat meinen Vater, mich bei ihm wohnen zu lassen, und auf seine Weise zeigte er sich immer gut gegen mich. War er nüchtern, so spielte er gern Puff oder Dame mit mir. Dienstboten und Verkäufer verwies er mit ihren Anliegen stets an mich, und so war ich mit 16 Jahren Herr im Haus.

Ich hatte alle Schlüssel, konnte tun und lassen, was ich wollte, wenn ich ihn nur nicht störte. Es gab hiervon nur eine einzige Ausnahme: Oben auf dem Boden war eine stets verschlossene Rumpelkammer, deren Zutritt weder mir noch sonst jemand gestattet wurde. Mit knabenhafter Neugier guckte ich oft durchs Schlüsselloch, konnte aber nie etwas anderes erspähen als alte Koffer und Bündel, wie sie meist an solchem Ort vorhanden sind.

Eines Tages – im März 1883 – lag ein Brief mit ausländischem Poststempel vor dem Teller des Obersten. Briefe erhielt er selten, denn seine Rechnungen bezahlte er bar, und Freunde irgendwelcher Art hatte er nicht. ›Aus Indien!‹, sagte er, indem er den Brief nahm, ›der Stempel von Pondicherry! Was kann das sein? Er riss den Umschlag heftig auf, und fünf kleine, trockene Apfelsinenkerne fielen herab auf seinen Teller. Ich musste darüber lachen, doch erstarb das Lachen auf meinen Lippen, als ich den Ausdruck in den Zügen meines

Oheims gewahrte. Sein Mund war verzerrt, die Augen traten hervor, seine Farbe war aschgrau geworden, und noch immer starrte er auf den Umschlag in seiner zitternden Hand. ›K. K. K.!‹, stieß er hervor, ›mein Gott, meine Sünden kommen herab auf mein Haupt!‹

›Was bedeutet das, Onkel?‹, rief ich aus.

›Den Tod‹, sagte er, stand auf, zog sich in sein Zimmer zurück und ließ mich entsetzt und schaudernd allein. Ich nahm den Umschlag und sah an der inneren Seite der Klappe, gerade über dem gummierten Strich, mit roter Tinte dreimal den Buchstaben K gekritzelt. Sonst war nichts darin als die fünf trockenen Kerne. Was mochte der Grund solch überwältigenden Schreckens sein? Ich verließ den Frühstückstisch, und als ich hinaufging, kam mein Oheim die obere Treppe herab. In der einen Hand hielt er einen verrosteten, alten Schlüssel, der zu der Rumpelkammer gehören musste, in der anderen trug er ein Metallkästchen, das wie eine Geldkasse aussah.

›Sie mögen tun, was sie wollen, ich führe sie alle ab!‹, rief er mit einem Fluch. ›Sag Mary, sie soll heute ein Feuer in meinem Zimmer machen, und schicke hinunter zu Fordam, dem Advokaten von Horsham.‹

Ich tat, wie er befohlen; als der Advokat kam, wurde ich hinauf in das Zimmer gerufen. Das Feuer loderte hell, und auf dem Rost lag dicke, schwarze Asche wie von verbranntem Papier – daneben stand der Metallkasten offen und leer. Ich fuhr zusammen, als ich auf dem Deckel dasselbe dreifache K bemerkte, das ich am Morgen auf dem Briefumschlag gesehen.

›John‹, sagte mein Oheim, ›ich will mein Testament machen, und du sollst Zeuge sein. Ich vermache meinen Besitz mit all seinen Vor- und Nachteilen meinem Bruder, deinem Vater, der ihn zweifellos dereinst auf dich übergehen lassen wird. Kannst du das Erbe in Frieden genießen, so ist alles in Ordnung. Siehst du aber ein, dass das nicht geht, dann, mein Junge, höre auf mich, überlasse es deinem Todfeind. Es tut mir leid, dir solch ein zweifelhaftes Vermächtnis zu hinterlassen, doch weiß ich nicht, wie sich die Dinge gestalten werden. Bitte, unterzeichne das Papier, wo Mr Fordam es dir zeigt.‹

Ich unterschrieb nach Wunsch, und der Advokat nahm das Schriftstück mit. Der merkwürdige Vorfall machte, wie Sie wohl denken können, einen tiefen Eindruck auf mich, und ich grübelte und grübelte, ohne mir darüber klar zu werden. Dennoch vermochte ich nicht, ein unbestimmtes Gefühl von Bangigkeit abzuschütteln, welches auch zurückblieb, obwohl sich diese Empfindung abschwächte, als Wochen verstrichen und nichts den gewohnten Gang unseres Lebens störte. Bei meinem Oheim nahm ich jedoch eine Veränderung wahr: Er trank mehr denn je und zeigte sich jeglichem Verkehr noch abholder als sonst. Die meiste Zeit brachte er in seinem Zimmer hinter fest verschlossener Tür zu; dann und wann stürzte er, in einer Art trunkenen Wahnes, aus dem Haus in den Garten, hielt einen Revolver in der Hand und schrie dabei, ihm sei vor keinem Menschen bange, und keiner – auch nicht der Teufel – werde ihn wie ein Schaf in die Hürde sperren. Waren diese Anfälle vorüber, dann stürmte er wieder herein, schloss und verrammelte die Tür hinter sich, wie ein Mensch, der die Schrecken eines peinigenden Gewissens nicht länger zu ertragen vermag. In solchen Stunden war sein Gesicht, selbst an kalten Tagen, geradezu in Schweiß gebadet.

Ich eile zum Schluss, um Ihre Geduld nicht zu sehr in Anspruch zu nehmen, Mr Holmes. Eines Nachts verfiel er wieder in solch einen trunkenen Wutanfall, aus dem er nicht wieder zu sich kam. Als wir nach ihm suchten, fanden wir ihn, mit dem Kopf nach unten, in einem kleinen, schmutzigen Teich, der am Ende des Gartens liegt. Kein Zeichen von Gewalttat ließ sich wahrnehmen; das Wasser war nur zwei Fuß tief, und so lautete der Wahlspruch der Geschworenen – in Anbetracht seiner bekannten Exzentrizität – auf Selbstmord.

Mir aber fiel es schwer, mich von diesem Ausspruch überzeugen zu lassen, wusste ich doch, wie sehr ihm stets vor dem bloßen Gedanken an den Tod gegraut hatte. Doch es blieb dabei; mein Vater erbte die Besitzung und ungefähr 14000 Pfund, die zu seiner Verfügung auf der Bank lagen.«

»Einen Augenblick!«, unterbrach ihn Holmes. »Ihr Bericht gehört – so viel ist gewiss – zu den merkwürdigsten, die ich je vernommen. Geben Sie mir das Datum des Eingangs jenes Briefes an Ihren Oheim sowie das Datum seines vermutlichen Selbstmordes.«

»Der Brief traf am 10. März 1883 ein, sein Tod erfolgte sieben Wochen später, in der Nacht vom 2. Mai.«

»Danke; bitte weiter.«

»Damals, als mein Vater die Besitzung in Horsham übernahm, durchsuchte er, auf meine Bitte, die so sorgsam verschlossen gewesene Bodenkammer sehr genau. Wir fanden den Metallkasten, obwohl der Inhalt vernichtet worden war. An der inneren Deckelseite klebte ein Zettel, abermals mit K.K.K.; darunter stand: ›Briefe, Mitteilungen, Quittungen und Register.‹ Offenbar waren dies die von meinem Onkel vernichteten Papiere. Im Übrigen fand sich nichts von Wichtigkeit in der Kammer, es sei denn eine große Menge von Papieren und Notizbüchern, die sich auf das Leben meines Oheims in Amerika bezogen. Manche stammten aus der Kriegszeit und bewiesen, dass er seiner Pflicht treulich nachgekommen war und den Ruf eines tapferen Soldaten genossen hatte; andere, aus der Zeit des Wiederauflebens der südlichen Staaten, bezogen sich hauptsächlich auf Politik; augenscheinlich hatte er gegen die Wanderagitatoren, die vom Norden ausgesandt wurden, entschieden Partei ergriffen.

Zu Anfang des Jahres 1884 war mein Vater nach Horsham gezogen, und nichts störte unser Zusammenleben bis zum Januar 1885. Am vierten Tag im neuen Jahr vernahm ich einen lauten Ausruf des Staunens von den Lippen meines Vaters, als wir eben frühstückten. Da saß er mit einem eben geöffneten Briefumschlag in der einen Hand und fünf trockenen Apfelsinenkernen auf der ausgestreckten Fläche der anderen. Er hatte stets über ›mein Märchen vom Obersten‹, wie er es nannte, gelacht, jetzt aber, als ihm dieselbe Geschichte passierte, sah er höchst befremdet und verwundert drein.

›Was in aller Welt soll das heißen, John?‹, stotterte er.

Mein Herz stand still. ›Es ist dasselbe K. K. K.‹, sagte ich.

Er blickte in den Umschlag. ›Wahrhaftig!‹, rief er aus. ›Da sind sie, die Buchstaben! Was aber steht hier darüber?‹

›Legt die Papiere auf die Sonnenuhr‹, las ich, über seine Schulter blickend.

›Welche Papiere? Welche Sonnenuhr?‹, fragte er.

›Die Sonnenuhr im Garten; eine andere gibt es nicht‹, antwortete ich; ›die Papiere aber müssen die zerstörten sein.‹

›Ach was!‹, meinte er, indem er sich zu fassen suchte. ›Wir leben hier in einem zivilisierten Land und können uns auf derartige Narrenpossen nicht einlassen. Woher kommt das Ding?‹

›Von Dundee‹, erwiderte ich, den Stempel betrachtend.

›Irgend ein alberner Streich‹, meinte er, ›was habe ich mit Sonnenuhren und Papieren zu schaffen? Ich werde den Unsinn nicht weiter berücksichtigen.‹

›Es wäre wohl besser, die Sache anzuzeigen‹, schlug ich vor.

›Und mich gründlich auslachen zu lassen. Nein – nichts davon.‹

›So lass mich es tun‹, bat ich.

›Ich verbiete es dir‹, gab er zurück. ›Wegen solcher Lappalie braucht kein Lärm geschlagen zu werden.‹

Weitere Erörterungen wären vergeblich gewesen, denn mein Vater war ein unbeugsamer Mann. Mich aber bedrückten schwere Ahnungen.

Am dritten Tag nach Empfang des Briefes besuchte mein Vater einen alten Freund, Major Freebody, der einem der Forts auf Portsdown Hill vorsteht. Ich freute mich, dass er ging, denn mich dünkte stets, er sei auswärts weniger in Gefahr als daheim. Doch ich täuschte mich. Seit zwei Tagen war er fort, als ich vom Major telegrafisch gebeten wurde, sofort zu kommen. Mein Vater war in eine der vielen Kalkgruben der Umgegend gestürzt und lag besinnungslos mit zerschmetterter Hirnschale da. Ich eilte zu ihm, doch verschied er, ohne sein Bewusstsein wiedererlangt zu haben. Wie es scheint, war er in der Dämmerung von Fareham heimgegangen; er kannte die Gegend nicht, die Kalkgrube war nicht umzäunt, und so lautete das Urteil der Geschworenen auf ›Tod durch Unglücksfall‹. So genau ich jede Einzelheit untersuchte, die auf den Tod meines Vaters Bezug hatte, so fand ich nicht das Geringste, was auf Mord schließen ließ. Kein Zeichen von Gewalt, keine Fußstapfen, kein Raub, kein Fremder, der auf den Wegen gesehen worden war. Und doch begreifen Sie wohl, dass ich mich bei dem Ausspruch nicht beruhigen konnte und überzeugt blieb, mein Vater sei einem verbrecherischen Anschlag zum Opfer gefallen.

Auf diese unheimliche Weise gelangte ich zu meinem jetzigen Besitz. Sie werden vielleicht fragen, weshalb ich ihn nicht veräußert habe. Darum, weil ich fest überzeugt bin, dass unser Geschick irgendwie mit einem Vorfall im Leben meines Oheims verknüpft ist, und so bliebe die Gefahr in diesem wie in einem anderen Haus dieselbe.

Mein armer Vater starb im Januar 1885; zwei Jahre und acht Monate sind seitdem verflossen. Inzwischen lebte ich zufrieden in Horsham, und schon hoffte ich, der Fluch sei mit der vorigen Generation von unserer Familie gewichen. Ich hatte mich zu früh beruhigt; gestern Morgen traf mich der verhängnisvolle Schlag, genau wie er meinen Vater getroffen hatte.«

Der junge Mann holte einen zerknitterten Umschlag aus seiner Brusttasche und schüttelte fünf kleine, trockene Apfelsinenkerne, die darin waren, auf den Tisch.

»Das ist der Umschlag«, fuhr er fort. »Der Stempel ist vom Ost-Londoner Postamt. Es steht dasselbe darauf wie bei der letzten Sendung an meinen Vater: ›K. K. K.‹ und ›Legt die Papiere auf die Sonnenuhr.‹«

»Was haben Sie getan?«, fragte Holmes.

»Nichts.«

»Nichts?«

»Offen gestanden«, er barg das Gesicht in seine zarten, weißen Hände, »ich fühle mich hilflos. Mir ist wie einem armen Kaninchen zumute, nach dem die Schlange den gierigen Rachen aufsperrt. Ich muss in der Hand eines unwiderruflichen, unwiderstehlichen Verhängnisses sein, das weder Vorsicht noch Sorge abzuwenden vermag.«

»Unsinn!«, rief Sherlock Holmes, »handeln müssen Sie, junger Mann, sonst sind Sie verloren. Nur Energie vermag Sie zu retten. Zum Verzweifeln ist jetzt nicht die Zeit.«

»Ich habe die Sache bei der Polizei angezeigt.«

»So?«

»Dort hörten sie mir lächelnd zu. Ich weiß, man hält die Briefe für einen dummen Spaß, und die Todesfälle meiner Verwandten gelten dort nach dem Ausspruch der Gerichte als Unglücksfälle, die mit der Warnung in keinem Zusammenhang stehen.«

Holmes erhob seine gefalteten Hände: »Unerhörte Borniertheit!«, rief er aus.

»Immerhin wurde mir ein Schutzmann zugewiesen, der mit mir im Haus bleiben darf.«

»Kam er heute Abend mit Ihnen her?«

»Nein, sein Befehl lautet, im Haus zu bleiben.«

Wieder rang Holmes die Hände.

»Warum kamen Sie zu mir?«, fragte er. »Und vor allem, warum kamen Sie nicht gleich?«

»Ich wusste ja nichts von Ihnen. Erst heute sprach ich mit Major Prendergast, der mir riet, Sie aufzusuchen.«

»Es sind schon zwei Tage verflossen seit Empfang des Briefes. Wir hätten früher handeln sollen. Weitere Beweise haben Sie wohl nicht als die hier vorliegenden? – Irgendetwas, das uns auf die Spur helfen könnte?«

»Doch, hier ist etwas«, sagte John Openshaw. Er durchsuchte seine Rocktasche, zog ein Stück bläulich gefärbtes Papier hervor und legte es auf den Tisch.

»Ich erinnere mich dunkel, dass damals, als mein Oheim die Papiere verbrannte, die schmalen, unverkohlten Ränder in der Asche von solch eigentümlicher Farbe waren. Dieses einzelne Blatt fand ich am Boden in seinem Zimmer, und fast vermute ich, es könnte aus den Papieren herausgefallen und so der Zerstörung entgangen sein. Es sieht aus, als wäre es ein Blatt aus einem Tagebuch. Sie finden die Kerne darin erwähnt, sonst hat es wohl wenig Wert für uns. Die Schrift ist unbedingt die meines Oheims.«

Holmes zog die Lampe näher, und beide neigten wir uns über das Blatt, dessen zerrissener Rand deutlich zeigte, dass es zu einem Heft gehört hatte. ›März 1869‹ stand obenan und darunter folgende rätselhafte Notizen:

»4. Hudson gekommen. Dieselbe alte Plattform.

7. Die Kerne an McKauley, Paramore und John Swain von St. Augustine aufgegeben.

9. McKauley erledigt.

10. John Swain erledigt.

12. Paramore besucht. Alles gut.«

»Danke«, sagte Holmes, faltete das Blatt und gab es dem jungen Mann zurück. »Und nun dürfen Sie um keinen Preis mehr einen Augenblick verlieren. Wir haben nicht einmal die Zeit, das Besprochene näher zu erörtern. Sie müssen sofort nach Hause und handeln.«

»Was soll ich tun?«

»Nur eines ist möglich, und das muss sofort geschehen: Dies Stück Papier, das Sie uns zeigten, muss in den Metallkasten kommen; Sie legen einen Zettel bei, der besagt, dass alle anderen Papiere von Ihrem Oheim verbrannt wurden und nur dieses zurückgeblieben ist. Sie müssen die Notiz so abfassen, dass sich an der Wahrheit Ihrer Aussage nicht zweifeln lässt. Dann stellen Sie das Kästchen auf die Sonnenuhr, wie verlangt wird. Haben Sie verstanden?«

»Vollkommen.«

»Denken Sie jetzt weder an Rache noch an sonst dergleichen. Das werden wir wohl später auf gesetzlichem Weg erlangen können. Für jetzt haben wir unser Netz noch zu spinnen, während der Feind bereits seine Beute umgarnt hat. Vor allem gilt es, der großen Gefahr zu entgehen, die Sie bedroht. Dann muss der Schleier gelüftet werden, und die Schuldigen finden ihre Strafe. Wie kehren Sie zurück?«

»Mit dem Zug von Waterloo Station.«

»Es ist noch nicht neun Uhr. Die Straßen sind jetzt belebt, und so hoffe ich, Sie sind sicher. Doch können Sie nicht vorsichtig genug sein.«

»Ich bin bewaffnet.«

»Das ist recht. Morgen nehme ich Ihren Fall in Angriff.«

»So darf ich Sie in Horsham erwarten?«

»Nein, Ihr Geheimnis liegt in London verborgen; hier muss ich danach forschen.«

»So werde ich Sie in den allernächsten Tagen aufsuchen und Ihnen über Kasten und Papiere berichten. Ihr Rat soll genau befolgt werden.«

Er reichte uns die Hand und verabschiedete sich. Draußen heulte der Wind noch immer, und der Regen schlug an die Fenster. Es war, als hätten die entfesselten Elemente diese merkwürdige Begebenheit zu uns hereingeweht – wie einen von den Wogen angeschwemmten Büschel Seetang, den nun das tobende Meer wieder verschlang.

Schweigend saß Sherlock Holmes und starrte sinnend in die rote Feuerglut. Dann steckte er seine Pfeife an, lehnte sich bequem zurück und blickte den einzelnen Rauchringen nach, die zur Decke emporstiegen.

»Mich dünkt, Watson«, bemerkte er endlich, »ein so fantastischer Fall ist uns noch nicht vorgekommen.«

»Höchstens der des ›Zeichen der Vier‹.«

»Nun ja, den nehme ich aus. Und doch glaube ich, dass John Openshaw in noch größerer Gefahr schwebt als damals die Scholtos.«

»Haben Sie irgendwelche bestimmte Vermutung über die Art dieser Gefahr?«

»Darüber ist kein Zweifel möglich.«

»So sprechen Sie! Wer ist dieser K. K. K. und warum verfolgt er die unglückliche Familie?«

Sherlock Holmes schloss die Augen, stützte die Ellenbogen auf die Lehnen seines Stuhls und legte die Fingerspitzen aneinander. »Der vollendete Denker«, sagte er, »müsste eigentlich imstande sein, anhand einer einzigen Tatsache, welche ihm in allen ihren Beziehungen klar geworden ist, sowohl die Begebenheiten, die daraus folgten, als auch diejenigen, welche vorausgingen, zu ermitteln. Genau so, wie Cuvier den Bau eines ganzen Tieres bei der Betrachtung eines einzigen Knochens festzustellen vermochte. Wir sind uns noch viel zu wenig bewusst, was wir alles durch bloße Geistesarbeit erreichen können. Mithilfe des Studiums vermag man Probleme zu lösen, an welchen diejenigen verzweifeln, die die Lösung nur vermittelst ihrer fünf Sinne zu finden trachten. Der Höhepunkt der Kunst lässt sich jedoch nur erreichen, wenn der Forscher es versteht, alle Fakten zu benutzen, die zu seiner Kenntnis gelangen. Das hat aber ein so universelles Wissen zur Voraussetzung, wie es selbst in unserer Zeit freier und allgemeiner Bildung nur wenigen zugänglich ist. Dagegen scheint es mir nicht so ganz unmöglich, dass ein Mensch alles Wissen besitzt, das ihm in seinem Fach nützlich werden kann, und dies zu erwerben habe ich mich redlich bemüht. Entsinne ich mich recht, so haben Sie einmal in den Tagen unserer frühesten Freundschaft die Grenzen meiner Fähigkeiten sehr genau verzeichnet.«

»Jawohl«, erwiderte ich lachend, »es war eine gelungene Liste. Philosophie, Astronomie und Politik waren darin – wenn ich mich recht erinnere – mit einer Null versehen. In Botanik waren Sie ungleich, in Geologie dagegen sehr gründlich, namentlich mit Bezug auf Treckspuren aus jeder beliebigen Gegend im Umkreis von London; mit Chemie stand's brillant; Kenntnisse in Anatomie unsystematisch; in Kriminalliteratur ein hervorragender Kenner. Im Übrigen guter Boxer, Fechter, Jurist. So lauteten wohl die Hauptpunkte meiner Analyse.«

Holmes lachte. »Und ich sage heute wie damals: Der Mensch soll seine kleinen Gehirnkammern mit dem füllen, was er voraussichtlich brauchen wird, das übrige kann er in den dunkelsten Winkel seiner Bibliothek stecken, wo er es im Notfall findet. In einem Fall wie dem uns heute Abend vorgelegten gilt es, eine Musterung von allem vorzunehmen, was uns nur irgend zu Gebote steht. Bitte reichen Sie mir den Buchstaben K der Amerikanischen Enzyklopädie, die auf dem Regal hinter Ihnen steht. – Danke. – Nun lassen Sie uns die Sache näher betrachten und sehen, was man daraus folgern kann. Vor allem ist mit ziemlicher Gewissheit anzunehmen, dass Oberst Openshaw einen sehr triftigen Grund hatte, Amerika zu verlassen. Männer seines Alters ändern nicht leicht ihre

Gewohnheiten und vertauschen nicht gern das liebliche Klima Floridas gegen das einsame Leben einer englischen Provinzstadt. Seine übergroße Zurückgezogenheit in England lässt uns vermuten, dass er sich vor jemand oder vor etwas fürchtete und dass ihn diese Furcht aus Amerika vertrieben hat. Was dies Befürchtete war, können wir aus den schrecklichen Briefen folgern, die er und seine Familie erhielten. Haben Sie die Postzeichen auf den Briefen bemerkt?«

»Der erste kam aus Pondicherry, der zweite aus Dundee und der dritte aus London.«

»Aus Ost-London. Was folgern Sie daraus?«

»Es sind drei Seehäfen. Also war der Schreiber an Bord.«

»Vortrefflich. Da halten wir schon einen Faden. Es ist unbedingt anzunehmen – ja, fast zweifellos, dass der Schreiber an Bord eines Schiffes ist. Und nun ein zweiter Punkt: Nach dem Brief aus Pondicherry verstrichen sieben Wochen zwischen Warnung und Ausführung, nach dem aus Dundee nur drei bis vier Tage. Gibt uns das keinen Anhalt?«

»Im ersteren Fall war eine größere Entfernung zurückzulegen.«

»Aber dies gilt auch von dem Brief.«

»Dann werde ich nicht klug daraus.«

»Es liegt wenigstens die Vermutung nahe, dass der Mann oder die Männer an Bord eines Seglers sind. Fast scheint es, sie schicken ihre eigentümliche Warnung oder ihr Zeichen voraus, sobald sie sich auf den Weg machen, um ihre Absicht auszuführen. Sie sehen, wie rasch die Tat auf den Brief aus Dundee folgte. Wären die Leute auf einem Dampfer von Pondicherry gekommen, so würden sie fast zugleich mit ihrem Brief angelangt sein. Es steht aber fest, dass sieben Wochen dazwischen verstrichen. Mir scheint, diese sieben Wochen bilden den Unterschied in der Zeit zwischen der Fahrt des Postdampfers, der den Brief beförderte, und dem Segler, der den oder die Schreiber brachte.«

»Das ist möglich.«

»Mehr als das – es ist wahrscheinlich. Und nun begreifen Sie die Dringlichkeit dieses neuen Falles und weshalb ich den jungen Openshaw zur Vorsicht ermahnte. Der Schlag fiel stets, wenn die Zeit um war, derer der Absender bedurfte, um selbst die Entfernung zurückzulegen. Der letzte Brief kommt aus London, und so ist nicht auf Aufschub zu rechnen.«

»Großer Gott!«, rief ich aus. »Was mag diese erbarmungslose Verfolgung bedeuten?«

»Sichtlich sind die Papiere, welche Openshaw besaß, der Person oder den Personen auf dem Segler von größter Wichtigkeit. Offenbar sind es ihrer mehrere. Ein Mann allein hätte schwerlich zwei derartige Mordtaten auszuführen vermocht. Es müssen entschlossene, verwegene Leute sein. Sie wollen ihre Papiere – mag sie haben, wer da will. Wie mir scheint, sind diese drei K nicht sowohl die Anfangsbuchstaben eines Einzelnen, als das Kennzeichen einer Verbindung – aber welcher Verbindung? – Haben Sie nie«, fragte Sherlock Holmes, sich vorbeugend und leiser sprechend, »vom Ku-Klux-Klan reden hören?«

»Niemals.«

Holmes blätterte in dem Buch auf seinem Knie. »Da ist's«, sagte er:

Ku-Klux-Klan. Das Wort kommt von der sonderbaren Ähnlichkeit seines Klanges mit dem Spannen einer Feuerwaffe. Dieser schreckliche Geheimbund wurde von einigen ex-konföderierten Soldaten in den Südstaaten nach dem Bürgerkrieg geschlossen, und schnell verzweigte er sich in verschiedenen Gegenden, besonders in Tennessee, in Louisiana, Carolina, Georgia und Florida. Seine Macht diente politischen Zwecken, hauptsächlich dazu, die Negerwähler, welche für die Stimmberechtigung der Neger eintraten, zu terrorisieren und diejenigen zu morden oder aus dem Land zu treiben, die sich den Prinzipien der geheimen Gesellschaft widersetzten. Ihren Gewalttaten ging meist eine Warnung an das ausersehene Opfer voraus, ein fantastisches, leicht zu erkennendes Zeichen – ein Büschel Eichenlaub in manchen Gegenden, in anderen Melonen- oder Apfelsinenkerne. Nach Empfang solcher Warnung musste der Betreffende entweder seine Gesinnung ändern oder die Gegend schleunigst verlassen. Bot er Trotz, so war er unrettbar verloren, und der Tod ereilte ihn meist auf sonderbare, unerwartete Weise. Die Organisation der Verbindung war so vollendet, ihre Methode so systematisch, dass sich kaum von einem Fall berichten lässt, wo es einem Menschen gelungen wäre, sich ihr ungestraft zu widersetzen oder die Urheber zu ermitteln. Viele Jahre hindurch nahm der Bund einen immer größeren Aufschwung trotz aller Anstrengungen der Regierung wie der angesehensten Bürger im Süden. Im Jahr 1869 geriet er aber ganz plötzlich in Verfall, und nur vereinzelt kamen von jener Zeit an noch durch ihn verübte Gewalttätigkeiten vor.

»Beachten Sie wohl«, sagte Holmes, das Buch beiseite legend, »dass das plötzliche Aufhören dieses Geheimbundes mit der Zeit zusammenfällt, als Openshaw mit jenen Papieren Amerika verließ. Wer weiß, ob nicht Ursache und Wirkung hier nahe beieinanderliegen. Da wäre es kein Wunder, wenn einzelne der Unversöhnlichsten es auf ihn und seine Familie abgesehen hätten. Sie begreifen, was von diesen Registern und Notizen für manche hochgestellte Persönlichkeit in den Südstaaten abhängen kann, und dass da mancher nicht ruhig schläft, ehe die Papiere wieder herbeigeschafft sind.«

»Demnach enthielte das Blatt, das wir gesehen haben …«

»Was zu erwarten stand. Irre ich nicht, so hieß es dort: ›Die Kerne wurden zugestellt an A, B und C‹ – das bedeutet so viel wie: Die Warnung der Verbindung wurde ihnen zugeschickt. Dann folgten Angaben, wonach sich A und B rechtfertigten oder auswanderten, C aber nahm, wie ich fürchte, ein schlimmes Ende. Ich hoffe, Doktor, es wird uns gelingen, den Schleier dieser dunklen Geschichte zu lüften; einstweilen aber kann der junge Openshaw nichts tun als was ich ihm riet. Heute ist alles weitere Reden und Handeln überflüssig – darum reiche mir meine Geige! Wir wollen versuchen, auf eine halbe Stunde das garstige Wetter und das noch garstigere Gebaren unserer Mitmenschen zu vergessen.«

Der Himmel hatte sich am nächsten Morgen aufgehellt, und in gedämpfter Klarheit schien die Sonne durch den grauen Schleier, der gewöhnlich über der Großstadt schwebt.

Sherlock Holmes frühstückte bereits, als ich herabkam.

»Entschuldigen Sie, dass ich nicht gewartet habe«, sagte er, »voraussichtlich bekomme ich heute für den jungen Openshaw tüchtig zu tun.«

»Was sind Ihre ersten Schritte?«

»Die hängen vom Ergebnis meiner ersten Erkundigung ab. Vielleicht muss ich doch nach Horsham.«

»So fangen Sie nicht damit an?«

»Nein, mein erster Weg ist in die City. – Klingeln Sie bitte. Das Mädchen bringt Ihnen den Kaffee.«

Während ich wartete, warf ich einen Blick in die noch ungelesene Zeitung; er fiel auf einen Bericht, bei dem es mich kalt überlief.

»Holmes!«, rief ich aus. »Sie kommen zu spät.«

»Was?«, sagte er und stellte die Tasse hin. »Ich befürchtete es schon! Wie ist's geschehen?« Er sprach gelassen, doch sah ich, dass er tief erschüttert war.

Ich hatte den Namen Openshaw gelesen und darüber stand: ›Tragödie an der Waterloo Bridge.‹ Da ist der Bericht.

»Gestern Abend zwischen neun und zehn Uhr vernahm der Schutzmann Cool von der Division H., bei der Waterloo Bridge stationiert, einen Hilferuf und einen Fall ins Wasser. Die Nacht war so stürmisch und finster, dass trotz der Hilfe mehrerer Vorübergehenden jegliche Rettung unmöglich blieb. Die Stadtpolizei wurde alarmiert, und es gelang, den Körper herauszuziehen. Der Ertrunkene ist ein junger Mann namens John Openshaw, wohnhaft zu Horsham, wie sich aus einem Briefumschlag erwies, den er in seiner Tasche trug. Es ist anzunehmen, dass er zum letzten Zug an die Waterloo Station wollte; bei seiner Hast und der außerordentlichen Dunkelheit hat er wohl den Weg verfehlt und ist auf einen der schmalen Stege geraten, die den Flussdampfern zur Landung dienen. Der Leichnam trug keine Zeichen der Gewalttat, und so war der Verstorbene also offenbar das Opfer eines Unglücksfalles, durch den sich die Behörden veranlasst sehen sollten, ihre Aufmerksamkeit auf den Zustand der Landungsstellen am Fluss zu lenken.«

Stumm saßen wir beisammen, Holmes war niedergedrückter, als ich ihn je gesehen.

»Das verletzt meinen Stolz, Watson«, sagte er endlich. »Es mag ein kleinliches Gefühl sein, aber es verletzt meinen Stolz. Jetzt betrachte ich die Sache als meine persönliche Angelegenheit, und erhält mich Gott gesund, so soll mir diese Bande nicht entgehen. – Bei mir suchte er Hilfe, und ich, ich schicke ihn in den Tod!« Er sprang auf und rannte erregt im Zimmer hin und her; seine fahlen Wangen waren gerötet, und mit nervösem Zucken öffneten und schlossen sich seine langen, schmalen Hände.

»Das müssen verschmitzte Teufel sein!«, rief er endlich aus. »Wie vermochten sie ihn dort hinunterzulocken? Der Landungsplatz liegt nicht auf dem direkten Weg zur Station. Gewiss war die Brücke, selbst in solcher Nacht, zu belebt für ihr Vorhaben. Aber, Watson, wir wollen sehen, wer von uns den Kürzeren zieht. Ich gehe jetzt aus.«

»Zur Polizei?«

»Nein. Ich will selbst meine Polizei sein. Die mag die Fliegen fangen, wenn ich das Netz gesponnen habe. Vorher nicht.«

Den ganzen Tag hatte ich in meinem Beruf zu tun, und erst am späten Abend kam ich in die Baker Street zurück. Sherlock Holmes war noch nicht heimgekehrt. Kurz vor zehn trat er blass und müde ein. Er ging zum Büffet, brach ein Stück Brot ab, verschlang es gierig und spülte es mit einem Trunk Wasser hinunter.

»Sie sind hungrig«, bemerkte ich.

»Ganz ausgehungert. Ich habe noch gar nicht daran gedacht. Seit dem Frühstück habe ich nichts zu mir genommen.«

»Nichts?«

»Keinen Bissen. Mir fehlte die Zeit, daran zu denken.«

»Und was haben Sie erreicht?«

»Viel.«

»Sind Sie den Spitzbuben auf der Spur?«

»Ich halte die Kerle fest. Lange soll John Openshaw nicht auf Rache warten. Ihr eigenes Teufelszeichen wollen wir ihnen aufdrücken, Watson. Es ist gut ausgedacht!«

»Was meinen Sie?«

Er nahm eine Apfelsine aus dem Schrank, brach sie auseinander und drückte die Kerne heraus auf den Tisch. Fünf davon steckte er in einen Umschlag. Auf die Innenseite des Verschlusses schrieb er: ›S. H. für J. Oh.‹, dann siegelte er und adressierte an: ›Kapitän James Calhoun, Barke ›Lone Star‹, Savannah. Georgia.‹ »Das soll ihn bei der Einfahrt in den Hafen erwarten«, sagte er höhnisch. »Es mag ihm eine schlaflose Nacht bringen und wird ihm ein so sicherer Vorbote seines Geschickes sein, wie sein Brief für Openshaw gewesen ist.«

»Wer ist dieser Kapitän Calhoun?«

»Der Anführer der Rotte. Die anderen kriege ich nachher. Erst muss er dran.«

»Wie kamen Sie ihm auf die Spur?«

Holmes zog einen großen Bogen aus der Tasche, der mit Namen und Daten bedeckt war.

»Den ganzen Tag durchsuchte ich Akten und Register des Lloyd und folgte dem Kurs aller Schiffe, die im Januar und Februar 1883 Pondicherry berührten. 36 Schiffe guter Löschung liefen während dieser Monate dort ein; unter diesen fesselte eines, die ›Lone Star‹, sofort meine Aufmerksamkeit. Nach dem Bericht wäre es nämlich von London ausgelaufen, während es in Wirklichkeit von einem amerikanischen Staat kommt.«

»Wahrscheinlich aus Texas.«

»Ich bin dessen nicht sicher, so viel aber steht fest, dass das Schiff amerikanischer Herkunft sein muss.«

»Was weiter?«

»Ich forschte dann in den Berichten von Dundee nach, und als ich fand, dass die ›Lone Star‹ im Januar 1885 dort lag, wurde mein Verdacht zur Gewissheit. Ich erkundigte mich nach den Schiffen, die jetzt im Hafen von London sind. Die ›Lone Star‹ war vorige Woche hier angekommen. – Ich ging zum Albert Dock und erfuhr, das Schiff sei mit der Morgenflut ausgelaufen und auf dem Heimweg nach Savannah begriffen. Ich telegrafierte nach Gravesend. Es war bereits vorübergesegelt; der Wind weht von Ost, also muss es unbedingt über die Sandbank von Godwin hinaus sein und nicht weit von der Insel Wight.«

»Und nun?«

»Nun halte ich ihn unter dem Daumen. Nur er und zwei Matrosen an Bord sind geborene Amerikaner; die übrigen sind Deutsche und Finnländer. Auch erfuhr ich, dass sie vorige Nacht alle drei nicht auf dem Schiff waren. Der Stauer, der die Ladung löschte, hat es mir gesagt. Bei der Einfahrt des Schiffes in Savannah wird der Postdampfer bereits diesen Brief abgeliefert haben, und die Polizei von Savannah hat durch das Kabel schon erfahren, dass auf die drei Herren von hier aus eines Mordes wegen gefahndet wird.« –

Wie schlau der Mensch aber auch seine Pläne ersinnen mag, sie werden doch oft vereitelt. John Openshaws Mörder sollten nie und nimmer die fünf Kerne erhalten, die ihnen bewiesen hätten, dass ein anderer, der nicht minder verschmitzt und entschlossen war wie sie selbst, ihnen auf die Spur gekommen sei.

Die Äquinoktialstürme waren in diesem Jahr besonders heftig und unheilvoll. Vergeblich warteten wir lange Zeit auf Nachrichten über die ›Lone Star‹ aus Savannah.

Endlich hörten wir, dass irgendwo weit draußen im Atlantischen Ozean ein zerbrochener Hintersteven mit den Buchstaben L. S. gezeichnet, den die Wogen umhertrieben, aufgefunden wurde. – Das ist alles, was je vom Schicksal der ›Lone Star‹ zu uns gedrungen ist.

Der Mann mit der Schramme

Isa Whitney, der Bruder des weiland Elias Whitney, Doktors der Theologie und Rektors des Predigerseminars von St. Georgen, war ein starker Opiumraucher. Soviel ich weiß, kam er durch eine Jugendeselei dazu, als er noch auf der Schule war. Er hatte damals De Quinceys Beschreibung seiner Träume und Empfindungen gelesen und tränkte seinen Rauchtabak mit Opiumtinktur, um womöglich dieselbe Wirkung zu erzielen. Dabei ging es ihm aber wie schon so manchem vor ihm: Er fand, dass es viel leichter ist, eine Gewohnheit anzunehmen, als sie wieder abzulegen; so blieb er jahrelang ein Sklave dieses Gifts und wurde seinen Freunden und Verwandten zum Gegenstand des Abscheus oder auch des Mitleids. Noch sehe ich ihn vor mir in einem Lehnstuhl zusammengekauert mit dem gelben, aufgedunsenen Gesicht, den schlaffen Augenlidern und den bis zum Umfang eines Stecknadelknopfes verkleinerten Pupillen, die traurige Ruine eines ursprünglich edlen Menschen.

Eines Abends – es war im Juni 1889 – so um die Zeit, wenn der Mensch anfängt zu gähnen und nach der Uhr zu sehen, wurde an meinem Haus die Klingel gezogen. Ich fuhr in die Höhe, und meine Frau ließ mit verstimmtem Gesicht ihre Handarbeit in den Schoß sinken. »Ein Kranker«, sagte sie. »Du wirst nochmals fortgehen müssen.«

Ich seufzte, denn soeben war ich von schwerem Tagewerk heimgekehrt. Wir hörten die Haustür gehen, vernahmen ein paar hastige Worte und dann rasche Schritte auf dem Linoleum. Unsere Zimmertür flog auf, und herein trat eine dunkel gekleidete, schwarz verschleierte Dame.

»Entschuldigen Sie meinen späten Besuch«, begann sie, doch plötzlich, allen Halt verlierend, stürzte sie auf meine Frau zu und warf sich ihr schluchzend um den Hals.

»Ach, ich bin in entsetzlicher Lage«, rief sie aus, »und bedarf dringend des Beistandes!«

»Was, das ist Kate Whitney?«, sagte meine Frau und schlug ihrem Gast den Schleier zurück. »Wie du mich aber erschreckt hast, Kate! Als du hereinkamst, hatte ich keine Ahnung, wer du seist.«

»Ach, ich wusste keinen anderen Ausweg, als zu dir zu flüchten.«

Es war die alte Geschichte; jeder, der in Not war, kam zu meiner Frau, wie die Vögel zum Leuchtturm fliegen.

»Wie lieb von dir, dass du gekommen bist. Jetzt trinke nur erst ein Glas Wein mit Wasser und setze dich behaglich her, dann erzählst du uns alles. Oder möchtest du lieber, dass ich James zu Bett schicke?«

»Nein, gewiss nicht! Denn ich bedarf auch des Doktors Rat und Beistand. Es handelt sich um meinen Mann. Seit zwei Tagen ist er nicht mehr nach Hause gekommen, und ich bin in entsetzlicher Angst um ihn!«

Nicht zum ersten Mal sprach sie mit uns von ihrem Kummer um den Gatten, mit mir als Arzt und mit meiner Frau als alter Freundin und Vertrauten noch von der Schule her. Wir beruhigten und trösteten sie nach Kräften. Ich fragte, ob sie wisse, wo sich ihr Gatte aufhalte; ob wir ihr helfen könnten, ihn nach Hause zu schaffen.

Es schien so: Sie hatte in Erfahrung gebracht, dass er in letzter Zeit, wenn ihn der krankhafte Drang überkam, eine Opiumhöhle im entferntesten Osten der Stadt aufgesucht habe. Bisher hatten sich seine Orgien immer nur auf einen Tag beschränkt, worauf er dann wankend und gebrochen am Abend heimkehrte. Aber diesmal war er schon seit zweimal vierundzwanzig Stunden im Bann seiner Leidenschaft und lag ohne Zweifel unter dem Auswurf des Schiffervolkes, um das Gift in sich aufzunehmen oder dessen Folgen zu verschlafen. Dort in der ›Goldschenke‹ in der Upper Swandam Street wäre er, meinte sie, sicherlich zu finden. Aber was könnte sie da tun? Wie sollte sie, die junge, ängstliche Frau, in einen solchen Ort eindringen und ihren Gatten aus der Mitte des Gesindels, das sich dort aufhielt, herausholen?

So lagen die Dinge, und in der Tat gab es nur einen einzigen Ausweg. Ob ich sie nicht dorthin begleiten wollte? Oder – ob es am Ende besser wäre, ich ginge allein? Ich sei ja ihres Mannes ärztlicher Ratgeber und besäße als solcher Einfluss auf ihn. Ich wäre viel unbehinderter in allem. Ich gab ihr mein Wort darauf, ihn binnen zwei Stunden in einem Wagen heimzusenden, vorausgesetzt, dass ich ihn wirklich an dem von ihr bezeichneten Ort fände. Und zehn Minuten später hatte ich auch schon den Lehnstuhl und das behagliche Wohnzimmer im Rücken und fuhr davon in einer Angelegenheit, die mir von vornherein höchst absonderlich vorkam, wenn sich auch erst später herausstellte, wie absonderlich sie in der Tat werden sollte.

Der erste Teil meiner Expedition ging ohne Schwierigkeit vonstatten. Die obere Swandam Street ist eine hässliche Gasse, die hinter den großen Lagerhäusern steckt, welche sich an der Nordseite der Themse bis östlich der London Bridge hinziehen. Zwischen einer Trödelbude und einer Schnapskneipe führte eine steile Treppe zu einem Loch, finster wie ein Kellerschacht, und damit hatte ich die gesuchte Spelunke gefunden. Ich hieß den Kutscher warten und stieg die Stufen hinab, die von dem unausgesetzten Wandel trunkener Füße in der Mitte stark ausgetreten waren. Beim flackernden Schein einer Öllampe über der Tür fand ich die Klinke und trat in einen langen niedrigen Raum, der von braunem Opiumrauch dick angefüllt und wie das Zwischendeck eines Auswanderungsschiffes mit übereinandergeschichteten hölzernen Pritschen ausgestattet war.

In all dem Qualm vermochte man kaum die Gestalten zu erkennen, die in sonderbar fantastischen Stellungen umherlagen, mit eingezogenen Achseln, gekrümmten Knien, zurückgeworfenem Kopf und aufwärts gekehrtem Kinn. Ab und zu richtete sich ein dunkles, glanzloses Auge auf den Ankömmling. Aus den düsteren Schatten glommen kleine rote Lichtstreifen auf, bald heller, bald matter, je nachdem ob das brennende Gift in den Köpfen der Metallpfeifen zu- oder abnahm. Die meisten der Leute lagen stumm da; doch murmelten einzelne vor sich hin, während andere wieder mit seltsam leiser, eintöniger Stimme sich miteinander unterhielten, die Sätze heftig hervorstoßend, um dann plötzlich in Schweigen zu versinken; jeder spann an seinen eigenen Gedanken weiter, ohne sich viel an das Gerede des Nachbarn zu kehren. Am anderen Ende des Raumes stand ein kleines Becken mit glühenden Kohlen, neben dem ein hagerer alter Mann auf einem dreibeinigen Stuhl saß. Er hatte das Kinn auf die Fäuste und die Ellenbogen auf die Knie gestützt und blickte starr in die Glut.

Bei meinem Eintritt sprang ein schmutziger Malaie mit einer Pfeife und einem Quantum Opium auf mich zu und wollte mir eine leere Lagerstelle anweisen.

»Ich danke Ihnen, meine Absicht ist nicht zu bleiben«, sagte ich. »Ein Freund von mir, Mr Isa Whitney, befindet sich hier, und diesen wünsche ich zu sprechen.«

Bei diesen Worten bewegte sich etwas zu meiner Rechten, und ich vernahm einen Ausruf. Ich sah hin und erkannte in dem Dunst Whitney, der blass und verstört mit wirren Haaren dasaß und mich anstierte.

»Mein Gott, Sie sind's, Watson!«, sagte er.

Er war in einem kläglichen Zustand der Nachwirkung des Giftes, und jeder Nerv an ihm zitterte.

»Wie viel Uhr ist es denn, Watson?«

»Bald elf.«

»Und welchen Tag haben wir?«

»Freitag, den 19. Juni.«

»Gerechter Gott! Ich glaubte, es sei Mittwoch. Und es ist auch Mittwoch. Wie können Sie einen armen Kerl nur so erschrecken?« Mit diesen Worten begrub er sein Gesicht in den Händen und begann laut zu schluchzen.

»Ich versichere Ihnen, dass es wirklich Freitag ist, Sie Mann des Jammers. Ihre Frau wartet nun seit zwei Tagen auf Sie. Sie sollten sich vor sich selber schämen!«

»Das tue ich auch. Aber Sie täuschen sich, Watson, denn ich bin erst seit ein paar Stunden hier, drei, vier Pfeifen etwa – ich weiß nicht mehr, wie viele. Doch ich will mit Ihnen nach Hause gehen, denn ich möchte Kate, mein armes, liebes Kätchen, nicht ängstigen. Geben Sie mir Ihre Hand! Haben Sie einen Wagen hier?«

»Ja, er wartet draußen.«

»Dann will ich ihn benutzen. Doch ich muss noch etwas schuldig sein. Sorgen Sie doch dafür, Watson. Ich bin ganz verwirrt und unfähig, mir selbst zu helfen.«

Um der Einwirkung der abscheulichen, betäubenden Giftdämpfe zu entgehen, schritt ich mit angehaltenem Atem den schmalen Gang zwischen der Doppelreihe von Schläfern entlang und suchte nach dem Wirt. Als ich an der hageren Gestalt bei dem Kohlenbecken vorüberkam, fühlte ich mich plötzlich am Rockschoß gezupft, und eine leise Stimme flüsterte mir zu: »Gehen Sie an mir vorüber, und dann sehen Sie sich nach mir um.« Diese Worte trafen mein Ohr ganz deutlich. Ich blickte auf. Sie konnten nur von dem Alten neben mir herrühren, und doch saß er so geistesabwesend, schlotterig und vom Alter gebeugt da wie zuvor; seine Opiumpfeife baumelte ihm zwischen den Knien, als wäre sie eben den schlaffen Fingern entglitten. Ich ging zwei Schritte weiter und sah zurück. Und nun bedurfte ich meiner ganzen Selbstbeherrschung, um nicht einen Schrei maßlosen Erstaunens auszustoßen. Er hatte sich so umgewendet, dass ihn niemand außer mir sehen konnte. Seine Gestalt war voll geworden, die Runzeln waren verschwunden, die matten Augen hatten ihr Feuer wieder gewonnen – kurz, der Mann, der da am Feuer saß und sich an meiner Überraschung höchst belustigte, war niemand anders als Sherlock Holmes. Er gab mir einen Wink, mich ihm zu nähern, und als er das Gesicht den anderen wieder zuwandte, nahm es sofort wieder den Ausdruck schlaffen Alters an.

»Holmes!«, flüsterte ich. »Wie kommen Sie nur in dieses Loch?«

»So leise wie möglich«, antwortete er, »mein Gehör ist vorzüglich. Wenn Sie die Güte hätten, sich Ihres jammervollen Freundes dort zu entledigen, so wäre es mir sehr erwünscht, ein wenig mit Ihnen zu plaudern.«

»Draußen habe ich einen Wagen stehen.«

»Dann schicken Sie ihn doch nach Hause. Es ist keine Gefahr dabei, denn er fühlt sich zu schlaff und matt, um weiteres Unheil anzurichten. Auch möchte ich Ihnen empfehlen, Ihre Frau durch den Kutscher wissen zu lassen, dass wir etwas zusammen vorhaben. Wenn Sie so lange draußen warten wollen, so bin ich in fünf Minuten bei Ihnen.«

Sherlock Holmes etwas abzuschlagen war äußerst schwierig, denn er trug seine Bitten stets mit der größten Ruhe und Entschiedenheit vor. Zudem hatte ich das Gefühl, dass, sobald Whitney im Wagen säße, auch meine Verpflichtung gegen ihn zu Ende sei; und was konnte ich mir eigentlich Besseres wünschen als eines der wunderlichen Abenteuer mitmachen zu dürfen, wie sie meinem Freund zum Lebensbedürfnis geworden waren? In wenigen Minuten war der Zettel an meine Frau geschrieben, Whitneys Rechnung bezahlt, er selbst in den Wagen gesetzt und durchs Dunkel der Nacht davongefahren.

Kurz darauf stieg eine verkommene Gestalt aus der Opiumhöhle empor, und an meiner Seite schritt Sherlock Holmes. Zwei Straßenlängen weit schleppte er sich mühsam mit gebücktem Rücken und unsicherem Tritt vorwärts. Dann blickte er um sich, richtete sich auf und brach in ein herzliches Lachen aus.

»Und nun, Watson«, sagte er, »bilden Sie sich gewiss ein, dass nun auch noch das Opiumrauchen zu den Kokaineinspritzungen und all den anderen kleinen Schwächen gekommen ist, die mir die schätzenswerte Bekanntschaft mit Ihrer medizinischen Erfahrung nebenbei eingetragen hat.«

»Allerdings war ich überrascht, Sie hier zu sehen.«

»Und ich nicht minder Sie …«

»Ich suchte einen Freund.«

»Und ich einen Feind.«

»Einen Feind?«

»Ja, einen meiner natürlichen Feinde, oder, um es richtiger zu sagen, meine natürliche Beute. Mit einem Wort, Watson, ich stecke eben in einer ganz merkwürdigen Geschichte und hatte gehofft, in dem unzusammenhängenden Geschwätz dieser

Kerle einen Schlüssel zu finden, wie mir das schon mehrfach geglückt ist. Wäre ich jedoch in diesem Loch erkannt worden, so wär's um mich geschehen, denn ich habe es früher schon für meine Zwecke ausgebeutet, und der Malaie, der Schurke von einem Wirt, hat mir Rache geschworen. An der Rückseite des Gebäudes befindet sich eine Falltür, in der Nähe der Paulswerft, die könnte Schaudergeschichten erzählen von dem, was in mondlosen Nächten da schon hinabgestürzt ist.«

»Wieso? Sie meinen doch nicht etwa, dass Leichen …?«

»Jawohl, Leichen, Watson; wir wären reiche Leute, wenn wir für jeden armen Teufel, der dort auf ewig stumm gemacht worden ist, unsere tausend Pfund bekämen. Es ist die scheußlichste Mördergrube auf dieser ganzen Uferseite, und ich fürchte sehr, dass Neville St. Clair hier hineingeraten ist, um nie wieder herauszukommen.« Damit steckte er beide Zeigefinger zwischen die Zähne und ließ einen schrillen Pfiff ertönen, dem ein ähnlicher aus einiger Entfernung antwortete, worauf sich Rädergerolle und Pferdegetrappel hören ließen. »Nun, wie ist's, Watson«, fragte Holmes, als ein großer Jagdwagen aus der Dunkelheit auftauchte, dessen Seitenlaternen zwei lange goldene Lichtstreifen vor sich herwarfen. »Sie gehen doch mit?«

»Gern, wenn ich Ihnen nützlich sein kann.«

»Ein treuer Freund ist immer nützlich und vollends noch, wenn er zugleich ein Mann der Feder ist. Mein Zimmer ›zu den Zedern‹ hat zwei Betten.«

»Zu den Zedern?«

»Ja, nämlich in St. Clairs Haus, denn dort wohne ich, solange meine Nachforschungen dauern.«

»Wo liegt es denn?«

»Bei Lee in Kent. Wir haben eine Fahrt von sieben Meilen vor uns.«

»Aber ich weiß ja von gar nichts.«

»Natürlich, doch werden Sie bald alles erfahren. Sitzen Sie nur auf. Schon gut, John, wir kutschieren selbst. Hier ein Trinkgeld. Morgen gegen elf Uhr können Sie mich erwarten. So, jetzt lassen Sie los, und nun vorwärts!«

Er versetzte dem Pferd einen leichten Schlag mit der Peitsche, und wir flogen dahin durch die endlosen, dunklen, einsamen Straßen, die sich allmählich erweiterten, bis wir über eine breite Brücke sausten, unter der der schlammige Fluss träge dahinfloss. Auch drüben dasselbe Häusermeer; nichts als der gleichmäßige Schritt der Schutzleute oder das Johlen verspäteter Nachtschwärmer unterbrach die nächtliche Stille. Eine dunkle Wolkenmasse zog langsam am Himmel dahin, und nur matt schimmerte da und dort ein Stern durch das Gewölk auf. Schweigend lenkte Holmes das Gefährt, den Kopf auf die Brust gesenkt und mit dem Ausdruck eines Mannes, der ganz in Gedanken verloren ist, während ich neben ihm saß, gespannt, zu erfahren, was für ein neuer Fall das wohl sein mochte, der seinen Geist so vollständig in Anspruch nahm, und doch getraute ich mir nicht, seinen Gedankengang zu unterbrechen. Wir waren schon verschiedene Meilen gefahren und gelangten an den äußeren Gürtel der Vorstadtvillen, als sich Holmes aufraffte, die Achseln zuckte und seine Pfeife in Brand steckte mit der Miene eines Menschen, der mit sich zufrieden ist, im Bewusstsein, dass er tut, was in seinen Kräften steht.

»Ihnen ward die schöne Gabe des Schweigens verliehen, Watson«, sagte er, »und das macht Sie zu einem geradezu unschätzbaren Gefährten. Auf Ehre, für mich ist es von größtem Wert, jemand zu haben, bei dem ich mich aussprechen kann, denn meine eigenen Gedanken sind nicht gerade ergötzlicher Art. Eben überlegte ich mir, was ich dem guten Frauchen wohl sagen sollte, wenn sie mir heute Abend entgegentritt.«

»Sie vergessen, dass ich ja von gar nichts weiß.«

»Es bleibt jetzt gerade noch Zeit genug, bis wir nach Lee kommen, um Ihnen die Einzelheiten des Falles zu erzählen. Er sieht sich lächerlich einfach an, und doch weiß ich nicht, was ich damit anstellen soll. Fäden gibt es in Menge, aber das richtige Ende vermag ich nicht zu finden. Lassen Sie mich Ihnen also die Sache klar und deutlich auseinandersetzen, Watson, möglich, dass Ihnen vielleicht ein Licht aufgeht, wo für mich alles dunkel ist.«

»So fangen Sie nur an.«

»Vor einigen Jahren, oder genauer gesagt, im Mai 1884, kam ein Herr namens Neville St. Clair nach Lee, der allem Anschein nach in sehr guten Verhältnissen war. Er bezog eine große Villa, legte geschmackvolle Gärten an und lebte in jeder Beziehung auf großem Fuß. Allmählich gewann er Freunde in der Nachbarschaft und heiratete im Jahr 1887 die Tochter eines dort ansässigen Bierbrauers, die ihn seitdem mit zwei Kindern beschenkt hat. Einen eigentlichen Beruf hatte er nicht, doch war er bei verschiedenen Unternehmungen beteiligt und ging in der Regel des Morgens zur Stadt und kehrte des Abends mit dem 5 Uhr 14-Zug wieder zurück. Mr St. Clair ist jetzt siebenunddreißig Jahre alt, ein Mann von soliden Lebensgewohnheiten, ein guter Ehegatte, zärtlicher Vater und bei allen beliebt, die ihn kennen. Ich kann noch hinzufügen, dass, soweit es sich ermitteln ließ, seine ganze Schuldenlast sich zur Zeit auf achtundachtzig Pfund und zehn Schilling beläuft, während sein Bankguthaben zweihundertundzwanzig Pfund beträgt. Es liegt darum auch kein Grund zur Annahme vor, dass ihn etwa Geldsorgen bedrückt hätten.

Am letzten Montag fuhr Mr Neville St. Clair etwas früher als gewöhnlich zur Stadt, nachdem er zuvor geäußert, dass er zwei wichtige Geschäfte zu erledigen habe und dass er seinem Söhnchen einen Baukasten mitbringen wolle. Am selben Morgen, ganz kurz nach St. Clairs Weggang, erhielt seine Frau die Drahtnachricht, dass ein von ihr erwartetes Paketchen von beträchtlichem Wert auf dem Postamt der Aberdeen Schiffsgesellschaft abgeholt werden könne. Wenn Sie sich in Ihrem London gut auskennen, dann wissen Sie, dass die Geschäftsräume dieser Gesellschaft in der Fresno Street liegen, die in die Upper Swandam Street mündet, wo Sie mich heute Nacht getroffen haben. Mrs St. Clair nahm ihr zweites Frühstück ein und ging dann nach der Stadt, machte einige Einkäufe, holte ihr Paketchen auf dem Schiffsamt und ging genau um 4 Uhr 35 Minuten durch die Swandam Street wieder zurück, der Bahnstation zu. Sind Sie mir so weit gefolgt?«

»Das alles ist völlig klar.«

»Sie erinnern sich vielleicht noch, dass es am Montag außerordentlich heiß war. Mrs St. Clair ging darum langsam und sah sich, in der Hoffnung, einen Wagen zu entdecken, nach allen Seiten um, denn es kam ihr in dieser Umgebung nicht recht geheuer vor. Während sie so die Swandam Street entlangschritt, hörte sie plötzlich einen Schrei und war starr vor Schrecken, als sie ihren Mann aus dem Fenster eines zweiten Stocks auf sich niederblicken und ihr zuwinken sah. Das Fenster stand offen, sodass sie sein Gesicht ganz deutlich erkennen konnte, das nach ihrer Schilderung entsetzlich aufgeregt gewesen sein muss. Nachdem er ihr heftig mit der Hand gewinkt hatte, verschwand er so plötzlich vom Fenster, dass es ihr schien, als ob eine unwiderstehliche Macht ihn von hintenher weggerissen habe. Ein eigentümlicher Umstand entging ihrem raschen Blick nicht: Obwohl ihr Mann denselben dunklen Rock trug wie bei seinem Weggang von Zuhause, hatte er doch weder Kragen noch Krawatte an.

Überzeugt, dass St. Clair irgendetwas zugestoßen sein müsse, eilte sie die Stufen hinab – denn das Haus war kein anderes als die Opiumhöhle, in der Sie mich heute Nacht gefunden haben – lief durch das Vorzimmer und wollte die Treppe, die zum ersten Stock führt, hinaufsteigen, doch da trat ihr jener Malaie, der Schurke, den ich schon einmal nannte, in den Weg, drängte sie zurück und schob sie mithilfe eines Dänen, der dort häufig Handlangerdienste tut, hinaus auf die Straße. Voll der wahnsinnigsten Befürchtungen und Sorgen, rannte sie die Straße entlang, und ein glücklicher Zufall wollte es, dass sie in der Fresno Street auf einige Schutzleute stieß, die unter der Führung eines Inspektors eben die Runde machten. Der Inspektor begleitete sie mit zweien seiner Leute zurück, und trotz des hartnäckigen Widerstandes des Hausbesitzers drangen sie zu dem Zimmer durch, in dem St. Clair zuletzt gesehen worden war. Keine Spur mehr von ihm. Ja, im ganzen Stockwerk niemand als ein jämmerlicher Krüppel von abschreckender Hässlichkeit, der hier zu wohnen schien. Er sowohl als der Wirt schworen hoch und teuer, dass den ganzen Nachmittag außer ihnen niemand in diesem vorderen Zimmer gewesen sei. Ihre Beteuerungen schienen so glaubwürdig, dass der Inspektor zu glauben geneigt war, Mrs St. Clair müsse sich getäuscht haben, als diese plötzlich mit jähem Aufschrei auf ein hölzernes Kästchen zulief, das auf dem Tisch stand, und den Deckel aufriss. Eine Menge kleiner Bausteine stürzte daraus hervor. Es war das Spielzeug, das der Vater versprochen hatte mit nach Hause zu bringen.

Diese Entdeckung sowie die sichtliche Verlegenheit, die der Krüppel zeigte, überzeugten den Inspektor von dem Ernst der Sache. Die Räume wurden sorgfältig untersucht, und alles, was sich ergab, wies auf ein entsetzliches Verbrechen hin. Das vordere Zimmer war ein einfach ausgestatteter Wohnraum und führte in ein kleines Schlafzimmer mit der Aussicht auf die Rückseite einer Werft. Zwischen der Werft und dem Schlafzimmerfenster befindet sich ein schmaler Weg, der während der Ebbe trocken, während der Flut jedoch zum mindesten vier bis fünf Fuß hoch unter Wasser ist. Das Fenster war breit und ließ sich in die Höhe schieben. Bei genauer Besichtigung fanden sich Blutspuren auf dem Fenstersims, und vereinzelte Tropfen waren auf dem Bretterboden des Schlafzimmers sichtbar. Hinter einem Vorhang des Wohnzimmers lagen alle Kleider des Mr Neville St. Clair auf einem Haufen beisammen, nur der Rock fehlte. Stiefel, Socken, Hut, Uhr – alles fand sich vor, aber kein Merkmal von Gewalttat war daran zu erkennen, und auch sonstige Spuren von Mr Neville St. Clair fanden sich nicht. Allem Anschein nach musste er zum Fenster hinausbefördert worden sein, ein anderer Ausweg war nicht zu entdecken, und die verdächtigen Blutspuren am Gesims ließen wenig Hoffnung übrig, dass er sich durch Schwimmen gerettet haben könnte, denn die Flut stand zur Zeit der Gräueltat am höchsten. Und nun zu den Strolchen, die zunächst in die Sache verwickelt schienen. Der Malaie war ein äußerst übel beleumundeter Mensch. Da er aber nach Aussage der Mrs St. Clair wenige Sekunden nach ihres Mannes Erscheinen am Fenster am Fuß der Treppe gestanden hatte, konnte er kaum anders denn als bloße Nebenfigur bei dem Verbrechen angesehen werden. Seine Verteidigung beschränkte sich auf die Behauptung vollständiger Unwissenheit. Er verwahrte sich gegen jegliche Kenntnis von dem Tun und Lassen seines Mieters, Hugo Boones, und erklärte sich außerstande, irgendwelche Rechenschaft darüber zu geben, wie die Kleider des vermissten Herrn hierher gekommen wären.

So viel über den Wirt. Und nun zu dem unheimlichen Krüppel, der im zweiten Stock der Opiumhöhle wohnt und der sicher das letzte menschliche Wesen war, dessen Auge Neville St. Clair gesehen hat. Er heißt Hugo Boone, und jedermann, der häufig zur City kommt, kennt sein abschreckend hässliches Gesicht. Er ist gewerbsmäßiger Bettler und treibt dabei, um den polizeilichen Verordnungen nachzukommen, einen kleinen Handel mit Wachsstreichhölzern. Eine kurze Strecke die Threadneedle Street abwärts tritt links an der Mauer eine kleine Ecke hervor. Dort lässt sich der Kerl täglich mit gekreuzten Beinen und seinem kleinen Warenvorrat auf dem Schoß nieder, und sein Anblick ist so erbarmungswürdig, dass der reichste Wohltätigkeitsregen in seine fettige Mütze neben ihm auf dem Pflaster niederträufelt. Noch ehe ich ahnte, dass ich einmal von Berufs wegen dieses Burschen Bekanntschaft machen würde, hatte ich ihn schon oft beobachtet und war erstaunt über die große Ernte, die er in kürzester Frist einheimste. Seine Erscheinung ist nämlich derart auffällig, dass man ihn nicht unbeachtet lassen kann. Ein Busch rotgelben Haares, ein blasses Gesicht, verunziert durch eine entsetzliche Narbe, die im Verwachsen den einen Mundwinkel in die Höhe gezerrt hat, ein Bulldoggenkiefer und ein paar stechende dunkle Augen, die zu der Farbe des Haares in absonderlichem Kontrast stehen, dies alles zeichnet ihn vor der übrigen Menge der Bettler aus, und dies tut auch sein Witz; denn er hat stets eine schlagfertige Antwort auf jeden schlechten Scherz, den ein Vorübergehender mit ihm machen mag. Das ist also jener Mietsmann in der Opiumhöhle, jener Mann, der den vermissten Herrn, den wir suchten, zuletzt gesehen haben muss.«

»Aber ein Krüppel!«, warf ich ein. »Was vermochte der allein gegen einen Mann in vollster Körperkraft?«

»Ein Krüppel ist er wohl, sofern er zum Gehen einer Krücke bedarf, sonst aber scheint er kräftig und wohlgenährt zu sein. Gewiss wird Ihre ärztliche Erfahrung Sie lehren, Watson, dass die Schwäche des einen Gliedes oft durch eine umso größere Stärke des anderen ausgeglichen wird.«

»Bitte fahren Sie in Ihrer Erzählung fort.«

»Mrs St. Clair war beim Anblick der Blutflecken am Fenster ohnmächtig geworden, und ein Schutzmann hatte sie im Wagen nach Hause gebracht, zumal da auch ihre Gegenwart bei den weiteren Nachforschungen nutzlos war. Inspektor Barton, der den Fall zu leiten hatte, untersuchte alles aufs Genaueste, doch ohne irgendetwas zu finden, was die dunkle Sache hätte aufhellen können. Darin war der Fehler begangen worden, dass Boone nicht sofort verhaftet wurde, sondern noch einige Minuten sich überlassen blieb, während deren er sich mit seinem Freund, dem Malaien, verständigen konnte; doch machte man diesen Fehler sehr bald wieder gut, denn er wurde festgenommen und durchsucht, ohne dass sich jedoch irgendetwas Belastendes gegen ihn ergeben hätte. Allerdings befanden sich einige Blutflecken auf seinem rechten Hemdsärmel, doch wies er auf seinen Ringfinger hin, an dem unterhalb des Nagels eine Schnittwunde war, und sagte, das Blut komme daher, mit der Hinzufügung, er sei erst vor Kurzem am Fenster gewesen, und die dort bemerkten Blutspuren rührten ohne Zweifel von der gleichen Ursache her. Er verneinte es aufs Entschiedenste, Mr Neville St. Clair je einmal gesehen zu haben, und versicherte, dass es ihm nicht weniger unerklärlich sei als der Polizei, wie die Kleider in sein Zimmer kämen. Was aber Mrs St. Clairs Aussage anbelange, dass sie ihren Mann leibhaftig am Fenster gesehen habe, so müsse sie entweder geistig gestört oder im Traum gewesen sein. Trotz seines lauten Widerspruchs wurde er zur Polizeistation verbracht, während der Inspektor zurückblieb, in der Hoffnung, die Ebbe möchte neue Anhaltspunkte liefern.

Und so war es auch, obgleich auf dem Schlamm nicht das gefunden wurde, was man gefürchtet hatte: Nicht Neville St. Clair selbst, aber Neville St. Clairs Rock kam zu Tage, als die Flut sich verlief. Und was glauben Sie wohl, dass sich in den Rocktaschen vorfand?«

»Ich kann mir's nicht denken.«

»Nein, Sie würden es auch niemals erraten. Jede Tasche war vollgepfropft mit Kupfermünzen – 421 ganzen und 270 halben Pennystücken. Da war es also kein Wunder, dass der Rock nicht von der Flut mit fortgenommen wurde. Aber mit einem menschlichen Körper ist's ein ander Ding. Zwischen der Werft und dem Haus ist ein starker Wirbel, und so konnte es leicht geschehen, dass der beschwerte Rock zurückblieb, während der entkleidete Körper in den Fluss hinausgespült wurde.«

»Ich habe geglaubt, alle übrigen Kleider seien im Zimmer vorgefunden worden. Sollte der Körper nur allein mit dem Rock bekleidet gewesen sein?«

»Nein, gewiss nicht, aber die Tatsachen lassen doch eine ziemlich glaubwürdige Erklärung zu. Vorausgesetzt, dieser Boone habe St. Clair aus dem Fenster geworfen, ohne dass ein menschliches Auge es sah – was hätte er dann vor allem tun müssen? Natürlich sich in erster Linie der verräterischen Kleider entledigen. Er griff also nach dem Rock; im Begriff, diesen hinauszuwerfen, fiel ihm aber ein, dass er ja schwimmen würde, anstatt unterzusinken. Die Zeit drängt, denn von unten her hört er die Stimme der Mrs St. Clair, die hinaufdringen will; vielleicht hat ihm auch sein Spießgeselle, der Wirt, schon einen Wink gegeben, dass die Polizei nicht fern sei. Kein Augenblick ist zu verlieren. Er eilt zu irgendeinem geheimen Winkel, wo er die Erträge seines Bettels aufgestapelt hat, und stopft so viele Münzen, als ihm zur Hand sind, in den Rock, damit dieser gewiss untersinkt. Schnell wirft er ihn hinaus, wie er es auch mit den anderen Kleidungsstücken gemacht hätte, wären nicht Schritte genaht, sodass ihm nur noch Zeit blieb, das Fenster zu schließen.«

»Dies klingt allerdings nicht unmöglich.«

»So lassen Sie uns einstweilen auf diesen Voraussetzungen fußen, bis sich Besseres findet. Boone wurde also, wie ich Ihnen schon erzählt habe, festgenommen und auf die Polizeiwache gebracht, doch konnte nicht nachgewiesen werden, dass schon früher etwas gegen ihn vorgelegen hätte. Seit Jahren war er als gewerbsmäßiger Bettler bekannt, schien aber sonst ein stilles, unbescholtenes Leben geführt zu haben. So weit ist die Sache bis jetzt gediehen, und die Fragen, die einer Lösung harren, nämlich was Neville St. Clair in der Opiumhöhle zu schaffen gehabt hat, was dort mit ihm geschehen ist, wo er sich jetzt befindet und inwiefern Hugo Boone an seinem Verschwinden beteiligt war – alle diese Fragen sind noch so weit wie je von einer Lösung entfernt. Ich muss Ihnen gestehen, dass mir in meiner ganzen Erfahrung nie ein Fall vorgekommen ist, der auf den ersten Anblick so einfach erschienen wäre und dennoch solche Schwierigkeiten geboten hätte.«

Während mir Sherlock Holmes die sonderbare Verwicklung dieser Umstände im Einzelnen darlegte, waren wir an den letzten Vorstadthäusern vorübergerollt und hatten jetzt grüne Hecken zu beiden Seiten. Als er eben am Schluss war, fuhren wir durch zwei verstreut liegende Dörfer, wo aus manchem Fenster noch Licht schimmerte.

»Jetzt nähern wir uns Lee«, sagte Holmes; »auf unserer kurzen Fahrt haben wir nicht weniger als drei Grafschaften berührt. In Middlesex brachen wir auf, kamen durch einen Zipfel von Surrey und beschließen die Fahrt jetzt mit Kent. Sehen Sie das Licht dort zwischen den Bäumen hervorschimmern? Das kommt von ›den Zedern‹, und neben jener Lampe sitzt eine Frau, deren angstvolles Ohr ohne Zweifel schon den Hufschlag unseres Pferdes vernommen hat.«

»Aber warum betreiben Sie die Angelegenheit nicht von der Baker Street aus?«, fragte ich.

»Weil allerlei Erkundigungen von hier aus einzuziehen sind. Mrs St. Clair hat mir in entgegenkommendster Weise zwei Zimmer zur Verfügung gestellt, und Sie dürfen überzeugt sein, dass sie meinen Freund und Kollegen gleichfalls freundlich willkommen heißen wird. Es ist mir im Innersten zuwider, Watson, ihr ohne Nachrichten über ihren Mann entgegentreten zu müssen. So, jetzt wären wir da! Hollah, he!«

Wir hielten vor einer großen, von Gärten umgebenen Villa. Ein Stalljunge war herbeigeeilt und hielt das Pferd. Wir stiegen aus, und ich folgte Holmes auf dem schmalen, geschlängelten Kiesweg, der zum Haus führte. Als wir näher kamen, flog die Tür auf, und eine kleine blonde Frau stand auf der Schwelle. Sie war in ein leichtes, an Hals und Ärmeln mit Spitzen verziertes Seidengewand gehüllt. Ihre Gestalt zeichnete sich in dem starken Lichtstrom, der aus der Tür quoll, deutlich ab, und wie sie so dastand, den Körper leicht vorgebeugt, die eine Hand auf der Türklinke, die andere halb erhoben vor Sehnsucht und Verlangen, das Gesicht mit den forschenden Augen und den halbgeöffneten Lippen nach vorne gewandt, sah sie ganz so aus wie ein lebendig gewordenes Fragezeichen.

»Nun, und was gibt's?«, rief sie. Und sobald sie bemerkte, dass wir zu zweien waren, kam es wie ein Ausruf der Hoffnung von ihren Lippen, der aber in einem Seufzer erstarb, als mein Gefährte den Kopf schüttelte und die Achseln zuckte.

»Keine guten Nachrichten?«

»Überhaupt keine.«

»Also auch keine schlechten?«

»Nein.«

»Gott sei Dank. Doch treten Sie ein. Sie müssen müde sein nach diesem langen Tag.«

»Hier stelle ich Ihnen meinen Freund, Dr. Watson, vor. Er ist mir schon bei verschiedenen Angelegenheiten von Nutzen gewesen, und ein glücklicher Zufall hat es gefügt, dass es mir möglich wurde, ihn mitzubringen und ihn mit unserer Sache vertraut zu machen.«

»Ich freue mich, Ihre Bekanntschaft zu machen«, erwiderte sie und drückte mir herzlich die Hand, »nur bitte ich um Entschuldigung, wenn heute mein Haus manches zu wünschen übrig lässt, Sie wissen ja, welcher harte Schlag uns so unvermutet getroffen hat.«

»Ich bin ein alter Soldat, gnädige Frau, und wäre ich es auch nicht, so würde ich es doch für selbstverständlich halten, dass es hier keinerlei Entschuldigung bedarf. Wenn ich Ihnen oder meinem Freund irgendwie nützlich sein könnte, so würde ich mich glücklich schätzen.«

»Nun, Mr Sherlock Holmes«, begann die Dame, als wir das hell erleuchtete Speisezimmer betraten, wo ein kalter Imbiss bereit stand, »möchte ich Sie geradeheraus etwas fragen, und Sie sollen mir dann ebenso darauf antworten.«

»Ganz einverstanden, gnädige Frau!«

»Nehmen Sie keine Rücksicht auf meine Empfindungen. Ich bin weder hysterisch noch leicht zu Ohnmachten geneigt. Es ist mir einzig und allein um Ihre aufrichtige Meinung zu tun.«

»Worüber?«

»Glauben Sie im Innersten Ihres Herzensgrundes, dass Neville noch am Leben ist?«

Diese Frage schien Sherlock Holmes in Verlegenheit zu setzen. »Also geradeheraus!«, wiederholte sie. Er saß in einem Sessel und sie stand vor ihm und sah forschend auf ihn nieder.

»Nun denn, ehrlich gestanden, gnädige Frau, nein.«

»Glauben Sie, dass er tot ist?«

»Ja, ich glaube es.«

»Ermordet?«

»Das will ich nicht behaupten, vielleicht.«

»Und an welchem Tag soll er vom Tod ereilt worden sein?«

»Am Montag.«

»Dann, Mr Holmes, haben Sie vielleicht die Güte, mir zu erklären, wie es geschehen konnte, dass ich heute einen Brief von ihm erhielt.«

Sherlock Holmes sprang wie elektrisiert von seinem Stuhl auf.

»Was!«, schrie er.

»Jawohl, heute.« Lächelnd stand sie da und hielt ein Blättchen Papier empor.

»Darf ich es lesen?«

»Gewiss.«

Er riss ihr den Brief aus der Hand, glättete ihn auf dem Tisch, zog die Lampe näher und besichtigte ihn aufs Genaueste. Auch ich war aufgestanden und blickte ihm über die Schulter. Der Briefumschlag war aus grobem Papier und trug den Poststempel von Gravesend mit dem Datum des heutigen Tages, oder eigentlich des gestrigen, denn Mitternacht war längst vorüber.

»Ungeübte Schrift«, murmelte Holmes. »Sicher ist dies nicht Ihres Gatten Hand, gnädige Frau.«

»Nein, aber der Brief selbst ist von ihm.«

»Man sieht auch, dass derjenige, der die Aufschrift machte, sich erst genauer nach der Adresse erkundigen musste.«

»Woraus können Sie dies schließen?«

»Der Name ist, wie Sie sehen, vollständig schwarz, weil die Tinte darauf von selbst abtrocknete. Das übrige dagegen ist grauschwarz, ein Beweis, dass Löschpapier dabei verwendet wurde. Wäre alles in einem Zug geschrieben und dann das Fließblatt gebraucht worden, so hätte nicht ein Teil so tiefschwarz werden können. Der Schreiber hat zuerst den Namen geschrieben, dann trat eine Pause ein, ehe er die Adresse vervollständigte, was doch nur seinen Grund darin haben konnte, dass sie ihm nicht geläufig war. Freilich ist dies nur eine Kleinigkeit, aber nichts ist eben so wichtig wie Kleinigkeiten. Und nun wollen wir den Brief betrachten. Ei, da war etwas eingeschlossen!«

»Ja, ein Ring, sein Siegelring.«

»Und sind Sie überzeugt, dass dies Ihres Gatten Handschrift ist?«

»Ja, eine seiner Handschriften.«

»Eine?«

»Seine Handschrift, wenn er in Eile war. Diese ist ganz verschieden von der gewöhnlichen, aber ich kenne sie genau.«

Auf dem Papier standen nur die Worte:

»Liebste, ängstige dich nicht. Es wird noch alles gut werden. Ein schwerer Irrtum waltet ob, der sich aber in Kurzem aufklären muss. Fasse dich in Geduld. – Neville.«

»Mit Bleistift auf das Vorsatzblatt eines Oktavbandes geschrieben, kein Wasserzeichen. Hm! Heute in Gravesend in den Schalter geworfen von einem Menschen mit schmutzigem Daumen! Ha! Und der Umschlag ist, wenn ich mich nicht sehr täusche, von jemand zugeklebt worden, der Tabak kaut. Und Ihnen steht es ganz außer Zweifel, dass es die Handschrift Ihres Gatten ist, gnädige Frau?«

»Durchaus. Neville hat diese Zeilen geschrieben.«

»Und heute wurde dieser Brief in Gravesend bestellt. Wahrhaftig, die Wolken beginnen sich zu lichten, obgleich ich nicht sagen möchte, dass die Gefahr vorüber ist.«

»Aber am Leben muss er doch noch sein, Mr Holmes?«

»Außer, dies wäre eine schlaue Täuschung, um uns auf falsche Fährte zu locken. Der Ring beweist so gut wie nichts, er kann ihm genommen worden sein.«

»Nein, nein; es ist und bleibt seine Handschrift!«

»Ganz recht. Doch kann das Blatt am Montag geschrieben und erst heute zur Post gegeben worden sein.«

»Das ist möglich.«

»Und wenn dem so ist, so mag wohl inzwischen manches vorgegangen sein.«

»Ach, Mr Holmes, Sie dürfen mich nicht entmutigen. Ich weiß es gewiss, dass es gut mit ihm steht. Zwischen uns besteht eine so innige Seelengemeinschaft, dass ich es empfinden müsste, wenn er von Unheil bedroht wäre. Gerade an dem Tag, als ich ihn zum letzten Mal sah, schnitt er sich im Schlafzimmer in den Finger, und obwohl ich im Esszimmer war, eilte ich hinauf, in der unumstößlichen Gewissheit, es müsse ihm etwas widerfahren sein. Glauben Sie denn, dass, wenn ich schon bei einer solchen Kleinigkeit in Mitleidenschaft gezogen werde, ich nicht auch um seinen Tod wissen sollte?«

»Ich habe schon zu vieles erlebt, um nicht davon überzeugt zu sein, dass das Gefühl einer Frau oft mehr Wert haben kann als die Schlussfolgerungen eines kühl zergliedernden Verstandesmenschen. Und in diesem Brief besitzen Sie unzweifelhaft ein starkes Beweisstück für Ihre Behauptung. Doch wenn Ihr Gatte am Leben ist und sogar fähig, Briefe zu schreiben, weshalb bleibt er Ihnen dann fern?«

»Ich kann es mir nicht denken. Es ist mir unbegreiflich.«

»Und machte er denn beim Weggehen am Montag keinerlei Andeutung?«

»Nein.«

»Und Sie waren überrascht, als Sie ihn in der Swandam Street sahen?«

»Außerordentlich.«

»Stand das Fenster offen?«

»Ja.«

»So hätte er Ihnen also zurufen können?«

»Jawohl.«

»Doch stieß er, soviel ich weiß, nur einen unartikulierten Schrei aus!«

»Ja.«

»Den Sie für einen Hilferuf hielten?«

»Ja. Er erhob die Hände.«

»Es kann aber auch ein Ruf der Überraschung gewesen sein. Vielleicht veranlasste ihn Ihr unerwarteter Anblick, die Hände emporzuheben.«

»Das kann sein.«

»Kam es Ihnen vielleicht nur so vor, als ob er nach rückwärts gerissen worden sei?«

»Er verschwand ganz plötzlich.«

»Er kann auch zurückgesprungen sein. Sie sahen doch sonst niemand im Zimmer?«

»Nein, aber jener entsetzliche Mensch hat zugegeben, dass er dort war, und der Malaie stand an der Treppe.«

»Ganz recht. Und Ihr Gemahl hatte, soviel Sie sehen konnten, seine gewöhnlichen Kleider an?«

»Ja, aber ohne Kragen und Krawatte. Ich sah seinen bloßen Hals ganz deutlich.«

»Hat er je einmal von der Swandam Street gesprochen?«

»Niemals.«

»Konnten Sie je Zeichen von Opiumgenuss an ihm entdecken?«

»Niemals.«

»Ich danke Ihnen, Mrs St. Clair. Dies sind die Hauptpunkte, über die ich vollständig im Reinen sein wollte. Lassen Sie uns nun etwas zu Abend speisen, dann wollen wir uns zurückziehen, denn morgen wird es einen unruhigen Tag für uns geben.«

Ein großes, behagliches Zimmer stand für uns bereit, und bald lag ich in den Federn, denn ich war müde von dieser Nacht voll Abenteuer. Sherlock Holmes dagegen war ein Mensch, der tage-, ja eine ganze Woche lang in rastloser Tätigkeit ausharren konnte, solange ihn ein ungelöstes Problem beschäftigte. Er beleuchtete es dann nach allen Seiten, wälzte es hin und her, war unermüdlich, das Beweismaterial neu zu ordnen, bis er die Lösung endlich gefunden oder sich überzeugt hatte, dass die Beweismittel ungenügend waren. Es wurde mir bald klar, dass er sich auch heute zu einer Nachtsitzung vorbereitete. Nachdem er Rock und Weste abgelegt hatte, hüllte er sich in seinen großen blauen Schlafrock und zog im Zimmer umher, auf der Jagd nach Kissen, die er sich von Bett, Sofa und Sesseln zusammenlas. Damit baute er sich eine Art orientalischen Diwans, auf den er sich mit gekreuzten Beinen niederließ, und vor ihm lag ein Paket Rauchtabak und Streichhölzer. Bei dem matten Lampenschein sah ich ihn dort sitzen, eine alte Tonpfeife im Mund, die Augen wie geistesabwesend auf die Zimmerdecke gerichtet, von blauen Rauchwolken umhüllt, schweigend, unbeweglich, die scharf geschnittenen Gesichtszüge vom Licht beschienen. So saß er da, als ich in Schlaf versank, und so saß er noch, als ein Ausruf mich weckte, und die Sommersonne bereits in unser Zimmer schien. Noch steckte ihm die Pfeife im Mund, noch kräuselte sich der Rauch empor, und der Raum war von dichtem Tabaksqualm erfüllt; aber von dem Häufchen Rauchtabak, das ich in der Nacht gesehen hatte, war nichts mehr vorhanden.

»Sind Sie wach, Watson?«, fragte er.

»Ja.«

»Bereit zu einer Morgenfahrt?«

»Gewiss.«

»Dann kleiden Sie sich an. Niemand rührt sich noch, doch weiß ich, wo der Stallknecht schläft, und den kleinen Wagen wollen wir schon herausbekommen.« Dabei lachte er in sich hinein, seine Augen funkelten; der ganze Mann schien völlig ausgewechselt zu sein und nicht mehr der düstere Denker der verflossenen Nacht. Beim Ankleiden sah ich auf die Uhr. Kein Wunder, dass sich noch niemand rührte. Es war erst fünfundzwanzig Minuten nach vier Uhr. Kaum war ich fertig, als Holmes mit der Nachricht zurückkam, dass jetzt angespannt werde.

»Ich muss eine meiner Theorien erproben«, sagte er, indem er seine Stiefel anzog. »Watson, meiner Ansicht nach sehen Sie hier einen der größten Esel in ganz Europa vor sich stehen.

Ich verdiene einen Fußtritt, dass ich von hier bis Charing Cross fliege. Aber den Schlüssel zu dieser Geschichte glaube ich jetzt gefunden zu haben.«

»Und wo ist er?«, fragte ich lächelnd.

»Im Badezimmer«, erwiderte er. »Jawohl, ich scherze nicht«, fuhr er fort, als er mein ungläubiges Gesicht sah. »Soeben war ich dort und habe ihn hier in dieser Ledertasche mitgenommen. Vorwärts, mein Freund, wir wollen sehen, ob er nicht zum Schloss passt.«

So leise als möglich schlichen wir die Treppe hinab und traten hinaus in die klare Morgensonne. Auf der Straße stand unser Gefährt mit dem halbangekleideten Stallknecht, der den Gaul hielt. Rasch stiegen wir ein, und fort ging's auf der Londoner Straße. Vereinzelte Bauernwagen, die Gemüse nach der Weltstadt brachten, machten zwar einigen Lärm, aber die zahlreichen Landhäuser zu beiden Seiten des Weges lagen still und leblos da, wie eine in Traum versunkene Stadt.

»Dieser Fall ist doch in mancher Beziehung recht merkwürdig«, sagte Holmes und trieb sein Pferd zum Galopp an. »Blind wie ein Maulwurf bin ich gewesen, das muss ich gestehen, doch ist es immer noch besser, man wird erst spät klug als gar nicht.«

In der Stadt sahen eben die ersten Frühaufsteher mit verschlafenen Augen zum Fenster heraus, als wir durch die Straßen des Surrey-Viertels fuhren. Durch die Waterloo Bridge Street hinab kamen wir über den Fluss, wandten uns dann zur Rechten und gelangten in die Bow Street. Sherlock Holmes war auf der Polizei wohlbekannt, und die beiden Schutzleute vor der Tür begrüßten ihn. Einer hielt das Pferd, während der andere uns hineinführte.

»Wer hat Dienst?«, fragte Holmes.

»Inspektor Brad Street.«

»Ei, guten Tag, Brad Street, wie geht's?«

Ein großer, stattlicher Beamter kam in Dienstmütze und Uniform den mit Steinfliesen belegten Gang herab.

»Könnte ich ein paar Worte mit Ihnen sprechen, Brad Street?«

»Gewiss, Mr Holmes. Treten Sie nur hier in mein Zimmer ein.«

Es war ein kleiner, büromäßig ausgestatteter Raum, ein riesiges Hauptbuch lag auf dem Tisch, und ein Telefon ragte aus der Wand hervor. Der Inspektor setzte sich an sein Pult.

»Womit kann ich dienen, Mr Holmes?«

»Ich komme wegen jenes Bettlers, Boone, wissen Sie, des Menschen, der im Verdacht steht, bei dem Verschwinden des Mr Neville St. Clair aus Lee beteiligt zu sein.«

»Ja, der wurde hereingebracht und soll noch weiter verhört werden.«

»Das ist mir gesagt worden. Haben Sie ihn hier?«

»Ja, in einer Zelle.«

»Ist er ruhig?«

»Ja, der macht wenig Mühe, aber ein schmutziger Kerl ist er.«

»Schmutzig?«

»Freilich, und wir können ihn kaum dazu bringen, dass er sich die Hände wäscht, ein Gesicht hat er, so schwarz wie ein Kesselflicker. Nun, sobald einmal das Verfahren im Gang ist, bekommt er sein regelrechtes Gefängnisbad, und meiner Treu, wenn Sie ihn sähen, Sie würden mir beistimmen, dass er dessen bedarf.«

»Sehr gern möchte ich ihn sehen!«

»Wirklich? Das lässt sich leicht machen. Kommen Sie nur mit. Ihre Tasche kann hier bleiben.«

»Nein, danke, ich nehme sie lieber mit.«

»Auch recht. Hierher, bitte.« Er führte uns einen Gang hinunter, öffnete eine verriegelte Tür, stieg eine Wendeltreppe hinab und brachte uns auf einen weiß getünchten Korridor, an dessen beiden Seiten eine Reihe von Türen war.

»Die dritte rechts führt zu ihm«, sagte der Inspektor. »Hier, diese ist's.« Sachte zog er einen Schieber im oberen Teil der Tür zurück und blickte durch die Öffnung.

»Er schläft«, sagte er. »Jetzt können Sie ihn bequem sehen.« Wir näherten uns beide und sahen durch das Gitter. Der Gefangene hatte das Gesicht uns zugewandt und lag in tiefem

Schlaf da, langsam und schwer atmend. Er war ein mittelgroßer Mann, derb gekleidet, wie es für seinen Beruf passte, und durch die Risse seines zerlumpten Rockes kam sein buntes Hemd zum Vorschein. Der Inspektor hatte recht gehabt, wenn er den Gefangenen außerordentlich schmutzig nannte, aber die dicke Schmutzkruste, die sein Gesicht bedeckte, war nicht imstande, seine abschreckende Hässlichkeit zu verhüllen. Eine alte Schramme lief in einem breiten Striemen vom Auge bis zum Kinn und hatte bei der Vernarbung die Oberlippe derart hinaufgezogen, dass drei Zähne unbedeckt blieben, was aussah, wie ein beständiges Grinsen. Ein dichter Busch gelbroten Haares fiel ihm tief über Augen und Stirn.

»Ist er nicht der reinste Adonis?«, spottete der Inspektor.

»Jedenfalls ist er des Waschens bedürftig«, bemerkte Holmes, »und da ich dies vermutete, erlaubte ich mir, das hierzu Notwendige mitzubringen.« Damit öffnete er seine Ledertasche und zog zu meinem Staunen einen sehr großen Badeschwamm hervor.

»Ha, ha!«, lachte der Inspektor, »was für ein drolliger Mensch Sie sind!«

»Wenn Sie jetzt die große Güte haben wollten, diese Tür recht vorsichtig zu öffnen, dann soll er uns bald ein anständigeres Gesicht schneiden.«

»Nun, schaden kann's nichts«, sagte der Inspektor. »Er macht sonst dem Zellengefängnis der Bow Street wenig Ehre.« Er steckte den Schlüssel in das Schloss, und wir traten alle leise ein. Der Schläfer machte eine kleine Wendung, versank aber sofort wieder in tiefen Schlaf. Holmes ging zum Wasserkrug, tauchte seinen Schwamm ein und fuhr zweimal kräftig über das Gesicht des Gefangenen.

»Meine Herren, gestatten Sie mir, Sie dem Mr Neville St. Clair aus Lee in der Grafschaft Kent vorzustellen«, rief Holmes laut.

Noch nie in meinem Leben habe ich solchen Anblick gehabt. Das Gesicht des Mannes schälte sich unter dem Schwamm ab, wie die Rinde vom Baum. Weg war die hässliche braune Farbe! Weg war die entsetzliche Schramme, und weg die verzerrte Oberlippe, die dem Gesicht den abschreckenden, hämischen Ausdruck gegeben hatte! Ein fester Griff entfernte das wirre, rote Haar, und vor uns saß auf dem Bett ein blasser, trauriger, fein aussehender Herr, mit schwarzem Haar und zarter Haut, der sich die Augen ausrieb und schlaftrunken um sich blickte. Dann wurde er sich plötzlich seiner Lage bewusst und begrub, laut aufschreiend, sein Gesicht in dem Kopfkissen.

»Großer Gott!«, rief der Inspektor aus, »das ist ja wirklich der Vermisste. Ich erkenne ihn der Fotografie nach.«

Der Gefangene wandte sich mit der Gelassenheit eines Menschen, der sich in sein Geschick ergibt, um. »So sei es denn«, sprach er. »Und nun, bitte, sagen Sie mir, wessen beschuldigt man mich?«

»Mr Neville St. Clair auf die Seite geschafft zu haben – doch wahrhaftig, dessen kann man Sie nicht mehr bezichtigen, es wäre denn, dass das Gericht eine Anklage auf versuchten Selbstmord aus dem Fall machen wollte«, sagte der Inspektor lachend. »Seit siebenundzwanzig Jahren bin ich jetzt im Dienst, doch so etwas ist mir noch nicht vorgekommen.«

»Wenn ich Neville St. Clair bin, so liegt es klar zu Tage, dass ich keinen Mord begangen habe, wohl aber, dass man mich widerrechtlich hier festhält.«

»Kein Verbrechen, wohl aber ein großer Irrtum hat hier stattgefunden«, sprach Holmes. »Sie hätten besser daran getan, Ihrer Frau zu vertrauen.«

»Nicht um meiner Frau, sondern um meiner Kinder willen ist's geschehen«, stöhnte der Gefangene. »Wahrhaftiger Gott, sie sollten sich nicht ihres Vaters wegen schämen müssen. Oh Gott, welche Schmach! Was kann ich machen?«

Sherlock Holmes setzte sich zu ihm aufs Bett und legte ihm freundlich seine Hand auf die Schulter.

»Wenn Sie es dem Gerichtshof überlassen, die Sache zu erledigen«, sagte er, »so wird sie natürlich an die Öffentlichkeit kommen. Vermögen Sie dagegen der Polizeibehörde zu beweisen, dass keinerlei Grund zu einer Anklage gegen Sie vorliegt, so weiß ich nicht, wie diese Geschichte ihren Weg in die

Presse finden sollte. Inspektor Brad Street wird gewiss bereit sein, alles niederzuschreiben, was Sie uns sagen wollen, und hernach Ihre Aussagen der betreffenden Behörde mitteilen. Auf diese Weise gelangt dann der Fall gar nicht an den Gerichtshof.«

»Gott segne Sie!«, rief der Gefangene leidenschaftlich aus. »Gefängnis, ja Hinrichtung hätte ich eher ausgehalten, als dass ich mein erbärmliches Geheimnis verraten und Schande über meine Kinder gebracht hätte.

Sie sind die ersten, denen ich meine Geschichte erzähle. – Mein Vater war Schullehrer in Chesterfield, wo ich eine ausgezeichnete Erziehung erhielt. In meiner Jugend machte ich Reisen, ging zur Bühne und wurde schließlich Berichterstatter für ein Londoner Abendblatt. Eines Tages wünschte der Leiter unserer Zeitung einige Artikel über das Bettlertum in London, und ich verpflichtete mich, sie ihm zu liefern. Dies war der Ausgangspunkt für alle meine Abenteuer. Nur wenn ich das Bettlerhandwerk selbst versuchte, konnte ich ja das nötige Material für meine Artikel erhalten. Als Schauspieler war ich natürlich in alle Geheimnisse der Verkleidung eingeweiht, ja, ich war seinerzeit unter meinesgleichen wegen meiner Verstellungskunst berühmt gewesen. Jetzt kam mir meine Geschicklichkeit zugute. Ich schminkte mir das Gesicht, und um mich so bemitleidenswert als möglich zu machen, malte ich mir eine tüchtige Schramme hin und zog die Oberlippe mit einem schmalen Streifen fleischfarbenen Heftpflasters in die Höhe. Des weiteren noch mit einer roten Perücke und entsprechender Kleidung ausgestattet, stellte ich mich im belebtesten Stadtteil auf, zum Schein als Streichholzhändler, in Wahrheit aber als Bettler. Sieben Stunden ging ich meinem Geschäft nach, und als ich am Abend heimkehrte, entdeckte ich zu meiner Überraschung, dass ich nicht weniger als sechsundzwanzig Schilling und vier Pence ersammelt hatte.

Ich schrieb meine Artikel und dachte wenig über die Sache nach, bis ich bald darauf für einen Freund einen Wechsel von 25 Pfund, den ich unterschrieben hatte, einlösen musste. Ich war völlig ratlos, wo ich das Geld auftreiben sollte, da kam mir plötzlich ein rettender Gedanke. Mein erstes war, den Gläubiger um vierzehn Tage Verlängerung anzugehen, dann erbat ich mir Urlaub und verbrachte diese Zeit in meiner einstigen Verkleidung als Bettler in der Stadt. In zehn Tagen war das Geld beisammen und meine Schuld bezahlt.

Nun können Sie sich denken, wie schwer es mir ankam, mich wieder zu angestrengter Arbeit mit einem wöchentlichen Gehalt von zwei Pfund zu bequemen, da ich doch wusste, dass mir ein bisschen Schminke, Stillesitzen und die Mütze auf die Erde stellen in einem einzigen Tag ebenso viel eintrug. Zwischen meinem Stolz und meiner Geldgier entstand ein langer Kampf, bei dem schließlich die letztere den Sieg davontrug. So hängte ich denn die Zeitungsschreiberei an den Nagel und saß Tag für Tag in der Ecke, die ich mir gleich zu Anfang ausersehen hatte, erregte durch mein jammervolles Aussehen Mitleid und füllte meine Taschen mit Kupfermünzen. Nur ein einziger Mensch wusste um mein Geheimnis. Er war Inhaber einer elenden Kneipe in der Swandam Street, wo ich einkehrte, um von dort jeden Morgen als schmutziger Bettler hervorzugehen und mich abends wieder zum wohlanständigen Städter umzuwandeln. Dieser Mensch, ein eingewanderter Malaie, wurde von mir für sein Zimmer gut bezahlt, und somit wusste ich, dass mein Geheimnis bei ihm wohl verwahrt blieb.

Sehr bald zeigte es sich, dass ich ganz bedeutende Summen einnahm. Ich glaube kaum, dass jeder Straßenbettler in London siebenhundert Pfund im Jahr zusammenbringen kann – und dies ist weniger als meine Durchschnittseinnahme betrug – aber mir kam der Umstand zustatten, dass ich mich außergewöhnlich gut herrichten konnte und stets eine schlagfertige Gegenrede bereit hatte, eine Fähigkeit, die mit der Zeit zunahm, sodass ich schließlich zu einer stadtbekannten Persönlichkeit wurde. Eine Menge Kupfermünzen, mit Silberstücken gemischt, flossen mir im Laufe des Tages zu, und schlecht war die Einnahme, wenn sie einmal unter zwei Pfund betrug.

Mit dem Reichwerden nahm auch der Ehrgeiz zu. Ich bezog ein Landhaus, heiratete sogar, und niemand hatte eine Ahnung von meiner eigentlichen Beschäftigung. Meine gute Frau wusste, dass ich in der Stadt zu tun hatte. Was es aber war, vermutete sie nicht.

Letzten Montag hatte ich mein Tagewerk eben beendigt und kleidete mich in meinem Zimmer über der Opiumkneipe um, als ich aus dem Fenster sah und zu meinem Staunen und Entsetzen bemerkte, dass meine Frau auf der Straße stand und mich fest ins Auge gefasst hatte. Ich stieß einen Schrei der Überraschung aus, erhob die Hände, um mein Gesicht zu verhüllen, und stürzte zu dem Wirt, meinem Vertrauten, um ihn anzuflehen, doch ja niemand einzulassen. Wohl hörte ich ihre Stimme von unten, doch wusste ich, dass sie nicht heraufkommen könne. Schnell warf ich meine Kleider von mir, zog mein Bettlergewand an, schminkte mich und stülpte die Perücke auf. Selbst das Auge der eigenen Frau vermochte diese vollständige Verwandlung nicht zu durchschauen. Aber dann fiel mir ein, dass das Zimmer durchsucht werden und die Kleider mich verraten könnten. Eilig riss ich das Fenster auf, und bei dieser heftigen Bewegung öffnete sich eine kleine Wunde wieder, die ich mir an jenem Morgen in meinem Schlafzimmer zugezogen hatte. Dann ergriff ich meinen Rock, beschwerte ihn mit den Kupfermünzen, die ich aus der Ledertasche nahm, in der ich mein Erworbenes wegzutragen pflegte, und schleuderte ihn zum Fenster hinaus, wo er in der Themse verschwand. Die anderen Kleidungsstücke sollten folgen, aber im selben Augenblick hörte ich von der Treppe her das Nahen von Schutzleuten, und wenige Minuten nachher wurde ich zu meiner großen Erleichterung, ich muss es bekennen, anstatt als Neville St. Clair erkannt zu werden, als dessen Mörder festgenommen.

Es wird wohl kaum weiterer Aufklärungen bedürfen. Ich war fest entschlossen, meine Maske so lange als möglich beizubehalten, und daher also kam meine Vorliebe für das schmutzige Gesicht. Da ich wohl wusste, dass meine Frau entsetzlich in Angst sein würde, zog ich meinen Ring ab und vertraute ihn dem Malaien in einem Augenblick an, als mich gerade kein Polizeimann beobachtete, zugleich mit einem eiligst beschriebenen Fetzen Papier an meine Frau, der ihr sagen sollte, dass kein Grund zur Sorge vorliege.«

»Dieser Zettel erreichte sie erst gestern«, sagte Holmes.

»Großer Gott! Welche angstvolle Woche muss sie verbracht haben!«

»Die Polizei hat den Wirt bewacht«, erklärte der Inspektor, »und ich kann mir wohl denken, dass es ihm schwer genug geworden ist, den Brief unbeobachtet zur Post zu bringen. Wahrscheinlich hat er ihn irgendeinem Matrosen seiner Kundschaft übergeben, der ihn wohl ein paar Tage lang vergessen haben mag.«

»Ja, ja«, sagte Holmes mit zustimmendem Kopfnicken, »ohne Zweifel war es so. Doch sind Sie nie wegen Bettelns belangt worden?«

»Freilich, oftmals; aber was kümmerte mich eine Geldstrafe?«

»Doch hiermit muss es nun ein für allemal vorbei sein«, sagte Brad Street. »Soll die Polizei diese Geschichte totschweigen, darf es keinen Hugo Boone mehr geben.«

»Das habe ich mir selbst bei dem heiligsten Eid, den ein Mann leisten kann, geschworen.«

»In diesem Fall halte ich es für wahrscheinlich, dass keinerlei weitere Schritte geschehen werden. Doch sollten Sie je wieder beim Betteln betroffen werden, dann muss alles an den Tag kommen. Ihnen, Mr Holmes, sind wir für die Aufklärung der Sache zu großem Dank verpflichtet. Es würde mich interessieren, zu erfahren, wie und auf welchem Weg Sie zu Ihren merkwürdigen Schlussfolgerungen gelangten.«

»Zu den vorliegenden bin ich dadurch gelangt, dass ich mich auf fünf Kissen setzte und eine gute Portion Tabak verrauchte. – Wir wollen jetzt zur Baker Street fahren, Watson, ich denke, wir kommen gerade noch recht zum Frühstück.«

Die Geschichte des blauen Karfunkels

Am zweiten Tag nach Weihnachten sprach ich vormittags bei meinem Freund Sherlock Holmes vor, um ihm meine Glückwünsche zum Fest darzubringen. Ich traf ihn in einem purpurroten Schlafrock auf dem Sofa liegend, die lange Pfeife neben sich, ganz begraben unter einem Stoß von Morgenzeitungen. Neben dem Sofa stand ein Holzstuhl, an dessen Lehne ein ruppiger, unappetitlicher, steifer Filzhut, an mehreren Stellen eingedrückt und längst nicht mehr gebrauchsfähig, aufgehängt war. Ein Vergrößerungsglas und eine Pinzette auf dem Sitz des Stuhles deuteten an, dass der Hut zum Zweck seiner Untersuchung dort hing.

»Sie sind beschäftigt«, sagte ich. »Ich störe Sie vielleicht?«

»Durchaus nicht. Es ist mir im Gegenteil ganz erwünscht, mit einem guten Freund über die Ergebnisse meiner Untersuchung sprechen zu können. Der Gegenstand ist ein ganz alltäglicher« – dabei deutete er mit dem Daumen auf den alten Hut – »aber die weiteren Umstände, die mit demselben im Zusammenhang stehen, sind nicht ganz uninteressant, ja sogar einigermaßen lehrreich.«

Ich setzte mich in seinen Sessel und wärmte mir die Hände an seinem prasselnden Feuer, denn es war scharfer Frost eingetreten, und die Fenster waren mit einer dicken Eiskruste überzogen. »Vermutlich«, bemerkte ich, »steckt hinter diesem Ding da, so harmlos es aussieht, irgendeine Mordgeschichte und bildet für Sie den Anhaltspunkt zur Entdeckung irgendeines Geheimnisses und zur Bestrafung eines Verbrechens.«

»Nein, nein! Nichts von Verbrechen«, versetzte Holmes lachend, »nur einer jener absonderlichen kleinen Zwischenfälle, wie sie immer vorkommen, wo sich vier Millionen menschlicher Wesen auf einem Raum von wenigen Quadratmeilen drängen. Bei den wechselseitigen Reibungen eines so dichtgeballten Menschenschwarms darf man sich auf alle möglichen Verkettungen von Umständen gefasst machen und bietet sich so manches kleine Rätsel zur Lösung dar, das, ohne verbrecherischer Natur zu sein, des Überraschenden und Sonderbaren genug enthält. Wir haben schon mehr dergleichen erlebt. Nun, ich zweifle nicht, dass auch dieser kleine Fall zu dieser unschuldigen Sorte gehören wird. Sie kennen doch Peterson, den Kommissionär?‹

»Ja.«

»Ihm gehört diese Trophäe.«

»Es ist sein Hut?«

»Nicht doch, er hat ihn gefunden. Der Eigentümer desselben ist unbekannt. Ich bitte Sie jetzt, in dem Hut nicht einen alten, ruppigen Filz, sondern vielmehr einen Prüfstein für unseren Scharfsinn sehen zu wollen. Vor allem also hören Sie, wie derselbe hierherkam; er machte seine Aufwartung am Christfestmorgen in Gesellschaft einer guten, fetten Gans, welche ohne allen Zweifel jetzt gerade in Petersons Küche gebraten wird. Die Sache trug sich folgendermaßen zu: Etwa um vier Uhr am Christfestmorgen ging Peterson – wie Sie wissen, ein höchst anständiger Bursche – von einer kleinen Lustbarkeit nach Hause, wobei ihn sein Weg durch die Tottenham Court Road führte. Vor ihm her ging, wie er beim Schein des Gaslichts bemerkte, mit etwas schwankenden Schritten ein hochgewachsener Mann, der eine weiße Gans auf der Schulter trug. An der Ecke von Goodge Street bekam er Streit mit ein paar Gassenjungen. Einer derselben stieß ihm den Hut herunter, worauf er seinen Stock erhob, um sich zu verteidigen, und dabei schlug er das hinter ihm befindliche Ladenfenster ein. Peterson hatte seinen Schritt beschleunigt, um den Unbekannten gegen seine Angreifer zu beschützen. Dieser ließ jedoch in seinem Schrecken über das zerbrochene Fenster und das eilige Herannahen des beamtenähnlich aussehenden Kommissionärs seine Gans fallen, machte sich auf die Socken und verschwand in dem Gewirr von Gässchen hinter der Tottenham Court Road. Die Straßenjungen hatten sich bei Petersons Erscheinen gleichfalls davongemacht, sodass dieser Herr des Schlachtfeldes blieb und den zerknüllten Hut sowie die ganz annehmbare Weihnachtsgans als Siegesbeute betrachten durfte.«

»Die er gewiss dem Eigentümer wieder zustellte!«

»Mein lieber Junge, da steckt ja eben das Rätsel. Freilich befand sich an dem linken Bein des Tieres eine kleine Karte, auf der die Worte: ›Für Mr Henry Baker‹ geschrieben standen, und desgleichen stehen die Anfangsbuchstaben H. B. innen auf dem Futter dieses Hutes, aber da es in London ein paar tausend Baker und ein paar hundert Henry Baker gibt, so ist es keine leichte Sache, einem derselben einen verlorenen Gegenstand wieder zuzustellen.«

»Nun, was tat Peterson also?«

»Er übergab mir beides, Hut und Gans, am Christfestmorgen, da er wohl weiß, dass ich mich auch für den kleinsten rätselhaften Fall interessiere. Die Gans behielt ich bis heute Morgen, wo ich bemerkte, dass es trotz des frostigen Wetters geraten sei, sie ohne weiteren Verzug zu verspeisen. Ihr Finder hat sie deshalb mitgenommen, um sie der endgültigen Bestimmung aller Gänse entgegenzuführen, während ich den Hut des unbekannten Herrn, der so um seinen Weihnachtsbraten gekommen ist, noch hier habe.«

»Hat dieser keine Anzeige erlassen?«

»Nein.«

»Wie konnten Sie sich denn nun einen Anhaltspunkt für seine Identität verschaffen?«

»Lediglich auf dem Weg der Schlussfolgerung.«

»Aus diesem Hut?«

»Ganz gewiss.«

»Ach, Sie machen Scherze; was können Sie denn aus diesem alten, zerknüllten Filz entnehmen?«

»Hier ist meine Lupe. Sie wissen, wie ich es mache. Sehen Sie einmal selbst, was der Hut über die Person seines bisherigen Trägers sagt.«

Ich nahm den alten Zylinder und drehte ihn recht rat- und hilflos in den Händen herum. Es war ein ganz gewöhnlicher schwarzer Hut, von der gebräuchlichen runden Form, steif und längst nicht mehr salonfähig. Das Futter war von roter Seide gewesen, hatte jedoch die Farbe verloren. Der Name des Fabrikanten fand sich nicht darin, dagegen waren, wie Holmes bereits bemerkt hatte, die Buchstaben H. B. auf der einen Seite hineingekritzelt. Im Rand befand sich ein Loch für einen Huthalter, die Gummischnur fehlte jedoch; im Übrigen war der Hut voller Knicke, äußerst staubig und an mehreren Stellen befleckt; es war jedoch anscheinend der Versuch gemacht worden, die betreffenden Stellen durch Beschmieren mit Tinte zu verdecken.

»Ich vermag nichts zu sehen«, sagte ich, indem ich den Hut meinem Freund zurückgab.

»Im Gegenteil, Watson, Sie können alles Mögliche sehen. Sie versäumen nur, Ihre Schlüsse aus dem zu ziehen, was Sie sehen. Sie gehen zu schüchtern dabei zu Werke.«

»Dann bitte, sprechen Sie, was Sie diesem Hut zu entnehmen vermögen.«

Er nahm denselben vor sich und betrachtete ihn in der ihm eigenen prüfenden Weise.

»Er gibt vielleicht nicht so viel Aufschluss, als er wohl geben könnte«, bemerkte er. »Und doch lassen sich aus dem Hut ein paar Schlüsse mit aller Bestimmtheit, und wieder ein paar andere wenigstens mit einem hohen Grad von Wahrscheinlichkeit ableiten. Dass der Mann ein bedeutendes Denkvermögen besitzt, drängt sich einem auf den ersten Blick auf, ebenso, dass derselbe im Lauf der letzten drei Jahre sich in ziemlich ordentlichen Verhältnissen befand, obwohl jetzt schlimme Tage über ihn gekommen sind. Er hielt vordem auch etwas auf sich, doch ist dies jetzt nicht mehr in demselben Grad der Fall wie früher; offenbar befindet er sich in einem moralischen Rückgang, der, zusammengenommen mit der Verschlechterung seiner Vermögensumstände, auf irgendeinen schlimmen Einfluss, wahrscheinlich Trunksucht, hinweist. Dies mag auch die Schuld an dem offenbaren Umstand tragen, dass seine Frau ihm nicht mehr besonders zugetan ist.«

»Mein lieber Holmes!«

»Trotzdem hat er sich noch ein gewisses Maß von Selbstachtung bewahrt«, fuhr dieser fort, ohne meinen Einwurf zu beachten. »Es ist ein Mann, der eine sitzende Lebensweise führt, wenig ausgeht, an starke Bewegung gar nicht mehr gewöhnt ist, in mittlerem Alter steht und gräuliche Haare hat, die er erst in den allerletzten Tagen hat schneiden lassen und die er mit Pomade einfettet. Dies sind die Tatsachen, die sich mit ziemlicher Sicherheit aus seinem Hut entnehmen lassen. Beiläufig bemerkt ist es außerdem im höchsten Grad unwahrscheinlich, dass er Gasleitung in seinem Haus hat.«

»Sie treiben ganz gewiss Scherz, Holmes.«

»Nicht im mindesten. Ist es möglich, dass Sie jetzt, nachdem ich Ihnen diese Ergebnisse mitgeteilt, noch nicht einmal einsehen, wie ich dazu gelangt bin?«

»Ich bin ohne Zweifel recht dumm, aber ich muss gestehen, ich vermag Ihnen nicht zu folgen. Zum Beispiel, wie kamen Sie darauf, dass der Mann ein bedeutendes Denkvermögen besessen habe?«

Als Antwort stülpte Holmes den Hut auf seinen Kopf. Er fiel ihm ganz über die Stirn herein, sodass er auf der Nasenwurzel aufsaß.

»Das ist lediglich eine Raumfrage«, versetzte er, »wer einen so mächtigen Schädel besitzt, hat auch in der Regel was Rechtes darinnen.«

»Nun, dann der Rückgang seiner Vermögensverhältnisse?«

»Dieser Hut ist drei Jahre alt. Diese flachen, am Rande aufgebogenen Krempen kamen damals auf. Es ist ein Hut allererster Qualität. Sehen Sie nur das Band von gerippter Seide und das ausgezeichnete Futter. Wenn dieser Mann vor drei Jahren imstande war, sich einen so teuren Hut anzuschaffen und seither keinen neuen mehr gehabt hat, so ist er sicherlich in seinen Verhältnissen heruntergekommen.«

»Nun, das ist allerdings klar genug. Aber wie steht es damit, dass er früher etwas auf sich gehalten habe und jetzt sich in moralischem Rückgang befinde?«

Holmes lachte. »Seine frühere Fürsorglichkeit und Ordnungsliebe sitzen hier«, erwiderte er, indem er seinen Finger auf die kleine Scheibe und den Ring des Huthalters legte. »Im Laden bekommt man nie einen Huthalter mit. Wenn dieser Mann sich also einen solchen anschaffte, so beweist dies einen gewissen Grad von Sorgsamkeit, indem er eine außergewöhnliche Maßregel zum Schutz gegen den Wind traf. Aber da wir weiter sehen, dass er, nachdem das Gummiband abgerissen war, sich nicht die Mühe gab, solches zu erneuern, so ist es ganz klar, dass er jetzt nicht mehr so viel auf sich hält, und dies ist ein sicheres Anzeichen eines allgemeinen Rückgangs. Er hat sich allerdings andererseits bemüht, einige Flecken auf dem Filz mit Tinte zu verdecken, was darauf hinweist, dass er noch nicht alle Selbstachtung verloren hat.«

»Dagegen lässt sich freilich nichts einwenden.«

»Die weiteren Punkte, nämlich dass er in mittleren Jahren steht, dass er gräuliches, frisch geschnittenes Haar hat und für dieses Pomade gebraucht, ergeben sich sämtlich aus einer genauen Prüfung des unteren Teils des Futters. Unter der Lupe sieht man eine große Anzahl durch die Schere des Barbiers glatt abgeschnittener Haarspitzen, die sämtlich ankleben und deutlich nach Pomade riechen. Dieser Staub ist, wie Sie bemerken werden, nicht der sandige Staub der Straße, sondern der weiche braune Hausstaub, der zeigt, dass der Hut die meiste Zeit zu Hause hing, während die Platten auf der Innenseite desselben mit Bestimmtheit beweisen, dass sein Träger gewaltig schwitzen musste und deshalb kaum ein starkes Gehen gewöhnt sein konnte.«

»Aber seine Frau? Sie sagten ja schon, dass sie nicht mehr so gut mit ihm lebe.«

»Dieser Hut ist seit Wochen nicht mehr ausgebürstet worden. Sollte ich einmal Ihnen, mein lieber Watson, mit dem Staub einer ganzen Woche auf Ihrem Hut begegnen und hätte Sie Ihre Frau in einem solchen Zustand ausgehen lassen, so müsste ich wirklich fürchten, es habe Sie gleichfalls das Unglück betroffen, die Liebe Ihrer Frau zu verlieren.«

»Aber er konnte doch auch Junggeselle sein.«

»Nein, er brachte die Gans als Friedensstifterin seiner Frau nach Hause. Denken Sie nur an die Karte, die sie an dem einen Bein trug.«

»Sie wissen auf alles Antwort, aber wie in aller Welt wollen Sie dem Hut entnehmen, dass er keine Gasleitung im Haus habe?«

»Ein Talgfleck oder auch zwei können zufällig entstehen, aber wenn ich deren nicht weniger als fünf wahrnehme, so ist es kaum zweifelhaft, dass der Mann öfters mit brennendem Talg in Berührung gekommen sein muss – er hielt vermutlich, wenn er nachts die Treppe hinaufging, den Hut in der einen Hand und in der anderen ein tropfendes Talgstümpchen. Jedenfalls bekommt er niemals Talgflecken von einer Gasflamme. Sind Sie nun zufrieden?«

»Nun ja, das ist ja allerdings höchst scharfsinnig«, erwiderte ich lachend, »aber da, wie Sie eben bemerkt haben, kein Verbrechen vorliegt und außer dem Verlust einer Gans auch kein Schaden entstanden ist, so kommt es mir vor, als sei das alles doch eine recht überflüssige Mühe.«

Holmes hatte eben die Lippen geöffnet zu einer Erwiderung, als die Tür aufgerissen wurde und Peterson, der Kommissionär, mit hoch geröteten Wangen und allen Zeichen höchster Erregung hereinstürzte. »Die Gans, Mr Holmes! Die Gans!«, stotterte er hervor.

»Nun, was ist denn damit los? Ist sie wieder lebendig geworden und zum Küchenfenster hinausgeflogen?« Holmes drehte sich auf dem Sofa herum, um dem Mann besser in sein erregtes Gesicht blicken zu können.

»Sehen Sie hier. Das hat meine Frau in ihrem Kropf gefunden.« Dabei streckte er die Hand aus, auf deren innerer Fläche ein prächtig funkelnder blauer Stein sichtbar wurde, etwas kleiner als eine Bohne, aber so klar und strahlend, dass derselbe in der dunklen Höhlung seiner Hand blitzte wie ein elektrischer Funke.

Mit einem Ruck richtete sich Holmes auf. »Hui!«, rief er, »beim Himmel, Peterson, das heißt ja wahrhaftig einen Schatz finden. Ich denke, Sie wissen doch, was Sie da erwischt haben?«

»Einen Diamanten. Einen kostbaren Stein. Er schneidet Glas, als ob es Kitt wäre.«

»Es ist mehr als ›ein‹ kostbarer Stein. Es ist geradezu der kostbarste Stein.«

»Doch nicht der blaue Karfunkel der Gräfin von Morcar?«, rief ich dazwischen.

»Doch, freilich; ich muss ja ganz genau wissen, wie er aussieht, habe ich doch in letzter Zeit Tag für Tag die ihn betreffende Anzeige in der ›Times‹ gelesen. Er ist ganz einzig, und sein Wert lässt sich nur vermuten. Aber die Belohnung von tausend Pfund, die auf seine Wiederbringung ausgesetzt ist, stellt sicherlich noch nicht den zwanzigsten Teil seines Verkaufswertes dar.«

»Tausend Pfund. Großer, gütiger Gott!«

Peterson sank auf einen Stuhl und starrte uns der Reihe nach an.

»Diese Belohnung ist darauf ausgesetzt, und ich habe Grund anzunehmen, dass dabei Erwägungen zarter Natur im Hintergrund stehen, denen zuliebe die Gräfin für die Wiederbringung des Steins gern ihr halbes Vermögen hingeben würde. Er kam, wenn ich mich recht erinnere, im Hotel Cosmopolitan abhanden«, bemerkte ich.

»Gewiss; am 22. Dezember, genau vor fünf Tagen. Der Klempner John Horner wurde bezichtigt, ihn aus dem Schmuckkästchen der Dame entwendet zu haben. Die Anzeichen gegen ihn waren so schwer, dass der Fall vor die Geschworenen verwiesen wurde. Ich glaube, da kommt irgendwo ein Bericht darüber.« Er suchte unter seinen Zeitungen und fand auch wirklich den betreffenden Artikel.

Dieser lautete:

»Juwelendiebstahl im Hotel Cosmopolitan. – John Horner, 26 Jahre alt, Klempner, stand unter der Anklage, am 22. dieses Monats aus dem Schmuckkästchen der Gräfin von Morcar den unter dem Namen ›der blaue Karfunkel‹ bekannten kostbaren Stein entwendet zu haben. James Ryder, erster Hausdiener im Hotel, bezeugte, er habe Horner am Tag des Diebstahls zum Toilettenzimmer der Gräfin gewiesen, wo derselbe eine Stange des Kaminrostes, die los war, wieder anbringen sollte. Er war kurze Zeit bei Horner geblieben, jedoch schließlich abgerufen worden. Bei seiner Rückkehr fand er Horner nicht mehr vor und entdeckte gleichzeitig, dass der Schreibtisch aufgebrochen worden war und das kleine Maroquinkästchen, worin, wie sich später herausstellte, die Gräfin ihre Juwelen aufzubewahren pflegte, leer auf dem Tisch stand. Ryder schlug augenblicklich Lärm, und Horner wurde noch am selben Abend festgenommen, ohne dass jedoch der Stein bei ihm selbst oder in seiner Behausung gefunden worden wäre. Katharina Cusack, Kammermädchen der Gräfin, welche auf den Schrei, den Ryder bei seiner Entdeckung ausstieß, zu diesem ins Zimmer geeilt war, wusste lediglich Ryders Angaben über den dortigen Befund zu bestätigen. Polizeiinspektor Brad Street, über die Verhaftung Horners als Zeuge vernommen, erklärte, dass dieser sich dabei wie wütend gewehrt und seine Unschuld hoch und teuer versichert habe. Da gegen denselben eine Vorbestrafung wegen Diebstahls vorlag, lehnte der Untersuchungsbeamte eine summarische Behandlung der Anklage ab und verwies dieselbe an das Schwurgericht. Horner, der schon während des ganzen Verfahrens hochgradige Erregung gezeigt hatte, wurde bei der Schlussverhandlung ohnmächtig, sodass er aus dem Saal getragen werden musste.«

»Hm! So viel, was die Gerichtsverhandlung betrifft«, fügte Holmes nachdrücklich bei, indem er die Zeitung wegschob. »Unsere Aufgabe ist es jetzt, den Faden aufzufinden, der uns von dem erbrochenen Schmuckkästchen, mit dem die Geschichte begann, bis zum Gänsekropf am Schluss leitet. Sie sehen, Watson, unsere kleinen Erhebungen haben mit einem Mal ein weit gewichtigeres und weniger unschuldiges Gesicht bekommen. Der Stein ist hier, der Stein stammt aus der Gans, und die Gans von Mr Henry Baker, dem Herrn mit dem schlechten Hut und all den besonderen Kennzeichen, mit denen ich Ihnen so viel zu schaffen machte. So müssen wir denn nun allen Ernstes darangehen, diesen Herrn und die Rolle, die er in dieser geheimnisvollen Geschichte gespielt hat, zu ermitteln. Zu dem Ende müssen wir es zunächst mit dem einfachsten Mittel versuchen, und das wäre zweifellos eine Anzeige in sämtlichen Abendzeitungen. Schlägt dieses fehl, so werde ich zu anderen Mitteln greifen.«

»Wie wollen Sie denn die Anzeige abfassen?«

»Geben Sie mir einen Bleistift und diesen Streifen Papier. Also: ›Gefunden an der Ecke von Goodge Street eine Gans und ein schwarzer Filzhut. Mr Henry Baker kann die Gegenstände heute Abend um 6 Uhr 30 in Nr. 221 Baker Street abholen.‹«

»Das ist klar und kurz beisammen.«

»Allerdings; aber wird er es auch zu Gesicht bekommen?«

»Nun, sicherlich wird er die Zeitungen mit Aufmerksamkeit verfolgen, denn für einen armen Mann wie ihn ist sein Verlust kein geringer. Offenbar war er durch sein Missgeschick mit dem Fenster so bestürzt, dass er bei Petersons Erscheinen an nichts als Flucht dachte, aber seither hat er ganz gewiss den raschen Entschluss, seine Gans fallen zu lassen, bitter bereut. Dann wird auch die Nennung seines Namens dazu beitragen, dass es ihm zu Gesicht kommt, denn jeder, der ihn kennt, wird seine Aufmerksamkeit darauf lenken. Da Sie gerade da sind, Peterson, laufen Sie doch mal schnell auf das Zeitungsbüro und lassen Sie das in die Abendblätter einrücken.«

»In welche?«

»Oh, in den ›Globe‹, den ›Star‹, die ›Pall Mall‹, ›St. James‹, ›Evening News‹, ›Standard‹, ›Echo‹ und sonst noch in einige, die Ihnen gerade einfallen.«

»Ganz gut; und dieser Stein?«

»Ach ja, den will ich bei mir behalten. Danke schön. Und dann, Peterson, bringen Sie mir auf dem Rückweg nur gleich eine Gans mit, wir müssen doch dem Eigentümer eine andere geben als Ersatz für die, welche eben bei Ihnen verzehrt wird.«

Als Peterson fort war, nahm Holmes den Stein und hielt ihn gegen das Licht. »Ein allerliebstes Ding!«, sagte er. »Sehen Sie nur, wie es blitzt und funkelt, der reinste Sammel- und Brennpunkt für Verbrechen. So ist es mit allen echten Steinen. Sie sind des Teufels Lieblingsköder. Bei den größeren älteren Steinen kann man für jede Facette eine Bluttat in Rechnung nehmen. Dieser ist noch keine zwanzig Jahre alt. Er stammt von den Ufern des Amoy-Flusses im Norden Chinas und zeichnet sich dadurch aus, dass er alle besonderen Merkmale eines Karfunkels hat, ausgenommen, dass er im Dunkeln einen blauen Schein wirft anstatt eines rubinroten. Trotz seiner Jugend hat derselbe schon eine recht traurige Geschichte. Zwei Mordtaten, eine Begießung mit Schwefelsäure, einen Selbstmord und mehrere Diebstähle hat dieses vierzig Gramm schwere Stückchen kristallisierten Kohlenstoffs auf dem Gewissen. Wer sollte in diesem niedlichen Schmuckgegenstand den eifrigsten Werber für Galgen und Zuchthaus vermuten? Ich will den Stein jetzt in meiner Sicherheitskassette verschließen und der Gräfin mit einer Zeile sagen, dass wir ihn haben.«

»Halten Sie diesen Horner für unschuldig?«

»Das kann ich nicht sagen.«

»Nun, denken Sie dann, dass dieser andere, der Henry Baker, hinter der Sache steckt?«

»Ich halte es für weit wahrscheinlicher, dass Henry Baker ein ganz unschuldiger Mensch ist, der keine Idee davon hat, dass die Gans, die er trug, ein Beträchtliches mehr wert war als wäre sie von purem Gold gewesen. Das werde ich übrigens auf ganz einfache Weise feststellen, wenn wir erst eine Antwort auf unsere Anzeige haben.«

»Und bis dahin können Sie nichts tun?«

»Nichts.«

»Nun, dann werde ich meinen gewohnten Rundgang bei meinen Patienten machen und heute Abend zu der angegebenen Stunde wieder hier sein, denn ich möchte doch gerne sehen, wie dieser verwickelte Knoten sich auflöst.«

»Wird mir sehr angenehm sein, also auf Wiedersehen. Um sieben Uhr ist das Abendessen fertig, ich glaube, es gibt Rebhühner. Eigentlich sollte ich, angesichts unserer neuesten Erlebnisse, der Köchin gleich den Auftrag geben, dass sie ihnen die Kröpfe vorher untersucht.«

Ich hatte mich ein wenig verspätet, und es war etwas nach halb sieben Uhr, als ich mich wieder in der Baker Street einfand. Indem ich auf das Haus zuschritt, sah ich vor demselben einen großen Mann mit einer schottischen Mütze auf dem Kopf und einem bis unters Kinn zugeknöpften Rock innerhalb des halbkreisförmigen Scheins der Laterne stehen und warten. Jetzt wurde eben die Tür geöffnet, und wir traten beide gleichzeitig in Holmes' Zimmer ein.

»Mr Henry Baker vermutlich«, begann dieser, indem er sich aus seinem Lehnstuhl erhob und seinen Besucher mit der herzlichsten Freundlichkeit begrüßte, die er so leicht anzunehmen verstand. »Bitte, setzen Sie sich hier auf diesen Stuhl beim Feuer, Mr Baker. Es ist eine kalte Nacht heute, und es scheint mir, der Sommer ist Ihnen zuträglicher als der Winter. Ha, Watson, Sie sind gerade zur rechten Zeit gekommen. Ist dies Ihr Hut, Mr Baker?«

»Jawohl. Das ist unzweifelhaft mein Hut.«

Baker war ein großer breitschultriger Mann mit einem starken Kopf und einem offenen, gescheiten Gesicht, das in einen spitzen, mit etwas Grau gemischten Bart endigte. Ein rötlicher Schein auf Nase und Wangen zusammen mit einem leichten Zittern seiner ausgestreckten Hand gemahnte an die Vermutung, die Holmes bezüglich seiner Gewohnheiten geäußert hatte. Sein fettiger, schwarzer Rock war bis oben zugeknöpft, der Kragen herausgeschlagen, und seine langen Handgelenke standen weit aus den Ärmeln hervor, ohne dass eine Spur einer Manschette oder eines Hemdes zu bemerken gewesen wäre. Er sprach langsam und abgebrochen, wobei er seine Worte sorgfältig wählte, und machte in allem den Eindruck eines gebildeten, durch die Ungunst des Schicksals heruntergekommenen Mannes.

»Wir haben diese Sachen ein paar Tage lang behalten«, erklärte Holmes, »weil wir dachten, wir würden durch eine Anzeige von Ihrer Seite Ihre Adresse erfahren. Ich verstehe nicht, warum Sie keine Anzeige erließen.«

Unser Besuch ließ ein ziemlich verlegen klingendes Lachen hören. »Mit meiner Kasse ist es in letzter Zeit nicht mehr so flott bestellt wie wohl sonst«, versetzte er. »Ich war fest überzeugt, dass die Strolche Hut und Gans mit fortgenommen haben, und wollte für einen hoffnungslosen Versuch ihrer Wiederbeschaffung nicht noch mehr Geld ausgeben.«

»Ganz natürlich. Apropos, was die Gans betrifft, so haben wir sie aufessen müssen.«

»Aufessen?« Dabei stand er vor Erregung halb vom Stuhl auf.

»Ja, wissen Sie, wenn wir es nicht getan hätten, so hätte niemand etwas davon gehabt. Aber ich denke, die andere Gans, die dort auf dem Nebentisch liegt, und die nahezu ebenso schwer und vollkommen frisch ist, wird Ihnen ganz denselben Dienst tun.«

»Oh freilich, freilich!«, erwiderte Mr Baker mit einem Seufzer der Erleichterung.

»Natürlich haben wir noch Federn, Beine, Kopf und so fort von Ihrer eigenen Gans, und wenn Sie wünschen ...«

Der Mann brach in ein herzliches Lachen aus. »Die könnte ich allenfalls als Reliquien meines Abenteuers aufheben«, meinte er, »aber sonst wüsste ich nicht, was ich mit den Überbleibseln meiner alten Bekannten eigentlich anfangen sollte. Nein, mit Ihrer Erlaubnis gedenke ich meine Aufmerksamkeit ausschließlich dem vortrefflichen Exemplar zuzuwenden, das ich hier auf dem Nebentisch liegen sehe.«

Holmes warf mir einen scharfen Blick zu und zuckte dabei kaum merklich mit den Schultern.

»Nun, hier ist also Ihr Hut und hier die Gans«, sagte er; »beiläufig bemerkt, möchten Sie mir vielleicht sagen, woher Sie die andere Gans hatten? Ich bin nämlich ein wenig Geflügelnarr, und ein schöneres Tier ist mir selten vorgekommen.«

»Sehr gerne«, erwiderte Baker, der indessen aufgestanden war und seinen neu errungenen Besitz unter den Arm genommen hatte. »Ich bin mit ein paar meiner Bekannten Stammgast in der Wirtschaft zum ›Alpha‹, beim Museum. Dieses Jahr nun hat unser wackerer Wirt, Windigate mit Namen, die Einrichtung getroffen, dass jeder von uns gegen eine wöchentliche Einzahlung von ein paar Pence auf Weihnachten eine Gans erhielt. Ich entrichtete meinen Beitrag pünktlich, und das übrige wissen Sie ja. Ich bin Ihnen sehr verpflichtet, denn eine schottische Mütze passt für meine Jahre ebenso wenig wie für mein gesetztes Wesen.« Mit komischer Grandezza stülpte er seinen zerknüllten Zylinder auf, machte jedem von uns eine feierliche Verbeugung und ging dann seines Weges.

»Das wäre also Mr Henry Baker«, sagte Holmes, als er die Tür hinter demselben geschlossen hatte. »Es ist ganz sicher, dass er nicht das geringste von der Geschichte ahnt. Sind Sie hungrig, Watson?«

»Nicht besonders.«

»Dann schlage ich Ihnen vor, wir nehmen unsere Mahlzeit erst später ein und verfolgen diese Spur, solange sie noch frisch ist.«

»Ganz einverstanden.«

Es war eine bitter kalte Nacht, und wir hüllten uns deshalb warm in Überröcke und Shawls ein. Draußen blinkten die Sterne frostig am wolkenlosen Himmel, und die Vorüberwandelnden bliesen den Atem in dichten Dampfwolken vor sich. Scharf und laut klangen unsere Tritte, während wir unserem Ziel zustrebten. Nach einer Viertelstunde hatten wir Alpha Inn, eine kleine Wirtschaft in einem Eckhaus in Bloomsbury, erreicht. Wir begaben uns ins Herrenstübchen, wo Holmes bei dem rotbackigen Wirt mit weißer Schürze zwei Glas Bier bestellte.

»Wenn Ihr Bier so gut ist wie Ihre Gänse, dann muss es ausgezeichnet sein«, sagte er.

»Meine Gänse?« – Der Mann schien überrascht.

»Ja. Es ist noch keine halbe Stunde her, dass ich mit Mr Henry Baker gesprochen habe, der zu Ihrem Gänseklub gehört.«

»Ach ja, jetzt verstehe ich. Aber sehen Sie, die Gänse waren nicht von mir.«

»Wirklich? Von wem denn?«

»Nun, ich habe die zwei Dutzend von einem Händler in Covent Garden bezogen.«

»So? Ich kenne ein paar von ihnen; welcher war es?«

»Breckinridge heißt er.«

»Ah, den kenne ich nicht. Nun, auf Ihr Wohl, Wirt, und auf das Gedeihen Ihres Hauses! Gute Nacht!«

»Jetzt zu Mr Breckinridge«, fuhr er fort, indem er beim Hinaustreten in die kalte Luft seinen Rock zuknöpfte.

»Vergessen Sie nicht, Watson, dass unser Faden uns von einer höchst harmlosen Gans zu einem Mann führt, dem sieben Jahre Zwangsarbeit sicher sind, sofern wir nicht seine Unschuld nachweisen können. Möglich, dass unsere Nachforschung lediglich seine Schuld zu bestätigen vermag, aber in jedem Fall sind wir im Besitz einer Spur, welche der Polizei entgangen ist und die uns ein eigentümlicher Zufall in die Hand gespielt hat. Wir wollen den Faden verfolgen bis zum bitteren Ende. Auf gen Süden also und frisch voran!«

Als wir nach längerer Kreuz- und Querwanderung den Covent Garden Markt erreicht hatten, lasen wir an einem der größten Geschäfte den Namen Breckinridge. Der Eigentümer, ein vierschrötig aussehender Mann mit scharfen Zügen und wohlgepflegtem Kotelettenbart, war gerade daran, mithilfe eines jungen Burschen die Läden zu schließen.

»Guten Abend. Eine kalte Nacht heute!«, sagte Holmes.

Der Händler nickte und warf einen fragenden Blick auf meinen Begleiter.

»Alle Ihre Gänse ausverkauft, soviel ich sehe«, fuhr Holmes fort, indem er auf die leeren Marmortisch deutete.

»Können morgen früh 500 Stück haben.«

»Das hilft mir nichts.«

»Nun, dort gibt's ja noch welche, in dem Laden mit der Gaslaterne.«

»Ganz recht, aber ich bin an Sie empfohlen.«

»Von wem?«

»Vom Wirt zum ›Alpha‹.«

»Ah ja, dem habe ich ein paar Dutzend geschickt.«

»Es waren sehr schöne Tiere. Ei, wo hatten Sie die her?«

Zu meiner Überraschung rief diese Frage bei dem Händler einen Zornesausbruch hervor.

»Nun, Herr«, sagte er, indem er den Kopf zurückwarf und die Arme in die Seite stemmte, »worauf wollen Sie eigentlich hinaus? Sprechen Sie sich deutlich aus, ohne Umschweife.«

»Das ist doch deutlich genug. Ich möchte gerne wissen, wer Ihnen die Gänse verkauft hat, die Sie an das ›Alpha‹ geliefert haben?«

»Nun, und ich sage es Ihnen nicht. Jetzt wissen Sie's!«

»Oh, es liegt nicht so viel daran, aber ich begreife gar nicht, warum Sie über eine solche Bagatelle so hitzig werden.«

»Hitzig? Sie würden wohl auch hitzig werden, wenn man Sie so kujonierte wie mich. Wenn ich gutes Geld für gute Ware gezahlt habe, so sollte das Geschäft abgemacht sein; aber nein, da geht's los: ›Wo sind die Gänse‹, ›An wen haben Sie die Gänse verkauft‹, ›Was wollen Sie für die Gänse‹. Man könnte gerade glauben, es gäbe sonst keine Gänse auf der Welt, wenn man die Randale hört, die man darüber anschlägt.«

»Nun, wenn sonst noch Leute sich nach den Gänsen erkundigt haben, so habe ich mit denen nichts zu tun«, versetzte Holmes leichthin. »Wenn Sie's uns nicht sagen wollen, so ist's eben einfach nichts mit der Wette; aber wenn sich's um Geflügel handelt, bin ich jederzeit bereit, für das, was ich behaupte, auch etwas daranzusetzen; so habe ich fünf Schilling gewettet, dass die Gans, die ich an Weihnachten verzehrt habe, vom Land stammte.«

»Nun, dann haben Sie Ihre fünf Schilling verloren, denn es war Stadtware«, fuhr der Händler dazwischen.

»Ach – niemals.«

»Ich sag aber, es ist so.«

»Und ich glaub's nicht.«

»Wollen Sie mehr vom Geflügel verstehen als ich, der ich immer damit zu tun gehabt habe, seit ich krabbeln kann? Ich sage Ihnen, alle diese Gänse, die nach dem ›Alpha‹ gekommen sind, waren Stadtware.«

»Ich glaube es in meinem Leben nicht.«

»Wollen wir wetten?«

»Ich nehme Ihnen lediglich Ihr Geld ab, denn ich weiß, dass ich recht habe. Aber ich setze einen Sovereign dran, nur um Ihnen zu zeigen, dass ich nicht eigensinnig bin.«

Der Händler lachte grimmig auf. »Bring mir die Bücher, Bill!«, rief er. Der kleine Junge brachte ein kleines, dünnes Buch und ein großes mit fettigem Rücken herbei und legte beide aufgeschlagen unter die Hängelampe.

»Nun also, Sie eigensinniger Kauz«, sagte der Händler, »ich meinte, ich habe heut nichts mehr mit Gänsen zu tun, aber Sie sollen gleich sehen, dass doch noch eine hier im Laden ist. – Sie sehen das kleine Buch?«

»Nun?«

»Das enthält die Liste der Leute, von denen ich kaufe. Sehen Sie? Nun, also auf dieser Seite stehen die Leute vom Land, und die Nummern hinter ihren Namen zeigen an, wo in dem großen Buch ihre Konten stehen. Nun, und dann sehen Sie diese andere Seite in roter Tinte? Das ist die Liste meiner Stadtlieferanten. Jetzt suchen Sie den dritten Namen. Lesen Sie ihn mir einmal vor.«

»Mrs Oakshott, 117 Brixton Road, 249«, las Holmes.

»So ist's. Nun schlagen Sie das im Kontobuch nach.«

Holmes schlug die angegebene Seite auf.

»Hier haben Sie's wieder: Mrs Oakshott, 117 Brixton Road. Eier- und Geflügel-Lieferantin. Nun also, was ist der letzte Eintrag?«

»22. Dez. 24 Gänse zu 7 sh und 6 d.«

»So ist's. Da haben Sie's. Und drunter?«

»Verkauft an Mrs Windigate vom ›Alpha‹ zu 12 Schilling.«

»Na, was haben Sie jetzt noch zu sagen?«

Holmes sah ganz niedergeschlagen aus, er zog einen Sovereign aus der Tasche, warf ihn auf den Tisch und ging hinaus mit einer Miene, als sei er zu tief entrüstet, um noch Worte zu finden. In einiger Entfernung blieb er unter einer Laterne stehen und brach in das ihm eigentümliche, herzliche und doch geräuschlose Lachen aus.

»Wenn du einen Burschen dieses Schlages vor dir hast, so kannst du ihn stets mit einer Wette drankriegen«, sagte er; »ich behaupte fest, wenn ich hundert Pfund vor den Mann hingelegt hätte, er würde mir nie diese vollständige Auskunft gegeben haben, die ich jetzt von ihm erhielt durch die Aussicht, mir eine Wette abzugewinnen. Nun, Watson, ich glaube, wir nähern uns dem Ende unserer Forschungsreise, und es fragt sich jetzt nur noch, ob wir diese Mrs Oakshott heute Abend noch aufsuchen oder ob wir dies für morgen aufsparen wollen. Aus dem, was der grobe Geselle sagte, geht klar hervor, dass auch noch andere Leute außer uns sich mit der Angelegenheit beschäftigt haben, und ich würde …«

Seine Bemerkungen wurden plötzlich durch ein lautes Geschrei unterbrochen, das von dem Laden, den wir soeben verlassen hatten, herklang. Wir kehrten um und sahen einen kleinen Burschen mit fahlem Gesicht mitten im hellen Schein der über der Ladentür hängenden Laterne stehen und sich vor dem Händler ducken, während dieser unter der Ladentür grimmig die Fäuste gegen ihn schüttelte.

»Jetzt habe ich's satt mit euch und euren Gänsen!«, schrie er dabei. »Ich wollte, Ihr wäret beim Teufel alle miteinander. Wenn du noch einmal kommst und mich mit deinem dummen Geschwätz kujonierst, so hetz ich den Hund auf dich! Mrs Oakshott soll selber kommen, dann will ich ihr schon Rede und Antwort geben, aber was geht's denn dich an?«

»Nun, eine davon gehörte doch mir«, wimmerte der kleine Mann.

»Dann frage doch Mrs Oakshott darnach!«

»Die hat mich ja an Sie gewiesen.«

»Nun, so frag, wen du willst, ich schere mich nichts drum. Ich hab es dick! Hinaus da!« Er machte eine drohende Bewegung vorwärts, und der Frager verschwand in der Finsternis.

»Ho, das erspart uns möglicherweise den Besuch in Brixton Road«, flüsterte Holmes, »kommen Sie mit mir, wir wollen sehen, was mit dem Burschen zu machen ist.«

Rasch hatte sich mein Begleiter zwischen den Gruppen, die vor den beleuchteten Ladenfenstern standen, durchgewunden, den kleinen Mann eingeholt und klopfte ihm nun auf die Schulter. Blitzschnell fuhr derselbe herum, und im Schein des Gaslichts sah ich, dass jede Spur von Farbe aus seinem Gesicht gewichen war.

»Nun, wer sind Sie? Was wollen Sie?«, fragte er mit unsicherer Stimme.

»Entschuldigen Sie«, erwiderte Holmes freundlich, »aber ich konnte nicht umhin, bei Ihrem Gespräch mit dem Händler soeben zuzuhören; ich glaube, ich könnte Ihnen behilflich sein.«

»Sie? Wer sind Sie? Wie können Sie etwas über die Sache wissen?«

»Mein Name ist Sherlock Holmes. Es gehört zu meinem Geschäft, Dinge zu wissen, die andere Leute nicht wissen.«

»Aber davon können Sie doch nichts wissen.«

»Bitte um Entschuldigung, ich weiß alles. Sie möchten gerne ein paar Gänse ausfindig machen, die von Mrs Oakshott in Brixton Road an den Händler namens Breckinridge, von ihm wiederum an den Wirt Windigate zum ›Alpha‹, und von diesem an seine Stammgäste, zu denen ein Mr Henry Baker gehört, verkauft worden sind.«

»Oh, Herr, Sie kommen mir wie gerufen«, rief der kleine Bursche mit ausgestreckten Händen und zitternden Fingern. »Sie glauben gar nicht, wie viel mir an der Sache liegt.«

Holmes rief einen vorüberfahrenden Zweispänner heran.

»In diesem Fall wird es besser sein, wir sprechen darüber im gemütlichen Zimmer als auf diesem windigen Marktplatz«, meinte er. »Aber, bitte, sagen Sie mir zuvor, wem ich das Vergnügen habe, meinen Beistand zu leihen.«

Der Bursche zögerte einen Augenblick. »Ich heiße John Robertson«, antwortete er dann, indem er dabei auf die Seite blickte.

»Nein, nein, den richtigen Namen«, sagte Holmes freundlich. »Mit zweierlei Namen macht man nie gute Geschäfte.«

Eine plötzliche Röte übergoss die weißen Wangen des Burschen. »Nun denn«, sagte er, »mein richtiger Name ist James Ryder.«

»So ist es; erster Hausdiener im Hotel Cosmopolitan. Bitte, steigen Sie nur ein, und ich werde Ihnen jede Auskunft geben können, die Sie wünschen.«

Der kleine Mann blieb stehen und schaute einen um den anderen von uns mit halb ängstlichem, halb hoffnungsvollem Blick an, als wisse er nicht recht, gehe er einem unerwarteten Glücksfall oder einer Katastrophe entgegen. Dann stieg er in den Wagen ein, und eine halbe Stunde darauf befanden wir uns in der Wohnung meines Freundes. Kein Wort war während der Fahrt gewechselt worden, nur die scharfen, kurzen Atemzüge unseres Begleiters und ein nervöses Auf- und Zuklappen seiner Hände gaben Kunde von der Erregung seines Innern.

»Da wären wir«, sagte Holmes heiter, während wir in das Zimmer traten.

»Das Feuer mutet einem recht angenehm an bei diesem Wetter. Sie sehen erfroren aus, Mr Ryder; bitte, setzen Sie sich in den Sessel. Ich will nur meine Pantoffeln anziehen, ehe wir diese kleine Sache abmachen; nun also, Sie möchten gerne wissen, was aus den Gänsen geworden ist?«

»Jawohl, Herr.«

»Oder besser gesagt aus der Gans, es war doch wohl eine Gans, an der Ihnen gelegen war – weiß, mit schwarzen Streifen auf dem Schwanz.«

Ryder zitterte vor Erregung. »Ach, Herr«, rief er, »können Sie mir sagen, wo die hinkam?«

»Kam hierher.«

»Hierher?«

»Jawohl. Und sie entpuppte sich als ein höchst merkwürdiger Vogel. Es wundert mich gar nicht, dass Sie Interesse für denselben zeigen. Er hat nach seinem Tod ein blaues Ei gelegt, das niedlichste, prächtigste kleine Ei, das je zu sehen war. Ich habe es hier in meiner Sammlung.«

Unser Gast richtete sich unsicher auf und klammerte sich mit der rechten Hand am Kaminrand an.

Holmes schloss seine Kassette auf und hielt den blauen Karfunkel empor, der wie ein Stern in kaltem, glänzendem, blitzendem Feuer strahlte.

Ryder stand mit langem Gesicht da, unschlüssig, ob er den Stein als sein Eigentum ansprechen oder verleugnen sollte.

»Das Spiel ist aus, Ryder«, sagte Holmes ruhig. »Jetzt nicht gefackelt, Mann – oder Sie kommen in Teufels Küche. Helfen Sie ihm wieder auf seinen Stuhl, Watson, er hat nicht Nerv genug zum Spitzbuben. Geben Sie ihm einen Schluck Cognac. So! Nun sieht er ein wenig menschlicher aus. Wahrhaftig, ein rechter Held!«

Einen Augenblick hatte Ryder gewankt und wäre fast gefallen, aber der Branntwein brachte wieder eine Spur von Farbe in seine Wangen, und angstvoll heftete er nun von seinem Stuhl aus die Blicke auf seinen Ankläger.

»Ich habe so ziemlich alle Trümpfe in der Hand und bin im Besitz aller Beweise, die ich etwa brauchen könnte; so können

Sie mir eigentlich nur wenig sagen. Und auch dieses Wenige lässt sich auf anderem Weg aufklären, sodass der Zusammenhang vollständig ist. Sie haben doch von diesem blauen Stein der Gräfin Morcar gehört, Ryder?«

»Ja, die Katharine Cusack erzählte mir davon«, erwiderte er mit heiserer Stimme.

»Ach freilich, die Kammerzofe der Dame. Nun, die Versuchung, sich auf so leichte Weise mit einem Mal zum reichen Mann zu machen war zu groß für Sie, wie schon oft für bessere Leute als Sie; aber in der Wahl der Mittel waren Sie nicht sehr bedächtig. Ich meine, Ryder, das war ein rechter Schurkenstreich von Ihnen. Sie wussten, dass dieser Klempner Horner früher schon einmal in einen ähnlichen Fall verwickelt war und dass er deshalb umso leichter in Verdacht geraten würde. Was taten Sie also? Sie richteten es mit Ihrer Genossin, der Cusack, so ein, dass im Zimmer der Gräfin eine kleine Reparatur zu besorgen war und dass Horner zu diesem Zweck geholt wurde. Nach seinem Abgang plünderten Sie dann den Schmuckkasten aus, schlugen Lärm und ließen den Unglücklichen festnehmen. Darauf …«

Hier warf sich Ryder plötzlich zu Boden und umfasste die Knie meines Freundes. »Um Gottes willen, haben Sie Erbarmen«, rief er, »denken Sie an meinen Vater, an meine Mutter! Es würde ihnen das Herz brechen! Ich habe noch nie etwas Schlechtes begangen und will es auch nie wieder tun, ich schwöre es. Ich beschwöre es bei allem, was heilig ist. Oh, bringen Sie mich nur nicht vor Gericht, um Christi willen nicht!«

»Setzen Sie sich wieder in Ihren Stuhl«, erwiderte Holmes streng. »Es ist keine Kunst, sich jetzt zu winden und zu krümmen, aber den armen Horner unter ungerechtem Verdacht in Haft zu bringen, das machte Ihnen wenig Kopfzerbrechen.«

»Ich will fliehen, Mr Holmes, ich will außer Landes gehen, dann wird man die Untersuchung gegen ihn einstellen.«

»Hm. Darüber reden wir noch. Und jetzt erzählen Sie uns wahrheitsgemäß, wie es weiterging. Wie kam der Stein in die Gans, und wie kam die Gans auf den Markt? Sagen Sie uns die

Wahrheit. Darin liegt für Sie die einzige Hoffnung auf Rettung!«

Ryder fuhr sich mit der Zunge über seine trockenen Lippen. »Ich will es Ihnen erzählen, ganz wie es gegangen ist«, begann er dann. »Als Horner festgenommen war, dachte ich, es werde das beste für mich sein, mich mit dem Stein ohne Verzug aus dem Staub zu machen, es konnte ja der Polizei jeden Augenblick einfallen, mich und mein Zimmer zu durchsuchen. Im ganzen Bereich des Hotels gab es kein sicheres Versteck dafür. Ich ging deshalb aus als hätte ich etwas zu besorgen und suchte meine Schwester auf. Sie ist an einen namens Oakshott verheiratet und wohnt in Brixton Road, wo sie Geflügel zum Verkauf mästet. Auf dem ganzen Weg hielt ich jeden, der mir begegnete, für einen Schutzmann oder einen Fahnder, sodass trotz der kalten Nacht der Schweiß an mir herunter lief, noch ehe ich in Brixton Road war. Meine Schwester fragte mich, was es denn gebe und warum ich so blass sei, aber ich machte ihr weiß, ich habe wegen Diebstahls im Hotel aufbleiben müssen. Dann ging ich in den Hinterhof und dachte bei einer Pfeife darüber nach, was jetzt wohl das Geratenste für mich wäre.

Ich hatte früher einen Freund gehabt namens Maudsley, der auf schlechte Wege geriet und jetzt eben seine Zeit abgesessen hat. Dieser hatte mir eines Tages einmal von den Schlichen der Diebe erzählt und wie sie die gestohlenen Sachen sich aus den Händen schaffen. Ich wusste, dass er mich nicht verraten würde, denn ich wusste auch ein oder zwei Sachen von ihm; so kam ich zu dem Entschluss, ihn ohne Weiteres in Kilburn aufzusuchen und ihn ins Vertrauen zu ziehen. Er würde mir sicher Mittel und Wege zeigen, wie ich den Stein zu Geld machen könnte. Aber wie unbehelligt zu ihm gelangen? Ich dachte an die Schrecken, die ich auf dem Herweg ausgestanden hatte. Jeden Augenblick konnte man mich fassen und durchsuchen, und dann fand man den Stein in meiner Westentasche. Ich hatte unterdessen an der Wand gelehnt und den Gänsen zugeschaut, die mir vor den Füßen herumwatschelten; auf einmal fuhr mir ein Gedanke durch den Kopf, wie ich den schlauesten Detektiv auf der ganzen Welt hinters Licht führen könnte.

Meine Schwester hatte mir ein paar Wochen vorher das Prachtstück von ihren Gänsen auf Weihnachten versprochen, und ich wusste, dass ich jederzeit auf ihr Wort bauen konnte. Diese Gans wollte ich jetzt mitnehmen und in ihrem Kropf meinen Stein nach Kilburn tragen. In dem Hof steht ein kleiner Schuppen und hinter diesen trieb ich eine von den Gänsen, eine schöne, große, weiße mit gestreiftem Schwanz. Ich fing sie ein, sperrte ihr den Schnabel auf und stopfte ihr den Stein in den Hals hinunter, soweit mein Finger reichte. Sie schluckte, und ich fühlte, wie der Stein durch den Schlund in ihren Kropf hinabglitt. Aber sie flatterte und strampelte dermaßen dabei, dass meine Schwester herauskam und fragte, was los sei. Wie ich ihr eben Antwort geben wollte, riss sich das Vieh los und flog mitten unter die anderen hinein.

›Was in aller Welt hast du nur mit der Gans gemacht, James?‹, fragte sie.

›Nun‹, sage ich, ›du hast mir ja eine auf Weihnachten versprochen gehabt, da wollte ich nur fühlen, welche am fettesten sei.‹

›Oh‹, sagt sie, ›die für dich haben wir schon auf die Seite getan, wir heißen sie nur James' Braten, es ist die große weiße dort drüben. Sechsundzwanzig Stück sind's, macht eine für dich, eine für uns und zwei Dutzend für den Markt.‹

›Schönen Dank, Maggie‹, sage ich, ›aber wenn dir's einerlei ist, so möchte ich lieber die haben, die ich eben zwischen den Händen hatte.‹

›Die andere ist gut drei Pfund schwerer‹, sagt sie, ›wir haben sie besonders für dich gemästet.‹

›Einerlei, ich will lieber die andere und will sie jetzt gleich mitnehmen‹, sagte ich darauf.

›Oh, ganz wie du willst‹, sagt sie wieder, ein bisschen verdutzt, ›welche willst du denn also?‹

›Die weiße dort mit dem gestreiften Schwanz, gerade mitten drin.‹

›Oh, ganz recht, tu sie nur ab und nimm sie mit.‹

Nun, so macht ich's auch, Mr Holmes, und nahm die Gans mit nach Kilburn. Ich erzählte meinem Kameraden frischweg, wie ich es gemacht hatte, und er wollte vor Lachen darüber fast ersticken. Wir nahmen dann ein Messer und schnitten die Gans auf. Mir wollte das Herz stehen bleiben, keine Spur von dem Stein war zu finden, und ich wusste jetzt, dass ein schreckliches Versehen vorgekommen war. Ich ließ die Gans im Stich, rannte zurück zu meiner Schwester und in den Geflügelhof; doch da war kein einziges Stück mehr zu sehen.

›Wo sind sie denn alle hingekommen, Maggie?‹, rufe ich ihr entgegen.

›Zum Händler sind sie gekommen, James.‹

›Zu welchem?‹

›Breckinridge in Covent Garden.‹

›Aber war denn noch eine da mit gestreiftem Schwanz?‹, fragte ich, ›gerade wie die, die ich mir auserwählte?‹

›Freilich, James, zwei waren da mit gestreiftem Schwanz, ich kannte sie nie auseinander.‹

Nun, da war mir denn die ganze Sache klar, und ich, so schnell mich meine Füße tragen wollten, zu diesem Breckinridge. Aber er hatte die ganze Partie gleich weiter verkauft und wollte mir um keinen Preis sagen, an wen. Sie haben ihn ja heute Abend selbst gehört. So hat er mich von Anfang an abgetrumpft. Meine Schwester meint, ich werde noch verrückt; und manchmal kommt es mir selber so vor. Und jetzt – jetzt bin ich als Dieb gebrandmarkt und habe den Reichtum, für den ich meinen ehrlichen Namen verkauft habe, noch nicht von weitem verschmeckt. Gott steh mir bei! Gott steh mir bei!«

Er begrub sein Gesicht in den Händen und brach in ein krampfhaftes Schluchzen aus. Ein langes Schweigen folgte; nichts unterbrach die Stille als die schweren Atemzüge des Unglücklichen und das taktmäßige Trommeln der Fingerspitzen meines Freundes auf dem Tischrand.

Endlich erhob sich der letztere und machte die Tür auf.

»Gehen Sie fort«, sagte er.

»Was!? Oh, Gott vergelte es Ihnen!«

»Keine Worte weiter; nur fort!«

Und es bedurfte auch keiner weiteren Worte. Im Nu war er draußen und über die Treppe drunten; man hörte die Tür gehen, und dann verklangen seine eiligen Tritte vor dem Haus.

»Schließlich, Watson«, meinte Holmes, indem er nach seiner Pfeife griff, »bin ich doch nicht gerade dazu bei der Polizei angestellt, um ihr überall nachzuhelfen, wo sie nicht allein fertig wird. Stünde die Sache für Horner bedenklich, so wäre es etwas anderes, aber dieser Bursche wird ja nicht gegen ihn auftreten, und so muss der Fall eingestellt werden. Vielleicht, dass ich ein Unrecht damit begehe, aber es ist auch gerade so gut möglich, dass ich dadurch eine Seele vom Verderben rette. Dieser Bursche wird nichts mehr verbrechen. Seine Angst war zu grässlich. Ihn jetzt ins Gefängnis bringen, hieße ihn für sein ganzes Leben dem Zuchthaus überliefern. Überdies stehen wir ja eben auch in der Gnadenzeit. Der Zufall hat uns einen rätselhaften, merkwürdigen Fall in die Hände gespielt, und in seiner befriedigenden Lösung müssen wir unseren Lohn finden. Wollen Sie so gut sein, die Klingel zu ziehen, dann wollen wir uns an eine Untersuchung anderer Art machen.«

Das getupfte Band

Wenn ich meine Aufzeichnungen von den siebzig absonderlichen Fällen überblicke, an denen ich während der letzten acht Jahre das Verfahren meines Freundes Sherlock Holmes studiert habe, finde ich darunter viele von tragischer, einige auch von komischer Art, sodann weiter eine große Anzahl solcher, die sich eben einfach als merkwürdig bezeichnen lassen, dagegen keinen einzigen alltäglichen; denn da Holmes sich bei seiner Tätigkeit weit mehr von der Liebe zu seinem Beruf als von dem Streben nach Erwerb bestimmen ließ, lehnte er seine Mitwirkung stets ab, wenn die Nachforschungen sich nicht auf einen ungewöhnlichen oder geradezu rätselhaften Vorgang richteten. Unter all diesen verschiedenartigen Fällen wüsste ich mich jedoch keines zu entsinnen, der eine gleiche Fülle merkwürdiger Züge dargeboten hätte wie der, welcher in der bekannten Familie der Roylotts von Stoke Moran in Surrey spielte. Die betreffenden Vorkommnisse fielen in die erste Zeit meiner Verbindung mit Holmes, in die Tage unseres gemeinsamen Junggesellenlebens in der Baker Street. Ich würde dieselben vielleicht früher schon veröffentlicht haben, wäre mir nicht Stillschweigen darüber auferlegt gewesen – eine Pflicht, von der mich erst im vergangenen Monat der vorzeitige Tod der Dame, in deren Interesse jenes Versprechen gegeben worden war, entbunden hat. Vielleicht ist es ganz zweckmäßig, dass der wahre Sachverhalt jetzt ans Licht kommt, denn wie ich aus guter Quelle erfahre, haben sich über den Tod des Dr. Grimesby Roylott in weiten Kreisen Gerüchte verbreitet, welche jene Ereignisse noch grässlicher ausmalen, als sie in Wirklichkeit sind.

Es war im Jahr 1883 Anfang des April, als ich eines Morgens beim Erwachen Holmes vollständig angekleidet an meinem

Bett erblickte. Er stand gewöhnlich spät auf, und da die Uhr auf dem Kaminsims erst ein Viertel nach sieben zeigte, blinzelte ich ihn einigermaßen überrascht, vielleicht sogar etwas ärgerlich an, denn ich ließ mich selbst nicht gerne in meinen Gewohnheiten stören.

»Tut mir sehr leid, dass ich Sie im Schlaf stören muss, Watson«, sagte er, »aber es geht heute Morgen keinem im Haus besser. Die Haushälterin ist zuerst herausgeklopft worden, sie hat mich aufgeweckt, und jetzt kommt die Reihe an Sie.«

»Was gibt es denn? Brennt es?«

»Nein, eine Klientin ist da. Es scheint, dass eine junge Dame in höchst erregtem Zustand von auswärts eingetroffen ist, die mich durchaus sprechen will. Sie wartet unten im Empfangszimmer. Wenn sich aber eine junge Dame in solcher Morgenfrühe zur Hauptstadt aufmacht und die Leute aus den Federn treibt, wird sie wohl eine recht dringliche Mitteilung zu machen haben. Einen wirklich interessanten Fall würdest du doch gewiss gern von Anfang an verfolgen. Ich wollte Sie deshalb unter allen Umständen wecken, um Sie der günstigen Gelegenheit nicht zu berauben.«

»Mein lieber Junge, natürlich möchte ich sie um keinen Preis verpassen.«

Ich kannte keinen größeren Genuss, als Holmes bei den Untersuchungen, die sein Beruf mit sich brachte, Schritt für Schritt zu begleiten und seine kühnen Schlussfolgerungen zu bewundern, die – blitzschnell, als entstammten sie höherer Eingebung, und doch stets auf streng logischer Grundlage aufgebaut – Licht in das Dunkel der ihm vorgelegten rätselhaften Fälle brachten. Ich warf mich also rasch in die Kleider und war nach wenigen Minuten so weit, um meinem Freund ins Empfangszimmer folgen zu können.

Eine schwarzgekleidete, dicht verschleierte Dame saß am Fenster und erhob sich bei unserem Eintritt.

Holmes begrüßte sie freundlich und fuhr, nachdem er sich ihr vorgestellt, auf mich deutend fort: »Dies hier ist mein vertrauter Freund und Kollege Dr. Watson, vor dem Sie Ihre Sache ohne Scheu vorbringen können. – Mrs Hudson hat ja

Feuer angemacht, wie ich sehe, das war vernünftig von ihr. Bitte setzen Sie sich nur an den Kamin; ich lasse Ihnen gleich eine Tasse heißen Kaffee bringen, Sie zittern ja ordentlich.«

»Aber nicht vor Kälte«, antwortete die Dame mit leiser Stimme, indem sie der Aufforderung Folge leistete.

»Weshalb denn sonst?«

»Vor Angst, Mr Holmes, vor Schrecken.« Bei diesen Worten schlug sie den Schleier zurück, und wir sahen nun, dass sie sich in der Tat in einem Zustand bedauerlicher Aufregung befand; ihr Gesicht war ganz verzerrt und aschfahl, und sie blickte angstvoll um sich wie ein gehetztes Wild. Ihren Zügen und ihrer Figur nach musste man sie für dreißigjährig halten, allein ihr Haar zeigte bereits Spuren von Grau, und es lag etwas Müdes und Abgezehrtes in ihrer ganzen Erscheinung.

Holmes musterte sie mit einem seiner allesdurchdringenden Blicke. »Sie müssen keine Angst haben«, sagte er in beruhigendem Ton, indem er sich über sie beugte. »Wir werden gewiss bald alles in Ordnung bringen. Sie sind heute früh mit der Bahn angekommen, wie ich sehe.«

»Kennen Sie mich denn?«

»Nein, ich bemerke nur die eine Hälfte der Rückfahrkarte, die Sie in Ihrem linken Handschuh stecken haben. Sie müssen früh aufgebrochen sein und hatten dann bis zur Bahn eine tüchtige Fahrt in einem Jagdwagen auf schlechten Wegen zu machen.«

Mit dem Ausdruck höchsten Erstaunens starrte die Fremde meinen Freund an.

»Sie brauchen sich nicht zu verwundern, werte Dame«, fuhr dieser lächelnd fort. »Der linke Ärmel Ihrer Jacke ist an nicht weniger als sieben Stellen mit noch ganz nassem Schmutz bespritzt. Kein anderes Fuhrwerk wirft aber so viel Schmutz auf wie ein Jagdwagen, und am allerschlimmsten ist es vollends, wenn man vorne links neben dem Kutscher sitzt.«

»Das mag sein, wie es will, jedenfalls treffen Sie mit Ihren Schlüssen das Richtige«, versetzte sie. »Ich fuhr vor sechs Uhr von zu Hause ab, brauchte zwanzig Minuten bis nach Leatherhead und traf mit dem ersten Zug hier an der Waterloo Station ein. Es kann nicht länger so fortgehen, ich halte es nicht mehr aus, ich werde wahnsinnig. Ich habe gar niemand, an den ich mich wenden könnte – niemand; nur ein Einziger nimmt Anteil an mir, und der kann nicht viel für mich tun, der Arme. Man hat mir von Ihnen erzählt, Mr Holmes. Eine meiner Bekannten, Mrs Farintosh, der Sie einmal in ihrer schrecklichen Bedrängnis Beistand leisteten, hat mir Ihre Adresse gegeben. Ach, meinen Sie nicht, Sie könnten mir vielleicht ebenfalls helfen und die dichte Finsternis, die mich umgibt, wenigstens durch einen schwachen Schimmer erhellen? Sie für Ihre Dienste zu belohnen, bin ich freilich zurzeit nicht imstande, aber in sechs Wochen oder einem Monat, wenn ich verheiratet und im Besitz meines Vermögens bin, sollen Sie mich nicht undankbar finden.«

Holmes entnahm seinem Schreibtisch ein kleines Buch mit Aufzeichnungen über frühere Fälle und schlug darin nach.

»Farintosh«, murmelte er, »ach ja, jetzt erinnere ich mich des Falls. Es handelte sich um einen Opalkopfschmuck. Das war noch vor Ihrer Zeit, Watson. – Ich kann Ihnen die Versicherung geben, dass ich mich Ihres Falls mit Vergnügen ebenso eifrig annehmen werde wie damals der Angelegenheit der Ihnen befreundeten Dame. Was meine Belohnung betrifft, finde ich solche einzig in meiner Tätigkeit selbst; dagegen steht es Ihnen frei, mir meine etwaigen Auslagen bei gelegener Zeit zu ersetzen. Und nun bitte ich Sie, uns alles mitzuteilen, was für die Beurteilung des Falls irgend von Wert sein kann.«

»Ach«, begann die Fremde, »das Schrecklichste an meiner Lage ist gerade, dass meine Befürchtungen so unbestimmter Natur sind und mein Verdacht sich auf höchst geringfügige Umstände stützt, die jedem anderen bedeutungslos erscheinen. Selbst der Mann, von dem ich in erster Linie Rat und Hilfe zu erwarten berechtigt wäre, betrachtet alle Vermutungen, die ich ihm gegenüber äußere, lediglich als Eingebungen meiner überreizten Nerven. Er sagt es nicht geradeheraus, allein ich merke es an seinen beschwichtigenden Antworten und ausweichenden Blicken. Aber Sie, Mr Holmes, sollen ja imstande sein, wie nur wenige die mannigfaltige Schlechtigkeit des menschlichen Herzens zu durchschauen. Ihr Rat wird mir den Weg zeigen, der mich glücklich durch die Gefahren hindurchführt, von denen ich rings umgeben bin.«

»Ich bin ganz Ohr.«

»Ich heiße Helene Stoner und wohne zusammen mit meinem Stiefvater, dem letzten Spross einer der ältesten Familien Englands, der Roylotts von Stoke Moran, an der Westgrenze von Surrey.«

Holmes nickte. »Der Name ist mir wohlbekannt«, sagte er.

»Die Familie gehörte einst zu den reichsten in ganz England, und ihre Besitzungen erstreckten sich bis über die Grenzen der benachbarten Grafschaften hinaus. Im vorigen Jahrhundert jedoch kam der Besitz viermal hintereinander in leichtsinnige, verschwenderische Hände, und als sich dann vollends unter der Regentschaft der Erbe der Güter dem Spiel ergab, war der Ruin der Familie besiegelt. Ein paar Hufen Landes und der zweihundert Jahre alte Familiensitz, auf dem aber schwere Pfandschulden lasteten, war alles, was übrig blieb. Der vorige Gutsherr harrte noch bis zu seinem Tod dort aus und lernte dabei das schreckliche Los eines verarmten Edelmanns gründlich kennen; sein einziger Sohn dagegen, mein jetziger Stiefvater, sah ein, dass er sich den neuen Verhältnissen anbequemen müsse; er wusste sich einen Vorschuss von einem Verwandten zu verschaffen, der ihm ermöglichte, eine medizinische Prüfung abzulegen und sich in Kalkutta niederzulassen, wo er sich mit großer Willenskraft vermöge seiner tüchtigen Kenntnisse eine ausgebreitete Praxis erwarb. Im Zorn über verschiedene in seinem Haus vorgefallene Diebereien erschlug er jedoch einen eingeborenen Diener und entging nur mit Mühe einem Todesurteil. Er erhielt eine lange Freiheitsstrafe, nach deren Verbüßung er verbittert und enttäuscht nach England zurückkehrte. Während seines Aufenthalts in Indien hatte Dr. Roylott meine Mutter, die junge Witwe des Generalmajors Stoner von der bengalischen Artillerie, geheiratet. Meine Zwillingsschwester Julia und ich waren damals erst zwei Jahre alt. Die Mutter besaß ein beträchtliches Vermögen, das etwa tausend Pfund jährlich einbrachte und das sie unserem Stiefvater vollständig überließ mit der Bedingung, im Fall unserer Verheiratung jeder von uns beiden eine gewisse Summe jährlich auszuzahlen. Bald nach unserer Rückkehr nach England kam meine Mutter bei einem Eisenbahnunfall ums Leben – es ist jetzt acht Jahre her. Nun gab Dr. Roylott seine Versuche auf, in London eine ärztliche Praxis zu gründen, und zog mit uns in das alte Stammschloss in Stoke Moran. Da die Hinterlassenschaft meiner Mutter unsere Bedürfnisse reichlich deckte, schien unserem Glück nichts im Weg zu stehen.

Allein es ging zu jener Zeit mit unserem Stiefvater eine schreckliche Veränderung vor. Anstatt freundschaftlichen Verkehr anzuknüpfen und Besuche mit unseren Nachbarn auszutauschen, die anfangs hocherfreut darüber gewesen waren, wieder einen Stoke Moran auf dem alten Familiensitz einziehen zu sehen, schloss er sich in sein Haus ein, und wenn er dasselbe jemals verließ, war es nur, um mit jedem, der ihm in den Weg kam, den heftigsten Streit anzufangen. Ein förmlich krankhafter Jähzorn war überhaupt ein Erbstück der Männer in der Familie, und bei meinem Stiefvater mochte durch seinen langen Aufenthalt in den Tropen diese Eigenschaft wohl noch verstärkt worden sein. Er wurde in eine Reihe hässlicher Streitigkeiten verwickelt, die ihn zweimal vor Gericht brachten, bis er zuletzt der Schrecken des ganzen Dorfs war und alles bei seinem bloßen Anblick die Flucht ergriff, denn er besitzt eine riesige Stärke und kennt in seiner Wut keine Grenzen.

Vorige Woche erst warf er den Dorfschmied über das Brückengeländer ins Wasser, und ich musste alles opfern, was ich an Geld aufbringen konnte, um die abermalige öffentliche Schande abzuwenden. Mit keinem Menschen hielt er Freundschaft, außer mit den herumziehenden Zigeunern; sie durften auf den paar von Dorngestrüpp überwucherten Hufen Landes, die jetzt das ganze Besitztum ausmachten, ihr Lager aufschlagen, wogegen er dann oft unter ihren Zelten einkehrte und sie schließlich wochenlang auf ihren Wanderzügen begleitete. Ferner hegt er eine leidenschaftliche Vorliebe für indische Tiere, die er sich durch einen Korrespondenten schicken lässt; gegenwärtig besitzt er einen Leoparden und einen Pavian, die frei auf seinem Besitztum umherlaufen und den Dorfbewohnern kaum geringeren Schrecken einflößen als ihr Herr selbst.

Nach dieser Schilderung werden Sie mir gerne glauben, dass das Leben meiner armen Schwester Julia und mir wenig Freuden bot. Kein Dienstbote wollte bei uns bleiben, und lange Zeit mussten wir die ganze Hausarbeit allein verrichten. Obgleich Julia bei ihrem Tod erst dreißig Jahr alt war, fing doch ihr Haar auch bereits an, grau zu werden wie das meine.«

»Ihre Schwester ist also gestorben?«

»Ja. Es ist gerade zwei Jahre her; und von ihrem Tod möchte ich Ihnen eben Genaueres mitteilen. Sie werden es begreiflich finden, dass wir bei dem Leben, wie ich es Ihnen soeben beschrieben habe, wenig Gelegenheit zum Verkehr mit unseresgleichen hatten. Nur bei unserer Tante Honoria Westphail, einer unverheirateten Schwester meiner Mutter, die in der Gegend von Harrow wohnt, durften wir von Zeit zu Zeit einen kurzen Besuch machen. Vor zwei Jahren lernte Julia bei einem solchen Besuch über Weihnachten einen auf Halbsold gesetzten Major von der Marine kennen, mit dem sie sich verlobte. Unser Stiefvater erhob gegen die Verbindung keine Einwendung; allein vierzehn Tage vor dem für die Hochzeit festgesetzten Zeitpunkt trat das schreckliche Ereignis ein, das mich meiner einzigen Gefährtin beraubte.«

Holmes, der unterdessen mit geschlossenen Augen in seinen Armstuhl zurückgelehnt, den Kopf im Kissen vergraben, zugehört hatte, schlug nun die Lider ein wenig auf und warf einen Blick auf die Erzählerin.

»Bitte vergessen Sie auch nicht den kleinsten Umstand«, sagte er.

»Das wird mir nicht schwerfallen, denn alle Vorgänge dieser entsetzlichen Zeit stehen mir noch unauslöschlich im Gedächtnis. – Das Wohnhaus ist, wie gesagt, sehr alt, und es ist zurzeit nur ein Flügel desselben bewohnt. Die Schlafzimmer befinden sich im Erdgeschoss dieses Flügels, während die Wohnzimmer im mittleren Stockwerk liegen. Von den Schlafzimmern hatte das erste unser Stiefvater inne, das zweite meine Schwester und das dritte ich selbst. Eine Verbindung zwischen ihnen besteht nicht, dagegen münden alle auf denselben Gang. Ich spreche doch verständlich?«

»Vollkommen.«

»Die Fenster der drei Zimmer gehen auf den Rasenplatz vor dem Haus. An jenem schrecklichen Abend zog sich unser Stiefvater zeitig in sein Schlafzimmer zurück; trotzdem wussten wir wohl, dass er sich noch nicht zur Ruhe begeben hatte, denn meine Schwester wurde durch den Geruch der starken indischen Zigarre belästigt, die er zu rauchen pflegte. Sie kam deshalb in mein Zimmer herüber, um noch eine Zeit lang mit mir über ihre bevorstehende Hochzeit zu plaudern. Es war elf Uhr, als sie mich wieder verließ; an der Tür blieb sie jedoch stehen und schaute noch einmal zurück.

›Sag mir, Helene‹, fragte sie, ›hast du jemals ein Pfeifen vernommen, wenn nachts alles totenstill ist?‹

›Nein, niemals.‹

›Du hältst es doch nicht etwa für möglich, dass du etwa selbst im Schlaf pfeifst?‹

›Gewiss nicht, warum denn?‹

›In den paar letzten Nächten ertönte immer etwa um drei Uhr morgens ein leiser heller Pfiff. Ich habe einen leichten Schlaf und bin davon aufgewacht. Woher der Laut kam, kann ich nicht sagen – vielleicht aus dem Nebenzimmer, vielleicht auch vom Vorplatz herauf. Ich dachte, ich wollte dich doch fragen, ob du es auch gehört hast.‹

›Nein, ich habe nichts gehört. Das muss von dem Zigeunergesindel unten in den Anlagen herkommen.‹

›Höchstwahrscheinlich. Und doch wundere ich mich, dass du es nicht auch gehört hast, wenn es wirklich von unten kam.‹

›Ich schlafe eben fester als du.‹

›Nun, es ist ja jedenfalls nichts von Bedeutung‹, versetzte sie lächelnd; damit schloss sie die Tür, und wenige Augenblicke darauf hörte ich sie ihren Schlüssel im Schloss umdrehen.«

»Schlossen Sie sich denn nachts regelmäßig ein?«, fragte Holmes.

»Stets.«

»Und warum das?«

»Ich glaube, ich habe bereits erwähnt, dass unser Stiefvater eine Tigerkatze und einen Pavian hielt; wir fühlten uns deshalb nicht sicher, wenn unsere Türen nicht verschlossen waren.«

»Ja, freilich. Bitte fahren Sie nur fort.«

»Ich konnte in jener Nacht keinen Schlaf finden. Ein unbestimmtes Vorgefühl drohenden Unheils bedrückte mich. Sie erinnern sich, dass ich und meine Schwester Zwillinge waren, und Sie wissen ja, wie zart die Bande sind, die zwei so engverbundene Wesen aneinanderketten. Es war eine unwirtliche Nacht. Draußen heulte der Wind, und der Regen schlug klatschend gegen die Läden. Plötzlich ertönte mitten durch das Tosen des Sturms der wilde Angstschrei einer weiblichen Stimme. Ich hatte die Stimme meiner Schwester erkannt. Eiligst sprang ich aus dem Bett, warf einen Shawl um und stürzte auf den Gang hinaus. Während ich meine Tür öffnete, war es mir, als hörte ich ein leises Pfeifen, wie meine Schwester es beschrieben hatte, und wenige Augenblicke darauf ein klingendes Geräusch wie vom Fall eines schweren metallenen Gegenstands. An dem Zimmer meiner Schwester stand die Tür bereits offen und drehte sich langsam in den Angeln. Starr vor Entsetzen wartete ich auf den Anblick, der sich mir bieten würde; da sah ich beim Schein der Flurlampe meine Schwester unter der Tür erscheinen; schreckensbleich, die Hände hilfesuchend ausgestreckt, schwankte sie hin und her, als wäre sie berauscht. Ich eilte auf sie zu und schlang die Arme um sie, aber gerade in diesem Augenblick versagten ihr die Knie. Sie stürzte zu Boden, wand und krümmte sich wie in furchtbaren Schmerzen, und ihre Glieder zogen sich krampfhaft zusammen. Ich meinte zuerst, sie habe mich nicht erkannt, aber als ich mich über sie beugte, stieß sie plötzlich mit einer Stimme, die ich nie vergessen werde, die abgebrochenen, undeutlichen Worte hervor: ›O mein Gott! Helene! Es war … Band! … getupfte Band …!‹ Sie machte den Versuch, noch etwas zu sagen, wobei sie in der Richtung nach unseres Stiefvaters Schlafzimmer deutete, als ein neuer grässlicher Krampfanfall ihr die Worte im Mund erstickte. Ich wollte eben unseren Stiefvater herbeiholen und rief laut nach ihm, da kam er mir bereits im Schlafrock entgegengeeilt. Als er zu meiner Schwester trat, hatte diese bereits das Bewusstsein verloren. Er flößte ihr noch Kognak ein und ließ auch ärztliche Hilfe aus dem Dorf herbeiholen, aber es nützte alles nichts mehr, sie wurde immer schwächer und starb, ohne das Bewusstsein wiedererlangt zu haben. Dies waren die Umstände, unter denen ich meine geliebte Schwester verloren habe.«

»Einen Augenblick!«, unterbrach sie Holmes. »Haben Sie das Pfeifen und den metallenen Klang ganz bestimmt wahrgenommen? Könnten Sie darauf schwören?«

»Dasselbe fragte mich auch der Gerichtsarzt bei der Totenschau. Ich habe zwar den durchaus bestimmten Eindruck, als hätte ich beides gehört, doch kann ich mich am Ende auch getäuscht haben; bei dem Tosen des Sturms krachte ja das alte Haus in allen Fugen.«

»War Ihre Schwester angekleidet?«

»Nein, sie trug nur ihr Nachtgewand. In der rechten Hand hielt sie noch ein herabgebranntes Lichtstümpfchen und in der linken eine Zündholzschachtel.«

»Woraus hervorgeht, dass sie Licht gemacht und sich umgeschaut hatte, als das Geräusch entstand. Das ist von Wichtigkeit. Und zu welchem Ergebnis gelangte der Leichenbeschauer?«

»Er untersuchte den Fall sehr sorgfältig, denn das auffallende Treiben unseres Stiefvaters war in der ganzen Grafschaft bekannt; er war jedoch nicht imstande, eine bestimmte Todesursache zu entdecken. Aus meinem Zeugnis ging hervor, dass die Tür von innen verschlossen gewesen war, und die Fenster waren durch altmodische Läden mit breiten Eisenstäben verrammelt, die jede Nacht vorgelegt wurden. Auch die Wände untersuchte man sorgfältig, fand sie jedoch völlig unversehrt und fest, ebenso wie den Fußboden. Der Kamin ist zwar weit, aber mit vier starken Eisenstäben vergittert. Meine Schwester war also zweifellos ganz allein, als ihr Geschick sie ereilte. Auch von äußerer Gewalt war keine Spur an ihr zu entdecken.«

»Und Gift – wie steht es damit?«

»Die Leiche wurde von ärztlicher Seite daraufhin untersucht, aber ohne Erfolg.«

»Was ist nun Ihre Ansicht über die Ursache dieses bedauerlichen Todesfalls?«

»Ich bin der Meinung, dass meine Schwester lediglich infolge einer durch Schrecken verursachten Nervenerschütterung starb, obwohl ich von der Ursache dieses Schreckens keine Ahnung habe.«

»Hielten sich zu jener Zeit Zigeuner in den Anlagen am Haus auf?«

»Jawohl. Es sind fast immer welche da.«

»So, so. Und was glauben Sie, dass Ihre Schwester mit der Andeutung von einem ›getupften Band‹ oder auch einer ›getupften Bande‹ meinte?«

»Das möchte ich manchmal lediglich für eine Ausgeburt des Fieberwahns halten; dann meine ich aber auch wieder, es könnte sich auf eine Bande von Menschen, vielleicht gerade auf die Zigeuner in den Anlagen, bezogen haben. Möglich, dass die getupften Tücher, die viele von ihnen um den Kopf tragen, ihr zu der auffallenden Bezeichnung Anlass gegeben haben.«

Holmes schüttelte den Kopf, als sei er ganz und gar nicht befriedigt.

»Wir tappen noch ganz im Dunkeln«, meinte er, »bitte fahren Sie in Ihrer Erzählung fort.«

»Zwei Jahre sind seitdem vergangen, und mein Leben war inzwischen einsamer als je. Vor einem Monat jedoch hat mir ein lieber langjähriger Bekannter namens Percy Armitage die Ehre erwiesen, um meine Hand anzuhalten. Mein Stiefvater hat nichts dagegen, und so soll unsere Verbindung noch in diesem Frühjahr stattfinden. Seit zwei Tagen hat man begonnen, Ausbesserungen an dem westlichen Flügel unseres Wohnhauses vorzunehmen, wobei die Wand an meinem Schlafzimmer durchbrochen wurde, sodass ich das Zimmer, in dem meine Schwester starb, beziehen und in deren Bett schlafen musste. Stellen Sie sich nun meinen grässlichen Schrecken vor, als ich in der letzten Nacht, während ich, gerade mit dem Gedanken an ihr schreckliches Geschick beschäftigt, wachend dalag, plötzlich das leise

Pfeifen vernahm, das ihren Tod vorherverkündet hatte. Ich sprang auf und steckte die Lampe an, vermochte jedoch nichts im Zimmer zu entdecken. Zu erregt, um wieder zu Bett zu gehen, kleidete ich mich an und schlich mich, sobald der Tag graute, aus dem Haus, ließ mir in dem gegenüberliegenden Wirtshaus zur Krone einen Wagen anspannen und fuhr nach Leatherhead; von da bin ich heute früh hier eingetroffen zu dem einzigen Zweck, Sie aufzusuchen und um Ihren Rat zu bitten.«

»Daran haben Sie sehr wohlgetan«, versetzte Holmes. »Aber haben Sie mir auch alles gesagt?«

»Gewiss, alles.«

»Doch nicht, Miss Roylott. Sie schonen Ihren Stiefvater.«

»Warum? Was wollen Sie damit sagen?«

Als Antwort schlug Holmes die Spitzenmanschette zurück, welche das rechte Handgelenk der Erzählerin bedeckte.

Fünf kleine blaue Male, sichtlich von fünf Fingern herrührend, zeichneten sich auf ihrem weißen Arm ab.

»Sie sind misshandelt worden«, sagte Holmes.

Tief errötend bedeckte sie die Stelle wieder. »Er ist ein rauer Mann«, sagte sie, »der vielleicht selbst kaum weiß, wie stark er ist.«

Ein langes Schweigen folgte; das Kinn in die Hand stützend, blickte Holmes in das prasselnde Kaminfeuer. »Eine höchst rätselhafte Sache«, sagte er zuletzt. »Ich hätte noch tausenderlei Fragen, ehe ich mich über den einzuschlagenden Weg schlüssig mache. Und doch dürfen wir keinen Augenblick verlieren. Ließe es sich wohl machen, dass wir die fraglichen Zimmer ohne Wissen Ihres Stiefvaters besichtigen könnten, wenn wir heute nach Stoke Moran führen?«

»Er hat gerade zufällig erwähnt, er müsse heute in einer sehr wichtigen Angelegenheit hierherfahren. Vermutlich wird er den ganzen Tag fort sein, und dann wären Sie völlig ungestört. Wir haben zwar gegenwärtig eine Haushälterin, aber die ist alt und einfältig und wäre leicht eine Weile zu entfernen.«

»Vortrefflich. Sie haben doch nichts gegen diesen Ausflug, Watson?«

»Nicht das Geringste.«

»Dann werden wir uns also beide einfinden. Und was tun Sie selbst jetzt?«

»Ich möchte gerne noch ein paar Sachen besorgen, weil ich gerade hier bin. Doch will ich mit dem Zwölfuhrzug wieder nach Hause fahren, sodass Sie mich rechtzeitig dort treffen werden.«

»Bald nach Mittag dürfen Sie uns erwarten. Ich habe selbst noch einige kleine Angelegenheiten zu erledigen. Wollen Sie nicht noch bleiben und etwas frühstücken?«

»Nein, ich muss gehen. Es ist mir schon leichter ums Herz, seit ich Ihnen anvertraut habe, was mich bedrückt. Ich will jetzt nur an unser Wiedersehen heute Nachmittag denken.« Sie zog den dichten schwarzen Schleier wieder über ihr Gesicht und verließ das Zimmer.

»Nun, was halten Sie von der Sache, Watson?«, fragte Holmes, sich in seinen Stuhl zurücklehnend.

»Es scheint mir eine höchst dunkle, unheimliche Geschichte.«

»Allerdings, recht dunkel und recht unheimlich.«

»Und doch, wenn, wie die Dame sagt, Fußboden und Wände ganz in Ordnung sind und durch Tür, Fenster und Kamin nichts hereinkommen konnte, muss unzweifelhaft die Schwester zur Zeit ihres rätselhaften Todes allein gewesen sein.«

»Wie erklärt sich dann aber das nächtliche Pfeifen und die höchst eigentümliche Äußerung der Sterbenden?«

»Das kann ich mir nicht denken.«

»Dieses nächtliche Pfeifen, die Anwesenheit einer Zigeunerbande, die mit dem alten Doktor auf vertrautem Fuß stand, und die Tatsache, dass Letzterer offenbar das größte Interesse daran hatte, die eheliche Verbindung seiner Stieftochter zu verhindern, sind starke Verdachtsmomente. Wenn ich sie mit der Andeutung der Sterbenden zusammenhalte und schließlich mit dem metallenen Klang, den Miss Stoner gehört hat und der sehr wohl von der Wiederbefestigung der Vorlegestange an einem Fensterladen herrühren konnte, will es mich doch bedünken, als dürften wir hoffen, von dieser Grundlage aus des Rätsels Lösung zu finden.«

»Aber was sollen denn die Zigeuner getan haben?«

»Davon habe ich allerdings keine Ahnung.«

»Ich meine, gegen diese ganze Auffassung ließe sich doch sehr viel einwenden.«

»Das muss ich freilich selbst zugeben; gerade deswegen gehen wir noch heute nach Stoke Moran. Ich muss mich überzeugen, ob die Einwendungen stichhaltig sind oder sich beseitigen lassen. – Aber was zum Henker ist denn das!«, rief er plötzlich aus.

Mit einem Mal war nämlich die Zimmertür aufgeflogen, und eine gewaltige Männergestalt in einem sonderbaren, halb gelehrten, halb bäuerischen Aufzug hatte sich unter derselben aufgepflanzt. Der Eindringling trug einen hohen schwarzen Hut und einen Rock mit langen Schößen, dazu Stulpenstiefel und in den Händen eine Reitpeitsche. Er war so groß, dass er buchstäblich oben am Türbalken anstieß, und so umfangreich, dass er die Türöffnung völlig auszufüllen schien. Auf seinem breiten, mit zahllosen Runzeln übersäten, sonnenverbrannten Gesicht spiegelten sich alle schlechten Leidenschaften. Er wandte den Blick bald mir, bald meinem Freund zu, und dabei gaben ihm seine tiefliegenden, gelb unterlaufenen Augen und die weit vorstehende schmale, fleischlose Nase das Aussehen eines grimmigen alten Raubvogels.

»Welcher von euch beiden ist Holmes?«, fragte er.

»So heiße ich. Aber ich habe nicht das Vergnügen …«, antwortete mein Freund ruhig.

»Ich bin Dr. Grimesby Roylott von Stoke Moran.«

»Darf ich bitten, dass Sie Platz nehmen, Herr Doktor«, sagte Holmes verbindlich.

»Fällt mir nicht ein. Meine Stieftochter ist da gewesen. Ich bin ihr nachgegangen. Was hat sie Ihnen gesagt?«

»Es ist noch etwas kalt für die Jahreszeit!«, gab Holmes zur Antwort.

»Was hat sie Ihnen gesagt?«, schrie der andere wütend.

»Trotzdem soll sich, wie ich höre, die Krokusblüte ganz gut anlassen«, fuhr Holmes unerschütterlich fort.

»Macht nur keine Winkelzüge«, rief jetzt der Unhold, indem er einen Schritt vortrat und die Reitpeitsche schwang.

»Ich kenne Euch Schurken. Habe schon längst von Euch gehört. Ihr seid Holmes, der Schnüffler!«

Mein Freund lächelte.

»Holmes, der Allerweltslückenbüßer!«

Sein Gesicht erheiterte sich immer mehr.

»Holmes, der General-Kriminalpolizeispitzel!«

Jetzt lachte Holmes hell auf. »Sie sind ja äußerst witzig«, sagte er. »Wenn Sie hinausgehen, machen Sie auch die Tür zu, es zieht ganz entschieden.«

»Erst sage ich meine Sache, und dann gehe ich. Lasst Euch nur nicht einfallen, Eure Nase in meine Angelegenheiten zu stecken. Meine Tochter war da – ich weiß es, ich bin ihr nachgegangen! Ich rate keinem, mir in die Quere zu kommen! Da, seht her!« Damit trat er rasch auf den Kamin zu, nahm den Schürhaken und bog ihn mit seinen mächtigen braunen Händen vollständig krumm.

»Seht nur zu, dass Ihr mir nicht unter die Finger kommt!«, schrie er meinem Freund noch zu, warf den verbogenen Schürhaken wieder in den Kamin und schritt hinaus.

»Nun, das ist ja ein recht liebenswürdiger Kumpan«, meinte Holmes lachend. »Ich bin zwar nicht ganz so vierschrötig wie er, aber wenn er noch einen Augenblick dageblieben wäre, hätte ich ihm zeigen können, dass meine Finger an Kraft den seinen nicht viel nachgeben.« Dabei nahm er den stählernen Schürhaken und bog ihn mit einem Ruck wieder gerade.

»Welche Unverschämtheit von dem Menschen, mich mit der Kriminalpolizei in einen Topf zu werfen! Dieser Zwischenfall verleiht übrigens unserem Vorhaben nur noch einen Reiz mehr. Ich will hoffen, dass unsere Schutzbefohlene, die dem Unhold ihre Spur verraten hat, diese Unvorsichtigkeit nicht zu büßen bekommt. Nun wollen wir uns das Frühstück kommen lassen, Watson, und dann will ich zur Gerichtsregistratur gehen, wo ich mir einige Daten zu verschaffen hoffe, die uns in der Sache von Nutzen sein dürften.«

Es war ungefähr ein Uhr, als Holmes von seinem Ausgang zurückkam. Er hatte ein Blatt Papier in der Hand, das ganz mit Notizen und Zeichnungen bedeckt war.

»Ich habe mir das Testament der Erblasserin zeigen lassen«, sagte er. »Um ihre Willensmeinung ganz genau festzustellen, musste ich den heutigen Wert der Anlagepapiere ausrechnen, um die es sich dabei handelt. Der Gesamtertrag, der zur Zeit ihres Todes fast elfhundert Pfund betrug, beläuft sich jetzt infolge des Rückgangs im Wert höchstens noch auf siebenhundertfünfzig Pfund. Nun kann jede der Töchter im Fall ihrer Verehelichung eine Rente von zweihundertfünfzig Pfund beanspruchen. Es ist also augenscheinlich, dass, falls beide Töchter sich verheiratet hätten, von der ganzen Herrlichkeit blutwenig übrig geblieben wäre, ja dass sogar schon die Abfindung einer der Töchter ihm eine ganz empfindliche Einbuße verursacht. Mein Vormittag war also wohlangewendet; habe ich doch jetzt den Beweis in Händen, dass ihm alles daran gelegen sein musste, die Heirat zu hindern; und nun, Watson, lass uns in dieser wichtigen Sache keine Zeit mehr verlieren, zumal der Alte Wind davon hat, dass wir uns mit seinen Angelegenheiten beschäftigen. Wenn Sie also bereit sind, wollen wir uns einen Wagen zur Waterloo Station bestellen. Bitte stecken Sie auch Ihren Revolver ein. Damit kommt man gegenüber Herrschaften, die stählerne Schürhaken krumm biegen, am besten aus. Wenn wir dann noch Kamm und Zahnbürste mitnehmen, haben wir, denke ich, alles, was wir brauchen.«

Am Bahnhof hatten wir das Glück, gerade einen Zug nach Leatherhead zu treffen; dort angekommen, nahmen wir im nächsten Wirtshaus ein Wägelchen, auf dem wir vier oder fünf Meilen weit durch die freundlichen Gelände von Surrey hinfuhren. Es war ein herrlicher Tag, klarer Sonnenschein und kaum ein Wölkchen am Himmel. Die Bäume und Hecken am Weg erglänzten im ersten Grün, und die ganze Luft war von dem erfrischenden Geruch des feuchten Erdreichs erfüllt. Lebhaft empfand wenigstens ich für meine Person den eigentümlichen Gegensatz zwischen dem lieblichen Frühlingsbild und der unheimlichen Aufgabe, die unserer wartete. Holmes saß, den Hut tief ins Gesicht gedrückt, mit untergeschlagenen Armen und gesenktem Haupt, in tiefes

Nachdenken versunken da. Plötzlich fuhr er auf, klopfte mir auf die Schulter und deutete nach rechts. »Sehen Sie dorthin!«, rief er.

Ein dichter Park zog sich jenseits der Wiesen einen sanften Abhang hinauf, der oben von einem Wäldchen bekränzt war; mitten aus dem Dickicht ragte der altersgraue Dachfirst eines Herrenhauses hoch hervor.

»Stoke Moran?«, fragte er.

»Jawohl, Herr, das ist Dr. Grimesby Roylotts Haus«, erwiderte der Kutscher.

»Wo der Umbau gemacht wird? Das ist unser Ziel.«

»Dort drüben liegt das Dorf«, fuhr der Kutscher fort, indem er auf einen Haufen von Dächern deutete, die in einiger Entfernung zur Linken sichtbar wurden. »Aber wenn Sie zu dem Haus wollen, sind Sie früher dort, wenn Sie hier die Steige hinaufgehen und dann den Fußweg über die Felder einschlagen. Gerade dort, wo die Dame geht.«

»Die Dame ist Miss Stoner, wie mir scheint«, sagte Holmes und hielt die Hand über die Augen. »Ja, ich glaube, wir werden gut daran tun, Ihrem Rat zu folgen.«

Wir stiegen aus, bezahlten unser Fahrgeld, und das Wägelchen rasselte nach Leatherhead zurück.

»Ich hielt es für zweckmäßig«, meinte Holmes, während wir die Steige hinaufgingen, »den Kutscher glauben zu lassen, wir seien wegen der Bauarbeiten oder zu irgendeinem anderen geschäftlichen Zweck hergekommen. Das beugt vielleicht unnützem Gerede vor. – Guten Tag, Miss Stoner, Sie sehen, wir haben Wort gehalten.«

Mit freudig erregter Miene kam unsere Schutzbefohlene uns entgegengelaufen. »Ich habe Sie sehnlich erwartet«, rief sie und drückte uns warm die Hand. »Es hat sich alles herrlich gefügt. Der Vater ist nach London gegangen und wird schwerlich vor Abend zurückkommen.«

»Wir haben unterdessen das Vergnügen gehabt, des Herrn Doktors Bekanntschaft zu machen«, entgegnete Holmes und gab ihr mit ein paar Worten eine flüchtige Schilderung unseres Erlebnisses.

Sie wurde bei dieser Kunde weiß bis zu den Lippen. »Gütiger Himmel!«, rief sie. »Er ist mir also nachgegangen!«

»So scheint es.«

»Er ist so schlau, dass ich nie weiß, wann ich sicher vor ihm bin. Was wird er sagen, wenn er heimkommt?«

»Er soll sich nur in Acht nehmen, er könnte sonst vielleicht finden, dass ihm ein noch Schlauerer auf der Spur ist. Sie müssen sich heute Nacht vor ihm einschließen. Wird er gewalttätig, bringen wir Sie zu Ihrer Tante nach Harrow. Jetzt müssen wir aber unsere Zeit nach Kräften ausnützen, also führen Sie uns bitte ohne Verzug nach den Zimmern, die wir zu besichtigen haben.«

Das Gebäude, mit seinen grauen, moosbewachsenen Quadersteinen, bestand aus einem hohen Mittelbau, von dem an jedem Ende ein geschweifter Flügel auslief. An dem linken Flügel waren die zerbrochenen Fenster mit Brettern vernagelt und das Dach teilweise eingestürzt – ein Bild des Verfalls. Der Mittelbau befand sich schon in etwas besserem Stand, und der rechte Flügel machte einen verhältnismäßig neuen Eindruck; die Vorhänge an den Fenstern und der blaue Rauch, der sich über den Schornsteinen kräuselte, zeigten an, dass hier die Familie wohnte. An der Außenwand war ein Gerüst aufgeschlagen und das Mauerwerk durchgebrochen; von einem Arbeiter war jedoch zurzeit weit und breit nichts zu sehen. Holmes ging langsam auf dem schlechtgepflegten Rasenplatz auf und ab und untersuchte die Fenster aufs Peinlichste von außen.

»Dies hier gehört wohl zu Ihrem früheren Schlafzimmer, das mittlere zu dem Ihrer Schwester, und das letzte zunächst dem Mittelbau zu Dr. Roylotts Schlafzimmer?«

»Ganz richtig. Aber gegenwärtig schlafe ich in dem mittleren.«

»Während der baulichen Arbeiten vermutlich. Übrigens kommt es mir nicht gerade vor, als ob hier an der Außenwand die Ausbesserung dringend nötig gewesen wäre.«

»Ganz und gar nicht. Ich glaube, dass es lediglich ein Vorwand war, um mich aus meinem Zimmer zu vertreiben.«

»Ha, sehr wohl möglich. Und an der anderen Seite des schmalen Flügels läuft wohl der Gang hin, auf den die drei Zimmer münden? Natürlich hat er auch Fenster.«

»Aber nur ganz kleine, durch die ein Mensch nicht hereinkommen kann.«

»Da Ihre Schwester und Sie Ihre Zimmer nachts abschlossen, waren diese von dort her unzugänglich. Wollten Sie jetzt die Güte haben, in Ihrem Zimmer die Läden zuzumachen?«

Miss Stoner tat es, und Holmes untersuchte dieselben zuerst sorgfältig durch das offene Fenster; dann machte er auf jede mögliche Weise den Versuch, den Laden zu erbrechen, jedoch ohne Erfolg. Nirgends war der geringste Spalt, in dem sich hätte etwa ein Messer ansetzen lassen, um die Stange zu lockern. Dann untersuchte er auch die Angeln, allein sie waren aus starkem Eisen und saßen fest in dem massiven Mauerwerk. »Hm«, meinte er und rieb sich das Kinn in seiner Verlegenheit, »meine Annahme stößt allerdings auf Schwierigkeiten. Hier konnte kein Mensch hereinkommen, wenn die Läden geschlossen waren. Nun, wir werden ja sehen, ob die innere Besichtigung vielleicht Licht in die Sache bringt.«

Eine kleine Seitentür führte in den weißgetünchten Gang, auf den die drei Schlafzimmer mündeten. Das äußerste wollte Holmes nicht sehen, deshalb begaben wir uns sogleich ins mittlere, worin Miss Stoner gegenwärtig schlief und in welchem ihre Schwester gestorben war. Es war ein heimlicher kleiner Raum mit niederer Decke und großem Kamin, wie man sie in alten Landsitzen oft trifft. Eine braune Kommode stand in der einen Ecke, ein schmales, weiß bezogenes Bett in einer anderen und ein Toilettentisch zur Linken des Fensters. Diese Möbel bildeten zusammen mit zwei geflochtenen Stühlen und einem Teppich in der Mitte die ganze Einrichtung. Das Holzwerk an Boden und Wandverkleidung waren braune, wurmstichige eichene Dielen, so alt und schwarz, dass sie wohl noch aus der ersten Zeit des Gebäudes herstammen mochten. Holmes schob sich einen der Stühle in eine Ecke, ließ von diesem Platz aus den

Blick ringsumher laufen und musterte stumm den ganzen Raum mit größter Genauigkeit.

»Wohin geht diese Klingel?«, fragte er zuletzt und deutete dabei auf einen dicken Klingelzug, der neben dem Bett herabhing, sodass die Quaste auf dem Kissen ruhte.

»In das Zimmer der Haushälterin.«

»Sie scheint neuer zu sein als die übrige Einrichtung.«

»Jawohl, sie wurde erst vor ein paar Jahren angebracht.«

»Vermutlich auf Verlangen Ihrer Schwester?«

»Nein, soviel ich weiß, hat Julia sie nie benutzt. Wir waren gewohnt, uns alles, was wir brauchten, selbst zu holen.«

»Nun, dann war es wahrhaftig recht überflüssig, einen so schönen Klingelzug anzubringen. Sie erlauben wohl, dass ich mich jetzt ein paar Minuten auf dem Boden umsehe.« Er legte sich mit der Lupe in der Hand nieder und kroch behände vor- und rückwärts, um jede Spalte zwischen den Dielen auf das Genaueste zu untersuchen. Hierauf prüfte er die Holztäfelung des Zimmers ebenso sorgfältig. Zuletzt trat er an das Bett und betrachtete es längere Zeit, während er gleichzeitig den Blick an der Wand hinter demselben auf- und abgleiten ließ. Schließlich fasste er den Glockenzug und tat einen tüchtigen Ruck daran.

»Das ist ja nur eine Scheinklingel!«, sagte er.

»Läutet sie nicht?«

»Nein, es ist nicht einmal ein Draht daran befestigt. Das ist höchst interessant. Sehen Sie nur, sie ist gerade über dem kleinen Luftloch an einem Haken festgemacht.«

»Wie seltsam! Das ist mir noch nie aufgefallen.«

»Höchst wunderlich!«, murmelte Holmes, indem er nochmals an der Klingel zog. »Einiges in diesem Zimmer ist wirklich ganz merkwürdig. Zum Beispiel muss ja der Baumeister ein vollkommener Narr gewesen sein, dass er ein Luftloch ins Nebenzimmer gemacht hat, während es geradeso gut ins Freie hinausgehen konnte.«

»Es stammt ebenfalls erst aus neuerer Zeit«, bemerkte das Fräulein.

»Wurde wohl zugleich mit dem Glockenzug angebracht?«

»Ja, damals hat man verschiedene kleine Änderungen vorgenommen.«

»Die recht interessanter Art sind – Scheinklingeln und Luftlöcher, die keine frische Luft zuführen. Mit Ihrer Erlaubnis, Miss Stoner, wollen wir jetzt unsere Besichtigung in Dr. Roylotts Zimmer fortsetzen.«

Dieses war größer als das vorige, aber ebenso einfach eingerichtet. Ein Feldbett, ein kleines Gestell mit Büchern, zumeist medizinischen Inhalts, ein Lehnstuhl neben dem Bett, ein einfacher Holzstuhl an der Wand, ein runder Tisch und ein großer eiserner Geldschrank fielen zunächst ins Auge. Holmes ging langsam durch das Zimmer und besichtigte ein Stück um das andere mit der schärfsten Aufmerksamkeit.

»Was ist hier drinnen?«, fragte er, an den Eisenschrank klopfend.

»Meines Stiefvaters Geschäftspapiere.«

»So! – Sie haben also schon hineingesehen?«

»Nur ein einziges Mal, vor Jahren. Es war nichts darin als Papiere, soviel ich mich erinnere.«

»Ist nicht vielleicht eine Katze drinnen?«

»Nein! Wie kommen Sie auf den sonderbaren Einfall?«

»Sehen Sie hierher.« Er nahm eine kleine Untertasse voll Milch von dem Schrank herunter, die oben gestanden hatte.

»Nein, wir halten keine Katze. Aber ein Leopard und ein Pavian sind im Haus.«

»Ja – so! Nun, ein Leopard ist ja eben nichts als eine große Katze, allerdings dürfte eine Untertasse voll Milch für seine Bedürfnisse nicht weit reichen. Nun möchte ich nur noch eines ergründen.« Damit kniete er vor den Holzstuhl hin und prüfte den Sitz mit größter Aufmerksamkeit.

»Danke. Das wäre also festgestellt«, sagte er, indem er aufstand und seine Lupe einsteckte. »Hallo! Da sehe ich noch etwas Interessantes!«

Der Gegenstand, der seinen Blick auf sich gezogen hatte, war eine kleine Hundepeitsche, die an der einen Ecke des Betts hing und deren Schnur so zusammengeknüpft war, dass sie eine runde Schleife bildete.

»Was halten Sie davon, Watson?«

»Das ist eine ganz gewöhnliche Hundepeitsche. Nur kann ich mir nicht denken, wozu die Schleife daran dienen soll.«

»Also ist sie doch nicht so ganz gewöhnlicher Art, nicht wahr? Ach ja, es ist eine schlechte Welt! Und am Allerschlimmsten ist es, wenn ein fähiger Kopf seine Gaben zu verbrecherischen Gedanken gebraucht. – Ich glaube, ich habe jetzt genug gesehen, Miss Stoner; wenn Sie erlauben, gehen wir wieder auf den Rasenplatz hinaus.«

Noch nie hatte ich meinen Freund mit so grimmiger Miene und so finster zusammengezogenen Brauen gesehen, als da wir den Schauplatz der Untersuchung verließen. Mehrmals gingen wir auf dem Grasplatz auf und ab, aber weder ich noch Miss Stoner mochten ihn durch eine Frage in seinen Gedanken stören, bis er selbst sich dem träumerischen Nachsinnen entriss.

»Es ist von höchster Wichtigkeit, Miss Stoner«, begann er endlich, »dass Sie meinem Rat in jeder Hinsicht strengstens Folge leisten.«

»Das werde ich auch unfehlbar tun.«

»Der Fall ist zu ernst, um die geringste Unschlüssigkeit zu gestatten. Ihr Leben hängt möglicherweise von Ihrem unbedingten Gehorsam ab.«

»Ich gebe mich Ihnen völlig in die Hände, verlassen Sie sich fest darauf.«

»Vor allem muss ich mit meinem Freund die Nacht in Ihrem Zimmer verbringen.«

Ganz verwundert starrten wir ihn beide an.

»Jawohl, das muss sein. Sie sollen gleich das Nähere darüber hören. Das da drüben ist doch das Dorfwirtshaus?«

»Jawohl, das ist die ›Krone‹.«

»Sehr gut. Sieht man Ihre Fenster von dort aus?«

»Gewiss.«

»Wenn Ihr Stiefvater heimkommt, müssen Sie Kopfweh vorschützen und sich in Ihr Zimmer einschließen. Sobald Sie dann hören, dass er sich zur Ruhe begeben hat, öffnen Sie die Riegel am Fenster und den Laden, stellen Ihre Lampe zum Zeichen für uns ans Fenster und ziehen sich dann in aller Stille in Ihr früheres Schlafzimmer zurück. Sie können sich doch sicherlich trotz der Bauarbeiten für eine Nacht darin einrichten.«

»O ja, ganz gut.«

»Das Weitere überlassen Sie uns.«

»Was haben Sie denn aber vor?«

»Wir werden die Nacht in Ihrem Zimmer verbringen, um dem Geräusch, das Sie so erschreckt hat, auf die Spur zu kommen.«

»Ich glaube, Mr Holmes, Sie haben sich bereits eine Ansicht gebildet«, sagte Miss Stoner und legte ihm die Hand auf den Arm.

»Kann wohl sein.«

»Dann entdecken Sie mir um des Himmels willen, was an dem Tod meiner Schwester schuld war.«

»Ich möchte gern erst noch sichere Beweise haben.«

»Wenigstens können Sie mir doch sagen, ob meine Ansicht zutrifft, dass sie an einem plötzlichen Schrecken gestorben ist.«

»Nein, das glaube ich nicht. Nach meiner Überzeugung lag wohl eine greifbarere Ursache vor. Nun aber, Miss Stoner, müssen wir Sie allein lassen; denn wenn Dr. Roylott zurückkäme und uns sähe, wäre unser ganzer Besuch umsonst gewesen. Leben Sie wohl und halten Sie sich tapfer; wenn Sie meinen Weisungen pünktlich nachkommen, dürfen Sie versichert sein, dass wir Ihnen die Gefahren, von denen Sie bedroht sind, bald aus dem Weg geräumt haben werden.«

Drüben in der ›Krone‹ verschafften wir uns im oberen Stockwerk zwei Zimmer, deren Fenster gerade zum Parktor und dem bewohnten Flügel des Herrenhauses hinüberschauten. In der Dämmerung kam Dr. Roylott angefahren; seine Riesengestalt ragte hoch empor neben dem schmächtigen Burschen, der den Wagen lenkte. Als derselbe das schwere Gittertor nicht ohne Weiteres aufbrachte, hörten wir den Doktor mit seiner heiseren Stimme auf ihn einschreien und sahen, wie er in der Wut die geballten Fäuste gegen ihn schüttelte. Das Wägelchen fuhr wieder davon, und einige Minuten darauf blitzte plötzlich aus einem der Wohnzimmer das Licht einer Lampe durch das Laubwerk herüber.

»Wissen Sie, Watson«, sagte Holmes, als wir in der zunehmenden Dunkelheit beisammen saßen, »es ist mir wirklich nicht ganz wohl dabei, dass ich Sie heute Nacht mitnehmen soll. Die Sache ist durchaus nicht ohne ernstliche Gefahr.«

»Kann ich dabei von Nutzen sein?«

»Ihre Gegenwart ist möglicherweise von ganz unbezahlbarem Wert.«

»Dann werde ich unfehlbar mitgehen.«

»Das ist sehr freundlich von Ihnen.«

»Sie sprechen von Gefahr. Offenbar haben Sie in den Zimmern mehr gesehen, als ich entdecken konnte.«

»Nein, ich habe wahrscheinlich nur mehr Schlüsse daraus abgeleitet. Gesehen haben Sie wohl geradeso viel wie ich.«

»Außer dem Klingelzug habe ich nichts Bemerkenswertes wahrgenommen. Zu welchem Zweck der aber dienen sollte, kann ich mir nicht vorstellen, das gestehe ich ehrlich.«

»Haben Sie auch das Luftloch gesehen?«

»Ja, aber ich meine, eine kleine Öffnung, die aus einem Zimmer ins andere führt, ist doch nichts so gar Ungewöhnliches. Sie ist ja so klein, dass kaum eine Ratte durchschlüpfen kann.«

»Ich wusste schon, ehe wir hierherkamen, dass wir ein solches Luftloch finden würden.«

»Aber, bester Holmes!«

»Sie erinnern sich gewiss, dass uns Miss Stoner berichtete, ihre Schwester habe Dr. Roylotts Zigarre gerochen. Nun, das brachte mich sogleich auf den Gedanken, dass zwischen den beiden Zimmern eine Verbindung bestehe. Natürlich konnte dieselbe nur klein sein, sonst wäre sie bei der gerichtlichen Untersuchung bemerkt worden; so kam ich zu dem Schluss, dass es sich um ein Luftloch handeln werde.«

»Aber was kann denn dabei Schlimmes sein?«

»Es ist doch zum Mindesten ein merkwürdiges Zusammentreffen, dass die Dame, die in ihrem Bett schläft, plötzlich stirbt, gerade nachdem man oben über demselben ein Luftloch angebracht und daneben einen Klingelzug befestigt hat. Kommt Ihnen das nicht auch auffallend vor?«

»Ich vermag noch immer nicht einzusehen, wie das alles zusammenhängen soll.«

»Haben Sie vielleicht etwas Besonderes an dem Bett bemerkt?«

»Nein.«

»Es ist am Fußboden angenagelt. Ist Ihnen das sonst schon jemals vorgekommen?«

»Nicht dass ich wüsste.«

»Die Dame konnte ihr Bett nicht von der Stelle rücken. Es musste also gerade unter dem Luftloch und dem Seil stehen bleiben – ein Seil müssen wir es doch eigentlich nennen, da es auf einen Klingelzug offenbar überhaupt nicht abgesehen war.«

»Holmes!«, rief ich aus. »Ich glaube, mir dämmert allmählich eine Ahnung auf, wohin Ihre Andeutungen zielen. Wir sind nur gerade zu rechter Zeit gekommen, um ein abgefeimtes, grässliches Verbrechen zu verhindern.«

»Jawohl, abgefeimt und grässlich! Wenn ein Arzt zum Verbrecher wird, tut er es allen anderen zuvor; denn er besitzt die nötigen Kenntnisse und hat starke Nerven. So war es zu allen Zeiten. Der Mensch, mit dem wir es zu tun haben, stellt zwar selbst seine berüchtigtsten Vorbilder in den Schatten, doch meine ich, Watson, wir dürfen es trotzdem mit ihm aufnehmen. Aber es warten unserer noch Schrecknisse genug, bevor die Nacht um ist; deshalb lassen Sie uns jetzt in aller Ruhe und Gemütlichkeit eine Pfeife zusammen rauchen und ein paar Stunden an etwas Heiteres denken.«

Etwa um neun Uhr erlosch der Lichtschein zwischen den Bäumen, und das Herrenhaus lag nun in tiefem Dunkel. Zwei Stunden waren langsam dahingeschlichen, als plötzlich, mit dem Schlag elf Uhr, ein einzelnes helles Licht gerade uns gegenüber aufblitzte.

»Das ist das Zeichen für uns«, sagte Holmes aufspringend. »Es kommt aus dem Mittelfenster.«

Beim Verlassen des Hauses kündigten wir dem Wirt mit ein paar Worten an, dass wir noch einen späten Besuch bei einem

Bekannten machen wollten, wo wir möglicherweise auch die Nacht zubringen würden. Im nächsten Augenblick blies uns bereits der kalte Wind auf der finsteren Landstraße ins Gesicht, und der Lichtschein vom Herrenhaus war nun unser einziger Leitstern auf dem dunklen, unheimlichen Pfad.

In die Anlagen hineinzukommen kostete uns wenig Mühe, denn in der alten Umfassungsmauer gähnten an mehreren Stellen weite Lücken. Wir hielten uns unter den Bäumen, bis wir auf dem Grasplatz waren. Eben hatten wir diesen überschritten und waren im Begriff, durch das Fenster einzusteigen, als aus dem dichten Lorbeergebüsch ein Wesen hervorschoss, das einem hässlichen, missgestalteten Kind ähnlich sah. Zuerst ließ es sich unter allerlei Gliederverrenkungen auf den Rasen niederfallen, dann rannte es eiligst über den Rasen davon und verschwand in der Dunkelheit.

»Mein Gott«, flüsterte ich, »haben Sie es gesehen?«

Holmes war im ersten Augenblick nicht minder erschrocken als ich selbst. In seiner Aufregung presste er mir das Handgelenk zusammen, dass ich hätte aufschreien mögen. Dann aber brach er in ein unterdrücktes Lachen aus und legte seine Lippen an mein Ohr.

»Eine nette Wirtschaft«, flüsterte er. »Das ist ja der Pavian.«

Ich hatte die absonderlichen Liebhabereien des Herrn Doktors ganz vergessen. Ein Leopard war ja auch noch da und konnte uns jeden Augenblick auf den Schultern sitzen. Ich gestehe, dass ich mich etwas erleichtert fühlte, als ich mich im Innern des Schlafzimmers befand, nachdem ich zuvor, dem Beispiel meines Freundes folgend, die Schuhe ausgezogen hatte. Dieser schloss nun geräuschlos die Läden, stellte die Lampe auf den Tisch und ließ dann seinen Blick im Zimmer umherschweifen. Es war noch alles genau so, wie wir es bei Tag gesehen hatten. Dann schlich er auf den Zehen zu mir und flüsterte durch die hohle Hand so leise, dass ich ihn nur gerade verstehen konnte:

»Das geringste Geräusch würde unser Vorhaben zunichtemachen.«

Ich nickte, zum Zeichen, dass ich verstanden habe.

»Wir dürfen die Lampe nicht brennen lassen. Er würde das Licht durch das Luftloch sofort bemerken.«

Ich nickte wieder.

»Schlafen Sie nur nicht ein – es könnte Sie das Leben kosten. Halten Sie Ihre Pistole für den Notfall bereit; ich will mich auf das Bett setzen, und Sie nehmen den Stuhl dort.«

Ich zog meinen Revolver aus der Tasche und legte ihn auf den Tischrand.

Holmes hatte eine lange dünne Gerte mit hereingebracht, die er nun neben sich auf das Bett legte, nebst einer Zündholzschachtel und einem Lichtstümpfchen. Dann schraubte er den Docht der Lampe herunter, und wir saßen im Dunkeln.

Wie könnte ich diese entsetzliche Wache je vergessen? Kein Laut, nicht der leiseste Atemzug war vernehmbar, und doch wusste ich, dass mein Begleiter kaum ein paar Schritte von mir mit offenen Augen in derselben Erregung und Spannung aller Nerven dasaß wie ich selbst. Die Läden ließen nicht den kleinsten Lichtstrahl durch, und die Finsternis, die uns umgab, war undurchdringlich. Draußen ließ sich von Zeit zu Zeit der Schrei eines Nachtvogels und einmal auch, gerade vor unserem Fenster, ein langgezogenes katzenartiges Wimmern hören, das uns bewies, dass der Leopard wirklich frei umherlief. Aus weiter Ferne klangen die tiefen Töne der Kirchenuhr herüber, die alle Viertelstunden schlug. Wie lang wurden sie uns, diese Viertelstunden! Es schlug zwölf, eins, zwei, drei – und noch immer saßen wir da und harrten stumm der Dinge, die da kommen sollten.

Plötzlich blitzte an dem Luftloch ein flüchtiger Lichtschein auf, der sofort wieder verschwand, während sich nun ein ausgesprochener Geruch von brennendem Öl und erhitztem Metall bemerkbar machte. Es hatte jemand im Nebenzimmer eine Blendlaterne angezündet. Ich hörte etwas leise sich bewegen, und dann war wieder alles still, während der Geruch immer stärker wurde. Eine halbe Stunde saßen wir so mit lauschendem Ohr. Nun ließ sich mit einem Mal ein anderer Laut vernehmen – ein ganz leises, sanftes Pfeifen, wie wenn ein dünner Dampfstrahl längere Zeit aus einem Kessel ausströmt.

Augenblicklich sprang Holmes vom Bett auf, zündete ein Streichholz an und hieb mit seiner Gerte wütend auf den Klingelzug los.

»Sie sehen es doch, Watson?«, rief er. »Sie sehen es?«

Aber ich sah nichts. In dem Augenblick, als Holmes Licht machte, vernahm ich zwar ein sanftes, helles Pfeifen, aber bei der plötzlichen Helle, die meine müden Augen traf, war ich nicht imstande zu unterscheiden, auf was mein Freund so grimmig hineinschlug. Doch bemerkte ich wohl, dass er totenblass war und Entsetzen und Abscheu sich in seinen Zügen malten.

Jetzt hatte er aufgehört zu schlagen und blickte noch zu dem Luftloch empor, als plötzlich aus der nächtlichen Stille der schauerlichste Schrei hervordrang, den ich je vernommen habe. Immer lauter und lauter schwoll derselbe an; Schmerz, Angst und Wut – das alles klang vereint aus dem grässlichen, heiseren Laut an unser Ohr. Weit drunten im Dorf, ja sogar in dem entlegenen Pfarrhaus fuhren – so sagte man uns später – bei dem Schrei die Schläfer von ihrem Lager auf. Uns stockte vor Entsetzen der Atem, und starr blickten wir einer den anderen an, bis auch der letzte Widerhall in der tiefen Stille erstorben war.

»Was mag das bedeuten?«, brachte ich mühsam hervor.

»Das bedeutet, dass alles vorüber ist«, gab Holmes zur Antwort, »und vielleicht ist es schließlich am besten so. Nehmen Sie Ihre Pistole zur Hand, dann wollen wir uns in Dr. Roylotts Zimmer begeben.«

Mit leichenblassem Gesicht steckte er die Lampe an und schritt voran auf den Gang hinaus. Zweimal klopfte er an des Doktors Zimmertür, ohne von drinnen Antwort zu erhalten. Nun drückte er die Klinke auf und trat ein, ich mit gespannter Pistole dicht hinter ihm.

Ein eigentümlicher Anblick bot sich hier unseren Augen. Auf dem Tisch stand eine Blendlaterne, aus deren halbgeöffnetem Türchen ein greller Lichtstrahl auf den Eisenschrank fiel, dessen Tür weit offen stand. Neben dem Tisch auf dem Holzstuhl saß Dr. Roylott in einem langen grauen Schlafrock, aus dem unten seine bloßen Knöchel hervorschauten, während seine Füße in roten türkischen Pantoffeln steckten. Auf seinem Schoß lag die Hundepeitsche mit der langen Schleife, die uns am Tag in die Augen gefallen war. Sein Kinn war aufwärtsgezogen, und seine glasigen Augen starrten schauerlich nach einer Ecke der Stubendecke empor. Um die Stirn hatte er ein eigentümliches gelbes Band mit bräunlichen Tupfen, das anscheinend fest um seinen Kopf gewunden war. Bei unserem Eintreten gab er keinen Laut von sich und rührte sich nicht.

»Das Band! Das getupfte Band!«, flüsterte Holmes.

Ich tat einen Schritt vorwärts. Auf einmal begann der eigentümliche Kopfschmuck sich zu bewegen, und mitten aus den Haaren des Dasitzenden erhob sich der platte, spitzige Kopf und der aufgeblasene Hals einer gräulichen Schlange.

»Es ist eine Sumpfotter!«, rief Holmes aus. »Die giftigste aller indischen Schlangen. Zehn Sekunden nach ihrem Biss lebte er schon nicht mehr. Hier ist in Wahrheit die Missetat auf ihren Urheber zurückgefallen, und der Verbrecher stürzte selbst in die Grube, die er anderen gegraben. Wir wollen das Tier vor allem wieder in seinen Behälter tun; dann können wir Miss Stoner nach einem sicheren Zufluchtsort bringen und die Behörde von dem Vorgefallenen in Kenntnis setzen.«

Bei diesen Worten nahm er die Peitsche geschwind der Leiche vom Schoß, warf die Schleife der Schlange um den Hals und zog sie von ihrem struppigen Lager weg. Dann trug er sie auf Armeslänge vor sich her zum Schrank und verschloss diesen wieder.

Dies ist der wahre Hergang beim Tod des Dr. Grimesby Roylott von Stoke Moran. Die gegenwärtige Erzählung hat sich bereits über Gebühr ausgedehnt; ich will es mir deshalb ersparen, noch ausführlich zu berichten, wie wir die traurige Kunde dem entsetzten Mädchen mitteilten, als wir es mit dem Frühzug in die Obhut der guten Tante nach Harrow brachten, und wie die Behörde auf dem Weg ihres langsamem Verfahrens endlich zu dem Schluss gelangte, dass der Doktor sein plötzliches Lebensende durch unvorsichtiges Spielen mit einem gefährlichen Lieblingstier verschuldet habe. Das wenige, was ich über den Fall noch weiter erfuhr, teilte mir Holmes unterwegs auf der Heimfahrt am nächsten Tag mit.

»Ich war«, erklärte er mir, »zu einer gänzlich irrigen Schlussfolgerung gelangt, woraus Sie sehen, wie gefährlich es stets ist, mein lieber Watson, seine Schlüsse auf ungenügender Grundlage aufzubauen. Die Anwesenheit der Zigeuner und die doppelsinnige Äußerung der unglücklichen Julia, durch die sie zweifellos den Eindruck bezeichnen wollte, den die Gestalt der Schlange im Schein des Zündhölzchens auf ihr Auge gemacht hatte, genügten, um mich auf eine völlig falsche Spur zu bringen. Ich kann nur das Verdienst für mich in Anspruch nehmen, dass ich augenblicklich davon abging, als mir klarwurde, dass die Gefahr, welche der Bewohnerin des Zimmers drohte – dieselbe mochte im Übrigen sein, welcher Art sie wollte –, weder durch die Tür noch durch das Fenster nahen könne. Sofort fiel mir nun das Luftloch auf mit dem Klingelzug daneben, der auf das Bett herabhing. Als ich sodann entdeckte, dass es gar keine Klingel war, und ich das Bett am Boden befestigt fand, erwachte in mir augenblicklich der Verdacht, dass das Seil nur dazu diene, um irgendetwas durch das Luftloch an demselben auf das Bett herunterzulassen. Sofort dachte ich an eine Schlange; hielt ich mir dann dazu weiter vor Augen, dass der Doktor sich beständig Tiere aus Indien schicken ließ, glaubte ich wirklich annehmen zu dürfen, dass ich mich nun auf der richtigen Spur befand. Der Gedanke, sich einer Art von Gift zu bedienen, das sich durch keinerlei chemische Untersuchung nachweisen ließ, war einem Menschen mit den Kenntnissen und der Gewissenlosigkeit des Doktors, der lange im Orient gelebt hatte, ganz besonders zuzutrauen. Die rasche Wirkung eines solchen Gifts musste ihm von seinem Standpunkt aus ebenfalls höchst erwünscht sein. Der Leichenbeschauer hätte fürwahr ein scharfes Auge haben müssen, um die zwei winzigen dunklen Pünktchen – die einzige Spur, die der Biss der Giftzähne hinterließ – wahrzunehmen. Dann dachte ich über das Pfeifen nach. Er musste doch die Schlange natürlich wieder zurückrufen, ehe es hell wurde, damit das Opfer dieselbe nicht erblicken konnte. Deshalb hatte er sie, wahrscheinlich mittels der Milch, die wir bei ihm vorfanden, so abgerichtet, dass sie auf seinen Pfiff zu ihm kam. Zur geeignetsten Zeit ließ er sie allemal durch das Luftloch hinüberschlüpfen; er konnte sich darauf verlassen, dass sie an dem Klingelzug auf das Bett hinunterkroch. Ob sie die Schlafende sofort beißen würde, war allerdings nicht sicher; möglich, dass diese eine ganze Woche lang der Gefahr Nacht für Nacht entging; aber früher oder später musste sie doch zum Opfer fallen.

Zu diesen Schlussfolgerungen war ich bereits gelangt, ehe ich noch des Doktors Zimmer überhaupt betreten hatte. An seinem Stuhl sah ich dann, dass er sich regelmäßig daraufzustellen pflegte; natürlich, denn er hätte ja sonst nicht zu dem Luftloch hinaufzureichen vermocht. Der Anblick des eisernen Schranks, der Untertasse mit Milch und der Schlinge an der Peitschenschnur genügte dann vollends, um jeden noch etwa möglichen Zweifel bei mir zu verscheuchen. Der metallene Klang, den Miss Stoner hörte, rührte offenbar von der Tür des Schranks her, den ihr Vater hinter seiner grausigen Bewohnerin hastig zuschlug. Welche Schritte ich dann tat und wie sehr sich die Richtigkeit meiner Auffassung bestätigt hat, ist Ihnen zur Genüge bekannt. Sobald ich die Schlange zischen hörte, was Sie ohne Zweifel gleichfalls gehört haben, machte ich augenblicklich Licht und ging auf sie los …«

»Was zur Folge hatte, dass sie sich schleunigst durch das Luftloch davonmachte.«

»Und zur weiteren Folge, dass sie sich drüben auf ihren Herrn stürzte. Ein paar von den Hieben mit meiner Gerte saßen ganz gehörig; dadurch erwachte bei der Schlange ihre natürliche Bösartigkeit, sodass sie auf den Nächstbesten losging. Insofern trage ich zweifellos mittelbar die Schuld an des Doktors Tod, aber ich glaube kaum, dass sie mein Gewissen sonderlich schwer bedrücken wird.«

Die verschwundene Braut

Lord St. Simons Hochzeit mit ihrem merkwürdigen Ausgang fesselt schon längst nicht mehr das Interesse der hohen Kreise, in denen sich der unglückliche Bräutigam bewegt. Andere Aufsehen erregende Ereignisse haben dieses Thema verdrängt und bilden mit ihren pikanteren Einzelheiten nunmehr den Gesprächsstoff an Stelle jenes Dramas, das sich bereits vor vier Jahren abgespielt hat. Ich darf wohl als ausgemacht annehmen, dass die bezüglichen Tatsachen dem großen Publikum niemals im Zusammenhang mitgeteilt worden sind. Da nun aber mein Freund Sherlock Holmes an der Aufklärung des Falles bedeutenden Anteil hat, sollte nach meiner Überzeugung in einer Darstellung seines Wirkens, die nur irgendwie auf Vollständigkeit Anspruch machen will, eine kurze Skizze dieses merkwürdigen Vorfalls nicht fehlen.

Es war wenige Wochen vor meiner eigenen Hochzeit, während ich noch mit Holmes in der Baker Street zusammenwohnte, als dieser eines Nachmittags beim Nachhausekommen einen Brief an seine Adresse auf dem Tisch vorfand. Ich hatte den ganzen Tag das Haus nicht verlassen, denn das Wetter war plötzlich regnerisch geworden; dabei wehte ein scharfer Herbstwind, und die Flintenkugel in meinem Bein, die ich als Andenken aus dem afghanischen Feldzug heimgebracht habe, quälte mich mit empörender Hartnäckigkeit. In einem bequemen Stuhl sitzend hatte ich die Beine auf einem zweiten Stuhl ausgestreckt und mich in einen ganzen Berg von Zeitungen vergraben, bis ich zuletzt die Tagesneuigkeiten satt bekam und die Blätter sämtlich beiseiteschob. Während ich nun so in verdrossener Stimmung dalag, betrachtete ich mit träger Neugier das mächtige Wappen und Monogramm, das auf dem Umschlag des vor mir liegenden Briefes prangte und fragte mich, wer wohl der adlige Briefschreiber sein möchte.

»Da liegt ein höchst vornehmer Brief für Sie«, rief ich meinem Freund bei seinem Eintritt entgegen. »Ihre Briefe heute früh waren von einem Fischhändler und einem Zolleinnehmer, wenn ich mich recht erinnere.«

»Ja, mein Briefwechsel besitzt entschieden den Reiz der Abwechslung«, erwiderte er lächelnd, »und je weniger vornehm, desto interessanter sind sie in der Regel. Das da sieht gerade aus wie eine jener unwillkommenen gesellschaftlichen Einladungen, die einen entweder zu einer Marter oder zu einer Lüge verdammen.« Er erbrach das Siegel und überflog den Inhalt. »Warten Sie, das kann am Ende etwas ganz Interessantes geben«, rief er nun plötzlich.

»Also nichts Gesellschaftliches?«

»Nein, durchaus geschäftlich.«

»Und von vornehmer Seite?«

»Von einer der vornehmsten Personen in ganz England.«

»Nun, ich gratuliere Ihnen, mein lieber Freund.«

»Ich versichere Ihnen, Watson, es ist keine Ziererei, wenn ich sage, dass ich auf den gesellschaftlichen Rang meiner Kunden nicht so viel Wert lege wie auf das Interesse, das die Fälle bieten. Übrigens ist es wohl möglich, dass es bei dieser neuen Aufgabe auch an dem Letzteren nicht fehlt. Sie haben doch in diesen Tagen die Zeitungen genau durchgelesen, nicht wahr?«

»Na, und ob!«, erwiderte ich in kläglichem Ton und deutete dabei auf einen mächtigen Stoß, der in einer Ecke aufgehäuft lag; »ich habe ja sonst nichts zu tun gehabt.«

»Nun, das ist ein Glück, dann können Sie mir vielleicht Auskunft geben. Ich lese nichts als die Kriminalberichte und den Briefkasten. Aus Letzterem erfährt man doch wenigstens immer etwas. Aber wenn Sie die neuesten Ereignisse so genau verfolgt haben, müssen Sie wohl auch etwas über Lord St. Simon und seine Hochzeit gelesen haben?«

»Oh ja, und zwar mit dem lebhaftesten Interesse.«

»Das ist schön. Der Brief hier ist von Lord St. Simon. Ich will ihn Ihnen vorlesen, und dafür müssen Sie die Zeitungen noch einmal durchgehen und mir alles zusammensuchen, was sich auf die Angelegenheit bezieht. Er schreibt:

›Mein lieber Mr Sherlock Holmes – Lord Backwater sagt mir, dass ich Ihrem Scharfsinn und Ihrer Verschwiegenheit unbedingtes Vertrauen schenken dürfe. Ich habe mich daher entschlossen, bei Ihnen vorzusprechen und nur Ihren Rat in Beziehung auf das höchst schmerzliche Ereignis zu erbitten, das sich bei Gelegenheit meiner Hochzeit zugetragen hat. Mr Lestrade von der Geheimpolizei ist zwar in der Sache bereits tätig; allein er hat, wie er mir versichert, gegen Ihre Mitwirkung nicht nur nichts einzuwenden, sondern verspricht sich sogar Nutzen davon. Ich gedenke mich um vier Uhr heute Nachmittag bei Ihnen einzufinden und hoffe, dass Sie etwaige anderweite Verpflichtungen auf später verschieben werden, da die vorliegende Angelegenheit von allerhöchster Wichtigkeit ist. – Ihr aufrichtiger

St. Simon.‹

Der Brief ist aus Schloss Grosvenor datiert und mit einer Kielfeder geschrieben, wobei dem edlen Lord das Missgeschick begegnet ist, einen Tintenklecks außen an seinen rechten kleinen Finger zu bringen«, bemerkte Holmes, während er das Schreiben zusammenfaltete.

»Er sagt vier Uhr. Jetzt ist es drei. In einer Stunde ist er da.«

»Bis dahin habe ich gerade noch Zeit, mich mit Ihrer Hilfe in der Sache aufs Laufende zu bringen. Sehen Sie die Zeitungen durch und ordnen die bezüglichen Artikel nach ihrer Reihenfolge, unterdessen will ich einmal feststellen, wer unser Klient eigentlich ist.« Er nahm ein rotgebundenes Nachschlagebuch von dem Bücherbrett neben dem Kamin. »Da haben wir ihn ja«, sagte er, indem er sich niederließ und das Buch aufgeschlagen über seine Knie legte. »Lord Robert Walsingham de Bere St. Simon, zweiter Sohn des Herzogs von Balmoral – Hm! Wappen blau, drei Stachelnüsse im Mittelfeld über einem schwarzen Querbalken. Geboren 1846. Also 41 Jahre alt, mithin eben nicht mehr zu jung zum Heiraten. War früher Unterstaatssekretär im Kolonialamt. Der Herzog, sein Vater, war ehemals Minister der auswärtigen Angelegenheiten. Stammen in gerader Linie von den Plantagenets und weiblicherseits von den Tudors ab. Ha! – Nun, nach alledem sind wir nicht viel gescheiter als zuvor. Ich muss mich, scheint es, an Sie halten, Watson, wenn ich etwas Ausgiebigeres erfahren will.«

»Es war keine große Mühe, zu finden, was ich suche«, versetzte ich, »denn die Ereignisse sind neuesten Datums, und der merkwürdige Fall fesselte gleich meine Aufmerksamkeit. Trotzdem nahm ich Abstand, Ihnen darüber zu berichten, denn ich wusste, dass Sie gerade mit einer Untersuchung beschäftigt waren und es nicht gerne sehen, wenn man Ihnen mit etwas anderem dazwischenkommt.«

»Ach, der Fall, den Sie meinen, ist bereits vollständig erledigt und war eigentlich von vornherein ganz klar. Bitte lesen Sie mir nun vor, was Sie gefunden haben.«

»Dies hier ist die erste Notiz, die ich finden kann. Sie stand, wie Sie sehen, vor ein paar Wochen in der ›Morning Post‹ unter den Personalnachrichten. ›Lord Robert St. Simon‹, heißt es da, ›zweiter Sohn des Herzogs von Balmoral, beabsichtigt, sich mit Miss Hatty Doran, einziger Tochter des Mr Aloysius Doran aus San Francisco in Kalifornien, ehelich zu verbinden, und zwar soll dem allgemein verbreiteten Gerücht zufolge die Vermählung in allernächster Zeit stattfinden.‹ Das ist alles.«

»Klipp und klar«, bemerkte Holmes darauf, indem er seine Beine vor dem Kaminfeuer ausstreckte.

»In derselben Woche stand noch ein eingehender Artikel in einer der Zeitungen der vornehmen Welt. Ach, da ist er ja:

›In Heiratssachen wird man wohl nächstens einen Schutzzoll für unsere heimischen Erzeugnisse verlangen, die allem Anschein nach durch die dermaßen in Geltung stehenden freihändlerischen Grundsätze stark geschädigt werden. Eine der britischen Adelsfamilien um die andere beugt sich dem häuslichen Zepter unserer hübschen überseeischen Stammverwandten. Die Zahl der Siegespreise, die diese reizenden Eroberinnen davongetragen haben, hat in verflossener Woche einen ganz gewichtigen Zuwachs erfahren. Lord St. Simon, der sich seit mehr als zwanzig Jahren gegenüber den Pfeilen des kleinen Gottes als unverwundbar gezeigt hatte, kündigt nunmehr seine baldige eheliche Verbindung mit Miss Hatty Doran, der reizenden Tochter eines kalifornischen Millionärs mit Bestimmtheit an. Miss Doran, deren anmutige Erscheinung und blendend schöne Züge bei den Festlichkeiten in Westbury House großes Aufsehen erregten, ist ein einziges Kind, und ihre Mitgift wird, wie man sich allgemein erzählt, mehr als eine Million betragen, abgesehen von dem, was ihr noch für später in Aussicht steht. Da es ein öffentliches Geheimnis ist, dass sich der Herzog im Laufe der letzten Jahre genötigt sah, seine Gemälde zu verkaufen, und Lord St. Simon außer dem kleinen Gut Birchmoor keinen eigenen Grundbesitz hat, so liegt es auf der Hand, dass die kalifornische Erbin nicht allein die Gewinnende bei dieser Verbindung ist, durch welche eine einfache Republikanerin auf so bequeme und nicht ungewöhnliche Art zur Angehörigen des höchsten britischen Adels erhoben wird.‹«

»Sonst noch etwas?«, fragte Holmes gähnend.

»Oh freilich; die Hülle und Fülle. Es kommt dann noch eine Notiz in der ›Morning Post‹ des Inhalts, dass die Hochzeit in aller Stille und zwar in der St. George's Church stattfinden, dass nur ein halbes Dutzend der nächsten Bekannten Einladungen erhalten und dass die Gesellschaft sich danach wieder zu dem von Mr Aloysius Doran gemieteten Haus in Lancastergate begeben werde. Zwei Tage darauf – also vorigen Mittwoch – kommt dann eine kurze Bemerkung, dass die Hochzeit stattgefunden habe und das junge Paar die Flitterwochen auf Lord Backwaters Besitzung bei Petersfield zu verbringen gedenke. Dies ist alles, was die Zeitungen vor dem Verschwinden der jungen Frau über die Sache gebracht haben.«

»Vor was?«, fragte Holmes, hoch aufhorchend.

»Vor dem Verschwinden der jungen Frau.«

»Wann verschwand sie denn?«

»Beim Hochzeitsmahl.«

»Wirklich? Nun, die Sache lässt sich ja weit interessanter an als es den Anschein hatte; das ist ja hochdramatisch.«

»Ja. Ich war ganz überrascht; ein Fall wie dieser kommt nicht gerade alle Tage vor.«

»Vor der Trauung verschwinden sie oft und viel, gelegentlich kommt es auch einmal während der Flitterwochen vor; aber einen Fall, wo es nach der Trauung mit dem Verschwinden so große Eile hatte, habe ich wirklich noch nicht erlebt. Bitte lassen Sie mich den genauen Bericht hören.«

»Ich will Ihnen nur gleich im Voraus sagen, dass er sehr unvollständig ist.«

»Nun, dem können wir ja vielleicht abhelfen.«

»Die Nachricht steht in einem der gestrigen Morgenblätter. Ich will Ihnen den Artikel vorlesen; er trägt die Überschrift ›Merkwürdiger Vorfall bei einer vornehmen Hochzeit‹ und lautet:

›Die Familie Lord Robert St. Simons ist durch die rätselhaften und bedauerlichen Vorfälle, die sich bei dessen Hochzeit zugetragen haben, in die größte Bestürzung versetzt worden. Die kirchliche Feier fand, wie gestern bereits kurz mitgeteilt wurde, am gestrigen Vormittag statt; allein es war erst jetzt möglich, den sonderbaren Gerüchten, die sich so hartnäckig an das Ereignis knüpften, auf den Grund zu kommen. Die Angelegenheit, welche die Näherstehenden vergeblich zu vertuschen suchten, hat die öffentliche Aufmerksamkeit in solchem Grad erregt, dass es keinen vernünftigen Zweck mehr haben könnte, Dinge totschweigen zu wollen, die in jedermanns Munde sind.

Die Feier in der St. George's Church hielt sich im engsten Kreis. Es waren nur zugegen der Vater der Braut, Mr Aloysius Doran, die Herzogin von Balmoral, Lord Backwater, Lord Eustachius und Lady Clara St. Simon (die jüngeren Geschwister des Bräutigams) sowie Lady Alicia Whittington. Die ganze Gesellschaft begab sich darauf in Mr Aloysius Dorans Haus in Lancastergate, wo das Festmahl bereitstand. Eine Störung verursachte, wie es scheint, dabei eine weibliche Person, deren Name sich nicht hat feststellen lassen; sie versuchte unter dem Vorgeben, dass sie Ansprüche an Lord St. Simon habe, hinter der Gesellschaft gewaltsam in das Hans einzudringen und konnte nur nach einem längeren peinlichen Auftritt durch zwei Diener fortgebracht werden. Die Braut, welche das Haus glücklicherweise vor diesem unliebsamen Zwischenfall betreten hatte, saß mit der übrigen Gesellschaft zu Tisch, als sie plötzlich über Übelbefinden klagte und sich auf ihr Zimmer zurückzog. Als ihre längere Abwesenheit aufzufallen begann, ging der Vater ihr nach, erfuhr jedoch von dem Kammermädchen, seine Tochter sei nur einen Augenblick auf ihr Zimmer gekommen, habe einen Mantel umgeworfen, den Hut aufgesetzt und darauf eilends das Haus verlassen. Ein Lakai sagte aus, er habe allerdings eine Dame in dem eben beschriebenen Anzug das Haus verlassen sehen, ohne jedoch an die Möglichkeit zu denken, dass es seine Herrin sein könne, da er geglaubt habe, sie befinde sich bei der Gesellschaft. Sobald festgestellt war, dass die Braut wirklich verschwunden sei, setzten sich Mr Aloysius Doran und der Bräutigam augenblicklich mit der Polizei in Verbindung, und es sind die eifrigsten Nachforschungen im Gang, welche vermutlich bald Licht in diese höchst merkwürdige Geschichte bringen werden. Bis gestern Abend in später Stunde war übrigens von dem Verbleib der Vermissten noch nichts bekannt geworden. Man spricht davon, dass es bei der Sache nicht mit rechten Dingen zugehe; auch soll die Polizei die Festnahme der Frauensperson veranlasst haben, welche die erste Störung herbeigeführt hatte, in der Annahme, dass dieselbe aus Eifersucht oder irgendeinem anderen Beweggrund dem merkwürdigen Verschwinden der Braut beteiligt sein könnte.‹«

»Und ist das alles?«

»Nur eine kleine, aber wichtige Notiz steht noch in einem anderen Morgenblatt.«

»Und was enthält sie?«

»Dass Miss Flora Millar, die Störerin der Hochzeitsfeier, wirklich festgenommen ist. Es scheint, dass dieselbe früher Tänzerin am Allegrotheater war und mit dem Bräutigam einige Jahre lang ein Verhältnis unterhielt. Weitere Einzelheiten sind nicht erwähnt, und wir hätten nun das ganze, auf den Fall bezügliche Material beisammen – soweit es in der Tagespresse besprochen worden ist.«

»Und ein äußerst interessanter Fall scheint es zu sein, um den ich für alles in der Welt nicht kommen möchte. Aber da klingelt es, Watson; und da die Uhr einige Minuten nach vier zeigt, so dürfen wir sicher sein, dass das unser vornehmer Besuch ist. Lassen Sie sich nur nicht einfallen, Watson, fortgehen zu wollen, es ist mir viel lieber, ich habe einen Zeugen; wäre es auch nur zur Unterstützung meines Gedächtnisses.«

»Lord Robert St. Simon«, meldete unser kleiner Diener, indem er die Tür weit aufmachte. Ein Herr trat ein mit feinen, angenehmen Zügen, vorspringender Nase und blasser Farbe: Er hatte einen vielleicht etwas hochmütigen Ausdruck um den Mund und den festen, offenen Blick eines Mannes, dem das angenehme Los zuteilgeworden ist, stets befehlen zu dürfen und jederzeit Gehorsam zu finden. Sein Wesen war lebhaft, und doch machte seine ganze Erscheinung keinen jugendlichen Eindruck mehr, denn er hielt sich ein klein wenig vorgeneigt und sank beim Gehen etwas in die Knie. Als er den hochkrempigen Hut abnahm, zeigte sich auch sein Haar ringsum an den Spitzen ergraut und auf dem Scheitel dünn. Sein Anzug war von einer fast stutzerhaften Eleganz: hoher Kragen, schwarzer Gehrock, weiße Weste, gelbe Handschuhe, Lackstiefel und helle Gamaschen. Er trat mit gemessenem Schritt ein, drehte dabei den Kopf von einer Seite zur anderen und ließ den goldenen Nasenklemmer um seine rechte Hand tanzen.

»Guten Tag, Lord St. Simon«, sagte Holmes, indem er aufstand und sich verbeugte; »bitte nehmen Sie Platz im Sessel. Dies ist mein Freund und Kollege, Dr. Watson. Setzen Sie sich etwas näher zum Feuer, dann wollen wir die Angelegenheit besprechen.«

»Eine höchst peinliche Sache für mich, wie Sie sich leicht vorstellen können, Mr Holmes. Der Schlag hat mich bis ins Mark getroffen. Man sagt mir, dass Sie schon mehr heikle Fälle dieser Art unter den Händen gehabt haben, jedoch wohl kaum aus denselben Kreisen.«

»Nein, aus weit vornehmeren.«

»Wie sagten Sie, bitte?«

»Mein letzter Klient dieser Art war ein König.«

»Oh wirklich! Davon hatte ich keine Ahnung. Und welcher König war das?«

»Der König von Schweden und Norwegen.«

»Was? War ihm auch seine Frau abhanden gekommen?«

»Sie werden begreifen«, erwiderte Holmes in sanftem Ton, »dass ich die Verschwiegenheit, die ich Ihnen in Ihren Angelegenheiten zusichere, in gleicher Weise auch meinen übrigen Klienten gegenüber beachten muss.«

»Natürlich! Ganz recht! Ganz recht! Bitte sehr um Vergebung. Was meinen eigenen Fall betrifft, so bin ich bereit, Ihnen jeden Aufschluss zu geben, der Ihnen förderlich sein kann.«

»Danke. Was in den Tagesblättern darüber steht, weiß ich bereits alles, aber sonst nichts. Ich setze voraus, dass ich deren Inhalt als richtig annehmen darf – so zum Beispiel auch den Artikel, der sich auf das Verschwinden der Braut bezieht.«

Lord St. Simon überflog denselben. »Allerdings; was darin steht, ist richtig.«

»Doch bedarf er noch der Vervollständigung, bevor man sich eine Ansicht in der Sache zu bilden vermag. Ich glaube, ich könnte mir das nötige Material am besten verschaffen, wenn ich Ihnen direkt Fragen stellte.«

»Bitte, tun Sie das nur.«

»Wann trafen Sie zum ersten Mal mit Miss Doran zusammen?«

»In San Francisco, vor einem Jahr.«

»Sie befanden sich damals auf einer Reise in den Vereinigten Staaten? Verlobten Sie sich damals schon?«

»Nein.«

»Aber Sie standen auf freundschaftlichem Fuß mit ihr?«

»Ich fand Vergnügen an ihrer Gesellschaft, und sie konnte auch wohl merken, dass dies der Fall war.«

»Ihr Vater ist sehr reich?«

»Er gilt als der reichste Mann an der ganzen Westküste.«

»Und womit verdiente er sein Geld?«

»Mit Bergbau. Vor wenigen Jahren war er noch ohne Vermögen. Dann stieß er auf Gold und machte dabei so glänzende Geschäfte, dass er mit Riesenschritten vorwärtskam.«

»Nun, und was ist Ihr Eindruck von dem Charakter der jungen Dame – Ihrer Gemahlin?«

Der Edelmann ließ seinen Klemmer noch etwas rascher tanzen und blickte starr in das Kaminfeuer. »Sehen Sie, Mr Holmes«, begann er, »meine Gemahlin war schon zwanzig Jahre alt, ehe ihr Vater ein reicher Mann wurde. Bis dahin war sie in einem Goldgräberdorf frei umhergelaufen und durch Wälder und Berge geschweift, sodass ihre Erziehung mehr auf Rechnung der Natur als des Schulmeisters zu setzen ist. Sie ist, was man einen Wildfang nennt, eine starke, ungestüme, freie, durch keinerlei alte Überlieferung beengte Natur. Sie ist rasch fertig mit ihrem Urteil und kennt keine Furcht, wenn es gilt, ihre Entschlüsse auszuführen. Auf der anderen Seite würde ich ihr nicht den Namen gegeben haben, den ich die Ehre habe zu tragen«, hier ließ er ein kurzes vornehmes Hüsteln hören, »hätte ich sie nicht für ein durchaus edel geartetes Wesen gehalten. Ich glaube, dass sie heroischer Aufopferung fähig ist und dass jede Spur von Unehrenhaftigkeit ihr fern liegt.«

»Besitzen Sie ihre Fotografie?«

»Dies hier habe ich bei mir.« Damit öffnete er ein Etui und ließ uns ein äußerst einnehmendes, weibliches Bildnis sehen. Es war keine Fotografie, sondern eine Miniaturmalerei auf Elfenbein, in welcher der Künstler das glänzend schwarze Haar, die großen dunklen Augen, den ausgesucht schönen Mund zu voller Wirkung zu bringen gewusst hatte. Holmes betrachtete das Porträt lange und aufmerksam, dann schloss er das Etui wieder und gab es dem Lord zurück.

»Die junge Dame kam hierauf nach London, und Sie knüpften hier die Bekanntschaft wieder an?«

»Jawohl. Ihr Vater brachte sie zur diesjährigen Saison herüber. Ich traf mehrmals mit ihr zusammen, bis ich mich mit ihr verlobte und kürzlich verheiratete.«

»Sie hat, wenn ich recht unterrichtet bin, eine beträchtliche Mitgift erhalten?«

»Eine ganz hübsche Mitgift. Nicht größer als es in meiner Familie üblich ist.«

»Und diese Mitgift verbleibt nun natürlich Ihnen, nachdem die eheliche Verbindung zur Tatsache geworden ist?«

»Danach habe ich mich wirklich noch nicht erkundigt.«

»Das lässt sich denken. Waren Sie mit Ihrer Braut am Tag vor der Hochzeit zusammen?«

»Jawohl.«

»War sie da guter Laune?«

»In so froher Stimmung als jemals. Sie machte fortwährend Pläne für unsere Zukunft.«

»Wirklich? Das ist höchst merkwürdig. Und am Hochzeitsmorgen?«

»War sie so heiter als nur möglich. Wenigstens bis nach der Trauung.«

»Und haben Sie nach der letzteren eine Veränderung an ihr bemerkt?«

»Nun ja, um die Wahrheit zu gestehen, erfuhr ich bei dieser Gelegenheit zum ersten Mal, dass sie auch etwas heftig werden kann. Das Vorkommnis war übrigens zu unbedeutend, um ein Wort darüber zu verlieren und hat keinerlei Bedeutung für den vorliegenden Fall.«

»Bitte teilen Sie es uns trotz alledem mit.«

»Ach, es hört sich wirklich kindisch an. Als wir vom Altar zurückgingen, ließ sie ihr Bouquet fallen. Sie schritt gerade an der vordersten Sitzreihe vorüber, und so fiel es in einen der Kirchenstühle hinein. Dies verursachte einen Aufenthalt von einigen Augenblicken, allein der dort sitzende Herr händigte ihr sogleich den Strauß wieder ein, der auch durch den Fall nicht gelitten zu haben schien. Trotzdem gab sie mir auf meine Bemerkungen über den Vorfall nur abgerissene Antworten, und während unserer Fahrt nach Hause zeigte sie eine unbegreifliche Erregung über dieses unbedeutende Vorkommnis.«

»Wirklich! Wie Sie sagen, befand sich ein Herr in dem Kirchenstuhl. Es waren also Leute aus dem Publikum zugegen?«

»Oh ja. Dies lässt sich unmöglich vermeiden, wenn die Kirche offen ist.«

»Jener Herr gehörte nicht zu den Bekannten Ihrer Gemahlin?«

»Nein, nein. Ich nenne ihn nur aus Höflichkeit einen Herrn; es war ein ganz gewöhnlich aussehender Mensch, den ich kaum bemerkt hatte. Aber ich glaube, wir schweifen ziemlich weit von unserem Ziel ab.«

»Ihre Gemahlin war also bei der Rückkehr von der Trauung in einer weniger heiteren Stimmung als auf dem Hinweg. Was tat sie nach der Ankunft im väterlichen Haus?«

»Da sah ich sie im Gespräch mit Alice, ihrem amerikanischen Kammermädchen, das sie aus Kalifornien mitgebracht hat.«

»Wohl eine vertraute Dienerin?«

»Ja, nur etwas zu sehr. Mir scheint, sie gestattet sich ihrer Herrin gegenüber große Freiheiten. Doch sieht man derartige Verhältnisse in Amerika natürlich etwas anders an.«

»Wie lange dauerte dieses Gespräch?«

»Nur ein paar Minuten. Ich dachte gerade an etwas anderes.«

»Sie haben nicht gehört, wovon sie sprachen?«

»Meine Frau sagte etwas von ›in fremdes Gehege kommen‹. Ich habe keine Ahnung, was sie damit meinte.«

»Und was tat Ihre Gemahlin nach dem Gespräch?«

»Sie begab sich in das Speisezimmer.«

»An Ihrem Arm?«

»Nein, allein. In solchen Kleinigkeiten war sie sehr selbstständig. Wir mochten etwa zehn Minuten bei Tisch gesessen haben, als sie eilig aufstand, einige Worte der Entschuldigung murmelte und den Saal verließ, um nicht wiederzukehren.«

»Wenn ich recht verstanden habe, so ist sie nach Aussage des Kammermädchens auf ihr Zimmer gegangen, hat einen langen Mantel über ihr Brautkleid geworfen, einen Hut aufgesetzt und das Haus verlassen.«

»Ganz richtig. Darauf wurde sie noch im Hyde Park zusammen mit der Flora Millar gesehen, die an jenem Vormittag bereits in Mr Dorans Haus eine Störung verursacht hatte und inzwischen verhaftet worden ist.«

»Ganz richtig. Ich darf Sie wohl um etwas genauere Auskunft über diese junge Dame und Ihre Beziehungen zu derselben bitten.«

Lord St. Simon zuckte die Achseln und zog die Augenbrauen in die Höhe. »Wir haben ein paar Jahre lang auf freundschaftlichem Fuß miteinander gestanden – ich darf wohl sagen: auf sehr freundschaftlichem Fuß. Sie war meist am ›Allegro‹ beschäftigt. Ich habe nicht unnobel an ihr gehandelt, und sie hatte keinen triftigen Grund zur Klage über mich, aber Sie wissen ja, wie die Weiber sind, Mr Holmes. Flora war ein liebes kleines Ding, allein äußerst hitzköpfig und von einer blinden Anhänglichkeit an mich. Sie schrieb mir schreckliche Briefe, als sie erfuhr, dass ich im Begriff stehe, mich zu verheiraten; und, um die Wahrheit zu sagen, der Grund, warum ich die Hochzeit so in der Stille feiern ließ, war, dass ich fürchtete, es möchte einen Skandal in der Kirche geben. Gerade wie wir von dort zurückkehrten, erschien sie vor Mr Dorans Haus und versuchte, sich unter höchst unziemlichen, ja sogar drohenden Äußerungen gegen meine Gattin daselbst einzudrängen; allein ich hatte etwas dergleichen geahnt und deshalb zwei Polizisten in bürgerlicher Kleidung aufgestellt, die sie wieder fortbrachten. Sie beruhigte sich schließlich, als sie sah, dass sie mit dem lärmenden Auftritt doch nichts ausrichte.«

»Hat Ihre Gattin das alles mit angehört?«

»Nein, Gott sei Dank, das nicht.«

»Und mit eben dieser Person hat man sie nachher gehen sehen?«

»Jawohl. Dies ist auch der Punkt, den Mr Lestrade als so schwerwiegend ansieht. Man nimmt an, Flora habe meine Frau in irgendeine schreckliche Falle gelockt.«

»Nun, das wäre freilich möglich.«

»Sie sind also auch dieser Ansicht?«

»Für wahrscheinlich halte ich es gerade nicht; aber wie denken Sie selbst darüber?«

»Ich glaube, Flora könnte keiner Fliege etwas zuleide tun.«

»Die Eifersucht bewirkt aber doch oft ganz merkwürdige Veränderungen im Charakter des Menschen.«

»Sollte Ihnen das Glück beschieden sein, die Lösung dieses Rätsels zu finden …«, fuhr unser Besuch fort, indem er sich erhob.

»Ich habe sie gefunden«, unterbrach ihn Holmes.

»Wie? Höre ich recht?«

»Ich habe sie gefunden, sage ich.«

»Nun, wo ist denn meine Frau?«

»Auch auf diesen weiteren Punkt werde ich die Antwort nicht lange schuldig bleiben.«

Lord St. Simon schüttelte das Haupt. »Ich glaube doch fast, dazu gehört mehr Weisheit als Sie oder ich im Kopf haben«, versetzte er. Dann zog er sich mit einer vornehmen, altmodischen Verbeugung zurück.

»Es ist wirklich recht gnädig von Seiner Lordschaft, dass er meinem Kopf die Ehre erweist, ihn mit dem seinigen auf eine Stufe zu stellen«, meinte Sherlock Holmes lachend. »Auf dieses lange Kreuzverhör hin habe ich aber eine kleine Erfrischung und eine Zigarre verdient. Ich war mit meinen Schlussfolgerungen übrigens bereits im Reinen, ehe unser Besuch erschien.«

»Mein lieber Holmes!«

»Unter meinen Aufzeichnungen befinden sich mehrere ähnliche Fälle, aber, wie schon erwähnt, ist es noch bei keinem so flink gegangen. Das Verhör machte meine Vermutung nur zur Gewissheit. Ein Indizienbeweis ist gelegentlich außerordentlich überzeugend, namentlich wenn auch das übrige so genau dazu passt.«

»Aber ich habe doch alles mit angehört, so gut wie Sie.«

»Allerdings, aber ohne die Kenntnis der früheren Fälle, die mir so sehr zustatten kommt. Da war ein Fall vor einigen Jahren, wo – doch da kommt ja Lestrade! Hallo, Lestrade, guten Abend! Dort drüben steht Ihr Stammglas, und hier ist die Zigarrenkiste.«

Der kleine Herr erschien in einer hellen Jacke und hellem Halstuch, was ihm ein ganz seemännisches Aussehen gab, in der Hand trug er eine schwarze Reisetasche. Nach kurzem Gruß ließ er sich nieder und steckte sich die angebotene Zigarre an.

»Was ist denn los?«, fragte Holmes mit einem Zwinkern seiner Augen. »Sie sehen ja recht missmutig aus.«

»Bin ich auch. Diese Teufelsgeschichte mit der Hochzeit Lord St. Simons! Ich weiß nicht, an welchem Zipfel ich das Geschäft anfassen soll!«

»Wirklich! Das ist mir überraschend.«

»Hat man je von einer so vertrackten Geschichte gehört? Sobald ich meine, ich habe einen Faden gefunden, schlüpft er mir wieder durch die Finger; den ganzen Tag habe ich mich daran abgearbeitet.«

»Und gewaltig nass sind Sie scheint's dabei geworden«, versetzte Holmes, seinen Rockärmel befühlend.

»Ja. Ich habe den Kanal ausfischen lassen.«

»Wozu denn das, um Gottes willen?«

»Um den Leichnam der Lady St. Simon zu suchen.«

Sherlock Holmes lehnte sich in seinem Stuhl zurück und lachte aus vollem Hals.

»Haben Sie auch das Bassin des Springbrunnens auf dem Trafalgar Square ausfischen lassen?«, fragte er.

»Wieso? Warum das?«

»Weil Sie gerade so viel Aussicht hatten, dort die Leiche zu finden wie im Kanal.«

Lestrade warf einen zornigen Blick auf meinen Freund. »Es scheint, Sie sind schon vollständig im Klaren über alles!«, sagte er gereizt.

»Nun, ich habe zwar erst eben den Verlauf der Sache vernommen, aber meine Ansicht habe ich mir gebildet.«

»So! Dann sind Sie wohl der Meinung, der Kanal habe gar nichts mit der Sache zu tun?«

»Ich halte es für höchst unwahrscheinlich.«

»Wollen Sie dann vielleicht die Güte haben, mir zu erklären, wie diese Sache hier hineingekommen sind?« Damit öffnete er seine Tasche, aus welcher ein Brautkleid aus verblasster Seide, ein Paar weiße Atlasschuhe, ein Brautkranz und Schleier herausfielen, alles vom Wasser durchweicht und verdorben. »So«, sagte er, und legte noch einen ganz neuen Ehering oben auf den Haufen, »nun knacken Sie mir mal diese Nuss, Mr Holmes.«

»Also aus dem Kanal sind die Sachen herausgeholt worden?«, versetzte mein Freund und blies dabei blaue Ringe in die Luft.

»Nein, ein Parkhüter sah sie in der Nähe des Ufers schwimmen; man hat sie als der Lady gehörig erkannt; nun dachte ich, sind die Kleider da, so wird die Leiche auch nicht weit davon sein.«

»Dieser wunderbaren Logik zufolge müsste man also die Leiche eines Verstorbenen stets in der Nähe seines Kleiderschrankes finden. Und bitte, sagen Sie mir doch, was hofften Sie denn dadurch zu erreichen?«

»Einen Beweis für die Beteiligung der Flora Millar an dem Verschwinden der Vermissten.«

»Tut mir leid, aber das wird schwer halten.«

»Wirklich, auch jetzt noch?«, rief Lestrade in gereiztem Ton. »Und mir tut es leid, Holmes, Ihnen sagen zu müssen, dass Sie mit Ihren Schlüssen und Vermutungen nicht sonderlich glücklich sind. Sie haben zwei Böcke in den letzten zwei Minuten geschossen. Durch dieses Kleid ist Flora Millar überführt.«

»Und wieso das?«

»In dem Kleid ist eine Tasche. In der Tasche befindet sich ein Visitenkartentäschchen. In diesem Täschchen steckt ein Zettel. Und hier ist der Zettel selbst.« Damit legte er diesen vor Holmes auf den Tisch hin. »Hören Sie nur:

›Wenn alles besorgt ist, werde ich erscheinen. Komme unverzüglich. F. H.M.‹

Ich war von Anfang an der Überzeugung, dass Lady St. Simon durch Flora Millar weggelockt worden ist, dass diese, ohne Zweifel im Verein mit anderen, an ihrem Verschwinden schuld ist. Dieser Zettel, mit Flora Millars Anfangsbuchstaben unterzeichnet, wurde der Lady ohne Zweifel unter der Tür in aller Stille in die Hände gespielt, um sie vom Haus wegzulocken.«

»Vortrefflich, Lestrade«, versetzte Holmes lachend. »Sie sind in der Tat höchst scharfsinnig. Lassen Sie mich mal sehen.« Damit griff er gleichgültig nach dem Zettel, allein plötzlich wurde seine Aufmerksamkeit rege, und ein Ausruf freudiger Überraschung entfuhr ihm. »Das ist wirklich von Bedeutung«, bemerkte er.

»Ha, sind Sie jetzt auch der Meinung?«

»Versteht sich. Ich gratuliere Ihnen aufrichtig.«

Lestrade erhob sich in seiner Siegesfreude und beugte sich gleichfalls über den Zettel. »Aber«, rief er, »Sie schauen ja auf die verkehrte Seite!«

»Durchaus nicht, das ist die richtige Seite.«

»Die richtige Seite? Sie sind nicht bei Trost. Hier steht ja die Notiz mit Bleistift geschrieben.«

»Und dort steht etwas, das einem Stück von einer Hotelrechnung ähnlich sieht und mich höchst interessiert: ›4. Okt. Zimmer 8 Schill., Frühst. 2 Schill. 6 Pence, Gabelfrühstück 2 Schill. 6 Pence, ein Glas Sherry 6 Pence …‹«

»Dahinter steckt nichts. Das habe ich längst gesehen«, erwiderte Lestrade.

»Es hat allerdings ganz den Anschein. Und trotzdem ist es von höchster Bedeutung. Was die Bleistiftnotiz betrifft, so ist diese, oder wenigstens die Anfangsbuchstaben, gleichfalls von Wichtigkeit. Ich gratuliere daher nochmals.«

»Wir haben jetzt genug Zeit vertrödelt«, versetzte Lestrade, indem er sich erhob. »Ich halte mehr davon, eine Aufgabe tüchtig anzupacken als beim Kaminfeuer geistreiche Hypothesen darüber auszuklügeln. Adieu, Mr Holmes, wir werden ja sehen, wer der Sache zuerst auf den Grund kommt!« Er packte die Kleidungsstücke wieder in die Tasche und schritt der Tür zu.

»Einen Wink will ich Ihnen doch noch geben, Lestrade«, rief Holmes gleichmütig seinem abgehenden Kollegen nach, »ich will Ihnen die richtige Lösung des Rätsels verraten. Lady St. Simon gehört ins Fabelreich. Eine solche gibt es nicht und hat es nie gegeben.«

Lestrade warf einen betrübten Blick auf meinen Freund. Dann wandte er sich zu mir, deutete auf seine Stirn und verschwand eiligst unter feierlichem Kopfschütteln.

Kaum hatte sich die Tür hinter ihm geschlossen, erhob sich Holmes und zog seinen Überzieher an. »Es ist etwas Wahres an dem, was der Mensch sagt! Es taugt nichts, hier müßig zu sitzen«, äußerte er, »deshalb muss ich Sie wohl jetzt mit Ihren Zeitungen allein lassen, Watson.«

Es war fünf Uhr vorüber, als Holmes mich verließ; doch hatte ich nicht lange Zeit, mich einsam zu fühlen; es dauerte keine Stunde, so brachten zwei Leute aus einem Delikatessengeschäft eine große flache Kiste herein, der sie zu meinem größten Erstaunen im Handumdrehen ein ganz üppiges kaltes Souper entnahmen, das bald auf unserem bescheidenen Junggesellentisch prangte. Da standen Rebhühner, ein Fasan, eine Gänseleberpastete nebst einer ganzen Batterie alter bestaubter Flaschen. Kaum waren der Wein und die leckeren Gerichte aufgestellt, verschwanden die Überbringer wie die Geister in ›Tausend und eine Nacht‹, ohne sich auf eine weitere Erklärung einzulassen, als dass das alles hierher bestellt und schon bezahlt sei.

Unmittelbar vor neun Uhr trat Holmes lebhaften Schrittes ins Zimmer. Seine Züge trugen einen ernsten Ausdruck, doch ersah ich aus einem gewissen Glanz in seinen Augen, dass der Erfolg seinen Schlüssen recht gegeben habe.

»Also das Abendessen ist bereit«, sagte er und rieb sich die Hände.

»Es scheint, Sie erwarten Gesellschaft; es sind ja fünf Gedecke.«

»Wir müssen uns heute auf einige ungebetene Gäste gefasst machen«, meinte er. »Mich wundert nur, dass Lord St. Simon noch nicht da ist. Doch eben höre ich seinen Tritt auf der Treppe, wie mir scheint.«

Es war wirklich unser Besuch vom Vormittag, der jetzt hereinstürmte und mit verstörtem Ausdruck in den aristokratischen Zügen seinen Zwicker noch eifriger um die Finger schwang als sonst.

»Mein Bote hat Sie also getroffen?«, fragte Holmes.

»Jawohl. Und ich muss gestehen, was er mir ausrichtete, war mir über die Maßen verblüffend. Haben Sie einen sicheren Beweis für Ihre Behauptung?«

»Den besten, der sich denken lässt.«

Lord St. Simon sank auf einen Stuhl und fuhr sich mit der Hand über die Stirn.

»Was wird der Herzog sagen«, murmelte er vor sich hin, »wenn er hört, welche Demütigung einem Mitglied der Familie widerfahren ist.«

»Es ist lediglich eine unglückliche Verkettung von Umständen. Dass es sich dabei um eine Demütigung handelt, kann ich überhaupt nicht zugeben.«

»Sie sehen eben diese Dinge von einem anderen Standpunkt an.«

»Ich kann mich nicht überzeugen, dass irgendjemand eine Schuld trifft. Die junge Frau hätte im Grunde kaum anders handeln können. Ihr schroffes Vorgehen dabei ist freilich zu bedauern; aber sie stand ohne Mutter da und hatte somit keinen Menschen, der ihr in dieser kritischen Lage raten konnte.«

»Es war eine entwürdigende Behandlung, eine öffentliche Beschimpfung«, rief Lord St. Simon und trommelte mit den Fingern auf dem Tisch.

»Sie müssen dem armen Mädchen, das sich in einer so überaus schwierigen Lage befand, etwas zugute halten.«

»Ich bin nicht in der Stimmung, irgendjemandem etwas zugute zu halten. Ich bin aufs Äußerste empört. Man hat mir schmählich mitgespielt.«

»Ich glaube, es hat geklingelt«, unterbrach ihn Holmes. »Jawohl, es lassen sich unten Schritte vernehmen. Da ich Sie nicht überreden kann, die Sache in milderem Licht zu sehen, Lord St. Simon, habe ich hier einen Anwalt bestellt, der es vielleicht besser zuwege bringt.« Damit öffnete er die Tür und ließ eine Dame und einen Herrn eintreten. »Lord St. Simon«, wandte er sich an diesen, »gestatten Sie mir, Ihnen Mr und Mrs Hay Moulton vorzustellen. Die Dame ist Ihnen wohl bereits bekannt.«

Beim Erscheinen der neuen Ankömmlinge war der Lord sofort von seinem Sitz aufgesprungen; mit zu Boden gesenktem Blick, die rechte Hand vorn in den Rock gesteckt, stand er da – ein Bild beleidigter Würde. Die junge Frau tat einen raschen Schritt auf ihn zu und streckte ihm beide Hände entgegen, aber er schaute nicht empor. Und wenn er fest bleiben wollte, war dies wohl auch das Beste, denn dem bittenden Ausdruck ihres Gesichts war nicht leicht zu widerstehen.

»Du zürnst mir, Robert?«, sagte sie. »Freilich, du hast wohl guten Grund dazu.«

»Nur keine Entschuldigung«, erwiderte der Angeredete bitter.

»Ich weiß wohl, ich habe wirklich unrecht an dir gehandelt; ich hätte dir's sagen sollen, ehe ich davonging. Aber ich war ganz aus dem Häuschen; sobald ich meinen Frank wiedergesehen hatte, wusste ich wirklich nicht mehr, was ich tat und sagte. Ich wundere mich nur, dass ich nicht gleich vor dem Altar ohnmächtig wurde und hinfiel.«

»Vielleicht wäre es Ihnen erwünscht, Mrs Moulton, wenn ich mit meinem Freund während dieser Erörterungen das Zimmer verließe?«, warf hier Holmes ein.

»Wenn ich meine Meinung äußern darf«, ließ sich jetzt der fremde Herr vernehmen, »so haben wir die Sache bisher schon mit allzu viel Heimlichkeit betrieben. Meinethalben könnte die ganze Welt erfahren, wie alles zugegangen ist.« Es war ein kleiner, geschmeidiger, sonnenverbrannter Mann, glatt rasiert, mit klugem Gesicht und lebhaftem Wesen.

»Dann will ich unsere Geschichte frischweg erzählen«, sagte die junge Frau. »Frank und ich trafen uns im Jahr 1884 in McQuires Camp am Felsengebirge, wo Papa eine Grube besaß. Wir verlobten uns miteinander; allein eines Tages stieß Papa auf eine reiche Ader in der Grube und gewann mächtig viel Gold, während der arme Frank aus seiner Grube immer weniger herausschlug und zu nichts kam. Je reicher Papa wurde, umso ärmer wurde Frank, zuletzt wollte Papa nichts mehr von unserer Verlobung hören und tat mich fort nach Frisco. Aber Frank wollte nicht von mir lassen; er folgte mir und traf ohne Papas Wissen mit mir zusammen. Hätten wir es ihm gesagt, so wäre er nur in Wut geraten, deshalb machten wir die Sache für uns allein ab. Frank erklärte, er wolle fortgehen und auch sein Glück machen; erst wenn er so viel habe wie Papa, werde er wiederkommen und seine Rechte an mich geltend machen – nicht früher. So versprach ich ihm denn, auf ihn zu warten in alle Ewigkeit und gab ihm mein Wort, keinen anderen zu heiraten, solange er am Leben sei. ›Warum sollten wir aber nicht frischweg heiraten?‹, meinte er, ›dann bist du mir sicher; meine Rechte als Ehemann mache ich erst geltend, wenn ich zurückkomme.‹ Wir kamen bald darüber ins Reine, und er hatte alles so hübsch eingefädelt, ein Geistlicher wartete schon, dass wir's gleich auf der Stelle abmachten; Frank ging dann fort, sein Glück zu suchen, und ich kehrte zu Papa zurück.

»Das nächste, was ich von Frank hörte, war, dass er in Montana sei; sodann begab er sich nach Arizona, um sich dort umzusehen; und hierauf bekam ich Nachricht von ihm aus Neu-Mexiko. Eines Tages stand eine lange Geschichte in den Zeitungen, wie die Apachen ein Goldgräberdorf überfallen hätten, und dabei war mein Frank unter den Erschlagenen aufgeführt. Ich fiel um wie tot und war monatelang schwer krank; Papa meinte, ich habe eine zehrende Krankheit und brachte mich in Frisco von einem Arzt zum anderen. Ein Jahr oder noch länger hörte ich kein Wort mehr von Frank, sodass ich fest glaubte, er sei wirklich tot. Darauf kam Lord St. Simon nach Frisco, später reisten wir nach London, und die Heirat kam zustande. Papa war sehr froh darüber; aber ich fühlte stets, dass kein anderer Mann auf dieser Welt je den Platz in meinem Herzen einnehmen würde, der meinem armen Frank gehörte.

Trotzdem würde ich Lord St. Simon eine pflichtgetreue Gattin gewesen sein, falls ich seine Frau geworden wäre. Unsere Gefühle haben wir nicht in der Gewalt, wohl aber unsere Handlungen. Als ich mit ihm vor den Altar trat, war es mein fester Vorsatz, ihn glücklich zu machen. Aber Sie können sich denken, wie mir zumute war, als ich gerade beim Hintreten vor den Altar zufällig hinter mich schaute und Franks Augen aus der ersten Sitzreihe unmittelbar auf mich gerichtet sah. Ich meinte zuerst, es sei sein Geist, aber als ich wieder hinschaute, saß er noch immer da und blickte mich mit einem so eigentümlichen Ausdruck an, als wollte er fragen, ob mir seine Gegenwart erwünscht sei oder nicht. Ich wundere mich nur, dass ich nicht in Ohnmacht fiel. Alles drehte sich mit mir im Kreis, und die Worte des Geistlichen klangen mir im Ohr wie Bienensummen. Was sollte ich tun? Sollte ich die Trauung unterbrechen und einen Auftritt in der Kirche veranlassen? Ich blickte noch einmal nach ihm hin, und er schien meine Gedanken zu erraten, denn er legte die Finger an die Lippen, zum Zeichen, dass ich nichts sagen solle. Dann sah ich ihn etwas auf ein Stückchen Papier kritzeln – offenbar eine Notiz für mich. Beim Vorübergehen an seinem Platz ließ ich mein Bouquet vor ihm hinfallen, und als er es mir zurückgab, drückte er mir das Zettelchen in die Hand. Es enthielt nur mit ein paar Worten die Aufforderung, zu ihm zu kommen, sobald er mir ein Zeichen geben würde. Ich war natürlich keinen Augenblick mehr im Unklaren darüber, dass meine Pflichten in erster Linie jetzt ihm gehörten und beschloss deshalb, einfach seiner Leitung zu folgen.

Zu Hause sprach ich mit meiner Zofe, die ihn schon in Kalifornien gekannt hatte und ihm immer wohlgesinnt gewesen war. Ich hieß sie reinen Mund halten, ein paar Sachen einpacken und mir Hut und Mantel zurechtlegen. Ich weiß wohl, ich hätte mich mit Lord St. Simon verständigen sollen, aber das wäre vor seiner Mutter und all den vornehmen Leuten eine furchtbare Aufgabe gewesen. So entschloss ich mich, auf- und davonzugehen und die Erklärung auf später zu verschieben. Ich saß noch keine zehn Minuten bei Tisch, als ich Frank durch das Fenster auf der Straße drüben erblickte. Er nickte mir zu und schlug dann den Weg nach dem Park ein. Ich schlüpfte hinaus, zog meine Sachen an und ging ihm nach. Unterwegs trat eine Frauensperson zu mir heran, um mir irgendetwas über Lord St. Simon mitzuteilen – nach dem wenigen, was ich davon verstand, schien es mir, als habe auch er vor der Hochzeit schon eine kleine Heimlichkeit gehabt – aber ich machte, dass ich von ihr wegkam, und holte Frank bald ein. Darauf fuhren wir zusammen nach Gordon Square, wo er eine Wohnung genommen hatte, und nun war ich nach den langen Jahren des Harrens wirklich mit meinem Gatten vereint.

Frank war bei den Apachen gefangen gewesen, war aber entflohen und nach Frisco gelangt, wo er erfuhr, dass ich ihn als tot aufgegeben hatte und nach England gegangen war; er reiste mir dahin nach und traf mich schließlich gerade am Morgen meiner zweiten Hochzeit.«

»Ich las davon in einer Zeitung«, erklärte der Amerikaner, »der Name der Braut und die Kirche waren darin genannt, aber die Wohnung der Dame nicht angegeben.«

»Wir besprachen uns nun darüber, wie wir uns verhalten sollten, und Frank war für volle Offenheit; aber ich schämte mich so sehr, dass ich nur den einen Wunsch hatte, zu verschwinden und von den Hochzeitsgästen keinen je wiederzusehen. Höchstens wollte ich an Papa eine Zeile schreiben, zum Zeichen, dass ich noch am Leben sei. Es war grässlich für mich, wenn ich mir vorstellte, wie alle die hochadeligen Herren und Damen um die Hochzeitstafel herumsaßen und auf meine Rückkehr warteten. So nahm denn Frank meine Hochzeitskleider, packte sie zusammen, damit man mir nicht auf die Spur käme, und warf das Bündel irgendwo weg, wo kein Mensch es finden könnte. Morgen würden wir höchst wahrscheinlich schon nach Paris abgereist sein, wäre nicht der gute Mr Holmes heute Abend bei uns erschienen. Wie es ihm gelungen ist, uns aufzufinden, geht freilich über meinen Verstand; er setzte uns ganz klar und freundlich auseinander, dass Frank recht hätte und ich unrecht und dass wir beide durch solche Heimlichkeit einen falschen Schein auf uns laden würden. Dann schlug uns Mr Holmes vor, in seiner Wohnung mit Lord St. Simon allein zu einer Besprechung zusammenzutreffen, und wir begaben uns ohne Verzug hierher. Nun hast du alles gehört, Robert; es tut mir sehr leid, wenn ich dir weh getan habe, aber ich hoffe, du denkst nicht allzu schlecht von mir.«

Lord St. Simon hatte seine steife Haltung die ganze Zeit über beibehalten und mit gerunzelter Stirn und mit zusammengekniffenen Lippen der langen Erzählung zugehört.

»Sie werden entschuldigen«, erwiderte er, »aber ich bin nicht gewohnt, meine intimsten persönlichen Verhältnisse öffentlich zu erörtern.«

»Dann willst du mir also nicht vergeben – mir nicht noch einmal die Hand reichen, ehe ich fortgehe?«

»Oh gewiss, wenn es Ihnen Vergnügen macht.« Er streckte die Hand aus und ergriff kalt die ihm dargebotene Rechte der jungen Frau.

»Ich hatte gehofft«, warf Holmes ein, »Sie würden uns bei einem gemütlichen Abendessen Gesellschaft leisten.«

»Damit verlangen Sie denn doch wohl etwas zu viel von mir«, erwiderte Seine Lordschaft. »Es kann ja sein, dass ich genötigt bin, mich bei diesen Enthüllungen zu beruhigen, aber man kann doch kaum von mir erwarten, dass ich noch gute Miene zum bösen Spiel mache. Gestatten Sie mir, Ihnen insgesamt eine recht gute Nacht zu wünschen.« Damit machte er uns allen eine gemeinsame Verbeugung und schritt zur Tür hinaus.

»Nun, dann werden Sie uns doch sicherlich mit Ihrer Gesellschaft beehren«, wandte sich Holmes an Mr Moulton. »Es ist mir jedes Mal eine Freude, wenn ich einen Angehörigen des großen freien Staates treffe, der unter seinem Sternen- und Streifenbanner der ganzen Welt auf der Bahn der Freiheit und des Fortschritts so herrlich voranleuchtet!«

»Das war einmal ein interessanter Fall«, bemerkte Holmes, als unsere Gäste uns verlassen hatten. »Man konnte daran recht deutlich sehen, wie einfach sich oft die Dinge aufklären, die einem auf den ersten Blick ganz rätselhaft vorkommen. Wie klar und natürlich entwickelte sich in der Erzählung der jungen Frau ein Ereignis aus dem anderen, und wie verblüffend kam einem die ganze Angelegenheit vor, wenn man sie zum Beispiel mit den Augen des Mr Lestrade von der Geheimpolizei ansah!«

»So waren Sie selbst gar nicht auf einer falschen Fährte?«

»Von Anbeginn stand mir zweierlei klar vor Augen, einmal, dass die Braut der Hochzeit ganz freudig entgegenging und sodann, dass sie wenige Minuten nach der Rückkehr aus der Kirche anderen Sinnes wurde. Offenbar war demnach im Lauf des Vormittags etwas vorgefallen, das diese Wirkung hervorbrachte. Was konnte es sein? Gesprochen hatte sie außerhalb des Hauses mit niemand, da sie ihrem Bräutigam nicht von der Seite gegangen war. Hatte sie aber jemand gesehen, so musste dies jemand aus Amerika gewesen sein, denn während ihres kurzen Aufenthalts hierzulande hatte keiner so viel Einfluss auf sie gewinnen können, dass sein bloßer Anblick eine völlige

Sinnesänderung bei ihr bewirkte. Sie sehen, durch Ausschließung anderweitiger Möglichkeiten sind wir bereits zu der Überzeugung gelangt, dass sie wohl jemand aus Amerika wird gesehen haben. Wer konnte wohl dieser Amerikaner sein, der eine solche Macht über sie besaß? Vielleicht ein Liebhaber, möglicherweise aber auch ein Gatte. Dass sie ihre Jugendjahre in wilden Gegenden und unter eigentümlichen Verhältnissen verlebt hatte, war mir ja bekannt. So weit war ich bereits gelangt, ehe ich das erste Wort aus Lord St. Simons Mund vernahm. Als dieser dann von dem Zuschauer vorn in der ersten Bank und von der Veränderung erzählte, die nachher plötzlich mit der Braut vor sich ging, wie sie ihr Bouquet vor den Fremden hinfallen ließ, zu dem höchst durchsichtigen Zweck, sich dabei von demselben einen Zettel zustecken zu lassen, wie sie sich dann mit ihrer Vertrauten besprach und dabei die sehr bezeichnende Andeutung von ›in fremdes Gehege kommen‹ fallen ließ, was in der Goldgräbersprache so viel bedeutet, als Besitz von etwas ergreifen, worauf einem anderen ältere Ansprüche zustehen – so war die ganze Sachlage völlig klar. Sie musste mit einem Mann auf und davongegangen sein und zwar entweder mit einem Liebhaber oder mit einem Gatten, wobei übrigens die größere Wahrscheinlichkeit für letzteres sprach.«

»Aber wie in aller Welt haben Sie die beiden aufgefunden?«

»Das wäre freilich schwierig gewesen, allein Freund Lestrade hielt Anhaltspunkte hierfür in Händen, von deren Wert er selbst keine Ahnung hatte. Die Anfangsbuchstaben waren natürlich von höchster Wichtigkeit, aber noch viel wertvoller war der Nachweis, dass der Gesuchte im Lauf der letzten Woche sich in einem der ersten Gasthöfe Londons seine Rechnung hatte ausstellen lassen.«

»Was brachte Sie darauf, dass es einer der ersten Gasthöfe sein müsse?«

»Die ausgesucht hohen Preise. Acht Schilling für ein Bett und acht Pence für ein Glas Sherry wiesen auf einen der allerteuersten Gasthöfe hin. Es gibt nicht viele hier, die ihre Preise in so unvernünftigem Maß schrauben. Schon in dem zweiten

Gasthof, in der Northumberland Avenue, ersah ich aus dem Fremdenbuch, dass ein Mr Francis H. Moulton aus Amerika erst am Tag vorher ausgezogen war, und bei Durchsicht der auf seinen Namen eingetragenen Posten entdeckte ich wörtlich diejenigen, worüber er Rechnung erhalten hatte. Etwaige für ihn eintreffende Briefe sollten ihm nach 226 Gordon Square nachgesandt werden. So fuhr ich dahin und hatte das Glück, das liebende Paar zu Hause zu treffen. Ich erlaubte mir, ihnen einige väterliche Ratschläge zu erteilen und ihnen klar zu machen, dass sie in jeder Beziehung besser tun würden, weder die Welt noch insbesondere Lord St. Simon über ihr Verhältnis zueinander irgendwie in Zweifel zu lassen. Ich machte ihnen den Vorschlag, hier mit dem Lord zusammenzutreffen, und wie Sie gesehen haben, sind sie darauf eingegangen.«

»Damit haben sie aber nicht viel erreicht«, bemerkte ich. »Sein Verhalten war kein sehr liebenswürdiges.«

»Ach, Watson«, erwiderte Holmes heiter, »Sie wären auch vielleicht nicht gerade besonders liebenswürdig, wenn Sie sich nach all den Mühen und Sorgen des Brautstandes mit einem Schlag um Gattin und Vermögen betrogen sehen müssten. Ich meine, wir haben allen Grund, Lord St. Simon recht milde zu beurteilen und unserem Glücksstern zu danken, dass wir voraussichtlich niemals in eine ähnliche Lage geraten werden. Kommen Sie, setzen Sie sich hierher zum Feuer und reichen Sie mir meine Violine, wir haben ja jetzt nur noch das eine Problem zu lösen, wie wir uns diese finsteren Herbstabende auf möglichst angenehme Weise vertreiben.«

Die Geschichte des Beryll-Kopfschmuckes

»Holmes«, sagte ich eines Morgens, während ich am Erkerfenster stand und auf die Straße hinabschaute, »da kommt ein Verrückter gegangen. Ich finde es sehr unrecht, dass seine Angehörigen ihn so allein umherlaufen lassen.« Mein Freund erhob sich träge aus dem Sessel und trat, die Hände in den Taschen seines Schlafrocks, hinter mich, um mir über die Schulter zu sehen. Es war ein klarer, frischer Februarmorgen, der tags zuvor gefallene, tiefe Schnee bedeckte den Boden und glitzerte hell in der Wintersonne. In der Mitte der Straße war er durch den Verkehr bereits in eine braune Masse verwandelt; zu beiden Seiten dagegen und auf den erhöhten Rändern der Fußsteige lag er noch so weiß wie er gefallen war. Das graue Pflaster dazwischen war, obwohl gekehrt und abgekratzt, noch gefährlich glatt und vielleicht deshalb weniger belebt als sonst. In der Tat war der Herr, dessen sonderbares Benehmen meine Aufmerksamkeit erregt hatte, der einzige Fußgänger, der aus der Richtung herkam, wo der Metropolitan-Bahnhof lag. Es war ein Mann in den fünfziger Jahren, groß und stattlich, eine vornehme Erscheinung mit breitem, scharfgeschnittenem Gesicht und von achtunggebietender Gestalt. Er trug dunkle, aber feine Kleidung: schwarzen Rock, glänzenden Seidenhut, elegante braune Gamaschen und perlgraue Beinkleider von tadellosem Schnitt. Zu dem würdigen Eindruck seines ganzen Äußeren stand jedoch sein Benehmen in auffallendem Gegensatz; er lief nämlich in großer Hast und machte dabei von Zeit zu Zeit einen kleinen Sprung, wie es bei eintretender Ermüdung Leute zu tun pflegen, die nicht gewohnt sind, ihren Beinen viel zuzumuten. Dabei fuhr er mit den Händen in der Luft umher, wackelte mit dem Kopf und verzerrte sein Gesicht aufs Sonderbarste.

»Was in aller Welt mag nur mit ihm los sein?«, fragte ich. »Er schaut an den Häusern hinauf nach den Nummern.«

»Ich glaube, er kommt zu uns«, versetzte Holmes und rieb sich die Hände.

»Zu uns?«

»Jawohl; ich vermute stark, er beabsichtigt, mich zu Rate zu ziehen. Es hat ganz den Anschein danach. Ha, habe ich es nicht gesagt?«

Der Mann war pustend und schnaubend auf unsere Haustür losgestürzt und riss an der Klingel, dass das ganze Haus davon widerhallte.

Wenige Augenblicke darauf stand er im Zimmer, noch immer keuchend und mit den Händen umherfahrend, aber mit einem so kummervollen und verzweifelten Ausdruck in dem starren Blick, dass unsere unwillkürliche Heiterkeit sich mit einem Schlag in Schrecken und Mitleid verwandelte. Eine Zeit lang vermochte er kein Wort hervorzubringen; er wiegte sich nur hin und her und zerrte an seinen Haaren, als wäre er nahe daran, den Verstand zu verlieren. Holmes drückte ihn in den Sessel, setzte sich neben ihn, streichelte ihm die Hand und sprach ihm in der heiteren, beruhigenden Art zu, auf die er sich so gut verstand.

»Sie haben mich aufgesucht, um mir Ihre Geschichte zu erzählen, nicht wahr?«, begann er. »Das rasche Gehen hat Sie müde gemacht. Bitte, warten Sie nur, bis Sie sich erholt haben, dann wird es mir ein großes Vergnügen sein, Kenntnis von dem Fall zu nehmen, den Sie mir unterbreiten wollen.«

Eine oder zwei Minuten saß der Mann mit schwer arbeitender Brust da, gegen seine Erregung kämpfend. Dann fuhr er sich mit dem Taschentuch über die Augen, presste die Lippen zusammen und wandte uns sein Gesicht zu.

»Sie halten mich sicherlich für verrückt«, begann er.

»Soviel ich sehe, hat Sie irgendein schwerer Kummer getroffen«, antwortete Holmes.

»Gott weiß es, ja! – Ein Kummer, so plötzlich und so furchtbar, dass ich den Verstand darüber verlieren möchte. Die Schande vor der Öffentlichkeit würde ich zu ertragen gewusst haben, obwohl an meinem Namen bisher noch nie ein Flecken gehaftet hat; Kummer im Privatleben bleibt auch keinem Menschen erspart, aber dass beides zusammen und in so schrecklicher Gestalt über mich hereinbricht, das hat mich im Innersten erschüttert. Außerdem betrifft die Sache nicht mich allein. Einer der Höchststehenden im Land kann dadurch in Mitleidenschaft gezogen werden, wenn sich nicht ein rettender Ausweg aus dieser schauderhaften Geschichte findet.«

»Bitte beruhigen Sie sich«, erwiderte Holmes, »und sagen Sie mir klar und deutlich, wer Sie sind und was Ihnen begegnet ist.«

»Meinen Namen«, fuhr der andere fort, »haben Sie vermutlich schon oft nennen hören. Ich bin Alexander Holder, Teilhaber der Bank Holder & Stevenson in der Threadneedle Street.«

Der Name war uns in der Tat wohlbekannt als der des älteren Teilhabers im zweitgrößten Privatbankinstitut der City. Was konnte nur vorgekommen sein, um einen der angesehensten Bürger Londons in diese wahrhaft klägliche Verfassung zu bringen? In höchster Spannung harrten wir, bis er sich mit erneuter Kraftanstrengung dazu aufraffte, seine Geschichte zu erzählen.

»Ich fühle«, begann er, »dass die Zeit kostbar ist. Deshalb habe ich mich augenblicklich hierher auf den Weg gemacht, nachdem mir der Polizeiinspektor nahegelegt hatte, mich Ihrer Mitwirkung zu versichern. Ich fuhr mit der unterirdischen Bahn und bin dann bis zur Baker Street vollends zu Fuß gelaufen, denn die Wagen fahren so langsam bei diesem Schnee. Deshalb war ich so außer Atem; ich mache mir nämlich sonst nur sehr wenig Bewegung. Jetzt ist mir wieder besser, und ich will Ihnen die Tatsachen möglichst kurz und klar vortragen.

Sie werden wohl wissen, dass es für den schwunghaften Betrieb eines Bankgeschäftes ebenso viel auf lohnende Anlagen für die Kapitalien ankommt wie auf die stete Erweiterung der Verbindungen und die immer ausgedehntere Heranziehung von Depositoren. Zu den einträglichsten Geldanlagen gehört die Gewährung von Darlehen gegen unzweifelhafte Pfandsicherheit. Wir haben die paar letzten Jahre viel in dieser Richtung gearbeitet und zahlreichen vornehmen Familien erhebliche Summen auf ihre Gemäldesammlungen, ihre Bibliotheken oder ihr

Silberzeug vorgestreckt. Gestern Vormittag saß ich in meinem Büro, als mir einer der Angestellten unseres Bankhauses eine Visitenkarte überbrachte. Wie ich den Namen las, war ich ganz verblüfft, denn es war kein anderer als – doch es ist vielleicht auch Ihnen gegenüber besser, wenn ich nur sage, dass dieser Name jedermann überall bekannt ist, einer der höchsten, vornehmsten, angesehensten in ganz England. Überwältigt von der Ehre, versuchte ich beim Eintritt des Herrn etwas dergleichen zu sagen, allein er brachte sofort sein geschäftliches Anliegen vor, als sei es ihm darum zu tun, mit einer unangenehmen Aufgabe möglichst rasch fertig zu werden.

›Mr Holder‹, begann er, ›ich habe gehört, dass Sie sich mit Vorschussgeschäften befassen.‹

›Allerdings, gegen gute Sicherheit‹, erwiderte ich.

›Ich brauche auf der Stelle ganz notwendig fünfzigtausend Pfund. Natürlich könnte ich eine so geringfügige Summe zehnmal bei meinen Bekannten borgen, allein es passt mir weit besser, die Sache in geschäftlicher Weise abzumachen und zwar persönlich. Bei einer Stellung wie der meinigen ist es, wie Sie unschwer begreifen werden, nicht weise, sich auf private Verbindlichkeiten einzulassen.‹

›Auf wie lange brauchen Sie diese Summe, wenn ich fragen darf?‹

›Nächsten Montag wird ein großer Betrag fällig, und dann werde ich den Vorschuss unfehlbar zurückzahlen, samt den Zinsen, die Sie dafür zu berechnen für gut finden. Mir ist hauptsächlich daran gelegen, das Geld unverzüglich in die Hand zu bekommen.‹

›Ich würde mir das größte Vergnügen daraus machen, Ihnen die Summe ohne Weiteres aus meiner eigenen Tasche vorzustrecken, allein es wäre das eigentlich doch mehr, als ich auf mich nehmen darf. Tue ich es aber im Namen der Firma, so muss ich aus Rücksicht auf meinen Teilhaber selbst Ihnen gegenüber auf der Beachtung aller geschäftsmäßigen Vorsichtsmaßregeln bestehen.‹

›Es ist mir viel lieber so‹, bemerkte er, indem er ein viereckiges schwarzes Maroquin-Etui zur Hand nahm, das er neben seinen Stuhl gelegt hatte. ›Sie haben ohne Zweifel schon von dem Beryll-Diadem gehört?‹

›Eines der kostbarsten Stücke unserer Reichskleinodien‹, versetzte ich.

›Gewiss.‹ Er öffnete das Etui, und darin lag in weichen fleischfarbenen Samt gebettet das wundervolle Schmuckstück.

›Es enthält neununddreißig Berylle von außerordentlicher Größe, und der Wert der Goldfassung lässt sich gar nicht berechnen. Die niedrigste Schätzung würde als Wert des Schmuckes das Doppelte der Summe ergeben, die ich verlangt habe. Ich bin bereit, das Stück als Pfand in Ihren Händen zu lassen.‹ Er reichte mir das Etui, und ich blickte in einiger Verwirrung erst auf dessen kostbaren Inhalt und dann auf meinen hohen Besuch.

›Sie haben Zweifel über den Wert des Schmuckes?‹, fragte er.

›Durchaus nicht, ich bezweifle nur …‹

›Meine Befugnis zur Verpfändung desselben? Darüber können Sie sich beruhigen. Ich würde mir nicht im Traum einfallen lassen, es zu verpfänden, hätte ich nicht die unumstößliche Gewissheit, dass ich es binnen vier Tagen wieder einlösen kann. Es ist eine reine Formsache. Genügt die Sicherheit?‹

›Reichlich.‹

›Sie sehen ein, Mr Holder, dass ich Ihnen einen starken Beweis des Vertrauens gebe, das ich nach allem, was ich von Ihnen gehört habe, in Sie setze. Ich verlasse mich darauf, dass Sie nicht nur verschwiegen sind und sich jeglichen Geredes über die Angelegenheit enthalten, sondern vor allem, dass Sie dieses Stück mit jeder möglichen Vorsicht aufbewahren, da der geringste Unfall, der demselben zustieße, einen gewaltigen öffentlichen Skandal nach sich ziehen würde. Eine Beschädigung des Schmuckes wäre auch fast so schlimm wie dessen völliger Verlust, denn es gibt in der ganzen Welt keine Berylle mehr, die diesen gleichkämen, sie wären somit gar nicht zu ersetzen. Trotzdem überlasse ich Ihnen den Schmuck mit vollem Vertrauen und werde ihn Montagvormittag persönlich wieder abholen.‹

Da ich sah, dass es meinem Besuch darum zu tun war, möglichst rasch fortzukommen, sagte ich weiter nichts, sondern wies meinen Kassierer an, dem Herrn fünfzig Tausendpfundnoten auszuhändigen. Als ich jedoch wieder allein war, und das Etui mit seinem kostbaren Inhalt vor mir auf dem Tisch stand, vermochte ich nur mit Unbehagen an die ungeheure Verantwortung zu denken, die ich mir damit aufgeladen hatte. Da das Stück zum Reichsschatz gehörte, musste unfehlbar das geringste Missgeschick, das demselben begegnete, ein furchtbares Aufsehen verursachen. Ich bedauerte bereits, dass ich mich überhaupt zu dessen Annahme hatte bestimmen lassen. Allein es war jetzt nichts mehr an der Sache zu ändern; so schloss ich denn den Schmuck in meinen eigenen Sicherheitsschrank ein und ging wieder an mein Geschäft. Als es Abend wurde, dachte ich, dass es eine Unvorsichtigkeit wäre, einen derartigen Wertgegenstand im Büro zu lassen. Diebessichere Schränke bei Banken waren schon öfters erbrochen worden, warum sollte das nicht auch bei dem meinigen denkbar sein? Welch grässliche Lage für mich, wenn so etwas vorkäme! Ich beschloss deshalb, während der nächsten Tage das Etui auf Schritt und Tritt bei mir zu tragen und es so tatsächlich keinen Augenblick aus meiner Nähe kommen zu lassen. Mit diesem Vorsatz fuhr ich zu meinem Haus in Streatam und nahm das Schmuckstück mit. Erst als ich dasselbe in meinen Schreibtisch oben in meinem Ankleidezimmer eingeschlossen hatte, atmete ich wieder frei.

Und nun ein Wort über mein Hauswesen, Mr Holmes, denn ich möchte Ihnen einen gründlichen Einblick in die Sachlage verschaffen. Der Stallbursche und der Hausbursche schlafen außerhalb des Hauses und können somit außer Betracht bleiben. Meine drei Dienstmädchen sind sämtlich schon seit einer Reihe von Jahren bei mir, und ihre Zuverlässigkeit ist über jeden Zweifel erhaben. Dann ist noch ein zweites Kammermädchen da, namens Lucy Parr, das erst seit wenigen Monaten in meinem Dienst steht. Sie brachte jedoch ein vortreffliches Zeugnis mit, und ich war stets zufrieden mit ihr. Sie ist eine sehr hübsche Person und hat dadurch schon Verehrer angezogen, die sich gelegentlich wohl einmal um das Haus herumtrieben. Das ist das einzige, was wir an ihr auszusetzen fanden, allein wir halten sie für ein durchaus braves Mädchen.

So viel von den Dienstboten. Meine Familie ist so klein, dass dieselbe bald beschrieben ist. Ich bin Witwer und habe einen einzigen Sohn namens Arthur. Er hat mich in meinen Hoffnungen getäuscht, Mr Holmes, schmerzlich getäuscht! Gewiss bin ich selbst dabei nicht ohne Schuld. Man sagt, ich habe ihn verzogen. Das mag wohl sein. Als ich mein Weib verlor, übertrug ich meine ganze Zärtlichkeit auf ihn. Ich konnte es nicht ertragen, wenn die Heiterkeit einen Augenblick aus seinen Zügen wich. Ich habe ihm nie einen Wunsch abgeschlagen. Vielleicht wäre es für uns beide besser gewesen, ich hätte mehr Strenge gezeigt, aber ich meinte es herzlich gut.

Ich hatte natürlich vor, ihn zu meinem Nachfolger im Geschäft heranzubilden, allein er zeigte gar keine Neigung für den Kaufmannsstand. Er war unbeständig und launisch, und, um die Wahrheit zu gestehen, ich hätte ihm nicht die Verfügung über eine größere Geldsumme anvertrauen mögen. Schon in früher Jugend trat er in einen vornehmen Klub ein, wo er sich durch sein liebenswürdiges Wesen mit einer Reihe von Leuten, die volle Börsen und kostspielige Gewohnheiten hatten, eng befreundete. Er verstand es bald meisterhaft, sein Geld im Kartenspiel und auf dem Rennplatz zu vergeuden, sodass er mich immer wieder um Vorschuss auf sein Taschengeld angehen musste, um seine Ehrenschulden begleichen zu können. Mehr als einmal versuchte er, sich von dieser gefährlichen Gesellschaft loszumachen, allein dem Einfluss seines Freundes Sir George Burnwell gelang es jedesmal, ihn wieder in den Kreis hineinzuziehen.

Dass ein Mann wie Sir George Burnwell Einfluss auf ihn gewonnen hatte, war wirklich nicht zu verwundern; er hat ihn öfters zu mir ins Haus gebracht, und ich muss gestehen, dass ich selbst kaum imstande war, mich dem Zauber seines Wesens zu entziehen. Er ist älter als Arthur, ein vollendeter Weltmann, der überall schon gewesen ist und alles gesehen hat, ein glänzender Redner und ein auffallend schöner Mann. Und doch, wenn ich ihn mir bei kaltem Blut und völlig frei von der berückenden Wirkung seiner Gegenwart vorstelle, so kann ich bei seinen zynischen Reden und dem Blick, den ich gelegentlich in seinem Auge bemerkt habe, nicht umhin, zu glauben, dass er eine Persönlichkeit ist, die gründliches Misstrauen verdient. Darin ist auch meine kleine Mary, die den echt weiblichen Scharfblick für Menschenherzen besitzt, mit mir einverstanden.

Sie ist meine Nichte, die einzige Person, die ich nun noch zu schildern habe. Als mein Bruder vor fünf Jahren starb und sie allein in der Welt dastand, nahm ich sie an Kindesstatt an und betrachtete sie seitdem als meine Tochter. Sie ist ein Sonnenstrahl für mein Haus, freundlich, liebevoll, schön; sie steht der Wirtschaft vortrefflich vor und ist dabei so umsichtig, sanft und ruhig, wie nur irgendein weibliches Wesen. Sie ist meine rechte Hand. Ich weiß nicht, was ich ohne sie anfangen sollte. Nur in einem einzigen Punkt ist sie meinen Wünschen nicht entgegengekommen. Zweimal hat mein Junge um ihre Hand angehalten, denn er liebt sie innig, aber beide Male hat sie ihn ausgeschlagen. Ich glaube, sie allein wäre imstande gewesen, ihn auf den rechten Weg zu bringen; an ihrer Seite hätte er vielleicht ein ganz neues Leben angefangen, aber ach! Jetzt ist es zu spät – für immer zu spät!

Nun, Mr Holmes, kennen Sie alle, die mit mir unter einem Dach leben, und ich will in meiner kläglichen Geschichte fortfahren.

Beim Kaffee nach dem Essen im Wohnzimmer teilte ich Arthur und Mary mit, was mir begegnet war, und was für einen kostbaren Schatz wir unter unserem Dach hatten; ich verschwieg dabei nur den Namen des Verpfänders. Lucy Parr, die den Kaffee hereingebracht hatte, war schon nicht mehr im Zimmer, das weiß ich gewiss; ob jedoch die Tür geschlossen war, kann ich nicht beschwören. Mary und Arthur interessierten sich sehr für die Sache und hätten das berühmte Schmuckstück gerne gesehen, allein ich dachte, es sei besser, es an seinem Platz zu lassen.

›Wo hast du es aufgehoben?‹, fragte Arthur.

›In meinem Schreibtisch.‹

›Ich will nur hoffen, dass heute Nacht nicht im Haus eingebrochen wird‹, fuhr er fort.

›Der Schreibtisch ist verschlossen.‹

›Oh, auf den passt jeder alte Schlüssel. Als kleiner Junge habe ich ihn schon selbst mit dem Schlüssel zum Buffet aufgemacht.‹

Er führte oft so kecke Reden, deshalb achtete ich nicht viel auf seine Bemerkung. Nun ging er mir aber gerade diesen Abend mit sehr ernstem Gesicht in mein Zimmer nach.

›Sag mal, Papa‹, sagte er und heftete dabei die Augen auf den Boden, ›kannst du mir zweihundert Pfund geben?‹

›Nein, gewiss nicht!‹, erwiderte ich scharf. ›Ich bin in Geldsachen schon viel zu nachsichtig gegen dich gewesen.‹ –

›Du warst allerdings sehr gut gegen mich‹, versetzte er, ›aber ich muss diese Summe haben, oder ich kann mich nie wieder im Klub blicken lassen.‹

›Das wäre ja ein wahres Glück!‹, rief ich aus.

›Jawohl; aber du wirst doch nicht wollen, dass ich mit Schimpf und Schande abziehe. Ich könnte die Schmach nicht ertragen. Ich muss das Geld irgendwo auftreiben; und wenn du es mir nicht geben willst, so muss ich andere Mittel und Wege versuchen.‹

Ich war sehr aufgebracht; denn das war das dritte Mal in einem Monat, dass er mich um Geld anging. ›Keinen Deut bekommst du von mir‹, rief ich. Darauf verbeugte er sich und verließ das Zimmer ohne ein weiteres Wort.

Als ich allein war, schloss ich den Schreibtisch auf, überzeugte mich, dass mein Schatz unversehrt darin lag und schloss wieder ab. Dann machte ich einen Gang durch das Haus, um nachzusehen, ob alles verwahrt sei – eine Obliegenheit, die ich gewöhnlich Mary überlasse, die ich jedoch heute selbst erfüllen wollte. Unten an der Treppe angelangt, sah ich Mary am Seitenfenster des Hausgangs, das sie zumachte und verriegelte, während ich näher trat.

›Sag einmal, Papa‹, fragte sie mich in etwas erregtem Ton, ›hast du Lucy, dem Dienstmädchen, heute Abend Erlaubnis zum Ausgehen gegeben?‹

›Gewiss nicht.‹

›Sie kam soeben durch die Hintertür herein. Ich bin zwar ganz sicher, dass sie nur an der Seitenpforte mit irgendjemand zusammengetroffen ist, aber ich halte es doch für gefährlich, und wir sollten es nicht so hingehen lassen.‹

›Du musst morgen früh mit ihr sprechen, oder ich will es tun, falls es dir lieber ist. Hast du dich überzeugt, dass alles gut verschlossen ist?‹

›Vollkommen, Papachen.‹

›Dann gute Nacht.‹ Ich gab ihr einen Kuss und ging wieder in mein Schlafzimmer hinauf, wo ich bald im Schlummer lag.

Ich bestrebe mich, Ihnen alles zu sagen, Mr Holmes, was für den Fall irgend von Bedeutung sein kann. Aber ich möchte bitten, dass Sie mich über jeden Punkt, der Ihnen nicht völlig verständlich ist, ausdrücklich befragen.«

»Ihre Darstellung ist im Gegenteil ganz ausnehmend klar.«

»Nun komme ich zu einem Abschnitt meiner Geschichte, bei dem es mir ganz besonders darum zu tun ist, Ihnen alles anschaulich zu machen. Ich habe keinen sehr festen Schlaf, und die Unruhe in meinem Innern trug wohl dazu bei, dass dies noch weniger der Fall war als sonst.

Etwa um zwei Uhr morgens erwachte ich von einem Geräusch im Haus. Es hörte bereits auf, ehe ich völlig wach war; aber ich hatte davon den Eindruck behalten, als wäre irgendwo im Haus ein Fenster zugemacht worden. Voll Spannung horchend lag ich da. Plötzlich vernahm ich zu meinem Entsetzen ganz deutlich leise Tritte im Nebenzimmer. Bebend vor Angst, schlüpfte ich aus dem Bett und spähte am Türrand vorbei in das andere Zimmer hinaus.

›Arthur‹, rief ich, ›du Elender, du Dieb! Wie kannst du dich unterstehen, dich an dem Schmuck zu vergreifen?‹

Das Gas war noch halb abgedreht, wie ich es gelassen hatte, und mein unseliger Junge, nur mit Hemd und Hosen bekleidet, stand neben der Flamme, das Schmuckstück in der Hand. Es sah aus, als ziehe oder biege er daran mit aller Kraft. Auf meinen Zuruf ließ er es fallen und wurde blass wie der Tod. Ich hob es auf und besichtigte es. Eine von den goldenen Ecken, welche drei Berylle enthielt, fehlte.

›Bube‹, schrie ich, außer mir vor Wut, ›du hast es zerbrochen, du hast mich in ewige Schande gestürzt! Wo sind die Steine, die du gestohlen hast?‹

›Gestohlen!‹, rief er dagegen.

›Jawohl, du Dieb!‹, schrie ich wieder und schüttelte ihn dabei an der Schulter.

›Es fehlt keiner. Es kann keiner fehlen‹, entgegnete er.

›Es fehlen drei. Und du weißt wohl, wo sie sind. Ist es nicht genug, dass du ein Dieb bist, muss ich dich auch noch einen Lügner heißen? Habe ich nicht mit eigenen Augen gesehen, wie du noch ein Stück davon abbrechen wolltest?‹

›Du hast mich genug beschimpft‹, versetzte er, ›ich lasse mir das nicht länger gefallen. Kein Wort kommt in dieser Angelegenheit mehr über meine Lippen, nachdem du mich ohne Weiteres wie einen Ehrlosen behandelt hast. Morgen früh verlasse ich dein Haus und schlage mich allein weiter durch die Welt.‹

›Die Polizei wird die Sache in die Hand nehmen‹, rief ich, halb wahnsinnig vor Kummer und Wut. ›Es soll ganz gründlich untersucht werden!‹

›Von mir werdet ihr nichts erfahren!‹, erwiderte er mit einer Leidenschaftlichkeit, die ich gar nicht in ihm gesucht hätte. ›Beliebt es dir, die Polizei zu rufen, so mag sie auch sehen, wie sie fertig wird.‹

Inzwischen war alles im Haus wach geworden, denn ich hatte im Zorn die Stimme laut erhoben. Mary kam zuerst zu mir hereingeeilt. Beim ersten Blick auf den Schmuck und auf Arthurs Gesicht erriet sie alles und stürzte mit einem Schrei ohnmächtig zu Boden. Ich schickte das Hausmädchen auf die Polizei, um dieser die weiteren Nachforschungen ohne Verzug zu übergeben. Als der Inspektor mit einem Schutzmann eintraf, richtete Arthur, der die ganze Zeit über mit gekreuzten Armen finster dagestanden, die Frage an mich, ob ich wirklich gesonnen sei, ihn des Diebstahls zu bezichtigen. Ich erklärte ihm, dass die Sache keine Privatangelegenheit mehr, sondern ein öffentliches Vergehen sei, da das beschädigte Schmuckstück zum Nationaleigentum gehöre. Ich sei entschlossen, dem Gesetz seinen vollen Lauf zu lassen. ›Dann wirst du doch wenigstens nicht auf einer unverzüglichen Festnehmung bestehen‹, sagte er jetzt. ›Es wäre ebenso sehr in deinem Interesse wie in meinem eigenen, wenn ich das Haus auf fünf Minuten verlassen dürfte.‹

›Um zu entfliehen oder vielleicht um deinen Raub zu verstecken‹, erwiderte ich. Hierauf stellte ich ihm die schreckliche Lage vor, in die ich mich versetzt sehe; ich flehte ihn an, doch zu bedenken, wie nicht nur meine Ehre, sondern auch die einer viel höheren Persönlichkeit auf dem Spiel stehe und dass er einen Skandal heraufbeschwöre, der die ganze Nation in Aufregung versetzen würde. Das alles ließe sich aber noch abwenden, wenn er mir nur sagen wollte, was er mit den drei fehlenden Steinen angefangen habe.

›Du bist auf frischer Tat ertappt worden‹, fuhr ich fort, ›mach die Sache wenigstens so weit wieder gut, wie es in deiner Macht steht; sag mir, wo die Steine sind, und alles soll vergeben und vergessen sein.‹

›Behalte deine Vergebung für Leute, die dich darum bitten‹, gab er zur Antwort und kehrte mir höhnisch den Rücken. Ich sah, dass sein Trotz ihn für alles Zureden taub machte. Nun gab es keine andere Wahl mehr. Ich rief den Inspektor herein und ließ Arthur verhaften. Unverzüglich wurde eine Durchsuchung vorgenommen, nicht allein an seiner Person, sondern auch in seinem Zimmer und überall sonst im Haus, wo er möglicherweise die Steine versteckt haben konnte. Allein es fand sich keine Spur davon, und aus dem nichtsnutzigen Burschen war weder durch Überredung noch durch Drohung eine Silbe herauszubringen.

Heute früh wurde er in Gewahrsam gebracht, und nach Erledigung der polizeilichen Förmlichkeiten bin ich alsbald hierher geeilt, um Sie dringend zu bitten, all Ihren Scharfsinn an die Aufklärung dieser Angelegenheit zu setzen. Auf der Polizei hat man offen eingestanden, dass man mir vorläufig nicht zu helfen wisse. Bezüglich der Kosten brauchen Sie sich keinerlei Beschränkung aufzuerlegen. Ich habe bereits tausend Pfund Belohnung ausgesetzt. Mein Gott, was soll ich machen? In einer Nacht habe ich die Juwelen verloren und meinen Sohn dazu! Oh, was soll ich tun?«

Er fuhr sich mit beiden Händen an die Schläfen, wiegte sich hin und her und stöhnte dabei wie ein Kind, das für seine Betrübnis keinen Ausdruck mehr findet.

Holmes saß einige Minuten lang mit gerunzelten Brauen und starr auf das Kaminfeuer gerichtetem Blick schweigend da.

»Sehen Sie viel Gesellschaft bei sich?«, fragte er dann.

»Niemand außer meinem Teilhaber mit seiner Familie und gelegentlich einem Bekannten von Arthur. Sir George Burnwell war in letzter Zeit mehrmals da. Sonst, glaube ich, kein Mensch.«

»Gehen Sie viel in Gesellschaft?«

»Arthur, ja; ich und Mary bleiben zu Hause. Wir machen uns beide nichts daraus.«

»Das ist auffallend bei einem jungen Mädchen.«

»Sie ist ein ruhiges, anspruchsloses Wesen. Außerdem ist sie nicht mehr so sehr jung. Sie ist vierundzwanzig.«

»Der Vorfall, den Sie uns soeben geschildert haben, hat anscheinend auch sie schwer getroffen.«

»Furchtbar. Sie ist sogar noch gebeugter als ich.«

»Und Sie hegen beide durchaus keinen Zweifel an Ihres Sohnes Schuld?«

»Wie wäre das möglich, da ich doch mit eigenen Augen sah, wie er den Schmuck in der Hand hielt!«

»Ich vermag dies kaum als einen zwingenden Beweis anzusehen. War der Rest des Diadems überhaupt beschädigt?«

»Ja, es war verbogen.«

»Glauben Sie nicht, dass Ihr Sohn vielleicht versuchte, es wieder zurechtzubiegen?«

»Gott lohne Ihnen! Sie tun für ihn und mich, was Sie können; aber das geht über Ihre Kräfte. Was hatte er überhaupt dort zu schaffen? Wenn seine Absicht unsträflich war, warum sagte er es nicht?«

»Ganz richtig. Aber wenn er schuldig war, warum brachte er nicht eine Lüge vor? Ich finde, sein Stillschweigen lässt sich in diesem wie in jenem Sinn deuten. Der Fall bietet mehrere eigentümliche Momente. Wie erklärte die Polizei das Geräusch, von dem Sie aufwachten?«

»Sie meinte, das werde wohl durch das Schließen von Arthurs Schlafzimmertür entstanden sein.«

»Außerordentlich glaubhaft! Als ob ein Mensch, der sich zur Ausführung eines Verbrechens anschickt, seine Tür zuschlüge, dass das ganze Haus davon wach wird. Und was meinten sie wegen des Verschwindens der Steine?«

»Sie sind noch dabei, die Fußböden und das Mobiliar zu untersuchen, in der Hoffnung, sie aufzufinden.«

»Hat man daran gedacht, auch außen um das Haus herum nachzusehen?«

»Jawohl. Die Polizei betreibt die Sache mit großem Eifer. Der ganze Garten ist bereits aufs Genaueste abgesucht worden.«

»Nun, mein lieber Herr«, sagte Holmes, »Sie werden wohl selbst einsehen, dass die Sache nicht so klar auf der Hand liegt, wie Sie oder die Polizei von vornherein anzunehmen geneigt waren. – Der Fall kam Ihnen einfach vor, mir scheint er äußerst verwickelt. Vergegenwärtigen Sie sich nur einmal, was Ihre Auffassung alles in sich schließt. Sie nehmen an, Ihr Sohn sei aus seiner Stube heruntergekommen, habe unter großer Gefahr Ihr Ankleidezimmer betreten, Ihren Schreibtisch geöffnet, den Schmuck herausgenommen, an diesem ein Stück gewaltsam abgebrochen, sich sodann an einen dritten Ort begeben und daselbst drei Steine von den neununddreißig so schlau versteckt, dass kein Mensch sie zu finden imstande ist, um dann mit den übrigen sechsunddreißig nach dem Zimmer zurückzukommen, wo er die größte Gefahr lief, entdeckt zu werden. Nun frage ich Sie – ist das eine haltbare Auffassung?«

»Aber was lässt sich sonst annehmen?«, rief der Bankier mit einer Gebärde der Verzweiflung. »Warum redet er nicht, wenn er keine bösen Absichten hatte?«

»Das herauszubringen ist unsere Sache«, erwiderte Holmes. »Wenn es Ihnen recht ist, Mr Holder, so wollen wir jetzt zusammen nach Streatam fahren und eine Stunde darauf verwenden, uns die Sache ein wenig genauer zu besehen.«

Mein Freund bestand auf meiner Begleitung, und ich war sehr gerne bereit dazu, denn die Erzählung, deren Ohrenzeuge ich gewesen war, hatte meine Neugier und Teilnahme gleichermaßen erregt. Ich gestehe, dass mir die Schuld des jungen Mannes nicht minder zweifellos erschien, als dessen unglücklichem

Vater, aber trotzdem hatte ich solches Vertrauen zu Holmes' Urteil, dass ich überzeugt war, die Sache stehe noch nicht hoffnungslos, solange er sich mit der vorliegenden Erklärung nicht zufrieden gab. Holmes sprach unterwegs kaum ein Wort, vielmehr saß er, das Kinn auf die Brust gesenkt und den Hut über die Augen gedrückt, in tiefstes Nachdenken versunken da. Der Bankier war angesichts des schwachen Hoffnungsschimmers, den man ihm gezeigt hatte, wie neu belebt, sodass er sich sogar mit mir in eine gleichgültige Unterhaltung über seine Geschäftsangelegenheiten einließ. Nach kurzer Eisenbahnfahrt und einem noch kürzeren Weg zu Fuß erreichten wir Fairbank, den bescheidenen Wohnsitz des reichen Finanzmannes.

Es war ein stattliches viereckiges Gebäude aus weißem Werkstein, das etwas hinter der Straßenlinie zurückstand. Ein doppelter Fahrweg, der in der Mitte einen schneebedeckten freien Platz bildete und gegen die Straße durch zwei große Gittertore abgeschlossen war, führte von vorne auf das Haus zu. Rechts davon befand sich ein kleines Gehölz, durch das man zu einem schmalen Pfad gelangte, der zwischen zwei sauberen Hecken von der Straße aus nach der Küche hinführte und den Eingang für die Lieferanten bildete. Links, und zwar bereits außerhalb des Anwesens, lief ein Gässchen vorbei, durch das man zu den Ställen kam und das als allgemeine, wenn auch selten benutzte Durchfahrt diente. Holmes ließ uns an der Haustür stehen und ging langsam um das ganze Haus herum, vor demselben auf und ab, den Weg zur Küche entlang, dann hinten herum durch den Garten auf dem Weg zu den Ställen. Er hielt sich dabei so lange auf, dass Mr Holder mit mir unterdessen ins Speisezimmer ging, wo wir beim Feuer auf ihn warteten. Da saßen wir schweigend beisammen, als die Tür aufging und eine junge Dame eintrat. Sie war über mittelgroß, schlank, schwarzhaarig und schwarzäugig, was bei ihrer bleichen Gesichtsfarbe umso mehr hervortrat. Ich glaube, ich habe in meinem ganzen Leben keine solche Todesblässe auf einem Frauenangesicht gesehen. Auch ihre Lippen waren blutlos, dagegen ihre Augen vom Weinen gerötet. Wie sie schweigend in das Zimmer glitt, machte sie auf mich einen noch kummervolleren Eindruck als der Bankier am Morgen. Dies war bei ihr umso auffallender, als sie offenbar einen starken Charakter und eine außerordentliche Fähigkeit der Selbstbeherrschung besaß. Ohne mich zu beachten, ging sie geradewegs auf ihren Oheim zu und streichelte ihm sanft und zärtlich die Wangen.

»Du hast Weisung gegeben, dass Arthur wieder auf freien Fuß gesetzt wird, nicht wahr, Papa?«, fragte sie.

»Nein, nein, mein Kind; die Sache muss erst gründlich untersucht werden.«

»Aber ich bin so gewiss, dass er unschuldig ist. Mein Gefühl täuscht mich nicht. Ich weiß, er hat nichts Unrechtes begangen, und es wird dir noch leid tun, dass du so streng verfahren bist.«

»Warum spricht er denn nicht, wenn er unschuldig ist?«

»Wer kann das wissen? Vielleicht aus Unwillen über den Verdacht, den du gegen ihn hast.«

»Konnte ich denn anders als ihn in Verdacht haben, da er den Schmuck vor meinen Augen in der Hand hielt?«

»Ach, er hatte ihn doch nur aufgehoben, um ihn anzusehen. Glaube mir, er ist unschuldig. Lass die Sache auf sich beruhen und sprich nicht mehr davon. Es ist so entsetzlich, sich unseren guten Arthur im Gefängnis vorstellen zu müssen.«

»Ich werde die Sache niemals ruhen lassen, bis die Steine gefunden sind – niemals, Mary. Deine Anhänglichkeit an Arthur macht dich blind für die furchtbaren Folgen, die die Sache für mich hat. Weit entfernt, sie vertuschen zu wollen, habe ich einen Herrn aus London mitgebracht, der sich noch eingehender damit befassen soll.«

»Diesen Herrn?«, fragte sie, sich nach mir umwendend.

»Nein, seinen Freund. Er wünschte, wir sollen ihn allein lassen. Er ist eben drüben in dem Gässchen bei den Ställen.«

»Bei den Ställen?« Sie zog ihre dunklen Brauen in die Höhe. »Was mag er denn dort suchen? Ach, das ist er vermutlich. Ich hoffe fest«, wandte sie sich an Holmes, »dass Sie imstande sein werden, die Unschuld meines Vetters Arthur an diesem Verbrechen nachzuweisen, von der ich ganz fest überzeugt bin.«

»Ich teile Ihre Anschauung vollkommen und nicht minder Ihre Hoffnung, dass wir den Beweis dafür erbringen werden«, entgegnete Holmes, indem er nochmals zur Fußmatte zurückging, um den Schnee von seinen Schuhen abzuklopfen. »Ich habe wohl die Ehre, mit Miss Mary Holder zu sprechen. Dürfte ich vielleicht eine oder zwei Fragen an Sie richten?«

»Gewiss, wenn es zur Aufklärung dieser schrecklichen Sache dienen kann.«

»Sie haben vergangene Nacht selbst nichts gehört?«

»Nichts, bis mein Oheim hier laut zu sprechen anfing. Das hörte ich, und daraufhin kam ich herunter.«

»Sie haben am Abend vorher die Fenster und Türen verschlossen. Haben Sie sämtliche Fenster fest zugemacht?«

»Jawohl.«

»Waren dieselben heute früh noch alle fest zu?«

»Gewiss.«

»Eines Ihrer Dienstmädchen hat einen Liebhaber? Sie machten, soviel ich weiß, gestern Abend Ihren Oheim darauf aufmerksam, dass sie das Haus verlassen hätte, um mit ihm zusammenzutreffen.«

»Jawohl, und sie war es eben, die im Wohnzimmer bediente und die dabei vielleicht Onkels Äußerung über den Schmuck mit angehört hat.«

»Aha. Sie vermuten, sie habe dies ihrem Liebhaber mitgeteilt und darauf haben dann die beiden zusammen den Diebstahl verabredet.«

»Aber was sollen denn diese unbestimmten Vermutungen«, rief der Bankier ungeduldig dazwischen, »wenn ich Ihnen doch sage, dass ich sah, wie Arthur den Schmuck in der Hand hatte.«

»Gedulden Sie sich ein wenig, Mr Holder, wir müssen noch darauf zurückkommen. Was dieses Mädchen anbelangt, Miss Holder, so sahen Sie mit an, wie es wieder zur Küchentür hereinkam, nicht wahr?«

»Jawohl. Als ich eben nachsehen wollte, ob die Tür gut geschlossen sei, schlüpfte sie herein; ich bemerkte auch den Mann draußen im Dunkeln.«

»Kennen Sie ihn?«

»Oh freilich, es ist ein Gemüsehändler, der uns den Küchenbedarf ins Haus liefert. Er heißt Francis Prosper.«

»Er stand«, fuhr Holmes fort, »links von der Tür, etwas weiter unten an der Hecke?«

»Allerdings.«

»Und er hat einen Stelzfuß!«

Hier blitzte etwas wie Angst in den ausdrucksvollen Augen der jungen Dame auf. »Sie sind ja ein wahrer Hexenmeister«, sagte sie, »woher wissen Sie das?« Dabei lächelte sie, aber auf Holmes' magerem, scharfgeschnittenem Gesicht fand dies Lächeln keine Erwiderung.

»Ich möchte nun sehr gerne in den oberen Stock gehen. Nachher werde ich voraussichtlich noch einmal die Runde um das Haus machen müssen. Vielleicht ist es übrigens zweckmäßiger, ich besichtige die Fenster unten, ehe ich hinaufgehe.«

Rasch ging er von einem zum anderen; nur bei dem einen großen Fenster, das vom Hausgang zum Gässchen hinaussah, hielt er sich länger auf. Dies öffnete er und untersuchte die Fensterbank aufs Sorgfältigste mit einem starken Vergrößerungsglas. »Jetzt wollen wir hinaufgehen«, sagte er endlich.

Des Bankiers Ankleidezimmer war ein einfach ausgestatteter kleiner Raum, mit einem grauen Teppich belegt, und enthielt einen großen Schreibtisch und einen hohen Spiegel. Holmes ging zunächst auf den Schreibtisch zu und unterzog das Schloss einer genauen Besichtigung.

»Mit welchem Schlüssel ist es geöffnet worden?«, fragte er.

»Mit dem Schlüssel zum Buffet unten, den mein Sohn selbst bezeichnet hat.«

»Haben Sie ihn hier?«

»Dort liegt er auf dem Toilettentisch.«

Holmes nahm ihn und schloss den Schreibtisch damit auf. »Er schließt lautlos. Kein Wunder, dass Sie nicht davon aufwachten. In diesem Etui hier befindet sich wohl der Schmuck. Wir müssen einen Blick darauf werfen.« Er öffnete das Etui, nahm den Schmuck heraus und legte ihn auf den Tisch. Es war ein Prachtstück der Goldschmiedekunst, und die sechsunddreißig Steine waren die schönsten, die ich je gesehen. An dem einen Ende war ein Stück abgebrochen; es fehlte eine Zacke mit drei Steinen.

»Nun, Mr Holder«, sagte Holmes, »dies hier ist die Zacke, die der in so bedauerlicher Weise abhanden gekommenen entspricht. Dürfte ich Sie bitten, dieselbe abzubrechen?«

Der Bankier wich vor Schrecken einen Schritt zurück. »Es fällt mir nicht im Traum ein, so etwas zu versuchen«, versetzte er.

»Dann will ich es tun.« Holmes versuchte seine ganze Stärke daran, allein ohne Erfolg. »Ich fühle, dass es ein wenig nachgibt«, sagte er; »aber obwohl ich ungewöhlich große Kraft in den Fingern habe, würde ich doch geraume Zeit brauchen, es zu zerbrechen. Ein gewöhnlicher Mensch wäre dazu gar nicht imstande.«

»Ich weiß nicht, was ich denken soll. Es ist mir völlig rätselhaft.«

»Nun, vielleicht wird es Ihnen doch mit der Zeit klarer werden. – Was halten Sie davon, Miss Holder?«

»Ich gestehe, dass ich vorläufig noch ebenso wenig klug daraus werde wie mein Oheim.«

»Ihr Sohn hatte keine Schuhe oder Pantoffeln an, als Sie ihn überraschten?«, fragte er darauf Mr Holder.

»Nichts als Hosen und Hemd.«

»Danke. Wir sind bei der Untersuchung wirklich außerordentlich vom Glück begünstigt, und es wird lediglich unsere eigene Schuld sein, falls es uns nicht gelingt, die Sache aufzuklären. Wenn Sie erlauben, Mr Holder, will ich jetzt meine Nachforschungen draußen fortsetzen.« Wir ließen ihn dabei auf seine ausdrückliche Bitte wiederum allein; er hatte nämlich erklärt, dass alle unnötigen Fußspuren ihm seine Aufgabe möglicherweise erschweren könnten. Eine Stunde oder darüber brachte er damit zu, dann kam er zurück mit einer Masse Schnee an den Stiefeln und einer Miene, die völlig undurchdringlich war.

»Ich habe, glaube ich, jetzt alles gesehen, was es zu sehen gibt, Mr Holder«, sagte er, »ich kann nun nichts Besseres für Sie tun, als wieder nach Hause zu gehen.«

»Aber die Steine, Mr Holmes, wo sind sie?«

»Das kann ich nicht sagen.«

Der Bankier rang die Hände. »Ich sehe sie nie wieder!«, rief er aus. »Und mein Sohn? Sie geben mir Hoffnung?«

»Meine Überzeugung hat sich nicht im mindesten geändert. Wenn Sie mich morgen Vormittag zwischen neun und zehn Uhr in meiner Wohnung besuchen können, so werde ich Ihnen mit Vergnügen Aufschluss darüber geben, soweit dies irgend in meinen Kräften steht. Doch setze ich dabei voraus, dass Sie mir unbeschränkte Freiheit lassen, für Sie zu handeln und jede Summe auf Sie zu ziehen, die ich für erforderlich halte.«

»Mein ganzes Vermögen gebe ich hin, wenn ich die Steine wiedererlange!«

»Ganz gut; ich werde inzwischen die Sache weiter zu ergründen suchen. Leben Sie wohl. Es kann leicht sein, dass ich vor Abend noch einmal hierher kommen muss.«

Ich erkannte klar, dass mein Freund sich nunmehr seine Ansicht über den Fall gebildet hatte, obwohl ich mir von seinen Schlussfolgerungen auch nicht einmal eine dunkle Vorstellung zu machen vermochte. Mehrmals bemühte ich mich auf unserer Heimfahrt, ihn darüber auszuhorchen, aber er ging immer wieder unmerklich auf einen anderen Gegenstand über, bis ich es schließlich als hoffnungslos aufgab. Vor drei Uhr befanden wir uns bereits wieder zu Hause. Er eilte auf sein Zimmer und erschien schon nach wenigen Minuten wieder in der Verkleidung eines gewöhnlichen Trödlers. Mit seinem aufgeschlagenen Kragen, seinem ausgewaschenen, fadenscheinigen Rock, dem roten Halstuch und den abgetragenen Stiefeln war er ein vollendetes Muster dieser Menschenklasse.

»Ich denke, so wird es gehen«, sagte er, in den Spiegel über dem Kamin blickend. »Ich wünschte nur, Sie könnten mich begleiten, Watson, aber ich glaube, es ginge doch nicht wohl an. Jedenfalls werde ich bald wissen, ob ich in dieser Sache auf der richtigen Spur bin oder einem Irrlicht nachjage. Ich hoffe, in ein paar Stunden bin ich wieder da.« Er steckte sich ein belegtes Brötchen in die Tasche und machte sich auf den Weg.

Ich hatte eben meinen Tee getrunken, als er wieder eintraf, sichtlich in trefflicher Laune, einen alten Zugstiefel in der Hand schwingend, den er sofort in eine Ecke warf, um sich eine Tasse Tee einzuschenken. »Ich bin nur im Vorbeigehen schnell auf einen Augenblick hereingekommen. Ich muss sogleich weiter.«

»Wohin?«

»Hinüber nach der anderen Seite des Westends. Ich bleibe vielleicht ziemlich lange aus. Warten Sie nicht auf mich, falls ich spät heimkomme.«

»Wie macht sich die Sache?«

»Ganz leidlich. Kann nicht klagen. Ich bin seither draußen in Streatam gewesen, aber ohne im Haus vorzusprechen. Ein allerliebster kleiner Fall, den ich nicht um vieles hergäbe! Aber ich darf die Zeit hier nicht verplaudern und muss aus dieser schnöden Hülle wieder in meine anständigen Kleider schlüpfen.«

Sein Wesen zeigte mir, dass er mehr Grund zur Befriedigung hatte als seine Äußerungen erraten ließen. Es zuckte in seinen Augen, und auf seinen blassen Wangen zeigte sich sogar eine Spur von Farbe. Rasch ging er nach oben, und schon nach wenigen Minuten hörte ich an dem Zuschlagen der Haustür, dass er sich bereits wieder an die Verfolgung des Zieles gemacht hatte, das auf seinen Scharfsinn eine so unwiderstehliche Anziehung ausübte. Ich wartete bis Mitternacht, aber noch deutete nichts auf seine Rückkehr hin; ich zog mich deshalb auf mein Zimmer zurück. Es kam nicht selten vor, dass er ganze Tage und Nächte ausblieb, wenn er eine Spur verfolgte. So hatte seine Verspätung nichts Überraschendes für mich. Wann er heimkam, weiß ich nicht, aber als ich mich morgens zum Frühstück einfand, saß er schon mit einer Kaffeetasse in der einen Hand und einer Zeitung in der anderen ganz frisch und sorgfältig angekleidet da.

»Sie werden entschuldigen, dass ich nicht auf Sie gewartet habe, Watson«, rief er mir entgegen, »aber Sie wissen ja, dass unser Klient heute schon zu ziemlich früher Stunde vorsprechen will.«

»Ich glaube, es hat geklingelt«, versetzte ich. »Es ist ja schon neun Uhr vorüber; mich sollte nicht wundern, wenn er es wäre.«

Es war wirklich unsere neue Bekanntschaft, der Bankier. Ich war ganz betroffen über die Veränderung, die mit ihm vorgegangen war; sein von Natur breites, volles Gesicht war jetzt schmal und eingefallen, und sein Haar kam mir um eine Schattierung weißer vor. Er trat mit einer Müdigkeit und Gleichgültigkeit ein, die einen noch betrübenderen Eindruck machte, als seine gestrige Aufregung, und ließ sich schwer in den Sessel fallen, den ich ihm hinschob.

»Ich weiß nicht, womit ich diese harte Prüfung verdient habe«, begann er. »Noch vor zwei Tagen war ich ein glücklicher, wohlhabender Mann und ohne die geringste Sorge; nun gehe ich einem einsamen, ehrlosen Alter entgegen. Ein Schlag folgt dem anderen auf dem Fuß. Meine Nichte Mary hat mich verlassen.«

»Sie verlassen?«

»Jawohl. Ihr Bett war heute früh unberührt, ihr Zimmer leer und auf dem Tisch im Salon lag ein Brief an mich. Gestern Abend hatte ich ihr gegenüber geäußert – aber nur aus Betrübnis, nicht im Bösen –, wenn sie meinen Jungen geheiratet hätte, so wäre er vielleicht auf dem guten Weg geblieben. Es war wohl eine unbedachte Äußerung von mir. Sie spielt in dem Schreiben hier darauf an. ›Liebster Onkel!‹, lautet es, ›ich sehe ein, dass ich dich betrübt habe und dass, wenn ich anders gehandelt hätte, dieses schreckliche Missverständnis vielleicht niemals eingetreten wäre. Mit diesem Gefühl im Herzen kann ich unter Deinem Dach nicht wieder glücklich werden und muss Dich daher auf immer verlassen; mache Dir keinen Kummer um meine Zukunft, denn dafür ist gesorgt; und vor allem forsche nicht nach mir; es wäre vergebliche Mühe und mir ein schlechter Dienst. Im Leben wie im Tod verbleibe ich stets

Deine Dich liebende

Mary.‹

»Was kann der Brief zu bedeuten haben, Mr Holmes? Glauben Sie, dass er auf Selbstmord hindeutet?«

»Nein, nein; kein Gedanke daran. Diese Lösung ist vielleicht die allerbeste. Ich glaube, Mr Holder, Sie sind dem Ende Ihrer Kümmernisse nahe.«

»Ha, Sie sagen das? Sie haben etwas gehört, Mr Holmes, Sie haben etwas erfahren? Wo sind die Steine?«

»Würden Ihnen tausend Pfund für das Stück zu hoch erscheinen?«

»Ich gebe das Zehnfache dafür.«

»So viel braucht es nicht. Mit dreitausend Pfund ist die Sache gedeckt. Um eine kleine Belohnung wird es sich freilich auch noch handeln. Haben Sie Ihr Scheckbuch bei sich? Hier ist eine Feder. Schreiben Sie lieber viertausend Pfund.«

Mit ganz verdutzter Miene fertigte der Bankier den verlangten Scheck aus. Holmes ging nun an sein Schreibpult, nahm ein kleines dreieckiges Stück Gold heraus, an dem sich drei Steine befanden, und warf es auf den Tisch.

Der Bankier stieß einen Freudenschrei aus und griff danach.

»Sie haben es!«, stammelte er. »Ich bin gerettet, ich bin gerettet!«

Der Ausbruch seines Entzückens war jetzt ebenso leidenschaftlich wie es zuvor sein Kummer gewesen; er drückte die wiedergewonnenen Steine an die Brust.

»Sie haben noch eine Schuld zu tilgen, Mr Holder«, bemerkte Holmes ziemlich ernst.

»Noch eine Schuld?« Er griff nach einer Feder. »Nennen Sie nur die Summe, und ich werde sie bezahlen.«

»Nein. Die Schuld betrifft nicht mich. Ihrem Sohn schulden Sie eine recht demütige Abbitte. Der hochherzige Jüngling hat sich in dieser Sache so brav gehalten, dass ich stolz auf meinen eigenen Sohn sein würde, falls ich je einen bekommen sollte, hätte er im gleichen Fall ebenso gehandelt.«

»Also ist Arthur nicht der Dieb?«

»Nein, wie ich Ihnen gestern schon sagte und heute wiederhole.«

»Sie wissen es gewiss? Dann lassen Sie uns gleich zu ihm eilen, um ihm zu sagen, dass man den wahren Sachverhalt kennt.«

»Er weiß bereits alles. Sobald ich selbst in Betreff der Sache zur Klarheit gekommen war, suchte ich ihn auf. Da er sich nicht dazu entschließen wollte, mir den Hergang zu erzählen, so erzählte ich ihm denselben. Darauf konnte er nicht umhin, einzuräumen, dass ich das Richtige getroffen habe, und die wenigen Einzelheiten hinzuzufügen, die mir noch unverständlich waren. Die Neuigkeit, die Sie heute mitgebracht haben, öffnet ihm vielleicht vollends die Lippen.«

»So sagen Sie mir um des Himmels willen, was ist das für ein unbegreifliches Rätsel?«

»Das will ich, und ich werde Ihnen auch sagen, was für Schritte ich getan habe, um zur Lösung desselben zu gelangen. Vor allem lassen Sie mich Ihnen mitteilen, was für mich auszusprechen und für Sie zu hören am schmerzlichsten ist: Ihre Nichte Mary handelte im Einverständnis mit Sir George Burnwell. Sie sind jetzt zusammen entwichen.«

»Meine Mary – unmöglich!«

»Es ist leider mehr als möglich, es ist sicher. Weder Sie selbst noch Ihr Sohn kannten den wahren Charakter dieses Menschen, als Sie ihm in Ihrem häuslichen Kreis Aufnahme gewährten. Er ist eines der gefährlichsten Subjekte in ganz England – ein heruntergekommener Spieler, ein ganz verzweifelter Schurke, ein Mensch ohne Herz und Gewissen. Ihre Nichte hatte keine Ahnung davon, dass es solche Menschen auf der Welt gäbe. Als er ihr seine Liebesschwüre zuflüsterte, wie hundert anderen vor ihr, schmeichelte sie sich, die einzige zu sein, die sein Herz gerührt habe. Der Teufel mag wissen, wie er es anfing, aber er brachte es dahin, dass sie zu seinem willenlosen Werkzeug wurde und fast jeden Abend mit ihm zusammentraf.«

»Ich kann, ich will es nicht glauben!«, rief der Bankier mit aschfahlem Gesicht.

»Nun, dann will ich Ihnen erzählen, was vorletzte Nacht in Ihrem Haus vorging. Als Ihre Nichte annahm, Sie haben sich in Ihr Zimmer zurückgezogen, schlüpfte sie hinunter und unterhielt sich mit ihrem Liebhaber durch das Fenster, das nach dem Gässchen bei den Ställen hinausgeht. Seine Fußstapfen haben sich ganz durch den Schnee durchgedrückt, so lange hat er dort gestanden. Sie erzählte ihm von dem Schmuck. Diese Kunde entflammte seine verruchte Gier nach Gold, und er gewann sie für seine Pläne. Ich zweifle nicht an ihrer Anhänglichkeit für Sie, allein es gibt weibliche Wesen, bei denen neben der Anhänglichkeit an einen Geliebten keine andere mehr Raum findet, und zu diesen muss sie wohl gehört haben. Sie hatte kaum die nötigen Vorschriften für ihr Verhalten von ihm empfangen, als sie Sie die Treppe herunterkommen sah, worauf sie das Fenster eiligst schloss und Ihnen die Geschichte von dem Dienstmädchen erzählte, das sich zu dem stelzfüßigen Liebhaber hinausgeschlichen habe, womit es auch seine volle Richtigkeit hatte.

Ihr Sohn begab sich nach der Unterredung mit Ihnen wohl zu Bett, konnte aber vor Sorgen wegen seiner Schulden im Klub nicht schlafen. Mitten in der Nacht hörte er jemand mit leisem Tritt an seiner Tür vorbeischleichen. Er stand auf, schaute hinaus und sah mit höchster Verwunderung seine Base ganz verstohlen durch den Gang gleiten und in Ihrem Ankleidezimmer verschwinden. Starr vor Staunen warf er ein paar Kleidungsstücke über und harrte im Dunkeln auf die weitere Entwicklung dieser merkwürdigen Geschichte. Nun kam sie wieder aus dem Zimmer heraus, und beim Schein der Flurlampe sah Ihr Sohn, dass sie das kostbare Schmuckstück in der Hand hatte. Sie ging die Treppe hinunter, und er eilte, zitternd vor Schrecken, zu dem Vorhang bei Ihrer Tür, um, dahinter versteckt, sehen zu können, was unten im Hausgang vorgehe. Er sah, wie sie verstohlen das Fenster aufmachte und das Schmuckstück jemandem im Dunkeln reichte, dann das Fenster wieder schloss und eiligst den Rückweg zu ihrem Zimmer einschlug, der sie ganz dicht an seinem Versteck vorbeiführte.

Solange sie sich auf dem Schauplatz befand, konnte er nichts unternehmen, ohne das Mädchen, das er liebte, aufs Furchtbarste bloßzustellen. Aber sobald sie verschwunden war, machte er sich klar, was für ein namenloses Unglück für Sie daraus entstehen müsste und wie unendlich wichtig es sei, das Kleinod zurückzubekommen. Barfuß, wie er ging und stand, eilte er hinab, öffnete das Fenster, sprang in den Schnee hinaus und rannte das Gässchen entlang, wo er eine dunkle Gestalt im Mondschein bemerkte. Es war Sir George, der sich aus dem Staub zu machen suchte, allein Arthur holte ihn ein und rang mit ihm, wobei beide an dem Schmuckstück zerrten, Ihr Sohn an einem Ende, sein Gegner am anderen. Auf einmal knackte es, und Ihr Sohn sah, dass ihm der Schmuck in der Hand geblieben war. Er eilte nun ins Haus zurück, machte das Fenster wieder zu und ging hinauf in Ihr Ankleidezimmer. Dort bemerkte er, dass der Schmuck im Handgemenge verbogen worden war. Als er noch versuchte, denselben wieder zurechtzubiegen, erschienen Sie auf dem Schauplatz.«

»Ist es möglich?«, stammelte der Bankier.

»Nun brachten Sie ihn in Wut, indem Sie ihm alle möglichen Schimpfreden ins Gesicht schleuderten, in einem Augenblick, wo er sich bewusst war, Ihren wärmsten Dank verdient zu haben. Den wahren Sachverhalt konnte er nicht enthüllen, ohne ein Weib zu verraten, das sicherlich keine große Rücksicht von seiner Seite verdient hatte. Er stellte sich jedoch auf den ritterlichen Standpunkt und wahrte ihr Geheimnis.«

»Also darum ihr Schrecken und ihre Ohnmacht beim Anblick des Schmuckes!«, rief Mr Holder aus. »Oh, mein Gott, was war ich doch für ein blinder Narr! Und seine Bitte, auf fünf Minuten vor das Haus gehen zu dürfen! Der liebe Junge wollte nur sehen, ob das fehlende Stück nicht noch auf dem Kampfplatz liege. Wie grausam von mir, wie habe ich ihn verkannt!«

»Sogleich nach meinem Eintreffen ging ich sorgfältig um das ganze Haus herum, um nach Spuren im Schnee zu suchen, die mir von Wert sein könnten. Ich wusste, dass seit dem Abend vorher kein Schnee mehr gefallen war, und bei dem starken Frost hatten sich auch die Eindrücke unverändert erhalten. Ich ging den Lieferantenweg entlang. Hier war jedoch alles zusammengetreten, sodass man nichts zu unterscheiden vermochte. Nur gerade oberhalb des Eingangs zur Küche hatte eine Frauensperson bei einem Mann gestanden, der, nach den runden Spuren seines einen Fußes zu schließen, ein hölzernes Bein trug. Man vermochte sogar zu erkennen, dass sie gestört worden waren, denn die Frauensperson war rasch zur Tür zurückgelaufen, wie die leichten Eindrücke ihrer Zehen im Gegensatz zur Ferse bewiesen, während der Stelzfuß noch eine Zeitlang gewartet und sich dann erst entfernt hatte. Ich dachte mir gleich, es werde das Dienstmädchen und ihr Liebhaber gewesen sein, von denen Sie bereits gesprochen hatten, und meine weiteren Nachforschungen bestätigten dies auch. Auf dem Gang durch den Garten konnte ich zahlreiche regellos durcheinanderlaufende Fußspuren bemerken, die ich den Polizeileuten zuschrieb. Als ich jedoch in das Stallgässchen kam, stand daselbst in den Schnee geschrieben eine ganze, lange, verwickelte Geschichte vor meinen Augen.

Da war eine zweifache Reihe von männlichen Stiefelspuren und eine weitere Doppelreihe von Eindrücken, die – wie ich zu meiner Freude sah – von den bloßen Füßen eines Mannes herrührten. Aufgrund Ihrer Erzählung war ich augenblicklich überzeugt, dass dieser Mann Ihr Sohn sein müsse. Der erste war hinauf- und heruntergegangen, der andere dagegen war rasch gelaufen, und da sein Tritt an manchen Stellen über den des ersten fortging, war er offenbar nach diesem gekommen. Ich folgte den Spuren und fand, dass sie zu dem Fenster im Hausgang führten, wo der mit den Stiefeln so lange gestanden hatte, dass der Schnee völlig weggetreten war. Dann ging ich ihnen bis zu ihrem anderen Ende nach, etwa hundert Ellen das Gässchen hinunter. Ich fand eine Stelle, wo der Gestiefelte sich umgewendet hatte und der Schnee aufgewühlt war, als ob daselbst ein Kampf stattgefunden, eine Vermutung, welche durch ein paar Blutstropfen, die im Schnee zu sehen waren, ihre Bestätigung fand. Der Gestiefelte war sodann rasch das Gässchen hinabgelaufen, und eine zweite kleine Blutspur zeigte mir, dass er es war, der die Verwundung erhalten hatte. Auf der Straße draußen ließ sich die Spur nicht weiter verfolgen, da der Fußsteig inzwischen gesäubert worden war.

Nach meiner Rückkehr ins Haus untersuchte ich, wie Sie sich erinnern, den Sims und den Rahmen an dem Gangfenster mit einem Vergrößerungsglas und konnte dabei sogleich erkennen, dass jemand hinausgestiegen war. Ferner vermochte ich die Umrisse eines nassen Fußes zu unterscheiden, den jemand beim Hereinsteigen aufgesetzt hatte. Nun fühlte ich mich allmählich imstande, mir ein Bild von den Vorgängen zu machen. Ein Mann hatte vor dem Fenster gewartet, bis ihm jemand die Steine hinausbrachte. Ihr Sohn hatte die Tat mit angesehen, den Dieb verfolgt und mit diesem gerungen, wobei sie beide an dem Schmuckstück zogen und dieses so mit vereinter Kraft in einer Weise beschädigten, wie dies keinem von beiden allein möglich gewesen wäre. Ihr Sohn trug die Siegesbeute davon, hatte jedoch ein Stück derselben seinem Gegner in den Händen lassen müssen. So weit war ich im Reinen. Nun entstand die Frage, wer war dieser letztere und wer hatte ihm den Schmuck hinuntergebracht?

Es ist ein alter Grundsatz von mir, dass, nachdem alles Unmögliche ausgeschlossen worden ist, man in dem, was übrig bleibt, so unwahrscheinlich es sein mag, die Wahrheit finden muss. Nun wusste ich, dass Sie den Schmuck nicht hinuntergebracht hatten, demnach blieben nur noch Ihre Nichte und die Dienstmädchen übrig. Aber wenn es eines der Dienstmädchen war, warum hatte sich Ihr Sohn an Stelle desselben beschuldigen lassen? Dafür war kein vernünftiger Grund zu finden. Er liebte jedoch seine Base, und darin lag eine vortreffliche Erklärung für sein Bestreben, deren Geheimnis zu wahren – umso mehr, als es ein entehrendes Geheimnis war. Wenn ich ferner bedachte, dass Sie Ihre Nichte an jenem Fenster gesehen hatten und sie in Ohnmacht gefallen war, als sie den Schmuck wieder erblickte, wurde meine Vermutung zur Gewissheit.

Und wer konnte es sein, mit dem sie unter einer Decke steckte? Ein Geliebter offenbar, denn nur ein solcher wäre imstande gewesen, über die Liebe und Dankbarkeit, die sie für Ihre Person empfinden musste, den Sieg davonzutragen. Ich wusste, dass Sie wenig ausgingen und Ihr Bekanntenkreis ein sehr beschränkter war. Allein zu diesem Letzteren gehörte Sir

George Burnwell. Ich hatte schon früher erfahren, dass er bei den Frauen berüchtigt sei. Von ihm mussten die Stiefelspuren herrühren, in seinem Besitz mussten sich die fehlenden Steine befinden. Trotzdem er von Arthur entdeckt worden war, durfte er sich mit der Hoffnung schmeicheln, unbehelligt zu bleiben, denn der junge Mann konnte ja kein Wort sagen, ohne seine eigene Familie bloßzustellen.

Nun werden Sie sich leicht denken können, welche Schritte ich zunächst tat. Ich begab mich, als Trödler verkleidet, in Sir Georges Wohnung, wo ich mit dessen Diener Bekanntschaft anzuknüpfen wusste, und erfuhr, dass sich sein Herr den Abend vorher am Kopf verletzt habe. Durch eine Ausgabe von sechs Schilling stellte ich dann vollends die ganze Wahrheit fest. Ich kaufte nämlich ein Paar seiner abgelegten Stiefel, nahm sie mit nach Streatam und überzeugte mich, dass sie vollkommen in die Fußspuren passten.«

»Ich bemerkte gestern allerdings einen Strolch in abgerissener Kleidung vor meinem Haus«, warf Mr Holder ein.

»Ganz recht. Das war ich. Nachdem ich meines Mannes sicher war, wechselte ich zu Hause die Kleider. Nun harrte meiner noch eine heikle Aufgabe; denn ich sah ein, dass, um Aufsehen zu vermeiden, keine Verfolgung der Sache stattfinden dürfe, und wusste, ein solch abgefeimter Schurke würde sofort durchschauen, dass uns in dieser Sache die Hände gebunden seien. Ich suchte ihn also auf. Zuerst leugnete er natürlich alles. Als ich ihm jedoch sämtliche Einzelheiten des Hergangs vorhielt, machte er Miene, gewalttätig zu werden und nahm einen Totschläger von der Wand. Ich kannte meinen Mann und drückte ihm, ehe er zuschlug, eine Pistole an die Stirn. Nun wurde er etwas vernünftiger. Ich erklärte ihm, wir seien bereit, ihm die Steine abzukaufen, und zwar um tausend Pfund das Stück. Diese Eröffnung entlockte ihm zum ersten Mal ein Zeichen des Bedauerns. ›Verwünscht!‹, rief er, ›ich habe sie alle zusammen für sechshundert Pfund losgeschlagen.‹ Durch die Zusage, dass jede Verfolgung der Sache unterbleibe, brachte ich ihn bald so weit, mir die Adresse des Käufers der Steine zu geben. Augenblicklich machte ich mich dorthin auf und erhielt endlich nach langem Feilschen unsere Steine für tausend Pfund das Stück. Dann sprach ich noch bei Ihrem Sohn vor, um ihm mitzuteilen, dass alles in Ordnung sei, und begab mich endlich gegen zwei Uhr in mein Bett nach einem Tagewerk, das gewiss ein schweres genannt werden darf.«

»Einem Tagewerk, durch das Sie dem Vaterland ein schlimmes Ärgernis erspart haben«, versetzte der Bankier, indem er sich erhob. »Die Worte fehlen mir, um Ihnen meinen Dank gebührend auszudrücken, aber Ihre Leistung soll nicht unbelohnt bleiben. Ihr Scharfsinn übersteigt in der Tat alles, was ich je Ähnliches gehört habe. Aber jetzt muss ich zu meinem lieben Jungen eilen, um ihm das Unrecht abzubitten, das ich ihm angetan habe. Was die arme Mary betrifft, so bin ich durch Ihre Auskunft über sie im Innersten erschüttert. Mir zu sagen, wo sie jetzt sein mag, dazu reicht aber freilich selbst Ihr Scharfsinn nicht hin.«

»Ich glaube, wir dürfen kecklich behaupten«, erwiderte Holmes, »sie befindet sich da, wo Sir George Burnwell ist. Wie groß aber auch ihr Unrecht sein mag, so wird sie sicherlich gar bald die Strafe für alle ihre Sünden in mehr als genügendem Maß erhalten.«

Das Landhaus in Hampshire

»Wer die Kunst um ihrer selbst willen liebt«, begann eines Tages Sherlock Holmes, indem er das Anzeigenblatt des ›Telegraph‹ aus der Hand legte, »der findet häufig in den unwichtigsten und geringfügigsten Erscheinungen den höchsten Genuss. Wie ich mit Vergnügen sehe, haben Sie sich, mein lieber Watson, diese Wahrheit bis zu einem gewissen Grad zu eigen gemacht. Haben Sie doch in den kurzen Berichten über unsere Fälle, die Sie aufzuzeichnen und – ich muss es sagen – gelegentlich auch auszuschmücken so freundlich waren, nicht sowohl die vielen ›causes célèbres‹ und sensationellen Prozesse, in denen ich eine Rolle gespielt habe, in den Vordergrund gestellt, als vielmehr jene kleinen Fälle, die – obwohl an sich vielleicht alltäglicher Art – mir doch oft gerade Gelegenheit zu den streng folgerichtigen Beweisführungen und Schlüssen gaben, die meine eigenste Spezialität bilden.«

»Und doch«, versetzte ich, »kann ich mich selbst nicht ganz von dem Vorwurf der Sensationssucht freisprechen, der gegen meine Berichte schon erhoben worden ist.«

»Sie haben vielleicht den Fehler gemacht«, fuhr er fort, während er mit einem Stückchen glühender Kohle aus dem Kamin seine lange Weichselrohrpfeife anbrannte, die er an Stelle der Tonpfeife zu nehmen pflegte, wenn er sich eher in streitbarer als in beschaulicher Stimmung befand – »Sie haben vielleicht den Fehler gemacht, dass Sie sich bemüht haben, allen unseren Leistungen Farbe und Leben zu verleihen, statt sich auf die Darstellung meiner streng logischen Schlussfolgerungen von der Ursache auf die Wirkung zu beschränken, die in Wirklichkeit das einzig Bemerkenswerte an der ganzen Sache bilden.«

»Ich denke doch, ich habe Ihnen dabei volle Gerechtigkeit angedeihen lassen«, entgegnete ich etwas kühl, denn mir war das starke Selbstgefühl zuwider, welches, wie ich mich schon mehr als einmal überzeugt hatte, einen ziemlich ausgesprochenen Zug in meines Freundes merkwürdigem Charakter bildete.

»Nein, es ist nicht Eigenliebe oder Einbildung von mir«, bemerkte er darauf, indem er nach seiner Gewohnheit nicht meine Äußerung beantwortete als vielmehr das, was ich dabei gedacht hatte. »Wenn ich volle Gerechtigkeit für meine Kunst verlange, so tue ich das, weil ich dieselbe als etwas Unpersönliches – als etwas über mir Stehendes betrachte. Verbrechen kommen alle Tage vor, streng folgerichtiges Denken findet sich selten. Deshalb hätten Sie sich mehr bei dem Letzteren als bei Ersterem aufhalten sollen. Statt einer Reihe belehrender Vorträge ist unter Ihrer Hand ein ganz gewöhnliches Geschichtenbuch entstanden.«

Es war ein kalter Morgen am Beginn des Frühjahrs, als wir nach dem Frühstück unter solchen Reden bei einem munter flackernden Feuer in dem alten Zimmer in der Baker Street beisammensaßen. Dicker Nebel wallte zwischen den schwärzlichen Häuserreihen, und die Fenster gegenüber nahmen sich hinter den schweren gelben Dunststreifen aus wie dunkle, formlose Flecken. Unsere Gaslampe brannte und warf ihren blendenden Schein auf das weiße Tischzeug, das blinkende Porzellan und Silberzeug unseres noch nicht abgedeckten Frühstückstisches. Holmes war den ganzen Morgen über sehr schweigsam gewesen und hatte sich ununterbrochen in den Anzeigenteil einer ganzen Reihe von Zeitungen vertieft, bis er schließlich seine Nachforschungen aufgab und in nicht besonders rosiger Laune aus seiner Versunkenheit erwachte, um mir über meine schriftstellerischen Missgriffe eine Vorlesung zu halten.

»Sensationssucht«, fuhr er nach einer langen Pause fort, während deren er immerzu Wolken aus seiner Pfeife geblasen und in das Kaminfeuer geblickt hatte, »wird man Ihnen übrigens kaum zur Last legen können; handelt es sich doch bei einem guten Teil der Fälle, die Sie Ihres Interesses gewürdigt haben, gar nicht um Verbrechen im strengen Sinn des Wortes. Eher sind Sie vielleicht über dem Bestreben, dem Sensationellen aus dem Weg zu gehen, ins Alltägliche verfallen.«

»Dies lässt sich wohl manchmal von dem Ausgang sagen, die Methode aber, nach der die Behandlung der Fälle erfolgte, war stets eigenartig und interessant, dabei bleibe ich.«

»Ach was, mein lieber Freund, was kümmert sich das Publikum, das große, oberflächliche Publikum, um die feineren Schattierungen streng logischer Ableitung und Schlussfolgerung! Aber wahrhaftig, wenn Ihre Erzählungen trivial ausfallen, so kann man Ihnen keinen Vorwurf daraus machen, denn die Tage der großen Fälle sind vorüber. Die Menschheit, oder zum wenigsten die Verbrecherwelt, hat alle Kühnheit und Originalität verloren. Meine eigene bescheidene Praxis befindet sich allem Anschein nach auf dem besten Weg, zu einem Fundbüro für verlorene Gegenstände und zu einer Auskunftsstelle für Schullehrerinnen herabzusinken. Schlimmer kann es übrigens jetzt wohl kaum mehr werden. Mit dieser Zuschrift, die ich heute früh erhielt, dürfte ich vermutlich beim Nullpunkt angelangt sein. Da, lesen Sie!« Damit warf er mir einen ganz zerknitterten Brief hin. Er war den Abend vorher am Montague Square geschrieben und lautete:

Werter Mr Holmes!

Ich bin im Zweifel, ob ich eine mir angebotene Gouvernantenstelle annehmen soll oder nicht und möchte sehr gerne Ihren Rat in der Sache in Anspruch nehmen. Wenn ich Sie nicht störe, werde ich morgen Vormittag um halb elf Uhr bei Ihnen vorsprechen. Ihre ergebene

Violet Hunter

»Kennen Sie die Schreiberin?«, fragte ich.

»Nein.«

»Es ist gerade halb elf.«

»Jawohl, und ich glaube, ich höre sie eben klingeln.«

»Die Sache kann interessanter ausfallen, als Sie denken; Sie erinnern sich doch der Geschichte mit dem blauen Karfunkel, die sich zuerst ganz wie eine Posse ausnahm und sich dann zu einem wichtigen Kriminalfall entwickelte. So kann es diesmal auch gehen.«

»Nun, wir wollen hoffen! Wir werden ja nicht lange im Zweifel darüber sein. Wenn ich mich nicht sehr täusche, ist die Schreiberin des Briefchens bereits zur Stelle.«

Er hatte noch nicht ausgeredet, als die Tür aufging und eine junge Dame eintrat. Sie war einfach, aber hübsch gekleidet, hatte ein frisches aufgewecktes Gesicht voll Sommersprossen und verriet durch ihr entschiedenes Auftreten, dass sie sich bis dahin allein hatte durch die Welt schlagen müssen.

»Sie nehmen mir doch nicht übel, dass ich Sie belästige?«, begann sie, als mein Freund sich erhob, um sie zu begrüßen; »aber es ist mir etwas höchst Sonderbares begegnet, und da ich keine Eltern oder sonstige Angehörige habe, die ich um Rat fragen könnte, dachte ich, Sie wären vielleicht so freundlich, mir zu sagen, was ich tun soll.«

»Bitte, nehmen Sie Platz, Miss Hunter. Mit Vergnügen stehe ich Ihnen in jeder Weise zu Diensten.«

Ich sah wohl, dass Holmes sich von dem Wesen und der Ausdrucksweise seiner neuen Klientin angenehm berührt fühlte. Er ließ den Blick prüfend über sie hingleiten und setzte sich dann mit gesenkten Lidern und aneinandergelegten Fingerspitzen zurecht, um ihrer Geschichte zuzuhören.

»Ich war fünf Jahre lang Erzieherin in der Familie des Obersten Spence Munro«, begann sie. »Allein vor etwa zwei Monaten erhielt derselbe einen Posten in Halifax in Neu-Schottland und nahm seine Kinder mit, sodass ich meine Stelle verlor. Längere Zeit suchte ich durch die Zeitungen nach einem passenden Platz, jedoch ohne Erfolg. Zuletzt begann die kleine Summe, die ich mir erübrigt hatte, zur Neige zu gehen, und ich wusste mir nun nicht mehr zu helfen.

In dem bekannten Westaway'schen Stellenvermittlungsbüro im Westend pflegte ich so ziemlich jede Woche einmal nachzufragen, ob sich nicht etwas für mich gezeigt habe. Als ich nun vorige Woche von der Inhaberin des Büros, Miss Stoper, in ihr Privatkabinett gerufen wurde, fand ich einen Herrn an ihrer Seite sitzen. Er war von ungeheurer Körperfülle, und sein mächtiges Kinn fiel ihm in mehrfachen Falten auf die Brust herab; dabei hatte er äußerst freundliche Züge und trug einen Zwicker auf der Nase, durch den er die eintretenden jungen Damen angelegentlichst musterte.

Bei meinem Eintritt schnellte er förmlich von seinem Stuhl empor und wandte sich hastig zu Miss Stoper. ›Das ist die Rechte‹, sagte er, ›ich könnte gar nichts Besseres finden. Herrlich, herrlich!‹ Er schien ganz entzückt, rieb sich die Hände vor Vergnügen und machte einen solchen Eindruck von Wohlbehagen, dass es eine wahre Freude war, ihn anzuschauen.

›Sie wollen sich nach einer Stelle umsehen, Miss?‹, redete er mich an.

›Jawohl.‹

›Als Gouvernante?‹

›Ja.‹

›Und welches sind Ihre Gehaltsansprüche?‹

›In meiner letzten Stelle, bei Oberst Munro, hatte ich vier Pfund monatlich.‹

›Oh, ho, ho! Eine wahrhaft hundemäßige Bezahlung!‹, rief er, mit seinen fetten Händen in der Luft herumfahrend, als befände er sich in höchster Aufregung. ›Wie kann man nur einer Dame von so hervorragenden Eigenschaften und Leistungen eine so erbärmliche Summe bieten!‹

›Meine Leistungen sind doch vielleicht nicht so bedeutend, als Sie glauben‹, bemerkte ich. ›Etwas Französisch, etwas Deutsch, Musik und Zeichnen.‹

›Ah, pah, pah‹, rief er, ›das kommt alles nicht infrage. Ob Sie Erscheinung und Benehmen einer Dame von Stand haben oder nicht, darauf allein kommt es an. Ist dies nicht der Fall, so eignen Sie sich nicht zur Erziehung eines Kindes, dem eines Tages vielleicht eine wichtige Rolle in der Geschichte des Landes zufallen wird. Trifft es aber zu, wie konnte Ihnen dann ein anständiger Mann zumuten, sich mit weniger als hundert

Pfund zu begnügen? Bei mir würde Ihr Gehalt mit diesem Betrag beginnen.‹

Sie können sich vorstellen, Mr Holmes, dass mir in meiner bedrängten Lage dies Angebot so verlockend erschien, dass ich kaum meinen Ohren traute. Der Herr jedoch, der vielleicht den ungläubigen Ausdruck auf meinem Gesicht bemerkte, nahm nun eine Banknote aus seiner Brieftasche.

›Es ist außerdem meine Gewohnheit‹, fuhr er fort und verzog dabei sein Gesicht zu einem so liebenswürdigen Lächeln, dass seine Augen nur noch wie zwei glänzende Streifen zwischen den sie umgebenden Falten hervorblitzten, ›meinen jungen Damen die Hälfte ihres Gehaltes im Voraus auszuhändigen, damit ihnen die kleinen Auslagen für die Reise und für ihre Garderobe nicht schwer fallen.‹

Eine derartige Liebenswürdigkeit und Rücksicht war mir, soweit ich mich erinnern konnte, in meinem ganzen Leben noch bei keinem Herrn vorgekommen. Da ich bereits Schulden bei meinen Lieferanten hatte, so kam mir der Vorschuss sehr gelegen; aber trotzdem lag etwas Unnatürliches in dem ganzen Handel, das in mir den Wunsch erweckte, noch einiges Nähere zu erfahren, ehe ich mich völlig band.

›Darf ich fragen, wo Sie wohnen?‹, fragte ich.

›Hampshire – Copper Beeches; reizender Landsitz fünf Meilen hinter Winchester. Sie können sich keine anmutigere Gegend, keine heimlichere Behausung denken, mein liebes Fräulein.‹

›Und meine Obliegenheiten? Darüber möchte ich doch auch gerne etwas erfahren.‹

›Ein einziges Kind, ein kleiner, lieber Bengel von genau sechs Jahren. Wenn Sie sehen könnten, wie er Schaben und andere Käfer mit dem Pantoffel totschlägt! Klatsch, klatsch! geht es, und im Nu sind sie kaputt.‹ Dabei lehnte er sich in den Stuhl zurück und lachte wieder, dass seine Augen völlig verschwanden.

Ich war nicht wenig verdutzt über den eigentümlichen Zeitvertreib des Kindes, allein da dessen Vater so darüber lachte, dachte ich, er mache vielleicht Scherz.

›Meine einzige Obliegenheit wäre also‹, fragte ich weiter, ›für das eine Kind zu sorgen?‹

›Nein, nein, das ist nicht alles!‹, rief er. ›Sie wären außerdem verpflichtet, was Sie ja gewiss als selbstverständlich betrachten würden, den Weisungen vonseiten meiner Frau nachzukommen, vorausgesetzt, dass deren Befolgung für eine gebildete Dame keinerlei Anstoß böte. Dagegen haben Sie doch kein Bedenken, wie?‹

›Es wird mir ein Vergnügen sein, mich nützlich machen zu können.‹

›Nun, ja, zum Beispiel was die Kleidung betrifft. Wir sind wunderliche Leute, wissen Sie – wunderlich, aber gutmütig, Falls wir von Ihnen verlangten, ein Kleid von uns anzuziehen, würden Sie keinen Einwand gegen diesen kleinen Wunsch erheben, nicht wahr?‹

›Nein‹, erwiderte ich, ziemlich erstaunt über diese Äußerung.

›Oder sich dahin und dorthin zu setzen – daran würden Sie doch keinen Anstoß nehmen?‹

›Oh nein.‹

›Oder vor Ihrem Eintritt bei uns Ihr Haar ganz kurz abzuschneiden?‹

Ich traute meinen Ohren kaum. Wie Sie vielleicht bemerken, Mr Holmes, ist mein Haar ziemlich üppig und hat eine ganz besondere kastanienbraune Färbung, die schon von künstlerischer Seite Beachtung gefunden hat. Es fiel mir deshalb nicht ein, es so kurzerhand einfach zu opfern.

›Ich bedaure, aber das geht schlechterdings nicht‹, erwiderte ich. Er hatte seine kleinen Augen voll gespannter Erwartung auf mich geheftet, und ich sah, wie bei meiner Antwort ein Schatten über seine Züge flog.

›Leider ist dieser Punkt ganz wesentlich‹, sagte er. ›Es ist das eine kleine Grille von meiner Frau, und auf weibliche Grillen muss man Rücksicht nehmen, wissen Sie, Fräulein. Also, Sie wollen Ihr Haar wirklich nicht abschneiden?‹

›Nein, dazu könnte ich mich in der Tat unmöglich entschließen‹, antwortete ich fest.

›So, dann muss ich leider verzichten. Es ist schade, denn Sie würden sonst wirklich sehr hübsch gepasst haben. Unter diesen Umständen, Miss Stoper, möchte ich gerne noch ein paar von Ihren jungen Damen sehen.‹

Die Genannte hatte sich die ganze Zeit über mit ihren Papieren zu schaffen gemacht, ohne an einen von uns beiden ein Wort zu richten, allein nun warf sie mir einen so unfreundlichen Blick zu, dass ich nicht anders annehmen konnte, als dass ich sie durch meine abschlägige Antwort um eine recht ansehnliche Vermittlungsgebühr gebracht habe.

›Wünschen Sie noch länger vorgemerkt zu bleiben?‹, fragte sie mich.

›Bitte, ja, Miss Stoper.‹

›Nun, das wird wohl keinen großen Wert haben, da Sie die vortrefflichsten Anerbietungen in dieser Weise ausschlagen. Sie können doch kaum von uns erwarten, dass wir uns noch viele Mühe geben werden, Ihnen abermals eine solche Gelegenheit zu verschaffen. Guten Tag, Miss Hunter.‹ Damit gab sie dem Türsteher das Zeichen, mich hinauszugeleiten.

Als ich nun wieder zu Hause war, Mr Holmes, und dort nichts vorfand als eine ziemlich leere Speisekammer und auf dem Tisch zwei oder drei Rechnungen, da begann ich mir doch die Frage vorzulegen, ob ich nicht einen törichten Streich gemacht habe. Denn schließlich, wenn diese Leute absonderliche Launen hatten und höchst merkwürdige Dinge von einem verlangten, so zahlten sie auch gehörig dafür. Hundert Pfund im Jahr verdienen nur sehr wenige Gouvernanten in England. Und dann, was nützten mir meine Haare? Es gibt viele, denen sie kurz geschnitten besser stehen; vielleicht gehöre ich auch zu dieser Zahl. Am nächsten Tag neigte ich bereits sehr der Auffassung zu, dass ich einen Fehler begangen hätte, und am dritten war ich fest davon überzeugt. Ich hatte meinen Stolz schon beinahe so weit überwunden, dass ich nochmals auf dem Büro nachfragen wollte, ob die Stelle noch offen sei, als ich von dem Herrn selbst diesen Brief hier erhielt. Ich will Ihnen denselben vorlesen:

The Copper Beeches bei Winchester.

Wertes Fräulein!

Miss Stoper war so freundlich, mir Ihre Adresse zu geben; ich schreibe Ihnen deshalb von hier aus, um bei Ihnen anzufragen, ob Sie sich Ihren Entschluss noch einmal überlegt haben. Meine Frau wünscht sehr, dass Sie bei uns eintreten; sie ist ganz entzückt von der Schilderung, die ich ihr von Ihnen gemacht habe. Wir sind bereit, 30 Pfund das Vierteljahr, also jährlich 120 Pfund zu geben, um Sie für alle Unannehmlichkeiten, die Ihnen etwa aus unseren Grillen erwachsen könnten, schadlos zu halten. Im Grunde wollen diese Letzteren übrigens gar nicht so viel bedeuten. Meine Frau hat eine Vorliebe für eine ganz bestimmte Schattierung von ›bleu électrique‹ und wünscht deshalb, dass Sie morgens im Haus ein Kleid von dieser Farbe tragen. Sie brauchen sich jedoch ein solches nicht anzuschaffen, da wir selbst eines besitzen, das meiner zur Zeit in Philadelphia befindlichen lieben Tochter gehörte und das Ihnen vermutlich vollkommen passen wird. Unsere besonderen Wünsche wegen des Ortes, wo Sie sich hinsetzen, oder wegen der Art, wie Sie sich die Zeit vertreiben sollen, werden Ihnen keinerlei Unannehmlichkeit verursachen. Was Ihr Haar betrifft, so ist es schade darum; mir selbst ist während unseres kurzen Zusammenseins dessen Schönheit aufgefallen, allein leider muss ich auf diesem Punkt unwiderruflich beharren und will nur hoffen, dass Sie in der Erhöhung Ihres Gehalts einen Ersatz für den Verlust finden. Ihre Obliegenheiten bei dem Kind sind nicht schwer. Also machen Sie den Versuch; ich werde Sie von Winchester in meinem Wagen abholen. Lassen Sie mich wissen, mit welchem Zug Sie eintreffen.

Ihr ergebener

Jephro Rucastle.

Dies ist der Brief, und ich bin entschlossen, die Stelle anzunehmen. Ehe ich jedoch den entscheidenden Schritt tue, wollte ich gerne die ganze Angelegenheit noch Ihrer Erwägung unterbreiten.«

»Wenn Sie sich bereits entschlossen haben, Miss Hunter, so ist die Frage ja schon entschieden«, meinte Holmes lächelnd.

»Sind Sie denn der Ansicht, ich sollte sie lieber abschreiben?«

»Hätte eine Schwester von mir Aussicht auf diese Stelle, wäre mir dies nicht gerade erwünscht, das muss ich gestehen.«

»Wie soll man sich nur alles erklären, Mr Holmes?«

»Ohne nähere Anhaltspunkte möchte ich keine Vermutung aussprechen. Vielleicht haben Sie sich selbst eine Ansicht darüber gebildet?«

»Ich kann mir nur eine einzige Erklärung dafür denken. Mr Rucastle machte einen sehr freundlichen, gutmütigen Eindruck. Wäre es nicht möglich, dass seine Frau verrückt ist und dass er dies geheimzuhalten sucht, damit sie nicht etwa in eine Anstalt verbracht wird, und dass er ihren tollen Launen in jeder Weise entgegenkommt, um einem Ausbruch vorzubeugen?«

»Diese Erklärung hat, wie die Sache liegt, in der Tat am meisten für sich. So viel ist jedenfalls sicher, dass eine solche Häuslichkeit nichts Anziehendes für eine junge Dame hat.«

»Aber das Gehalt, Mr Holmes, das Gehalt!«

»Nun ja, freilich, die Bezahlung ist gut – zu gut; das ist es gerade, was mir nicht behagen will. Warum bezahlt man Ihnen 120 Pfund im Jahr, während unter gewöhnlichen Verhältnissen 40 Pfund vollauf genügen? Dahinter muss ein ganz gewichtiger Grund stecken.«

»Ich dachte, es wäre gut, Sie in die Verhältnisse einzuweihen, damit Sie wissen, um was es sich handelt, falls ich später einmal Ihrer Hilfe bedürfen sollte. Das Bewusstsein, dass Sie hinter mir stehen, würde mir viel mehr Mut verleihen.«

»Nun, dieses Bewusstsein dürfen Sie getrost mitnehmen. Ich versichere Ihnen, dass Ihr kleines Problem das interessanteste zu werden verspricht, das mir seit mehreren Monaten vorgekommen ist. Es bietet einige Züge ganz besonderer, überraschender Art. Sollten Sie sich je einmal in Zweifel oder in Gefahr befinden …«

»Gefahr? – Was für eine Gefahr denken Sie sich als möglich?«

Holmes schüttelte ernst den Kopf. »Könnten wir uns darüber bestimmt aussprechen, wäre es ja keine Gefahr mehr. Doch es bedarf nur eines Telegramms, und ich werde zu jeder Tages- oder Nachtstunde zu Ihrem Beistand bereit sein.«

»Das genügt.« Damit erhob sie sich frisch und munter, und ihre Züge zeigten keine Spur von Ängstlichkeit mehr. »Nun gehe ich ganz guten Mutes meiner neuen Bestimmung entgegen. Ich werde Mr Rucastle unverzüglich schreiben, mein teures Haar heute Abend opfern und morgen nach Winchester fahren.«

»Die junge Dame scheint mir Manns genug zu sein, sich selbst zu beschützen«, bemerkte ich, als wir ihren raschen, festen Schritt auf der Treppe hörten.

»Sie wird es wohl auch tun müssen«, erwiderte Holmes ernst; »wenn ich mich nicht sehr täusche, werden wir schon in wenigen Tagen Nachricht von ihr erhalten.«

Es dauerte auch gar nicht lange, so ging seine Vorhersage in Erfüllung. Während der nächsten vierzehn Tage ertappte ich meine Gedanken häufig auf der Wanderung zu dem alleinstehenden Mädchen, das vom Schicksal auf einen so rätselhaften Irrweg verschlagen worden war. Das ungewöhnlich hohe Gehalt, die sonderbaren Bedingungen, die leichten Obliegenheiten – dies alles war ganz gegen die Regel, und doch konnte ich schlechterdings nicht mit mir darüber ins Reine kommen, ob es sich dabei nur um eine verrückte Laune oder um einen verbrecherischen Zweck handelte und ob der Mann ein philanthropischer Schwärmer oder ein Schurke war. Was Holmes betrifft, so sah ich ihn oft eine volle halbe Stunde lang mit gerunzelten Brauen in tiefes Nachdenken versunken dasitzen; fing ich jedoch von der Sache an, winkte er immer ab. »Tatsachen, Tatsachen!«, rief er ungeduldig aus. »Ich muss doch vor allem festen Grund unter den Füßen haben.« Wenn er sich aber dann erhob, machte er jedesmal die Bemerkung, seiner eigenen Schwester würde er niemals gestattet haben, eine derartige Stelle anzunehmen. Das erwartete Telegramm traf eines Abends spät ein, als ich eben im Begriff war, mich zurückzuziehen, und Holmes sich anschickte, seine geliebten chemischen Untersuchungen anzustellen, die ihn die ganze Nacht festhielten; hatte ich ihn doch schon oft abends über seine Gefäße und Gläser gebeugt verlassen und ihn am nächsten Morgen zur Frühstücksstunde noch in derselben Stellung getroffen. Er riss den gelben Umschlag auf, überflog den Inhalt der Depesche, und dann reichte er sie mir.

»Sehen Sie gleich die Züge im Kursbuch nach«, sagte er dabei, indem er sich wieder seiner Beschäftigung zuwandte. Es war eine kurze, dringende Aufforderung. Sie lautete:

»Kommen Sie bitte morgen Mittag in den ›Schwarzen Schwan‹ in Winchester. Kommen Sie ganz bestimmt, ich weiß nicht mehr aus noch ein. Hunter.«

»Wollen Sie mich begleiten?«, fragte Holmes aufschauend.

»Ja, gerne.«

»Dann sehen Sie nur gleich nach.«

»Ein Zug um halb zehn Uhr«, sagte ich, in mein Kursbuch blickend, »trifft in Winchester um halb zwölf Uhr ein.«

»Das passt ja ganz gut. Dann will ich meine Untersuchung hier lieber auf sich beruhen lassen, denn wir müssen morgen früh frisch und munter sein.«

Am nächsten Vormittag befanden wir uns gegen elf Uhr nicht mehr weit vom Ziel unserer Fahrt. Holmes hatte sich während der ganzen Zeit in die Morgenblätter vergraben. Als wir jedoch auf dem Gebiet von Hampshire angelangt waren, warf er sie beiseite, um seine Blicke an der Gegend zu weiden. Es war ein wundervoller Frühlingstag, am lichtblauen Himmel flogen weiße Federwölkchen hin, und bei dem hellen Sonnenschein lag in der Luft etwas wonnig Erfrischendes. Rings in der Runde bis zu den fernen Hügeln von Aldershot blickten allenthalben die roten und grauen Dächer der Gehöfte aus dem zarten jungen Grün hervor.

»Wie frisch und hübsch diese Häuschen daliegen!«, rief ich mit der Begeisterung eines Menschen, der eben erst die Nebeldünste Londons hinter sich gelassen hatte.

Doch Holmes schüttelte ernst den Kopf. »Wissen Sie, Watson«, meinte er, »das gehört mit zu den Schattenseiten meiner Geistesanlage, dass ich immer alles unter dem Gesichtspunkt des Falles ansehen muss, der mich gerade beschäftigt. Sie haben beim Anblick dieser zerstreuten Behausungen nur die Empfindung ihrer Schönheit. Ich dagegen muss immer daran denken, wie einsam sie liegen und wie leicht sich darin ein Verbrechen begehen lässt, das seiner Strafe entgeht.«

»Gütiger Himmel«, rief ich aus, »wer möchte bei diesen lieben alten Heimstätten an Verbrechen denken?«

»Mich erfüllen sie stets mit einem gewissen Schauder. Nach meinen Erfahrungen bin ich fest überzeugt: Die verrufensten Gassen Londons liefern keine so reiche Ausbeute an Missetaten als dieses lachende Gelände hier.«

»Das klingt ja ganz entsetzlich!«

»Und doch liegt der Grund sehr nahe. In der großen Welt tritt die öffentliche Meinung ergänzend ein, wo die Macht des Gesetzes nicht ausreicht. Da gibt es keine noch so elende Gasse, wo der Schmerzensschrei eines gequälten Kindes oder die rohe Gewalttat eines Trunkenbolds nicht Mitleid und Empörung bei den Nachbarn erweckte, auch sind sämtliche Werkzeuge der Rechtspflege jederzeit so bei der Hand, dass ein Wort der Klage hinreicht, um sie in Bewegung zu setzen, und es ist nur ein Schritt vom Verbrechen zum Gefängnis. Betrachten Sie dagegen diese einsamen Häuser, umgeben von eigenem Grund und Boden, bewohnt von armem, unwissendem Volk, das Gesetz und Recht kaum von ferne kennt. Stellen Sie sich die Taten höllischer Grausamkeit, heimlicher Verruchtheit vor, die sich vielleicht jahraus jahrein an solchen Stätten abspielen, ohne dass eine Seele es ahnt. Wäre die Familie, bei der unsere Schutzbefohlene einzutreten hatte, in Winchester, ich würde mir niemals Sorgen um sie gemacht haben; dass sie fünf Meilen von dort entfernt auf dem Land wohnt, darin liegt die Gefahr. Und doch ist sie selbst offenbar persönlich nicht bedroht.«

»Nein, wenn sie uns nach Winchester entgegenkommen kann, so darf sie ja ihren Aufenthaltsort ungehindert verlassen.«

»Gewiss. Ihre Freiheit ist ihr nicht genommen.«

»Was kann aber nur dahinterstecken? Wissen Sie denn gar keine Erklärung dafür?«

»Ich habe mir sieben verschiedene Erklärungen ausgedacht, von denen jede sich mit den Tatsachen, soweit wir solche kennen, decken würde. Aber welche die richtige ist, lässt sich nur aufgrund der neuen Mitteilungen bestimmen, die unser zweifellos harren. Nun, da ist ja bereits der Turm der Kathedrale, wir werden also bald alles wissen, was Miss Hunter uns mitzuteilen hat.«

Das Gasthaus ›Zum schwarzen Schwan‹ an der Hauptstraße, nicht fern vom Bahnhof gelegen, steht in gutem Ruf; dort fanden wir Miss Hunter bereits unser wartend. Sie hatte ein Zimmer für uns bestellt, und auf dem Tisch stand ein Imbiss bereit.

»Ich bin so froh, dass Sie gekommen sind«, sagte sie lebhaft. »Es ist sehr gütig von Ihnen beiden, aber ich weiß auch wirklich nicht, was ich tun soll. Ihr Rat wird mir von unschätzbarem Wert sein.«

»Bitte, erzählen Sie uns Ihre Erlebnisse.«

»Das will ich, und ich muss mich damit beeilen, denn ich habe Mr Rucastle versprochen, um drei Uhr zurück zu sein. Er erlaubte mir heute Vormittag, in die Stadt zu fahren; natürlich hatte er keine Ahnung, zu welchem Zweck.«

»Erzählen Sie uns nur alles hübsch in der Reihe«, wiederholte Holmes, indem er seine Beine am Feuer ausstreckte und sich zum Zuhören zurechtsetzte.

»Ich möchte gleich vorausschicken«, begann Miss Hunter, »dass mir im Großen und Ganzen keinerlei schlechte Behandlung von Mr und Mrs Rucastle widerfahren ist. Gerechterweise muss ich das hervorheben. Allein ich werde nicht klug aus den Leuten und fühle mich daher beunruhigt.«

»Was kommt Ihnen unverständlich vor?«

»Die Gründe für ihr Verhalten. Doch ich will Ihnen alles ganz genau berichten. Bei meiner Ankunft hier holte mich Mr Rucastle in seinem Jagdwagen nach Copper Beeches ab. Die Umgegend ist allerdings schön, wie er gesagt hatte, das Haus selbst aber durchaus nicht freundlich, nur ein plumpes viereckiges Gebäude, dessen weiße Tünche überall mit Flecken und Streifen von innerer und äußerer Feuchtigkeit durchzogen ist. Ringsherum ist ein freier Platz, dann erstreckt sich auf drei Seiten Wald, auf der vierten ein Feld bis zur Straße nach Southampton, die auf etwa hundert Schritt Entfernung im Bogen am Einfahrtstor vorbeiführt. Die Anlagen auf der Vorderseite gehören zum Haus, während die Wälder ringsum Lord Suthertons Privateigentum sind. Gerade vor dem Haupteingang des Hauses steht eine Gruppe Blutbuchen, von denen das Anwesen seinen Namen hat. – Während der Fahrt war Mr Rucastle, der selbst kutschierte, äußerst liebenswürdig, und noch am selben Abend stellte er mich seiner Frau und seinem Kind vor. Die Vermutung, die uns bei meinem Besuch bei Ihnen so naheliegend erschien, hat sich nicht bestätigt. Mrs Rucastle ist nicht geisteskrank. Ich fand in ihr eine stille, blasse Frau, die offenbar noch nicht dreißig Jahre alt, also bedeutend jünger ist als ihr Mann, der wohl kaum weniger als fünfundvierzig zählen wird. Aus dem Gespräch der beiden entnahm ich, dass sie seit ungefähr sieben Jahren verheiratet sind, dass er Witwer war und aus erster Ehe die eine Tochter hatte, die sich nun in Philadelphia befindet. Unter vier Augen teilte mir Mr Rucastle mit, der Grund, der sie fortgetrieben habe, sei eine ganz unvernünftige Abneigung gegen ihre Stiefmutter. Da die Tochter nicht unter zwanzig Jahren alt gewesen sein kann, lässt sich denken, dass ihre Stellung gegenüber der jungen Frau ihres Vaters nicht die angenehmste war. Mrs Rucastles geistiges Wesen ist genau so farblos wie ihr Gesicht. Sie machte gar keinen Eindruck auf mich, weder in günstigem noch in entgegengesetztem Sinn. Sie ist eine völlige Null. An ihrem Gatten und ihrem kleinen Jungen hängt sie sichtlich mit leidenschaftlicher Zärtlichkeit. Unablässig wandern ihre hellgrauen Augen von dem einen zum anderen, um ihnen jeden geringsten Wunsch an den Augen abzulesen und demselben wenn möglich zuvorzukommen. Er seinerseits ist gegen sie ebenfalls gut in seiner plumpen, ungestümen Weise, und so musste ich sie im Ganzen für ein glückliches Paar halten. Und doch hatte sie eine geheime Sorge, diese Frau. Oft saß sie ganz in Gedanken verloren mit dem allertraurigsten Ausdruck da, mehr als einmal habe ich sie in Tränen getroffen. Manchmal dachte ich schon, sie betrübe sich so über die Sinnesart ihres Knaben, denn ein so gänzlich verdorbenes, bösartiges, kleines Wesen ist mir noch nie vorgekommen. Er ist klein für sein Alter, hat aber einen ganz unverhältnismäßig großen Kopf. Ausbrüche wilder Leidenschaft und finsterer Trotz wechseln unaufhörlich bei ihm. Geschöpfe, die schwächer sind als er, zu quälen, ist das einzige Vergnügen, nach dem er strebt, und für den Fang von Mäusen, kleinen Vögeln und Insekten verrät er eine ganz bemerkenswerte Begabung. Doch ich will über diesen Jungen lieber keine Worte mehr verlieren, er hat ja auch mit meiner Geschichte nur wenig zu schaffen.«

»Ich bin dankbar für alle Einzelheiten«, bemerkte mein Freund, »ganz gleich, ob dieselben Ihnen wichtig erscheinen oder nicht.«

»Ich werde mich bestreben, nichts von Bedeutung zu übergehen. Das einzige Unangenehme im Haus, was mir sogleich auffiel, war das Aussehen und Benehmen der Dienerschaft. Diese besteht nur aus einem Mann und dessen Frau. Toller, so heißt er nämlich, ist ein rauer, wunderlicher Mensch mit grauem Haar und Bart und riecht beständig nach geistigen Getränken. Zweimal schon, seit ich da bin, war er gänzlich betrunken, und doch schien Mr Rucastle sich nichts daraus zu machen. Seine Frau ist eine sehr große, starke Person mit mürrischem Gesicht, so schweigsam wie ihre Herrin, nur weit weniger liebenswürdig. Die beiden sind ein höchst unangenehmes Paar, allein glücklicherweise komme ich wenig mit ihnen in Berührung, denn ich bringe meine Zeit meist in der Kinderstube und in meinem eigenen Zimmer zu, welche ganz nahe beisammen in einem Flügel des Gebäudes liegen.

Die ersten zwei Tage nach meiner Ankunft in Copper Beeches ist mein Leben sehr ruhig verlaufen. Am dritten jedoch kam Mrs Rucastle gleich nach dem Frühstück herunter und flüsterte ihrem Gatten etwas zu.

›Oh ja‹, sagte dieser darauf, sich zu mir wendend; ›wir sind Ihnen sehr verbunden, Miss Hunter, dass Sie auf unsern Wunsch eingegangen sind und sich Ihr Haar abgeschnitten haben. Ich versichere Ihnen, es hat Ihrer Erscheinung nicht im mindesten Eintrag getan. Jetzt wollen wir sehen, wie Ihnen das blaue Kleid steht. Es liegt auf Ihrem Bett, und wenn Sie es anziehen wollten, so würden wir Ihnen beide sehr dankbar sein.‹

Das Kleid, das für mich bereitlag, hatte einen ganz eigentümlichen blauen Farbenton, der Stoff war ausgezeichnet, eine Art beige, doch verrieten unverkennbare Spuren, dass es früher schon getragen worden war. Es passte, wie wenn mein Maß dazu genommen worden wäre. Als sich Mr und Mrs Rucastle hiervon überzeugten, legten beide ein Entzücken an den Tag, das mir ganz unnatürlich übertrieben vorkam. Sie warteten im Wohnzimmer auf mich, einem sehr großen Raum, der die ganze Front des Hauses einnimmt und dessen drei hohe Fenster bis auf den Boden herabreichen. Am Mittelfenster, und zwar mit der Lehne dagegen, stand ein Stuhl. Auf diesen Stuhl musste ich mich setzen, während Mr Rucastle vor mir im Zimmer auf- und abging und dabei eine ganze Reihe der tollsten Geschichten zum Besten gab, die ich je gehört habe. Sie können sich gar nicht vorstellen, wie komisch das war; ich wurde schließlich ganz müde vor lauter Lachen. Mrs Rucastle dagegen, die offenbar keinen Sinn für Humor besitzt, verzog den Mund nicht zum leisesten Lächeln, sondern saß, die Hände im Schoß, mit trauriger, ängstlicher Miene da. Nach einer Stunde ungefähr bemerkte Mr Rucastle plötzlich, es sei jetzt Zeit, an die täglichen Beschäftigungen zu gehen, ich könne mich wieder umkleiden und zu dem kleinen Edward ins Kinderzimmer begeben.

Zwei Tage darauf wiederholte sich dieser ganze Vorgang unter völlig ähnlichen Umständen. Wieder musste ich das andere Kleid anziehen, wieder mich ans Fenster setzen, und abermals lachte ich aus vollem Hals über Mr Rucastles tolle Geschichten, von denen er einen unerschöpflichen Vorrat besitzt und die er unnachahmlich vorträgt. Darauf gab er mir ein Buch in die Hand, rückte meinen Stuhl ein wenig zur Seite, damit mein Schatten nicht auf das Buch falle, und bat mich, ihm aus demselben laut vorzulesen. Ich musste irgendwo im Kapitel anfangen und las etwa zehn Minuten lang, bis er mich plötzlich mitten in einem Satz aufhören ließ und mir sagte, ich solle mich wieder umkleiden. Sie können sich denken, Mr Holmes, wie groß meine Neugier war, die Bedeutung dieser merkwürdigen Komödie zu erfahren. Soviel ich bemerkt hatte, waren beide Ehegatten stets eifrig bestrebt, meine Blicke vom Fenster abzuhalten; ich verging deshalb förmlich vor Begierde, zu sehen, was hinter meinem Rücken vorgehe. Zuerst kam mir dies unmöglich vor, allein bald verfiel ich auf ein Mittel. Mein Handspiegel war zerbrochen, und so kam mir der glückliche Einfall, ein Stück von dem Glas in meinem Taschentuch zu verstecken. Das nächste Mal hielt ich mir dieses beim Lachen vor die Augen und war nun mit einiger Geschicklichkeit imstande, alles hinter mir Befindliche zu sehen. Ich muss gestehen, ich war enttäuscht, denn ich bemerkte gar nichts. Wenigstens war dies mein erster Eindruck. Beim zweiten Blick jedoch sah ich einen Mann auf der Landstraße stehen, einen kleinen, bärtigen, grau gekleideten Mann, der nach mir herüberzuschauen schien. Da es eine Hauptverkehrsstraße ist, sieht man meist Leute auf derselben. Dieser Mann jedoch stand an den Zaun gelehnt, der das Grundstück umgibt, und schaute angelegentlich nach dem Fenster. Ich nahm mein Taschentuch vom Gesicht und blickte Mrs Rucastle an; ihre Augen waren mit forschendem Blick auf mich gerichtet. Sie sagte nichts, aber ich bin fest überzeugt, sie hatte erraten, dass ich einen Spiegel in der Hand hielt und gesehen hatte, was hinter mir vorging. Mit einem Mal stand sie auf.

›Jephro‹, sagte sie, ›da steht ein unverschämter Kerl auf der Straße, der zu Miss Hunter heraufschaut.‹

›Doch nicht etwa ein Bekannter von Ihnen, Miss Hunter?‹, fragte er.

›Nein, ich kenne niemand hier in der Gegend.‹

›Nein, welche Frechheit! Bitte wenden Sie sich doch um und winken Sie ihm zu, er solle fortgehen.‹

›Es wäre gewiss besser, die Sache unbeachtet zu lassen.‹

›Nein, nein; wir würden ihn sonst immerfort hier herumlungern sehen. Bitte drehen Sie sich um und winken Sie ihm ab.‹

Ich tat es, und im selben Augenblick ließ Mr Rucastle das Rouleau herab. Dies war vor einer Woche, und seither habe ich nicht mehr am Fenster sitzen und das blaue Kleid nicht mehr anziehen müssen, habe auch den Mann auf der Straße nicht mehr gesehen.«

»Bitte, fahren Sie fort«, bemerkte Holmes, »Ihre Erzählung verspricht, höchst interessant zu werden.«

»Ich fürchte, sie ist recht unzusammenhängend; es kann wohl sein, dass die verschiedenen Vorfälle, auf welche ich jetzt zu sprechen komme, sehr wenig miteinander zu tun haben. Gleich am allerersten Tag führte mich Mr Rucastle an ein kleines Häuschen, das neben dem Eingang zur Küche steht. Beim Hinzutreten vernahm ich das scharfe Rasseln einer Kette und ein Geräusch, wie wenn ein großes Tier sich darin herumbewegte.

›Da, schauen Sie hinein‹, sagte Mr Rucastle und zeigte mir eine Ritze zwischen zwei Planken. ›Ist es nicht ein Prachtexemplar?‹

Ich blickte hindurch und begegnete zwei glühenden Augen und einer Gestalt, die in unbestimmten Umrissen aus der Finsternis heraustrat.

›Haben Sie keine Angst‹, beruhigte mich mein Begleiter lachend, als er meine Gebärde des Schreckens sah, ›es ist nur Carlo, der Kettenhund. Er gehört wohl mir, aber in Wirklichkeit ist der alte Toller, mein Bedienter, der einzige, der etwas mit ihm machen darf. Er bekommt nur einmal am Tag zu fressen und auch da nicht zu viel, sodass er jederzeit scharf ist wie Gift. Jede Nacht lässt Toller ihn los, und Gott sei dem Eindringling gnädig, der ihm zwischen die Zähne gerät. Setzen Sie um des Himmels willen nachts niemals unter irgendeinem Vorwand den Fuß über Ihre Schwelle, wenn Ihnen Ihr Leben lieb ist.‹

Diese Warnung war auch sehr am Platz. In der übernächsten Nacht schaute ich zufällig etwa um zwei Uhr morgens aus meinem Schlafzimmerfenster. Es war eine schöne Mondnacht, und der Rasenplatz vor dem Haus strahlte fast taghell in Silberglanz. Gebannt von der friedlichen Schönheit dieses Bildes, stand ich da, als ich gewahr wurde, dass sich im Schatten der Blutbuchen etwas regte. Als es in den Mondschein heraustrat, sah ich, was es war: ein riesiger Hund, so groß wie ein Kalb, von braungelber Farbe, mit hängenden Backen, schwarzer Schnauze und gewaltigen, weit vorstehenden Knochen. Er schlich langsam über den Rasen und verschwand dann wieder auf der anderen Seite in der Dunkelheit. Ich glaube, kein Einbrecher wäre imstande gewesen, mir einen solchen Todesschrecken einzujagen wie dieser furchtbare stumme Wächter.

Und nun habe ich Ihnen noch eine ganz merkwürdige Entdeckung mitzuteilen. Ich hatte mir, wie Sie wissen, in London mein Haar abschneiden lassen und verwahrte es, zu einem großen Knäuel zusammengerollt, unten in meinem Koffer. Eines Abends, nachdem das Kind zu Bett war, begann ich zum Zeitvertreib die Einrichtung meines Zimmers zu mustern und meine wenigen Habseligkeiten aufzuräumen. In meinem Zimmer stand eine alte Kommode, deren zwei oberste Schubfächer offen waren, während ich das unterste verschlossen fand. Nachdem ich die beiden oberen mit meinem Weißzeug angefüllt hatte, war sonst noch gar vieles unterzubringen, und so verdross es mich natürlich sehr, dass ich das dritte nicht auch zur Verfügung hatte. Ich nahm an, dieses sei vielleicht lediglich aus Versehen verschlossen worden, deshalb zog ich mein Schlüsselbund heraus und versuchte, es zu öffnen. Gleich der erste Schlüssel passte, und so zog ich die Schublade auf. Es war nur ein einziger Gegenstand darinnen, aber was für einer würden Sie ganz gewiss niemals erraten. Es war mein Haarzopf.

Ich nahm denselben heraus, um ihn zu besichtigen. Die Haare hatten ganz genau die eigentümliche Farbe und die Stärke meiner eigenen. Aber dann drängte sich mir wieder die Unmöglichkeit der Sache auf. Wie konnten denn meine Haare in diese verschlossene Schublade kommen? Mit zitternden Händen öffnete ich meinen Koffer, räumte ihn aus und zog zu unterst meinen Zopf hervor. Ich legte die beiden Zöpfe nebeneinander, und ich gebe Ihnen die Versicherung, sie waren vollkommen gleich. War das nicht merkwürdig? Ich mochte mir den Kopf zerbrechen, wie ich wollte, die Sache blieb mir ein völliges Rätsel. Ich legte den fremden Zopf wieder in die Schublade, ohne Mr Rucastle und seiner Frau gegenüber etwas von der Sache zu erwähnen, denn ich fühlte wohl, dass es nicht recht von mir gewesen war, eine Schublade zu öffnen, die sie verschlossen hatten. Ich bin von Natur eine scharfe Beobachterin, wie Sie vielleicht schon bemerkt haben, Mr Holmes, und hatte bald einen ziemlich genauen Plan des ganzen Gebäudes im Kopf. Ein Flügel desselben schien völlig unbewohnt zu sein. Eine Tür, dem Eingang zur Behausung des Tollerschen Ehepaares gegenüber, führte zu diesem Flügel, allein sie war stets verschlossen. Eines Tages jedoch stieß ich auf der Treppe auf Mr Rucastle, wie er, seine Schlüssel in der Hand, aus dieser Tür herauskam, und zwar mit einem so veränderten Ausdruck, dass ich den sonst so behäbigen, gemütlichen Mann kaum wiedererkannte. Seine Wangen waren gerötet, seine Brauen zornig gerunzelt, und in der Erregung traten ihm die Adern an den Schläfen weit hervor. Er verschloss die Tür und eilte hinter mir die Treppe herauf, ohne ein Wort oder einen Blick an mich zu richten.

Dies erregte meine Neugier, und ich richtete deshalb den nächsten Spaziergang, den ich mit dem Kleinen machte, so ein, dass ich dabei die Fenster an diesem Teil des Hauses im Auge hatte. Es waren vier in einer Reihe, drei davon ganz mit Staub überzogen, während an dem vierten der Laden geschlossen war. Offenbar waren die Räume, zu denen sie gehörten, sämtlich unbewohnt. Während ich auf- und abschlenderte und dabei gelegentlich einen Blick nach den Fenstern warf, kam Mr Rucastle zu mir heraus; seine Züge zeigten jetzt wieder ganz den heiteren, gemütlichen Ausdruck wie immer.

›Ach‹, redete er mich an, ›Sie müssen mich nicht für rücksichtslos halten, weil ich ohne ein Wort an Ihnen vorübergeeilt bin, mein liebes Fräulein. Ich hatte den Kopf voll Geschäftssachen.‹

Ich gab ihm die Versicherung, dass ich es ihm nicht übel genommen habe.

›Sie scheinen da oben eine ganze Reihe überzähliger Zimmer zu haben‹, fuhr ich fort, ›und an einem ist der Laden geschlossen.‹

Er sah überrascht und, wie es mir vorkam, etwas verdutzt aus über meine Bemerkung. ›Ich bin Fotograf aus Liebhaberei‹, sagte er, ›und habe da oben meine Dunkelkammer eingerichtet. Aber du meine Güte, an was für eine Beobachterin wir geraten sind! Wer hätte das geglaubt; wer hätte das für möglich gehalten?‹ Seine Worte klangen scherzhaft, aber in dem Blick, den er dabei auf mich richtete, lag kein Scherz. Ich las darin wohl Argwohn und Ärger, aber nichts Spaßhaftes.

Sehen Sie, Mr Holmes, von dem Augenblick an, als mir klar wurde, dass es mit diesen Zimmern etwas auf sich habe, wovon ich nichts wissen sollte, brannte ich vor Begierde, hinter die Sache zu kommen. Es war mehr als bloße Neugier, obwohl ich auch davon mein gutes Teil besitze. Es war mehr ein Pflichtgefühl, die Empfindung, dass es zum Guten dienen werde, wenn ich mir in diese Räume Eingang verschaffe. Man spricht von weiblichem Instinkt; vielleicht war es dieser, der mir das Gefühl einflößte. Ich spähte nun emsig nach einer Gelegenheit zum Überschreiten der verbotenen Schwelle.

Beiläufig bemerkt, haben außer Mr Rucastle auch Toller und seine Frau gelegentlich in den unbewohnten Räumen zu schaffen; einmal sah ich die beiden zusammen ein großes Bündel schwarzer Wäsche durch die Tür tragen. In den letzten Tagen trank Toller stark, sodass er gestern völlig betrunken war, und als ich die Treppe heraufkam, steckte der Schlüssel an der fraglichen Tür. Ganz sicher hatte er ihn stecken lassen. Mr Rucastle und seine Frau waren mit dem Kind unten, und so bot sich mir die allerschönste Gelegenheit, mein Vorhaben auszuführen. Sachte drehte ich den Schlüssel im Schloss um, öffnete die Tür und schlüpfte hindurch.

Vor mir lag ein kurzer Gang, der sich am oberen Ende rechtwinklig fortsetzte. Um die Ecke befanden sich drei Türen in einer Reihe, von denen die erste und die dritte offen waren.

Sie führten in leere, staubige, öde Zimmer, das eine mit zwei, das andere mit einem Fenster, die sämtlich derart mit Schmutz überzogen waren, dass die abendliche Helle nur trübe durchschimmerte. Die mittlere Tür war zu und quer herüber durch eine dicke eiserne Stange verrammelt, die an einem Ende mit einem Vorlegeschloss an einen Ring in der Wand befestigt war, am anderen mit einem starken Strick. Die Tür selbst war verschlossen und der Schlüssel abgezogen. Diese verrammelte Tür gehörte offenbar zu demselben Raum wie das Fenster mit dem geschlossenen Laden an der Außenseite, und doch konnte ich an dem hellen Streifen unten sehen, dass es drinnen nicht dunkel war. Offenbar fiel durch ein Oberlicht Licht hinein. Während ich in dem Gang stand und die unheimliche Tür betrachtete und mich dabei verwundert fragte, hörte ich plötzlich im Innern Schritte und sah, wie in dem schmalen, trüben Lichtstreifen, der unter der Tür durchfiel, ein Schatten sich vor- und rückwärts bewegte. Ein jäher sinnloser Schrecken fasste mich bei diesem Anblick. Meine überreizten Nerven versagten plötzlich, ich wandte mich um und rannte davon – rannte, als wäre eine grässliche Hand hinter mir her, um mich am Saum meines Kleides zu fassen. Ich lief den Gang entlang und zu der Tür hinaus – gerade Mr Rucastle in die Arme, der außen stand und wartete.

›So‹, sagte er lächelnd, ›also Sie waren es. Ich dachte es mir gleich, als ich die Tür offen stehen sah.‹

›Oh, ich bin so erschrocken‹, stieß ich zitternd hervor.

›Mein liebes Fräulein, mein liebes Fräulein!‹ Sie glauben gar nicht, in wie liebevollem, sanftem Ton er dies sagte. ›Und was hat Sie erschreckt, mein liebes Fräulein?‹

Aber seine Stimme klang doch ein wenig gar zu schmeichelnd. Man merkte gleich, dass er unbefangen scheinen wollte.

›Ich war so töricht und betrat den unbewohnten Flügel‹, antwortete ich. ›Aber es ist so einsam und öde dort bei dieser trüben Beleuchtung, dass mich die Angst packte und ich eilends wieder umkehrte. Oh, es ist so schauerlich still da drinnen!‹

›Nichts sonst?‹, fragte er und sah mich dabei scharf an.

›Wieso, was meinen Sie damit?‹, fragte ich.

›Wozu glauben Sie wohl, dass ich diese Tür verschließe?‹

›Das weiß ich wirklich nicht.‹

›Nun, damit niemand hineingeht, der nichts darin zu schaffen hat. Verstehen Sie?‹ Dabei lag noch immer das liebenswürdige Lächeln auf seinen Zügen.

›Ganz gewiss, hätte ich das gewusst, ich …‹

›Nun, jetzt wissen Sie es also; und sofern Sie je wieder Ihren Fuß über jene Schwelle setzen‹ – dabei verwandelte sich sein Lächeln mit einem Schlag in ein wuterfülltes Grinsen, und er stierte mich mit einem teuflischen Gesichtsausdruck an – ›so werfe ich Sie dem Hund vor.‹

Ich war so entsetzt, dass ich nicht mehr sagen kann, was ich tat. Vermutlich bin ich an ihm vorbei auf mein Zimmer geeilt. Als ich wieder zu mir kam, lag ich auf meinem Bett und bebte am ganzen Körper. Da fielen Sie mir ein, Mr Holmes. Ich hielt es nicht länger aus ohne Beistand. Es graute mir vor dem Haus, vor dem Herrn, vor der Frau, vor den Dienstboten, selbst vor dem Kind. Wenn ich Sie nur hier hätte, dachte ich, wäre ich ganz ruhig. Ich hätte ja freilich aus dem Haus entfliehen können, allein meine Neugier war fast ebenso groß wie meine Angst. Mein Entschluss war bald gefasst, ich wollte Ihnen telegrafieren. Ich nahm Hut und Mantel und ging nach dem ungefähr eine halbe Meile entfernten Telegrafenamt, und als ich zurückkam, war mir bereits viel leichter ums Herz. Vor dem Tor fasste mich plötzlich der schreckliche Gedanke, der Hund möchte am Ende losgelassen worden sein; doch fiel mir dann wieder ein, dass Toller sich an jenem Abend bis zur Sinnlosigkeit betrunken hatte, und er war, wie ich wusste, der einzige, der etwas mit dem gefährlichen Tier machen durfte; außer ihm würde es niemand wagen, dasselbe loszulassen. Unversehrt schlüpfte ich wieder herein und konnte die halbe Nacht nicht schlafen vor Freude bei dem Gedanken, dass Sie nun bald da sein würden. Urlaub in die Stadt erhielt ich heute früh ohne Schwierigkeit, aber ich muss vor drei Uhr zurück sein, denn Mr Rucastle geht mit seiner Frau fort auf Besuch, und sie werden den ganzen Abend ausbleiben, sodass ich nach dem Kind sehen muss. – Jetzt habe ich Ihnen alle meine Erlebnisse erzählt, Mr Holmes, und ich wäre sehr froh, wenn Sie mir sagen könnten, was dies alles zu bedeuten hat, und vor allem, was ich tun soll.«

Wir beide hatten mit atemloser Spannung diesem merkwürdigen Bericht zugehört. Nun erhob sich Holmes und schritt, die Hände in den Rocktaschen und mit dem Ausdruck tiefsten Ernstes, im Zimmer auf und ab.

»Ist Toller noch betrunken?«, fragte er.

»Ja; ich hörte, wie seine Frau zu Mr Rucastle sagte, sie könne gar nichts mit ihm anfangen.«

»Das ist gut. Und Rucastles gehen heute Abend aus?«

»Ja.«

»Ist ein Keller mit gutem, festem Schloss vorhanden?«

»Jawohl. Der Weinkeller.«

»Nach meinem Dafürhalten, Miss Hunter, haben Sie in dieser Sache bis jetzt recht viel Mut und Umsicht bewiesen. Glauben Sie, dass Sie noch etwas Weiteres leisten könnten? Ich würde die Frage nicht an Sie richten, wenn ich Sie nicht für eine Ausnahme unter den Frauen hielte.«

»Ich will sehen, ob ich es vermag. Was ist es?«

»Wir werden gegen sieben Uhr in Copper Beeches eintreffen, mein Freund und ich. Die Rucastles sind wohl um diese Zeit bereits fort, und Toller wird hoffentlich noch nicht wieder zu sich gekommen sein. Die einzige, die dann allenfalls noch Lärm machen könnte, ist also Tollers Frau. Wenn Sie diese mit irgendeinem Auftrag in den Keller schicken und denselben hinter ihr abschließen könnten, so würden Sie uns die Sache außerordentlich erleichtern.«

»Ich bin dazu bereit.«

»Vortrefflich. Nun wollen wir einmal das Ding genauer ins Auge fassen. Selbstverständlich gibt es nur eine einzige mögliche Erklärung. Sie sind hier, um irgendeine andere Person vorzustellen, und diese Person selbst wird in dem Zimmer gefangen gehalten. Das liegt ja auf der Hand; und die Gefangene ist, wie ich nicht im Mindesten bezweifle, die

Tochter, Miss Alice Rucastle, wenn ich mich recht erinnere, die sich angeblich in Amerika befindet. Jedenfalls ist die Wahl auf Sie gefallen, weil Sie ganz dieselbe Größe, Figur und Haarfarbe haben. Ihr hatte man höchst wahrscheinlich infolge irgendeiner Krankheit, die sie durchgemacht hat, das Haar abgeschnitten, und so mussten Sie das Ihrige gleichfalls opfern. Durch einen merkwürdigen Zufall sind Ihnen die Strähnen in die Hände gefallen. Der Mann auf der Straße war zweifellos ein Bekannter von ihr, oder wohl ihr Verlobter – da Sie nun Miss Alices Kleider trugen und ihr so ähnlich sehen, so musste er aus Ihrer Heiterkeit bei seinem jedesmaligen Erscheinen und dann vollends aus Ihrer Handbewegung schließen, dass seine Angebetete völlig zufrieden sei und seine Aufmerksamkeiten ferner nicht wünsche. Der Hund wird nachts losgelassen, damit ihr Verehrer keinen Versuch macht, sich mit ihr in Verbindung zu setzen. So weit ist alles ganz klar. Den ernstesten Punkt bildet der Charakter des Kindes.«

»Was in aller Welt hat denn das damit zu tun?«, rief ich aus.

»Mein lieber Watson, wenn Sie sich in Ihrem Beruf als Arzt über die Neigungen eines Kindes Aufschluss verschaffen wollen, so studieren Sie jedesmal dessen Eltern. Sehen Sie denn nicht ein, dass das umgekehrte Verfahren ganz dieselbe Berechtigung hat? Ich habe oft und viel wirkliches Verständnis für den Charakter der Eltern erst durch das Studium ihrer Kinder gewonnen. Dieses Kind hat einen abnormen Hang zur Grausamkeit, und mag dieser nun von seinem stets lächelnden Vater herrühren, wie ich vermute, oder von seiner Mutter – jedenfalls bedeutet er nichts Gutes für das arme Mädchen, das sich in ihrer Gewalt befindet.«

»Sie haben ganz gewiss Recht, Mr Holmes«, rief Miss Hunter aus. »Es fallen mir jetzt tausenderlei Dinge wieder ein, die mir beweisen, dass Sie das Richtige getroffen haben. Oh, wir wollen keinen Augenblick verlieren, um dem armen Geschöpf zu Hilfe zu kommen.«

»Wir müssen vorsichtig zu Werke gehen, denn wir haben es mit einem ganz durchtriebenen Patron zu tun«, versetzte

Holmes. »Vor sieben Uhr können wir nichts beginnen. Um diese Stunde werden wir bei Ihnen eintreffen, und dann wird das Rätsel bald gelöst sein.«

Ganz pünktlich um sieben Uhr fanden wir uns ein – unsern Wagen hatten wir in einem Wirtshaus an der Straße eingestellt. An der Baumgruppe mit ihrem dunklen Laub, das jetzt im Licht der sinkenden Sonne einen blinkenden Metallglanz ausstrahlte, würden wir das Haus sofort erkannt haben, auch wenn Miss Hunter nicht freundlich lächelnd an der Haustreppe gestanden hätte.

»Haben Sie es ausgeführt?«, fragte Holmes.

Ein lautes, heftiges Pochen drang von unterhalb des Treppenhauses herauf. »Das ist Mrs Toller im Keller«, sagte sie, »ihr Mann liegt schnarchend auf der Küchenbank. Hier sind seine Schlüssel; er hat ganz die gleichen wie Mr Rucastle.«

»Sie haben Ihre Sache wirklich gut gemacht«, rief Holmes entzückt aus. »Nun gehen Sie voran, und wir werden dieser dunklen Geschichte bald auf den Grund kommen.«

Wir stiegen die Treppe hinauf, schlossen die Tür auf und gingen den Gang entlang, bis wir vor der verrammelten Tür standen, die Miss Hunter uns beschrieben hatte. Holmes schnitt den Strick durch und nahm die vorgelegte Stange weg. Dann probierte er verschiedene Schlüssel im Schloss, aber ohne Erfolg. Drinnen vernahm man keinen Laut, und bei dieser Stille verdüsterten sich Holmes' Züge. »Ich will nicht hoffen, dass wir zu spät kommen«, sagte er. »Wir wollen lieber ohne Sie hineingehen, Miss Hunter. Nun, Watson, stemmen Sie einmal Ihre Schulter an, dann werden wir ja sehen, was sich ausrichten lässt.« Es war eine alte, wackelige Tür, die unserem vereinten Druck sofort nachgab. Zusammen drangen wir in das Zimmer ein. Es war leer. Ein schmales Feldbett, ein kleiner Tisch und ein Korb mit Wäsche bildeten die ganze Einrichtung. Das Oberlicht stand offen, und die Gefangene war fort. »Hier ist eine Schurkerei vorgegangen«, sagte Holmes, »der saubere Herr hat Miss Hunters Absichten erraten und sein Opfer fortgebracht.«

»Aber wie?«

»Durch das Oberlicht. Wir werden bald sehen, wie er es angestellt hat.« Damit schwang er sich auf das Dach hinauf. »Oh ja«, rief er aus, »hier schaut eine lange, leichte Leiter über die Dachrinne empor; mit dieser hat er die Sache ausgeführt.«

»Aber das kann ja nicht sein«, bemerkte Miss Hunter, »die Leiter stand noch nicht da, als die Rucastles fortgingen.«

»Dann ist er zu diesem Zweck noch einmal heimgekommen. Ich sage Ihnen, er ist ein schlauer, gefährlicher Mensch. Es sollte mich auch gar nicht wundern, wenn es sein Tritt wäre, den ich eben auf der Treppe höre. Ich glaube, Watson, Sie werden gut daran tun, Ihre Pistole bereitzuhalten.«

Kaum waren diese Worte aus seinem Mund, als ein sehr dicker, aufgedunsener Mann, mit einem schweren Stock in der Hand, unter der Tür des Zimmers erschien. Miss Hunter schrie laut auf bei seinem Anblick und drückte sich an die Wand, Holmes dagegen sprang vor und trat ihm gegenüber.

»Sie Elender«, rief er ihm entgegen, »wo ist Ihre Tochter?«

Der dicke Mann sah sich rings um und schaute dann nach dem Oberlicht hinauf.

»Diese Frage muss ich an euch richten, ihr Spitzbuben und Diebe! Aber jetzt habe ich euch gefangen. Ihr seid in meinen Händen. Ich will euch heimleuchten!« Damit wandte er sich um und eilte die Treppe hinunter, was er laufen konnte.

»Er holt den Hund«, rief Miss Hunter.

»Ich habe meinen Revolver«, sagte ich.

»Wir wollen lieber die Haustür schließen«, schlug Holmes vor, und sofort stürmten wir alle zusammen die Treppe hinunter. Kaum hatten wir den Hausgang erreicht, als wir das Bellen eines Hundes und gleich darauf einen kläglichen Hilferuf vernahmen. Ein ältlicher Mann mit rotem Gesicht und schlotternden Gliedern trat taumelnd aus einer Nebentür und rief: »Wer hat den Hund losgemacht?! Seit zwei Tagen hat er nichts zu fressen bekommen. Schnell, schnell zu Hilfe, ehe es zu spät ist!«

Ich stürzte mit Holmes zur Tür hinaus und um die Hausecke herum, Toller hinter uns drein. Eine gewaltige, heißhungrige Bestie hatte ihre schwarze Schnauze in Mr Rucastles Hals gegraben, der sich ächzend am Boden wand. Ich lief hinzu und jagte dem Hund eine Kugel durch den Kopf. Er stürzte zusammen, aber seine scharfen, weißen Zähne steckten noch in den mächtigen Falten von Mr Rucastles Hals. Mit viel Mühe brachten wir beide auseinander und trugen den Verwundeten zwar lebend, aber schauerlich zugerichtet ins Haus. Wir legten ihn auf das Sofa im Wohnzimmer, und nachdem wir den inzwischen wieder nüchtern gewordenen Toller mit der Botschaft von dem Vorfall an seine Frau geschickt hatten, tat ich, was ich vermochte, um die Qual des Verwundeten zu lindern. Wir standen alle um ihn herum, als die Tür aufging und eine große, hagere Frauensperson ins Zimmer trat.

»Mrs Toller!«, rief Miss Hunter.

»Ja, Miss. Als Mr Rucastle heimkam, ließ er mich zuerst heraus, ehe er zu Ihnen hinaufging. Ach, Miss, es ist schade, dass Sie mich Ihre Absichten nicht wissen ließen; ich würde Ihnen gesagt haben, dass Sie sich vergebliche Mühe machen.«

»Ha«, rief Holmes und blickte sie scharf an, »offenbar weiß Mrs Toller mehr von der Sache als irgend sonst jemand.«

»Jawohl, und ich sage auch ganz gerne, was ich weiß.«

»Dann, bitte, setzen Sie sich und lassen Sie es uns hören, denn ich gestehe, mehrere Punkte sind nun noch nicht ganz klar.«

»Ich würde Ihnen längst alles auseinandergesetzt haben, hätte ich nur aus dem Keller herausgekonnt. Falls die Sache etwa vor Gericht kommen sollte, vergessen Sie nicht, dass ich mich auf Ihre Seite gestellt und es auch mit Miss Alice gut gemeint habe.

Seit der Wiederverheiratung ihres Vaters hat sich Miss Alice zu Hause nicht mehr glücklich gefühlt. Sie sah sich immer zurückgesetzt und durfte nicht viel dreinreden, aber eigentlich schlimm erging es ihr erst, als sie sich mit Mr Frowler verlobte. Soviel ich gehört habe, besaß Miss Alice nach dem Testament ihrer Mutter gewisse Ansprüche, aber sie war viel zu sanft und gutmütig, um dieselben geltend zu machen, und ließ alles in Mr Rucastles Händen. Der wusste wohl, dass er mit ihr machen konnte, was er wollte; als jedoch die Möglichkeit eintrat, dass ein Ehemann kam und alles verlangte, was er nach dem Gesetz beanspruchen konnte, da hielt es ihr Vater an der Zeit, einen Riegel vorzuschieben. Er verlangte von ihr, sie solle ein Schriftstück ausstellen, wonach ihm die Nutznießung an ihrem Vermögen zustehe, sie möge heiraten oder nicht. Als sie das nicht tun wollte, quälte er sie so lange, bis sie ein Nervenfieber bekam, sodass sie sechs Wochen lang am Rand des Grabes schwebte. Zwar erholte sie sich endlich, aber sie war zu einem Schatten abgezehrt, und ihr schönes Haar hatte man ihr abgeschnitten. Doch das machte ihrem Bräutigam alles nichts aus, und er blieb ihr so treu wie nur einer.«

»Durch Ihre freundlichen Mitteilungen«, sagte Holmes, »haben Sie nunmehr die Sache so weit aufgeklärt, dass ich mir das Übrige vollends denken kann. Nicht wahr, Mr Rucastle ging darauf zu seinem Einsperrungssystem über?«

»Jawohl.«

»Und holte Miss Hunter von London, um sich den unbequemen Mr Frowler vom Hals zu schaffen?«

»So ist es.«

»Allein Mr Frowler«, fuhr Holmes fort, »belagerte das Haus mit der Zähigkeit eines echten Liebhabers und verstand es, durch klingende oder anderweitige Beweisgründe Sie in sein Interesse zu ziehen – nicht wahr?«

»Mr Frowler war ein sehr freundlicher, freigebiger Herr«, erwiderte Mrs Toller gelassen.

»Und auf diese Weise sorgte er dafür, dass Ihr guter Mann stets reichlich zu trinken erhielt und dass die Leiter bereit stand, sobald Ihr Herr das Haus verlassen hatte.«

»Sie haben es getroffen, Herr, gerade so ist es gegangen.«

»Wir sind Ihnen wirklich Anerkennung schuldig, Mrs Toller«, sagte Holmes, »denn Sie haben uns über alle Punkte, die noch dunkel waren, volle Aufklärung verschafft. Da kommt ja auch der Distriktsarzt mit Mrs Rucastle; mir scheint, es wird wohl jetzt das beste sein, wir bringen Miss Hunter nach Winchester zurück, da sowohl ihr wie unser ferneres Verbleiben im Haus keinen ersichtlichen Zweck mehr hat.« –

So klärte sich also das Geheimnis des unheimlichen Hauses mit den Blutbuchen am Tor auf. Mr Rucastle kam zwar mit dem Leben davon, blieb jedoch für immer ein gebrochener Mann, der sein Dasein lediglich der aufopfernden Pflege seiner Gattin verdankte. Sie wohnen noch immer mit ihren alten Dienstboten zusammen, welche so viel von Mr Rucastles Vergangenheit wissen, dass er sich nicht entschließen kann, sich von ihnen zu trennen. Mr Frowler und seine Braut ließen sich gleich am Tag nach ihrer Flucht in Southampton trauen; er bekleidet gegenwärtig einen Beamtenposten auf der Insel Mauritius. Was Miss Violet Hunter betrifft, so legte mein Freund Holmes zu meiner ziemlich lebhaften Enttäuschung kein Interesse mehr für sie an den Tag, sobald das Problem, dessen Gegenstand sie gebildet hatte, gelöst war; sie ist zur Zeit Vorsteherin einer Privatschule in Walsall und erzielt, soviel ich weiß, schöne Erfolge in ihrem Beruf.

Der Katechismus der Familie Musgrave

Unter den mancherlei Widersprüchen im Charakter meines Freundes Sherlock Holmes war mir einer immer besonders auffallend. Es gab wohl in geistiger Beziehung keinen methodischeren Menschen auf Erden als ihn, und auch was sein Auftreten betraf, trug er stets eine gewisse Genauigkeit und Pünktlichkeit zur Schau. Trotzdem war er aber im täglichen Leben so unordentlich, dass es seinen Stubengefährten zur Verzweiflung treiben konnte.

Ich selbst hänge durchaus nicht zu sehr an Äußerlichkeiten. Das raue, harte Leben in Afghanistan, vereint mit meinem natürlichen Hang zur Ungebundenheit, hat mich in manchen Dingen weit nachlässiger gemacht als es sich eigentlich für einen Mediziner schickt. Aber immerhin beobachte ich gewisse Grenzen, und wenn ich mit jemand zusammenwohne, der seine Zigarren im Kohlenkasten und den Tabak in einem persischen Pantoffel aufbewahrt und der seine unbeantworteten Briefe mit dem Jagdmesser einfach an dem hölzernen Kaminsims aufspießt, dann komme ich mir, im Vergleich zu ihm, musterhaft ordentlich vor. Auch bin ich stets der Meinung gewesen, dass, wer sich im Pistolenschießen üben will, es draußen im Freien tun sollte; wenn sich daher Holmes in einer seiner wunderlichen Stimmungen mit der Schießwaffe und hundert Stück Patronen in den Lehnstuhl setzte und auf die Wand gegenüber, als Verzierung, seinen Namenszug mit Kugelnarben einschrieb, so wurde dadurch, meiner Überzeugung nach, weder die Luft noch das Aussehen unseres Zimmers verbessert.

Unsere Wohnung war voller Chemikalien und allerlei Andenken an Kriminalfälle, die sich überall herumtrieben und oft in der Butterdose oder an noch unpassenderen Orten auftauchten. Mein größtes Kreuz waren aber seine Papiere. Ein Schriftstück zu vernichten widerstrebte ihm im höchsten Grad, besonders wenn es sich auf einen seiner interessanten Fälle bezog, und doch brachte er es höchstens einmal alle Jahre zu dem Entschluss, die Sachen durchzusehen und zu ordnen. Wie ich schon öfters erwähnt habe, folgten bei ihm auf die Tage leidenschaftlicher Erregung, in denen er die merkwürdigen Taten vollbrachte, die seinen Namen berühmt gemacht haben, Zeiten völliger Erschlaffung. Er lag dann meist mit der Geige und seinen Büchern auf dem Sofa und rührte sich kaum vom Fleck, außer um sich zur Mahlzeit an den Tisch zu setzen. So häuften sich also seine Papiere von einem Monat zum anderen auf, bis es keinen Winkel des Zimmers mehr gab, in dem nicht Bündel von Manuskripten umherlagen, die unter keiner Bedingung verbrannt werden durften und über die, außer ihrem Eigentümer, niemand verfügen konnte.

Als wir einmal an einem Winterabend miteinander beim Kamin saßen, erlaubte ich mir die Bemerkung, er werde nun wohl genug Auszüge von Kriminalakten in sein Sammelbuch geklebt haben und solle die nächsten zwei Stunden dazu verwenden, unser Wohnzimmer nur einigermaßen aufzuräumen und einen menschlichen Zustand herzustellen. Dass mein Verlangen vollständig gerechtfertigt war, ließ sich nicht leugnen; so begab sich denn Holmes mit einem sehr langen Gesicht in seine Schlafstube, und als er gleich darauf wiederkam, schleifte er einen großen Blechkoffer hinter sich drein. Er stellte ihn mitten ins Zimmer, kauerte sich auf einen Schemel daneben und schlug den Deckel zurück. Der Koffer war etwa zu einem Drittel mit vielen einzelnen rotverschnürten Papierbündeln angefüllt.

»Hier gibt's Fälle im Überfluss, Watson«, sagte mein Freund mit schlauem Lächeln. »Wenn Sie wüssten, was ich alles in diesem Koffer habe, Sie bäten mich vielleicht, ein paar Pakete herauszunehmen statt noch mehr hineinzulegen.«

»Das sind wohl die Akten über Ihre älteren Sachen?«, fragte ich. »Schon oft habe ich mir gewünscht, Auszüge davon zu besitzen.«

»Jawohl, mein Freund, das sind lauter Arbeiten, die ich allzu früh unternommen habe, ehe noch mein Biograf erschien, um meinen Ruhm zu verkünden.«

Er nahm ein Bündel nach dem anderen heraus und betrachtete es mit fast zärtlichen Blicken. »Nicht alles ist mir gelungen, Watson«, sagte er, »aber es sind einige ganz hübsche kleine Probleme darunter. Hier sind die Aufzeichnungen über den Mord in Tarleton, die Geschichte des Weinhändlers Bamberry, das Abenteuer der alten Russin, das sonderbare Vorkommnis mit der Aluminium-Krücke, ferner ein langer Bericht über Ricoletti mit dem Klumpfuß und sein abscheuliches Weib. Und hier – ja, das ist wirklich etwas ganz Auserlesenes.«

Er holte aus der Tiefe des Koffers ein kleines hölzernes Kistchen mit einem Schiebedeckel hervor, das wie eine Spielzeugschachtel aussah. Darin lag ein zerknittertes Stück Papier, ein altmodischer bronzener Schlüssel, ein Holzpflock, um den ein Knäuel Bindfaden gewickelt war, und drei verrostete Metallplättchen.

Holmes lächelte über mein verwundertes Gesicht.

»Nun, mein Freund, was sagen Sie zu diesem Kram?«

»Es ist eine merkwürdige Sammlung.«

»Ja, sehr merkwürdig, und die Geschichte, die damit zusammenhängt, würde Ihnen noch absonderlicher vorkommen.«

»Also knüpft sich eine Geschichte daran?«

»Ja, sogar ein Stück Weltgeschichte.«

»Wie ist das möglich?«

Holmes nahm die Gegenstände nacheinander heraus und legte sie in einer Reihe auf den Tisch. Dann zog er einen Stuhl heran, setzte sich und betrachtete sie mit befriedigten Blicken.

»Dies«, sagte er, »ist alles, was mir zum Andenken an die merkwürdige Begebenheit übriggeblieben ist, die sich auf den Katechismus der Familie Musgrave bezieht.«

Ich hatte ihn schon öfters von dem Fall reden hören, doch war es mir nie gelungen, etwas Näheres darüber zu erfahren. »Sie täten mir einen großen Gefallen«, sagte ich, »wenn Sie mir die Sache einmal erzählen wollten.«

»Dann bliebe ja all der Krimskrams hier doch wieder liegen. Wie verträgt sich denn das mit Ihrer Ordnungsliebe, Watson?«, erwiderte er, mich schalkhaft anblinzelnd. »Aber es wäre mir wirklich lieb, wenn Sie den Fall unter Ihre Berichte aufnehmen wollten, weil Dinge dabei vorkommen, wie sie weder in der Verbrecherchronik unseres Landes noch in irgendeiner anderen verzeichnet sind, soviel ich weiß. Ihre Schilderung meiner geringen Taten würde höchst unvollständig sein, wenn dieser sonderbare Vorgang dabei fehlte.

Alle Welt kennt jetzt meinen Namen, und nicht nur das Publikum, sondern auch die Polizei betrachtet mich als die letzte Berufungsinstanz bei zweifelhaften Fällen. Schon damals, als wir beide zuerst miteinander bekannt wurden, hatte ich eine Menge Beziehungen angeknüpft, die freilich nicht gerade sehr einträglich waren. Aber Sie machen sich keinen Begriff davon, mit welchen Schwierigkeiten ich anfänglich zu kämpfen hatte und wie lange ich warten musste, bis ich nur einigermaßen vorwärtskam.

Meine erste Wohnung in London war in der Montague Street, ganz nahe beim Britischen Museum. Dort saß ich, wartete auf Klienten und benutzte zugleich meine überreichliche Muße zum Studium von mancherlei Wissenschaften, die in mein Fach schlugen. Dann und wann wurden nur, hauptsächlich durch Vermittlung früherer Universitätsfreunde, allerlei Probleme vorgelegt; denn während meiner letzten Studienjahre war unter den Studenten viel von mir und meiner Methode die Rede gewesen. Von diesen ersten Fällen hat keiner ein so allgemeines Interesse erregt und ist mir dadurch auch für mein späteres Fortkommen so nützlich gewesen wie die Geschichte vom Katechismus der Familie Musgrave mit ihrer sonderbaren Verkettung der Umstände, die zu einem höchst denkwürdigen Ergebnis führten.

Reginald Musgrave war zugleich mit mir auf der Universität gewesen, doch wurden wir damals nur flüchtig bekannt. Er galt als hochmütig bei den jüngeren Studenten, vielleicht mit Unrecht, denn mir schien, dass er die stolze Miene nur zur

Schau trug, um seinen großen Mangel an Selbstvertrauen zu verbergen. Sein Äußeres machte einen hochadligen Eindruck; der schmale Nasenrücken, die großen Augen, die schlanke Gestalt mit den schlaffen Bewegungen und den höfischen Manieren, alles verriet den geborenen Aristokraten. Er war auch wirklich der Abkömmling einer der ältesten Familien des Königreichs, das heißt, er stammte aus der jüngeren Linie, die sich im 16. Jahrhundert von den im Norden ansässigen Musgraves getrennt und im westlichen Sussex niedergelassen hatte, wo ihr Schloss in Hurlstone vielleicht das älteste noch bewohnte Gebäude der ganzen Grafschaft ist. Wenn ich die stolze Haltung des Mannes und sein bleiches, scharfgeschnittenes Gesicht betrachtete, musste ich unwillkürlich an graue Torgewölbe, steinerne Bogenfenster und den ganzen ehrwürdigen Bau einer mittelalterlichen Burg denken. Hier und da unterhielten wir uns miteinander, und ich erinnere mich, dass er mehrmals ein großes Interesse für meine Beobachtungen und Schlussfolgerungen äußerte.

Seit vier Jahren hatte ich nichts von ihm gesehen, als er eines Tages in der Montague Street bei mir eintrat. Er war wenig verändert, ging sehr modisch gekleidet – er legte von jeher großen Wert auf seinen Anzug –, und sein Wesen war noch ebenso gemessen und verbindlich wie damals.

›Wie ist es Ihnen die Zeit über ergangen, Musgrave?‹, fragte ich, nachdem wir uns freundlich die Hand geschüttelt.

›Sie werden wohl gehört haben, dass mein Vater vor zwei Jahren gestorben ist‹, versetzte er. ›Seitdem musste ich natürlich das Gut in Hurlstone verwalten, und da ich zugleich Abgeordneter des Bezirks bin, führe ich ein vielbeschäftigtes Leben. – Ist es wahr, was man mir sagt, Holmes, dass Sie Ihr Talent, mit dem Sie uns so oft in Erstaunen gesetzt haben, nunmehr zu praktischen Zwecken verwerten?‹

›Jawohl, ich will mir dadurch meinen Lebensunterhalt erwerben.‹

›Das freut mich außerordentlich, denn Ihr Rat wäre mir jetzt von ungeheuerem Wert. Bei uns in Hurlstone sind wunderliche Dinge geschehen, und die Polizei ist außerstande,

Licht in das Dunkel zu bringen. Es ist wirklich ein höchst seltsames und unerklärliches Vorkommnis.‹

Sie können sich denken, Watson, mit welcher Begierde ich seinen Worten lauschte; endlich schien sich mir die günstige Gelegenheit bieten zu wollen, nach der ich während all der langen untätigen Monate geschmachtet hatte. Was anderen missglückte, würde mir gelingen, davon war ich fest überzeugt; es galt nur noch eine Probe meiner Befähigung abzulegen.

›Bitte, Musgrave, erzählen Sie mir alles Nähere‹, rief ich.

Er nahm mir gegenüber Platz und zündete sich eine Zigarette an, die ich ihm hingeschoben hatte.

›Vor allem muss ich Ihnen sagen‹, begann er, ›dass ich zwar unverheiratet bin, aber doch in Hurlstone eine zahlreiche Dienerschaft habe, denn das Schloss ist ein weitläufiger alter Bau und schwer in Ordnung zu halten. Auch ein Wildpark gehört dazu, und um die Zeit der Fasanenjagd sind alljährlich viele Gäste im Haus, sodass für genügende Bedienung gesorgt sein muss. Alles in allem halte ich acht Dienstmädchen, den Koch, den Hausmeister, zwei Diener und einen Laufburschen. Für den Garten und die Ställe sind natürlich noch besondere Leute da.

Von allen Dienern hatten wir Brunton, den Hausmeister, am längsten bei uns. Als er zuerst bei meinem Vater eintrat, war er eigentlich Schullehrer, aber ohne Stelle; durch große Umsicht und Tatkraft machte er sich bald in der Haushaltung vollständig unentbehrlich. Er ist ein schöner Mann von hohem Wuchs, mit prächtiger Stirn und wird jetzt kaum vierzig Jahre alt sein, obgleich er bereits seit zwanzig Jahren in unserem Dienst steht. Bei seinen äußeren Vorzügen und seiner ungewöhnlichen Begabung – er spricht mehrere Sprachen, ist sehr musikalisch und spielt fast alle Instrumente – ist es schwer begreiflich, wie ihm die Stellung in unserem Haus so lange genügen konnte. Er muss sich wohl zu behaglich gefühlt haben, um den Gedanken an einen Wechsel überhaupt aufkommen zu lassen. Der Hausmeister von Hurlstone machte auf meine Gäste stets einen unvergesslichen Eindruck.

Allein dieser Ausbund von Vortrefflichkeit hatte einen Fehler. Er war eine Art Don Juan, und Sie können sich vorstellen, dass ein Mann wie er diese Rolle in einem kleinen stillen Landbezirk ohne Schwierigkeit durchführte.

Solange er verheiratet war, ging alles gut; aber seit er Witwer ist, kommen wir aus der Not mit ihm gar nicht heraus. Vor einigen Monaten schmeichelten wir uns mit der Hoffnung, er werde nun Frieden halten, denn er verlobte sich mit dem zweiten Hausmädchen, Rahel Howells; seitdem hat er ihr aber den Laufpass gegeben und sich Janet Tregellis zugewandt, der Tochter des obersten Wildhüters. Rahel ist Walliserin von Geburt, ein treffliches Mädchen, aber von sehr leidenschaftlicher Gemütsart; sie verfiel in ein Nervenfieber und geht jetzt – oder ging vielmehr bis gestern, nur noch wie der Schatten von ihrem früheren Selbst im Haus umher. Das war unser erstes Trauerspiel in Hurlstone, aber bald darauf folgte ein zweites, dem die schimpfliche Entlassung des Hausmeisters Brunton voranging.

Die Sache hat sich folgendermaßen zugetragen: Ich erwähnte bereits, dass der Mann ungewöhnlich begabt war, aber gerade seine Klugheit hat ihn ins Verderben gestürzt, denn sie scheint in ihm eine unersättliche Neugier nach Dingen erzeugt zu haben, die ihn nicht im Geringsten angehen. Ich hatte keine Ahnung, wie weit ihn das führen würde, bis der reinste Zufall mir endlich die Augen öffnete.

Letzte Woche – es war am Donnerstag, wenn Sie es ganz genau wissen wollen – konnte ich einmal nachts durchaus nicht einschlafen, weil ich törichterweise eine Tasse starken schwarzen Kaffees nach Tisch getrunken hatte. Bis zwei Uhr versuchte ich es auf alle Art, da aber der Schlaf durchaus nicht kommen wollte, stand ich endlich auf und zündete mir ein Licht an, um einen angefangenen Roman weiterzulesen. Das Buch war jedoch im Billardzimmer liegen geblieben, und so zog ich denn meinen Schlafrock an und ging, es mir zu holen.

Um ins Billardzimmer zu gelangen, musste ich in dem weitläufigen Gebäude erst eine Treppe hinunter und über den Gang gehen, der zur Bibliothek und der Gewehrkammer führt. Nun denken Sie sich mein Erstaunen, als ich diesen Gang betrat und am Ende desselben einen Lichtschimmer gewahrte, der aus der offenen Tür der Bibliothek kam. Ehe ich zu Bett ging, hatte ich dort mit eigener Hand die Lampe gelöscht und die Tür geschlossen. Natürlich dachte ich zuerst an Einbrecher. Die Wände in den Korridoren von Hurlstone sind reich mit alten Waffen verziert; ich nahm eine Streitaxt vom Nagel, ließ mein Licht zurück, schlich auf den Zehen den Gang hinunter und blickte verstohlen durch die offene Tür hinein.

Brunton, der Hausmeister, war in der Bibliothek. Er saß ganz angezogen in einem Lehnstuhl, hatte ein Blatt Papier wie eine Karte auf seinem Knie ausgebreitet und den Kopf in die Hand gestützt, als wäre er tief in Gedanken; eine dünne Kerze, die auf dem Tisch brannte, verbreitete nur einen schwachen Schein. Ich stand stumm vor Staunen im Dunkeln da, meinen Diener beobachtend. Plötzlich erhob er sich, ging zum Schreibtisch an der Wand, schloss ihn auf, nahm aus einer Schublade ein Blatt Papier, kehrte damit zu seinem Sitz zurück, legte es auf den Tisch neben die Kerze und begann es mit der größten Aufmerksamkeit zu lesen. In meiner Entrüstung über sein freches Durchstöbern unserer Familienurkunden tat ich einen Schritt vorwärts. Brunton blickte auf. Als er mich in der Türöffnung stehen sah, wurde sein Gesicht aschfahl vor Schrecken, und blitzschnell steckte er das kartenähnliche Papier, das er zuerst besichtigt hatte, in seine Brusttasche.

›Das also‹, rief ich, ›ist Ihr Dank für das Vertrauen, welches wir in Sie gesetzt haben! – Gleich morgen verlassen Sie meinen Dienst!‹

Er war wie vernichtet und schritt mit gesenktem Kopf an mir vorüber, ohne ein Wort zu erwidern. Die Kerze brannte noch auf dem Tisch und ich warf einen Blick auf das Papier, welches Brunton aus dem Schreibtisch genommen hatte. Zu meiner Überraschung enthielt es gar nichts Wichtiges, sondern war nur eine Abschrift des sogenannten ›Katechismus der Musgraves‹ mit seinen sonderbaren Fragen und Antworten, an die sich ein alter Brauch in unserer Familie knüpft, den seit Jahrhunderten jeder Musgrave bei seiner Großjährigkeit durchmachen muss. Er hat weder ein allgemeines Interesse noch irgendwelchen praktischen Nutzen außer vielleicht für den Altertumsforscher, ähnlich wie unsere Adelsschilde und Wappenbilder.‹

›Auf das Papier wollen wir lieber später zurückkommen‹, sagte ich.

›Wenn Sie es für nötig halten‹, antwortete er zögernd. – ›Ich fahre also in meinem Bericht fort: Nachdem ich den Schreibtisch, in welchem noch der Schlüssel steckte, wieder zugeschlossen hatte, wollte ich eben das Zimmer verlassen, als ich zu meiner Überraschung den Hausmeister wieder vor mir stehen sah.

›Mr Musgrave‹, sagte er, und seine Stimme klang heiser vor innerer Bewegung, ›ich kann die Schande nicht ertragen. Von jeher bin ich stolz auf meinen Stand gewesen, und die Schmach überlebe ich nicht. Sie jagen mich in den Tod, Herr, glauben Sie es mir, wenn Sie mich zur Verzweiflung treiben. Können Sie mich, nach dem, was vorgefallen ist, nicht länger im Dienst behalten, so geben Sie mir eine Kündigungsfrist und lassen Sie mich nächsten Monat fortgehen, als ob ich es freiwillig täte. Vor allen Leuten, die ich so gut kenne, fortgejagt zu werden, das könnte ich nicht ertragen.‹

›Sie verdienen durchaus keine Schonung, Brunton‹, entgegnete ich; ›ganz ehrlos haben Sie gehandelt! Doch will ich Sie nicht der öffentlichen Schande preisgeben, weil Sie so lange in unserer Familie waren. Von einem Monat kann aber keine Rede sein. Machen Sie, dass Sie in einer Woche fortkommen; welche Gründe Sie dafür angeben wollen, ist mir gleich.‹

›Nicht mehr als eine Woche, Herr?‹, rief er verzweiflungsvoll. ›Wenigstens vierzehn Tage – gewähren Sie mir vierzehn Tage!‹

›Eine Woche‹, wiederholte ich. ›Sie sind dann noch viel zu glimpflich davongekommen.‹

›Er ließ den Kopf auf die Brust sinken und schlich wie gebrochen hinaus; ich aber löschte das Licht und kehrte in mein Zimmer zurück.

Während der nächsten zwei Tage war Brunton sehr eifrig in seinem Dienst. Ich erwähnte das Vorgefallene mit keiner

Silbe und wartete nicht ohne Spannung, wie er es anstellen würde, seine Schmach zu verheimlichen. Am dritten Morgen erschien er nicht wie gewöhnlich nach dem Frühstück, um meine Befehle für den Tag entgegenzunehmen. Als ich das Esszimmer verließ, traf ich zufällig das Dienstmädchen Rahel Howells. Sie war, wie gesagt, erst kürzlich von einer schweren Krankheit genesen und sah so entsetzlich bleich aus, dass ich sie schalt, weil sie sich zu früh an die Arbeit begeben hatte.

›Gehen Sie gleich zu Bett‹, sagte ich, ›und nehmen Sie Ihre Pflichten erst wieder auf, wenn Sie stark genug sind.‹

Sie sah mich mit so seltsamen Blicken an, dass ich fürchtete, ihr Verstand habe gelitten.

›Ich fühle mich stark genug, Mr Musgrave‹, versetzte sie.

›Wir wollen sehen, was der Doktor sagt. Jedenfalls arbeiten Sie jetzt nicht weiter, und wenn Sie hinuntergehen, schicken Sie Brunton zu mir, ich will ihn sprechen.‹

›Der Hausmeister ist fort‹, sagte sie.

›Fort! Wohin?‹

›Er ist fort. Niemand hat ihn gesehen. In seinem Zimmer ist er auch nicht. Jawohl, er ist fort – ganz fort.‹ Sie lehnte sich gegen die Wand, brach in ein grässliches Gelächter aus und verfiel dann in krampfhaftes Schluchzen. Entsetzt über diesen plötzlichen hysterischen Anfall, stürzte ich nach der Klingel, um Hilfe herbeizurufen. Das Mädchen wurde, noch immer schreiend und schluchzend, auf ihr Zimmer gebracht, und ich zog nun selbst Erkundigungen über Brunton ein. Kein Zweifel, er war verschwunden. Sein Bett fand man unberührt, und seit dem letzten Abend war er von niemand mehr gesehen worden. Wie er jedoch das Haus hatte verlassen können, blieb ein Rätsel, da sämtliche Fenster und Türen am Morgen noch fest verwahrt waren. Seine Kleider, seine Uhr, sogar sein Geld fand man im Zimmer vor, es fehlte nur der schwarze Anzug, den er gewöhnlich trug. Auch die Pantoffeln waren fort und die Stiefel zurückgeblieben. Kein Mensch wusste sich zu erklären, wohin der Hausmeister in jener Nacht gegangen sein könne und was aus ihm geworden sei.

Wir durchsuchten das ganze Haus und alle Nebengebäude, ohne eine Spur von ihm zu entdecken. Es ist, wie gesagt, ein förmliches Labyrinth, besonders der älteste Flügel, der jetzt fast unbewohnt daliegt; überall forschten wir nach dem Verschwundenen, aber ohne jeden Erfolg. Dass er unter Zurücklassen seines Eigentums fortgegangen sein sollte, schien mir unglaublich – und doch, wo konnte er sein? Ich wandte mich an die Ortspolizei, auch ihre Bemühung war vergeblich. Es hatte die Nacht zuvor geregnet; wir besichtigten den Rasenplatz und alle Gänge und Wege, es fanden sich aber keine Fußspuren. So standen die Dinge, als ein neues Ereignis unsere Gedanken von dem ursprünglichen Rätsel ablenkte.

Zwei Tage lang war Rahel Howells sehr krank gewesen; bald raste sie in Fieberfantasien, bald verfiel sie in einen hysterischen Zustand, sodass eine Pflegerin nachts bei ihr wachen musste. In der dritten Nacht wurde die Kranke ruhiger, und sobald die Wärterin sah, dass sie sanft schlief, nickte auch sie im Lehnstuhl ein. Als sie früh am Morgen erwachte, stand das Fenster offen, das Bett war leer und von der Kranken nirgends eine Spur. Man weckte mich sofort, und ich machte mich mit zwei Dienern auf, um nach dem Mädchen zu suchen. Die von ihr eingeschlagene Richtung war leicht zu finden, wir konnten ihre Fußtritte vom Fenster aus über den Rasen bis an den Rand des Weihers verfolgen, wo sie plötzlich dicht neben dem Kiespfad aufhörten, der aus den Anlagen führt. Der See ist an dieser Stelle über acht Fuß tief, und Sie können sich unseren Schrecken denken, als wir sahen, dass sich die Spur der armen Geisteskranken dort am Ufer verlor. Natürlich ließ ich den See gleich ausfischen, aber der Leichnam fand sich nicht. Stattdessen wurde ein höchst seltsamer Gegenstand an die Oberfläche befördert. Es war ein Leinwandsack, der einen formlosen, verbogenen Gegenstand aus verrostetem und schwarz angelaufenem Metall enthielt, nebst mehreren Kieseln oder Glasstücken von matter Farbe. Außer diesem merkwürdigen Fund hat man aus dem Weiher nichts herausgezogen. Obwohl wir nun aber seit gestern alle möglichen Erkundigungen und Nachforschungen angestellt haben, sind wir über das Schicksal von Rahel Howells und Richard Brunton vollständig im Dunkeln geblieben. Die Polizei der Grafschaft ist mit ihrem Latein zu Ende, und als letzte Hilfe habe ich Sie aufgesucht.‹

Sie können sich vorstellen, Watson, wie begierig ich auf diesen seltsamen Bericht lauschte und wie eifrig ich bemüht war, die einzelnen Teile zusammenzufügen und nach einem Faden zu suchen, der sie untereinander verbände.

Der Hausmeister war fort, das Mädchen nicht zu finden. Rahel hatte Brunton geliebt und dann Grund gehabt, ihn zu hassen. Sie war feurig und leidenschaftlich und befand sich unmittelbar nach seinem Verschwinden in der schrecklichsten Aufregung. Der Sack mit dem sonderbaren Inhalt war von ihr in den See geworfen worden. – Alle diese Einzelheiten mussten wohl in Betracht gezogen werden, aber durch keine derselben kam man der Sache auf den Grund. Von welchem Punkt war die Verwicklung ausgegangen? Wo steckte das Ende des verwirrten Knäuels? –

›Ich muss jenes Papier sehen, Musgrave‹, sagte ich, ›das Ihr Hausmeister, selbst auf die Gefahr hin, seine Stellung zu verlieren, sich verschafft hat.‹

›Dieser sogenannte Katechismus unserer Familie ist ein höchst abgeschmacktes Schriftstück‹, erwiderte er, ›das keinen anderen Wert hat als sein hohes Alter. Ich habe eine Abschrift bei mir, wenn Sie einmal einen Blick darauf werfen wollen.‹

Er händigte mir dies Blatt ein, das Sie hier vor sich sehen, Watson; die sonderbaren Fragen und Antworten, die jeder Musgrave hersagen musste, sobald er volljährig war, lauteten:

Wem gehörte sie?
Dem, der nicht mehr ist.
Wer soll sie haben?
Der, welcher kommt.
Welcher Monat war es?
Der sechste vom ersten.
Wo war die Sonne?
Über der Eiche.

Wo war der Schatten?
Unter der Ulme.
Wie maß man ihn aus?
Nach Norden zehn und zehn, nach Osten fünf und fünf, nach Süden zwei und zwei, nach Westen eins und eins und darunter.
Was sollen wir dafür geben?
All unser Gut.
Weshalb geben wir es hin?
Weil uns das Pfand vertraut ward.‹

›Das Original trägt kein Datum, aber der Schreibweise nach muss es aus der Mitte des siebzehnten Jahrhunderts stammen‹, bemerkte Musgrave. ›Ich fürchte jedoch, es wird Ihnen zur Lösung jenes Rätsels kaum behilflich sein können.‹

›Es enthält jedenfalls ein zweites Geheimnis‹, sagte ich, ›das mir noch weit interessanter zu sein scheint als das erste. Möglich, dass uns auch dieses klar wird, sobald wir jenes gelöst haben. – Nichts für ungut, Musgrave, aber Ihr Hausmeister muss ein sehr kluger Mann gewesen sein, wenigstens hat er mehr Scharfsinn bewiesen als zehn Generationen seiner Herren.‹

›Ich verstehe Sie nicht recht‹, meinte Musgrave, ›das Papier scheint mir doch keinerlei praktischen Zweck zu haben.‹

›Das möchte ich bestreiten, mir scheint es ein Dokument von ungewöhnlicher Wichtigkeit, und Brunton war ohne Zweifel derselben Ansicht. Vermutlich hat er es schon früher gesehen als in jener Nacht, da Sie ihn ertappten.‹

›Wohl möglich; wir gaben uns keine Mühe, es zu verbergen.‹

›Er wollte sich bei jener letzten Gelegenheit nur noch einmal alles ins Gedächtnis zurückrufen, wie mir scheint. – Sie erwähnten ja auch eine Art Karte oder einen Plan, den er bei Ihrem Erscheinen in die Tasche steckte, nicht wahr?‹

›Ganz recht. Aber was ging denn Brunton unser alter Familienbrauch an, und was soll das Kauderwelsch überhaupt bedeuten?‹

›Das würde man wohl ohne allzu große Schwierigkeit herausfinden können‹, sagte ich. ›Wenn Sie nichts dagegen haben, fahren wir mit dem ersten Zug zusammen nach Sussex, um die Sache an Ort und Stelle etwas genauer zu untersuchen.‹

Noch am selben Nachmittag trafen wir in Hurlstone ein. Vielleicht haben Sie einmal eine Abbildung des berühmten alten Schlosses gesehen oder eine Beschreibung davon gelesen. Ich erwähne nur, dass es in Form eines lateinischen L gebaut ist; der lange Arm ist der neuere Teil, während der kürzere den alten Bau als Flügel darstellt, an den das andere angebaut wurde. Über dem niedrigen, schweren Türgerüst in der Mitte des Flügels ist die Jahreszahl 1607 eingemeißelt, aber alle Sachverständigen stimmen darin überein, dass Balken und Mauerwerk in Wirklichkeit bedeutend älter sind. Die furchtbar dicken Wände und die winzigen Fenster des alten Schlosses veranlassten die Familie im letzten Jahrhundert den Neubau zu unternehmen; der alte Flügel wurde überhaupt nur noch als Vorratshaus und Keller benutzt. Ein prachtvoller Park mit herrlichen alten Bäumen umgab das Haus; der Weiher, von dem mein Klient gesprochen hatte, lag dicht an der breiten Allee, etwa zweihundert Meter vom Wohngebäude.

Ich war bereits fest überzeugt, Watson, dass die drei Rätsel im Grunde nur ein einziges waren und wir bloß den Musgrave-Katechismus richtig zu verstehen brauchten, um Aufschluss darüber zu erhalten, was aus Rahel Howells und dem verschwundenen Hausmeister geworden sei. – So wandte ich denn meine ganze Aufmerksamkeit dem seltsamen Schriftstück zu. Warum lag wohl dem langjährigen Diener der Familie so viel daran, die alte Formel zu untersuchen? Offenbar, weil er etwas darin sah, was allen Gliedern dieses Adelsgeschlechts seit Jahrhunderten entgangen war und wovon er sich einen persönlichen Vorteil versprach. Was konnte das sein und welchen Einfluss hatte es auf sein Geschick gehabt?

Beim Lesen des Katechismus war mir gleich klar geworden, dass die angegebenen Maße sich auf einen Platz beziehen müssten, auf den der übrige Inhalt der Urkunde hinwies. Ließ sich dieser Platz finden, so kam man vielleicht dem Geheimnis auf die Spur, welches die alten Musgraves auf so absonderliche Art verewigt hatten. Zwei Wegweiser halfen uns von Anbeginn der Untersuchung – eine Eiche und eine Ulme. In Bezug auf die Eiche war kein Zweifel möglich. Gerade dem Haus gegenüber, links von der Allee, erhob sich ein wahrer Patriarch unter den Bäumen, die herrlichste Eiche, die ich je gesehen habe.

›Sie wuchs gewiss schon hier, als der Katechismus aufgesetzt wurde‹, äußerte ich im Vorbeifahren.

›Vermutlich schon vor der Eroberung Englands durch die Normannen‹, versetzte mein Klient, ›der Baum hat einen Umfang von 23 Fuß.‹

Das war ein fester Punkt, von dem ich ausgehen konnte.

›Haben Sie auch ebenso alte Ulmen?‹, fragte ich.

›Eine uralte Ulme stand dort drüben, aber vor zehn Jahren wurde sie vom Blitz getroffen, und man hat den Stumpf abgehauen.‹

›Kann man die Stelle noch sehen?‹

›Jawohl.‹

›Andere Ulmen gibt es nicht?‹

›Nein, aber eine Menge Buchen.‹

›Bitte zeigen Sie mir den Standort jener Ulme.‹

Wir fuhren in unserem leichten Jagdwagen am Schloss vor, und Musgrave ging mit mir zum Platz auf dem Rasen, wo die Ulme früher gestanden hatte; es war halbwegs zwischen dem Haus und der Eiche. Meine Untersuchung machte entschiedene Fortschritte.

›Wäre es wohl möglich, herauszufinden, wie hoch die Ulme gewesen ist?‹, fragte ich.

›Das kann ich Ihnen gleich sagen. Sie war 64 Fuß hoch.‹

›Woher wissen Sie das?‹, fragte ich erstaunt.

Mein alter Lehrer ließ mich bei den Aufgaben in der Trigonometrie immer Höhenmessungen anstellen. Als Knabe habe ich die Höhe eines jeden Baumes und sämtlicher Gebäude auf dem Gut ausgerechnet.‹

Dies war ein unerwarteter Glücksfall. Ich hatte kaum gehofft, die Tatsachen so rasch ermitteln zu können.

›Bitte sagen Sie mir, ob der Hausmeister je eine derartige Frage an Sie gestellt hat.‹

Musgrave sah mich verwundert an, ›Nun da Sie mich daran erinnern, fällt mir ein, dass Brunton mich wirklich vor einigen Monaten nach der Höhe jenes Baumes befragt hat; er hatte sich mit dem Stallknecht darüber gestritten.‹

Dies war mir eine willkommene Nachricht, Watson, ein Beweis, dass ich den rechten Weg gefunden hatte. Ich blickte nach der Sonne, die schon tief am Himmel stand, und berechnete, dass sie in etwa einer Stunde gerade die höchsten Äste der alten Eiche treffen würde. Eine Bedingung im Katechismus war dann erfüllt. Mit dem Schatten der Ulme musste das äußerste Ende des Schattens gemeint sein, sonst hätte man den Stamm als Richtschnur genommen. Es galt demnach herauszufinden, bis wohin der Schatten fallen würde, sobald die Sonne die Eiche berührte.«

»Das muss recht schwierig gewesen sein, Holmes; die Ulme war ja nicht mehr da.«

»Hatte Brunton es zu Wege gebracht, so musste es mir auch gelingen. In Wirklichkeit war es leichter, als es den Anschein hat. Ich ging mit Musgrave in sein Studierzimmer, schnitzte mir den Holzpflock, den Sie hier sehen, und knüpfte diesen langen Strick daran fest, bei dem ich jeden Meter durch einen Knoten bezeichnete. Dann band ich zwei Angelruten aneinander, deren Länge genau sechs Fuß betrug, und ging mit meinem Klienten wieder an die Stelle, wo die Ulme gestanden hatte. Die Sonne streifte eben die höchsten Wipfel der Eiche. Ich steckte die Angelrute aufrecht in den Boden, sah, wohin ihr Schatten fiel, und maß ihn ab. Er war gerade neun Fuß lang.

Natürlich ließ sich die Rechnung jetzt leicht machen. Wenn eine Rute von sechs Fuß einen neun Fuß langen Schatten warf, so musste ein 64 Fuß hoher Baum einen 96 Fuß langen Schatten werfen, und die Richtung beider konnte nur die gleiche sein. Ich maß die Strecke aus, kam dabei fast bis an die Mauer des Hauses und steckte meinen Holzpflock dort fest. Nun stellen Sie sich mein Entzücken vor, Watson, als ich kaum zwei Zoll von meinem Pflock entfernt eine trichterförmige Vertiefung im Boden bemerkte. Es war das Zeichen, welches sich Brunton bei seinen Messungen gemacht hatte. Also war ich noch immer auf seiner Fährte.

Von diesem Ausgangspunkt begann ich nun die Maße abzuschreiten, nachdem ich zuerst mit meinem Taschenkompass die Himmelsrichtungen festgestellt hatte. Zehn Schritte mit jedem Fuß führten mich längs der Hausmauer hin, und ich bezeichnete den Punkt wieder durch einen Pflock. Nun tat ich genau je fünf Schritte nach Osten und je zwei nach Süden. Dadurch gelangte ich bis dicht an die Schwelle der alten Tür. Die zwei Schritte nach Westen musste ich auf den Steinfliesen des Hausflurs machen, und damit hatte ich die im Katechismus bezeichnete Stelle erreicht.

Hier stand ich; aber wie groß meine Enttäuschung war, lässt sich nicht beschreiben, Watson. Im ersten Augenblick war ich fest überzeugt, dass ich mich bei meiner Berechnung gründlich geirrt haben müsse. Die untergehende Sonne schien hell in den Hausflur hinein, und ich sah, dass das alte ausgetretene graue Steinpflaster fest zusammengekittet und sicherlich seit langen Jahren nicht aufgerissen worden war. Brunton hatte hier nicht nachgegraben. Ich klopfte auf den Boden, aber es klang überall gleich, auch zeigte sich nirgends ein Riss oder eine Spalte. Zum Glück hatte aber jetzt auch Musgrave angefangen, die Bedeutung meiner Forschungen einzusehen, und seine Erregung war ebenso groß wie die meinige. Er holte das Papier heraus, um noch einmal alles nachzurechnen.

›Und darunter‹, rief er, ›und darunter – das haben Sie fortgelassen!‹

Ich hatte gedacht, man sollte ein Loch graben, aber jetzt sah ich plötzlich meinen Irrtum ein.

›Es ist also ein Keller darunter?‹, rief ich.

›Freilich; er ist ebenso alt wie das Gebäude; durch die Tür dort geht's hinab.‹

Wir stiegen eine Wendeltreppe hinunter; mein Gefährte strich ein Zündholz an und machte Licht in einer großen Laterne, die auf einem Fass in der Ecke stand. Sofort war uns beiden klar, dass wir den richtigen Platz entdeckt hatten, den auch vor uns schon andere Leute kürzlich besucht haben mussten.

Der Keller war als Holzstall benutzt worden, aber die Scheite, die offenbar zuvor verstreut auf dem Boden umhergelegen hatten, waren jetzt an beiden Seiten aufgeschichtet, sodass der mittlere Raum frei blieb. Unser Blick fiel auf eine große schwere Steinplatte, mit einem verrosteten Eisenring in der Mitte, an welchem ein wollenes kariertes Halstuch festgebunden war.

›Das ist ja Bruntons Tuch‹, rief mein Klient, ›ich habe es ihn tragen sehen, das kann ich beschwören. Was hat der Schurke hier unten vorgehabt?‹

Auf meinen Vorschlag wurden ein paar Leute von der Ortspolizei herbeigerufen, und dann versuchte ich, die Steinplatte mithilfe des Halstuchs in die Höhe zu ziehen. Ich konnte sie nur wenig von der Stelle bewegen, erst als einer der Polizisten mir seinen Beistand lieh, gelang es uns mit vereinten Kräften, sie fortzuschieben. Ein schwarzes Loch gähnte zu unseren Füßen, und als Musgrave mit der Laterne hinunterleuchtete, sahen wir eine etwa sieben Fuß tiefe Kammer, die ungefähr fünf Fuß im Geviert maß. Auf einer Seite stand ein flacher, eisenbeschlagener Holzkoffer, an dessen zurückgeschlagenem Deckel ein seltsam geformter altmodischer Schlüssel steckte. Eine dicke Staubschicht lag darauf, und von dem Gewürm und der Feuchtigkeit war das Holz so zerfressen und verfault, dass sich drinnen Schwämme und Pilze in Menge angesiedelt hatten. Verschiedene runde Metallstücke – vermutlich alte Münzen, wie ich hier einige habe – lagen auf dem Boden des Koffers verstreut; etwas anderes enthielt er nicht.

In jenem Augenblick dachten wir jedoch nicht an den alten Koffer, wir starrten nur auf die Gestalt, die davor kauerte. Es war ein Mann in schwarzem Anzug, der die Arme nach beiden Seiten ausstreckend, mit dem Kopf auf dem Rand des Koffers lag. In dieser Stellung war ihm alles stockende Blut ins Gesicht getreten, und das verzerrte blaurote Antlitz war ganz unkenntlich; doch seine Größe, sein Haar und sein Anzug genügten, um meinem Klienten den Beweis zu liefern, dass es der verschwundene Hausmeister war. Wir zogen ihn herauf; er war schon seit mehreren Tagen eine Leiche, aber es fand sich keine Wunde oder sonstige Verletzung an seiner Person, die auf ein gewaltsames Ende schließen ließ. Als man den Leichnam zum Keller hinausgeschafft hatte, standen wir abermals einem schauerlichen Rätsel gegenüber.

Ich muss gestehen, dass ich dies Ergebnis meiner Forschung als eine schwere Enttäuschung empfand. Nach meiner Berechnung sollte das Problem gelöst sein, sobald ich den Ort gefunden hatte, auf den der Katechismus hinwies; aber jetzt war ich anscheinend noch ebenso weit davon entfernt, zu ergründen, was wohl die alten Musgraves mit so außerordentlicher Vorsicht hier verbergen wollten. Zwar den unglücklichen Brunton hatte ich aufgefunden, doch galt es noch, sein Geschick zu enträtseln und zu ermitteln, welche Rolle das verschwundene Mädchen dabei gespielt hatte.

Ich setzte mich auf ein Fass, das im Winkel stand, und überlegte die Sache aufs Gründlichste. Sie kennen meine Methoden, Watson. Ich suche mich an die Stelle des Menschen zu versetzen, um den es sich handelt und einen Maßstab für seine geistigen Fähigkeiten zu gewinnen; dann frage ich mich, was ich selbst unter den obwaltenden Umständen getan haben würde. Dass ich auf Bruntons scharfen Verstand zählen konnte, erleichterte mir die Sache wesentlich; ich brauchte nun nur von meinem eigenen Standpunkt auszugehen. Er wusste, es war etwas Wertvolles verborgen; den Ort hatte er entdeckt, aber der Stein, der ihn verschloss, war zu schwer, als dass ein Mann ihn allein aufheben konnte. Was war nun zu tun? Sollte er sich Hilfe von außen verschaffen? – Selbst wenn diese noch so zuverlässig war, hätte er doch die Türen aufschließen müssen, und das würde leicht zu einer Entdeckung geführt haben. Weit besser war es, wenn ihm ein Bewohner des Hauses Beistand leistete. Aber wen konnte er darum angehen? – Das Mädchen war ihm treu ergeben gewesen. Nun vermag ein Mann sich aber nur schwer vorzustellen, dass er die Liebe eines Weibes unwiederbringlich verloren haben soll und wenn er es noch so schlecht behandelt hat. Er beschloss, der Rahel Howells ein paar Aufmerksamkeiten zu erweisen, sich mit ihr zu versöhnen und sie zu bestimmen, ihn bei seinem Vorhaben zu unterstützen. Sie gingen zur Nachtzeit miteinander in den Keller, und ihrer vereinten Anstrengung gelang es, die Steinplatte abzuheben. So weit konnte ich ihnen folgen, als hätte ich ihr Tun selbst mit angesehen.

Für zwei Leute, einen Mann und ein Mädchen, musste es eine schwere Arbeit gewesen sein, den Stein fortzuschaffen; wir hatten uns dabei sehr anstrengen müssen, ich und der starke Polizist. Womit konnten sie sich helfen? – Was ich an ihrer Stelle getan hätte, wusste ich wohl. Ich stand auf und untersuchte die Holzstücke, die auf dem Boden umherlagen. Bald fand ich, was ich erwartete. Ein etwa drei Fuß langes Holzscheit war an einem Ende zusammengepresst und mehrere waren plattgedrückt, als habe eine bedeutende Last darauf gelegen. Offenbar hatten sie den Stein verschoben und die Holzstücke in den Spalt gesteckt, bis sie endlich, sobald die Öffnung groß genug war, um durchzukriechen, das Scheite der Länge nach dazwischen geklemmt hatten, damit sich das Loch nicht schließen könne. Bis dahin ging ich noch sicher in meinen Folgerungen.

Aber wie sollte ich mir nun den Fortgang des nächtlichen Trauerspiels denken? Natürlich konnte nur einer in das Loch hinuntersteigen, und das war Brunton. Das Mädchen musste oben gewartet haben. Brunton schloss den Koffer auf, reichte den Inhalt vermutlich seiner Helfershelferin – und was geschah dann?

War das glimmende Feuer der Rachsucht plötzlich in der leidenschaftlichen Walliserin entflammt, als sie den Mann in ihrer Gewalt sah, der sie betrogen und ihr vielleicht ein größeres Unrecht angetan hatte, als wir ahnten? – War das Scheit aus Zufall abgerutscht, sodass die Steinplatte niederfiel und dadurch Brunton sein schauerliches Grab bereitete? Hatte Rahel nur durch ihr Schweigen seinen Tod verschuldet? Oder hatte sie durch einen plötzlichen Stoß mit eigener Hand die Stütze fortgeschleudert, sodass die Platte von selbst zufiel? Wie es sich auch zugetragen – mir war, als sähe ich die Gestalt in wilder Hast die Treppe hinauf entfliehen, während ihre Hände den geraubten Schatz umklammert hielten. In den Ohren gellte ihr fort und fort das dumpfe Angstgeschrei, das ihr treuloser Geliebter ihr nachschickte; sie hörte ihn wie wahnsinnig mit aller Kraft gegen die Steinplatte hämmern, die ihn abschloss von Luft und Leben.

Deshalb ihr totenbleiches Gesicht, ihre zerrütteten Nerven, ihr hysterisches Gelächter am nächsten Morgen. – Aber was war in dem Kasten gewesen? Was hatte sie damit getan? – Es konnte nichts anderes sein, als das alte Metall und die Kiesel, die mein Klient aus dem Weiher aufgefischt hatte. Sie musste den Leinwandsack bei der ersten Gelegenheit hineingeworfen haben, um die letzte Spur ihres Verbrechens zu tilgen.

Wohl zwanzig Minuten lang hatte ich regungslos dagesessen. Musgrave stand noch immer mit bleicher Miene vor mir, schwang die Laterne hin und her und starrte in das Loch hinunter.

›Das sind Münzen aus Karls I. Zeit‹, sagte er, mir einige der Metallstücke hinhaltend, die im Koffer zurückgeblieben waren. ›Sie sehen, dass wir die Entstehungszeit des Katechismus ganz richtig angegeben haben.‹

›Vielleicht findet sich noch etwas anderes, das Karl I. angehört‹, rief ich, als mir die Bedeutung der beiden Fragen des Katechismus plötzlich aufdämmerte. ›Lassen Sie mich den Inhalt des Sackes sehen, den Sie aus dem See herausgeholt haben.‹

Wir begaben uns in sein Studierzimmer, und dort zeigte er mir die einzelnen Stücke. Dass er ihnen keine Wichtigkeit beigelegt hatte, begriff ich wohl, als ich einen Blick darauf warf; das Metall war fast schwarz und die Steine matt und glanzlos. Ich rieb jedoch einen derselben auf meinem Ärmel, und er strahlte wie ein Feuerfunke in meiner halb geschlossenen Hand. Das Metall hatte die Form eines doppelten Ringes, war aber ganz krumm und verbogen, sodass sich nicht mehr erkennen ließ, was es ursprünglich gewesen sein mochte.

›Wir dürfen nicht vergessen‹, sagte ich, ›dass die Partei der Königstreuen sich selbst nach Karls Tod noch eine Zeitlang in England behauptet hat und dass sie schließlich bei ihrer Flucht manche von ihren größten Kostbarkeiten vergraben und zurücklassen mussten, um sie nach ihrer Rückkehr unter friedlicheren Verhältnissen wieder in Besitz zu nehmen.‹

›Mein Urahne, Sir Ralph Musgrave, war einer der angesehensten Kavaliere und die rechte Hand Karls II. während seiner Irrfahrten in der Fremde‹, sagte mein Klient.

›Wirklich? – Nun, dann hätten wir ja das Glied, das uns noch gefehlt hat. Ich muss Ihnen Glück wünschen, dass Sie – freilich auf tragische Art – in Besitz eines Schatzes gekommen sind, der, außer seinem großen wirklichen Wert, noch als geschichtliche Merkwürdigkeit eine ganz besondere Bedeutung hat.‹

›Was ist es denn?‹, stieß er verwundert heraus.

›Nichts Geringeres als die alte Krone von England.‹

›Die Krone?‹

›Jawohl. Sie wissen ja, wie es in dem Katechismus heißt – wie lauten doch die Worte? – ›Wem gehörte sie?‹ ›Dem, der nicht mehr ist.‹ Das war nach Karls Hinrichtung. – ›Wer soll sie haben?‹ ›Der, welcher kommt.‹ Das deutet auf Karl II., dessen Thronbesteigung man schon voraussah. Es ist wohl außer Zweifel, dass dies formlose und zerbrochene Diadem einst die Stirn der königlichen Stuarts geschmückt hat.

›Und wie kam es in den Weiher?‹

›Das ist eine Frage, die nicht so schnell zu beantworten ist‹, erwiderte ich und legte ihm dann die lange Reihenfolge von Beweisen und Vermutungen vor, die sich mir aufgedrängt hatten. Die Dämmerung brach herein, und der Mond glänzte hell am Himmel, bevor ich mit meinem Bericht zu Ende war.

›Wie kam es aber, dass Karl bei seiner Rückkehr die Krone doch nicht erhielt?‹, fragte Musgrave und steckte das Kleinod wieder in den Leinensack.

›Dies ist der einzige Punkt, der wahrscheinlich immer unaufgeklärt bleiben wird. Vermutlich war der Musgrave, der um das Geheimnis wusste, in der Zwischenzeit gestorben und hatte seinen Nachkommen die schriftliche Anweisung hinterlassen, welcher er jedoch aus irgendeinem Grund keine Erläuterung beigefügt hat. Von diesem Tag an ist das Schriftstück von Vater auf Sohn vererbt worden, bis es endlich einem Mann in die Hände fiel, der seine rätselhafte Bedeutung zu entziffern verstand, und als er den Schatz heben wollte, das Wagnis mit seinem Leben büßen musste.‹ –

Das ist die Geschichte von dem Katechismus der Musgraves, Watson. Die Krone wird noch in Hurlstone aufbewahrt, doch hat man der Familie bei Gericht Schwierigkeiten gemacht, und sie musste eine bedeutende Summe zahlen, bevor man ihr gestattete, das Kleinod zu behalten. Wenn Sie einmal dort in die Gegend kommen und sich auf mich berufen wollen, wird man Ihnen die alte Krone mit Vergnügen zeigen. – Von dem Weib hat man nichts wieder gehört; sie ist, aller Wahrscheinlichkeit nach, in irgendein überseeisches Land entflohen und hat die Erinnerung an ihr Verbrechen mitgenommen.«

Der Baumeister von Norwood

»Vom Standpunkt des Kriminalisten«, sagte Sherlock Holmes eines Tages, »ist London seit dem Tod des Professors Moriarty seligen Angedenkens die uninteressanteste Stadt geworden.«

»Ich kann mir kaum denken, dass viele ehrbare Bürger Ihre Ansicht teilen«, gab ich ihm zur Antwort.

»Nun – ja, ich will nicht selbstsüchtig sein«, sagte er lächelnd und schob seinen Stuhl vom Tisch zurück, an dem wir eben gefrühstückt hatten. »Die Allgemeinheit hat immerhin den Vorteil, nur der arme Fachmann ist zu bedauern, weil er Beschäftigung und Brot verliert. Dem Mann von Beruf brachte oft die Zeitung eines Morgens alle möglichen guten Aussichten. Oft war es nur eine ganz schwache Spur, Watson, eine ganz zarte Andeutung, und doch zeigte sie mir, dass etwas für den Detektiv im Anzug war, ebenso wie die leiseste Schwingung am Rand des Netzes die in der Mitte lauernde Spinne auf die nahende Beute aufmerksam macht. Unbedeutende Diebstähle, leichte Überfälle, kleinliche Beleidigungen – alle diese Vergehen konnten von einem Mann, der die Fäden in der Hand hatte, in Zusammenhang gebracht und auf einen gemeinsamen Ursprung zurückgeführt werden. Für das Studium der feineren Verbrecherwelt bot keine Stadt Europas ein solch gutes Material wie das damalige London. Aber jetzt …«, er zuckte mit den Achseln, betrübt über den Stand der Dinge, an dem er selbst treulich mitgearbeitet hatte.

Zu der in Rede stehenden Zeit war Holmes einige Monate von seiner Reise zurück, und ich hatte auf sein Anraten meine Praxis verkauft und wohnte wieder mit ihm zusammen in unserem alten Heim in der Baker Street. Meine kleine Kundschaft hatte ein junger Arzt namens Verner für einen so auffallend hohen Preis übernommen, wie ich ihn kaum zu fordern gewagt hätte – ein Umstand, der mir erst nach Jahren klar wurde, als ich erfuhr, dass Verner ein entfernter Verwandter von Holmes und mein Freund der Vermittler war.

Diese Monate unserer Partnerschaft waren jedoch nicht so ereignislos, wie er gesagt hatte. Nach meinen Notizen fällt in diese Zeit der Fall des Präsidenten Murillo und der erschütternde Vorgang auf dem holländischen Dampfer ›Friesland‹, wobei wir beide beinahe das Leben verloren hätten. Seine kalte, stolze Natur war aber jeglichem öffentlichem Beifall abhold, und darum bat er mich dringend, nichts darüber zu veröffentlichen – dieses Hindernis ist, wie ich bereits in einer früheren Erzählung erwähnt habe, erst jetzt beseitigt.

Holmes saß nach seinem sonderbaren Protest behaglich in seinen Stuhl zurückgelehnt und las die Morgenblätter, als es plötzlich heftig klingelte und ungestüm an der Haustür pochte. Nachdem aufgemacht worden war, kam jemand rasch die Treppe heraufgestürzt und stand im nächsten Augenblick in unserem Zimmer. Es war ein junger Mann in der höchsten Erregung, mit verstörten Blicken und zerzaustem Haar, bleich und zitternd. Er sah uns, einen nach dem anderen, verdutzt an und musste aus unseren fragenden Gesichtern entnehmen, dass wir auf eine Entschuldigung wegen seines taktlosen Eintretens warteten.

»Es tut mir leid, Mr Holmes«, sagte er hastig. »Nehmen Sie mir's nicht übel. Ich bin fast von Sinnen. Ich bin der unglückliche John Hector Farlane.«

Er brachte das so heraus, als ob der Name allein seinen Besuch und sein Benehmen erklären müsste; aber aus meines Freundes Gesicht konnte ich ersehen, dass er so wenig damit anzufangen vermochte wie ich.

»Nehmen Sie eine Zigarette, Mr Farlane«, sagte er und schob ihm feine Schachtel hinüber. »Bei Ihrem Zustand würde Ihnen mein Freund Dr. Watson hier ein Beruhigungsmittel verordnen. Es war in den letzten Tagen außergewöhnlich heiß. Nun, wenn Sie sich etwas beruhigt haben, nehmen Sie auf jenem Stuhl dort Platz und erzählen Sie uns langsam und ruhig, wer Sie sind und was Sie wünschen. Sie nannten Ihren Namen, als ob ich Sie kennen müsste, ich kann Ihnen jedoch versichern, dass ich aus den Umständen nur schließe, dass Sie Junggeselle, Anwalt, Freimaurer und Asthmatiker sind, weiter weiß ich nichts.«

Bei meiner Bekanntschaft mit der Art, wie mein Freund seine Schlüsse zog, war es für mich nicht schwer, zu erkennen, woraus er gefolgert hatte. Ich bemerkte eine gewisse Nachlässigkeit in der Kleidung, ein Aktenbündel, das aus der Tasche herausguckte, einen Schmuckgegenstand an der Uhrkette und das beschwerliche Atmen. Unser Klient war jedoch sehr erstaunt.

»Jawohl, Mr Holmes, das stimmt alles, und außerdem bin ich in dieser Stunde der unglücklichste Mensch in ganz London. Versagen Sie mir um Gottes willen Ihre Hilfe nicht, Mr Holmes! Wenn man, ehe ich mit meiner Erzählung fertig bin, kommt, um mich zu verhaften, so sorgen Sie dafür, dass man mir Zeit lässt, bis ich zu Ende bin und Ihnen die volle Wahrheit gesagt habe. Ich würde mich glücklich schätzen, wenn ich das Bewusstsein mit ins Gefängnis nehmen könnte, dass Sie draußen für mich tätig wären.«

»Sie verhaften!«, warf Holmes hier ein. »Das klingt ja gefährlich – äußerst interessant. Auf welchen Verdacht hin fürchten Sie denn, verhaftet zu werden?«

»Auf den Verdacht, den Mr Jonas Oldacre in Lower Norwood ermordet zu haben.«

Das Gesicht meines Freundes zeigte ein gewisses Mitleid, das mir jedoch, wie ich nicht verschweigen will, nicht ganz frei von einer Beimischung der Befriedigung zu sein schien.

»Alle Wetter!«, meinte er. »Erst jetzt beim Frühstück klagte ich meinem Freund Dr. Watson, dass die Zeitungen gar keine interessanten Kriminalfälle mehr brächten.«

Unser Besucher hob mit zitternder Hand von Holmes Knien den noch ungelesenen ›Daily Telegraph‹ auf.

»Sie haben noch nicht hineingesehen, sonst würden Sie auf den ersten Blick gefunden haben, was mich zu Ihnen führt. Es ist mir, als ob mein Name und mein Missgeschick schon in aller Munde sein müsste.« Er blätterte in der Zeitung, um uns die Seite zu zeigen. »Hier steht's. Wenn Sie erlauben, will ich's Ihnen vorlesen. Hören Sie zu, Mr Holmes. Die fettgedruckte Überschrift lautet: ›Das Geheimnis in Lower Norwood. Verschwinden eines bekannten Bauunternehmers. Mordverdacht und Brandstiftung. Dem Verbrecher ist man auf der Spur.‹ Diese Spur hat man bereits, Mr Holmes, sie führt mit großer Bestimmtheit zu mir. Von der Station London Bridge hat man mich schon verfolgt, und man wartet nur auf die richterliche Vollmacht, um mich festnehmen zu können. Es wird meiner Mutter das Herz brechen – es wird ihr das Herz brechen!« Er rang vor Verzweiflung die Hände und rutschte entsetzt auf seinem Stuhl hin und her.

Ich betrachtete den Mann, der einen solchen Gewaltakt ausgeführt haben sollte, mit lebhaftem Interesse. Er hatte kein unschönes Gesicht, flachsfarbiges Haar, blaue Augen, und war bartlos; der Mund war klein und sinnlich. Er mochte ungefähr siebenundzwanzig Jahre alt sein. Anzug und Manieren zeugten davon, dass er ein gebildeter Mann war.

»Wir haben keine Zeit zu verlieren«, sagte Holmes. »Wollen Sie so gut sein, Watson, und mir den fraglichen Bericht aus der Zeitung vorlesen?«

Unter der Überschrift, die unser Klient vorgelesen hatte, standen folgende näheren Angaben:

> »In der vergangenen Nacht hat sich in Lower Norwood in später Nacht – oder in früher Morgenstunde – ein Ereignis zugetragen, das auf ein schreckliches Verbrechen schließen lässt. Mr Jonas Oldacre ist ein allgemein bekannter Bürger in dem genannten Vorort, wo er lange Jahre als Bauherr tätig gewesen ist. Mr Oldacre ist Junggeselle, zweiundfünfzig Jahre alt, und bewohnt ein eigenes Haus in Deep Dene am Ende der Sydenham Street. Seit ein paar Jahren hatte er seine Tätigkeit, die ihm ein ansehnliches Vermögen eingebracht haben soll, aufgegeben. Er galt als exzentrischer Mann und lebte ganz zurückgezogen. Hinter dem Wohnhaus im Hof befindet sich noch

Holz aufgestapelt, und in der vergangenen Nacht entstand plötzlich Lärm, weil einer der Haufen in Flammen stand. Die Feuerwehr war bald zur Stelle, aber das dürre Holz bot dem Feuer eine so vorzügliche Nahrung, dass es nicht bewältigt werden konnte, bis der ganze Stoß niedergebrannt war. Bis dahin schien es sich nur um einen gewöhnlichen Brand zu handeln, aber die späteren Nachforschungen deuten auf ein furchtbares Verbrechen hin. Es fiel auf, dass der Besitzer des Grundstücks nicht aufzufinden und aus dem Haus verschwunden war. Die Untersuchung seines Schlafzimmers ergab, dass sein Bett unbenutzt, dass der hier stehende Geldschrank geöffnet war und zahlreiche Papiere auf dem Fußboden umherlagen, außerdem wiesen Blutspuren im Zimmer und ein mit Blut befleckter eichener Stock auf einen Kampf mit einem Mörder hin. Ferner weiß man, dass Mr Oldacre spät in der Nacht einen Besucher im Schlafzimmer hatte, und der Stock hat sich nachträglich als dieser Person gehörig herausgestellt: Es ist ein junger Londoner Advokat namens John Hector Farlane, Gresham Street 426. Die Polizei erblickt darin einen wichtigen Anhaltspunkt, und man kann auf sensationelle Enthüllungen gefasst sein.

Nachtrag. – Während des Drucks geht uns die Nachricht zu, dass Mr Hector Farlane eben wegen Verdachts der Täterschaft verhaftet werden soll. Der Verhaftungsbefehl ist bereits ergangen. Die Polizei hat weitere Nachforschungen über den traurigen Fall am Tatort angestellt. Außer den Anzeichen des blutigen Ringens im Schlafzimmer, hat man jetzt auch gefunden, dass das Balkonfenster offen war, und auch eine Fährte, als ob ein schwerer Gegenstand nach dem Holzhaufen geschleift worden wäre; endlich ist in letzter Stunde festgestellt worden, dass die Asche verkohlte Leichenteile enthält. Die Polizei neigt zu der Ansicht, dass man es mit einem außergewöhnlichen Verbrechen zu tun hat, dass das Opfer in seinem Schlafzimmer ermordet, die Wertpapiere geraubt und die Leiche dann zu dem Holzstoß geschleppt worden ist, den der Mörder in Brand gesteckt hat, um auf diese Weise jede Spur seines Verbrechens zu verwischen. Die Leitung der polizeilichen Untersuchungen ist dem erfahrenen Inspektor Lestrade von Scotland Yard übertragen worden, der die Spuren mit der bekannten Energie und dem ihm eigenen Scharfsinn verfolgen wird.«

Holmes hatte diesen merkwürdigen Bericht mit geschlossenen Augen angehört.

»Der Fall bietet entschieden einige interessante Punkte«, sagte er in seinem gleichgültigen, geschäftsmäßigen Ton. »Darf ich vielleicht fragen, Mr Farlane, wieso Sie sich noch auf freiem Fuß befinden, obwohl scheinbar triftige Gründe zu Ihrer Verhaftung vorliegen?«

»Ich wohne in Blackheath bei meinen Eltern, Mr Holmes, da ich aber gestern Abend sehr spät bei Mr Oldacre zu tun hatte, übernachtete ich in einem Hotel in Norwood und wollte von dort ins Büro fahren. Ich habe den Vorfall erst im Zug erfahren, als ich die Zeitung las. Ich erkannte sofort die schreckliche Gefahr, in der ich schwebte, und beeilte mich, Ihnen die Sache vorzutragen. Ich zweifle keinen Augenblick, dass man mich zu Hause oder im Büro schon arretiert haben würde. Vom Bahnhof London Bridge ist ein Mann hinter mir hergegangen und würde mich sicher – Herr des Himmels, jetzt kommen sie …«

Es klingelte, und auf der Treppe wurden alsbald schwere Tritte hörbar. Im nächsten Augenblick machte unser alter Freund Lestrade die Tür auf. Hinter ihm erblickte ich die Uniformen zweier Schutzleute, die draußen blieben und warteten.

»Mr John Hector Farlane?«, fragte Lestrade.

Unser unglücklicher Schützling fuhr entsetzt von seinem Stuhl auf.

»Ich verhafte Sie wegen der Ermordung des Mr Jonas Oldacre in Lower Norwood.«

Farlane warf uns verzweifelte Blicke zu und sank, wie vom Schlag getroffen, wieder auf seinen Stuhl nieder.

»Einen Augenblick, Mr Lestrade«, sagte Holmes. »Eine halbe Stunde früher oder später macht keinen Unterschied.

Der Herr war gerade dabei, uns eine Darstellung seiner höchst interessanten Angelegenheit zu geben. Sie kann uns bei ihrer Aufklärung vielleicht viel nützen.«

»Diese Aufklärung wird, glaube ich, nicht sehr schwierig werden«, antwortete Lestrade ironisch.

»Immerhin möchte ich, wenn Sie nichts dagegen haben, seine Aussagen gerne hören.«

»Ich schlage Ihnen ungern etwas ab, Mr Holmes, denn Sie haben der Polizei schon verschiedentlich gute Dienste geleistet, und wir verdanken Ihnen manches in Scotland Yard«, erwiderte Lestrade. »Trotzdem muss ich meinen Gefangenen festhalten, und ich bin verpflichtet, ihn vor offenbar unwahren Angaben zu warnen.«

»Ich wünsche nur die Wahrheit zu sagen«, fiel unser Klient ein: »Ich bitte nur, mich anzuhören, damit Sie die reine Wahrheit erfahren.«

Lestrade sah nach der Uhr. »Ich will Ihnen eine halbe Stunde Zeit lassen.«

»Ich muss vorausschicken«, begann Farlane, »dass ich Mr Oldacres Verhältnisse absolut nicht gekannt habe. Sein Name war mir allerdings bekannt, weil meine Eltern vor vielen Jahren mit ihm verkehrt hatten, sich später aber von ihm zurückgezogen haben. Ich war daher gestern Nachmittag nicht wenig überrascht, als er in meinem Büro erschien. Aber ich war noch mehr überrascht, als er mir den Grund seines Besuches mitteilte. Er hatte mehrere beschriebene Blätter aus einem Notizbuch in der Hand – hier sind sie.« Er legte sie vor uns auf den Tisch.

»›Das ist mein Testament‹, sagte er. ›Ich bedarf Ihrer Hilfe, Mr Farlane, damit es in die vorschriftsmäßige gesetzliche Form gebracht wird. Ich will mich unterdessen setzen!‹

Ich nahm die Abschrift vor, und Sie können sich mein Erstaunen vorstellen, als ich merkte, dass er mir unter einigen Vorbehalten sein ganzes Vermögen vermachte. Er war ein eigenartiger, kleiner, zappeliger Mann mit grauem Haar und weißen Augenwimpern, und als ich zu ihm aufblickte, sah er mich vergnügt an. Ich traute meinen Sinnen kaum, als ich seine Bestimmungen las. Auf meine verwunderten Fragen antwortete er mir jedoch, er sei Junggeselle und habe keine lebenden Verwandten, er habe in seiner Jugend meine Eltern sehr gut gekannt und von mir stets als von einem ordentlichen jungen Mann gehört, sodass er versichert sein könne, dass sein Geld in gute Hände käme. Ich konnte nur ein paar Worte des Dankes stammeln. Das Testament wurde gesetzmäßig geschlossen und unterzeichnet, und mein Schreiber fungierte als Zeuge. Es steckt in diesem blauen Umschlag hier in meiner Tasche. Die Zettel enthalten, wie ich schon gesagt habe, nur den Entwurf des Mr Oldacre. Er teilte mir dann weiter mit, dass er noch verschiedene Schriftstücke – Mietkontrakte, Eigentumsurkunden, Hypotheken und sonstige Papiere, in die ich Einsicht nehmen müsse, zu Hause in seiner Wohnung habe. Er bat mich, zu diesem Zweck gleich am Abend zu ihm nach Norwood hinauszukommen und das Testament mitzubringen, damit alles geordnet würde; er könnte eher keine Ruhe finden. ›Sagen Sie Ihren Eltern kein Wort, mein Lieber, bis die Angelegenheit ganz geregelt ist. Wir wollen ihnen dann eine kleine Überraschung bereiten.‹ Auf dieser Forderung bestand er sehr hartnäckig und nahm mir mein Wort ab.

Sie können sich denken, Mr Holmes, dass ich keine Lust hatte, ihm seine Bitten abzuschlagen. Er wollte mir wohl, und ich hatte daher nur das Bestreben, seinen Wünschen bis ins Kleinste zu entsprechen. Ich telegrafierte nach Hause, dass ich am Abend ein wichtiges Geschäft vorhabe und nicht wüsste, ob ich kommen könnte. Mr Oldacre hatte mich für neun Uhr zum Essen eingeladen, weil er kaum vor dieser Stunde zu Hause sein würde. Es war nicht ganz leicht, seine Wohnung zu finden, sodass es gegen halb zehn wurde, ehe ich sie erreichte. Ich traf …«

»Einen Augenblick!«, unterbrach ihn Holmes. »Wer öffnete Ihnen die Tür?«

»Eine Frau in mittleren Jahren, vermutlich seine Haushälterin.«

»Dieselbe hat wahrscheinlich der Polizei auch Ihren Namen angegeben?«

»Doch wohl«, antwortete Farlane.

»Bitte weiter.«

Unser Klient wischte sich den Schweiß von der Stirn und fuhr dann fort:

»Diese Frauensperson führte mich in ein Empfangszimmer, wo ein frugales Abendbrot aufgetragen war. Nach dem Essen nahm mich Mr Oldacre mit in sein Schlafzimmer, wo ein schwerer Geldschrank stand. Er schloss auf und nahm eine Menge Papiere heraus, die wir zusammen durchgingen. Es dauerte bis zwischen elf und zwölf Uhr, ehe wir fertig wurden. Er sagte dann zu mir, wir dürften die Wirtschafterin nicht stören, und geleitete mich an das Balkonfenster, das während der ganzen Zeit offen gestanden hatte.«

»War die Jalousie heruntergelassen?«, fragte Holmes.

»Ich bin nicht ganz sicher, glaube aber, dass sie nur halb unten war. Jawohl, ich entsinne mich, wie er sie aufzog, um das Fenster aufmachen zu können. Ich hatte meinen Stock noch nicht. Er sagte jedoch: ›Schadet nicht, mein Lieber; ich werde Sie hoffentlich in der nächsten Zeit häufiger bei mir sehen, ich heb ihn auf, bis Sie wiederkommen.‹ Ich ließ ihn also zurück. Der Schrank stand noch offen und die Papiere lagen, in Bündel zusammengeschnürt, auf dem Tisch, als ich das Zimmer verließ. Es war so spät, dass ich nicht mehr nach Blackheath zurück konnte. Ich blieb daher die Nacht in einem nahen Hotel und ahnte nichts Böses, bis ich heute früh die schreckliche Geschichte in der Zeitung las.«

»Wollen Sie noch einige Fragen stellen, Mr Holmes?«, sagte Lestrade, der während der merkwürdigen Erzählung ein paar Mal den Kopf geschüttelt hatte.

»Eher nicht, bis ich in Blackheath gewesen bin.«

»Sie meinen in Norwood«, verbesserte Lestrade.

»Jawohl; das meinte ich«, erwiderte Holmes mit seinem rätselhaften Lächeln. Lestrade hatte schon häufiger erfahren müssen, als ihm lieb sein mochte, dass dieser scharfe Verstand noch vieles zu durchschauen vermochte, was ihm undurchdringlich erschienen war. Er sah meinen Gefährten neugierig an.

»Ich möchte gleich noch ein paar Worte mit Ihnen sprechen, Mr Holmes«, sagte er. »Nun, Mr Farlane, vor der Tür stehen zwei von meinen Leuten und warten auf Sie, der Wagen ist draußen vor dem Haus.« Der unglückliche junge Mensch erhob sich und ging mit einem letzten flehentlichen Blick zur Tür hinaus. Die Schutzleute stiegen mit ihm in die Droschke, während der Inspektor zurückblieb.

Holmes hob die losen Blätter, die den Entwurf des Testaments enthielten, vom Tisch auf und betrachtete sie mit zunehmendem Interesse.

»Dieses Schriftstück gibt uns einige Anhaltspunkte, Mr Lestrade«, sagte er endlich. »Sehen Sie es sich einmal genauer an.« Er schob ihm die Blätter hinüber.

Der also Angeredete sah ihn erstaunt an.

»Ich kann nur die ersten Zeilen, die in der Mitte der zweiten Seite und ein paar am Schluss lesen; die sind ganz deutlich geschrieben«, sagte er, »aber sonst ist die Schrift sehr schlecht und an drei Stellen vollständig unleserlich.«

»Was schließen Sie daraus?«, sagte Holmes.

»Ja, was schließen Sie denn daraus?«

»Dass es in einem Eisenbahnzug geschrieben ist; die gute Schrift bedeutet die Stationen, die schlechte die Fahrt und die sehr schlechte die Durchfahrt durch Kreuzungsstellen. Ein gewandter Sachverständiger würde sofort erkennen, dass der Schreiber auf einer Vorortlinie gefahren ist, weil nur in der unmittelbaren Nähe einer Großstadt die Haltestellen so schnell aufeinanderfolgen. Wenn man annimmt, dass er auf der ganzen Strecke geschrieben hat, muss er einen Schnellzug benutzt haben, der zwischen Norwood und London Bridge nur einmal hält.«

Lestrade fing an zu lachen.

»Sie gehen mir zu weit zurück, wenn Sie Ihre Theorien entwickeln, Mr Holmes. Was hat das mit der Sache zu tun?«

»Nun, es bestätigt und ergänzt die Aussage des jungen Herrn, dass Oldacre das Testament gestern unterwegs aufgesetzt hat. Es ist immerhin auffallend – nicht wahr? –, dass jemand ein so wichtiges Schriftstück im Eisenbahncoupé niederschreibt. Es geht daraus hervor, dass er der Sache keinen besonderen praktischen Wert beilegt. Das kann nur ein

Mann tun, der nicht daran denkt, diesen Willen jemals zu verwirklichen.«

»Und doch hat er zu gleicher Zeit damit sein eigenes Todesurteil niedergeschrieben«, versetzte Lestrade.

»Aha, das ist Ihre Ansicht?«

»Meinen Sie das denn nicht auch?«

»Es ist nicht unmöglich; mir ist der ganze Fall aber noch nicht klar.«

»Nicht klar? Na, aber wenn das nicht klar ist, was ist dann überhaupt klar? Hier ist ein junger Mensch, der plötzlich erfährt, dass ihm ein großes Vermögen zufällt, wenn ein bejahrter Mann mit dem Tod abgeht. Was tut er? Er sagt keinem Menschen was, sondern begibt sich eines schönen Abends unter irgendeinem Vorwand zu seinem Gönner. Er wartet, bis die einzige Person, die noch im Haus wohnt, zu Bett gegangen ist, ermordet den alten Mann in seinem einsamen Schlafzimmer, verbrennt die Leiche in einem Holzhaufen und geht dann in ein nahegelegenes Hotel. Die Blutspuren im Zimmer und auch am Stock sind nur unbedeutend. Er hat also vielleicht gar nicht gemerkt, dass Blut geflossen ist, und gehofft, dass nach der Einäscherung des Leichnams jede Spur von der Art des Todes verwischt wäre – Spuren, die aus sprechenden Gründen auf ihn führen mussten. Ist das nicht alles sonnenklar?«

»Ihre Beweisführung, mein lieber Lestrade, kommt mir etwas zu klar vor«, erwiderte Holmes. »Bei Ihren sonstigen vorzüglichen Eigenschaften vermisse ich die nötige Einbildungskraft. Wenn Sie sich nur einen Augenblick in die Lage dieses jungen Mannes versetzen wollten! Würden Sie gerade die Nacht nach der Aufstellung des Testaments wählen, um das Verbrechen zu begehen? Würde es Ihnen nicht gefährlich erscheinen, eine so enge Verbindung zwischen diesen beiden Ereignissen herzustellen? Ferner, würden Sie das Verbrechen in der Nacht ausführen, wo Ihre Anwesenheit im Haus bekannt ist, wo Ihnen eine Bedienstete die Tür aufgemacht hat? Und endlich, würden Sie, nachdem Sie sich der schweren Mühe unterzogen hätten, den Leichnam durch Feuer zu zerstören, dann so unvorsichtig sein und Ihren eigenen Stock zum Zeichen, dass Sie der Täter sind, im Haus zurücklassen? Geben Sie nicht zu, Lestrade, dass dies alles recht unwahrscheinlich ist?«

»Was den Stock betrifft, Mr Holmes, so wissen Sie so gut wie ich, dass Verbrecher oft bestürzt sind und Handlungen begehen, die ein besonnener Mensch nicht unternehmen würde. Er fürchtete sich wahrscheinlich, wieder umzukehren, um ihn zu holen. – Geben Sie mir eine andere plausible Erklärung.«

»Ich könnte Ihnen leicht ein halbes Dutzend geben«, sagte Holmes. »Wie denken Sie z. B. über folgende, die wohl möglich, ja gar nicht unwahrscheinlich ist? – Ich stelle Ihnen gern anheim, davon Gebrauch zu machen. Der alte Baumeister zeigte seinem Besucher wertvolle Papiere. Ein Landstreicher geht draußen vorbei und sieht es; die Jalousie war ja nur halb heruntergelassen. Der Anwalt geht dann fort. Der Landstreicher steigt ein! Er ergreift einen Stock, den er gerade stehen sieht, schlägt Oldacre tot und verschwindet, nachdem er die Leiche auf den Holzhaufen geschleppt und ihn angezündet hat.«

»Warum sollte der Landstreicher die Leiche verbrennen?«

»Aus demselben Grund, aus dem es Farlane getan haben soll.«

»Und warum hat der Kerl nichts mitgenommen?«

»Weil es Papiere waren, die er nicht verwerten konnte.«

Lestrade schüttelte den Kopf. Es schien mir aber doch, als ob er von der Richtigkeit seiner eigenen Theorie schon nicht mehr so fest überzeugt wäre wie vorher.

»Nun, Mr Holmes, suchen Sie Ihren Landstreicher, aber solange Sie ihn nicht gefunden haben, will ich mich an meinen Gefangenen halten. Die Zukunft wird ja zeigen, wer Recht behält. Bedenken Sie besonders den Umstand, dass nach unserer bisherigen Kenntnis keinerlei Papiere entwendet sind, und Farlane der einzige Mensch auf Gottes Erde ist, der an ihrer Entfernung kein Interesse hatte, weil er gesetzlicher Erbe war, und sie ihm also unter allen Umständen später zufallen mussten.«

Gegen diese Bemerkung konnte mein Freund nichts einwenden.

»Ich will nicht leugnen, dass Ihre Beweisführung in verschiedener Hinsicht glaubwürdig klingt«, antwortete er. »Ich behaupte nur, dass es auch andere Erklärungen gibt. Wie Sie selbst sagen, wird die Zukunft entscheiden. Guten Morgen! Ich werde übrigens im Laufe des Tages nach Norwood hinunterkommen und sehen, wie weit Sie sind.«

Als der Detektiv hinaus war, stand mein Freund auf und traf seine Vorbereitungen für die nächsten Unternehmungen: Er zeigte die frohe Miene eines Mannes, der sich einer seinen feinen Fähigkeiten entsprechenden Aufgabe gegenübergestellt sieht.

»Mein erster Gang, Watson«, sagte er, indem er in seinen Rock schlüpfte, »ist, wie erwähnt, nach Blackheath.«

»Und warum nicht nach Norwood?«

»Weil in diesem Fall zwei eigentümliche Ereignisse kurz aufeinander gefolgt sind. Die Polizei begeht den Irrtum, ihre ganze Aufmerksamkeit auf das zweite zu lenken, weil dieses zufällig das Verbrechen vorstellt. Mir ist es jedoch klar, dass der richtige Weg zum Verständnis der zweiten Begebenheit, des Verbrechens, von der ersten, dem auffallenden Testament, seinen Ausgang nehmen muss. Ich will also versuchen, zunächst etwas Licht in den ersten Teil zu bringen, in das so urplötzlich und zugunsten eines so eigentümlichen Erben gemachte Testament. Danach werden wir den zweiten Teil leichter verstehen.«

»Soll ich mitkommen?«

»Nein, guter Feund, ich glaube Ihre Begleitung heute nicht nötig zu haben. Diese Untersuchung ist gewiss nicht gefährlich, sonst würde ich mich wohl hüten, allein zu gehen. Ich hoffe, Ihnen bei meiner Rückkehr heute Abend die frohe Botschaft bringen zu können, dass ich für den unglücklichen jungen Herrn, der sich meinem Schutz anvertraut hat, etwas ausgerichtet habe.«

Es war spät, als mein Freund wiederkam, und ein einziger Blick auf sein bekümmertes Gesicht zeigte mir, dass die Hoffnungen, mit denen er weggegangen war, sich nicht erfüllt hatten. Ziemlich eine Stunde lang beschäftigte er sich mit seiner Geige, um sein unruhiges Gemüt zu besänftigen. Endlich warf er das Instrument beiseite und gab mir einen ausführlichen Bericht über seine Misserfolge.

»Es geht alles schief, Watson – so schief, wie's nur gehen kann. Ich habe mir zwar Lestrade gegenüber keine Schwäche anmerken lassen, aber, meiner Seele, ich glaube, diesmal hat er recht, und wir sind auf dem Holzweg. Die Tatsachen widersprechen meinem Gedankengang und meinen Ahnungen vollständig, und ich fürchte stark, dass sich die englischen Gerichte noch nicht zu der idealen Auffassung emporgeschwungen haben, dass sie meinen Theorien den Vorzug vor Lestrades Tatsachenmaterial geben.«

»Waren Sie in Blackheath?«

»Jawohl, ich war dort und überzeugte mich bald, dass der selige Oldacre ein ziemlich gemeiner Charakter war. Farlanes Vater war auf der Suche nach seinem Sohn. Die Mutter traf ich zu Hause. Sie ist eine kleine, leicht erregbare Frau mit blauen Augen; sie zitterte vor Schrecken und Entrüstung. Selbstverständlich gab sie nicht einmal die Möglichkeit der Schuld ihres Sohnes zu. Aber über das Schicksal des alten Oldacre drückte sie weder Überraschung noch Bedauern aus. Im Gegenteil, sie sprach mit einer solchen Bitterkeit von ihm, dass sie, ohne es zu wissen, die Annahme der Polizei förderte. Denn natürlich musste der Sohn, wenn er solche Sprache über den Mann gehört hatte, von Hass und Widerwillen gegen ihn erfüllt sein. ›Er glich einem bösartigen, hinterlistigen Affen mehr als einem Menschen‹, sagte sie, ›und das war von jeher so, schon als junger Mensch war er so.‹

›Haben Sie ihn denn damals schon gekannt?‹, fragte ich sie.

›Jawohl, sehr gut; er war ja ein alter Freier von mir. Gott sei Dank, dass ich so vernünftig war, mich von ihm loszusagen und einen besseren, wenn auch ärmeren Mann zu heiraten. Ich war mit ihm verlobt, Mr Holmes, als ich erfuhr, wie er eine Katze in ein Vogelbauer gesperrt hatte, und ich war so empört über diese Grausamkeit, dass ich nichts mehr mit ihm zu tun haben wollte.‹ Sie suchte in einer Schublade herum und brachte die Fotografie einer jungen Dame zum Vorschein. Das Bild war furchtbar verunstaltet und mit einem Messer zerschnitten. ›Das ist meine eigene Fotografie‹, sagte sie. ›In diesem Zustand hat er sie mir mit einem Fluch am Morgen meines Hochzeitstages zugeschickt.‹

›Nun‹, sagte ich, ›er scheint sich doch allmählich mit Ihnen ausgesöhnt zu haben, sofern er Ihrem Sohn sein ganzes Vermögen vermacht hat.‹

›Weder mein Sohn noch ich brauchen etwas von Jonas Oldacre, weder zu seinen Lebzeiten noch nach seinem Tod‹, rief sie ganz erregt. ›Es lebt ein Gott im Himmel, Mr Holmes, und dieser Gott, der den Bösen gestraft hat, wird auch offenbaren, dass die Hände meines Sohnes unschuldig sind an diesem Blut.‹

Ich versuchte noch durch List, etwas Bestimmtes aus ihr herauszubringen, das unsere Annahme hätte stützen können, bekam aber nur solche Dinge zu hören, die eher das Gegenteil bewiesen hätten. So gab ich es schließlich auf und ging nach Norwood.

Das Deep Dene House ist ein großer Backsteinbau in modernem Villenstil. Es steht etwas zurück, und davor ist ein Garten mit Lorbeergebüsch. Hinter dem Haus befindet sich der Hof, wo das Holz liegt, der Schauplatz des Schadenfeuers. Ich habe hier in meinem Notizbuch eine flüchtige Skizze. Das Fenster links ist das einzige in Oldacres Schlafzimmer. Man kann von der Straße aus hineinsehen, wie Sie erkennen werden – das ist ungefähr der einzige Trost, der mir geblieben ist. Lestrade war nicht da, er wurde durch seinen Wachtmeister vertreten. Sie hatten gerade einen wichtigen Fund gemacht. Beim Durchsuchen der Asche des verbrannten Holzhaufens hatten sie verkohlte Knochenreste und ein paar Metallstückchen zutage gefördert. Ich habe die letzteren sorgfältig untersucht und zweifellos festgestellt, dass es Hosenknöpfe waren. Ich habe an einem derselben sogar den Namen ›Hyams‹ erkennen können, der Firma von Oldacres Schneider. Ich habe dann den Garten und den Rasen um das Haus herum genau nach irgendwelchen Spuren und Fährten durchforscht. Es war aber infolge der großen Trockenheit weiter nichts zu sehen, als dass ein größerer Gegenstand durch eine niedrige, in der Richtung nach dem Holzhaufen liegende Rainweidenhecke geschleift worden war. Dies alles bestätigt natürlich nur die

Auffassung der Polizei! Ich bin lange trotz der brennenden Augustsonne auf dem Rasen umhergekrochen: Ich war aber am Ende nicht schlauer als am Anfang.

Nach diesem Fiasko begab ich mich ins Schlafzimmer und unterwarf es einer ebenso gründlichen Untersuchung wie den Hof und den Garten. Die Blutspuren waren äußerst geringfügig, fast farblos und wie umhergeschmiert, aber sicher frisch. Den Stock hatte die Polizei schon in Beschlag genommen, aber auch diese Blutflecken waren nur unbedeutend. Dass der Stock unserem Klienten gehört, unterliegt keinem Zweifel, er gibt es selbst zu. Die Fußspuren der beiden Männer waren auf dem Teppich zu erkennen, aber keine einer dritten Person, was wieder Wasser auf die Mühle der Gegenpartei ist, die ihrerseits die Verdachtsmomente zusammenreiht, während wir auf dem toten Punkt sind.

Nur ein Hoffnungsschimmer dämmerte in mir auf – aber auch er ist nur sehr, sehr schwach. Ich prüfte den Schrank; sein Inhalt war größtenteils herausgenommen und lag auf dem Tisch. Die Papiere waren geordnet und in große Kuverts gesteckt, die dann zugesiegelt worden waren. Die Polizei hatte einige geöffnet. Soweit ich es beurteilen kann, hatten die darin befindlichen Papiere keinen großen Wert, auch das Bankbuch des Mr Oldacre ließ die Vermögensverhältnisse nicht sehr glänzend erscheinen. Es kam mir aber vor, als ob Papiere fehlen müssten – vielleicht waren das gerade die wichtigsten –, aber ich konnte sie, trotzdem ich alles danach durchsuchte, nicht finden. Dieser Umstand würde natürlich, wenn uns der Nachweis wirklich gelänge, von der größten Bedeutung sein, indem er Lestrades Begründung direkt widerspräche; denn wer wird Wertpapiere stehlen, die er bald erbt?

Am Ende, nachdem ich alles vergeblich durchgesehen hatte, versuchte ich mein Glück mit der Haushälterin. Ihr Name ist Lexington, sie ist ein kleines, dunkles Weib, verschwiegen und argwöhnisch. Sie könnte uns manches sagen, wenn sie wollte, davon bin ich fest überzeugt. Aber sie war stumm wie eine Wachsfigur. Sie habe Mr Farlane um halb zehn die Tür geöffnet. Sie wünsche, dass ihr lieber vorher die Hand verdorrt wäre. Sie sei um halb elf zu Bett gegangen. Ihr Zimmer liege nach der entgegengesetzten Seite, sodass sie nichts hätte hören können. Erst vom Feuerlärm wäre sie munter geworden. Mr Farlane habe Hut und Stock im Hausflur gelassen, dessen erinnere sie sich ganz bestimmt. Ihr armer guter Herr wäre sicherlich ermordet worden. ›Hatte er Feinde?‹ Nun, jeder Mensch habe Feinde, aber Mr Oldacre habe sehr zurückgezogen gelebt und nur geschäftlich mit den Leuten verkehrt. Sie habe die Knöpfe gesehen und genau erkannt, dass sie von dem Anzug seien, den er den letzten Abend angehabt habe. Das Holz sei, weil es vier Wochen nicht geregnet habe, sehr dürr gewesen und habe gebrannt wie Zunder. Als sie dazugekommen wäre, sei alles ein Feuermeer gewesen, man habe nichts mehr unterscheiden können. Sie hätte aber das verbrennende Fleisch gerochen; nicht nur sie, die Löschmannschaft ebenfalls. Von den Papieren, wie von den Privatangelegenheiten des Mr Oldacre überhaupt, hätte sie keinerlei Kenntnis.

So, mein lieber Watson, das ist der erschöpfende Bericht meines Misserfolges. Und doch – und doch …«, er rang die mageren Hände in voller Überzeugung, »ich weiß, dass alles erlogen und falsch ist, ich fühl's in allen Knochen. Es steckt etwas dahinter, was noch nicht ans Licht gekommen ist und was diese Wirtschafterin weiß. Es lag ein gewisser Trotz in ihrem Auge, wie man ihn nur bei Leuten findet, die eine tiefere Kenntnis von einer Sache haben, die sie aber verschweigen. Aber all dies Denken und Fühlen hilft nichts, Watson; wenn wir nicht noch besonderes Glück haben, befürchte ich, wird der Fall Norwood im Tagebuch unserer Erfolge, dessen Inhalt, wie ich voraussehe, ein geduldiges Publikum früher oder später doch vorgesetzt bekommen wird, keine Stätte haben.«

»Der Mann sieht aber keinesfalls wie ein Verbrecher aus«, bemerkte ich.

»Das ist ein bedenkliches Beweismittel, lieber Watson. Erinnern Sie sich noch an den gefährlichen Mörder Bernt Steven, der unsere Hilfe in Anspruch nahm? Gab es einen kindlicher und harmloser aussehenden Menschen als den?«

»Das stimmt.«

»Wenn es uns nicht gelingt, seine Unschuld durch triftigere Beweise darzutun, ist unser Mann verloren. Die Lestrade'sche Argumentation ist durch alle späteren Nachforschungen gestützt worden, keine einzige Tatsache steht mit ihr in Widerspruch. Nur die fehlenden Papiere würden dagegensprechen. Das ist der einzige wunde Punkt, und von dem aus muss eine neue Untersuchung von unserer Seite ihren Ausgang nehmen. Bei Durchsicht des Bankbuches habe ich gefunden, dass der ungünstige Stand am Schluss hauptsächlich von großen Wechselforderungen herrührt, die im letzten Jahr an einen Mr Cornelius ausgezahlt worden sind. Ich möchte nun zu gern wissen, wer dieser Mr Cornelius ist, mit dem ein Architekt, der sich zur Ruhe gesetzt hat, so große Geldgeschäfte treibt. Es ist nicht unmöglich, dass er bei der ganzen Sache die Hand im Spiel hat. Er ist vielleicht ein Agent oder Kommissionär, aber wir haben keine Spur von einer Korrespondenz über diese großen Zahlungen gefunden. Aus Mangel an besseren Angriffspunkten müssen meine Nachforschungen zunächst mit einer Nachfrage an der Bank nach jenem Herrn beginnen, der die Wechsel einkassiert hat. Immerhin glaube ich eher, mein lieber Freund, dass dieser Fall unseren Ruhm nicht erhöhen wird. Lestrade wird wohl unseren Klienten aufknüpfen lassen, und Scotland Yard wird triumphieren.«

Ich weiß nicht, ob und wie Holmes in jener Nacht geschlafen hat, aber als ich zum Frühstück kam, fand ich ihn blass und müde aussehend; seine klaren Augen erschienen infolge der dunklen Ringe noch klarer als sonst. Auf dem Teppich unter seinem Stuhl lagen Zigarettenstummel und die ersten Ausgaben der Morgenblätter. Auf dem Tisch lag ein geöffnetes Telegramm.

»Was sagen Sie dazu, Watson?«, fragte er, indem er mir die Depesche zuwarf.

Sie kam aus Norwood und lautete folgendermaßen:

> »Wichtigen neuen Beweis gefunden. Farlanes Schuld endgültig festgestellt. Rate Ihnen, den Fall aufzugeben. – Lestrade.«

»Das klingt ernst«, sagte ich.

»Es ist Lestrades Siegesnachricht«, meinte Holmes, bitter lächelnd. »Und doch würde es zu früh sein, die Sache verloren zu geben. Ein frischer Beweis ist wie ein zweischneidiges Schwert; er kann leicht das Gegenteil dessen beweisen, was Lestrade denkt. Frühstücken Sie rasch; wir wollen dann zusammen hinausfahren und sehen, was sich tun lässt. Ich habe das Gefühl, als ob ich heute Ihre Gesellschaft und Ihre moralische Unterstützung brauchte.«

Mein Freund hatte nichts gegessen. Es war eine seiner Eigenarten, in besonderen Momenten keine Nahrung zu sich zu nehmen, und ich habe Fälle mitgemacht, wo er sich auf seine eiserne Natur verließ, bis er vor Hunger ohnmächtig wurde. »Gegenwärtig habe ich keine Kraft zum Verdauen übrig«, pflegte er mir auf meine ärztlichen Vorhaltungen zu antworten. Es fiel mir daher nicht weiter auf, als er auch heute das Frühstück nicht anrührte und nüchtern mit mir nach Norwood aufbrach.

Um Deep Dene House waren noch eine Menge Neugieriger versammelt. Das Haus und seine Lage hatte ich mir ganz richtig vorgestellt. In der Tür kam uns Lestrade mit der Miene des Siegers entgegen.

»Nun, Mr Holmes, wer hat recht? Haben Sie Ihren Landstreicher schon?«, rief er uns zu.

»Ich habe mir noch kein endgültiges Urteil gebildet«, erwiderte mein Freund.

»Aber wir haben uns gestern unseres schon gebildet und heute hat es sich als richtig erwiesen. Sie müssen also zugeben, dass wir Ihnen diesmal etwas voraus sind, Mr Holmes.«

»Sie tun so, als ob Sie etwas Besonderes gefunden hätten, als ob ein unerwartetes Moment eingetreten wäre«, sagte Holmes.

Lestrade lachte laut auf.

»Ich glaub Ihnen schon, dass Sie sich ebenso ungern schlagen lassen, wie die meisten von uns auch. Man kann jedoch nicht erwarten, dass man stets Recht behält, nicht wahr, Herr Doktor? Kommen Sie mit mir, meine Herren, ich glaube, Sie jetzt von der Schuld des jungen Farlane definitiv überzeugen zu können.«

Er führte uns durch einen Gang in einen ziemlich dunklen Vorsaal.

»Hier muss Farlane nach Verübung des Verbrechens durchgekommen sein und seinen Hut geholt haben«, sagte er weiter. »Nun, sehen Sie hier.« Mit theatralischem Gebahren zündete er ein Streichholz an und zeigte uns einen Blutflecken an der weißgetünchten Wand. Als er das Streichholz näher hielt, sah ich, dass es kein bloßer Spritzer, sondern ein deutlicher Daumenabdruck war.

»Nehmen Sie mal die Lupe, Mr Holmes.«

»Jawohl, ich bin schon im Begriff.«

»Es ist Ihnen wohl bekannt, dass zwei Daumen niemals denselben Abdruck geben?«

»Ich habe schon davon gehört.«

»Dann vergleichen Sie ihn bitte mit diesem Wachsabdruck hier, den ich heute morgen vom Daumen des jungen Farlane habe nehmen lassen.«

Als er den Wachsabdruck neben den Blutflecken hielt, bedurfte es keines Vergrößerungsglases, um zweifellos zu erkennen, dass beide von demselben Daumen herrührten. Ich sah ein, dass unser unglücklicher Klient verloren war.

»Das ist das Schlussglied der Beweiskette«, sagte Lestrade.

»Ja, das ist das Schlussglied«, wiederholte ich mechanisch.

»Das ist die Entscheidung«, sagte Holmes.

In seiner Stimme fiel mir etwas auf. Ich drehte mich um und sah ihn an. Sein Ausdruck war vollständig verändert. Er verriet innere Freude. Die Augen glänzten wie Sterne. Mir schien es, als ob er gewaltsam das Lachen unterdrücken müsste.

»Herr des Himmels!«, rief er endlich aus. »Wer hätte so was gedacht? Wie einen das Aussehen eines Menschen doch täuschen kann, wahrhaftig! Allem Anschein nach war er so ein netter Mann! Es wird eine Lehre für uns sein, unserem eigenen Urteil nicht allzu sehr zu vertrauen, nicht wahr Lestrade?«

»Allerdings, Mr Holmes; es gibt Leute, die ein bisschen zu selbstbewusst, von der Richtigkeit ihrer Auffassung zu sehr eingenommen sind«, antwortete Lestrade. »Der trat so unverfroren und scheinheilig auf, dass man's ihm wirklich nicht zugetraut hätte.«

»Und wie fürsorglich er gehandelt hat, indem er seinen rechten Daumen an die Wand drückte, als er den Hut vom Haken nahm! Und wie natürlich das außerdem ist, wenn man genauer darüber nachdenkt!« Holmes war äußerlich ruhig, während er so sprach, aber einem genauen Kenner wie mir konnte die unterdrückte Erregung nicht verborgen bleiben. »Übrigens, Mr Lestrade, wer hat denn diese großartige Entdeckung eigentlich gemacht?«

»Die Haushälterin hat den Polizisten, der die Nachtwache hatte, darauf aufmerksam gemacht.«

»Wo befand er sich während der Nacht?«

»Er wachte im Schlafzimmer, wo das Verbrechen begangen worden ist, und passte auf, dass alles unberührt liegen blieb.«

»Aber warum ist dieses Zeichen nicht schon gestern bemerkt worden?«

»Weil wir keinen besonderen Grund hatten, dieses Vorzimmer eingehender zu untersuchen. Außerdem ist es an keiner auffallenden Stelle, wie Sie sehen.«

»Nein, nein, allerdings nicht. Und es besteht vermutlich doch kein Zweifel, dass es gestern schon dort war?«

Lestrade sah Holmes an, als ob er ihn für nicht ganz zurechnungsfähig hielt. Ich muss gestehen, dass ich selbst über seinen guten Mut und über seine Bemerkungen erstaunt war.

»Es scheint mir beinahe, als ob Sie glaubten, dass Farlane im Dunkel der Nacht aus dem Gefängnis hierher geeilt sei, um sich selbst zu bezichtigen«, antwortete Lestrade nach einiger Zeit auf Holmes' merkwürdige Frage. »Ich überlasse jedem Sachverständigen die Entscheidung, ob das sein Daumenabdruck ist oder nicht.«

»Zweifelsohne ist es sein Daumenabdruck.«

»Nun, das genügt mir«, sagte Lestrade. »Ich bin kein Theoretiker, Mr Holmes, ich bin ein Praktiker, und wenn ich die Beweismittel habe, ziehe ich meine Schlüsse daraus. Sollten Sie mir später noch etwas mitzuteilen haben, so finden Sie mich im Empfangszimmer; ich will dort meinen Bericht niederschreiben.«

Holmes hatte seinen seelischen Gleichmut wiedergefunden, aber ich sah ihm an, dass ihm immer noch der Schalk im Nacken saß.

»In der Tat, die Sache hat eine sehr schlimme Wendung genommen, nicht wahr, Watson?«, sagte er zu mir, als wir allein waren. »Und doch gibt es einzelne Punkte, von denen noch Hoffnungsstrahlen für unseren Klienten ausgehen.«

»Das freut mich ungemein«, antwortete ich von Herzensgrund. »Ich fürchtete, es sei ganz aus mit ihm.«

»Das möchte ich noch nicht sagen, mein lieber Watson, denn Lestrades Beweis hat tatsächlich eine Lücke, die für unseren Freund von größter Wichtigkeit ist.«

»Wirklich, Holmes?! Die wäre?«

»Das ist der Umstand, dass ich weiß, dass dieser Flecken noch nicht dort war, als ich gestern diesen Vorraum untersuchte – kommen Sie, Watson, wir wollen jetzt einen kleinen Spaziergang draußen in der Sonne machen.«

Ich begleitete ihn. Im Kopf war ich ziemlich wirr, aber im Herzen hatte ich neue Hoffnung. Wir gingen im Garten umher. Holmes nahm das Haus von allen Seiten genau in Augenschein und zeigte ein auffallendes Interesse an der Bauart. Dann ging er hinein und untersuchte das ganze Gebäude vom Grund bis zum Dach. Die meisten Räume waren unmöbliert, aber Holmes besah sie sich doch. Endlich auf dem obersten Treppenflur, auf den drei unbenutzte Zimmer mündeten, zeigte er eine grenzenlose Freude.

»Dieser Fall ist wirklich einzig in seiner Art, Watson«, sagte er. »Ich glaube, es ist nun an der Zeit, dass wir den guten Lestrade ins Vertrauen ziehen. Er hat sich auf unsere Kosten ein bisschen lustig gemacht, nun, wenn meine Ansicht sich als richtig erweist, können wir's ihm jetzt heimzahlen. Oh ja, ich sehe, wir kommen der Sache auf den Grund.«

Der Polizeiinspektor saß noch im Empfangszimmer und schrieb.

»Sie machen Ihren Bericht?«, unterbrach ihn Holmes.

»Jawohl, das tue ich.«

»Meiner Meinung nach ist es noch etwas zu früh; ich kann mir nicht helfen, aber ich glaube, Ihr Beweis hat eine Lücke.«

Lestrade kannte meinen Freund zu gut, um seine Worte nicht zu beachten. Er legte die Feder beiseite und blickte ihn gespannt an.

»Was wollen Sie damit sagen, Mr Holmes?«

»Ich meine nur, dass Sie einen wichtigen Zeugen noch nicht vernommen haben.«

»Können Sie ihn beibringen?«

»Ich glaube, ich kann's.«

»Dann tun Sie's doch!«

»Ich will's versuchen. Wie viele Polizisten haben Sie hier?«

»Drei stehen Ihnen zur Verfügung.«

»Schön«, sagte Holmes. »Darf ich fragen, ob es kräftige Männer mit guten Lungen sind?«

»Ich zweifle nicht daran; aber ich sehe vorläufig nicht ein, was die Beschaffenheit ihrer Lungen mit der Sache zu tun hat.«

»Das werden Sie bald erfahren, und hoffentlich noch viel mehr«, antwortete Holmes.

»Rufen Sie bitte Ihre Leute. Ich will das Experiment beginnen.«

Nach fünf Minuten waren die drei Schutzleute zur Stelle.

»Im Nebengebäude werden Sie eine größere Menge Stroh vorfinden. Wollen Sie bitte zwei Bund davon hierherbringen«, sagte Holmes. »Ich glaube, es wird uns zur Herbeischaffung des fehlenden Zeugen vortreffliche Dienste leisten. – Recht so. Ich danke Ihnen bestens. Haben Sie Streichhölzer, Watson? Nun, Mr Lestrade, bitte ich Sie und Ihre Leute, mit mir auf den oberen Korridor zu kommen.«

Wie ich erwähnt habe, mündeten auf diesen geräumigen Vorplatz drei leere Kammern. Holmes gebot uns, recht still zu sein, und dirigierte uns alle an das eine Ende. Die Polizisten grinsten, und Lestrade starrte meinen Freund erstaunt an. In seinem Gesicht wechselten der Ausdruck der Verwunderung, der Erwartung und des Spottes miteinander ab. Holmes stand vor uns wie ein Zauberer, der ein Kunststück zeigen will.

»Wollen Sie so gut sein und einen Mann zwei Gießkannen voll Wasser holen lassen? Legen Sie das Stroh hier mitten auf den Boden, sodass es die Wand nicht berührt. Nun sind wir mit den Vorbereitungen wohl fertig.«

Lestrade fing an, ärgerlich zu werden.

»Ich weiß nicht, ob Sie sich einen Scherz mit mir erlauben wollen, Mr Holmes«, sagte er. »Wenn Sie etwas wissen, so können Sie es auch ohne diesen Hokuspokus sagen.«

»Ich kann Ihnen die Versicherung geben, mein lieber Lestrade, dass ich für alles, was ich tue, meine guten Gründe habe. Sie können sich vielleicht entsinnen, dass Sie mich vor ein paar Stunden, als Ihnen das Glück zu lächeln schien, auch ein wenig neckten, nun dürfen Sie mir das bisschen Zeremoniell aber auch nicht gleich übelnehmen. Wollen Sie nun das Fenster dort aufmachen, Watson, und das Stroh anzünden?«

Ich tat, was er mich geheißen hatte. Infolge des Zuges erhob sich bald eine dicke graue Rauchwolke, das trockene Stroh prasselte, und die hellen Flammen schlugen empor.

»Nun müssen wir sehen, ob Ihr Zeuge herauskommt, Lestrade. Darf ich Sie bitten, gleichzeitig mit mir in den Ruf ›Feuer!‹ auszubrechen? Also: eins, zwei, drei …«

»Feuer!«, schrien wir alle.

»Danke Ihnen. Ich muss Sie noch einmal bemühen.«

»Feuer!«

»Nun zum dritten Mal, meine Herren, so laut Sie können …«

»Feuer!« Ganz Norwood muss es gehört haben.

Der Ruf war kaum verhallt, als etwas Ungeahntes eintrat. An der scheinbar soliden Wand am Ende des Korridors tat sich plötzlich eine Tür auf, und hervor stürzte, wie ein Kaninchen aus seinem Loch, ein kleines, schmächtiges Männlein mit grauem Haar und weißen Wimpern.

»Ausgezeichnet!«, rief Holmes. »Watson, einen Eimer Wasser aufs Stroh! Gut so! – Mr Lestrade, erlauben Sie, dass ich Ihnen den fehlenden Hauptzeugen vorstelle, Mr Jonas Oldacre.«

Das kleine Männchen blinzelte, geblendet von dem hellen Tageslicht, unaufhörlich mit den Augen, und guckte bald uns an, bald das qualmende Stroh. Er hatte ein widerwärtiges

Gesicht – verschmitzt und bösartig – und hellgraue, listige Augen.

Der Inspektor starrte die geisterhafte Erscheinung sprachlos an. Nach einer Weile fand er endlich wieder Worte.

»Was soll denn das heißen?«, sagte er. »Wo haben Sie denn die ganze Zeit gesteckt, he?«

Oldacre fuhr zurück vor dem zorngeröteten Gesicht des Inspektors und erwiderte dann mit erzwungenem Lächeln:

»Ich hab nichts Böses getan.«

»Nichts Böses? Sie wollten einen unschuldigen Mann an den Galgen bringen. Wenn dieser Herr nicht gewesen wäre, würde es Ihnen wahrscheinlich auch gelungen sein.«

Das traurige Geschöpf fing an zu winseln.

»Sicher, Herr, es war nur ein Spaß.«

»Ein eigentümlicher Spaß! Sie sollen nicht darüber zu lachen haben, dafür bin ich Ihnen gut. Nehmt ihn mit hinunter und haltet ihn im Wohnzimmer fest, bis ich komme. – Mr Holmes«, fuhr er fort, als die Schutzleute hinuntergegangen waren, »ich konnte in Gegenwart der Leute nicht sprechen, aber im Beisein des Dr. Watson erkläre ich frei heraus: Das ist der feinste Streich, den Sie je ausgeführt haben – es ist mir freilich noch ein Rätsel, wie Sie's angefangen haben – Sie haben einen Unschuldigen gerettet und einen großen Skandal verhütet, der meinen Ruf bei der Polizei untergraben haben würde.«

Holmes lächelte und klopfte Lestrade auf die Schulter.

»Ihr Renommee in Scotland Yard soll durch diesen Fall bedeutend gehoben werden, mein guter Herr. Sie brauchen nur ein paar Stellen in Ihrem Bericht zu ändern, und alle Welt wird sagen, dass es schier unmöglich ist, dem Inspektor Lestrade Sand in die Augen zu streuen.«

»Wünschen Sie denn gar nicht, dass Ihr Name erwähnt wird?«, fragte Lestrade verwundert.

»Durchaus nicht. Diese Tat birgt ihren Lohn in sich selbst. Vielleicht werde ich eines Tages, wenn ich meinem eifrigen Geschichtsschreiber die Erlaubnis erteile, die Genugtuung haben, sie gedruckt zu sehen – wie, Watson? Nun wollen wir uns mal das Nest ansehen, in dem die Ratte gesteckt hat.«

Es war ein sechs Fuß langer Bretterverschlag, von der Breite des Flurs; er war genau wie die übrigen Wände tapeziert und hatte einen unsichtbaren Zugang. Durch einige Ritze unter der Dachrinne drang spärliches Licht hinein. Darin befanden sich ein paar kümmerliche Möbelstücke, eine Anzahl Bücher und Papiere und ein Vorrat von Nahrungsmitteln und Wasser.

»Das ist der Vorteil, wenn man Baumeister ist«, sagte Holmes beim Heraustreten. »Er war imstande, sein Versteck ohne fremde Beihilfe herzurichten – natürlich abgesehen von der prächtigen Wirtschafterin, die ich gleichfalls Ihrer Obhut anempfehlen möchte, Lestrade.«

»Sie soll entschieden ihrem Herrn das Geleit geben, Mr Holmes. Aber vor allen Dingen sagen Sie mir: Wie haben Sie Kenntnis von diesem Raum erlangt?«

»Ich kam zu dem Schluss, dass der Besitzer noch im Haus sein müsste. Als ich nun die Korridore abschritt und fand, dass der obere sechs Fuß kürzer war als der entsprechende untere, war es mir ganz klar, wo er steckte. Wir hätten natürlich ebenso gut gleich hineingehen und ihn festnehmen können, aber es machte mir mehr Vergnügen, ihn selbst herauskommen zu lassen; außerdem wollte ich mich durch die Geheimnistuerei für Ihre Spöttelei von heute morgen etwas entschädigen, Mr Lestrade.«

»Na, die haben Sie redlich wettgemacht. Aber wie in aller Welt kamen Sie auf den Gedanken, dass er überhaupt im Haus verborgen sei?«

»Der Daumenabdruck sagte mir's, Lestrade. Sie meinten, er wäre das Endglied der Kette; das war er auch, nur in einem ganz anderen Sinn. Ich wusste nämlich, dass er am Tag vorher noch nicht dort gewesen war. Ich schenke allen Einzelheiten eine weitgehende Beachtung, wie Sie wohl schon bemerkt haben werden, und ich hatte den Vorraum gründlich besichtigt und keinen Flecken an der Wand gefunden. Er musste also ohne Zweifel erst während der Nacht hingekommen sein.«

»Aber wie?«

»Sehr einfach. Als die Briefschaften versiegelt wurden, hat der junge Farlane einmal seinen Daumen als Petschaft benutzt.

Es ist vielleicht in der Eile und ganz zufällig geschehen, sodass sich der junge Herr wohl selbst nicht mehr daran erinnern kann. Sehr wahrscheinlich ist es so unabsichtlich gewesen, dass auch Oldacre nicht gleich bedacht hat, wozu es ihm später nützen sollte. Als er in seinem Bau den Fall genauer überlegt hat, wird ihm erst eingefallen sein, was für ein absolut zuverlässiges Beweismittel er durch Benutzung dieses Abdrucks der Polizei liefern könnte. Auf die einfachste Art der Welt konnte er einen Wachsabdruck davon machen, ihn mit einem Tropfen Blut von einem Stecknadelstich benetzen und über Nacht den Flecken an der Wand erzeugen. Ob er es nun selbst getan hat oder die Haushälterin, das weiß ich nicht, ist auch ziemlich gleichgültig. Dagegen gehe ich jede Wette mit Ihnen ein, dass Sie das Siegel mit dem Daumen finden, wenn Sie die Briefschaften durchsehen, die er in sein Versteck mitgenommen hatte.«

»Großartig!«, rief Lestrade. »Großartig! Wie Sie es auseinandersetzen, ist alles klar wie Kristall. Was aber ist der Grund dieses ganzen Betrugs?«

Es amüsierte mich, wie das hochmütige Verhalten des Inspektors von heute früh sich so sehr geändert hatte und wie er sich nun gleich einem Kind gebärdete, das Fragen an seinen Lehrer stellt.

»Ich halte es für nicht sehr schwer, diese Handlungsweise zu erklären. Der Herr, der jetzt unten wartet, ist eine sehr tiefgründige, bösartige und rachsüchtige Natur. Sie wissen doch, dass er einst von Farlanes Mutter den Laufpass bekommen hat? Sie wissen's nicht! Ich sagte Ihnen gleich, dass man zuerst nach Blackheath und dann nach Norwood gehen müsste. Also, diese Kränkung, wie er es auffasste, hat ihm sein ganzes Leben lang keine Ruhe gelassen, er hat stets auf Rache gesonnen, ohne je eine günstige Gelegenheit zu finden. In den letzten ein oder zwei Jahren hat er Geldverluste gehabt – ich denke mir, durch heimliche Spekulationen – und es geht rückwärts mit ihm. Er sucht seine Gläubiger zu beschwindeln und stellt hohe Wechsel aus, zahlbar an einen gewissen Cornelius, was meiner Meinung nach nur ein falscher Name seiner eigenen Person ist. Wenn ich die

Spur dieser Wechsel auch noch nicht verfolgt habe, so unterliegt es für mich doch schon jetzt keinem Zweifel, dass sie nach einer Provinzialbank führt, wo Oldacre von Zeit zu Zeit unter diesem Namen aufgetaucht ist. Er hat die Absicht gehabt, dann überhaupt seinen Namen zu wechseln, das Geld einzuziehen und irgendwo ein neues Leben zu beginnen.«

»Das klingt nicht unwahrscheinlich.«

»Durch sein Verschwinden glaubte er, seine Spur vollkommen zu verwischen und gleichzeitig an seiner ehemaligen Braut die schwerste Rache nehmen zu können, indem er auf ihr einziges Kind den Verdacht lenkte, ihn ermordet zu haben. Es war ein Meisterstück der Schurkerei, und er hatte es meisterhaft ausgeführt. Die Geschichte mit dem Testament, das ein treffliches Motiv zur Tat abgeben musste, der heimliche nächtliche Besuch ohne Wissen der eigenen Eltern, die Zurückbehaltung des Stockes, das Blut, die tierischen Überreste und die Knöpfe in der Asche, alles war erstaunlich geschickt gemacht. Es war ein Netzwerk, aus dem zu entschlüpfen ich für das unschuldige Opfer noch vor ein paar Stunden keine Möglichkeit sah. Aber es fehlte ihm die höchste Gabe des Künstlers, die Mäßigung, die Beschränkung. Er wollte, was schon vollkommen war, noch vollkommener machen – den Strick am Hals seines Opfers noch fester ziehen –, und dadurch verdarb er das Ganze. Wir wollen nun zu ihm hinuntergehen, Lestrade. Ich möchte noch ein paar Fragen an ihn richten.«

Die elende Kreatur saß im eigenen Empfangszimmer, mit einem Schutzmann an jeder Seite.

»Es war nur ein Scherz, mein guter Herr, weiter nichts als ein Scherz«, winselte er unaufhörlich. »Ich versichere Ihnen, mein Herr, dass ich mich nur verborgen hatte, um die Wirkung meines Verschwindens zu beobachten. Sie werden doch nicht so unrecht von mir denken und glauben, dass ich dem jungen Mr Farlane auch nur das geringste Leid hätte antun lassen.«

»Darüber hat das Gericht zu entscheiden«, antwortete Lestrade. »Vorläufig werden Sie sich wegen Verschwörung, wenn nicht wegen versuchten Mordes zu verantworten haben.«

»Und außerdem werden Sie die schmerzliche Erfahrung machen müssen, dass Ihre Gläubiger das Bankguthaben des Mr Cornelius mit Beschlag belegen«, sagte Holmes.

Das schmächtige Männchen sprang vom Stuhl auf und warf meinem Freund wütende Blicke zu.

»Ihnen habe ich das meiste zu danken«, erwiderte er hasserfüllt; »vielleicht kann ich Ihnen meine Schuld eines Tages heimzahlen.«

Holmes lächelte nachsichtig.

»Die nächsten paar Jahre werden Sie, glaube ich, kaum die nötige Zeit dazu finden«, erwiderte er ruhig. »Aber vielleicht beantworten Sie mir jetzt noch eine Frage: Was haben Sie außer Ihren alten Hosen noch in den Holzhaufen geworfen? Einen toten Hund, ein paar Kaninchen oder was sonst? Sie wollen mir's nicht sagen? Ei, ei, sind Sie unhöflich! Nun, ein paar Kaninchen genügten, um das Blut zu liefern und die verkohlten Knochenreste. – Falls Sie jemals diese Geschichte niederschreiben sollten, Watson, denken Sie an die Kaninchen!«

Die einsame Radfahrerin

Von 1894–1901 einschließlich war Sherlock Holmes ein außerordentlich beschäftigter Mann. Man kann ohne Übertreibung sagen, dass es kaum einen irgendwie schwierigen Fall von öffentlichem Interesse gab, zu dem er während dieses Zeitraums nicht zugezogen worden wäre, außerdem spielte er auch noch in Hunderten von oft sehr verzwickten und außergewöhnlichen privaten Angelegenheiten eine hervorragende Rolle. Viele überraschende Erfolge und nur einige wenige unvermeidliche Misserfolge waren das Resultat dieser langen Periode mühseliger, unablässiger Tätigkeit. Da ich sämtliche Fälle notiert und bei vielen selbst mitgewirkt habe, fällt es mir natürlich nicht leicht, eine richtige Auswahl zur Veröffentlichung zu treffen. Ich will jedoch meinem alten Grundsatz treu bleiben und solchen Fällen den Vorzug geben, die mehr infolge der scharfsinnigen und dramatischen Lösung als durch die Schwere des Verbrechens selbst ein weiteres Interesse beanspruchen können. Von diesem Gesichtspunkt ausgehend, will ich jetzt die Geschichte der Miss Violet Smith, der einsamen Radfahrerin von Charlington, erzählen. In dieser Angelegenheit wurden durch unsere Untersuchung eigentümliche begleitende Umstände ans Licht gebracht, welche zu einem ganz unerwarteten tragischen Ende führten. Wenn auch in Anbetracht der Verhältnisse mein Freund gerade diejenigen Fähigkeiten, derentwegen er berühmt wurde, nicht voll zur Geltung bringen konnte, gehört doch dieser Fall infolge der begleitenden Nebenumstände mit zu den bemerkenswertesten.

Aus meinem Tagebuch geht hervor, dass wir am Sonnabend, den 23. April 1895, zum ersten Mal den Besuch der

Miss Smith erhielten. Holmes war er, wie ich mich erinnere, äußerst unangenehm, weil er damals in ein sehr dunkles Problem, die absonderliche Verfolgung des bekannten Tabakkönigs John Vincent Harden, vertieft war. Mein Freund, der Konzentration der Gedanken über alles schätzte, war stets ungehalten, wenn seine Aufmerksamkeit von dem Gegenstand, der ihn gerade beschäftigte, durch irgendetwas anderes abgelenkt wurde. Und doch musste er, wenn er nicht unhöflich werden wollte, was seiner Natur zuwider war, die Erzählung des jungen hübschen Mädchens ruhig anhören, das noch in später Abendstunde zu uns in die Baker Street kam und uns um Rat und Beistand bat. Es war vergeblich, die junge Dame darauf aufmerksam zu machen, dass seine Zeit bereits voll und ganz in Anspruch genommen sei; sie war mit dem festen Entschluss gekommen, uns ihre Geschichte vorzutragen, und würde, bevor sie das getan hätte, nur mit Gewalt zu entfernen gewesen sein. So sah sich Holmes denn gezwungen, unserem schönen Eindringling einen Stuhl anzubieten und ihn zu ersuchen, uns zu erzählen, was ihn bedrücke.

»Wenigstens kann es sich bei Ihnen um keine Gesundheitsstörung handeln«, sagte er, nachdem er sie scharf betrachtet hatte; »bei einer so kühnen Radfahrerin gibt's keine Körperschwäche.«

Sie sah erstaunt auf ihre Füße, und ich konnte an ihren Schuhen sehen, dass sie an einer Stelle durch die Reibung am Pedal etwas abgeschabt waren.

»Allerdings radle ich ziemlich viel, Mr Holmes, und das steht auch in einem gewissen Zusammenhang mit meinem heutigen Besuch bei Ihnen.«

Mein Freund nahm die bloße Hand der Dame in die seinige und untersuchte sie mit so viel Aufmerksamkeit und so wenig Gefühl wie ein Kenner eine Warenprobe.

»Sie werden entschuldigen«, sagte er, indem er sie losließ, »aber in meinem Beruf darf man nichts außer Acht lassen. Ich war beinahe versucht, anzunehmen, dass Sie Schreibmaschine schreiben, aber es kommt offenbar vom Klavierspielen. Sehen Sie die plattgedrückten Fingerspitzen, Watson, die bei beiden

Berufsarten charakteristisch sind? Aber das Gesicht zeigt einen geistigen Zug«, er drehte es zart gegen das Licht, »den Maschinenschreiberinnen gewöhnlich nicht haben. Diese Dame ist also wohl Musiklehrerin.«

»Jawohl, Mr Holmes, ich gebe Klavierunterricht.«

»Auf dem Land, soviel aus Ihrer Gesichtsfarbe hervorgeht.«

»Jawohl, mein Herr; in der Nähe von Farnham, an der Grenze von Surrey.«

»Eine schöne Gegend, die interessante Erinnerungen in mir wachruft. Watson, entsinnen Sie sich noch, dass wir dort in der Nähe den Schmied Stamford gefasst haben? Nun, Miss Violet, was ist Ihnen bei Farnham denn passiert?«

Die junge Dame gab folgende klare und ruhige Schilderung:

»Mein Vater lebt nicht mehr, Mr Holmes. Er hieß James Smith und war Kapellmeister am alten Königlichen Theater. Meine Mutter und ich hatten weiter keine Verwandte als einen Onkel Ralph Smith. Dieser ist vor fünfundzwanzig Jahren nach Afrika ausgewandert, und wir haben seit jener Zeit kein Wort von ihm gehört. Unser Vater ließ uns in großer Armut zurück, aber eines Tages erfuhren wir, dass in der ›Times‹ ein uns betreffender Aufruf gestanden habe. Sie können sich unsere Aufregung denken, denn wir glaubten, es habe uns jemand ein Vermögen ausgesetzt. Wir gingen sofort zu dem in der Zeitung namhaft gemachten Vertreter. Dort trafen wir zwei Herren, Mr Carruther und Mr Woodley, die zu Besuch aus Südafrika in der Heimat weilten. Sie sagten uns, mein Onkel sei ein Freund von ihnen gewesen und vor einigen Monaten ganz arm in Johannesburg gestorben; er hätte sie noch kurz vor seinem Tod beauftragt, sich nach seinen Verwandten umzusehen und sie vor Not zu schützen. Es kam uns sonderbar vor, dass sich Onkel Ralph, der sich zu seinen Lebzeiten nie um uns gekümmert hatte, noch um unser Wohlergehen nach seinem Tod solche Sorge machen sollte. Mr Carruther klärte jedoch die Sache dahin auf, dass mein Onkel damals erst den Tod meines Vaters in Erfahrung gebracht und dadurch nun ein gewisses Verantwortlichkeitsgefühl gehabt hätte.«

»Entschuldigen Sie«, sagte Holmes; »wann fand diese Unterredung statt?«

»Vergangenen Dezember – vor vier Monaten.«

»Bitte, fahren Sie fort.«

»Mr Woodley machte auf mich einen höchst unangenehmen Eindruck. Er hatte ein gemeines, pausbäckiges Gesicht mit rotem Schnurrbart und glattgescheiteltem Haupthaar und warf mir die ganze Zeit über freche Blicke zu. Er kam mir vollkommen hässlich und widerwärtig vor – und ich fühlte bestimmt, dass Cyril von einer solchen Bekanntschaft nichts würde wissen wollen.«

»Aha, Cyril heißt er!«, sagte Holmes lächelnd.

Die junge Dame errötete und lachte.

»Ja, Mr Holmes; Cyril Morton ist sein Name, er ist Ingenieur, und wir wollen uns Ende des Sommers verheiraten. Ach Gott, wie bin ich nur auf ihn zu sprechen gekommen? Was ich sagen wollte, Mr Woodley erschien mir äußerst hassenswert, dagegen war mir Mr Carruther, obwohl viel älter, nicht unsympathisch. Er war ein dunkler, blasser Mann mit glattrasiertem Gesicht und von ruhigem Temperament; er hatte gute Manieren und ein angenehmes Lächeln. Er erkundigte sich nach unseren Verhältnissen, und als er erfuhr, dass wir arm seien, machte er mir den Vorschlag, seiner einzigen, zehnjährigen Tochter Musikunterricht zu erteilen. Ich sagte ihm, dass ich meine Mutter nicht gerne allein lassen möchte. Darauf erwiderte er, dass ich sie alle Sonnabende besuchen könnte. Er bot mir hundert Pfund für's Jahr, gewiss eine noble Bezahlung. Ich willigte schließlich ein und ging hinunter nach Chiltern Orange, ungefähr sechs Meilen von Farnham entfernt. Mr Carruther war Witwer und hatte zur Führung des Haushalts eine sehr achtbare ältere Dame, Mrs Dixon, in seine Dienste genommen. Die Tochter war ein recht liebenswürdiges Kind, und alles schien gut zu gehen. Mr Carruther war sehr gut gegen mich, er war selbst auch musikalisch, und wir haben sehr schöne Abende zusammen verlebt. Jeden Sonnabend ging ich nach Hause zu meiner Mutter in die Stadt.

Die erste Trübung erfuhr mein Glück durch die Ankunft des Mr Woodley. Er kam zu Besuch auf eine Woche, aber ach! Mir wurde sie länger als drei Monate. Er war ein schrecklicher Mensch, ein furchtbarer Prahlhans bei allen Leuten, aber bei mir am allermeisten. Er machte mir hässliche Liebeserklärungen, renommierte mit seinem Reichtum, wenn ich ihn heiratete, würde ich die herrlichsten Diamanten in ganz London bekommen, und eines Tages endlich, als ich ihm sagte, dass ich nichts mit ihm zu schaffen haben wollte, nahm er mich in seine Arme – er war riesig stark – und schwor, dass er mich nicht eher loslassen würde, bis ich ihm einen Kuss gegeben hätte. Als Mr Carruther ins Zimmer trat und ihn von mir losriss, wandte er sich gegen seinen eigenen Gastgeber, indem er ihn zu Boden schlug und misshandelte. Wie Sie sich denken können, war damit der Besuch zu Ende. Mr Carruther entschuldigte sich am folgenden Tag bei mir und versicherte mir, dass ich nie wieder einer derartigen Beschimpfung ausgesetzt sein würde. Seit damals habe ich Mr Woodley nicht wieder gesehen.

Nun kommt erst die eigentliche Veranlassung zu meinem heutigen Besuch bei Ihnen, Mr Holmes. Ich fahre nämlich jeden Sonnabendvormittag mit dem Rad zur Station Farnham, um den Stadtzug 12 Uhr 22 zu erreichen. Der Weg von Chiltern Orange ist sehr einsam, besonders ein Teil, der über eine Meile zwischen der Charlingtoner Heide auf der einen und den großen Wäldern von Charlington Hall auf der anderen Seite hindurchführt. Hier ist es eine wahre Seltenheit, wenn man einem Fuhrwerk oder einem Menschen begegnet; erst wenn man auf die Höhe von Crooksbury kommt, wird die Straße etwas lebhafter. Vor zwei Wochen passierte ich diese Strecke, und als ich mich zufällig umdrehte, erblickte ich hinter mir einen Mann, der auch auf einem Rad saß. Er schien in mittleren Jahren zu sein und hatte einen kurzgeschnittenen schwarzen Bart. Vor Farnham schaute ich mich noch einmal um, der Mann war jedoch verschwunden, und so dachte ich später gar nicht mehr an die Geschichte. Zu meiner größten Überraschung sah ich jedoch auf der

Rückfahrt am Montag den Mann wieder und zwar genau an derselben Stelle, und ebenso wieder am folgenden Sonnabend und Montag. Er blieb immer in derselben Entfernung und belästigte mich in keiner Weise, aber die Sache kam mir doch eigentümlich und unheimlich vor. Ich erzählte es Mr Carruther; es schien ihm auch auffallend, und er tröstete mich damit, dass er Pferd und Wagen bereits bestellt hätte, sodass ich künftighin diese einsamen Wege nicht mehr allein zu machen brauchte.

Der Wagen sollte diese Woche kommen, aber aus irgendeinem Grund wurde er nicht geliefert, und ich musste wieder zur Station radeln. Das war heute Morgen. Wie Sie sich denken können, hielt ich auf der Charlingtoner Heide Umschau und wahrhaftig, der Mann war wieder da, genau wie die vorhergehenden Male. Er kam mir nie so nahe, dass ich sein Gesicht deutlich sehen konnte, aber sicher war es ein Unbekannter. Er trug einen dunklen Anzug und eine Tuchmütze. Das einzige, was ich richtig sehen konnte, war sein dunkler Bart. Ich hatte heute weniger Angst, war vielmehr neugierig und fest entschlossen, herauszukriegen, wer er sei und was er wolle. Ich fuhr ganz langsam, da fuhr er auch so langsam. Ich hielt ganz an, er ebenfalls. Nun wollte ich ihm eine Falle stellen. Der Weg macht eine scharfe Biegung, ich fuhr rasch um die Ecke herum, sprang ab und wartete. Er sollte nun schnell ebenfalls herumsausen und an mir vorüberkommen, ohne vorher halten zu können. Aber er ließ sich nicht sehen. Ich fuhr zurück und guckte um die Ecke. Ich konnte die Straße eine Meile weit überblicken, er war jedoch nirgends zu entdecken. Das plötzliche Verschwinden wurde dadurch noch rätselhafter, dass an dieser Stelle kein Seitenweg abging, den er benutzt haben könnte.«

Holmes rieb sich vergnügt die Hände.

»Der Fall ist von ganz besonderer Art«, sagte er. »Wie viel Zeit lag wohl dazwischen – ich meine zwischen Ihrer Fahrt um die Ecke und Ihrer Umkehr, wo niemand mehr zu sehen war?«

»Zwei oder drei Minuten.«

»In dieser Zeit kann er also nicht auf der Straße außer Sehweite gekommen sein, und Seitenwege, sagen Sie, gibt's dort nicht?«

»Nein.«

»Dann muss er auf einem Fußpfad nach der einen oder anderen Seite entkommen sein.«

»Nach der Seite der Heide ist es ausgeschlossen, denn da müsste ich ihn gesehen haben.«

»Wenn das alles unmöglich ist, bleibt nur der eine Ausweg nach Charlington Hall. – Haben Sie noch weitere Angaben zu machen?«

»Nein, Mr Holmes. Ich möchte nur noch bemerken, dass ich sehr bestürzt war und mich nicht eher beruhigen werde, bis ich Ihren erfahrenen Rat und Ihren Beistand habe.«

Holmes verharrte eine Zeitlang in Schweigen.

»Wo wohnt Ihr Bräutigam?«, fragte er endlich.

»In Coventry, er ist bei der Midland-Elektrizitätsgesellschaft in Stellung.«

»Sollte er nicht vielleicht Sie haben überraschen wollen?«

»Oh, Mr Holmes. Und ob ich den nicht erkannt hätte!«

»Haben Sie sonst noch Verehrer gehabt?«

»Ja, einige – ehe ich Cyril kennenlernte.«

»Und seitdem weiter keinen?«

»Wenn Sie den schrecklichen Woodley nicht so nennen wollen, nein.«

»Sonst wissen Sie von keinem?«

Unsere hübsche Klientin wurde etwas verlegen.

»Gestehen Sie's nur, Miss Smith«, sagte Holmes, »wer hat Sie außerdem noch verehrt?«

»Ach, es ist vielleicht bloß Einbildung von mir; aber manchmal schien mir's, als ob mein Prinzipal, Mr Carruther, sich stärker für mich interessiere. Wir sind ziemlich viel zusammen, ich begleite ihn abends immer auf dem Klavier. Er hat zwar nie etwas geäußert, er ist ein gebildeter Mann – aber ein Mädchen fühlt's schon heraus.«

»Aha!«, rief Holmes und machte ein ernstes Gesicht. »Was führt er für ein Leben?«

»Er ist reich.«

»Und hat keine Wagen und Pferde?«

»Wenigstens gibt er sich den Anstrich größerer Wohlhabenheit. Er geht wöchentlich zwei bis drei Mal zur Stadt. Er ist an südafrikanischen Minenwerten stark interessiert.«

»Setzen Sie mich sofort in Kenntnis, wenn sich die Angelegenheit weiter entwickelt, Miss Smith. Ich habe gegenwärtig sehr viel zu tun, werde mir jedoch die Zeit nehmen, in Ihrer Sache Nachforschungen anzustellen. Tun Sie aber inzwischen keinen Schritt, ohne mich vorher zu benachrichtigen. Adieu, hoffentlich haben Sie uns nur Gutes zu berichten.«

»Es ist ganz natürlich, dass ein solches Mädchen umworben wird«, sagte Holmes und tat nachdenklich einen Zug aus der Pfeife, »dass es aber auf dem Rad und auf einsamen Landstraßen geschieht, ist doch auffallend. Zweifellos ist's ein stiller Liebhaber. Der ganze Fall scheint mir an sich weniger interessant, Watson, er bietet aber eigentümliche Begleitumstände, die allerhand Anregung zum Nachdenken geben.«

»Das Merkwürdigste ist, dass sich der Mann nur an der einzigen Stelle gezeigt hat, nicht wahr?«

»Gewiss. Wir müssen damit beginnen, die Pächter von Charlington Hall ausfindig zu machen. Dann müssen wir auskundschaften, woher die Freundschaft zwischen Carruther und Woodley stammt, sie scheinen doch grundverschiedene Charaktere zu sein. Wie kamen sie beide dazu, sich so sehr um Ralph Smiths Verwandte zu kümmern? Noch eins. Was ist das für ein sonderbarer Hausherr, der für eine Erzieherin das doppelte des üblichen Gehaltes zahlt und sich kein Pferd hält, obwohl er sechs Meilen vom Bahnhof wohnt? Das ist sonderbar, Watson – höchst sonderbar!«

»Sie wollen also hinuntergehen?«

»Nein, mein Lieber, das können Sie tun. Vielleicht ist es doch nur eine unwichtige Sache, und ich kann meine bedeutungsvolle Untersuchung deswegen jetzt nicht unterbrechen. Montag in der Frühe können Sie in Farnham sein. Sie müssen sich dann in der Nähe der Charlingtoner Heide verbergen, aufpassen, was sich ereignet, und nach eigenem Ermessen vorgehen. Wenn Sie dann noch über die Inhaber von Charlington Erkundigungen eingezogen haben, fahren Sie zurück und erstatten mir Bericht. Und nun eher kein Wort mehr über die Sache, bis wir einen soliden Untergrund gefunden haben, auf dem wir weiter bauen können.«

Wir wussten, dass die Dame Montagmorgen mit dem Zug 9 Uhr 50 von der Waterloo Bridge abfahren würde; ich nahm also den früheren Zug um 9 Uhr 13 Minuten. Von Farnham gelangte ich ohne Schwierigkeiten nach der Charlingtoner Heide. Der Schauplatz des Abenteuers der jungen Dame war gar nicht zu verfehlen. Auf der einen Seite des Weges breitete sich weithin die Heide aus, auf der anderen zog sich ein Wäldchen mit stattlichen Bäumen hin, welches von alten Taxussträuchern umgeben war. In diesen großen Park führte ein Haupteingang aus Stein. Die Steine waren von Moos überzogen, und die Pfeiler zeigten noch verwitterten heraldischen Schmuck. Außer dieser Einfahrt bemerkte ich noch mehrere Lücken in dem Heckenzaun und schmale Pfade, auf denen man den Wald erreichen konnte. Die Gebäude selbst waren von der Straße aus nicht zu sehen, aber die ganze Umgebung zeugte von dem Verfall dieses Besitztums.

Das weite Heideland war mit goldenen Ginsterblüten übersät, die in dem herrlichen Frühlingssonnenschein erglänzten. Hinter einem dieser Büsche stellte ich mich so auf, dass ich den Eingang zum Schloss und ein gutes Stück der Landstraße nach beiden Richtungen übersehen konnte. Sie war anfangs vollkommen menschenleer, aber bald gewahrte ich einen Radfahrer. Er fuhr zu der Seite, von der ich gekommen war. Er hatte einen dunklen Anzug an, und ich konnte auch den schwarzen Bart unterscheiden. Als er auf Charlingtoner Gebiet kam, sprang er von seiner Maschine ab, schob sie durch eine Lücke im Zaun und entschwand meinen Blicken.

Nach einer Viertelstunde tauchte wieder ein Radfahrer auf. Ich merkte bald, dass es unsere junge Dame war, die vom Bahnhof kam. Ich sah, wie sie sich umschaute, als sie den Wald erreichte. Im nächsten Moment stürzte der Mann aus seinem Versteck hervor, schwang sich aufs Rad und fuhr hinter ihr her. Weit und breit waren die beiden die einzigen Lebewesen. Das anmutige Weib saß kerzengerade auf ihrem Zweirad, während der Mann hinter ihr sich tief auf die Lenkstange herunterbeugte und sehr unsicher fuhr. Plötzlich machte sie unvermutet kehrt und fuhr beherzt auf ihn los! Er drehte sein Rad jedoch ebenso rasch herum und raste in eiliger Flucht davon. Sofort wandte sie sich wieder um und kam stolz erhobenen Hauptes wieder die Straße herauf, ohne sich weiter um ihren stillen Trabanten zu kümmern. Auch er fuhr wieder zurück und in angemessener Entfernung hinter ihr her. Als sie um die Krümmung herum waren, verlor ich sie aus dem Gesicht.

Ich blieb noch in meinem Versteck, und das war sehr gut, denn kurz darauf fuhr der Mann wieder langsam zurück. Er bog in das Eingangstor ein und stieg dann ab. Ein paar Minuten konnte ich ihn noch sehen. Er hatte die Hände in der Höhe und schien seine Krawatte in Ordnung zu bringen. Alsdann setzte er sich wieder auf, fuhr auf dem Parkweg weiter zum Schloss zu und entschwand in dem dichten Unterholz meinen Blicken. Ganz hinten in der Ferne konnte ich die altersgrauen Gebäude mit den schwarzgeräucherten Schornsteinen sehen.

Immerhin glaubte ich, ein ganz gutes Tagewerk getan zu haben und wanderte wohlgemut nach Farnham. Ein Agent am Ort vermochte mir über Charlington Hall keine Auskunft zu geben, sondern verwies mich an eine bekannte Adresse in Pall Mall. Dort sprach ich auf dem Heimweg vor und wurde von dem Vertreter der Firma höflich empfangen. Ich könne Charlington Hall für diesen Sommer leider nicht mehr vermietet bekommen. Es sei vor ungefähr einem Monat einem gewissen Mr Williamson überlassen worden, einem ehrwürdigen älteren Herrn. Über die Verhältnisse desselben könne er mir zu seinem Bedauern keine nähere Auskunft geben, weil er über die Privatangelegenheiten seiner Kunden nicht sprechen dürfe.

Holmes hörte den langen Bericht, den ich ihm an jenem Abend abstattete, aufmerksam an. Das erwartete Lob blieb indessen aus. Im Gegenteil, sein strenges Gesicht nahm einen noch strengeren Ausdruck an, als er Punkt für Punkt mit mir durchging, was ich getan hatte und was ich nicht getan hatte.

»Ihr Versteck, mein lieber Watson, war schlecht gewählt, Sie hätten sich hinter den Taxuszaun stellen müssen, dann würden Sie diese interessante Persönlichkeit aus der Nähe gesehen haben! Aber so haben Sie einige hundert Meter entfernt gestanden und können mir nun weniger sagen als Miss Smith. Sie glaubt, es ist ein Unbekannter; ich bin fest überzeugt, dass es ein Bekannter ist. Warum sollte er denn sonst so ängstlich darauf bedacht sein, von ihr ja nicht gesehen zu werden? Sie sagen, er beugte sich auffallend tief auf die Lenkstange herunter. Das hatte doch auch nur den Zweck, sich nicht erkennen zu lassen. Sie haben Ihre Sache wirklich merkwürdig schlecht gemacht. Sie wollen ausfindig machen, wer er ist, und lassen ihn ruhig in seine Wohnung zurückkehren und gehen zu einem Häuseragenten in London!«

»Was sollte ich denn tun?«, rief ich ziemlich erregt.

»Ins erste beste Wirtshaus gehen. Da erfährt man solche Sachen. Da hätten Sie alle Namen vom Herrn bis zum Spülmädchen herunter erfahren. Williamson! Das sagt mir gar nichts. Wenn er ein älterer Mann ist, kann er nicht so gewandt vom Rad auf- und abspringen und diesem kräftigen Mädchen entfliehen. Was haben wir nun durch Ihre Expedition eigentlich gewonnen? Die Überzeugung, dass die Erzählung der Dame auf der Wahrheit beruht. Die hatte ich auch vorher. Dass zwischen dem Radfahrer und dem Schloss eine Verbindung besteht. Daran habe ich ebenso wenig gezweifelt. Dass der Mieter Williamson heißt. Wozu soll uns das nützen? Nun, nun, mein lieber Herr, tun Sie nicht so beleidigt. Bis zum nächsten Sonnabend können wir nicht viel unternehmen, und inzwischen kann ich selbst ein paar Recherchen anstellen.«

Am nächsten Morgen bekamen wir einen Brief von Miss Smith, worin sie kurz und klar angab, was ich gesehen hatte. Die Hauptsache war jedoch die Nachschrift: –

»Ich glaube sicher, dass Sie mein Vertrauen rechtfertigen, Mr Holmes. Ich muss Ihnen mitteilen, dass meine Stellung hier sehr schwierig geworden ist. Mein Herr hat mir nämlich tatsächlich einen Heiratsantrag gemacht. Ich bin überzeugt, dass seine Neigung tief und echt ist. Meine Antwort können Sie sich denken. Er nahm meine Weigerung sehr ernst, aber doch auch sehr artig auf. Sie werden sich vorstellen können, dass unser Verhältnis etwas gespannt ist.«

»Unsere junge Freundin befindet sich in einer nicht beneidenswerten Lage«, fügte Holmes, als er den Brief zu Ende gelesen hatte, an. »Ihr Fall zeigt sich bereits von einer interessanteren Seite und entwickelt sich womöglich noch weiter, als ich ursprünglich annahm. Ich wäre daher nicht abgeneigt, einen gemütlichen Tag auf dem Land zu verleben. Ich will also gleich heute Nachmittag hinunterfahren und sehen, ob die eine oder andere meiner Vermutungen sich bestätigt.«

Holmes' gemütlicher Tag hatte einen merkwürdigen Abschluss. Er kam spät in der Nacht in der Baker Street an und hatte eine geschwollene Lippe und eine blaue Beule auf der Stirn; er war überhaupt so übel zugerichtet, dass sein eigener Zustand eines polizeilichen Eingreifens bedurft hätte. Seine Erlebnisse machten ihm jedoch ungeheuren Spaß, und er lachte herzlich, als er sie erzählte.

»So 'ne kleine körperliche Übung ist für mich immer ein Hochgenuss«, fing er an. »Sie wissen, dass ich eine gewisse Kenntnis des guten alten englischen Sports, des Boxens besitze. Manchmal kommt sie einem zustatten. Zum Beispiel heute. Ohne sie würde ich eine sehr kümmerliche Rolle gespielt haben.«

Ich bat ihn, mir zu erzählen, was vorgefallen sei.

»Ich suchte jene Kneipe auf, die ich Ihrer Beachtung schon empfohlen hatte, und zog dort vorsichtig Erkundigungen ein. Ich saß am Schanktisch, und der Wirt war sehr mitteilsam und gab mir jede gewünschte Auskunft. Williamson ist ein Mann mit weißem Bart und lebt allein mit kleiner Dienerschaft. Es geht das Gerücht, dass er Geistlicher ist oder doch gewesen ist. Aber ein paar Vorfälle während seines kurzen Aufenthalts im Schloss erscheinen mir sehr wenig geistlich. Ich habe schon in einem Büro für Kirchensachen nachgefragt und die Auskunft erhalten, dass ein Mann dieses Namens im Amt gewesen ist, aber eine äußerst dunkle Karriere hinter sich hat. Der Wirt sagte mir ferner, dass am Ende der Woche gewöhnlich Besucher nach dem Schloss kommen – ›eine feine Gesellschaft, Herr‹ – und ein Herr mit rotem Schnurrbart namens Woodley sei stets dort. Wir waren in unserer Unterhaltung gerade so weit gediehen, als dieser Herr selbst eintrat; er hatte nebenan in der Schenkstube gesessen und Bier getrunken und die ganze Unterredung mit angehört. Wer ich wäre, was ich wünschte? Was ich mit diesen Fragen bezweckte? Die Worte quollen nur so aus seinem Mund, und seine Ausdrücke waren ziemlich kräftig. Sie endigten in einer wüsten Schimpferei, und zum Schluss versetzte er mir einen Faustschlag, den ich nicht mehr ganz parieren konnte. Die paar nächsten Minuten waren köstlich. Ich hatte einen regelrechten Kampf gegen einen wüsten Raufbold. Sie sehen, wie ich daraus hervorgegangen bin. Mr Woodley musste in einem Wagen nach Hause gefahren werden. Damit endete meine Landpartie, und ich muss zugeben, dass dieser Tag, so erfreulich er auch sonst für mich war, nicht viel mehr Zweck gehabt hat als der Ihrige.«

Der Donnerstag brachte uns einen zweiten Brief unseres Schützlings.

»Sie werden nicht weiter überrascht sein, Mr Holmes«, schrieb sie, »wenn ich Ihnen mitteile, dass ich die Stelle bei Mr Carruther verlasse. Selbst das hohe Gehalt kann mich für meine Leiden nicht entschädigen. Am Sonnabend komme ich hinauf nach London und werde nicht wieder zurückkehren. Mr Carruther hat sein Gefährt bekommen, und somit sind die Gefahren des einsamen Weges, wenn überhaupt je welche bestanden haben, nun vorüber.

Die besondere Veranlassung zum Aufgeben meines Dienstes ist nicht nur das gespannte Verhältnis mit Mr Carruther, sondern die Wiederankunft jenes verhassten Mannes, des Mr Woodley. Er war immer hässlich, jetzt sieht er aber noch schrecklicher aus als je, er scheint einen Unfall erlitten zu haben, er ist ganz entstellt. Ich sah ihn am Fenster, glücklicherweise bin ich ihm nicht begegnet. Er hat lange mit Mr Carruther verhandelt, der danach einen sehr erregten Eindruck machte. Woodley muss sich in der Nachbarschaft aufhalten, denn er hat nicht hier geschlafen, und trotzdem sah ich ihn heute Morgen bereits im Garten umherschleichen. Er ist mir widerwärtiger als ein wildes Tier. Ich verabscheue und fürchte ihn mehr, als ich es in Worten ausdrücken kann. Wie kann Mr Carruther einen solchen Menschen nur eine Minute dulden? Nun, alle meine Bekümmernis wird am Sonnabend aufhören.«

»Ich will's hoffen, Watson«, sagte Holmes in ernstem Ton. »Das arme Weib wird von Gaunern umlauert, und wir haben die Pflicht, dafür zu sorgen, dass ihr auf ihrer letzten Reise nichts passiert. Wir müssen uns, glaube ich, die Zeit nehmen und Sonnabendmorgen zusammen hinunterfahren, damit diese merkwürdige Angelegenheit am Ende nicht noch schiefgeht.«

Ich muss zugeben, dass ich der Sache bis jetzt kein großes Gewicht beigelegt hatte, sie war mir mehr komisch und töricht als gefährlich vorgekommen. Dass ein Mann auf ein schönes Mädchen wartet und es verfolgt, ist nichts Unerhörtes, und wenn er so wenig Mut hatte, dass er es nicht einmal anzureden wagte, sondern bei seiner Annäherung floh, so war er kein sehr zu fürchtender Angreifer. Der scheußliche Woodley war freilich ein anderer Kerl, immerhin jedoch hatte auch er sie, mit Ausnahme des einen Mals, nicht belästigt und bei seinem zweiten Besuch im Hause Carruthers ihr gar keine Beachtung geschenkt. Der Radfahrer gehörte zweifelsohne zu jener Gesellschaft, von der der Wirt gesprochen hatte, aber über seine Persönlichkeit und seine Beziehungen wussten wir noch so wenig wie vorher. Erst der Ernst in Holmes' Benehmen und die Tatsache, dass er einen Revolver einsteckte, als wir weggingen, rief in mir das Gefühl wach, dass hinter diesen eigentümlichen Vorgängen doch eine Gefahr lauern könnte.

Einer regnerischen Nacht folgte ein heiterer Morgen. Die Heidelandschaft mit dem blühenden Ginster tat unseren Augen, die der grauen schmutzigen Straßen und Häuser Londons müde waren, außerordentlich wohl. Holmes und ich marschierten die breite, sandige Landstraße entlang und schlürften die frische Morgenluft und freuten uns an dem Gesang der Vögel und dem Duft des Frühlings. Von einer Anhöhe aus konnten wir das verfallene Schloss erblicken, das über die alten Eichen hervorragte, die aber trotz ihres hohen Alters noch jünger waren als das Gebäude, welches sie umgaben. Holmes deutete den langen Weg hinunter, der sich wie ein rötlichgelbes Band zwischen der braunen Heide und dem jungen Grün des Waldes dahinschlängelte. Ganz in der Ferne bemerkten wir einen dunklen Fleck, es war ein Fuhrwerk, das sich in der Richtung auf uns zu bewegte. Holmes war sehr unwillig.

»Ich wollte eine halbe Stunde vor ihr ankommen«, rief er aus. »Wenn das ihr Wagen ist, muss sie mit einem früheren Zug fahren wollen. Ich fürchte, Watson, sie wird eher an Charlington vorbeikommen, ehe wir dort sein können.«

Sobald wir den Hügel überschritten hatten, konnten wir das Gefährt nicht mehr sehen. Wir beschleunigten unsere Schritte dermaßen, dass meine sitzende Lebensweise bald dagegen protestierte und mich nötigte zurückzubleiben. Holmes lief jedoch immer voran, er hatte unerschöpfliche Kraftvorräte, von denen er zehren konnte. Seine elastischen Beine machten nicht eher Halt, bis er plötzlich, ungefähr hundert Meter vor mir, stehen blieb und verzweifelt die Hände emporrang. Im selben Augenblick kam ein leerer Wagen um die Krümmung des Weges und rasselte uns entgegen; das Pferd lief einen leichten Galopp, und die Zügel schleiften auf dem Boden.

»Zu spät, Watson; zu spät!«, rief Holmes, als ich keuchend an ihn herankam. »'n Esel war ich, dass ich nicht mit dem früheren Zug rechnete! 's ist Entführung, Watson – Entführung! Mord! Gott weiß was noch! Versperren Sie den Weg! Halten Sie das Pferd auf! So ist's recht. Nun springen Sie rein, wir wollen sehen, ob ich die Folgen meiner eigenen Dummheit noch gutmachen kann.«

Als wir im Wagen saßen, drehte Holmes um, gab dem Pferd einen Schlag mit der Peitsche, und wir sausten zurück. Als wir um die Kurve herum waren, lag die ganze Strecke offen vor uns. Ich ergriff Holmes beim Arm.

»Dort ist der Mann!«, rief ich.

Ein einsamer Radfahrer kam auf uns zu. Der Kopf hing vorn herunter, und der Rücken war so stark gekrümmt, als ob er seine ganze Kraft zum Treten brauchte. Er raste wie ein Rennfahrer. Plötzlich erhob er sein bärtiges Gesicht, erblickte uns in ziemlicher Nähe, sprang vom Rad und blieb stehen. Der pechschwarze Bart stand in eigentümlichem Kontrast zu der Blässe seines Gesichts, und seine Augen leuchteten wie bei einem Fieberkranken. Er starrte bald uns an, bald den Wagen. Dann zeigte sich ein Staunen in seinen Zügen.

»He du! Halt!«, rief er uns zu und wollte uns mit dem Fahrrad den Weg versperren. »Wo haben Sie den Wagen her? Halten Sie still!«, schrie er und zog eine Pistole hervor. »Halten Sie still, oder, bei Gott, ich schieß Ihr Pferd zusammen.«

Holmes warf mir die Zügel in den Schoß und sprang herunter.

»Sie sind der Mann, den wir suchen. Wo ist Miss Violet Smith?«, fragte er ruhig und bestimmt.

»Das frage ich Sie auch. Sie sind in ihrem Wagen. Sie müssten wissen, wo sie ist.«

»Der Wagen begegnete uns unterwegs. Es saß aber niemand drin. Wir fuhren zurück, um der jungen Dame Hilfe zu bringen.«

»Barmherziger Himmel! Barmherziger Himmel! Was soll ich anfangen?«, schrie der Fremde verzweiflungsvoll. »Sie haben sie geraubt, der verdammte Woodley und der elende Pfaffe. Kommen Sie, lieber Mann, kommen Sie mit, wenn Sie wirklich ihr Freund sind. Helfen Sie mir, wir wollen sie retten und wenn mich's das Leben kosten sollte.«

Er lief wie wahnsinnig, die Pistole in der Hand, nach einer Lücke in dem lebenden Zaun. Holmes rannte hinter ihm her und ich hinter Holmes – das Pferd ließ ich am Weg grasen.

»Hier sind sie durchgekommen«, sagte mein Freund, indem er auf verschiedene Fußspuren auf dem feuchten Pfad deutete. »Hallo! Halt! Wer liegt dort im Gebüsch?«

Es war ein junger Bursche von ungefähr siebzehn Jahren in der Kleidung eines Stallknechts mit ledernen Hosen und Gamaschen. Er lag auf dem Rücken mit angezogenen Knien und einer klaffenden Kopfwunde. Er war besinnungslos, gab aber noch Lebenszeichen von sich. Ein Blick auf seine Wunde sagte mir, dass der Knochen nicht getroffen war.

»Das ist Peter, mein Stallknecht«, rief der Fremde. »Er hat sie gefahren. Die Halunken haben ihn vom Wagen heruntergerissen und niedergeschlagen. Lasst ihn liegen, ihm können wir doch nicht mehr helfen, aber vielleicht können wir sie noch vor dem Schlimmsten bewahren, was einem Weib passieren kann.«

Wir rasten den Waldpfad hinunter und hatten das Strauchwerk vor dem Haus erreicht, als Holmes anhielt.

»Sie sind nicht ins Haus gegangen. Hier ist ihre Fährte, links hier – an den Lorbeerbüschen entlang! Ich hab mir's gleich gedacht!«

Während er sprach, drangen aus dem dichten grünen Buschwerk vor uns gellende Angstschreie eines Weibes an unser Ohr – Schreie, aus denen Wut und Schrecken zu hören war. Sie endigten plötzlich auf ihrem Höhepunkt in gurgelnden Lauten, wie wenn jemand gewürgt wird.

»Hierher! Hierher!«, rief uns der Fremde zu. »Sie sind in der Kegelbahn!« Er stürzte durch die Büsche. »Ah, die feigen Hunde! Folgen Sie mir! Zu spät! Zu spät! Bei Gott, zu spät!«

Wir standen plötzlich auf einem hübschen grünen Rasenplatz, der von ehrwürdigen Bäumen eingefasst war. Am anderen Ende desselben, unter einer mächtigen Eiche, erblickten wir eine eigentümliche Gruppe von drei Menschen: ein taumelndes, fast ohnmächtiges Weib mit einem Taschentuch um den Mund gebunden. Ihr gegenüber stand ein brutal aussehender junger Kerl mit rotem Schnurrbart, breitspurig, den einen Arm in die Seite gestemmt, mit dem anderen eine Reitpeitsche schwingend; seine ganze Haltung zeigte Triumphieren. Dazwischen stand ein älterer Herr mit grauem Bart. Er trug einen schwarzen Priesterrock über einem hellen Sommeranzug und hatte offenbar eben die Trauung vollendet, denn als wir auf der Bildfläche erschienen, klappte er gerade sein Gebetbuch zu, klopfte den Bräutigam kräftig auf die Schulter und gratulierte ihm in jovialer Weise.

»Sie sind getraut worden!«, rief ich.

»Kommen Sie!«, schrie unser Führer. »Kommen Sie!« Er stürzte über den Rasen, Holmes und ich hinter ihm her. Als wir näherkamen, wankte die Dame an den Baumstamm, um sich daran festzuhalten. Der Ex-Priester Williamson machte eine höhnische Verbeugung, und der Renommist Woodley schritt uns frohlockend entgegen.

»Du kannst deinen Bart abnehmen, Bob«, sagte er zu unserem Verbündeten. »Ich kenne dich zur Genüge. Nun, du und deine Genossen, ihr kommt gerade recht; darf ich euch Mrs Woodley vorstellen?«

Die Antwort unseres Führers war sehr merkwürdig. Er riss den schwarzen Bart, womit er sich unkenntlich gemacht hatte, herunter und warf ihn zur Erde. Darunter kam ein langes, bleiches, glattrasiertes Gesicht zum Vorschein. Dann zog er seinen Revolver hervor und hielt ihn auf den jugendlichen Schurken, der auf ihn zukam und drohend die Reitpeitsche schwang.

»Jawohl«, sagte er, »ich bin Bob Carruther und werde diesem Weib Recht verschaffen, und wenn ich dafür an den Galgen kommen sollte. Ich hab dir gesagt, was ich tun würde, wenn du Gewalt anwendetest, und, bei Gott, ich halte mein Wort!«

»Du kommst zu spät. Sie ist meine Frau!«

»Nein, deine Witwe.«

Ein Schuss krachte, und durch Woodleys Weste spritzte das Blut hervor. Er drehte sich im Kreis herum und fiel mit einem lauten Aufschrei zur Erde; sein ekelhaftes rotes Gesicht wurde schrecklich blass. Der Alte im Talar brach in eine Flut von Schimpfreden und Flüchen aus, wie ich sie noch nie gehört hatte. Er zog ebenfalls einen Revolver, aber bevor er ihn in Schusshöhe brachte, sah er Holmes Waffe auf sich gerichtet.

»Genug«, sagte mein Freund, ganz kaltblütig. »Legen Sie das Ding fort! Heben Sie's auf, Watson! Setzen Sie es ihm auf die

Stirn! Danke Ihnen. Sie, Carruther, geben Sie Ihren Revolver auch her. Wir wollen keine Gewalttätigkeiten weiter. Kommen Sie, geben Sie ihn mir!«

»Wer sind Sie denn?«

»Mein Name ist Sherlock Holmes.«

»Heiliger Himmel!«

»Sie haben schon von mir gehört, wie ich merke. Ich will die offizielle Polizei vertreten, bis sie selbst hier ist. Hier, Sie!«, rief er einem Knecht zu, der erschreckt auf den Platz geeilt war. »Kommen Sie her, und reiten Sie so schnell wie möglich mit diesem Zettel nach Farnham.« Er kritzelte rasch einige Worte auf ein Blatt aus seinem Notizbuch. »Dieses Papier geben Sie dem Polizeiinspektor. Bis zu seinem Eintreffen bleiben Sie alle unter meiner Bewachung.«

Mit seinem entschlossenen und energischen Auftreten beherrschte Holmes die ganze Szene, und die Menschen waren alle Puppen in seiner Hand. Williamson und Carruther mussten den verwundeten Woodley ins Haus schaffen, und ich reichte dem erschreckten Weib den Arm. Der Verletzte wurde auf sein Bett gelegt, und ich untersuchte ihn auf Holmes' Bitte. Als ich ihm darüber berichten wollte, fand ich ihn in dem alten Speisezimmer, seine beiden Gefangenen saßen vor ihm.

»Er wird durchkommen«, sagte ich.

»Was!«, schrie Carruther und sprang vom Stuhl auf. »Dann will ich erst hinauf und ihm den Rest geben. Soll dieses Mädchen, dieser Engel, sein Lebtag an diesen rohen Woodley gekettet sein?«

»Darüber brauchen Sie sich nicht aufzuregen«, sagte Holmes. »Aus zwei gewichtigen Gründen ist diese Ehe unter allen Umständen ungültig. Erstens dürfen wir wohl die gesetzliche Berechtigung des Mr Williamson anzweifeln.«

»Ich bin ordiniert«, schrie der alte Schurke.

»Aber auch wieder abgesetzt.«

»Einmal Priester, immer Priester.«

»Ich glaube kaum. Wie steht's mit der Lizenz?«

»Die hatten wir. Ich habe sie hier in der Tasche.«

»Dann haben Sie sie durch List bekommen. Aber auf jeden Fall, eine erzwungene Heirat ist keine Heirat; übrigens ist es ein sehr schweres Verbrechen, wie Sie einsehen werden. Wenn ich nicht irre, werden Sie ungefähr zehn Jahre Zeit haben, über die Sache nachzudenken. Was Sie anbelangt, Carruther, so hätten Sie Ihren Revolver besser in der Tasche gelassen.«

»Das wird mir allmählich auch klar, Mr Holmes, als ich mir aber überlegte, was ich all für Vorsichtsmaßregeln angewandt hatte, um dieses Mädchen zu beschirmen – ich liebte sie, Mr Holmes, und habe erst dieses einzige Mal erfahren, was Liebe ist –, brachte mich der Gedanke, sie in der Gewalt dieses Mannes zu wissen, ganz von Sinnen, denn er ist der roheste und großsprecherischste Patron in ganz Südafrika, ein Mensch, dessen Name von Kimberley bis nach Johannesburg einen schrecklichen Klang hat. Ja, Mr Holmes, Sie werden es kaum glauben, aber vom ersten Augenblick an, wo diese Dame in meinen Diensten stand, habe ich sie nicht ein einziges Mal dieses Haus, wo diese Schurken auf der Lauer lagen, passieren lassen, ohne ihr auf meinem Rad zu folgen und zu sehen, dass ihr kein Leid geschehe. Ich hielt mich stets in einiger Entfernung und trug einen Bart, damit sie mich nicht erkennen sollte, denn sie ist ein gutes und wohlanständiges Mädchen, das nicht bei mir in Stellung geblieben sein würde, wenn sie gewusst hätte, dass ich ihr auf der Landstraße nachfuhr.«

»Warum sagten Sie ihr nichts von der Gefahr?«

»Weil sie mich dann verlassen haben würde und ich das nicht ertragen zu können glaubte. Wenn sie mich auch nicht lieben konnte, so gereichte es mir doch zur Beruhigung, ihre liebliche Gestalt zu sehen und ihre wohlklingende Stimme zu hören.«

»Sie nennen das Liebe, Mr Carruther«, sagte ich, »ich möchte es Selbstsucht nennen.«

»Mag sein, die beiden Begriffe gehen ineinander über. Wie dem auch sei, ich konnte sie nicht fortlassen. Außerdem war es bei einer solchen Nachbarschaft gut für sie, dass sie einen

Menschen hatte, der sich um sie kümmerte. Als dann das Telegramm kam, wusste ich, dass sie nun energisch vorgehen würden.«

»Was für ein Telegramm?«

Carruther zog eine Depesche aus der Tasche.

»Dieses hier«, sagte er.

Es lautete kurz und bündig: ›Der Alte ist tot.‹

»Hm! Jetzt sehe ich«, sagte Holmes, »wie die Gurken hängen, und verstehe, warum sie diese Botschaft zu raschem Handeln anspornte. Aber während wir warten, erzählen Sie mir, was Sie noch wissen.«

Der alte Kujon im Priesterrock fing wieder furchtbar zu schimpfen an.

»Bei Gott!«, rief er. »Wenn du uns verrätst, Carruther, werde ich dir dasselbe tun, was du Woodley getan hast. Über das Weib kannst du winseln, soviel du willst, das ist deine Sache, wenn du aber gegenüber deinen Helfershelfern hier zu offen wirst, dann kann dir's sehr übel bekommen.«

»Ehrwürden brauchen sich nicht so aufzuregen«, sagte Holmes und zündete sich eine Zigarette an. »Der Fall liegt ganz klar, und ich frage Sie nur aus privater Neugier nach einigen Einzelheiten. Sollte es Ihnen aber unangenehm sein, mir zu antworten, so will ich Ihnen die Sache aufdecken, und Sie können dann sehen, was Sie von Ihren Geheimnissen noch übrig behalten. Erstens, Sie drei – Sie, Carruther und Woodley – sind zusammen aus Afrika gekommen.«

»Das ist die erste Lüge«, rief der Alte; »ich habe bis vor zwei Monaten keinen von diesen beiden gekannt und bin nie im Leben in Afrika gewesen. Die Einleitung ist also schon falsch, Sie überschlauer Herr!«

»Er sagt die Wahrheit«, bemerkte Carruther.

»Also gut, zwei von Ihnen sind herübergekommen. Seine Ehrwürden ist auf heimatlichem Boden gewachsen. Sie zwei kannten Ralph Smith. Sie wussten, dass er nicht mehr lange leben würde. Sie kundschafteten aus, dass seine Nichte die Erbin seines Vermögens war. Ist's so – he?«

Carruther nickte und Williamson fluchte.

»Sie war zweifellos die nächste Anverwandte, und Sie wussten, dass er kein Testament machen würde.«

»Er konnte ja weder lesen noch schreiben«, warf Carruther dazwischen.

»Sie reisten also beide herüber und spürten das Mädchen auf. Sie kamen dahin überein, dass sie einer heiraten und der andere einen Anteil von der Beute bekommen sollte. Auf irgendeine Weise wurde Woodley zu ihrem Gatten bestimmt. Wie geschah das?«

»Wir spielten auf der Reise Karten um sie, und er gewann.«

»Ich verstehe. Sie nahmen die junge Dame in Ihre Dienste, und Woodley sollte ihr da den Hof machen. Sie erkannte, dass er ein gemeiner Trunkenbold war und wollte nichts mit ihm zu tun haben. Mittlerweile verliebten Sie sich selbst in das Mädchen, und ihre Abmachung wurde dadurch über den Haufen geworfen. Sie konnten den Gedanken, dass sie dieser rohe Kerl zur Frau bekommen sollte, nicht länger ertragen.«

»Nein, bei Gott, das konnte ich nicht mehr!«

»Sie gerieten in Streit. Er ging wütend aus Ihrem Haus und beschloss, auf eigene Faust vorzugehen.«

»Es ist verblüffend, Williamson«, rief Carruther bitter lachend aus, »wir brauchen dem Herrn nicht mehr viel zu erzählen. Jawohl, wir zankten uns, und er schlug mich nieder. Das beruht jedoch auf Gegenseitigkeit. Darauf verlor ich ihn aus den Augen. Damals hat er dann diesen ausgestoßenen Pater hier aufgegabelt. Ich erfuhr, dass sie hier an der Straße, wo das Mädchen nach der Station vorbeimusste, gemeinschaftlich ein Haus bewohnten. Ich bewachte sie daher, denn ich wusste, wo der Wind herkam. Von Zeit zu Zeit besuchte ich sie, denn ich wollte gerne wissen, was sie zu machen gedachten. Vor zwei Tagen brachte mir Woodley das Telegramm, worin uns der Tod von Ralph Smith mitgeteilt wurde. Er fragte mich, ob ich mich noch an unserem Geschäft beteiligen wollte. Ich sagte nein. Er fragte dann weiter, ob ich das Mädchen heiraten und ihm seinen Anteil geben wollte. Ich antwortete ihm, dass ich das herzlich gern tun würde, dass sie mich aber nicht haben wollte. Er erwiderte darauf: ›Lass uns sie nur erst heiraten, nach Verlauf von ein paar Wochen wird sie die Sache schon mit anderen Augen ansehen.‹ Ich entgegnete ihm, dass ich von Gewalt nichts wissen möchte. Darauf ging er fort, der elende Bube, fluchend und schwörend, dass er sie doch bekommen würde. Sie verließ mein Haus Ende dieser Woche und ich ließ sie mit dem Wagen nach der Bahn bringen. Ich fühlte aber dennoch eine solche innere Unruhe, dass ich auf dem Rad dahinter herfuhr. Sie hatte jedoch einen großen Vorsprung, und ehe ich sie einholen konnte, war das Unglück bereits geschehen. Ich merkte es erst, als ich Sie beide Herren in ihrem Wagen zurückfahren sah.«

Holmes stand von seinem Stuhl auf und warf den Stummel seiner Zigarette in den Kamin. »Ich bin ganz vernagelt gewesen, Watson«, sagte er dann. »Sie berichteten mir damals, dass Sie den Radfahrer gesehen hätten, wie er Ihrer Ansicht nach in dem Gebüsch seine Krawatte in Ordnung gebracht hatte; das allein hätte mir alles sagen müssen. Immerhin können wir uns zu dem merkwürdigen und in mancher Hinsicht einzigartigen Fall gratulieren. Dort kommen drei Gendarmen, und der kleine Kutscher ist zu meiner Freude auch dabei; es ist also zu erwarten, dass er sowohl wie der interessierte Bräutigam von den heutigen Abenteuern keinen dauernden Schaden haben wird. Ich denke, Watson, Sie gehen in Ihrer Eigenschaft als Arzt zu Miss Smith und sagen ihr, dass wir ihr, wenn sie sich soweit erholt hat, gerne das Geleit zu ihrer Mutter geben. Wenn sie sich noch nicht kräftig genug fühlt, wollen wir an den jungen Elektrotechniker bei Midland depeschieren, und Sie werden sehen, dass sie dann bald vollständig gesund sein wird. Was Sie betrifft, Mr Carruther, so glaube ich, dass Sie Ihr Mögliches getan haben, um Ihre Schuld zu sühnen, die Sie durch Teilnahme an diesem bösen Plan auf sich geladen hatten. Hier haben Sie meine Karte, wenn Ihnen mein Zeugnis bei Gericht von Nutzen sein kann, stehe ich Ihnen gern zur Verfügung.«

Im Strudel unseres bewegten Lebens ist es mir oft schwer gefallen – der Leser wird es wahrscheinlich schon bemerkt haben –, meine Erzählungen gut abzurunden und am Schluss die nötigen Mitteilungen nicht zu vergessen, die man erwarten kann. Bei der Fülle unserer Fälle sind jedoch bei jedem einzelnen die handelnden Personen, sobald die Entscheidung vorüber ist, schnell aus meinem Gedächtnis entschwunden. Am Ende meiner Aufzeichnungen über diesen Fall finde ich jedoch folgenden Nachtrag: Miss Smith hat tatsächlich ein großes Vermögen geerbt und ist jetzt die Gattin Cyril Mortons, des älteren Teilhabers von Norton und Kennedy, der bekannten Elektrizitätsgesellschaft in Westminster. Williamson und Woodley sind wegen Körperverletzung und Entführung angeklagt worden, dieser hat zehn, jener sieben Jahre bekommen. Über das Schicksal Carruthers habe ich keine Notiz, aber ich glaube sicher, weil Woodley als gewalttätiger Mensch bekannt war, hat der Gerichtshof sein Vergehen mild beurteilt und einige Monate Gefängnis als ausreichende Sühne angesehen.

Sherlock Holmes als Einbrecher

Obwohl die Vorgänge, von denen ich sprechen will, Jahre zurückliegen, kostet es mich doch eine gewisse Überwindung, sie jetzt dem Publikum zu erzählen. Vorher freilich würde es auch bei der größten Diskretion und Zurückhaltung einfach unmöglich gewesen sein, sie der Öffentlichkeit zu übergeben. Aber jetzt, wo sich die Hauptpersönlichkeit außerhalb der Reichweite des irdischen Gerichtes befindet, darf ich es bei der nötigen Vorsicht wagen, die Geschichte mitzuteilen, ohne dass sich jemand verletzt fühlen wird. Sie behandelt ein ganz eigenartiges Erlebnis meines Freundes Sherlock Holmes und meiner selbst. Der Leser wird wohl entschuldigen, dass ich das Datum, die Namen und alle sonstigen Angaben weglasse beziehungsweise abändere, sodass niemand der wirklichen Begebenheit auf die Spur kommen könnte.

Holmes und ich hatten unseren üblichen Abendspaziergang gemacht und waren um sechs Uhr in die Baker Street zurückgekehrt; es war ein kalter Wintertag, trüb und neblig. Als Holmes Licht machte, sahen wir eine Visitenkarte auf dem Tisch liegen. Mein Freund warf einen flüchtigen Blick darauf und schleuderte sie verächtlich und unwillig auf den Fußboden. Ich hob sie auf und las:

Charles Augustus Milverton
Agent
Appledore Towers.   Hampstead

»Wer ist das?«, fragte ich.

»Der schlechteste Kerl in ganz London«, antwortete Holmes, als er sich an den Kamin setzte und seine Füße am Feuer wärmte. »Steht etwas auf der Rückseite der Karte?«

Ich wandte sie um und las:

»Werde um 6 Uhr 30 vorsprechen – C. A. M.«

»Hm! Dann muss er ja gleich kommen. Kennen Sie das schleichende, zusammenziehende Gefühl, Watson, wenn man im Zoologischen Garten vor dem Schlangenkäfig steht und die glatten, glänzenden, giftigen Geschöpfe mit den stechenden Augen und den bösartigen, breiten Gesichtern völlig lautlos umhergleiten sieht? Das ist ungefähr der Eindruck, den dieser Milverton auf mich macht. Ich habe in meinem Beruf mit etwa fünfzig Mördern zu tun gehabt, aber auch der schlimmste von ihnen war mir nicht so widerwärtig wie dieser eklige Mensch. Und doch muss ich leider geschäftlich mit ihm verhandeln – er kommt tatsächlich auf meine Einladung hierher.«

»Was ist denn der Mensch?«

»Das will ich Ihnen sagen, Watson, er ist der erste aller Erpresser. Gott sei dem oder noch mehr der Ärmsten gnädig, wenn Milverton ihre Geheimnisse in Erfahrung bringt. Mit lächelndem Mund und steinernem Herzen quetscht er sie aus wie eine Zitrone. Der Kerl ist genial in seiner Art und würde sich eine geachtete Stellung im Leben errungen haben, wenn er weniger anrüchige Geschäfte machte. Er geht in folgender Weise vor: Er lässt durchblicken, dass er für Briefe, die für reiche und hochgestellte Persönlichkeiten kompromittierend sind, hohe Summen zu zahlen bereit ist. Er bekommt dieses Material an Schriftstücken nicht nur von verräterischen Dienern und Dienstmädchen, sondern häufig auch von vornehmen Schurken, die in den Salons der feinen Welt verkehren und sich dort die Gunst und Zuneigung vertrauensseliger Weiber erworben haben. Dabei zahlt er nicht knauserig. Mir ist zufällig ein Fall bekannt, wo er einem Diener für bloße zwei Zeilen siebenhundert Pfund Sterling gegeben hat. Jener Fall endigte daraufhin natürlich mit dem Ruin einer hochangesehenen altenglischen Familie. Alles, was in dieser Beziehung vorkommt, gelangt zur Kenntnis von Milverton, und es gibt Hunderte auf dieser Insel, die bei der Nennung seines Namens erblassen. Kein Mensch weiß, was ihm noch für Gefahren von diesem Mann drohen, keine unüberlegte Jugendtorheit ist mehr harmlos und vergessen, wenn Milverton davon weiß, denn er ist so reich und so schlau, dass er nicht von der Hand in den Mund arbeitet. Ich sagte bereits, er sei der schlechteste Kerl in ganz London, und ich möchte Sie fragen, ob er nicht auch nach Ihrer Ansicht wirklich viel schlimmer ist als einer, der in der Leidenschaft seinen Gefährten niederschlägt; er, der planmäßig und zum Vergnügen seine Mitmenschen quält und martert, nur, um seine sowieso schon dicken Geldsäcke noch mehr zu füllen?«

Ich hatte selten meinen Freund so tiefempfunden sprechen hören.

»Aber der Kerl muss doch strafrechtlich irgendwie zu fassen sein«, sagte ich.

»Theoretisch, gewiss; aber praktisch nicht. Was würde es einer Frau zum Beispiel nützen, wenn sie den Vampir ein paar Monate hinter Schloss und Riegel brächte und sich selbst dabei zugrunde richtete? Seine Opfer können nicht gegen ihn vorgehen. Wenn er jemals einen Unschuldigen bedrückte, dann wollten wir ihn wahrhaftig bald kriegen, aber er ist schlau wie der Teufel. Nein, nein, wir müssen auf andere Mittel und Wege sinnen, um ihm das Handwerk zu legen.«

»Und weshalb kommt er her?«

»Weil eine hochstehende Klientin mir ihren bedauerlichen Fall zu regeln übertragen hat. Es ist dies Miss Eva Brackwell, die gefeierte, schöne Debütantin der vergangenen Theatersaison. Sie will sich in ungefähr vierzehn Tagen mit dem Grafen von Dovercourt verheiraten. Dieser elende Milverton hat nun einige ziemlich unbesonnene Briefe von ihr in Händen – unbesonnene, Watson, durchaus keine schlimmen – die sie früher an einen armen Verehrer geschrieben hat. Sie würden aber in den Händen Milvertons genügen, um das Verhältnis zu lösen. Milverton will nun diese Schriftstücke dem Grafen zuschicken, wenn ihm nicht alsbald ein hoher Geldbetrag ausgezahlt wird. Ich habe jetzt den Auftrag, mich mit ihm in Verbindung zu setzen und mit ihm eine möglichst günstige Vereinbarung zu treffen.«

In diesem Augenblick hörte ich vor unserem Haus auf der Straße den Hufschlag von Pferden und das Rasseln eines Wagens. Ich ging ans Fenster und sah einen eleganten Wagen mit zwei dampfenden Rappen unten halten. Ein Diener öffnete den Wagenschlag, und ein kleiner, dicker Mann in einem schweren Pelzmantel trat heraus auf den Fußsteig. In der nächsten Minute stand er uns in unserm Zimmer gegenüber.

Charles Augustus Milverton war ein Mann von etwa fünfzig Jahren. Er hatte einen großen, klugen Kopf, ein rundes, bartloses Gesicht, ein stetes, eisiges Lächeln und zwei kühne, graue Augen, die hinter einer großen goldenen Brille hervorleuchteten. In seiner ganzen Erscheinung lag ein gewisses Wohlwollen, das nur durch das erzwungene Lächeln und das Funkeln der unruhigen, durchbohrenden Augen beeinträchtigt wurde. Seine Stimme war ebenso sanft und süß wie sein Gesicht, als er uns seine kleine fleischige Hand reichte und seinem Bedauern darüber Ausdruck gab, dass er uns bei seinem ersten Besuch nicht getroffen habe. Holmes tat, als ob er die ausgestreckte Hand nicht sähe, und blickte ihm mit eisiger Kälte ins Gesicht. Milvertons Lächeln wurde noch breiter; er zuckte mit der Schulter, zog seinen Pelzmantel aus, legte ihn, sorgfältig zusammengeschlagen, auf eine Stuhllehne und nahm dann Platz.

»Wer ist dieser Herr hier?«, sagte er auf mich zeigend. »Ist er diskret? Ist er zuverlässig?«

»Doktor Watson, mein Freund und Teilhaber.«

»Schon gut, Mr Holmes. Ich fragte ja nur im Interesse unserer Klientin. Die Angelegenheit ist sehr delikat …«

»Doktor Watson kennt sie bereits.«

»Ah so! Nun, dann können wir gleich miteinander verhandeln. Wie Sie sagen, sind Sie der Vertreter von Miss Eva. Haben Sie von ihr die Ermächtigung, meine Bedingungen anzunehmen?«

»Welches sind Ihre Bedingungen?«

»Siebentausend Pfund.«

»Und sonst?«

»Mein verehrter Herr, es ist mir peinlich, mich darüber auszulassen; wenn aber das Geld bis zum vierzehnten nicht ausgezahlt ist, wird am achtzehnten die Hochzeit nicht stattfinden.«

Sein unleidliches Lächeln war noch höflicher als gewöhnlich. Holmes überlegte einen Moment. Dann sagte er schließlich: »Sie scheinen mir dieses Geschäft doch als etwas zu sicher zu betrachten. Ich bin selbstverständlich über den Inhalt der fraglichen Briefe genau unterrichtet, und meine Klientin wird gewiss tun, was ich ihr rate. Ich werde ihr den Vorschlag machen, die ganze Sache ihrem zukünftigen Gatten vorzustellen und seiner Großmut zu vertrauen.«

Milverton fing laut zu lachen an.

»Sie kennen den Grafen offenbar nicht«, sagte er.

An meines Freundes fast unmerklich enttäuschtem Gesicht konnte ich sehen, dass er ihn wohl kannte.

»Was steht denn überhaupt Schlimmes in diesen Briefen drin?«, fragte er.

»Sie sind launig, diese Briefe – sehr launig«, versetzte Milverton. »Die Dame war eine reizende Korrespondentin. Aber ich kann Ihnen versichern, dass der Graf sehr wenig Verständnis dafür zeigen würde. Doch, wenn Sie anderer Meinung sind, haben wir ja nichts mehr miteinander zu tun. Es ist eine rein geschäftliche Angelegenheit. Wenn Sie wirklich glauben, dass es Ihrer Schutzbefohlenen weiter nichts schadet, wenn die Briefe dem Grafen ausgehändigt werden, so würde es natürlich töricht sein, so viel Geld für ihre Rückgabe zu zahlen.«

Er stand auf und nahm seinen Mantel. Holmes war grau und grün vor Ärger und Entrüstung.

»Warten Sie noch ein bisschen«, sagte er, »Sie haben es wohl nicht so eilig. Wir würden sicher gerne alles Mögliche tun, um jeden Skandal in einer so persönlichen Sache zu vermeiden.«

Milverton setzte sich wieder in seinen Stuhl.

»Ich nahm bestimmt an, dass Sie es von dieser Seite betrachten würden«, sagte er gedehnt.

»Immerhin müssen Sie aber bedenken, dass Miss Brackwell über keine großen Mittel verfügt«, fuhr Holmes fort.

»Ich gebe Ihnen die Versicherung, dass ihr zweitausend Pfund zu zahlen schon schwer fallen würde und dass die Summe, die Sie fordern, ihre Kräfte bei Weitem übersteigt. Ich bitte Sie also, Ihre Forderung zu mäßigen und die Briefe für den Betrag, den ich genannt habe, zurückzugeben. Es ist, wie ich Ihnen nochmals versichere, das Höchste, was Sie bekommen können.«

Milvertons Mund verzog sich zu einem breiteren Lächeln, und er zwinkerte vergnügt mit den Augen.

»Ich weiß wohl, dass das, was Sie über die Vermögensverhältnisse der Dame sagen, auf Wahrheit beruht«, antwortete er. »Sie müssen aber auch zugeben, dass sich bei einer solchen Gelegenheit, wie es die Verheiratung einer Dame ist, auch ihre Freunde und Verwandten etwas zu ihren Gunsten anstrengen dürfen. Sie können's ihr als passendes Hochzeitsgeschenk verehren. Ich bin fest überzeugt, dass ihr dieses kleine Bündelchen Briefe mehr Freude bereiten würde als sämtliche Armleuchter und Butterdosen in ganz London.«

»Es geht nicht«, sagte Holmes.

»Je nun«, rief Milverton und nahm eine umfangreiche Brieftasche heraus. »Das ist natürlich schlimm, wenn es nicht geht. Ich finde nur, dass Damen in solchen Fällen sehr verkehrt beraten sind, wenn sie nicht alles aufbieten. Sehen Sie hier!« – ein kleines Briefchen emporhaltend, mit einem Wappen auf dem Umschlag. »Das ist von – nun, vielleicht ist's nicht schön, den Namen vor morgen früh zu verraten. Aber um diese Zeit wird der kleine Brief in den Händen des Gemahls der Dame sein. Und warum? Nur weil sie den armseligen Betrag nicht aufbringen können will, den sie innerhalb einer Stunde für ihre Diamanten haben könnte. Es ist ein Jammer, so etwas. Ferner: Erinnern Sie sich noch der plötzlichen Aufhebung der Verlobung zwischen Miss Miles und dem Obersten Dorkung? Nur zwei Tage vor der Hochzeit stand in der ›Morning Post‹ die Anzeige, dass alles aus sei. Und warum? Es klingt fast unglaublich; aber die lächerliche Summe von zwölfhundert Pfund würde die ganze Geschichte in Ordnung gebracht haben. Ist das nicht traurig? Und jetzt wollen nun Sie, ein vernünftiger Mann, über die Höhe des Preises feilschen, wo doch die Zukunft und die Ehre Ihrer Klientin auf dem Spiel stehen? Das wundert mich von Ihnen, Mr Holmes.«

»Ich sage die Wahrheit«, antwortete Holmes. »Das Geld kann nicht beschafft werden. Und es ist für Sie entschieden besser, die angebotene Summe zu nehmen als diesem Weib die ganze Zukunft zu verderben, wovon Sie rein gar nichts haben.«

»Da irren Sie sich, Mr Holmes. Eine solche Bloßstellung würde mir indirekt sehr viel nützen. Unendlich viel! Ich habe acht oder zehn ähnliche Fälle in Händen. Wenn die Beteiligten erführen, dass ich an Miss Brackwell ein Beispiel statuiert hätte, würden sie alle eher geneigt sein, Vernunft anzunehmen. Verstehen Sie meinen Standpunkt?«

Holmes sprang vom Stuhl auf.

»Hinter ihn, Watson! Lassen Sie ihn nicht zur Tür raus! Nun, Herr, jetzt wollen wir den Inhalt dieser Brieftasche sehen.«

Milverton war geschwind wie eine Maus von seinem Platz fortgehuscht und stand mit dem Rücken an der Wand.

»Mr Holmes, Mr Holmes«, sagte er, indem er seinen Rock aufmachte und den Lauf eines großen Revolvers sehen ließ, der aus der inneren Tasche herausguckte. »Ich hatte erwartet, dass Sie etwas Besonderes versuchen würden. Aber das ist schon so häufig geschehen, und was hat's bisher genützt? Ich bin bis an die Zähne bewaffnet und auch vollkommen entschlossen, meine Waffen zu gebrauchen, weil ich weiß, dass ich's gesetzlich darf. Übrigens ist Ihre Vermutung, dass ich die Briefe in meinem Notizbuch hierher bringen würde, sehr irrig. So töricht bin ich nicht. Und nun, meine Herren, ich habe heute Abend noch ein paar Zusammenkünfte, und es ist eine lange Fahrt bis Hampstead.«

Er trat wieder vor, nahm seinen Mantel, legte die Hand an den Revolver und wandte sich der Tür zu. Ich erfasste einen Stuhl, aber Holmes schüttelte abwehrend den Kopf, sodass ich ihn enttäuscht wieder hinsetzte. Mit einer eleganten Verbeugung, lächelnd und mit den Augen blinzelnd, verließ Milverton unser Zimmer, und eine Minute danach hörten wir die Wagentür zuschlagen und ihn davonfahren.

Holmes saß regungslos am Kamin; die Hände tief in den Hosentaschen vergraben, das Kinn auf die Brust gesunken, blickte er in die Glut. Eine halbe Stunde lang saß er so, still und stumm. Dann stand er schnell auf, wie jemand, der einen plötzlichen Entschluss gefasst hat, und ging in sein Schlafzimmer. Kurz darauf kam ein großtuerischer, junger Arbeiter heraus mit Kinnbart und Spazierstock und zündete sich seine alte Tonpfeife über der Gaslampe an, bevor er auf die Straße hinunterging.

»Ich werde einige Zeit wegbleiben, Watson«, sagte er und verschwand.

Ich merkte, dass mein Freund seinen Feldzug gegen Charles Augustus Milverton eröffnet hatte, war aber selber ohne die geringste Ahnung, wie sich dieser Feldzug gestalten sollte.

Einige Tage ging Holmes zu jeder Stunde in diesem Aufzug ein und aus, aber außer einer gelegentlichen Bemerkung, dass er den größten Teil seiner Zeit in Hampstead verbringe und zwar nicht vergeblich, äußerte er kein Wort. Endlich an einem stürmischen Abend, als der Wind heulend durch den Kamin fuhr und an den Fenstern rüttelte, kehrte er von seinem letzten Ausflug zurück und setzte sich, nachdem er seine Arbeiterverkleidung abgelegt hatte, vor das Feuer und fing in seiner stillen, in sich gekehrten Weise herzlich an zu lachen.

»Ich sehe wohl nicht aus wie ein Ehemann, Watson?«

»Nein, wahrhaftig nicht!«

»Es wird Sie interessieren zu hören, dass ich verlobt bin.«

»Lieber Junge! Ich gratu…«

»Mit Milvertons Zimmermädchen.«

»Holmes!«

»Ich musste Auskunft haben.«

»Sie sind entschieden zu weit gegangen!«

»Ich musste unbedingt diesen Schritt tun. Ich bin ein Klempner mit einem in die Höhe gehenden Geschäft und heiße Escott. Ich bin alle Abende mit ihr spazieren gegangen und habe mit ihr geplaudert. Lieber Himmel, diese Unterhaltung! Doch ich habe alles erfahren, was ich wollte. Ich kenne Milvertons Haus wie mein Taschenmesser.«

»Aber das Mädchen, Holmes!«

Er zuckte die Achseln.

»Es blieb nichts anderes übrig, Watson. Man muss alles riskieren, wenn so viel auf dem Spiel steht wie in diesem Fall. Doch ich bin froh, dass ich einen eifersüchtigen Nebenbuhler habe, der sicher meine Stelle einnehmen wird, sobald ich ihr den Rücken kehre. – Was für eine prächtige Nacht wir haben!«

»Haben Sie denn solches Wetter gern?«

»Jawohl, denn es passt für meine Zwecke. Heute Nacht beabsichtige ich, bei dem Gauner einzubrechen, Watson.«

Ich rang nach Atem und wurde eiskalt bei diesen Worten, die mein Freund langsam und im Ton fester Entschlossenheit gesprochen hatte. Wie ein Blitzstrahl in tiefdunkler Nacht für einen Augenblick alle Einzelheiten einer weiten Landschaft zeigt, so sah ich bereits alle Folgen einer solchen Handlung vor mir – die Entdeckung, die Gefangennahme, das schmachvolle Ende einer ehrenvollen Laufbahn und meinen Freund selbst von der Gnade dieses verhassten Milverton abhängig.

»Um Himmels willen, Holmes, bedenken Sie, was Sie tun!«, rief ich.

»Mein lieber Watson, ich habe mir die Sache nach allen Seiten hin wohl überlegt. Solange Sie mich jetzt kennen, hatten Sie Gelegenheit zu beobachten, dass ich nie überstürzt handle. Ich würde auch jetzt keinen so gefährlichen Weg wählen, wenn mir ein anderer übrig bliebe. Wir wollen uns die Sache noch mal in aller Ruhe klarmachen. Ich nehme natürlich an, dass Sie meine Handlungsweise moralisch gerechtfertigt finden, wenn sie auch geeignet ist, mich mit dem Strafgesetz in Konflikt zu bringen. Der Einbruch in seine Wohnung hat keinen anderen Zweck, als ihm mit Gewalt seine Brieftasche abzunehmen, eine Handlung, bei der Sie mir noch vor Kurzem zu helfen bereit waren.«

Ich überlegte sorgfältig.

»Jawohl«, antwortete ich, »es ist zweifellos moralisch zu rechtfertigen, solange wir weiter keinen Zweck verfolgen, als Dinge zu entwenden, die Milverton in gesetzwidriger Weise zu verwerten sucht.«

»Sehr richtig. Da es moralisch einwandfrei ist, habe ich nur noch das persönliche Risiko zu erwägen. Sicherlich würde ein Gentleman kein großes Gewicht darauf legen, wenn eine Dame sich in äußerster Not befindet und seiner Hilfe bedarf?«

»Sie befinden sich tatsächlich in einer solch verzwickten Lage, Holmes.«

»Gut, dann darf ich die Gefahr nicht scheuen. Es gibt keine andere Möglichkeit, die gefährlichen Briefe zu bekommen. Die unglückliche Dame hat das Geld nicht und auch keine Bekannten, denen sie sich anvertrauen könnte. Morgen verstreicht ihre Galgenfrist, und wenn wir nicht in dieser Nacht die Briefe in unseren Besitz bringen können, wird dieser Schurke ohne Frage Miss Brackwell ins Unglück stürzen. Ich muss also meine Klientin ihrem Schicksal überlassen oder diesen letzten Streich wagen. Unter uns gesagt, Watson, ist es auch noch ein Entscheidungskampf zwischen diesem elenden Milverton und mir. Er hat, wie Sie gesehen haben, den Anfang gemacht, und meine Achtung vor mir selbst und mein Ruf verlangen nun, dass ich den Kampf zu Ende kämpfe.«

»Nun, ich finde es nicht gerade schön, aber ich gebe zu, dass es sein muss«, erwiderte ich. »Wann brechen wir auf?«

»Sie sollen nicht mit.«

»Dann gehen Sie auch nicht«, versetzte ich bestimmt. »Ich gebe Ihnen mein Ehrenwort – ich habe es noch nie gebrochen –, dass ich einen Wagen nehme und direkt die Polizei in Kenntnis setze, wenn Sie mich heute Nacht nicht mitkommen lassen.«

»Sie können mir nicht helfen.«

»Wie wollen Sie das wissen? Sie können nicht voraussehen, wie es geht. Jedenfalls mein Entschluss steht fest. Andere Menschen haben auch ihre Selbstachtung und sogar mehr.«

Holmes blickte anfangs ärgerlich und missmutig drein, aber sein Gesicht klärte sich bald wieder auf, und er klopfte mir auf die Schulter.

»Gut, gut, mein Lieber, Sie haben Recht. Wir haben jahrelang dasselbe Zimmer geteilt, und es würde spaßig sein, wenn wir am Ende auch in derselben Zelle zusammensäßen. Wissen Sie, Watson, ich geniere mich Ihnen gegenüber nicht, zu gestehen, dass ich stets den Gedanken hatte, dass aus mir ein recht rühriger Verbrecher hätte werden können. Diese Aussicht habe ich immer noch. Sehen Sie her!«

Holmes ging an eine Schublade und entnahm ihr ein niedliches kleines Ledertäschchen. Als er es aufmachte, kamen eine Anzahl glänzender Instrumente zum Vorschein.

»Das ist eine Auswahl erstklassigen, zeitgemäßen Diebeswerkzeugs: eine Reihe vernickelter Dietriche, ein Diamantglasschneider, Normalschlüssel, Stahlschrauben und alle sonstigen Instrumente, die der Fortschritt der Zivilisation erforderlich macht. Hier habe ich auch eine Blendlaterne. Es ist alles instand. Haben Sie ein Paar Schuhe, die nicht knarren?«

»Ich habe ein Paar Tennisschuhe mit Gummisohlen.«

»Ausgezeichnet. Und eine Maske?«

»Ich kann uns welche aus schwarzer Seide machen.«

»Sie scheinen eine gute Naturanlage zu solchen Sachen zu haben. Sehr gut, machen Sie die Masken. Wir werden noch etwas Kaltes essen, ehe wir aufbrechen. Es ist jetzt halb zehn. Um elf Uhr müssen wir in Church Row sein. Von dort ist es noch eine Viertelstunde zu Fuß nach Appledore Towers. Wir werden vor Mitternacht anfangen. Milverton hat einen guten Schlaf und geht jeden Abend pünktlich um halb elf zu Bett. Wenn wir Glück haben, können wir um zwei Uhr wieder hier sein und die Briefe von Miss Brackwell in der Tasche haben.«

Holmes und ich zogen unsere Gesellschaftsanzüge an, sodass wir aussahen wie ein paar Theaterbesucher, die heimgehen. In der Oxford Street nahmen wir eine Droschke und fuhren nach einer Adresse in Hampstead. Hier bezahlten wir den Wagen und wanderten mit unseren zugeknöpften Gehröcken über die Heide. Es war bitter kalt, und der schneidende Ostwind ging uns durch und durch.

»Es ist ein Geschäft, das die größte Vorsicht verlangt«, sagte Holmes. »Diese Briefschaften befinden sich in einem eisernen Schrank in dem Arbeitszimmer von Milverton, und dieses Arbeitszimmer liegt direkt vor seinem Schlafzimmer. Glücklicherweise ist er, wie alle diese kleinen starken Leute, die gut leben, ein sehr fester Schläfer. Agathe – so heißt meine Braut – hat mir gesagt, dass die Dienerschaft scherzhaft behauptet, der Herr sei überhaupt nicht wach zu kriegen. Er hat einen sehr diensteifrigen Sekretär, der den ganzen Tag das Zimmer nicht verlässt. Darum müssen wir nachts gehen. Außerdem hat er einen bissigen Hund, der frei im Garten umherläuft. Ich besuchte Agathe die beiden letzten Abende ziemlich spät, sie sperrt daher das Vieh ein, damit ich ungehindert passieren kann. Das ist das Haus, das große dort. Durchs Tor – nun rechts zwischen den Büschen durch. Ich glaube, wir setzen jetzt besser unsere Masken auf. Sie sehen, an keinem Fenster ist mehr Licht, es geht wie gewünscht.«

Mit unseren schwarzen seidenen Binden, wodurch wir wie ein paar der schrecklichsten Londoner Verbrecher aussahen, schlichen wir uns an das ruhige, dunkle Haus heran. Auf der einen Seite zog sich eine Art Veranda hin, an der sich mehrere Fenster und zwei Türen befanden.

»Das ist sein Schlafzimmer«, flüsterte Holmes. »Diese Tür geht direkt ins Arbeitszimmer. Die würden wir am besten benutzen, aber sie ist nicht nur verschlossen, sondern auch verriegelt, und wir müssten zu viel Geräusch machen, um sie aufzubrechen. Kommen Sie hier 'rum. Da ist ein Gewächshaus, durch das man ins Empfangszimmer gelangt.«

Es war verschlossen. Aber Holmes schnitt ein Stück der Scheibe an der Tür heraus und drehte von innen den Schlüssel herum. Es dauerte kaum einen Augenblick, und wir waren im Sinn des Gesetzes zu Verbrechern geworden. Der süße betäubende Duft der exotischen Pflanzen und die dicke warme Treibhausluft nahmen uns den Atem. Er fasste mich im Dunkel bei der Hand und führte mich schnell an Reihen von

Blattgewächsen vorbei, die uns über's Gesicht strichen. Holmes besaß in hohem Maß die Fähigkeit, im Dunkeln zu sehen, und hatte sie auch besonders sorgfältig gepflegt. Während er mich noch immer an der Hand hielt, öffnete er eine Tür, und ich hatte das unbestimmte Gefühl, als ob wir uns in einem großen Raum befänden, in dem vor nicht langer Zeit eine Zigarre geraucht worden sei. Er tastete sich an den Möbeln vorbei, öffnete eine zweite Tür und schloss sie hinter uns zu. Als ich die Hand ausstreckte, fühlte ich mehrere Röcke an der Wand; ich merkte, dass wir in einem Gang waren. Wir gingen darin lautlos weiter, und Holmes öffnete eine Tür rechts. Es huschte etwas auf uns zu, mir fiel das Herz schon in die Kniekehle, aber ich musste gleich wieder innerlich lachen, als ich gewahr wurde, dass es die Katze war. In diesem Zimmer brannte noch Feuer im Kamin, und ich roch wieder Tabaksrauch. Holmes ging auf den Zehen hinein, wartete, bis ich auch drin war und schloss dann die Tür wieder leise zu. Wir waren in Milvertons Arbeitszimmer. Durch die Portiere an der gegenüberliegenden Wand ging's in sein Schlafzimmer.

Holmes legte ein wenig Holz in das Feuer, das bald hell aufbrannte, sodass wir gut dabei sehen konnten. In der Nähe der Tür erblickte ich den Drücker für das elektrische Licht, aber es wäre überflüssig gewesen, es anzudrehen, selbst wenn dies sicher gewesen wäre. An der einen Seite vom Kamin hing ein schwerer Vorhang vor dem gewölbten Fenster, das uns daher von außen her dunkel erschienen war. An der anderen Seite befand sich die Tür, die zur Veranda führte. In der Mitte stand ein moderner Schreibpult mit einem rotgepolsterten Drehsessel. Gegenüber befand sich ein Bücherschrank und oben darauf eine Marmorbüste der Athene. In der Ecke sahen wir die blitzenden Schlösser eines großen, grünlackierten Geldschranks. Holmes schlich sich hin und nahm ihn in Augenschein. Dann kroch er an die Schlafzimmertür und horchte. Es war kein Laut zu hören. Währenddessen war mir eingefallen, dass es für alle Fälle klug sein würde, uns den Rückzug durch die äußere Tür zu sichern. Ich untersuchte sie also. Zu meiner Überraschung war sie weder zugeschlossen, noch zugeriegelt! Ich zupfte Holmes am Ärmel; er schaute nach der Tür und stutzte. Offenbar war er ebenso erstaunt wie ich auch.

»Das gefällt mir gar nicht«, flüsterte er mir ins Ohr. »Das versteh ich nicht recht. Doch wir haben keine Zeit zu verlieren.«

»Kann ich was helfen?«

»Ja, stellen Sie sich an die Tür. Wenn Sie jemanden kommen hören, riegeln Sie von innen zu, wir können dann auf dem nämlichen Weg verschwinden, auf dem wir gekommen sind. Falls sie von der anderen Seite kommen, können wir durch diese Tür entwischen, wenn wir unseren Zweck erreicht haben, oder wenn nicht, uns hinter diesem Fenstervorhang verstecken. Verstanden?«

Ich nickte und stellte mich an die Tür. Mein anfängliches Bangigkeitsgefühl war schon längst geschwunden, und ich empfand als Übertreter des Gesetzes eine viel intensivere Lust als in unseren früheren Fällen als Hüter desselben. Das hohe Ziel unserer Mission, das Bewusstsein, selbstlos und ritterlich zu handeln, der scheußliche Charakter unseres Feindes, alles trug dazu bei, das Interesse am Gelingen unseres Abenteuers zu erhöhen. Ich dachte gar nicht mehr an eine Schuld, sondern war trotz der Gefahr froh und guten Mutes. Voll Bewunderung sah ich Holmes zu, wie er sein Diebeswerkzeug auseinanderbreitete und mit der Ruhe und wissenschaftlichen Sorgfalt eines Operateurs das passende Instrument aussuchte. Ich wusste, dass das Öffnen von Schränken sein Steckenpferd war, und ich begriff die offensichtliche Freude, die es ihm machte, sich diesem stählernen grünen Ungeheuer gegenüberzubefinden, dessen Magen verfängliche Briefschaften so mancher schönen Dame enthielt. Mit aufgekrempelten Ärmeln legte er zwei Drillbohrer, ein kleines Brecheisen und mehrere Dietriche heraus. Ich stand an der Haupttür und beobachtete mit meinen Blicken zugleich auch die anderen, auf alles gefasst, wenn auch meine Pläne für den Fall, dass wir gestört werden sollten, wirklich recht unbestimmter Natur waren. Holmes arbeitete eine halbe Stunde unter Anspannung aller

Kräfte. Er legte ein Instrument hin, nahm ein anderes, und handhabte jedes mit der Gewandtheit und Fertigkeit des gelernten Mechanikers. Endlich hörte ich einen Knacks, und die große grüne Tür sprang auf, sodass ich eine große Menge Paketchen liegen sehen konnte. Sie waren alle verschnürt, versiegelt und mit einer Aufschrift versehen. Holmes nahm eins in die Hand. Bei dem flackernden Lichtschein vom Kamin her konnte man aber kaum lesen; er zog daher, weil es neben Milvertons Schlafzimmer doch gewagt gewesen wäre, das elektrische Licht anzudrehen, seine Blendlaterne hervor. Mit einem Mal hielt er inne, horchte gespannt, machte geschwind die Schranktür zu, steckte sein Handwerkszeug in die Taschen, schloss seine Blendlaterne und huschte hinter den Fenstervorhang. Mir winkte er rasch, ihm zu folgen.

Ich stand kaum neben ihm, da hörte ich auch, was seine schärferen Ohren schon eher vernommen hatten. Es war irgendwo ein Geräusch im Haus. In einiger Entfernung wurde eine Tür zugeschlagen. Ein undeutliches, dumpfes Geräusch drang an unser Ohr und gleich danach der gleichmäßige Ton von schweren Tritten, die schnell näherkamen. Es ging jemand in dem Gang draußen auf uns zu. Die Tür wurde aufgemacht und das elektrische Licht angedreht. Die Tür ging zu, und wir rochen sofort den scharfen Geruch einer starken Zigarre. Nur wenige Meter von uns entfernt marschierte jemand auf und ab. Endlich krachte ein Stuhl, und die Schritte hörten auf. Dann wurde ein Schlüssel in einem Schloss herumgedreht, und bald hörte man das Knittern von Papieren.

Bis dahin hatte ich noch nicht gewagt, hinauszulugen, aber nun nahm ich den Vorhang vorsichtig auseinander und warf einen Blick durch den unmerklichen Spalt. Dass Holmes die Gelegenheit ebenfalls benutzte, sagte mir der Druck seiner Schulter auf die meinige. Gerade vor uns und beinahe in erreichbarer Nähe erblickten wir den breiten, gekrümmten Rücken von Milverton. Wir hatten uns offenbar stark verrechnet, denn er war gar nicht in der Schlafstube gewesen, sondern hatte in einem abgelegenen Flügel des Hauses, dessen Fenster wir nicht gesehen hatten, in irgendeinem Rauch- oder Billardsalon gesessen. Die Glatze an seinem Hinterkopf leuchtete uns geradezu entgegen. Er hatte sich in seinem rotledernen Stuhl weit zurückgelehnt, die Beine lang ausgestreckt und eine lange, dunkle Zigarre im Mund. Er trug einen rötlichen Smoking mit schwarzem, schmalem Samtkragen und hielt ein großes Aktenstück in der Hand, dessen Inhalt er behaglich studierte, während er gleichzeitig große, blaue Rauchwolken in die Luft blies. Sein gelassenes Benehmen und seine gemütliche Haltung ließen nicht auf baldigen Aufbruch schließen.

Ich fühlte, wie Holmes meine Hand suchte und sie zuversichtlich drückte, als ob er sagen wollte, dass er sich der Situation gewachsen fühle und noch immer gute Hoffnung habe. Ich wusste nicht genau, ob er bemerkt hatte, was ich von meinem Standpunkt aus nur zu deutlich sehen konnte, dass nämlich die Schranktür nur unvollkommen geschlossen war, was Milverton jeden Augenblick gewahr werden konnte. Ich hatte mir fest vorgenommen, wenn ich an seinem Blick merken würde, dass es ihm aufgefallen sei, sofort hervorzuspringen, ihm die Portiere zur Schlafzimmertür über den Kopf zu werfen, ihn so festzuhalten und das übrige Holmes zu überlassen. Aber Milverton sah gar nicht auf. Er war ganz in seine Papiere vertieft und wandte Blatt um Blatt um. Endlich, dachte ich, wenn er mit dem Schriftstück und der Zigarre zu Ende ist, wird er sich doch in sein Schlafgemach zurückziehen. Aber ehe er noch mit dem einen oder dem anderen fertig war, nahm die Sache eine ganz unvorhergesehene Wendung, wodurch unsere Gedanken in eine vollkommen andere Bahn gelenkt wurden.

Es war mir aufgefallen, dass Milverton schon mehrere Male nach der Uhr gesehen hatte, und einmal war er auch aufgestanden, war ein paar Schritte auf und ab gegangen und hatte sich ungeduldig wieder gesetzt. Ich ahnte jedoch nicht, dass er um diese Stunde der Nacht noch ein Stelldichein hatte, bis draußen von der Veranda her ein schwaches Geräusch an mein Ohr drang. Milverton ließ sein Schriftstück auf den Tisch sinken und setzte sich auf seinem Stuhl in Positur. Es klopfte leise an die Verandatür, und Milverton erhob sich und öffnete sie.

»Nun«, sagte er barsch, »Sie kommen nahezu eine halbe Stunde zu spät.«

Das war also die Erklärung dafür, dass die Tür nicht verschlossen und Milverton noch so spät auf war. Wir hörten das Rauschen eines Frauenkleides. Ich hatte vorhin, als Milverton sich umgedreht hatte, den Vorhang fest geschlossen, aber jetzt wagte ich wieder, ihn behutsam ein wenig auseinanderzunehmen. Er saß noch auf seinem Stuhl vor dem Schreibtisch und hielt die Zigarre taktlos im linken Mundwinkel. Vor ihm stand im hellen Schein des elektrischen Lichtes ein großes, schlankes, dunkles Weib; sie hatte einen dichten schwarzen Schleier vor und einen bis zum Boden reichenden Mantel um. Sie atmete rasch und stark, und jeder Zoll ihrer geschmeidigen Gestalt zitterte vor heftiger Erregung.

»Nun«, sagte Milverton, »Sie haben mich um ein gutes Stück Nachtruhe gebracht, meine Teure. Ich hoffe, dass Sie das zu schätzen wissen. Konnten Sie nicht zu einer anderen Zeit kommen – he?«

Die Dame schüttelte mit dem Kopf.

»Na, wenn's nicht ging, ging's eben nicht. Wenn Sie von der Gräfin schlecht behandelt werden, können Sie sich jetzt dafür rächen. Zum Teufel, warum zittern Sie denn so? Das ist recht! Nehmen Sie sich zusammen! Nun wollen wir das Geschäft abmachen.«

Er wandte sich wieder dem Schreibtisch zu und nahm ein Blatt Papier aus der Schublade.

»Sie sagen, dass Sie fünf Briefe in Ihrem Besitz haben, welche die Gräfin Albert kompromittieren. Die wollen Sie verkaufen. Ich bin ein Abnehmer dafür. Gut, so bleibt nur der Preis noch festzusetzen. Ich muss natürlich erst einen Einblick in die Schreiben nehmen, bevor ich sie Ihnen abkaufe. Wenn sie wirklich von Wert sind – heiliger Himmel, Sie sind's?«

Das Weib hatte den Schleier vom Gesicht genommen und ihren Umhang zurückgeschlagen. Sie hatte ein dunkles, hübsches, scharfgeschnittenes Gesicht, eine feingebogene Nase, ein Paar blitzende Augen unter starken, schwarzen Brauen und einen geraden, dünnen Mund, um den ein gefährliches, grimmes Lächeln spielte.

»Jawohl, ich bin's«, antwortete sie; »das Weib, dessen Dasein Sie ruiniert haben.«

Milverton lachte, aber der Klang seiner Stimme verriet seine Furcht.

»Sie waren zu eigensinnig«, versetzte er, »warum haben Sie mich bis zum Äußersten getrieben? Ich versichere Ihnen, dass ich aus eigenem Antrieb keiner Fliege ein Leid antun kann, aber jeder Mann hat sein Geschäft, und was sollte ich machen? Ich habe den Preis durchaus Ihren Verhältnissen entsprechend festgesetzt. Sie blieben aber hartnäckig und wollten nicht bezahlen.«

»So sandten Sie also die Briefe an meinen Gatten und brachen ihm – dem edelsten Mann, der je gelebt hat und dessen Schuhriemen zu lösen ich nicht würdig war – sein edles Herz und trieben ihn in den Tod! Sie werden noch nicht vergessen haben, dass ich Sie vorgestern Nacht an dieser Stelle anflehte und auf den Knien um Barmherzigkeit bat und dass Sie mir ins Gesicht lachten, wie Sie's eben wieder zu tun versuchen. Nur dass Ihre zuckenden Lippen jetzt die erbärmliche Feigheit Ihres Herzens verraten. Ja, Sie haben nicht geglaubt, mich hier wiederzusehen, aber von jener Nacht her wusste ich, wie ich Sie wieder treffen würde, von Angesicht zu Angesicht und unter vier Augen. Nun, Charles Milverton, was haben Sie zu erwidern?«

»Bilden Sie sich nicht ein, dass Sie mich ins Bockshorn jagen können«, antwortete er und erhob sich. »Ich brauche nur den Mund aufzutun und meine Diener zu rufen und Sie fortbringen zu lassen. Ich will jedoch Ihrem erklärlichen Zorn Rechnung tragen und Sie schonen. Verlassen Sie sofort dieses Zimmer auf demselben Weg, auf dem Sie gekommen sind, weiter sage ich nichts mehr.«

Das Weib blieb stehen, sie hatte die Hand in ihrem Busen vergraben, und ihre dünnen Lippen zeigten wieder dasselbe unheilvolle Lächeln.

»Sie sollen in Zukunft kein Leben mehr zugrunde richten, wie Sie meines zugrunde gerichtet haben. Sie sollen keine Herzen mehr zerfleischen, wie Sie meines zerfleischt haben. Ich will die Welt von einem giftigen Geschwür befreien. Hier haben Sie Ihren Lohn, Sie Hund, hier! – hier! – hier! – hier!«

Sie hatte einen kleinen blitzenden Revolver hervorgezogen und ungefähr einen Fuß vor Milvertons Brust vier Schüsse auf ihn abgefeuert. Er fuhr zurück und fiel über den Schreibtisch, furchtbar keuchend und in den Papieren herumkratzend. Dann richtete er sich in die Höhe, erhielt noch zwei Schüsse und sank zu Boden. »Ich bin getroffen«, rief er. Dann regte er sich nicht mehr. Das Weib sah ihn starr an und versetzte ihm noch einen Fußtritt ins Gesicht. Sie sah ihn wieder an, er gab aber kein Lebenszeichen mehr von sich. Wir hörten eine Tür aufreißen, die kalte Nachtluft wehte in das heiße Zimmer, und die Rächerin war fort.

Wir hätten den Mann durch unser Eingreifen nicht von seinem Geschick erretten können. Aber als das Weib Kugel auf Kugel auf den sich zusammenkrampfenden Körper Milvertons abfeuerte, wollte ich doch hinausspringen. Da fühlte ich meines Freundes starken Arm. Ich verstand, warum er mich mit fester Hand zurückhielt – dass es uns nichts angehe; dass einen Schurken die gerechte Strafe getroffen habe; dass wir uns und unsere eigenen Pflichten und Ziele im Auge behalten mussten. Kaum war die Frau hinaus, als Holmes geschwind an die andere Tür eilte und leise den Schlüssel herumdrehte. Sofort wurden auch Stimmen laut und rasche Schritte hörbar. Der Knall der Schüsse hatte die Dienerschaft des Hauses munter gemacht. In aller Eile ging Holmes an den Schrank, nahm einen ganzen Arm voll Bündel mit Briefschaften heraus und warf sie ins Feuer. Dies wiederholte er, bis der Schrank leer war. Draußen arbeitete inzwischen jemand an der Klinke und schlug gegen die Tür. Holmes warf einen flüchtigen Blick im Zimmer umher. Der Brief, der Milvertons Todesbote gewesen war, lag mit Blut besudelt auf dem Tisch. Er warf ihn schnell in das knisternde Feuer und goss rasch das Öl aus seiner Laterne darüber, sodass die Flammen hoch aufschlugen. Dann öffnete er die äußere Tür, und nachdem wir draußen waren, schloss er sie von außen zu. »Hierher, Watson«, sagte er zu mir; »hier können wir über die Gartenmauer klettern.«

Man hätte es nicht glauben sollen, wie schnell der Lärm sich verbreitete. Als wir uns umblickten, war bereits das ganze mächtige Gebäude erleuchtet. Der Haupteingang war offen, und dunkle Gestalten liefen den Weg hinunter. Der ganze Garten stand voll Menschen, und ein Kerl erhob ein Mordsgeschrei, als er uns aus der Veranda kommen sah und war uns eng auf den Fersen. Holmes schien die Wege genau zu kennen, er lief geschwind durch eine Anpflanzung von jungen Bäumchen, ich folgte ihm auf dem Fuß, und hinter uns her keuchte unser vorderster Verfolger. Eine sechs Fuß hohe Mauer versperrte uns den Weg, aber Holmes setzte mit einem Sprung darüber hinweg. Als ich darüberkletterte, bemerkte ich, dass mich der Bursche hinten am Fuß fasste. Ich machte mich aber durch einige Fußtritte wieder frei und fiel auf der anderen Seite mit dem Oberkörper in die Hecke. Holmes brachte mich rasch wieder auf die Beine, und weiter ging's im Galopp über die weite Hampsteader Heide, unser Verfolger hinter uns her. Als wir wenigstens zwei Meilen gelaufen waren, machte Holmes endlich Halt und horchte. Hinter uns war alles ganz still. Wir hatten unsere Verfolger abgeschüttelt und befanden uns in Sicherheit.

Am Morgen nach dieser denkwürdigen Nacht saßen wir am Frühstückstisch und rauchten unsere Pfeife, als Mr Lestrade von Scotland Yard mit feierlicher, ernster Miene unser bescheidenes Wohnzimmer betrat.

»Guten Morgen, Mr Holmes«, sagte er; »guten Morgen. Darf ich Sie vielleicht fragen, ob Sie augenblicklich sehr beschäftigt sind?«

»Nicht so, dass ich keine Zeit hätte, Sie zu hören.«

»Ich möchte Sie nämlich, wenn Sie nichts Besonderes vorhaben, bitten, uns Ihre Hilfe in einem äußerst merkwürdigen Fall, der sich erst vergangene Nacht in Hampstead ereignet hat, angedeihen zu lassen.«

»Nanu!«, sagte Holmes. »Was war denn da wieder los?«

»Ein Mord – ein höchst theatralischer und eigenartiger Mord. Ich weiß, wie gerne und wie scharfsichtig Sie solche Fälle untersuchen, und Sie würden mir eine große Gunst erweisen, wenn Sie mit hinunter nach Appledore Towers fahren und uns beraten wollten. Es handelt sich um kein gewöhnliches Verbrechen. Wir haben schon eine ganze Zeit lang ein wachsames Auge auf den Ermordeten – Milverton heißt er – geworfen, und, unter uns gesagt, er war eine Art Gauner. Er verschaffte sich, wie die Polizei bestimmt weiß, Papiere und übte dann Erpressungen damit aus. Diese Briefschaften sind sämtlich von den Mördern verbrannt worden. Wertgegenstände sind nicht entwendet worden; daraus geht hervor, dass die Verbrecher den besseren Ständen angehört und nur den Zweck verfolgt haben, gesellschaftliche Bloßstellungen zu verhüten.«

»Die Verbrecher?«, sagte Holmes. »Mehrere?«

»Ja, es sind ihrer zwei gewesen. Sie wären beinahe ergriffen worden. Wir haben ihre Fußabdrücke, wir haben auch eine Beschreibung von ihnen; und es ist zehn gegen eins zu wetten, dass wir sie aufspüren. Der erste Bursche war etwas zu flink, aber den zweiten hat ein Gärtnergehilfe erwischt, und er ist erst nach heftiger Gegenwehr entkommen. Es war ein mittelgroßer, kräftig gebauter Mann – mit starken Kiefern, festem Nacken, Schnurrbart und einer schwarzen Maske vor dem oberen Teil des Gesichts.«

»Das ist eine ziemlich unbestimmte Beschreibung«, sagte mein Freund Holmes. »Ei der Daus, die könnte ja beinahe auf Watson passen.«

»Das ist wahr«, meinte der Inspektor belustigt. »Es könnte eine Beschreibung des Herrn Doktor sein.«

»Ich muss Ihnen leider meine Hilfe in diesem Fall versagen, Lestrade«, bemerkte Holmes. »Ich habe diesen Milverton gründlich gekannt, ihn als einen der gefährlichsten Gauner in ganz London angesehen, und meiner Meinung nach gibt es gewisse Verbrechen, gegen welche das Gesetz nicht ankommen kann und gegen die daher, innerhalb gewisser Grenzen, die private Rache gerechtfertigt ist. Alles Überreden ist zwecklos. Meine Sympathien in diesem Fall sind mehr auf Seiten der Verbrecher als auf Seiten des Opfers, und ich lehne es darum ab, hier irgendwie handelnd einzugreifen.«

Holmes hatte über die tragische Szene, der wir beigewohnt hatten, noch kein Wort zu mir geäußert, aber ich bemerkte jeden Morgen an ihm, dass er sehr nachdenklich war, und aus seinem Blick und seinem Benehmen war zu schließen, dass er sich bemühte, sich irgendeine Erinnerung ins Gedächtnis zurückzurufen. Mitten im Frühstück sprang er eines Tages plötzlich vom Stuhl auf und rief: »Bei Gott, Watson; ich hab's! Nehmen Sie Ihren Hut und kommen Sie mit!« In größter Eile ging's die Baker Street hinunter und die Oxford Street entlang bis fast an den Regent's Circus. Hier befand sich links ein Schaufenster, in dem Fotografien berühmter Männer und schöner Frauen ausgestellt waren. Holmes fasste eines dieser Bilder scharf ins Auge. Ich folgte seinem Blick und sah das Bildnis einer fürstlichen, stattlichen Dame in Hofkostüm und mit einer diamantenen Krone auf dem fein geschnittenen Kopf. Ich betrachtete die fein gebogene Nase, die charakteristischen Augenbrauen, den geraden Mund und das energische kleine Kinn. Als ich dann darunter den Namen des bedeutenden und hochangesehenen Staatsmannes von altem Adel las, dessen Gemahlin sie war, blieb mir vor Staunen fast der Atem stehen. Mein Blick begegnete dem meines Freundes.

Sherlock Holmes legte, als wir von dem Fenster weggingen, statt eine Antwort zu geben, den Finger vor den Mund.

Die sechs Napoleonbüsten

Es war nichts Ungewöhnliches, wenn Inspektor Lestrade von Scotland Yard sich des Abends bei uns einfand. Seine Besuche waren Holmes schon aus dem Grund nicht unangenehm, weil er dadurch mit den Vorgängen im Hauptpolizeiamt in Fühlung blieb. Er hörte die Erzählungen Lestrades aufmerksam an und gab ihm aus seinem reichen Schatz von Kenntnissen und Erfahrungen gerne einen Wink oder eine Andeutung, ohne selbst handelnd einzugreifen.

Eines Abends nun war Lestrade, nachdem er die üblichen Bemerkungen über die Witterung und die letzten Zeitungsneuigkeiten gemacht hatte, auffallend still und beschränkte sich darauf, nachdenklich an seiner Zigarre zu ziehen. Holmes sah ihn scharf an.

»Sonst nichts los?«, fragte er nach einer Weile.

»Nichts von Bedeutung, Mr Holmes.«

»Nur raus mit der Sprache!«

Lestrade lachte.

»Nun, Mr Holmes, leugnen hat Ihnen gegenüber ja doch keinen Zweck; ich habe tatsächlich etwas auf dem Herzen, aber 's ist 'ne so dumme Geschichte, dass ich Sie eigentlich nicht damit belästigen wollte. Auf der anderen Seite ist die Sache doch wieder merkwürdig, und meines Wissens haben Sie ja gerade für das Außergewöhnliche eine besondere Vorliebe. Freilich schlägt es nach meinem Dafürhalten mehr in Dr. Watsons Fach als in unseres.«

»Also was Krankhaftes?«, fragte ich.

»Ja, was Verrücktes«, antwortete er, »sogar was besonders Verrücktes. Können Sie sich vorstellen, dass es heute noch einen Menschen gibt, der von einem solchen Hass gegen Napoleon I.

erfüllt ist, dass er alle Büsten von ihm, deren er habhaft werden kann, in Stücke zerschlägt?«

Holmes sank teilnahmslos in seinen Stuhl zurück.

»Das ist nichts für mich«, sagte er.

»Das hab ich mir auch gedacht. Aber immerhin, wenn jemand nachts einbricht und fremde Büsten stiehlt und vernichtet, so muss sich außer dem Arzt auch die Polizei mit ihm beschäftigen.«

Holmes setzte sich wieder aufrecht.

»Einbruch! Das klingt schon interessanter. Erzählen Sie weiter.«

Lestrade zog sein amtliches Notizbuch aus der Tasche, um anhand seiner Aufzeichnungen die Einzelheiten in sein Gedächtnis zurückzurufen.

»Der erste Fall hat sich vor vier Tagen ereignet«, fuhr er fort. »Es war bei Morse Hudson, der einen Verkaufsladen für Bilder und Büsten in der Kennington Street hat. Der Verkäufer hatte den vorderen Verkaufsraum einen Augenblick verlassen, als er plötzlich einen starken Krach hörte. Er stürzte rasch herbei und fand eine Gipsfigur Napoleons, die mit mehreren anderen Kunstwerken auf dem Ladentisch gestanden hatte, zertrümmert am Boden liegen. Er lief schnell hinaus auf die Straße, konnte aber, trotzdem ihm verschiedene Leute erklärten, sie hätten einen Mann aus dem Laden herauskommen sehen, weder diesen Menschen selbst erblicken noch einen Anhaltspunkt zu seiner Ermittlung finden. Es schien sich um einen jener sinnlosen Akte von Zerstörungswut zu handeln, wie sie von Zeit zu Zeit vorkommen; und als solcher wurde er auch dem diensttuenden Polizisten gemeldet. Der Wert der Figur betrug nur wenige Schillinge, und die ganze Sache erschien zu unbedeutend, um eine eingehendere Untersuchung einzuleiten. Der zweite Fall war jedoch schon ernster und auch eigentümlicher. Er hat sich erst vergangene Nacht zugetragen.

In der Kennington Street, nur ein paar Hundert Meter von Hudsons Geschäft entfernt, wohnt ein sehr bekannter praktischer Arzt namens Barnicot, der eine ausgedehnte Praxis südlich der Themse hat. Seine Wohnung und sein Hauptsprechzimmer befinden sich in der Kennington Street, außerdem hält er aber noch in einem Haus der Lower Brixton Street, zwei Meilen entfernt, Sprechstunden ab. Dieser Dr. Barnicot ist ein begeisterter Verehrer Napoleons und besitzt eine Menge Bilder, Bücher und sonstige Andenken von dem französischen Kaiser. Vor Kurzem hat er auch bei Hudson zwei Gipsbüsten des berühmten Napoleonkopfes von dem französischen Bildhauer Devine gekauft. Die eine derselben stellte er im Eingang seines Hauses in der Kennington Street auf, die andere auf dem Kaminsims seines Sprechzimmers in der Lower Brixton Street. Als Dr. Barnicot heute früh nun herunterkam, fand er zu seiner Überraschung, dass während der Nacht in seiner Wohnung eingebrochen, aber weiter nichts gestohlen worden war als die Napoleonbüste in der Vorhalle. Sie war hinausgetragen und mit Gewalt gegen die Gartenmauer geworfen worden, wo man die Bruchstücke noch liegen sehen konnte.«

Holmes rieb sich die Hände.

»Das ist entschieden merkwürdig«, sagte er.

»Ich dachte mir, dass Sie's interessieren würde. So lassen Sie mich weitererzählen, die Sache ist noch nicht zu Ende. Mittags ging Dr. Barnicot in sein zweites Sprechzimmer, und, siehe da, dort war das Fenster geöffnet und die Trümmer der zweiten Büste lagen am Boden umher; sie war an ihrem Standort vollständig in Stücke zerschlagen worden. In beiden Fällen hat der Verbrecher oder Geisteskranke keine Spur zurückgelassen, die uns auch nur den geringsten Anhaltspunkt zu seiner Ergreifung liefern könnte. Das sind die Tatsachen, Mr Holmes.«

»Sie sind eigenartig, ganz seltsam«, sagte Holmes. »Können Sie mir vielleicht angeben, ob die beiden Büsten des Dr. Barnicot genau ebenso waren wie die bei Hudson zerschlagene?«

»Es waren ganz gleiche Nachbildungen desselben Modells.«

»Dieser Umstand spricht gegen die Annahme, dass der Täter von einem allgemeinen Hass gegen Napoleon geleitet worden sei. Denn wenn man bedenkt, wie viel hundert Statuen des großen Kaisers in London stehen, ist es äußerst unwahrscheinlich, dass ein wahnsinniger Bilderstürmer zufällig gerade hintereinander drei Stück von demselben Modell erwischen sollte.«

»Das habe ich mir auch gesagt«, antwortete Lestrade. »Andererseits ist Hudson der Büstenlieferant für diesen ganzen Stadtteil, und diese drei Köpfe waren die einzigen dieser Art und hatten schon jahrelang in seinem Laden gestanden. Daher ist es, obwohl es, wie Sie ganz richtig bemerken, in London Hunderte von Napoleonbüsten gibt, doch nicht unwahrscheinlich, dass in diesem Bezirk nur diese drei existierten. Ein Fanatiker aus jener Gegend könnte also sehr wohl damit sein allgemeines Zerstörungswerk angefangen haben. Wie denken Sie darüber, Dr. Watson?«

»Bei dieser Krankheitsform ist alles möglich«, erklärte ich. »Es handelt sich offenbar um jene geistige Störung, die die neuere Psychopathie als ›fixe Idee‹ bezeichnet. Dieselbe äußert sich oft nur in unmerklichen Anzeichen, und der Kranke kann sonst vollkommen normal sein. Bei einem Mann, der sich stark in die Lektüre Napoleonischer Geschichte vertieft oder dessen Familie womöglich infolge der Kriege Unbill erlitten hat, könnte sich leicht eine solche ›fixe Idee‹ gebildet haben, unter deren Einfluss er zu jeder Gewalttat in dieser Richtung fähig wäre.«

»Ihre medizinischen Ausführungen vermögen meinem Laienverstand nicht recht einzuleuchten, mein lieber Watson«, sagte Holmes kopfschüttelnd. »Ich kann mir nicht vorstellen, wie auch die stärkste ›fixe Idee‹ Ihren interessanten Kranken in den Stand setzen sollte, die zwei Büsten des Dr. Barnicot ausfindig zu machen.«

»Nun, wie erklären Sie es sich dann?«

»Ich kann die Sache überhaupt noch nicht ganz durchschauen. Ich wollte vorläufig nur soviel bemerken, dass dieser exzentrische Herr nach einer ganz bestimmten Methode vorgeht und mit Überlegung handelt. So hat er zum Beispiel im Wohnhaus des Dr. Barnicot, wo ein Geräusch die Familie hätte wecken können, die Büste mit hinausgenommen und erst draußen zerschlagen, wohingegen er sie in dem anderen

Sprechzimmer, wo diese Gefahr geringer war, gleich an Ort und Stelle zertrümmert hat. Die ganze Sache ist scheinbar sehr geringfügig, wenn ich aber bedenke, dass meine berühmtesten Fälle immer einen wenig versprechenden Anfang hatten, so wage ich nichts mehr als unbedeutend anzusehen. Erinnern Sie sich noch, Watson, wie die furchtbare Tragödie der Familie Abernetty zuerst in Gestalt eines kaum wahrnehmbaren Eindrucks, den an einem heißen Sommertag ein Stängelchen Petersilie auf der Butter hinterlassen hatte, zu meiner Kenntnis gelangte? Ich kann mich also einstweilen nicht mit einem erhabenen Lächeln über die Sache hinwegsetzen, Lestrade, und ich wäre Ihnen sehr verbunden, wenn Sie mir von irgendwelchen neuen Vorfällen in dieser sonderbaren Angelegenheit sofort Mitteilung machen.«

Diese Nachricht traf rascher ein und lautete ernster, als sich mein Freund gedacht haben mochte. Als ich am nächsten Morgen noch mit Ankleiden beschäftigt war, klopfte es an die Tür meines Schlafzimmers und herein trat Holmes mit einem Telegramm in der Hand. Er las es laut vor:

»Sofort kommen, Pitt Street 131, Kensington –

Lestrade.«

»Was mag denn los sein?«, fragte ich.

»Weiß auch nicht – irgendwas. Aber ich vermute, es ist die Fortsetzung der Geschichte von den Statuen. In diesem Fall würde unser Freund Bilderstürmer den Schauplatz seiner Tätigkeit in ein anderes Viertel verlegt haben. Das Frühstück steht schon auf dem Tisch, Watson, und die Droschke vor der Tür.«

Nach einer halben Stunde waren wir bereits in der Pitt Street, einer kleinen, ruhigen Straße, ganz in der Nähe der belebtesten Londoner Geschäftsgegend. Nr. 131 war eins der schmucklosen, alten Häuser, wo man gänzlich unromantisch wohnt. Als wir vorfuhren, fanden wir das Gitter vor dem Haus von einer neugierigen Menge umlagert. Holmes gab ein Zeichen mit der Pfeife.

»Wahrhaftig, Watson, es ist zumindest ein Mordversuch gemacht worden, sonst würde kein Berichterstatter hier sein; sehen Sie mal, wie er sich vorbeugt und beinahe den Hals ausrenkt! Es deutet alles auf eine Gewalttat hin. Und was soll das heißen? Die oberen Treppenstufen sind nass und die unteren trocken. Ah, dort am Fenster sehe ich Lestrade, er wird uns bald den nötigen Aufschluss geben können.«

Er empfing uns mit ernster Miene und geleitete uns in ein Empfangszimmer, in dem ein unsauber aussehender älterer Herr in einem Schlafrock aufgeregt auf- und abging. Lestrade stellte ihn uns als den Eigentümer des Hauses vor – Mr Horace Harker vom ›Central Press Syndicate‹.

Dann sagte er: »Es handelt sich um die alte Geschichte von den Napoleonbüsten. Sie schienen sich gestern Abend dafür zu interessieren, Mr Holmes, und daher glaubte ich, es würde Ihnen nicht unangenehm sein, die Fortsetzung zu erfahren. Die Sache hat schon eine ernstere Wendung genommen.«

»Wie weit hat sie sich denn entwickelt?«

»Bis zum Mord. – Mr Harker, wollen Sie diesen Herren den Vorgang genau erzählen?«

Der Mann im Schlafrock wandte sich uns zu. Er war gänzlich niedergeschlagen.

»Es ist eine der eigentümlichsten Begebenheiten«, begann er. »Ich habe mich mein Lebtag damit beschäftigt, alle möglichen Neuigkeiten zu erfahren und journalistisch zu verwerten, und jetzt, wo sich bei mir selbst ein Aufsehen erregender Fall ereignet hat, bin ich derartig verwirrt, dass ich keinen Satz ordentlich zusammenbringen kann. Wenn das in einem fremden Haus passiert wäre, würde ich im Abendblatt zwei Spalten darüber gebracht haben. Aber so bin ich ganz unfähig, erzähle die Sache anderen und muss untätig zusehen, wie sie sie ausschlachten. Wenn Sie aber diese rätselhafte Angelegenheit aufklären, Mr Holmes – ich kenne Ihren Namen –, habe ich eine hinreichende Entschädigung für meinen Bericht.«

Holmes setzte sich und hörte zu.

»Der springende Punkt bei der ganzen Sache scheint mir die Napoleonbüste zu sein, die ich vor etwa vier Monaten für dieses Zimmer angeschafft habe. Ich erstand sie für billiges Geld bei den Gebrüdern Harding, die zwei Häuser von der

Station High Street ihr Geschäft haben. Meine journalistische Tätigkeit nötigt mich, vielfach die Nacht über aufzubleiben, und ich schreibe häufig bis zum frühen Morgen. Das war auch vergangene Nacht wieder der Fall. Ich saß wie gewöhnlich in meinem Studierzimmer hinten im obersten Stock; es mochte gegen drei Uhr sein, da hörte ich von unten ein Geräusch. Ich horchte auf, aber es regte sich nichts weiter, und ich dachte daher, der Lärm wäre von außen gekommen. Doch kaum fünf Minuten später, Mr Holmes, drang ein schreckliches Geschrei an mein Ohr – das furchtbarste, das ich je gehört habe. Es wird mir mein Leben lang in den Ohren gellen. Eine oder zwei Minuten saß ich, vom Schreck wie angenagelt, auf meinem Stuhl, dann ergriff ich den Ofenhaken und lief die Treppe hinunter. Als ich in dieses Zimmer hier trat, stand das Fenster weit offen, und meine Büste war verschwunden. Wie ein Dieb sich an einem solchen Ding vergreifen konnte, war mir unverständlich, denn es war ein einfacher Gipsabguss ohne besonderen Wert.

Wie Sie selbst sehen können, war nur ein Mann mit sehr langen Beinen imstande, durch einen Sprung durch das offene Fenster die obere Treppenstufe zu erreichen. Als ich nun die Haustür öffnete und hinaustrat, fiel ich in der Dunkelheit beinahe über eine Leiche. Ich lief zurück und holte ein Licht. Auf dem obersten Treppenstein lag ein Mann mit angezogenen Knien und weit geöffnetem Mund, er hatte eine klaffende Wunde am Hals und schwamm in seinem Blut – sein Bild wird mir noch im Traum erscheinen. Ich gab schnell einen Notpfiff und muss dann in Ohnmacht gefallen sein, denn ich kann mich auf nichts mehr besinnen, bis ich die Schutzleute erblickte, die mir zu Hilfe geeilt und über mich gebeugt waren.«

»Und wer war der Ermordete?«, fragte Holmes.

»Wir haben noch keine Zeit gehabt, seine Persönlichkeit festzustellen«, antwortete Lestrade. »Sie werden ihn in der Leichenhalle sehen. Er ist ein großer, kräftiger Mann mit sonnengebräuntem Gesicht und kann höchstens dreißig Jahre alt sein. Er ist zwar ärmlich gekleidet, macht aber doch nicht den Eindruck, als ob er dem Arbeiterstand angehöre. Neben ihm in einer Blutlache lag ein schwedisches Messer mit Horngriff. Ob der Mord damit ausgeführt ist, weiß ich nicht. Die Kleidungsstücke des Toten zeigten keinen Namenszug, und in den Taschen fanden wir weiter nichts als einen Apfel, einen Strick, einen Plan von London und eine Fotografie. Ich habe sie hier.«

Es war allem Anschein nach eine Momentaufnahme. Sie stellte einen lebhaften, flinken Mann dar mit affenartigen Zügen und tierischen Augenbrauen, sodass die untere Gesichtspartie wie bei einem Pavian aussah.

»Und was ist aus der Büste geworden?«, fragte Holmes, nachdem er die Fotografie genau betrachtet hatte.

»Darüber haben wir erst kurz vor Ihrer Ankunft Mitteilung bekommen, Sie ist in dem Vorgarten eines unbewohnten Hauses in der Campdon Street gefunden worden. Sie ist in Stücke zerschlagen. Ich will eben hingehen und sie in Augenschein nehmen. Wenn Sie mitkommen wollen –?«

»Gewiss. Ich will mich nur erst hier einen Augenblick umsehen.« Er untersuchte das Fenster und das Gärtchen. »Der Kerl hat entweder außergewöhnlich lange Beine oder ist ein ausgezeichneter Springer«, sagte er. »Vom Garten aus war es sehr schwer, das Fenster zu erreichen und zu öffnen. Der Rückweg war verhältnismäßig einfach. Wollen Sie auch mitkommen, Mr Harker, um die Überreste der Büste zu sehen?«

Der untröstliche Journalist hatte sich mittlerweile an den Schreibtisch gesetzt.

»Ich muss doch noch versuchen, die Sache auszunutzen«, erwiderte er, »wenn auch jedenfalls die ersten Ausgaben der Abendblätter schon ausführliche Berichte bringen werden. Es ist eben mein gewohntes Pech! Wissen Sie noch, wie der Posten in Doncaster erschossen wurde? Damals war ich der einzige Zeitungsmann am Tatort und meine Zeitung die einzige, in der nichts über den Vorfall stand, weil ich auch zu erschüttert war, um schreiben zu können. Und jetzt werde ich sogar mit der Meldung eines Mordes, der vor meiner eigenen Haustür passiert ist, zu spät herauskommen.«

Als wir hinausgingen, hörten wir seine Feder kratzend über das Papier fahren.

Die Stelle, wo die Bruchstücke der Büste gefunden worden waren, war nur ein paar hundert Meter entfernt. Hier sahen wir zum ersten Mal die Scherben der Büste des großen Kaisers, der einen so furchtbaren Hass in der Seele des Unbekannten erregt zu haben schien. Holmes hob einige auf und unterwarf sie einer genauen Untersuchung. Die Spannung auf seinem Gesicht und sein ganzes Benehmen verrieten mir, dass sie nicht ganz ergebnislos gewesen war, dass er wenigstens eine Spur gefunden haben musste.

»Nun?«, fragte Lestrade.

Holmes zuckte die Achseln.

»Wir sind noch weit vom Ziel«, sagte er. »Immerhin – nun, immerhin haben wir einige Hinweise, denen wir folgen können. Der Besitz dieser Gipsbrocken war dem merkwürdigen Verbrecher mehr wert als ein Menschenleben. Das ist ein Punkt. Weiter besteht die auffällige Tatsache, dass er die Büste nicht im Haus oder unmittelbar davor zertrümmert hat, wenn es ihm überhaupt lediglich auf ihre Vernichtung angekommen ist.«

»Er ist wahrscheinlich von dem anderen Burschen überrascht worden und wusste kaum, was er tat.«

»Jawohl, das ist nicht unmöglich. Ich möchte aber doch nicht verfehlen, Ihr Augenmerk besonders auf die Lage dieses Grundstücks zu richten.«

Lestrade sah meinen Freund an.

»Das Haus ist nicht bewohnt; er wusste also, dass er in diesem Garten nicht gestört würde.«

»Allerdings, aber in dieser selben Straße liegt noch ein leeres Haus, an dem er vorbeimusste, um hierher zu kommen. Warum hat er die Büste nicht in jenem Vorgarten zerbrochen, musste doch jeder Schritt weiter die Gefahr, gesehen zu werden, erhöhen?«

»Ich bin am Ende meiner Weisheit«, antwortete Lestrade.

Holmes deutete auf die Straßenlaterne über uns.

»Hier konnte er sehen, dort nicht. Das wird wohl der Grund gewesen sein.«

»Wirklich! Das ist richtig«, sagte Lestrade. »Nun fällt mir auch wieder ein, dass Dr. Barnicots Büste in der Nähe der Lampe zerschlagen worden ist. Aber was schließen Sie aus diesem Umstand, Mr Holmes?«

»Man darf ihn nicht vergessen – muss ihn stets im Auge behalten. Vielleicht werden wir im späteren Verlauf der Sache darauf zurückkommen müssen. Welche Schritte beabsichtigen Sie nun weiter zu tun, Mr Lestrade?«

»Am besten wird es meiner Ansicht nach sein, zunächst die Leiche zu identifizieren. Das wird keine Schwierigkeiten machen. Wenn wir dann wissen, wer er ist und wer seine Genossen sind, werden wir auch leicht herausbekommen, was er vergangene Nacht in der Pitt Street getan hat, mit wem er hier zusammengestoßen ist und wer ihn auf der Treppe des Mr Harker erstochen hat. Meinen Sie das nicht auch?«

»Das hört sich nicht übel an; aber doch ist es nicht genau der Weg, den ich einschlagen würde, um der Sache auf den Grund zu kommen.«

»Wie würden Sie's denn machen?«

»Oh, lassen Sie sich durch mich in keiner Weise beeinflussen! Es ist besser, wenn jeder von uns seinen eigenen Weg geht. Wir können dann hinterher vergleichen und einander ergänzen.«

»Gut«, sagte Lestrade.

»Wenn Sie in die Pitt Street zurückgehen und Mr Harker sehen, können Sie ihm sagen, ich wäre zu dem sicheren Schluss gelangt, dass ein gefährlicher, blutdürstiger Irrsinniger mit Napoleon-Wahnvorstellungen ihm nachts einen Besuch abgestattet hätte. Er kann dieses Urteil in seinem Artikel gut verwerten.«

Lestrade sah Holmes erstaunt an.

»Das ist doch nicht Ihre ernstliche Überzeugung?«

Mein Freund lächelte.

»Vielleicht, vielleicht auch nicht. Auf alle Fälle wird sie für Mr Harker und die Abonnenten des ›Central Press Syndicate‹ interessant sein. Nun, lieber Watson, wir wollen aufbrechen. Wir haben heute ein langes und ziemlich anstrengendes Tagewerk vor uns. Sie, Mr Lestrade, würde ich gerne, wenn Sie's irgendwie möglich machen können, heute Abend um sechs Uhr in der Baker Street wieder sprechen. Bis dorthin möchte ich die Fotografie, die bei dem Toten gefunden worden ist, bei mir behalten. Möglicherweise muss ich Sie um Ihr Geleit zu einer kleinen Expedition in der kommenden Nacht ersuchen. Wenn sich meine Vermutungen als richtig erweisen, wird es sich nicht umgehen lassen. Bis dahin, adieu und viel Glück!«

Sherlock Holmes und ich wanderten zusammen in die High Street, wo wir den Laden der Gebrüder Harding besuchten, von denen die Büste gekauft worden war. Ein junger Mann erklärte uns, dass Mr Harding erst am Nachmittag wieder ins Geschäft zurückkehren würde und er selbst nicht in der Lage sei, uns Aufschluss zu geben, weil er erst vor Kurzem eingetreten sei. Holmes war anfangs etwas verstimmt, dann sagte er aber:

»Nun ja, Watson, wir können nicht erwarten, dass alles gleich nach Wunsch geht. Wir müssen eben am Nachmittag wieder nachfragen. Wie Sie ohne Zweifel bereits geahnt haben werden, bin ich im Begriff, den Ursprung dieser Büsten zu ermitteln. Auf diese Weise könnte man womöglich herausbekommen, ob es eine besondere Bewandtnis damit hat und daraus vielleicht ihr merkwürdiges Geschick erklären. Wir wollen deshalb jetzt zu Hudson in der Kennington Street fahren und sehen, ob wir dort irgendwelchen Bescheid bekommen.«

Nach einer Stunde befanden wir uns in jenem Geschäft dem Besitzer gegenüber. Er war ein kleiner, dicker Mann mit rotem Gesicht und von hitzigem Temperament.

»Jawohl, mein Herr. Auf meinem Ladentisch«, antwortete er eifrig auf Holmes' Frage. »Ich weiß wirklich nicht, wozu wir Steuern und Abgaben zahlen, wenn jeder Schurke eindringen und unentdeckt und ungestraft einem die Waren zerstören darf. Allerdings, Dr. Barnicot hat die beiden Statuen bei mir gekauft. Es ist 'ne Schande! 'ne Nihilistentat, denk ich mir. Nur ein Anarchist kann solche Statuen vernichten! Rote Republikaner! Von wem ich die Büsten bezogen habe? Ich seh zwar nicht ein, was das mit der Sache zu tun hat, wenn Sie's aber durchaus wissen wollen: Ich hab sie von Gelder & Co. in Church Street, Stepney. Es ist 'ne bekannte Firma, schon seit zwanzig Jahren. Wie viel ich hatte? Drei – eins und zwei ist drei – die eine, die in meinem eigenen Laden am helllichten Tag zerschlagen worden ist, und die zwei, die ich an Dr. Barnicot verkauft hatte. Ob ich die Fotografie kenne? Nein, die kenn ich nicht. Ja, ich kenn sie doch. Ei, 's ist Beppo! Er war 'n Italiener, der sich im Geschäft nützlich machte. Er konnte anstreichen, vergolden, einrahmen und dergleichen mehr. Er ist vorige Woche von mir fortgegangen, und ich hab seitdem nichts wieder von ihm gehört. Nein, ich weiß weder, wo er hergekommen noch, wo er hingegangen ist. Ich war nicht unzufrieden mit ihm, solange er hier war. Als die Büste heruntergeworfen wurde, war er zwei Tage von mir weg.«

»Mehr konnten wir vernünftigerweise nicht verlangen, von Mr Hudson zu hören«, sagte mein Freund zu mir, als wir hinaustraten. »Dieser Beppo spielt sowohl in Kennington wie in Kensington eine gewisse Rolle, es dürfte sich also eine Fahrt von zehn Meilen wohl lohnen. Wir wollen nun ohne Verzug nach Stepney zu Gelder fahren, wo die Büsten fabriziert worden sind. Es sollte mich sehr wundern, wenn wir dort keinen nennenswerten Aufschluss bekämen.«

Unser Weg führte durch das vornehme London, durch die Hotel- und Theatergegend, durch das Zeitungs- und Geschäftsviertel und endlich durch das Hafenviertel, bis wir in einem Themse-Stadtteil von ungefähr 100 000 Einwohnern ankamen, wo in schwarzgeräucherten Mietskasernen die Ausgestoßenen Europas hausen. Hier fanden wir in einer breiten Nebenstraße, wo einst reiche Kaufleute gewohnt hatten, die Bildhauerei, die wir suchten. Draußen im Hof befanden sich viele Denkmäler und Statuen, im Innern des Gebäudes waren in einem großen Saal etwa fünfzig Arbeiter mit Aushauen und Formen beschäftigt. Der Werkmeister, ein großer, blonder Deutscher, empfing uns höflich und gab Holmes auf alle Fragen klare Antworten. Aus seinen Büchern ging hervor, dass von einer Marmorkopie des Devine'schen Napoleonkopfes Hunderte von Gipsnachbildungen angefertigt worden waren, dass aber die drei, die vor etwa einem Jahr an Morse Hudson gegangen waren, aus einem gemeinschaftlichen Teig für sechs Abgüsse stammten, von denen die anderen drei die Gebrüder Harding in Kensington geliefert erhielten. Es lag kein Grund vor, dass diese sechs von denen irgendeiner anderen Serie verschieden sein sollten. Er konnte auch nicht einsehen, weshalb sie jemand gerne vernichten möchte – er musste bei dem Gedanken wirklich lachen. Der Fabrikpreis betrug sechs Schilling, der Händler nehme zwölf und darüber. Die Herstellung geschah so, dass von dem Modell von jeder Gesichtshälfte ein Abguss gemacht und dann diese beiden Profile zusammengesetzt wurden, womit die Büste fertig war. Dann kamen die nassen Büsten zum Trocknen auf einen Tisch im Flur und endlich ins Magazin. Die Hauptarbeit wurde von Italienern verrichtet. Soweit setzte er uns alles ganz ruhig auseinander.

Als er aber die Fotografie sah, ging eine plötzliche Veränderung mit ihm vor, er zog die Stirn in Falten und wurde rot vor Wut und Zorn.

»Ah, dieser Schurke!«, rief er. »Ja, in der Tat, ich erkenne ihn wieder. Wir waren immer eine geachtete Firma, und das einzige Mal, wo die Polizei bei uns war, war es auch wegen dieses Schufts. Es ist jetzt ein Jahr her. Er hatte auf der Straße einen Landsmann mit dem Messer gestochen, kam dann zur Arbeit hierher, die Polizei folgte ihm auf den Fersen und nahm ihn fort. Beppo hieß er – den Zunamen habe ich nie gekannt. Gott behüte mich davor, dass ich je wieder 'nen Menschen mit 'nem solchen Affengesicht einstelle. Aber er war 'n tüchtiger Arbeiter, einer von den besten.«

»Wie viel Strafe hat er damals bekommen?«

»Der Verletzte ist nicht gestorben, und so ist er mit einem Jahr davongekommen. Ich glaube, dass er jetzt wieder 'raus ist; er hat sich aber noch nicht wieder hier sehen lassen. Ein Vetter von ihm steht noch in unseren Diensten, ich nehme an, dass der Ihnen Näheres sagen kann.«

»Nein, nein«, rief Holmes. »Sagen Sie seinem Vetter um Gottes willen kein Wort – kein Wort, ich bitte Sie darum. Die Sache ist von größter Wichtigkeit, und je weiter ich sie verfolge und je mehr ich darüber nachdenke, umso wichtiger erscheint sie mir. – Als Sie im Buch nachsahen, wann diese Büsten verkauft worden sind, bemerkte ich, dass es am dritten Juni vergangenen Jahres gewesen ist. Wissen Sie vielleicht noch das Datum von Beppos Verhaftung?«

»Aus der Lohnliste lässt es sich ungefähr ersehen«, antwortete der Werkmeister. »Jawohl«, fuhr er fort, nachdem er eine Zeit lang nachgeblättert hatte, »zum letzten Mal hat er am zwanzigsten Mai Lohn bekommen.«

»Ich danke Ihnen«, sagte Holmes. »Ich glaube nicht, dass ich Sie noch weiter zu bemühen brauche.« Nachdem er der Vorsicht halber nochmals gebeten hatte, über unsere Nachforschungen strengstes Schweigen zu bewahren, entfernten wir uns und lenkten unsere Schritte nach Westen zurück.

Es war bereits am späten Nachmittag, als wir endlich Zeit fanden, in einem Restaurant einen Imbiss zu nehmen. Am Eingang desselben erblickten wir ein Extrablatt mit der Überschrift: ›Schreckenstat in Kensington. Mord eines Irrsinnigen.‹ Holmes ließ sich eines geben, um es beim Essen zu lesen. In zwei Spalten war in höchst sensationeller Weise das ganze Ereignis in den grellsten Farben geschildert. Ein paarmal musste Holmes lachen. »Unser Freund Harker hat seine Sache noch gut gemacht – sehr gut, Watson; hören Sie mal folgende Stelle:

›Zu unserer Befriedigung können wir feststellen, dass in diesem Fall keinerlei Meinungsverschiedenheit besteht, denn Mr Lestrade, einer der erfahrensten Beamten von Scotland Yard, und der bekannte Privatdetektiv Sherlock Holmes sind ganz unabhängig voneinander zu dem übereinstimmenden Ergebnis gelangt, dass die verschiedenen auffälligen Vorkommnisse der letzten Tage, die nun ein so tragisches Ende genommen haben, eher die Tat eines Irrsinnigen als eines überlegenden Verbrechers sind. Den Umständen nach kann nur ein Geisteskranker der Täter sein.‹«

»Die Presse«, fügte er dann selbst hinzu, »ist eine sehr schätzenswerte Einrichtung, wenn man sie zu benutzen versteht. – Und nun wollen wir, sobald Sie mit dem Essen fertig sind, wieder nach Kensington zurück und sehen, was wir bei den Gebrüdern Harding über die Sache in Erfahrung bringen können.«

Der Gründer dieses großen Kaufhauses war ein lebhafter kleiner Herr, körperlich und geistig gewandt.

»Jawohl, mein Herr, ich habe den Bericht schon in den Abendblättern gelesen. Mr Harker ist ein Kunde von mir. Wir haben ihm den Kopf vor einigen Monaten geliefert. Wir hatten drei von Gelder & Co., sie sind alle verkauft. An wen? Das können wir Ihnen anhand unserer Bücher ganz leicht sagen. Jawohl, hier habe ich's schon: eine an Mr Harker, eine an Mr Josiah Brown in Chiswick und eine an Mr Sandeford in Reading – wollen Sie sich bitte selbst überzeugen? Nein, das Gesicht auf der Fotografie habe ich nie gesehen. Man würde es wegen seiner auffallenden Hässlichkeit schwerlich vergessen, ich habe kaum jemals ein hässlicheres Bild gesehen. Ob bei uns irgendwelche Italiener in Diensten stehen? Ja, wir haben einige als Arbeiter und als Putzer. Dieselben konnten gut einen Einblick in das Verkaufsbuch nehmen, wenn sie Lust dazu hatten. Wir haben keinen Grund, es unter Verschluss zu halten. Ja, ja, es ist allerdings eine eigentümliche, verzwickte Sache. Ich will hoffen, dass Ihre Nachforschungen von Erfolg sind und dass Sie mir dann mal Nachricht geben.«

Holmes hatte sich, während Mr Harding mit ihm sprach, einige Notizen gemacht, und ich konnte ihm ansehen, dass ihn der Verlauf der Angelegenheit vollauf befriedigte. Er sagte freilich nichts, sondern bemerkte nur, dass wir zu unserer Verabredung mit Lestrade zu spät kommen würden, wenn wir uns nicht sehr beeilten. Als wir in der Baker Street ankamen, war der Inspektor denn auch schon da und schritt ungeduldig in unserem Zimmer auf und ab. An seiner wichtigen Miene war zu erkennen, dass seine Arbeit an diesem Tag nicht vergeblich gewesen war.

»Nun?«, fragte er. »Glück gehabt, Mr Holmes?«

»Wir haben heute ein gutes Stück Arbeit hinter uns und zwar erfolgreiche«, antwortete mein Freund. »Wir haben sowohl die Verkäufer wie die Fabrikanten der Büsten aufgesucht. Ich kann ihre Spuren nun von Anfang an verfolgen.«

»Der Büsten!«, rief Lestrade. »Ja, ja. Sie haben Ihre eigenen Methoden, und es kommt mir nicht zu, etwas dagegen zu sagen, doch glaube ich, ein besseres Tagewerk verrichtet zu haben als Sie. Ich habe die Leiche identifiziert.«

»Was Sie sagen!?«

»Und den Grund zum Verbrechen gefunden.«

»Ausgezeichnet!«

»Wir haben nämlich einen Inspektor Saffron Hill, einen genauen Kenner des italienischen Viertels. Aus einem Wahrzeichen der katholischen Kirche, das der Ermordete um den Hals trug und aus seiner braunen Gesichtsfarbe schloss ich, dass er ein Italiener sei; und Hill, den ich hinzuzog, erkannte die Leiche sofort wieder. Er heißt Pietro Venucci, stammt aus Neapel und ist einer der gefährlichsten Burschen in London. Er ist Mitglied der Mafia, wie Sie wissen ein Geheimbund, der den Mord auf sein Banner geschrieben hat. Die Sache klärt sich nun folgendermaßen auf: Sein Mörder ist auch ein Italiener und gehört ebenfalls der Mafia an. Dieser hat sich aber gegen die Vorschriften vergangen, und Pietro ist mit seiner Verfolgung betraut worden. Die Fotografie, die wir bei der Leiche gefunden haben, ist wahrscheinlich die des Mörders; Pietro hat sie bekommen, um keinen Falschen niederzustechen. Er hat ihn nun verfolgt, in ein Haus einbrechen sehen, ihm draußen aufgelauert und in dem entstandenen Handgemenge selbst den Todesstoß bekommen. Was sagen Sie dazu, Mr Holmes?«

Holmes klatschte beifällig in die Hände.

»Großartig, Mr Lestrade, großartig!«, rief er. »Aber ich habe Ihre Erklärung von der Zerstörung der Büsten nicht recht verstanden.«

»Der Büsten?! Spuken Ihnen die Büsten immer noch im Kopf 'rum? Das ist ganz nebensächlich; gewöhnlicher Diebstahl, sechs Monate Gefängnis im höchsten Fall. In erster Linie müssen wir doch den Mörder suchen, und ich kann Ihnen sagen, dass ich alle Fäden bereits in der Hand halte.«

»Und was gedenken Sie nun zunächst zu tun?«

»Das ist sehr einfach. Ich werde mit Hill ins italienische Viertel gehen, den Mann mithilfe unserer Fotografie ausfindig machen und ihn wegen Mordes verhaften. Wollen Sie mitkommen?«

»Ich denke nicht. Ich glaube, wir können unser Ziel auf noch einfachere Weise erreichen. Ich kann's zwar nicht mit Bestimmtheit sagen, weil alles davon abhängt – nun, weil alles von einem Punkt abhängt, der sich unserer Kontrolle vollständig entzieht. Aber ich hege große Hoffnung – in der Tat, ich möchte zwei gegen eins wetten – dass, wenn Sie sich heute Nacht uns anschließen, ich Ihnen behilflich sein kann, ihn dingfest zu machen.«

»Im italienischen Viertel?«

»Nein; in Chiswick ist eine Adresse, wo wir ihn, glaube ich, eher finden werden. Wenn Sie heute Nacht mit mir nach Chiswick kommen wollen, Lestrade, verspreche ich Ihnen, Sie morgen ins italienische Viertel zu begleiten; die Verzögerung kann ja nichts schaden. Nun werden uns allen ein paar Stunden Schlaf gut tun, und ich schlage vor, nicht vor elf Uhr aufzubrechen, denn wir werden aller Voraussicht nach vor Tagesanbruch nicht zurückkommen. Sie können mit uns essen, Lestrade, und sich dann auf dem Sofa etwas ausruhen. Sie können einstweilen nach einem Extraboten klingeln, Watson, denn ich muss vorher noch einen sehr wichtigen Brief wegschicken.«

Holmes durchstöberte den ganzen Abend die alten Zeitungen in unserer Rumpelkammer. Als er endlich herunterkam, machte er ein triumphierendes Gesicht, sagte aber keinem von uns beiden ein Wort über das Ergebnis seiner Tätigkeit. Ich für meinen Teil, der ich den Methoden, womit er die verschiedenen Irrwege dieses verwickelten Falles aufgespürt hatte, genau gefolgt war, verstand sehr wohl, wenn ich auch das Endziel seines Strebens noch nicht erkennen konnte, dass er diesen eigenartigen Verbrecher bei dem Diebstahl der zwei übrig gebliebenen Büsten abfassen wollte, von denen sich die eine, wie ich mich erinnerte, in Chiswick befand. Zweifellos sollte er von uns auf frischer Tat ertappt werden, und ich wunderte mich über die Schlauheit, womit mein Freund eine falsche Fährte in die Abendblätter lanciert hatte, um den Kerl in dem Wahn zu lassen, dass er sein Handwerk ruhig fortsetzen könnte. Es überraschte mich daher auch nicht, als mir Holmes den guten Rat gab, mich mit einem Revolver zu versehen. Er selbst hatte seine geladene Pistole, seine Lieblingswaffe, zu sich gesteckt.

Um elf stand ein Wagen vor unserem Haus. Wir fuhren in demselben bis zur Hammersmith Bridge, wo der Kutscher halten musste. Wir gingen von hier noch eine kurze Strecke zu Fuß und kamen dann in eine Straße von niedlichen Häusern mit hübschen Vorgärten. Am Eingang eines derselben konnten wir im Schein einer Straßenlaterne den Namen ›Laburnum Villa‹ lesen. Die Bewohner waren offenbar schon zu Bett gegangen, denn es war alles dunkel, nur durch ein kleines rundes Fenster über der Haustür fiel schwaches Licht auf den Gartenweg. Ein dichter hölzerner Zaun, der das Grundstück von der Straße trennte, warf seinen schwarzen Schatten nach innen. Hier versteckten wir uns.

»Ich fürchte, wir müssen lange warten«, flüsterte Holmes. »Wir können froh sein, dass es nicht regnet. Ich glaube, wir dürfen nicht einmal rauchen, um uns die Zeit zu vertreiben. Aber wir haben die doppelte Aussicht, unsere Mühe belohnt zu sehen.«

Unsere Wache war jedoch nicht von so langer Dauer, wie Holmes vermutet hatte. Nach gar nicht langer Zeit, ohne dass wir vorher auch nur einen Laut gehört hatten, ging plötzlich die Gartentür auf und eine geschmeidige dunkle Gestalt bewegte sich so gewandt und flink wie ein Affe auf dem Gartenpfad auf das Haus zu. Wir sahen sie durch den Lichtschein huschen und im Schatten des Hauses verschwinden. Es trat eine längere Pause ein, und es war so still, dass wir den Atem anhalten mussten, dann drang ein knarrendes Geräusch an unsere Ohren. Das Fenster wurde aufgemacht. Eine neue Ruhepause – und der Kerl stieg ein. Wir sahen einen Moment den Schein einer Laterne. Was der Einbrecher suchte, schien er nicht gefunden zu haben, denn bald darauf bemerkten wir denselben Lichtschein durch ein anderes Fenster und noch durch ein drittes.

»Jetzt müssen wir uns an das offene Fenster schleichen«, flüsterte uns Lestrade zu. »Wir wollen ihn packen, wenn er rausklettert.«

Ehe wir aber seiner Aufforderung nachkommen konnten, war der Kerl schon wieder herausgesprungen. Als er in den Lichtschein des Haustürfensters kam, sahen wir, dass er etwas Weißes unter dem Arm hatte. Er blickte sich verstohlen um. Die Ruhe auf der leblosen Straße machte ihn sicher. Er legte seinen Raub auf die Erde, und im nächsten Augenblick hörten wir einen scharfen Schlag, dem ein Klirren und Rasseln folgte. Der Mann hatte uns den Rücken zugekehrt und war derart in seine Arbeit vertieft, dass er nicht merkte, wie wir über den Rasen krochen. Wie ein Tiger sprang ihm Holmes mit einem gewaltigen Satz in den Nacken, und im Nu hatten Lestrade und ich seine Hände erfasst und ihm die Schellen angelegt. Als wir ihn auf den Rücken legten, stierte uns ein hässliches, fahles Gesicht mit verzerrten, wütenden Zügen entgegen. Ich erkannte an der affenartigen Bildung desselben sofort den Mann auf der Fotografie.

Holmes kümmerte sich weiter nicht um unseren Gefangenen. Er hockte auf der Haustreppe und prüfte in der sorgfältigsten Weise die Trümmer des weißen Gegenstandes, den der Dieb gestohlen und zerschlagen hatte. Es war eine ebensolche Büste Napoleons gewesen, wie wir bereits am Morgen eine gesehen hatten, und sie war in gleicher Weise in Stücke zerbrochen. Holmes hielt jeden Teil einzeln gegen das Licht, aber keiner unterschied sich irgendwie von einem beliebigen anderen Stück Gips. Er war gerade mit seiner Untersuchung fertig, als im Hausflur ein neues Licht auftauchte und gleich darauf die Haustür geöffnet wurde. Es schien der Eigentümer des Grundstückes, ein jovialer, wohlbeleibter Herr, in Hemd und Hosen.

»Mr Josiah Brown?«, sagte Holmes.

»Zu Diensten, mein Herr; und Sie sind gewiss Mr Sherlock Holmes? Ich empfing Ihrem Brief, den Sie mir durch einen Sonderboten zusandten und handelte genau nach Ihren Empfehlungen. Wir verschlossen sämtliche Türen im Innern des Hauses und warteten ruhig der Dinge, die da kommen sollten. Nun, es freut mich, dass Sie den Kunden erwischt haben. Ich darf Sie wohl einladen, hereinzukommen und eine kleine Stärkung zu sich zu nehmen.«

Lestrade wollte jedoch seinen Mann möglichst schnell in Sicherheit bringen. Daher wurde unser Aufenthalt nicht lange ausgedehnt. Als nach einigen Minuten unser Wagen kam, stiegen wir alsbald ein und fuhren zusammen nach London. Unser Gefangener gab keinen Ton von sich; er stierte uns unheimlich an, und als ich zufällig einmal mit der Hand in den Bereich seiner Zähne kam, schnappte er danach wie ein wildes Tier. Die Untersuchung auf der Polizeiwache nahm ziemlich viel Zeit in Anspruch, sie förderte aber weiter nichts zutage als ein paar Schilling Geld und ein langes, dolchartiges Messer mit Scheide, was allerdings insofern von Bedeutung war, als sich noch frische Blutspuren daran befanden.

»Alles Weitere wird sich schon finden«, sagte Lestrade, als wir uns trennten. »Hill kennt die ganze Gesellschaft, er wird auch diesen kennen. Sie werden sehen, dass meine Theorie von der Mafia richtig ist und die ganze Sache erklärt. Vorläufig spreche ich Ihnen meinen besten Dank aus für die rasche und kunstgerechte Ergreifung des Mordgesellen. Ganz klar ist mir die Geschichte übrigens augenblicklich doch noch nicht.«

»Zu längeren Auseinandersetzungen ist es etwas zu spät geworden«, erwiderte Holmes. »Außerdem ist ein Punkt auch für mich noch nicht vollständig aufgeklärt. Der Fall scheint es jedoch zu lohnen, dass man ihn bis zum letzten Ende verfolgt. Wenn Sie morgen Abend um sechs Uhr wieder in meine Wohnung kommen wollen, glaube ich, Ihnen zeigen zu können, dass Sie die Sache auch jetzt noch nicht begriffen haben; sie ist in mancher Beziehung ohne Beispiel in der Kriminalgeschichte. Wenn ich Ihnen je die Erlaubnis erteile, meine kleinen Erlebnisse weiter zu veröffentlichen, wird voraussichtlich die Erzählung von den sechs Napoleonbüsten ein besonders interessantes Kapitel in Ihrem Buch bilden, lieber Watson.«

Als Lestrade am Abend zu uns kam, war er in der Lage, über unseren Gefangenen viele Angaben zu machen. Sein Vorname sei wahrscheinlich Beppo, der Zuname sei noch nicht bekannt. Er sei ein bekannter Taugenichts in der italienischen Kolonie, aber vordem ein geschickter und fleißiger Bildhauer gewesen. Er sei eben auf Abwege geraten und schon zweimal mit Gefängnis vorbestraft – einmal wegen Diebstahls und einmal wegen einer Stecherei. Er könne perfekt Englisch. Seine Gründe zur Vernichtung der Büsten seien noch unbekannt, und er verweigere jede Auskunft darüber. Die Polizei habe jedoch ermittelt, dass er diese Büsten sehr wohl selbst angefertigt haben könne, weil er solche Arbeiten bei Gelder & Co. ausgeführt habe. Holmes hörte diese Mitteilungen, obwohl sie uns meistenteils bekannt waren, freundlich an, aber ich kannte ihn zu gut, um nicht deutlich zu sehen, dass er mit seinen Gedanken anderswo war. Trotzdem er seine gewöhnliche Miene zur Schau trug, merkte ich ihm eine gewisse Ungeduld und Erwartung an. Endlich sprang er vom Stuhl auf, seine Augen glänzten. Es hatte geklingelt. Gleich darauf vernahmen wir Schritte, und ein ältlicher Herr mit gerötetem Gesicht und grauem Backenbart wurde hereingeführt. Er hatte in der rechten Hand eine große, altmodische Reisetasche, die er vorsichtig auf den Tisch setzte.

»Bin ich hier richtig bei Mr Sherlock Holmes?«

Mein Freund verbeugte sich lächelnd und sagte: »Sie sind gewiss Mr Sandeford aus Reading?«

»Jawohl, mein Herr; ich habe mich leider etwas verspätet, aber die Züge lagen ungünstig. Sie schrieben mir wegen einer Büste, die sich in meinem Besitz befindet.«

»Gewiss.«

»Ich habe Ihren Brief mitgebracht. Sie schreiben: ›Ich beabsichtige, eine Kopie von Devines Napoleon zu kaufen und würde Ihnen für die Ihrige zehn Pfund zahlen.‹ Stimmt das?«

»Allerdings.«

»Ihr Brief hat mich etwas überrascht. Ich konnte mir nicht denken, woher Sie wissen sollten, dass ich ein solches Ding hatte.«

»Natürlich müssen Sie darüber erstaunt gewesen sein. Die Erklärung ist jedoch sehr einfach. Mr Harding, der Inhaber der Firma Gebrüder Harding, teilte mir mit, dass Sie die letzte derartige Büste bekommen hätten und gab mir gleichzeitig Ihre Adresse.«

»So verhält sich also die Sache! Hat er Ihnen auch den Preis gesagt?«

»Nein; das hat er nicht getan.«

»Nun, ich bin ein ehrlicher, wenn auch kein reicher Mann. Ich habe fünfzehn Schilling bezahlt; ich will Ihnen das nicht verheimlichen, ehe ich die zehn Pfund annehme.«

»Ihre Rechtschaffenheit macht Ihnen alle Ehre, Mr Sandeford, aber nachdem ich Ihnen nun mal diese Summe geboten habe, will ich auch dabei bleiben.«

»Gut, Sie sind sehr nobel. Ich habe den Kopf Ihrem Wunsch gemäß gleich mitgebracht. Hier ist er!« Er machte die Reisetasche auf, und heraus kam eine getreue Nachbildung des Devine'schen Napoleon aus Gips, wie wir sie in ihren Stücken schon ein paarmal gesehen hatten.

Holmes zog ein Papier aus der Tasche und legte eine Zehnpfundnote auf den Tisch.

»Wollen Sie, bitte, dieses Schreiben in Gegenwart dieser Zeugen unterzeichnen, Mr Sandeford? Es besagt nur, dass Sie jedwedes Recht, das Sie an der Büste haben, auf mich übertragen. Ich bin ein vorsichtiger Mann, wie Sie sehen; und man weiß nie, was sich später aus einer Sache entspinnt. – Danke, Mr Sandeford; hier ist Ihr Geld. Ich wünsche Ihnen einen schönen guten Abend.«

Sobald unser Besucher hinaus war, zeigte mein Freund ein eigentümliches Verhalten. Er nahm aus einer Schublade ein reines Tuch und breitete es auf dem Tisch aus. Dann stellte er seine eben erworbene Büste darauf. Zum Schluss nahm er seine Pistole und gab einen scharfen Schuss auf das Haupt Napoleons ab. Die Figur zerbrach in Stücke, die Holmes begierig betrachtete. Im nächsten Moment stieß er einen Freudenschrei aus und hob ein Stück in die Höhe, in dem ein runder, dunkler Gegenstand steckte, wie eine Rosine in einem Kuchen.

»Meine Herren!«, rief er triumphierend, »darf ich Ihnen die berühmte schwarze Perle der Borgia zeigen?«

Lestrade und ich waren eine Weile sprachlos, dann aber brachen wir ganz unwillkürlich in lautes Beifallklatschen aus, wie ein Theaterpublikum, wenn die Lösung des Stückes kommt. Eine flüchtige Röte überflog meines Freundes bleiche Wangen, und er verbeugte sich wie der dramatische Künstler, der für den Beifall des Auditoriums dankt. In solchen Augenblicken war er nicht mehr die denkende, fühllose Maschine, sondern verriet die allgemein menschliche Liebe für Bewunderung und Beifall. Wenn er auch als stolzer und zurückhaltender Mann öffentliches Lob verabscheute, so konnte er doch durch die unwillkürliche Beifallskundgebung eines Freundes tief berührt werden.

»Ja, meine Herren«, sagte er, »es ist die berühmteste Perle der Welt, und ich habe Glück gehabt, ihre Spur durch eine Reihe logischer Schlüsse vom Schlafzimmer des Fürsten Calonna im Dacre Hotel, wo sie abhanden kam, bis in das Innere dieser letzten von sechs Napoleonbüsten von Gelder & Co. in Stepney verfolgt zu haben. Sie werden sich noch des Aufsehens erinnern, Lestrade, welches das Verschwinden dieses kostbaren Kleinods damals erregte, und wie die Londoner Polizei sich vergeblich bemühte, es wiederzufinden. Ich wurde auch zurate gezogen, vermochte aber damals ebenso wenig Licht in das Dunkel zu bringen wie die übrigen. Der Verdacht fiel auf die Zofe der Gräfin, eine junge Italienerin. Es konnte ihr aber nur nachgewiesen werden, dass ein Bruder von ihr in London lebte; ein engerer Zusammenhang war jedoch nicht zu finden. Das Mädchen hieß Lucretia Venucci, und dieser Pietro, der in der vorgestrigen Nacht ermordet worden ist, ist kein anderer als ihr Bruder. Ich habe in den alten Zeitungen nach den Daten gesucht und daraus ersehen, dass die Perle gerade zwei Tage vor Beppos Verhaftung verschwunden war – er wurde damals wegen einer Messeraffäre verfolgt und in der Werkstatt bei Gelder & Co. im selben Moment ergriffen, als diese Büsten hergestellt wurden. Sie werden nun das Folgende, wenn auch in anderer Reihenfolge als ich, ohne Schwierigkeiten begreifen können. Beppo hatte die Perle in seinem Besitz, vielleicht hatte er sie von Pietro gestohlen, vielleicht war er auch sein Komplize, womöglich gar der Zwischenträger zwischen Pietro und seiner Schwester. Ob die eine oder die andere Annahme richtig ist, tut nichts zur Sache.

Es kommt nur darauf an, dass er die Perle hatte und zur Zeit, als ihn die Polizei verfolgte, bei sich trug. Er lief in die Werkstatt, er wusste, dass er in etlichen Minuten eine Durchsuchung zu gewärtigen hatte, bei der man die Perle finden würde, da sah er sechs Napoleonbüsten im Gang zum Trocknen stehen. Eine derselben war noch weich. Ohne Besinnen machte Beppo, ein geschickter Arbeiter, ein kleines Loch in die feuchte Gipsmasse, steckte rasch die Perle hinein und machte die Öffnung durch ein paar kunstgerechte Fingerbewegungen wieder zu. Es war ein vortreffliches Versteck. Kein Mensch konnte die Perle an dieser Stelle vermuten und finden. Beppo musste nun ein Jahr ins Gefängnis, währenddessen die sechs Büsten über ganz London zerstreut wurden. Er wusste selbstverständlich nicht, in welcher der Schatz verborgen war. Er konnte ihn nur finden, wenn er sie nacheinander zerschlug, denn einfaches Schütteln half nichts, weil die Perle in dem nassen Gips wahrscheinlich festgeklebt war – wie es tatsächlich auch der Fall ist. Beppo begab sich mit anerkennenswertem Eifer und der nötigen Zähigkeit auf die Suche. Durch einen Vetter, der bei Gelder arbeitet, erfuhr er die Namen der Käufer jener Büsten. Es gelang ihm, bei Morse Hudson Beschäftigung zu finden, wo er drei davon auskundschaftete. Die Perle war nicht drin. Mithilfe eines italienischen Angestellten von Harding brachte er in Erfahrung, wo die drei anderen hingekommen waren. Die eine hatte Harker bekommen. Dorthin folgte ihm sein Genosse Pietro, um ihn wegen des Verlustes der Perle zur Rechenschaft zu ziehen, wurde aber im Verlauf des darüber entbrannten Streites erstochen.«

»Wenn Beppo sein Genosse war, warum hatte Pietro dann seine Fotografie in der Tasche?«, warf ich ein.

»Um ihn aufzufinden, wenn er sich bei dritten Personen nach ihm erkundigen wollte. Einen anderen Grund kann es wohl kaum gehabt haben. Nach dieser Tat musste Beppo meiner Berechnung nach seine Nachforschungen eher beschleunigen als verzögern, denn er hatte zu befürchten, dass die Polizei das Geheimnis durchschaue, und er musste deshalb die Perle auf jeden Fall eher wiederzuerlangen suchen, als die Polizei seiner habhaft werden konnte. Selbstverständlich wusste ich nicht, ob er sie nicht schon in der Harker'schen Büste gefunden hatte, ja ich wusste nicht einmal genau, ob es sich um diese Perle handelte; nur soviel war mir klar, dass er etwas in der Büste gesucht hatte, denn sonst würde er sie nicht an verschiedenen Häusern vorbei gerade in den Garten getragen haben, wo eine Laterne Licht verbreitete. Da Harkers Büste eine von dreien war, so standen meine Chancen wie zwei zu eins, wie ich gestern Abend schon sagte. Es waren noch zwei Büsten übrig, und es war anzunehmen, dass er zuerst die in der Stadt befindliche holen würde.

Ich schickte daher an die Bewohner dieses Hauses einen Brief, worin ich sie auf das Bevorstehende aufmerksam machte, und wir begaben uns dann selbst dorthin und hatten das beste Resultat. Nun wurde es mir natürlich zur Gewissheit, dass es sich um die Borgia-Perle handelte. Der Name des Ermordeten bildete das Verbindungsglied zwischen den zwei Fällen. Es war nun nur noch eine einzige Gipsfigur vorhanden – die in Reading – in dieser musste die Perle sein. Ich habe diese letzte Büste in Ihrer Gegenwart ihrem Besitzer abgekauft – und hier ist die Perle.«

Wir waren eine Weile stumm.

»Ich habe Sie schon viele Fälle behandeln sehen, Mr Holmes«, sagte dann Lestrade, »mehr Scharfsinn und Umsicht haben Sie aber, so viel ich mich entsinnen kann, noch bei keinem an den Tag gelegt. Wir sind nicht eifersüchtig auf Sie in

Scotland Yard. Nein, im Gegenteil, wir sind stolz auf Sie, und wenn Sie morgen zu uns hinunterkommen, wird Ihnen jeder, vom ältesten Inspektor bis zum jüngsten Schutzmann, mit Freuden die Hand schütteln und gratulieren.«

»Ich danke Ihnen«, sagte Holmes, »ich danke Ihnen!« Er drehte sich um und schien mir stärker gerührt zu sein als je zuvor. Einen Augenblick später war er aber schon wieder der kalte, geschäftsmäßige Denker. »Legen Sie die Perle in den Schrank, Watson«, sagte er, »und nehmen Sie die Akten über den Conk-Singleton-Münzprozess heraus. Adieu, Mr Lestrade! Wenn Sie wieder mal eine kleine Aufgabe haben, bin ich gern bereit, soweit es in meinen Kräften steht, Ihnen bei der Lösung behilflich zu sein.«

Die gestohlenen Unterseebootszeichnungen

In der dritten Woche des November, im Jahre 1895, senkte sich ein dichter, gelber Nebel auf London herunter. Vom Montag bis Donnerstag konnten wir nicht die Giebel der gegenüberliegenden Häuser in der Baker Street erkennen: Am ersten Tag verbrachte Holmes die Zeit mit dem Durchsehen seiner verschiedenen Notizen. Den zweiten und dritten Tag widmete er seinem neuesten Steckenpferd, der Musik des frühen Mittelalters. Aber als wir dann zum vierten Mal beim Frühstück jene schmierige, gelbbraune Masse vor dem Fenster sahen, die ölige Tropfen am Fensterglas bildete, konnte die ungeduldige aktive Natur meines Freundes dieses graue Dasein nicht länger mehr ertragen. In einem Fieber unterdrückter Energie lief er in unserem Wohnzimmer hin und her, biss sich in die Fingerknöchel, beklopfte die Möbel und stieß Verwünschungen aus gegen die Untätigkeit, zu der er verdammt sei.

»Nichts Interessantes in der Zeitung, Watson?«, fragte er.

Ich wusste, dass mit etwas »Interessantem« Holmes stets etwas kriminalistisch Interessantes meinte. In der Zeitung standen: eine Revolution, ein sehr wahrscheinlicher Krieg auf dem Balkan und ein Ministerwechsel. Aber dergleichen kam für meinen Freund nicht in Betracht. Etwas Kriminelles konnte ich aber in keiner Form entdecken, wenn ich von den üblichen Belanglosigkeiten des Polizeiberichts absah. Holmes seufzte laut und nahm seine ruhelose Wanderung wieder auf.

»Der Londoner Verbrecher ist nachgerade ein stumpfsinniger Bursche«, schalt er mit der verdrießlichen Stimme eines Sportsmannes, der das Spiel verloren hat. »Schauen Sie bloß aus dem Fenster, Watson. Wie hier die Gestalten aus dem Trüben auftauchen, vorüberhuschen und wieder untertauchen im

Trüben. Der Dieb oder Mörder könnte an solch einem Tag in London herumschweifen wie der Tiger im Dschungel, unsichtbar, bis er springt, und auch dann nur wie ein Schatten sichtbar für sein Opfer.«

»Da sind zahlreiche kleine Diebstähle verübt worden, wie die Polizei berichtet.«

Holmes machte voller Verachtung »pah«.

»Diese großartige düstere Bühne verlangt nach etwas anderem als solch elendem Besitzwechsel. Es ist wahrhaftig ein Glück für diese Stadt, dass ich kein Verbrecher bin.«

»Da haben Sie recht!«, rief ich aufrichtig.

»Nehmen Sie an, ich wäre Brooks oder Woodhouse oder irgendeiner von den fünfzig Männern, die guten Grund haben, mir nach dem Leben zu trachten – wie lange könnte ich wohl gegen meine eigene Verfolgung am Leben bleiben? Eine Finte, eine Verabredung unter falschem Namen und Vorwand, und alles wäre zu Ende. Es ist gut, dass sie in den romanischen Ländern keinen solchen Nebel haben – in den Mordländern. Beim Himmel, hier kommt ja etwas, um endlich diese furchtbare Eintönigkeit zu unterbrechen.«

Es war das Mädchen mit einem Telegramm. Holmes riss es auf und brach in Lachen aus.

»Das ist ja – das ist ja – hahaha, das schlägt alles«, rief er belustigt. »Mein Bruder Mycroft kommt uns besuchen.«

»Warum nicht?«, fragte ich.

»Warum nicht? Das ist gerade so, wie wenn Sie auf einem Waldpfad einem Straßenbahnwagen begegneten. Mycroft hat seine Schienen, und in denen läuft er. Seine Wohnung in der Pall Mall, der Diogenes-Klub, Whitehall – das ist sein Kreislauf. Einmal, ein einziges Mal, ist er hier bei mir gewesen. Was für ein Erdbeben mag ihn aus dem Gleis geworfen haben?«

»Gibt er keinen Grund an?«

Holmes reichte mir seines Bruders Telegramm.

Muss dich wegen Cadogan West sprechen.
Komme sofort.
Mycroft.

»Cadogan West? Den Namen habe ich doch schon gehört?«

»Mir sagt er gar nichts. Keine Erinnerung. Aber dass Mycroft auf solch erratische Weise ausbrechen kann! Ein Planet könnte ebenso gut seine Bahn verlassen. Wissen Sie übrigens, was Mycroft ist?«

Ich hatte eine dürftige Erinnerung, dass Holmes mir aus Anlass des Abenteuers mit dem griechischen Dolmetscher davon gesprochen hatte.

»Sie sagten mir, er hätte, glaube ich, eine kleine Anstellung bei der englischen Regierung.«

Holmes lachte.

»Damals kannte ich Sie noch nicht so gut, mein lieber Watson, und man muss diskret sein, wenn es sich um hohe Staatsangelegenheiten handelt. Sie würden gelegentlich aber auch recht haben, wenn Sie sagten: Er ist die englische Regierung.«

»Mein bester Holmes!«

»Ich wusste, dass Sie das überraschen würde. Mycroft bezieht vierhundertfünfzig Pfund Sterling jährliches Gehalt, bleibt in abhängiger Stellung, hat keinerlei Ehrgeiz, will weder Titel noch Orden, aber er bleibt der unentbehrlichste Mann im Land.«

»Aber wie das?«

»Nun, seine Stellung ist einzigartig. Er hat sie sich extra geschaffen. Etwas Ähnliches hat es nie vorher gegeben, noch wird es das später je wieder geben. Er hat das bestgeordnete, übersichtlichste Hirn, das heutzutage existiert, mit der denkbar größten Aufnahmefähigkeit für Tatsachen, die es sauber registriert und aufbewahrt. Dieselben besonderen Eigenschaften, die mich zum erfolgreichsten Detektiv machten, haben ihn in seinem Amt zum unentbehrlichsten Mann gemacht. Die Entschließungen usw. jeder Abteilung gehen ihm zu, und er ist die Ausgleichsbörse, das Clearinghouse sozusagen, das den Saldo zieht. Alle anderen hohen Staatsbeamten sind Spezialisten, aber seine Spezialität ist Allwissenheit. Nehmen wir an, ein Minister benötigt eine Information in Bezug auf irgendetwas, das zugleich die Marine angeht, so wie Indien, Kanada und die Silberwährung. Er könnte von den einzelnen Abteilungen je einen Sonderbericht erhalten, aber nur Mycroft allein kann diese in seinem Hirn alle zusammenfassen, mit einem Blick überschauen und ohne Weiteres sagen, wie ein jeder Faktor den anderen beeinflussen würde. In seinem Hirn muss es aussehen wie in einer großen Kartothek; jede Einzelheit aller Regierungsfragen steht ihm sofort zur Verfügung. Oft und oft hat sein Wort unsere englische Politik entschieden. Er lebt in ihr und für sie. Er denkt nichts anderes, ausgenommen wenn er einmal ausspannt und als eine Art geistiger Gymnastik sich mit meinen Detektivproblemen befasst, worum ich ihn gelegentlich bitte. Aber Jupiter begibt sich heute zu den Sterblichen hernieder. Was mag da los sein? Wer ist Cadogan West und was bedeutet er meinem Bruder Mycroft?«

»Ich hab's«, rief ich und machte mich über einen Haufen Zeitungen auf dem Sofa her. – »Ja, hier steht es; ganz richtig, Cadogan West ist der Name des jungen Mannes, der am Dienstag früh tot auf der Untergrundbahn gefunden wurde.«

Holmes straffte sich wie ein Hühnerhund, der sein Wild wittert, und seine Hand hielt die Pfeife zwischen Tisch und Lippe, in ihrer Bewegung plötzlich erstarrt.

»Das muss etwas äußerst Ernstes sein, Watson. Ein Todesfall, der meinen Bruder veranlasst, aus seinem Geleise zu springen, muss etwas ganz Besonderes sein. Was in aller Welt kann er damit zu tun haben? Der Fall sah ganz nichtssagend aus, soweit ich mich erinnere. Der junge Mann ist anscheinend aus dem Zug gefallen und dabei ums Leben gekommen. Er ist nicht beraubt worden, und es lag keinerlei Anlass vor, ein Verbrechen in den Bereich der Erwägungen zu ziehen. So ungefähr war es doch?«

»Eine Untersuchung hat später noch stattgefunden«, sagte ich, »und dabei kam eine Menge neuer Tatsachen ans Licht. Aus der Nähe genau betrachtet hat der Fall doch ein sehr merkwürdiges Aussehen.«

»Nach der Wirkung auf meinen Bruder zu urteilen, allerdings! Mycroft ist aus seinem Geleise gesprungen – das bringt nur ein Erdbeben fertig!« Er machte es sich in seinem Lehnstuhl bequem. »Nun, alter Watson, lassen Sie die Tatsachen hören.«

»Der Name des Toten war Arthur Cadogan West. Er war siebenundzwanzig Jahre alt, ledig, und Büroangestellter im Arsenal von Woolwich.«

»Regierungsangestellter. Beachte das Bindeglied mit meinem Bruder!«

»Er verließ Woolwich plötzlich Montagabend. Zuletzt ist er gesehen worden von seiner Verlobten, Miss Violet Westbury, die er im Nebel ganz unvermittelt gegen sieben Uhr dreißig verließ. Sie hatten keinen Streit miteinander gehabt, und das Fräulein kann keinen Grund für sein Verhalten angeben. Das Nächste, was von ihm bekannt wurde, war die Nachricht, dass ein Schienenleger namens Mason seine Leiche dicht außerhalb der Aldgate Station der Untergrundbahn in London gefunden hatte.«

»Wann?«

»Die Leiche wurde um sechs Uhr früh am Dienstag entdeckt. Sie lag weitab von den Schienen, auf der linken Seite des Bahnkörpers (wenn man ostwärts schaut), nahe bei der Station, dort, wo die Bahn den Tunnel verlässt. Der Schädel war zerschmettert – eine Verletzung, die sehr wohl durch einen Sturz aus dem Zug verursacht sein konnte. Nur so konnte überhaupt die Leiche dahin gekommen sein. Wäre sie von einer der angrenzenden Straßen her an den Fundort gebracht worden, hätte sie die Stationsschranken passieren müssen, wo ständig ein Kontrolleur steht. In dieser Hinsicht scheint völlige Gewissheit zu herrschen.«

»Sehr gut. Die Grundlage ist einfach genug: Der Mann ist, entweder tot oder lebend, aus einem Zug entweder hinausgefallen oder hinausgeworfen worden. Soviel ist mir klar. Bitte weiter!«

»Die Züge, die auf den Schienensträngen verkehren, neben denen der Tote aufgefunden wurde, sind solche, die von Westen nach Osten fahren, teils reine Stadtzüge, teils solche von Willesden und außerhalb liegenden Knotenpunkten. Es kann als erwiesen gelten, dass dieser junge Mann, ehe er seinen Tod fand, in der angegebenen Richtung zu später Nachtzeit fuhr, dagegen ist es nicht möglich festzustellen, wo er den Zug bestiegen hat.«

»Seine Fahrkarte würde darüber Auskunft geben.«

»Man fand keine Fahrkarte bei ihm.«

»Keine Fahrkarte! Donnerwetter, Watson, das ist aber auffällig. Nach meinen Erfahrungen ist es nicht möglich, eine Untergrundbahn zu betreten, ohne seine Karte vorzuweisen. Ist ihm die seinige abgenommen worden, um die Station zu verheimlichen, von der er gekommen ist? Das ist möglich. Oder hat er sie im Zug verloren oder fortgeworfen? Auch das ist möglich. Aber dieser Punkt ist von besonderem Interesse. Nicht wahr, die Leiche war nicht beraubt?«

»Offenbar nicht. Hier ist ein Verzeichnis dessen, was man bei ihm fand. Seine Geldtasche enthielt zwei Pfund Sterling, fünfzehn Schilling. Er hatte auch ein Scheckheft der Woolwicher Zweigstelle der Stadt- und Landbank bei sich. Seine Identität wurde durch dieses Scheckheft festgestellt. Ferner zwei Karten für das Woolwicher Theater für denselben Abend. Schließlich ein kleines Paket technischer Papiere.«

Holmes tat einen Ausruf der Befriedigung.

»Hier haben wir es endlich, Watson! Englische Regierung – Woolwich – Arsenal – technische Papiere – Bruder Mycroft. Der Ring schließt sich. Aber da kommt er ja wohl.«

Einen Augenblick später wurde die große stattliche Erscheinung Mycroft Holmes' unter der Tür sichtbar. Schwer und massiv gebaut, lag eine merkwürdige körperliche Trägheit in der ganzen Figur des Mannes angedeutet. Aber über dem mächtigen Körperbau thronte ein so ausgeprägter Charakterkopf: stahlgraue, tiefliegende, scharfblickende Augen, schmale, gerade Lippen, hohe Stirn und ein äußerst lebhaftes Minenspiel, sodass man nach dem ersten Blick den massigen Körper ganz vergaß und nur noch den überlegenen Geist sah.

Gleich hinter Mycroft erschien unser alter Freund Lestrade von Scotland Yard – dünn und voller Erhabenheit. Der ernste Gesichtsausdruck beider Männer verriet eine schwerwiegende Angelegenheit. Der Detektiv reichte uns stumm die Hand; Mycroft Holmes schälte sich aus seinem Mantel und ließ sich in einen Sessel fallen.

»Ein sehr unangenehmes Geschäft, Sherlock«, redete er seinen Bruder an. »Es ist mir äußerst unangenehm, meine Gewohnheiten nicht einhalten zu können, aber es handelt sich hier um Dinge, die es gebieterisch verlangen, und so muss ich eben. Leider! Bei der augenblicklichen Lage Siams ist es ganz ungeschickt, dass ich vom Büro fort bin. Aber es ist eine richtige Krisis. Unsern Premier habe ich noch nie so außer Fassung gesehen. Die Admiralität – da summt es, wie in einem umgestürzten Bienenkorb. Ist dir der Fall schon bekannt?«

»Wir haben uns eben aus der Zeitung darüber unterrichtet. Was sind das für technische Papiere?«

»Du triffst den Kernpunkt. Zum Glück ist noch nichts in die Öffentlichkeit gedrungen. Die Presse würde toben, sage ich dir. Die technischen Papiere, die man in den Taschen des Toten fand, sind die Zeichnungen zu dem Bruce-Partington-Unterseeboot.«

Mycroft Holmes sprach mit einer Feierlichkeit, die verriet, welche Bedeutung er dem Gegenstand beilegte. Sein Bruder und ich lauschten voller Spannung.

»Sicher hast du von ihm gehört? Ich dachte, jedermann hätte von ihm gehört.«

»Nur der Name ist mir bekannt.«

»Seine Bedeutung kann kaum übertrieben werden. Es ist das am eifersüchtigsten gehütete Geheimnis unserer Regierung. Du kannst es mir glauben, dass innerhalb des Aktionsradius eines Bruce Partington keine Seekriegsführung mehr denkbar ist. Vor zwei Jahren wurde eine sehr große Summe durch das Budget geschmuggelt und dafür verwendet, uns das Monopol der Erfindung zu sichern. Es geschah alles, um das Geheimnis zu wahren. Die Konstruktionspläne, die äußerst verwickelt sind, enthalten gegen dreißig einzelne Patente, jedes wesentlich für das Ganze, und werden in einem erstklassigen Stahlschrank in einem geheimen Büro neben dem Arsenal, mit einbruchssicheren Türen und Fenstern, aufbewahrt. Unter keinerlei Bedingungen durften die Zeichnungen aus dem Büro entfernt werden. Wenn der Erste Konstruktionsoffizier der Marine sie einsehen wollte, war selbst er genötigt, zu dem Zweck nach Woolwich zu gehen. Und trotz alledem finden wir die Pläne in den Taschen eines jüngeren Bürobeamten mitten in London. Vom amtlichen Standpunkt aus ist es einfach grässlich.«

»Aber du hast sie alle wieder?«

»Nein, Sherlock, nein! Da liegt ja der Hund begraben. Wir haben sie nicht. Zehn Pläne sind in Woolwich gestohlen worden. Sieben fand man in den Taschen von Cadogan West. Die wichtigsten drei …« Mycroft Holmes blies sich über die leere Fläche seiner Rechten. »Weg! Sherlock, du musst alles andere liegen lassen. Vergiss deine üblichen kleinen Häkeleien mit der Polizei. Du hast eine Aufgabe von internationaler Bedeutung zu bewältigen. Warum hat Cadogan West die Papiere gestohlen, wo sind die drei fehlenden, wie ist er gestorben, wie kam seine Leiche an den Fundort, wie kann der Schaden wiedergutgemacht werden? Finde die richtige Antwort auf alle diese Fragen, und du wirst dem Vaterland einen großen Dienst erwiesen haben.«

»Warum löst du die Aufgabe nicht selbst, Mycroft? Du siehst so weit wie ich.«

»Möglich, Sherlock. Aber es handelt sich hier um die Feststellung von Einzelheiten. Gib mir deine Einzelheiten, und von diesem Sessel aus will ich dir ein ausgezeichnetes fachmännisches Exposé zu dem Fall diktieren. Aber hierhin laufen, dorthin rennen, Eisenbahner ausfragen, auf dem Bauch liegen mit einer Lupe vor dem Auge – das ist nichts für mich. Nein, du bist der einzige Mensch, der den Fall aufklären kann. Wenn du Wert darauf legst, deinen Namen unter den nächsten Ordensverleihungen …«

Mein Freund lächelte und wehrte mit der Hand ab.

»Ich spiele das Spiel lediglich um des Spieles willen«, sagte er. »Aber der Fall scheint einige interessante Schwierigkeiten zu bieten, und es wird mir ein Vergnügen sein, sie anzupacken. Einige weitere Unterlagen, bitte.«

»Ich habe die wichtigsten Daten hier auf diesem Bogen aufgeschrieben, dazu einige Adressen, die dir nützlich sein können. Der gegenwärtige amtliche Hüter der Papiere ist der berühmte Marinefachmann Sir James Walter, dessen Orden und Titel mehrere Zeilen der Rangliste füllen. Er ist im königlichen Dienst ergraut, ist ein Gentleman, ein bevorzugter Gast in den ersten Häusern Englands und vor allem ein Mann, dessen Vaterlandsliebe über jeden Zweifel erhaben ist. Er ist einer von den zweien, die einen Schlüssel zu dem Stahlschrank haben. Ich will noch nachtragen, dass die Pläne am Montag während der Arbeitszeit unzweifelhaft da waren, und dass Sir James ungefähr um drei Uhr nach London fuhr und den Schlüssel mitnahm. Er war den ganzen Abend im Haus des Admirals Sinclair am Barclay Place, während das Unglück geschah.«

»Ist diese Tatsache bestätigt?«

»Ja, sein Bruder, Oberst Valentine Walter, hat seine Abfahrt von Woolwich bezeugt, und Admiral Sinclair seine Ankunft in London; also ist Sir James nicht länger mehr ein unsicherer Faktor in der Sache.«

»Wer ist der andere Mann mit dem anderen Schlüssel?«

»Der Bürovorsteher und Zeichner Mr Sidney Johnson. Er ist ein Mann von vierzig Jahren, verheiratet, mit fünf Kindern – ein stiller, übellauniger Mann, aber er genießt in Bezug auf Zuverlässigkeit den besten Ruf im öffentlichen Dienst. Er ist unbeliebt bei seinen Kollegen, aber ein tüchtiger Arbeiter. Nach seinen eigenen Angaben, die mir seine Frau bestätigt hat, war er den ganzen Montagabend nach Büroschluss zu Hause, und sein Schlüssel ist nicht von der Uhrkette gekommen, an der er hängt.«

»Erzähl mir noch von Cadogan West!«

»Er ist seit zehn Jahren im Dienst und hat sich bewährt. Er hat den Ruf, ein Heißsporn zu sein, aber ein ehrlicher, gerader Mann. Wir haben nichts gegen ihn. Er war nach Sidney Johnson der Zweite im Büro. Seine Obliegenheiten brachten ihn täglich in persönliche Berührung mit den Zeichnungen. Nur er allein nahm sie aus den Fächern und ordnete sie wieder ein.«

»Wer hat in jener Nacht die Pläne eingeschlossen?«

»Mr Sidney Johnson, der Bürovorsteher.«

»Nun, es ist doch vollständig klar, wer sie gestohlen hat. Man hat sie in den Taschen Cadogan Wests gefunden – das ist eine Tatsache, und die macht doch alle weiteren Erwägungen überflüssig, nicht?«

»So scheint es, Sherlock, und doch bleibt da noch so vieles unaufgeklärt. Zuallererst: Warum hat er sie gestohlen?«

»Ich nehme an, sie sind von Wert?«

»Er hätte sehr leicht viele Tausende dafür bekommen können.«

»Kannst du mir ein anderes Motiv dafür angeben, dass er die Zeichnungen nach London brachte – außer, um sie zu verkaufen?«

»Nein, das kann ich nicht.«

»Dann müssen wir das zu unserer Grundlage machen. Der junge West hat die Papiere entwendet. Das konnte aber nur geschehen unter Verwendung eines falschen Schlüssels …«

»Verschiedener falscher Schlüssel«, unterbrach Mycroft. »Er musste außer dem Stahlschrank das Zimmer und das Haus aufschließen.«

»Gut, dann hatte er also verschiedene falsche Schlüssel. Er nahm die Papiere mit nach London, um das Geheimnis zu verkaufen und hatte vermutlich die Absicht, die Zeichnungen bis zum nächsten Morgen wieder in den Schrank zu legen, ehe sie vermisst wurden. Während er in London mit dieser lukrativen Aufgabe beschäftigt war, ereilte ihn der Tod.«

»Wie?«

»Wir wollen annehmen, dass er zurück nach Woolwich fuhr, als er getötet und aus dem Wagenabteil geworfen wurde.«

»Aldgate, wo die Leiche gefunden wurde, ist beträchtlich jenseits London Bridge Station, wo seine Linie nach Woolwich abzweigt«, bemerkte Mycroft.

»Man kann sich viele Umstände ausdenken, die ihn hätten veranlassen können, über London Bridge hinaus zu fahren. Da saß einer im Wagen, mit dem er eine zu wichtige Verhandlung führte, um auf die Stationen zu achten; hm, und diese Verhandlung endigte in einer heftigen Szene, bei der er sein Leben verlor. Möglicherweise wollte er den Wagen verlassen, er fiel auf den Bahnkörper und zerschmetterte sich den Schädel. Der andere schloss die Tür hinter ihm. Es war bekanntlich ein dicker Nebel, und niemand konnte etwas deutlich sehen.«

»Mit unserer augenblicklichen Kenntnis der Tatsachen können wir auf keine bessere Erklärung kommen. Und doch bitte ich dich zu bedenken, wie vieles du dabei außer Acht lässt. Bleiben wir zum Beispiel einmal dabei, dass der junge West beschlossen hatte, die Pläne nach London zu bringen. Natürlich hat er sich da vorher mit dem fremden Spionageagenten verabredet und sich diesen Abend freigehalten. Stattdessen nahm er zwei Karten fürs Theater, brachte seine Verlobte halbwegs dorthin und verschwand dann plötzlich.«

»Eine Finte«, sagte Lestrade, der nicht ohne Ungeduld das Zwiegespräch mit angehört hatte.

»Eine sehr merkwürdige Finte«, sagte Sherlock Holmes. »Das ist Einwurf Nummer eins. Einwurf Nummer zwei: Wir wollen annehmen, er fährt nach London und trifft sich mit dem fremden Agenten. Er muss die Pläne bis zum anderen Morgen wieder zurückschaffen oder ihr Fehlen wird entdeckt werden. Er nahm zehn mit sich von Woolwich; nur sieben hat man bei ihm gefunden. Was ist mit den übrigen drei geschehen? Sicher würde er sie nicht freiwillig aus der Hand gegeben haben, denn das bedeutete ja Entdeckung mit allen unheilvollen Folgen. Schließlich, wo ist der Preis für seinen Verrat? Man hätte doch eigentlich eine große Summe bei ihm finden müssen.«

»Mir scheint das völlig klar«, sagte Lestrade. »Ich habe keinen Zweifel, wie die Dinge sich abspielten. Er nahm die Papiere weg, um sie zu verkaufen. Er traf sich mit dem Agenten. Sie konnten sich über den Preis nicht einig werden. West fuhr wieder nach Hause, aber der Agent fuhr mit. Im Zug ermordete ihn der Agent, nahm die drei wichtigsten Pläne an sich und warf die Leiche aus dem Wagen. Das würde sich mit allen Tatsachen decken, nicht?«

»Warum hatte er keine Fahrkarte?«

»Die Karte würde gezeigt haben, welche Station dem Haus des Agenten am nächsten gelegen ist. Deshalb nahm er sie aus der Tasche des Ermordeten.«

»Gut, Lestrade, sehr gut«, meinte Holmes. »Ihre Theorie hält zusammen. Aber wenn sie richtig ist, dann ist der Fall zu Ende. Auf der einen Seite ist der Hochverräter tot, auf der anderen sind die wichtigsten Zeichnungen im Besitz eines Spions und wahrscheinlich schon längst auf dem Festland. Was bleibt uns da noch zu tun übrig?«

»An die Arbeit, Sherlock!«, rief Mycroft und sprang auf die Füße. »An die Arbeit! Alle meine Instinkte sind gegen diese Erklärung. Lass deine Fähigkeiten spielen! Geh an den Ort des Verbrechens, sprich mit den Leuten, die davon berührt wurden, lass keinen Stein ununtersucht. In deinem ganzen Leben hast du noch keine so glänzende Gelegenheit gehabt, deinem Vaterland zu dienen.«

»Schön, schön«, sagte Holmes und zuckte die Achseln. »Kommen Sie, Watson! Und Sie, Lestrade, würden Sie uns gütigst eine Stunde oder zwei schenken? Wir wollen unsere Nachforschungen mit einem Besuch der Aldgate Station beginnen. Leb wohl, Mycroft. Noch vor Abend werde ich dir einen Bericht senden, aber ich mache dich im Voraus darauf aufmerksam, dass du nur wenig zu erwarten hast.«

Eine Stunde später standen wir drei auf der Untergrundbahnstrecke dort, wo sie den Tunnel bei Aldgate Station verlässt. Ein freundlicher alter Herr mit rotem Gesicht vertrat bei uns die Bahngesellschaft.

»Dort ist die Leiche des jungen Mannes gefunden worden«, sagte er und wies auf einen Fleck ungefähr einen Meter von der Beschotterung. »Von oben her konnte sie nicht gefallen sein, denn wie Sie sehen, ist da alles lückenlose Mauer. Also konnte sie nur aus einem Zug kommen, und dieser Zug lief, soweit wir feststellen konnten, am Montag um Mitternacht hier durch.«

»Sind die Wagen auf irgendwelche Anzeichen eines Kampfes untersucht worden?«

»Wir konnten keinerlei Anzeichen dafür finden, ebenso wenig die Fahrkarte.«

»Keine Meldung, dass eine Tür offen stehend gefunden wurde?«

»Nein.«

»Wir haben heute Morgen neue Tatsachen festgestellt«, sagte Lestrade. »Ein Herr, der Aldgate in einem gewöhnlichen Stadtzug ungefähr um elf Uhr vierzig Montagnacht passierte, sagt aus, dass er einen starken dumpfen Schlag hörte, als ob ein Körper auf den Boden aufschlüge, gerade ehe der Zug die Station erreicht hatte. Bei dem dicken Nebel konnte er leider nichts sehen. Er machte damals keine Anzeige. Ha, was ist mit Mr Holmes?«

Mein Freund stand da mit einem Ausdruck angespanntesten Nachdenkens auf dem Gesicht und starrte auf die Eisenbahnschienen, wo sie im Bogen aus dem Tunnel herauskamen. Aldgate ist ein Knotenpunkt, und da war also ein ganzes Netzwerk von Weichen. Auf diese waren seine starren Augen gerichtet, und ich bemerkte auf seinem belebten, gespannten Gesicht die zusammengekniffenen Lippen, das Beben seiner Nasenflügel und das mir so wohlbekannte Stirnrunzeln.

»Die Weichen«, sagte er halblaut vor sich hin, »die Weichen.«

»Was ist mit ihnen? Was meinen Sie?«

»Ich nehme an, dass nur wenige Ihrer Stationen ein solches System von Weichen haben.«

»Nur ganz wenige, Mr Holmes.«

»Und eine Kurve auch noch. Weichen und eine Kurve. Bei Gott, wenn es nur so wäre!«

»Was überlegen Sie, Mr Holmes? Haben Sie etwas entdeckt?«

»Eine Idee – eine Ahnung, nicht mehr. Aber der Fall wird immer interessanter. Einzigartig, völlig einzigartig und doch, warum nicht? Ich sehe keinerlei Anzeichen von Blut hier an der Fundstelle.«

»Es werden auch kaum welche vorhanden sein.«

»Aber der Kopf war doch zerschmettert.«

»Die Schädelknochen ja, aber äußerlich waren die Verletzungen nicht schwer.«

»Und doch hätte man etwas Blut finden müssen. Könnten Sie es mir ermöglichen, den Zug zu besichtigen, mit dem der Herr fuhr, der den Fall eines Körpers im Nebel gehört hat?«

»Leider ist das nicht möglich, Mr Holmes. Der Zug ist schon längst ausgelöst und die Wagen sind neu verteilt.«

»Ich kann Sie versichern, Mr Holmes«, sagte Lestrade, »dass jedes Abteil aufs Genaueste untersucht worden ist. Es geschah unter meiner Aufsicht.«

Eine der hervorstechendsten Schwächen meines Freundes war es, dass er oft ungeduldig mit solchen war, die einen weniger scharfen Geist hatten als er.

»Ach ja«, seufzte er laut und wandte sich ab. »Natürlich wollte ich nicht die Abteile untersuchen. Watson, kommen Sie, wir haben hier alles getan, was hier zu tun ist. Mr Lestrade, wir brauchen Sie nicht mehr zu bemühen. Unsere Nachforschungen müssen wir jetzt in Woolwich fortsetzen.«

Auf dem London Bridge Bahnhof schrieb Holmes ein Telegramm an seinen Bruder, das er mir zu lesen gab, ehe er es abschickte. Es lautete:

> Sehe etwas Licht in dem Dunkel, aber es kann wieder verlöschen. Schicket mit Boten Baker Street wartend vollständige Liste aller fremden Spione, Agenten usw., die gewöhnlich in England arbeiten, mit genauer Adresse. Sherlock.

»Solch eine Liste wäre uns von Vorteil, Watson«, sagte Holmes, als wir in den Zug nach Woolwich stiegen. »Meinem Bruder sind wir Dank schuldig, dass er uns mit einer Staatsangelegenheit bekannt gemacht hat, die ein ganz hervorragend interessanter Kriminalfall zu sein scheint.«

Sein eifriges Gesicht zeigte noch immer die angespannte lebhafte Energie, die mir offenbarte, dass irgendein neuer und bedeutungsvoller Umstand eine Kette anregender Gedanken in ihm ausgelöst hatte. Schau einen Fuchshund an, wie er mit gesenktem Schweif und hängenden Ohren im Rinnstein herumlungert, und vergleiche ihn mit demselben Hund, wenn er mit glitzernden Augen und straffesten Muskeln hinter dem Fuchs her ist – so war die Veränderung in Holmes seit dem Morgen. Er war völlig verschieden von dem schlappen, indolenten Mann im mausgrauen Schlafrock, der noch wenige Stunden vorher so verdrossen in dem von Nebel verhüllten Zimmer herumgelaufen war.

»Hier ist Material. Hier sind Aussichten«, sagte er. »Mir saß noch der Nebel im Kopf, dass ich diese Möglichkeiten nicht früher erblickte.«

»Mir sind sie auch jetzt noch dunkel.«

»Das Ende ist mir ebenfalls dunkel, aber ich habe da einen Gedanken, der uns weit bis ans Ende führen kann. Cadogan West hat seinen Tod ganz woanders gefunden, und seine Leiche war auf dem Dach eines Wagens.«

»Auf dem Dach?«

»Sonderbar, was? Aber lass die Tatsachen sprechen: Ist es ein Zufall, dass die Leiche gerade da gefunden wurde, wo der Zug in der Kurve schleudert und in den Weichen hin- und hergeworfen wird? Ist nicht das der Ort, wo ein Gegenstand vom Dach eines Wagens herunterfallen muss? Entweder der Leichnam ist vom Dach gefallen, oder es ist eine ganz merkwürdige Zufälligkeit. Aber nun betrachte die Frage der Blutspuren, die nicht vorhanden sind. Sie können natürlich nicht da sein, wenn der Tote sich vorher schon anderswo ausgeblutet hat. Jede Tatsache ist für sich bedeutungsvoll. Zusammen haben sie eine durchschlagende Beweiskraft.«

»Und die Fahrkarte, Holmes!«, rief ich.

»Ja, das ist auch wichtig. Wir konnten uns das Fehlen der Karte nicht erklären. Aber meine Annahme erklärt sie ganz zwanglos: Der Tote war gar kein Passagier, hatte also auch keine Fahrkarte. Es passt alles zusammen, Watson.«

»Aber angenommen, es wäre alles so, sind wir doch noch ebenso weit wie früher von der Lösung des Rätsels entfernt: Wie hat West seinen Tod gefunden? Das Rätsel wird in der Tat nicht leichter, sondern immer schwieriger.«

»Vielleicht«, sagte Holmes gedankenvoll, »vielleicht.« Er verfiel in eine stille Träumerei, die ihn gefangen hielt, bis der langsame Zug endlich in Woolwich Station einfuhr. Hier rief er eine Droschke heran und zog Mycrofts Notizen aus der Tasche.

»Wir haben eine ganz nette Runde von Nachmittagsbesuchen zu machen«, sagte er. »Ich denke, Sir James Walter gebührt an erster Stelle die Ehre.«

Das Haus des berühmten Beamten war eine schöne Villa, umgeben von Rasen und Park, die sich auf einer Seite bis an das Themse-Ufer hinunterstreckten. Als wir ankamen, begann der Nebel sich zu verziehen, und ein dünner wässeriger Sonnenschein brach hervor. Ein Diener empfing uns.

»Sir James«, sagte er mit feierlicher Miene. »Ich bitte sehr, Sir James ist heute früh gestorben.«

»Um Himmels willen!«, rief Holmes in entsetztem Erstaunen. »Woran ist er gestorben?«

»Vielleicht darf ich die Herrschaften bitten, einzutreten? Der Bruder Sir James', Herr Oberst Valentine, ist zugegen.«

»Jawohl, ich möchte den Herrn Oberst sprechen.«

Wir wurden in ein dämmeriges Zimmer geführt, wo uns gleich darauf ein sehr großer, schön gewachsener Mann von etwa fünfzig Jahren, der jüngere Bruder des Marinefachmannes, begrüßte. Seine wilden Augen, die fleckigen Backen und das verwirrte Haar verrieten uns deutlich, wie schwer der plötzliche Schlag die Familie getroffen hatte. Er musste mit den Worten ringen, als er uns davon berichtete.

»Es war dieser grässliche Skandal«, sagte er. »Mein Bruder, Sir James, war ein Mann von höchstem Ehrgefühl, und er konnte solch eine Geschichte einfach nicht überleben. Sie hat ihm das Herz gebrochen. Er war stets so stolz auf die tadellose Leistungsfähigkeit seiner Abteilung, und dieser Hochverrat hat ihn zu schwer getroffen.«

»Wir hatten gehofft, er würde uns einige Angaben machen können, die es uns ermöglicht hätten, die geheimnisvolle Angelegenheit aufzuklären.«

»Ich versichere Sie, die ganze Sache war für ihn ein vollständiges Rätsel, wie für Sie und uns alle. Alles, was er zur Aufklärung beitragen konnte, hat er bereits der Polizei gegenüber getan. Natürlich, auch er zweifelte nicht daran, dass Cadogan West der Schuldige war. Aber alles Übrige war ihm unfassbar und unbegreiflich.«

»Auch Sie selbst können kein neues Licht auf den Fall werfen?«

»Ich selbst weiß nichts außer dem, was ich gelesen und gehört habe. Ich möchte nicht für unhöflich gehalten werden, aber Sie werden es mir glauben, Mr Holmes, dass wir augenblicklich sehr der Ruhe bedürfen, und ich muss Sie daher bitten, diese Unterredung bald zu einem Ende zu bringen.«

»Das ist wahrhaftig eine sehr unerwartete Entwicklung«, sagte mein Freund, als wir wieder im Wagen saßen.

»Ich muss nicht fragen, ob dieser Tod seine natürlichen Ursachen hat, oder ob der arme alte Beamte sich selbst das Leben nahm! Wenn das Letztere der Fall sein sollte, dürfen wir es dann als ein Zeichen von Selbstvorwurf wegen versäumter oder vernachlässigter Pflicht auffassen? Wir müssen diese Frage der Zukunft überlassen. Jetzt wollen wir die Cadogan Wests aufsuchen.«

Ein kleines, aber gut aussehendes Haus in einem Außenviertel der Stadt beherbergte die niedergebeugte Mutter. Die alte Dame war zu sehr von ihrem Schmerz erfüllt, als dass sie uns irgendwie hätte von Nutzen sein können; aber ihr zur Seite fanden wir eine bleiche junge Dame, die sich selbst als Miss Violet Westbury, die Verlobte des Toten, vorstellte. Sie betonte, dass sie in der verhängnisvollen Nacht ihn zuletzt gesehen hätte.

»Ich kann es nicht erklären, Mr Holmes«, sagte sie. »Ich habe seit dem schrecklichen Ereignis kein Auge geschlossen, Tag und Nacht muss ich denken, denken und denken, was das in Wahrheit bedeuten soll. Arthur war der anständigste, ritterlichste, patriotischste Mann auf Erden. Er würde sich lieber die rechte Hand abgehackt haben, ehe er ein Staatsgeheimnis, das seiner Obhut anvertraut war, verkauft hätte. Es ist einfach absurd, unmöglich, es ist verrückt, für jeden, der ihn gekannt hat.«

»Aber die Tatsachen, Miss Westbury?«

»Ja, ja, ich gebe zu, sie sprechen gegen ihn, und ich kann sie nicht erklären.«

»War er in Geldverlegenheit?«

»Nein, seine Bedürfnisse waren sehr bescheiden, und sein Gehalt reichlich. Er hatte sich einige hundert Pfund erspart, und wir wollten zu Neujahr heiraten.«

»Keinerlei Anzeichen seelischer Erregung? Bitte, Miss Westbury, seien Sie ganz offen mit uns.«

Der rasche Blick meines Freundes hatte sogleich eine Veränderung in ihrer Haltung festgestellt. Sie errötete und zögerte mit der Antwort.

»Ja«, sagte sie schließlich. »Ich hatte das Gefühl, als mache ihm etwas Sorge.«

»Seit langer Zeit?«

»Erst seit der letzten Woche ungefähr. Er schien mir oft geistesabwesend und bedrückt. Einmal drang ich deswegen in ihn. Er gab zu, es sei da etwas, und das hinge mit seinem Dienst zusammen. ›Es ist viel zu ernst, als dass ich darüber sprechen könnte, sogar dir gegenüber‹, sagte er. Ich konnte nichts weiter aus ihm herausbekommen.«

Holmes machte ein ernstes Gesicht.

»Bitte fahren Sie fort, Miss Westbury. Selbst wenn es ihn bloßzustellen scheint, bitte verschweigen Sie uns nichts. Wir können noch nicht übersehen, zu was es am Ende führen wird.«

»Ich kann Ihnen wirklich nichts mehr sagen. Ein- oder zweimal schien es mir so, als wolle er mir etwas anvertrauen. Er sprach eines Abends von dem Unterseebootsgeheimnis, und ich erinnere mich, dass er sagte, fremde Spione würden ohne Zweifel große Summen dafür bezahlen.«

Das Gesicht meines Freundes wurde noch ernster.

»Noch etwas?«

»Er sagte, wir wären etwas nachlässig in solchen Dingen, und es würde für einen Verräter leicht sein, sich die Zeichnungen zu beschaffen.«

»War das erst kürzlich, dass er solche Bemerkungen machte?«

»Jawohl, erst ganz in letzter Zeit.«

»Nun erzählen Sie uns bitte von dem letzten Abend.«

»Wir waren im Begriff, ins Theater zu gehen. Der Nebel war so dick, dass eine Droschke nutzlos war. Wir gingen daher zu Fuß, und unser Weg führte uns dicht an seinem Büro vorüber. Plötzlich lief er in den Nebel hinein von mir weg.«

»Ohne ein Wort zu sagen?«

»Er tat einen Ausruf, das war alles. Ich wartete, aber er kehrte nicht zurück. Dann ging ich nach Hause. Am anderen Morgen, nach Beginn der Bürostunden, kam man zu mir und verhörte mich. Ungefähr um zwölf Uhr erfuhren wir die schreckliche Nachricht. Oh, Mr Holmes, er ist tot, aber wenn Sie nun doch wenigstens seine Ehre retten könnten! Seine Ehre ging ihm über alles.«

Holmes schüttelte traurig den Kopf.

»Kommen Sie, Watson«, sagte er. »Unsere Aufgabe liegt anderswo. Unsere nächste Station ist jetzt das Büro, aus dem die Zeichnungen entwendet worden sind.«

»Es sah vorher schon schlimm genug aus für den jungen Mann, aber was wir inzwischen gehört haben, macht es noch schlimmer«, bemerkte er, als die Droschke mit uns fortrollte. »Seine beabsichtigte Verheiratung gibt ein Motiv für das Verbrechen. Er brauchte natürlich Geld. Der Gedanke saß ihm im Kopf, seit er davon sprach. Er machte das Mädchen beinahe zu seiner Helfershelferin bei dem schlechten Streich, indem er ihr von seinem Plan sprach. Es sieht alles sehr übel aus.«

»Gewiss, Holmes, aber Charakter zähle ich auch unter die Tatsachen, und zwar unter die sichersten. Dann bitte, weshalb sollte er das Mädchen auf der Straße stehen lassen, von ihr weglaufen, um ein solches Verbrechen zu begehen?«

»Ganz richtig! Man kann gewiss allerlei Einwendungen machen, aber sie wiegen leicht gegen die schweren Verdachtsmomente.«

Mr Sidney Johnson, der Bürovorsteher, empfing uns mit jener Ehrerbietung, die meines Freundes Besuchskarte überall auslöste. Er war ein magerer, kurzangebundener Mann von mittlerem Alter mit einer goldenen Brille und etwas eingefallenen Backen. Seine Hände zuckten vor Erregung; dass der Vorfall gerade in seinem Büro passierte, hatte ihn sehr nahe berührt.

»Eine schlimme Geschichte, Mr Holmes, eine ganz schlimme Geschichte! Haben Sie schon den Tod unseres Chefs vernommen?«

»Wir kommen eben von seinem Haus.«

»Das ganze Büro ist aus dem Leim. Der Chef tot, Cadogan West tot, irgendwo sind Nachschlüssel vorhanden, und unsere Zeichnungen sind gestohlen. Als wir unsere Türen am Montagabend schlossen, waren wir noch ein so tadelloses Büro, wie irgendeines im königlichen Dienst. O Gott, es ist so schrecklich, daran zu denken. Und dass gerade West von allen Menschen solch eine Tat begangen haben soll!«

»Sie sind also auch überzeugt von seiner Schuld?«

»Ich kann nicht anders, es spricht ja alles gegen ihn. Und doch würde ich ihm ebenso vertraut haben wie mir selbst.«

»Wann wurde das Büro am Montag geschlossen?«

»Um fünf Uhr.«

»Haben Sie es geschlossen?«

»Ich gehe immer als Letzter fort.«

»Wo waren die Zeichnungen?«

»In diesem Stahlschrank. Ich habe sie selbst dort eingeschlossen.«

»Haben Sie keinen Nachtwächter im Haus?«

»Doch, natürlich, aber er hat das ganze Gebäude und nicht nur unsere Abteilung zu überwachen. Er ist ein alter Soldat und ein absolut zuverlässiger Mann. Er hat nichts Verdächtiges in der bewussten Zeit bemerkt. Aber freilich – der Nebel war sehr dick.«

»Angenommen, Cadogan West wollte nach Büroschluss in das Gebäude eindringen, würde er also drei Schlüssel benötigt haben, ehe er die Zeichnungen greifen konnte?«

»Jawohl, den Schlüssel zu der äußeren Tür, den Schlüssel zum Büro und den Schlüssel zu dem Stahlschrank.«

»Nur Sir James Walter und Sie besaßen diese drei Schlüssel? War Sir James ein Mann von Ordnung und Pünktlichkeit?«

»Meines Wissens ja. Ich habe es nie anders gesehen, als dass er diese drei Schlüssel an einem Ring beisammen hatte.«

»Und diesen Ring trug er stets bei sich?«

»So sagte er wenigstens.«

»Und Ihr Schlüssel kam nie aus Ihrer Hand?«

»Niemals!«

»Dann muss West, wenn er der Schuldige ist, einen Nachschlüssel gehabt haben. Man hat aber keinen bei ihm gefunden. Noch eine andere Frage: Wenn ein Beamter in diesem Büro die Absicht hatte, die Pläne zu verkaufen, wäre es da nicht einfacher gewesen, die Zeichnungen heimlich zu kopieren, statt die Originale mitzunehmen, wie das tatsächlich geschah?«

»Man brauchte weitgehende technische Kenntnisse, um die Zeichnungen genau zu kopieren.«

»Aber ich darf wohl annehmen, dass entweder Sir James oder Sie oder West über die technischen Kenntnisse verfügten.«

»Allerdings, das ist richtig, aber ich bitte Sie sehr, Mr Holmes, unterlassen Sie es, mich in diese Sache hineinzuziehen. Was soll es für einen Zweck haben, solch theoretische Spekulationen anzustellen, wenn die Originalzeichnungen in Wests Taschen gefunden wurden?«

»Nun, es ist jedenfalls eigentümlich, dass er es gewagt haben sollte, die Originale mitzunehmen, wenn er ebenso gut und viel gefahrloser seinen Zweck mit Kopien erreicht haben würde.«

»Das ist freilich eigentümlich – und doch hat er es so gemacht.«

»Jede neue Feststellung in diesem Fall enthüllt etwas Unerklärliches. Es fehlen drei Zeichnungen; es sind gerade die allerwichtigsten, wie mir gesagt wurde.«

»Jawohl, das stimmt.«

»Kann jemand, wenn er diese drei Zeichnungen besitzt, aber ohne die sieben anderen, nach Ihrer Ansicht ein Bruce-Partington-Unterseeboot bauen?«

»In diesem Sinne habe ich zunächst an die Admiralität berichtet, aber heute habe ich mir die Pläne noch einmal angesehen, und es sind mir da verschiedene Zweifel gekommen.

Die doppelte Steuerung mit den automatisch wirkenden Nuten – das ist auf einem der Pläne, die wir wiederhaben. Solange einer diese wesentlichen Teile nicht selbst erfindet, könnte er aufgrund der übrigen Pläne das Unterseeboot nicht bauen. Aber natürlich, das ist eine Schwierigkeit, die zu überwinden wäre.«

»Aber die drei fehlenden Zeichnungen sind doch die allerwichtigsten?«

»Zweifelsohne!«

»Ich denke, mit Ihrer gütigen Erlaubnis werde ich mir jetzt einmal die Örtlichkeiten hier näher ansehen. Ich habe im Augenblick keine weiteren Fragen an Sie zu stellen.« Holmes prüfte das Schloss des Stahlschranks, die Tür zum Büro und die eisernen Läden am Fenster. Aber erst draußen auf dem Rasen wurde sein Interesse lebendig. Da stand ein Lorbeerbusch in der Nähe des Fensters und verschiedene Zweige waren geknickt oder abgebrochen. Er prüfte sie sorgfältig mit seiner Lupe und dann einige kaum wahrnehmbare Spuren auf der Erde. Schließlich bat er Mr Johnson, die eisernen Läden zu schließen, und Holmes machte mich darauf aufmerksam, dass sie in der Mitte nicht ganz zusammenstießen und es also möglich war, von außen zu beobachten, was in dem Büro vorging.

»Die drei Tage Verzug haben die geringen Spuren fast wertlos gemacht. Sie können etwas bedeuten oder auch nicht. Nun, Watson, ich glaube, Woolwich hat uns nichts mehr zu sagen. Wir haben nur eine dürftige Ernte hereingebracht. Wir wollen es jetzt in London versuchen, dort erreichen wir vielleicht mehr.«

Und doch bereicherten wir unsere Ernte noch um einen Scheffel, ehe wir in den Zug stiegen. Der Angestellte im Schalterraum versicherte uns aufs Bestimmteste, er hätte Cadogan West – den er vom Sehen kannte – am Montagabend gesehen, und zwar sei er mit dem Zug acht Uhr fünfzehn nach London Bridge gefahren. Er war allein und löste eine einfache Karte dritter Klasse. Dem Angestellten war damals das aufgeregte und nervöse Wesen Wests aufgefallen. Seine Hand zitterte so, dass er kaum die Münzen fassen konnte, die er herausbekam, und der Angestellte half ihm, sie in seine Geldtasche zu stecken, genau wie einer Dame mit Handschuhen. Mit dem Fahrplan stellten wir fest, dass der Zug um acht Uhr fünfzehn für West die erste Möglichkeit war, nachdem er Miss Westbury um sieben Uhr dreißig so plötzlich verlassen hatte.

Nach einer halben Stunde stillen Nachdenkens sagte Holmes: »Wir wollen alles einmal rekonstruieren, Watson. Ich kann mich nicht erinnern, dass wir unter allen unseren gemeinsam erlebten Fällen je einen so schwierigen gehabt hätten. Jeder Schritt nach vorwärts, den wir tun, wirft uns eigentlich einen Schritt wieder zurück. Und doch scheint es mir, wir hätten schon recht Wertvolles erreicht.

Unsere Nachforschungen in Woolwich haben in der Hauptsache Cadogan West bloßgestellt; aber die Spuren bei dem Fenster gestatten eine andere Auffassung. Wir wollen zum Beispiel annehmen, ein Spionageagent hat sich an ihn herangemacht. Das kann ja unter solchen Vorkehrungen geschehen sein, dass es ihm unmöglich wurde, darüber zu sprechen, und konnte doch seine Gedanken in der Richtung beeinflusst haben, wie das seine Bemerkung zu seiner Verlobten andeutet. Schön! Wir wollen weiter annehmen, dass, als er mit der jungen Dame zum Theater ging, er plötzlich im Nebel denselben Agenten erblickte, wie er in Richtung Büro eilte. West war ein impulsiver Mann, rasch in seinen Entschlüssen. Seiner Pflicht ordnete er alles andere unter. Er folgte dem Agenten, kam vor das Fenster, sah, wie die Dokumente entwendet wurden und verfolgte den Dieb. Mit dieser Theorie kommen wir über den Einwand hinweg, dass niemand die Originale nehmen würde, der imstande war, sich Kopien anzufertigen. Der Agent konnte das nicht, er musste die Originale selbst haben. So weit hält alles zusammen.«

»Was ist nun der nächste Schritt?«

»Da geraten wir in Schwierigkeiten. Die natürliche Annahme wäre, dass unter solchen Umständen der junge Cadogan West den Schurken ergreifen und Alarm schlagen würde. Warum hat er das nicht getan? Könnte einer seiner Vorgesetzten die Papiere entwendet haben? Nur so kann ich mir Wests

Verhalten erklären. Oder war ihm der Vorgesetzte im Nebel entschlüpft, und West eilte sofort nach London, um ihm in seiner Wohnung zuvorzukommen, vorausgesetzt, dass ihm diese bekannt war? Jedenfalls muss ihn eine innere Stimme sehr dringend angetrieben haben, da er seine Verlobte im Nebel stehen ließ und er keinen Versuch machte, ihr sein Verhalten zu erklären. Hier verliert sich unsere Spur, und eine tiefe Kluft tut sich auf zwischen diesen beiden Annahmen und dem Leichnam Wests mit sieben Zeichnungen in der Tasche, den wir auf dem Dach eines Untergrundbahnzuges liegend annehmen müssen. Nach meinem Instinkt muss ich die Geschichte jetzt vom anderen Ende her anfassen. Wenn Mycroft uns die verlangten Adressen geschickt hat, werden wir in der Lage sein, unsern Mann ausfindig zu machen und zwei Spuren statt nur einer zu verfolgen.«

In der Baker Street wartete ein Bote auf uns mit der Adressenliste. Holmes überflog sie und warf sie mir über den Tisch zu. Ich las:

> Es gibt da zahlreiches kleines Gelichter, aber nur wenige, die eine so große Sache fingern können. Die Einzigen, die in Betracht kommen, sind Adolf Meyer, Great George Street Nr. 13, Westminster; Louis La Rothière, Campden Mansions, Notting Hill; und Hugo Oberstein, Caulfield Estates Nr. 13, Kensington. Der Letztere war nach unserer Kenntnis am Montag in der Stadt; inzwischen bekamen wir Meldung, dass er London verlassen hat. – Sehr erfreut, dass Du einen Lichtschimmer siehst. Das Kabinett erwartet Deinen abschließenden Bericht in der größten Unruhe. Dringende Vorstellungen sind uns von der höchsten Stelle zugegangen. Alle Sicherheitsbehörden stehen Dir zur Verfügung, wenn Du sie benötigen solltest. – Mycroft.

»Ich fürchte«, sagte Holmes lächelnd, »dass der Königin sämtliche Pferde und der Königin sämtliche Soldaten uns in dieser Sache nichts nützen könnten.«

Er hatte seine große Karte von London auf dem Tisch ausgebreitet und beugte sich eifrig darüber. »Aha, gut«, sagte er jetzt mit einem Ausdruck der Befriedigung, »endlich zieht sich die Sache ein wenig günstig für uns zusammen. Ja, Watson, ich bin jetzt ehrlich davon überzeugt, dass wir bald ans Ziel kommen werden.«

Er schlug mich in einem plötzlichen Fröhlichkeitsausbruch auf die Schulter. »Ich gehe jetzt aus. Es ist nur eine Erkundung. Ich werde nichts Ernsthaftes unternehmen, ohne meinen alten Kriminalkameraden und Biografen zur Seite zu haben. Bitte warten Sie hier, wahrscheinlich werde ich in ein bis zwei Stunden zurück sein. Wenn Ihnen die Zeit lang wird, dann nehmen Sie Tinte, tauchen Sie Ihre berühmte Feder ein und fangen Sie an, die Geschichte zu Papier zu bringen, wie Sherlock Holmes und sein Freund Doktor Watson das englische Reich gerettet haben.«

Ich fügte mich, von Holmes' guter Laune angesteckt, denn ich wusste gut, dass er nicht ohne die besten Gründe sich so weit von seiner üblichen reservierten und verschlossenen Art entfernen würde. Ich wartete den ganzen langen Novemberabend und konnte meine Ungeduld kaum beherrschen. Endlich, kurz nach neun Uhr, erschien ein Bote mit einem Billett:

> Esse bei Goldino, Gloucester Road, Kensington, zu Nacht. Bitte kommen Sie sofort. Es gibt Hummer. Bringen Sie ein Stemmeisen mit, eine Blendlaterne, einen Revolver und einen Schraubenzieher. S. H.

Das war eine nette Ausrüstung, die ein ehrbarer Bürger durch die düsteren nebelverhüllten Straßen zu tragen hatte. Ich steckte alles in die Taschen meines Mantels und fuhr direkt zum angegebenen Restaurant. Dort saß mein Freund an einem kleinen runden Tisch nahe der Tür dieses beliebten italienischen Hauses. Wir aßen zusammen, und bei Kaffee und Curaçao fragte mich mein Freund:

»Haben Sie alles mitgebracht?«

»Ich habe alles in meinem Überzieher.«

»Ausgezeichnet. Ich will Ihnen kurz sagen, was ich inzwischen getan habe und was uns jetzt zu tun noch übrig bleibt. Vor allem, Watson, der Leichnam des jungen Mannes ist auf das Dach des Wagens gelegt worden. Das war mir schon in dem Augenblick klar geworden, wo ich zu der Überzeugung kam, dass er vom Dach und nicht vom Innern eines Wagens heraus auf den Bahnkörper gelangt war.«

»Konnte er nicht auch von einem der vielen Brückenstege auf den Zug gefallen sein?«

»Nach meiner Ansicht ist das unmöglich. Wenn Sie sich solch ein Wagendach ansehen, werden Sie finden, dass es leicht gewölbt ist. Wäre der Leichnam von einem Brückensteg auf das Dach gefallen, wäre er mit tausend Wahrscheinlichkeiten gegen eine sofort abgerutscht und zu Boden gefallen, deshalb können wir als sicher annehmen, dass irgendjemand Cadogan West tot auf das Dach gelegt hat.«

»Aber wie soll das vor sich gegangen sein?«

»Das ist natürlich die Frage, die ich mir zuerst zu beantworten hatte. Es gibt da nur eine Möglichkeit. Die Untergrundbahn fährt meistens in Tunneln mit Ausnahme von einigen Strecken im Westend. Ich erinnerte mich dunkel, dass ich bei gelegentlichen Fahrten schon beobachtet hatte, dass die Fenster der Häuser dort sich fast in der Höhe der Wagendächer befanden. Nun stellen Sie sich vor, ein Zug hält unter einem solchen Fenster – wäre es da nicht ganz einfach und leicht, den toten Mann auf ein Wagendach zu schieben?«

»Die Einfachheit leuchtet mir nicht ohne Weiteres ein.«

»Wir müssen auf den alten Lehrsatz zurückkommen, dass, wenn alle anderen Möglichkeiten erschöpft sind, diejenigen, die bei aller Unwahrscheinlichkeit noch übrig bleiben, die Wahrheit enthalten. Hier sind alle anderen Möglichkeiten erschöpft. Als ich nun herausfand, dass einer der Spione, der eben erst London verlassen hat, in einer Straße wohnte, die hart an der Untergrundbahn liegt, war ich so erfreut darüber, dass Sie über meine plötzliche Lustigkeit erstaunten.«

»Oh, deshalb waren Sie so ausgelassen!«

»Ja, mein Lieber! Mr Hugo Oberstein, Caulfield Estates Nr. 13, war mein Mann. Ich begann meine Operationen in Gloucester Street Station, wo ein sehr hilfsbeflissener Beamter mit mir die Strecke ablief und mir nicht nur die Feststellung gestattete, dass die Rückfenster der Häuser in den Caulfield Estates auf die Bahnlinie hinausgehen, sondern mir auch noch die wichtige Tatsache mitteilte, dass infolge einer Kreuzung mit einer Hauptlinie hier die Untergrundzüge häufig für mehrere Minuten festgehalten werden.«

»Glänzend, Holmes, Sie haben die Lösung des Rätsels gefunden.«

»Noch nicht ganz, Watson, noch nicht ganz. Wir kommen vorwärts, aber das Ziel ist noch weit. Gut, nachdem ich also die Rückseite der Caulfield-Häuser gesehen hatte, besah ich sie mir auch von der Vorderseite und stellte fest, dass der Vogel in der Tat ausgeflogen war. Nummer 13 ist ein ziemlich großes Haus, die oberen Zimmer unmöbliert, soweit ich beurteilen kann. Oberstein lebte dort nur mit einem alten Diener, der wahrscheinlich ein vertrauter Helfershelfer war. Wir müssen im Auge behalten, dass Oberstein nur deshalb England verlassen hat, um seine Beute in Sicherheit zu bringen, aber keineswegs, um London für immer zu verlassen, zu einer Flucht lag für ihn keinerlei Anlass vor, und der Gedanke eines Amateureinbruchs in sein Haus ist ihm wahrscheinlich nie gekommen. Und gerade das ist es, was wir jetzt ins Werk setzen werden.«

»Könnten wir nicht einen Haftbefehl erwirken und unser Vorgehen mit dem Gesetz in Einklang bringen?«

»Das dürfte kaum möglich sein auf meine schwer zu beweisenden Angaben hin.«

»Was versprechen Sie sich denn von dem Einbruch?«

»Wir können gar nicht wissen, was für einen aufschlussreichen, wichtigen Briefwechsel wir dort zum Beispiel finden können.«

»Die Sache gefällt mir nicht recht, Holmes.«

»Mein bester Watson, Sie sollen ja auch nur Schmiere stehen, das eigentlich kriminelle Handwerk mit Stemmeisen und Schraubenzieher besorge ich. Denken Sie auch bitte an Mycrofts Brief, an die Admiralität, an das Kabinett, an die aufgeregte hochstehende Person, die auf Nachrichten von uns warten. Es ist jetzt wirklich nicht an der Zeit, sich durch legale Zwirnsfäden aufhalten zu lassen. Wir müssen auf unser eigenes Risiko und unsere guten Gewissen hin handeln.«

Statt einer Antwort erhob ich mich.

»Sie haben recht, Holmes, verzeihen Sie mir meine kleinen Bedenklichkeiten, wo es sich um eine so große Sache handelt.«

Wortlos drückte mir Holmes die Hand.

»Ich wusste, Sie würden nicht kneifen, wenn es darauf ankommt«, sagte er auf der Straße, und in seinen Augen sah ich etwas, das nur ganz selten dort zu sehen war: den Ausdruck eines herzlichen Gefühls. Im nächsten Augenblick aber schon war er wieder ganz der gewohnte nur aus Intellekt und Energie bestehende Mann.

»Es ist fast eine halbe Meile, aber wir haben Zeit und können zu Fuß gehen. Verlieren Sie mir nur ja nichts aus Ihren Taschen! Wenn Sie als ein verdächtiges Individuum verhaftet würden, wäre das in diesem Augenblick geradezu verhängnisvoll – für mich.«

Die Caulfield-Anlagen waren typisch für die Westend-Entwicklung Londons in den siebziger Jahren. Säulen, Karyatiden, Pfeiler, schwere Sandsteinfriese und dergleichen. Neben Nummer 13 schien eine Kindergesellschaft zu sein; man hörte viele helle Stimmen, Kreischen, Lachen und ein kindliches Geklimper auf dem Klavier. Nacht und Nebel schützten uns freundlich, wie schwere Vorhänge hing es um uns von allen Seiten. Holmes hatte die Blendlaterne angesteckt und beleuchtete die schwere Eingangstür.

»Das ist keine leichte Arbeit«, sagte er. »Nicht nur verschlossen, sondern auch von innen verriegelt, nehme ich an. Versuchen wir es besser von der Hintertür. Hier ist ein ausgezeichneter Schlupf dort in dem Torbogen, für den Fall, dass ein übereifriger Schutzmann Interesse an uns nähme. Lassen Sie mich auf Ihre Hand treten, damit ich das Gitter oben fassen kann; ich ziehe Sie dann nach.«

Eine Minute später standen wir beide im Hof. Kaum hatten wir das Gitter überklettert, als der regelmäßige Schritt eines Schutzmanns hörbar wurde. Er kam näher, ging vorüber, verhallte. Holmes nahm die Tür in Angriff. Ich sah ihn sich beugen, stemmen, und mit einem scharfen Krach sprang sie auf. Holmes trat sofort ein, ich folgte; wir stiegen eine enge Treppe hinauf. Holmes' gelber Lichtkegel beleuchtete ein niedriges Fenster.

»Hier, Watson, das muss es sein.«

Er öffnete es, und im selben Augenblick vernahmen wir ein dumpfes, rollendes Geräusch, das näher kam und immer stärker wurde. Ein Zug rasselte vorüber. Holmes beleuchtete das Fenstergesims. Es war dick mit Ruß überzogen von den Lokomotiven, aber an einigen Stellen war der gleichförmig schwarze Belag zerkratzt und abgeschabt.

»Hier können Sie sehen, wo sie den Leichnam hinausgeschoben haben. Holla, Watson! Was ist das? Kein Zweifel, das sind Blutspuren.« Er wies auf dunkle Flecken am untern Fensterrahmen. »Auch hier, auf dem Gesims, Watson. Der Beweis ist erbracht, es stimmt alles. Nun wollen wir hier warten, bis ein Zug hält.«

Lange hatten wir nicht zu warten. Der übernächste Zug schon rasselte noch mit voller Fahrt aus dem Tunnel hervor, verlangsamte die Fahrt aber im Freien und dann, mit Knirschen und Schleifen hielt er unmittelbar unter uns. Es waren keine vier Fuß vom Fenstersims zum nächsten Wagendach. Leise schloss Holmes das Fenster.

»Soweit bestätigt sich alles. Was meinen Sie Watson?«

»Einfach wundervoll! Ein Meisterstück, Holmes, Sie haben sich selbst übertroffen.«

»Darin kann ich Ihnen nicht beipflichten. Von dem Augenblick an, wo ich entschieden hatte, dass die Leiche auf dem Wagendach gelegen habe, war alles Folgende nur die logische Fortsetzung. Wären nicht so ungeheure Staatsinteressen mit dem Fall verknüpft, wäre er bis zu seiner jetzigen Entwicklung unbedeutend. Die eigentlichen Schwierigkeiten liegen noch vor uns. Aber vielleicht finden wir hier etwas, das uns hilft.«

Wir waren die Hintertreppe hinaufgestiegen und betraten die Zimmer des ersten Stocks. Eines war ein Eßzimmer mit massiven Renaissancemöbeln; es bot nichts von Interesse. Das nächste war ein Schlafzimmer – ebenfalls eine Niete. Das dritte Zimmer dagegen versprach etwas, und mein Freund machte sich an eine methodische Untersuchung, überall lagen Bücher und Papiere umher, es schien eine Art Studierzimmer. Rasch und mit System durchging Holmes den Inhalt einer Schublade nach der anderen, und eines Schrankfaches nach dem anderen. Aber kein Aufleuchten seiner Züge verriet, dass er etwas Wichtiges gefunden habe. Nach einer guten Stunde peinlichst genauer Arbeit war er noch genauso weit wie am Anfang.

»Der schlaue Fuchs hat alle Spuren hinter sich verwischt«, sagte er fast bewundernd. »Er hat nichts zurückgelassen, was ihn verdächtigen könnte. Sein gefährlicher Briefwechsel, auf den ich gerechnet hatte, ist entweder entfernt oder vernichtet worden. Das hier ist unsere letzte Hoffnung.«

Er wies auf eine kleine Kassette, die auf dem Schreibtisch stand. Holmes zwängte den Deckel auf. Mehrere Rollen Papier, bedeckt mit Ziffern und Berechnungen, lagen darin, ohne jeden Hinweis, was sie zu bedeuten hatten. Nur die Worte »Wasserdruck« und »Druck auf den Quadratzoll« deuteten an, dass es sich um Unterseeboote handeln könne. Holmes warf alles unwillig beiseite. Am Boden fand sich noch ein Umschlag mit kleinen Zeitungsausschnitten. Er breitete sie auf der Tischplatte aus, und sofort sah ich an meines Freundes veränderten Zügen, dass ihn eine neue Hoffnung belebte.

»Was ist das, Watson? He, was ist das? Eine Reihe von Botschaften in Form von Zeitungsanzeigen. ›Daily Telegraph‹, Seufzerecke, nach allem zu urteilen. Rechte Ecke oben auf der Seite. Keine Daten – aber solche Mitteilungen ordnen sich von selbst. Die da wird wohl die Erste sein:

›Hoffte früher zu hören. Bedingungen einverstanden. Schreiben Sie an die Adresse auf der überreichten Karte. – Pierrot.‹«

Holmes griff nach einem zweiten Ausschnitt.

»Zu verwickelt für Beschreibung. Brauche Besseres. Entlohnung Zug um Zug. – Pierrot.«

Ein Dritter lautete:

»Es wird dringend. Muss Angebot zurücknehmen, falls Vertrag unerfüllt bleibt. Verabredet Zusammenkunft schriftlich. Werde hier bestätigen. – Pierrot.«

Schließlich noch:

»Montagnacht neun Uhr. Zwei Schläge. Nur Sie selbst. Seien Sie nicht misstrauisch. Bargeld für gute Bedienung. – Pierrot.«

»Das ist vollständig genug, Watson. Wenn wir nur den Mann am anderen Ende der Geschichte erst hätten!« Er saß in Gedanken da und trommelte mit den Fingern auf den Tisch. Endlich sprang er auf.

»Nun, vielleicht ist es doch nicht so schwierig, wie es scheinen könnte. Hier haben wir nichts mehr zu tun, Watson. Ich denke, wir fahren zuerst einmal zur Expedition des ›Daily Telegraph‹ und bringen so ein gutes Tagewerk zum guten Abschluss.«

Mycroft Holmes und Lestrade waren auf Holmes' Ersuchen am anderen Morgen in der Baker Street bei uns erschienen, und Sherlock Holmes hatte ihnen Bericht über die Ergebnisse des vergangenen Tages erstattet. Mr Lestrade, der Londoner Sicherheitsbeamte, schüttelte missbilligend den Kopf, als er von unserem Einbruch hörte.

»Wir von der Polizei können uns so etwas nicht leisten, Mr Holmes«, sagte er. »Es ist daher kein Wunder, dass Sie Erfolge erzielen, die uns schon durch die Umstände verwehrt sind. Aber eines Tages gehen Sie einmal zu weit, und Sie und Ihr

Freund haben sich etwas Böses eingebrockt und müssen es auslöffeln.«

»Für Vaterland, Ehre, Schönheit – he, Watson, das wäre ein nettes Motto für unser Märtyrertum, was? Aber Scherz beiseite, wie denkst du über die Sache Mycroft?«

»Ausgezeichnet, Sherlock, ganz wundervoll! Aber wie willst du nun weitergehen?«

Holmes nahm die Nummer des Daily Telegraph auf, die auf dem Tisch lag.

»Hast du Pierrots Anzeige heute schon gesehen?«

»Was? Noch eine?«

»Ja, hier steht sie: ›Heute Nacht. Selbe Stunde. Selber Ort. Zwei Schläge. Lebenswichtig für Sie. Ihre Sicherheit gebietet Zusammenkunft. – Pierrot.‹«

»Bei Gott«, rief Lestrade. »Wenn er daraufhin kommt, dann haben wir ihn!«

»Das war mein Gedanke, als ich die Anzeige aufgab. Ich glaube, wenn Sie es ermöglichen können, mit uns gegen acht Uhr zu Obersteins Wohnung zu kommen, dass Sie dann die Lösung des letzten Rätsels sich vollziehen sehen.«

Eine der bemerkenswertesten Eigenschaften meines Freundes war seine Fähigkeit, seine Gedanken von einer Aufgabe völlig zurückzuziehen, sein Hirn sozusagen umzuschalten und es mit Kleinigkeiten zu beschäftigen, sobald er die Einsicht gewonnen hatte, dass ein längeres Verweilen bei dem Hauptgegenstand nutzlos sei. Ich entsinne mich, dass er den ganzen langen Tag über einer Monografie zubrachte, die er über gewisse Motetten Lassus' geschrieben hatte. Ich für meinen Teil besaß nichts von der Kunst, Gedanken aus- und umzuschalten, und der Tag erschien mir unerträglich lang. Die schwerwiegenden nationalen Interessen, die Ungeduld, den Hochverräter zu erblicken, alles zog und zerrte an meinen Nerven. Es war wie eine Befreiung für mich, als wir nach einem leichten Abendessen uns endlich auf den Weg machten. Da Mycroft Holmes es mit Entrüstung ablehnte, über das Hofgitter zu steigen, musste ich voraus, von hinten durch das Haus und die Vordertür öffnen. Um neun Uhr saßen wir alle im Studierzimmer und lauerten auf unser Opfer.

Eine Stunde verrann und nochmals eine. Als es elf Uhr schlug, schien die große Kirchenglocke unsere Hoffnung zu Grabe zu läuten. Lestrade und Mycroft rutschten unruhevoll auf ihren Sitzen hin und her und schauten fast jede Minute auf die Uhr. Holmes saß still und regungslos da, die Augen halb geschlossen, aber mit allen Sinnen wach. Mit einer ruckartigen Bewegung hob er plötzlich den Kopf.

»Er kommt«, sagte er leise.

Ein verstohlener Schritt ging an der Haustür vorüber. Nun kam er zurück. Wir hörten zwei laute Schläge mit dem Türklopfer. Holmes stand auf und machte uns ein Zeichen, sitzen zu bleiben. Die Gasflamme im Flur war heruntergedreht und brannte fast nur wie ein Pünktchen. Er öffnete die Haustür, ließ den Fremden eintreten und schloss die Tür hinter ihm gleich wieder ab. »Hier, bitte«, hörten wir ihn sagen, und einen Augenblick später stand der Mann vor uns. Holmes war ihm dicht gefolgt, und als der andere mit einem Schrei des Staunens und Schreckens kehrtmachen wollte, fasste Holmes ihn am Kragen und stieß ihn wieder in das Zimmer hinein. Noch ehe unser Gefangener sein Gleichgewicht wieder hatte, hatte Holmes auch diese Tür abgeschlossen. Jetzt stand er mit dem Rücken vor ihr. Der Fremde sah verwirrt um sich, wankte und fiel bewusstlos zu Boden. Sein breitrandiger Hut, den er aufbehalten hatte, fiel ihm bei dem Fall vom Kopf, seine Krawatte rutschte ihm von den Lippen herunter, und da wurden die hübschen Gesichtszüge des Oberst Valentine Walter sichtbar.

Holmes pfiff durch die Zähne vor Erstaunen.

»Watson, diesmal können Sie mich in Ihrer Geschichte als einen Esel darstellen«, sagte er. »Das ist nicht der Vogel, den ich erwartet hatte.«

»Wer ist es?«, fragte Mycroft gespannt.

»Der jüngere Bruder des verstorbenen Sir James Walter, des Vorstehers der Unterseebootsabteilung. Ja, ja, nun ist mir alles klar. Da kommt er zu sich! Am besten beginne ich gleich mit dem Verhör.«

Wir hatten die leblose Gestalt auf das Sofa gelegt. Jetzt setzte unser Gefangener sich müde in eine Ecke, sah sich mit schreckerfüllten Augen um und strich sich mit der Hand über die Stirn, wie jemand, der seinen Augen nicht traut.

»Was ist das?«, fragte er. »Ich bin hergekommen, um einen Mr Oberstein zu besuchen.«

»Wir wissen alles, Herr Oberst Walter«, sagte Holmes. »Wie ein englischer Gentleman eine solche Handlung begehen konnte, ist mir nicht verständlich. Aber Ihre Beziehungen zu Oberstein sind uns bekannt – und auch die Art dieser Beziehungen. Ebenso wissen wir die näheren Umstände, die Cadogan Wests Tod herbeigeführt haben. Ich gebe Ihnen den guten Rat, durch ein offenes Geständnis Ihre Seele zu erleichtern und Ihr großes Unrecht nicht durch das Gegenteil zu vergrößern. Einige Einzelheiten können wir nur aus Ihrem Mund erfahren.«

Der Oberst stöhnte und vergrub sein Gesicht in seine Hände. Wir warteten, aber er blieb stumm.

»Ich kann Sie versichern«, sagte endlich Holmes, »dass alles Wichtige uns bereits bekannt ist. Wir wissen, dass Sie dringend Geld nötig hatten. Dass Sie einen Abdruck von den Schlüsseln nahmen, die Ihr Bruder in Verwahrung hatte, und dass Sie in Beziehungen zu Oberstein traten, der Ihre Briefe mit Anzeigen im Daily Telegraph beantwortete. Es ist uns bekannt, dass Sie am Montagabend im Nebel zu dem Büro gingen, dass Cadogan West Sie sah und er Ihnen nachfolgte, weil er vermutlich schon von früher her Ursache hatte, Ihnen zu misstrauen. Er sah Sie die Pläne entwenden, konnte aber keinen Alarm schlagen, weil es immerhin möglich schien, dass Sie die Zeichnungen im Auftrag Ihres Bruders in London herausnahmen. Hinter Hintansetzung aller persönlichen Interessen folgte West Ihnen nach und blieb Ihnen im Nebel auf den Fersen bis zu diesem Haus hier. Da suchte er Ihr Verbrechen noch zu verhindern, aber Sie fügten zu dem des Hochverrats noch das schrecklichere des Mordes.«

»Nein, nein, das habe ich nicht getan. Ich schwöre es vor Gott, das habe ich nicht getan!«, schrie der Elende.

»Dann enthüllen Sie uns doch, wie Cadogan West seinen Tod fand, ehe Sie ihn auf das Dach eines Untergrundbahnwagens legten!«

»Das will ich Ihnen sagen. Ich schwöre Ihnen, ich sage die lautere Wahrheit. Alles andere habe ich getan, wie Sie es sagten, das gestehe ich. Ich hatte Börsenschulden zu bezahlen; sie waren dringend, ich brauche das Geld so bitter notwendig. Oberstein bot mir fünftausend Pfund; die konnten mich vor dem Untergang retten. Aber was den Mord anbetrifft, an dem bin ich genauso unschuldig wie Sie!«

»Das sollen Sie uns beweisen! Bitte fahren Sie fort.«

»West misstraute mir und ist mir nachgefolgt, wie Sie es gesagt haben. Ich merkte das nicht früher, als bis ich hier unten vor der Tür stand. Es war ein dicker Nebel, und man konnte kaum einige Schritte weit sehen. Ich hatte zweimal geklopft, und Oberstein kam, die Tür aufzuschließen. Der junge Mann drang mit mir ins Haus und verlangte zu wissen, was wir mit den Plänen beabsichtigten. Oberstein hatte einen kurzen Totschläger; den hatte er immer bei sich. Als West neben mir stand und seine Frage stellte, schlug Oberstein ihn nieder. Es war ein verhängnisvoller Schlag, denn in wenigen Minuten war West tot. Da lag er nun vor uns, und wir wussten nicht, was wir mit ihm tun sollten. Da kam Oberstein auf den Gedanken, ihn auf das Dach eines Wagens zu legen, denn die Untergrundbahnzüge hielten oftmals gerade unter dem Fenster auf der Rückseite des Hauses. Zuerst aber prüfte er die Zeichnungen, die ich mitgebracht hatte. Drei davon hielt er für besonders wichtig, und die wollte er behalten. ›Sie können sie nicht behalten‹, sagte ich. ›Es wird einen fürchterlichen Aufruhr in Woolwich geben, wenn man sie vermisst.‹ – ›Ich muss sie trotzdem behalten‹, sagte er, ›denn sie sind technisch so kompliziert, dass ich sie nicht kopieren kann; jedenfalls nicht bis morgen früh.‹ ›Dann muss ich alle Pläne wieder heute Nacht zurückbringen‹, erwiderte ich. Er dachte eine Weile nach und rief dann auf einmal erfreut, er hätte einen glücklichen Gedanken. ›Die übrigen sieben stecken wir dem Toten in die Taschen‹, rief er. ›Wenn man die Leiche mit den Zeichnungen findet, dann wird man die ganze Geschichte diesem Beamten in die Schuhe schieben.‹ Ich wusste mir keinen anderen Ausweg, und so schritten wir zur Ausführung seines Gedankens. Eine halbe Stunde hatten wir zu warten, bis ein Zug hielt. Es war so ein dichter Nebel, dass wir ohne Gefahr den Leichnam aus dem Fenster auf ein Wagendach legen konnten. Soweit es mich betrifft, war die Sache damit erledigt.«

»Und ihr Bruder?«

»Er sagte nichts; aber er hatte mich einmal überrascht, als ich die Schlüssel in der Hand hielt, und ich glaube, er fasste damals einen Verdacht. Ich konnte es in seinen Augen lesen. Sie wissen, dass er es nicht hat überleben können.«

Eine drückende, peinliche Stille trat ein. Mycroft Holmes unterbrach sie.

»Können Sie den Schaden nicht wiedergutmachen? Das würde Ihr Gewissen erleichtern und Ihre Strafe mildern.«

»Wie könnte ich den Schaden wiedergutmachen?«

»Wo ist Oberstein mit den Plänen?«

»Ich weiß es nicht.«

»Hat er Ihnen keine Adresse angegeben?«

»Er sagte, Briefe würden ihn wahrscheinlich in Paris, Hotel du Louvre, erreichen.«

»Dann steht es noch in Ihrer Macht, alles wiedergutzumachen«, sagte Sherlock Holmes.

»Ich werde gern alles tun, was ich kann, ich brauche Oberstein nicht zu schonen. Er ist die Ursache meiner Erniedrigung und meines Untergangs.«

»Hier sind Feder und Papier. Setzen Sie sich da an den Schreibtisch und schreiben Sie, was ich diktiere. Den Umschlag adressieren Sie an das Hotel du Louvre. So! Und nun den Brief:

›Sehr geehrter Herr! In Bezug auf das kürzlich mit Ihnen abgeschlossene Geschäft werden Sie wohl selbst schon bemerkt haben, dass eine sehr wichtige Zeichnung fehlt. Ich habe eine Kopie derselben. Ich habe mich müssen in besondere Unkosten deswegen stürzen und muss Sie deshalb um einen Betrag von fünfhundert Pfund bitten. Der Postweg ist ausgeschlossen, ich nehme nur Gold oder Banknoten von Hand zu Hand. Ich würde zu Ihnen kommen, aber es würde sehr auffallen, wenn ich jetzt verreiste. Ich schlage Ihnen daher eine Zusammenkunft im Rauchsalon des Hotels Charing Cross für Samstagmittag vor. Beachten Sie bitte, dass nur Gold oder englische Banknoten in Betracht kommen.‹

Das wird seinen Zweck erfüllen. Es müsste sonderbar zugehen, wenn wir damit unseren Mann nicht fingen.«

Und wir fingen ihn. Es ist eine geschichtliche Tatsache – aus der geheimen Geschichte einer Nation, die oft so viel fesselnder und lehrreicher ist als die offizielle Geschichte –, dass Oberstein, in seiner Begierde, den größten Coup seines Lebens vollständig zu machen, auf den Köder ging und für fünfzehn Jahre in einem englischen Gefängnis verschwand. In seinem Koffer wurden die unersetzlichen Pläne gefunden, die er, um den höchsten Preis zu erzielen, bei allen Flottengroßmächten zugleich zum Kauf angeboten hatte.

Oberst Walter starb nach zwei Jahren im Gefängnis. Und Sherlock Holmes kehrte erfrischt zu seinen Motetten des Lassus zurück. Seine Monografie ist seitdem als Privatdruck erschienen, und die Fachleute sagen, es sei das abschließende Werk über den behandelten Stoff. Einige Wochen später hörte ich zufällig, dass Holmes einen Tag auf Schloss Windsor verbrachte und von dort mit einer wundervollen Smaragdnadel in der Krawatte zurückkehrte. Als ich ihn fragte, ob er sie gekauft habe, antwortete er mir, es sei das Geschenk einer hochstehenden alten Dame, in deren Interesse er einen gewissen Kriminalfall aufgeklärt habe.

Mehr sagte er nicht.

Quellenverzeichnis

Die Erzählungen dieses Bandes wurden nachfolgenden Ausgaben entnommen. Die Reihenfolge entspricht jener der jeweils genannten englischen Originalausgaben. Sämtliche Texte wurden behutsam überarbeitet. Orthografie und Interpunktion wurden den Regeln der neuen deutschen Rechtschreibung angepasst.

Der Bund der Rothaarigen. Aus: *Der Bund der Rothaarigen.* Stuttgart 1906, S. 7–53. (Engl. The Adventure of the Red-Headed League. Aus: *The Adventures of Sherlock Holmes*, London 1892.)

Der geheimnisvolle Mord im Tal von Boscombe. Aus: *Der Bund der Rothaarigen.* Stuttgart 1906, S. 135–185. (Engl. The Boscombe Valley Mystery. Aus: *The Adventures of Sherlock Holmes*, London 1892.)

Die fünf Apfelsinenkerne. Aus: *Fünf Apfelsinenkerne.* Stuttgart 1907, S. 7–42. (Engl. The Five Orange Pips. Aus: *The Adventures of Sherlock Holmes*, London 1892.)

Der Mann mit der Schramme. Aus: *Der Bund der Rothaarigen.* Stuttgart 1906, S. 224–275. (Engl. The Man with the Twisted Lip. Aus: *The Adventures of Sherlock Holmes*, London 1892.)

Die Geschichte des blauen Karfunkels. Aus: *Der Bund der Rothaarigen.* Stuttgart 1906, S. 276–319. (Engl. The Adventure of the Blue Carbuncle. Aus: *The Adventures of Sherlock Holmes*, London 1892.)

Das getupfte Band. Aus: *Das getupfte Band.* Stuttgart 1907, S. 7–62. (Engl. The Adventure of the Speckled Band. Aus: *The Adventures of Sherlock Holmes.* London 1892.)

Die verschwundene Braut. Aus: *Das getupfte Band.* Stuttgart 1907, S. 106–150. (Engl. The Adventure of the Noble Bachelor. Aus: *The Adventures of Sherlock Holmes*, London 1892.)

Die Geschichte des Beryll-Kopfschmuckes. Aus: *Das getupfte Band*. Stuttgart 1907, S. 151–204. (Engl. The Adventure of the Beryl Coronet. Aus: *The Adventures of Sherlock Holmes*, London 1892.)

Das Landhaus in Hampshire. Aus: *Das getupfte Band*. Stuttgart 1907, S. 205–258. (Engl. The Adventure of the Copper Beeches. Aus: *The Adventures of Sherlock Holmes*, London 1892.)

Der Katechismus der Familie Musgrave. Aus: *Fünf Apfelsinenkerne*. Stuttgart 1907, S. 43–83. (Engl. The Musgrave Ritual. Aus: *The Memoirs of Sherlock Holmes*, London 1894.)

Der Baumeister von Norwood. Aus: *Als Sherlock Holmes aus Lhassa kam*. Stuttgart 1907, S. 55–100. (Engl. The Adventure of the Norwood Builder. Aus: *The Return of Sherlock Holmes*. London 1905.)

Die einsame Radfahrerin. Aus: *Als Sherlock Holmes aus Lhassa kam*. Stuttgart 1907, S. 273–310. (Engl. The Adventure of the Solitary Cyclist. Aus: *The Return of Sherlock Holmes*, London 1905.)

Sherlock Holmes als Einbrecher. Aus: *Sherlock Holmes und die Ohren*. Stuttgart 1908, S. 61–98. (Engl. The Adventure of Charles Augustus Milverton. Aus: *The Return of Sherlock Holmes*, London 1905.)

Die sechs Napoleonbüsten. Aus: *Die tanzenden Männchen*. Stuttgart 1906, S. 167–208. (Engl. The Six Napoleons. Aus: *The Return of Sherlock Holmes*, London 1905.)

Die gestohlenen Unterseebootszeichnungen. Aus: *Der blaue Karfunkel*. München 1949, S. 289–321. (Engl. The Adventure of the Bruce-Partington Plans. Aus: *His Last Bow*. London 1917.)